Métamorphoses d'un mariage

Sándor Márai

Métamorphoses d'un mariage

ROMAN

*Traduit du hongrois
par Georges Kassai et Zéno Bianu*

Ouvrage traduit avec le concours
du Centre National du Livre

Albin Michel

« Les Grandes Traductions »

© Éditions Albin Michel, 2006
pour la traduction française

Édition originale :
AZ IGAZI, suivi de JUDIT... ÉS AZ UTÓHANG
© Les héritiers de Sándor Márai,
Csaba Gaal Toronto.

I

Regarde cet homme, là-bas. Non, non, pas tout de suite, retourne-toi... parle-moi. Je ne veux pas qu'il me voie, je ne veux pas qu'il me salue. Voilà, ça y est, tu peux le regarder maintenant... Le petit gros avec la pelisse au col de velours, tu dis ? Mais non... Le grand escogriffe, là, en pardessus noir, celui qui parle avec la serveuse blonde, cette grande perche, qui lui fait un paquet avec des fruits confits. Quand je pense qu'il ne m'en a jamais offert, à moi...

Ce que j'ai, ma chérie ?... Rien, rien. Attends, je vais me moucher... Il est parti ? Avertis-moi quand il ne sera plus là...

Il est en train de payer, dis-tu ?... Comment est son portefeuille ? Regarde-le bien, je ne veux pas tourner la tête de son côté. En crocodile brun, n'est-ce pas ?... Eh bien, ça me fait plaisir.

Pourquoi ? Je ne sais pas trop. Bien sûr, c'est moi qui lui en ai fait cadeau pour ses quarante ans. Il y a dix ans de cela... Tu me demandes si je l'ai aimé ? Voilà une question difficile, ma chère. Oui, je crois bien que je l'ai aimé. Il est parti ?

Tant mieux. Attends, je me remets un peu de poudre sur le nez. Ça se voit que j'ai pleuré ? C'est bête, hein, mais je suis incorrigible. Chaque fois que je le vois, mon cœur bat la chamade. Te dire qui il est ? Mais oui, ma chère, ce n'est pas un secret. Cet homme a été mon mari.

Et si l'on commandait une glace à la pistache ? Je ne comprends pas pourquoi on ne pourrait pas manger de glace en hiver... Moi, c'est surtout en hiver que j'aime venir ici. Pour manger une glace, justement. Tu sais, il m'arrive parfois de croire qu'on peut tout se permettre, pas seulement parce que c'est agréable ou raisonnable, ou quoi que ce soit, mais simplement parce que c'est possible. D'ailleurs, depuis que je vis seule, j'aime venir ici en hiver, entre cinq et sept. J'aime ce salon rouge, ce mobilier Belle Époque, ces serveuses un peu fanées, cette atmosphère de métropole sur la grande place devant la baie vitrée, ces clients qui passent la porte... Il y a de la chaleur dans tout cela... un peu de nostalgie fin de siècle. Et c'est ici qu'on sert le meilleur thé, tu l'as remarqué ?... Oui, oui, je sais bien que les femmes d'aujourd'hui ne vont plus dans les pâtisseries. Elles préfèrent les *espresso*[1] – où on te sert à la va-vite, où on est mal assis, où le café coûte quarante fillérs et où l'on déjeune d'une salade. Eh oui, c'est ça, le monde d'aujourd'hui. Mais moi, vois-tu, je suis du monde d'hier, j'ai besoin de cette pâtisserie sélecte, de son mobilier, de ses tentures de soie rouge, de ses vieilles comtesses, de ses archiduchesses, de ses armoires à glace... Non, non, je ne viens pas tous les jours, penses-tu ! seulement de temps en temps, pour passer un moment agréable... C'est ici que nous nous donnions rendez-vous, mon mari et moi, à l'heure du thé, après le bureau... Oui, tout à l'heure, il sortait du bureau. Il est six heures vingt, c'est son heure. Je sais exactement tout ce qu'il fait, comme si je partageais encore sa vie. À six heures moins cinq, il sonne le garçon, qui lui passe son pardessus et son chapeau après les avoir brossés, il quitte le bureau, la voiture le précède, il la suit à pied, parce qu'il a besoin de s'aérer. Il ne fait pas assez d'exercice, tu sais, c'est pour ça qu'il est si pâle. Ou pour une autre

---

1. Petits cafés bon marché apparus en Hongrie dans les années trente. (*Toutes les notes sont des traducteurs.*)

raison, je ne sais plus... parce que je ne le vois plus, cela fait maintenant trois ans que je ne lui ai pas parlé. Moi, tu vois, je n'aime pas ces divorces à la guimauve, avec les ex-époux qui quittent le tribunal bras dessus bras dessous pour aller déjeuner ensemble dans ce fameux restaurant du Bois de la Ville, et qui, comme si de rien n'était, débordent d'attentions et de tendresse l'un pour l'autre... Après quoi, divorce et déjeuner consommés, chacun s'en va tranquillement de son côté. Non, je ne suis pas de cette race, je n'ai pas ce tempérament, je n'ai pas ce sens moral, moi. Non, je ne pense pas qu'on puisse rester « bons amis » après le divorce. Un mariage est un mariage, un divorce est un divorce, un point c'est tout. Voilà comment je conçois les choses.

Et toi, qu'en penses-tu ? C'est vrai, tu n'as jamais été mariée...

Moi, je ne crois pas qu'une institution plusieurs fois millénaire puisse devenir un rite vide de tout contenu. Pour moi, le mariage est un sacrement et le divorce un sacrilège. En tout cas, c'est dans cet esprit que j'ai été élevée. D'ailleurs, ce n'est pas seulement une question d'éducation ou de religion. Je crois au mariage parce que je suis une femme pour qui le divorce, tout comme le mariage, à la mairie et à l'église, ne sont pas de simples formalités, mais des actes qui réunissent ou séparent pour la vie les corps et les âmes. En divorçant, je ne me suis pas bercée d'illusions, je n'ai pas cru un seul instant que nous pourrions rester « bons amis ». Bien sûr, lui, il a continué de se montrer courtois, attentionné, généreux même, comme il se doit. Mais moi, je ne voulais pas être polie, ou magnanime, non, je voulais me venger, tout simplement... si je m'étais écoutée, j'aurais pris tout ce qui se trouvait dans l'appartement, même les rideaux. Oui, je suis devenue son ennemie et je le resterai jusqu'à la fin de mes jours. Je n'ai pas besoin qu'il m'invite à déjeuner dans ce restaurant du Bois de la Ville. Je refuse de jouer à la gentille « ex » qui continue de hanter l'appartement de son mari et d'y mettre de l'ordre tout en pestant contre le valet de chambre qui a volé une partie du linge. Cela m'est égal qu'il se fasse avoir jusqu'au trognon. Et je n'irai pas le voir, même si j'apprends qu'il est malade. Pourquoi ? Parce que nous avons divorcé, tu comprends ? Et ça, je ne le digère pas...

Et puis non, je retire ce que je viens de dire. Je ne veux pas qu'il soit malade. S'il l'était, c'est sûr, j'irais le voir à l'hôpital. Pourquoi ris-tu ? Tu penses sans doute que j'espère qu'il le sera un jour et que comme ça j'aurai un prétexte pour lui rendre visite. Je l'espère, naturellement. Tant qu'il y a de la vie, il y a de l'espoir. Mais il ne faudrait pas qu'il soit trop malade. As-tu vu comme il est pâle ?... Cela fait des années qu'il a mauvaise mine.

Eh bien, je vais te raconter toute notre histoire. As-tu un peu de temps ? Moi, hélas, j'en ai beaucoup.

Nous sommes servies, voici nos glaces. J'ai commencé à travailler tout de suite après le lycée, tu t'en souviens ? Toi, tu es partie en Amérique, on s'est écrit pendant quelque temps, trois ou quatre ans, je crois. Il y avait entre nous une sorte d'amour – ces amours un peu malsaines d'adolescentes dont, a posteriori, je ne pense pas grand bien. Mais sans doute ne peut-on vivre sans amour... Oui, au lycée, c'est toi que j'aimais. Vous étiez riches, vous, alors que nous, nous étions de la classe moyenne, trois pièces cuisine, entrée par la « coursive »[1], etc. Je t'admirais et, quand on est gamine, l'admiration constitue un lien sentimental. Bien sûr, nous avions, comme vous, une gouvernante, mais la nôtre prenait son bain *second hand*, après moi. Ce genre de détail, sais-tu,

---

1. Il s'agit de ces balcons ou couloirs circulaires qui, dans certains immeubles d'Europe centrale, courent devant les portes des appartements.

a énormément d'importance. La différence entre riches et pauvres admet des nuances presque infinies. À l'intérieur de la pauvreté, il y a des degrés. Toi, tu es riche, et tu ne sais rien de l'abîme qui sépare ceux qui gagnent quatre cents pengös par mois de ceux qui en gagnent six cents. Cette différence-là est bien plus grande que celle qui existe entre un salaire de deux mille pengös et un de six mille. Moi, j'en sais quelque chose. Papa gagnait huit cents pengös par mois. Mon mari six mille cinq cents. Il a fallu que je m'y habitue.

Chez eux, tout était différent. Nous, nous étions locataires d'un appartement, eux, ils louaient une villa. Nous avions un balcon avec des géraniums, eux, un jardin avec deux parterres de fleurs et un vieux noyer. Nous possédions une glacière et, pour la faire marcher en été, il fallait naturellement acheter de la glace. Alors que chez ma belle-mère, il y avait un vrai réfrigérateur électrique, qui fabriquait, entre autres, de beaux glaçons en forme de cubes. Nous avions une bonne à tout faire, eux, ils employaient un couple : un valet et une cuisinière. Nous avions trois pièces, eux, quatre, voire cinq, avec leur *hall*, et sa porte au capiton clair... pas comme notre entrée sombre, avec la glacière, le porte-brosses et la patère vieux style. Nous avions un poste à trois lampes, acheté à tempérament et qui « captait » ce qu'il voulait bien capter, selon sa fantaisie, quoi. Eux, ils disposaient d'une espèce de « tour », avec un tourne-disque à changeur automatique et une radio qui pouvait attraper le Japon... Moi, on m'avait appris qu'il fallait gagner sa vie. Lui, on lui avait inculqué le goût de vivre avec méthode et élégance. Tout cela compte énormément, mais je ne le savais pas encore à l'époque.

Un jour, au début de notre mariage, il me lance brusquement au petit déjeuner :

– Ces housses mauves dans la salle à manger sont vraiment criardes, non ? Elles finissent par me fatiguer. Va donc faire un tour en ville, ma chérie, et trouve-nous un autre tissu.

Il s'agissait de recouvrir douze chaises d'une housse « moins fatigante ». J'étais décontenancée, j'ai d'abord cru qu'il plaisantait... je lui ai jeté un regard embarrassé. Mais non, il lisait son journal, l'air le plus sérieux du monde. De toute évidence, il avait bien réfléchi à ce qu'il venait de dire, le mauve le fatiguait vraiment. La housse était un peu vulgaire, d'accord, j'en conviens. C'était ma mère qui l'avait choisie, flambant neuve. Une fois mon mari parti, je me suis mise à pleurer. Je n'étais pas complètement bornée, j'avais bien saisi le sens de ses paroles... Il voulait tout simplement dire que nous appartenions à deux mondes différents, que nous n'avions pas les mêmes goûts. Certes, j'avais appris tout ce qu'il fallait apprendre, j'appartenais, comme lui, à la classe moyenne, mon univers était le sien – à une nuance près, et cette nuance, il ne l'aimait pas, car elle heurtait ses habitudes. Le bourgeois, vois-tu, est bien plus sensible aux nuances que l'aristocrate. Le bourgeois doit toujours s'affirmer, alors que l'aristocrate n'en a pas besoin – il lui suffit de naître. Le bourgeois doit toujours acquérir et conserver. Mon mari, lui, n'appartenait plus à la génération des acquéreurs, ni, vraiment, à la suivante, celle de ceux qui conservent. Il me l'a confié une fois. Ce jour-là, il lisait un ouvrage allemand qui – d'après ce qu'il en disait – lui avait donné la réponse à la grande question de sa vie. Moi, je n'aime pas trop les « grandes questions », je crois au contraire que notre vie est un tissu d'innombrables « petites questions ». Je lui ai donc demandé avec une pointe d'ironie :

— Tu penses vraiment te connaître ?

— Bien sûr, m'a-t-il répondu. Le regard qu'il m'a adressé derrière ses lunettes était d'une telle franchise que j'ai aussitôt regretté de lui avoir posé cette question.

— Je suis un artiste sans véritable spécialité, a-t-il poursuivi. C'est fréquent chez les bourgeois... un tel statut sonne le glas de la famille.

Et il n'a plus jamais abordé ce sujet.

Métamorphoses d'un mariage

Je ne le comprenais pas. Il n'avait jamais écrit, jamais peint, jamais composé : il méprisait les dilettantes. Pourtant, il lisait beaucoup et « méthodiquement » – il aimait bien employer ce mot –, trop méthodiquement à mon goût. Moi, je lisais passionnément, au gré de mes états d'âme. Alors que, pour lui, la lecture semblait constituer un devoir. Chaque fois qu'il commençait un livre, il allait jusqu'au bout, même si l'ouvrage le contrariait ou l'ennuyait. Oui, la lecture était pour lui un devoir, il avait pour la lettre un respect semblable à celui des prêtres pour les textes sacrés. Et c'est avec cette même disposition, dans ce même état d'esprit qu'il fréquentait les musées, les théâtres ou les concerts. Il était directement concerné par les choses de l'âme. Moi, je n'étais concernée que par lui...

Artiste, oui, mais sans spécialité... Il dirigeait son usine, voyageait souvent, employait, entre autres, des artistes qu'il payait grassement. Cependant, il évitait avec soin d'imposer ses propres goûts, pourtant plus raffinés que ceux de la plupart de ses employés. Il leur parlait avec une courtoisie et un tact infinis, comme s'il mettait une sourdine à chacune de ses paroles, comme s'il s'excusait perpétuellement, comme si, désemparé, il avait toujours besoin de leurs conseils. Ce qui ne l'empêchait pas de se montrer d'une grande fermeté quand il s'agissait de prendre des décisions importantes. En affaires, par exemple...

Sais-tu ce qu'il était vraiment, mon mari ? Un phénomène rarissime – un homme !

Pas au sens théâtral du terme, bien sûr. Il n'avait rien de l'*amoroso*, ni du champion de boxe. Non, il était viril dans l'âme : à la fois contemplatif et cohérent, inquiet, fureteur et méfiant. Mais je ne le savais pas encore. Comme il est difficile d'apprendre ces choses-là dans la vie !

Des choses qu'on ne nous a pas enseignées au lycée, n'est-ce pas ?

Pour commencer, je devrais peut-être te dire qu'il m'a

présenté un jour son ami Lazar, l'écrivain. Le connais-tu ? As-tu lu ses livres ? Moi, je les ai tous lus, dévorés, approfondis, dans l'espoir d'y découvrir un secret, le secret de ma vie. Mais je n'ai trouvé aucune réponse à mes questions. Ce genre de secret est impénétrable. C'est la vie qui se charge toujours de nous répondre, de façon fort surprenante quelquefois. Avant de le rencontrer, je n'avais rien lu de Lazar. Je le connaissais de nom, mais j'ignorais qu'il était l'ami de mon mari. Un soir, en rentrant, je les ai trouvés tous les deux à la maison. Il s'est passé ce soir-là quelque chose de très étrange, vois-tu. On était alors dans la troisième année de notre mariage... et j'ai compris pour la première fois que je ne savais rien, mais rien de mon mari. Je vivais avec un homme dont j'ignorais tout. Je croyais le connaître, mais, ce soir-là, oui, j'ai dû me rendre à l'évidence : je ne savais rien ni de ses goûts, ni de ses désirs, ni de ses plaisirs. Sais-tu ce qu'ils faisaient, mon mari et Lazar ?

Ils jouaient.

Un jeu étrange, un jeu inquiétant.

Ils ne jouaient pas au rami, bien sûr. Mon mari méprisait, détestait tous ces amusements un peu mécaniques, comme les jeux de cartes. Non, ils jouaient à un jeu bizarre, mystérieux, auquel je ne comprenais rien. Et moi je les écoutais parler, angoissée, comme si je me trouvais entre deux malades mentaux. En compagnie de cet homme, mon mari apparaissait transformé. Nous étions ensemble depuis trois ans, te dis-je, et un soir, en rentrant, voilà que je le trouve dans notre living avec un étranger qui m'accueille fort aimablement et qui, tout en regardant mon mari, me dit :

– Bonsoir, Ilonka, je te souhaite la bienvenue. Tu ne m'en voudras pas, n'est-ce pas, d'avoir ramené Péter avec moi ?

Il a pointé alors un doigt sur mon mari qui, l'air embarrassé, s'est levé et m'a adressé un regard qui semblait solliciter mon indulgence. J'ai cru qu'ils étaient devenus fous. Mais ils ne s'occupaient pas de moi. L'étranger a poursuivi, en tapant sur les épaules de mon mari :

— Je l'ai rencontré avenue Aréna. Figure-toi qu'il ne s'est même pas arrêté, il m'a lancé un vague bonjour et il a voulu passer son chemin. Bien entendu, je ne l'ai pas laissé filer. Je lui ai dit : « Espèce de vieil âne, j'espère que tu ne m'en veux pas ? » Là-dessus, je l'ai pris par le bras et je l'ai ramené ici. Eh bien, mes enfants, a-t-il conclu en écartant les bras, donnez-vous donc l'accolade, je vous autorise même à vous embrasser.

Je ne sais pas si tu vois la tête que je faisais. Debout au milieu de la pièce, le chapeau sur la tête, mes gants et mon sac entre les mains, j'étais tout simplement ahurie. J'ai failli courir au téléphone, appeler un médecin ou une ambulance. Même la police. Mon mari s'est approché, m'a baisé la main et, les yeux baissés, m'a dit :

— Oublions tout, Ilonka. Je me réjouis de votre bonheur.

Nous nous sommes mis à table. L'écrivain a pris la place de Péter et s'est mis à donner des ordres, comme s'il était le maître de céans. La bonne, effrayée, en a même laissé tomber le saladier... elle nous prenait pour des fous. Ce soir-là, ils ne m'ont pas expliqué les règles de leur jeu : mon ignorance en constituait sans doute le piquant. Ils s'étaient concertés en m'attendant, ils jouaient à la perfection, tels deux acteurs professionnels. Leur jeu, vois-tu, reposait sur une fiction : j'étais censée avoir divorcé d'avec mon mari depuis des années et épousé l'écrivain... Son ami Péter, ulcéré, nous aurait alors laissé l'appartement, avec tous les meubles. L'écrivain, c'est-à-dire mon nouveau mari, aurait rencontré Péter dans la rue, l'aurait pris par le bras et lui aurait dit : « Arrête de faire l'imbécile, le passé est le passé, viens dîner avec nous. Ilonka voudrait te voir. » Et Péter se serait exécuté. Nous étions tous les trois dans cet appartement où j'étais censé avoir vécu naguère avec Péter, nous dînions en toute amitié, l'écrivain était mon mari, il dormait dans le lit de Péter et occupait dans ma vie la place que Péter y avait tenue autrefois... Tu comprends ? C'est à cela qu'ils jouaient tous les deux, comme deux écervelés...

Mais leur jeu était subtil.

Péter jouait à l'homme tourmenté par ses souvenirs. L'écrivain, lui, se montrait d'un sans-gêne excessif, embarrassé, au fond, par l'étrangeté de la situation, et par son sentiment de culpabilité vis-à-vis de Péter. Il était trop bruyant, trop jovial. Quant à moi, je ne jouais à rien, assise entre ces deux hommes adultes et intelligents, comme stupéfiée par leur bêtise. Bien entendu, j'ai fini par comprendre les subtilités de leur jeu – et par en accepter les règles. Mais, ce soir-là, j'ai aussi compris autre chose.

J'ai compris que mon mari – que j'avais cru entièrement à moi – ne m'appartenait pas, que j'avais épousé un étranger, un étranger qui avait une part secrète. Ce fut pour moi une véritable révélation. Comme si j'avais appris, par exemple, qu'il avait fait de la prison, ou qu'il entretenait un vice inavouable, incompatible avec l'image que je me faisais de lui. J'ai dû admettre encore ceci : mon mari ne pouvait être mon confident que jusqu'à un certain point et, dans certains domaines, il restait un étranger aussi mystérieux que cet écrivain qu'il avait amené avec lui, après l'avoir rencontré dans la rue, afin de jouer ensemble, en toute complicité, par-dessus ma tête, et un peu contre moi, à un jeu aussi saugrenu qu'incompréhensible. Voilà, je me suis rendu compte que mon mari vivait dans un univers différent de celui que je lui connaissais.

J'ai compris, enfin, que l'écrivain exerçait un pouvoir sur l'âme de Péter.

Dis-moi, qu'est-ce donc que le pouvoir ?... On en parle si souvent de nos jours. Qu'est-ce que le pouvoir politique, par exemple, qui permet à un homme d'imposer sa volonté à des millions de ses semblables ? Et notre pouvoir, à nous autres,

Métamorphoses d'un mariage

femmes, en quoi consiste-t-il au juste ? Tu me diras : c'est l'amour. D'accord, je ne dis pas le contraire, bien qu'il m'arrive parfois d'en douter. Non pas que je nie l'amour, loin de là – l'amour est la force la plus puissante sur cette terre. Pourtant, j'ai quelquefois l'impression que si les hommes nous aiment, c'est parce qu'ils ne peuvent pas faire autrement, et qu'au fond d'eux-mêmes ils méprisent l'amour. Tout homme digne de ce nom observe toujours une certaine réserve, comme s'il semblait interdire à la femme qu'il aime l'accès à certaines zones de son âme. Comme s'il lui disait : « On s'arrête ici, ma chérie, et on ne va pas plus loin ! » Les femmes stupides s'en offusquent. Les femmes intelligentes, elles, s'en attristent, veulent satisfaire leur curiosité, puis finissent par se résigner.

Mais en quoi consiste le pouvoir d'un homme sur l'âme d'un autre ? Pourquoi cet homme, cet écrivain habile, redoutable même, et pourtant inquiet et malheureux, imparfait et blessé, exerçait-il un pouvoir sur l'âme de mon mari ?

Car il avait sur lui – comme j'ai dû l'apprendre par la suite – un pouvoir fatal. Un jour, bien des années plus tard, Péter m'a confié que cet homme jouait dans sa vie le rôle d'un « témoin ». Il existe toujours un témoin dans la vie de chacun, m'a-t-il dit pour s'expliquer – un témoin que l'on rencontre dans la jeunesse, quelqu'un de plus fort que soi. Et tous nos actes visent en réalité à dissimuler quelque chose de honteux à ce juge impitoyable. Mais le témoin ne nous croit pas. Il sait quelque chose de nous que les autres ignorent. Qu'on devienne ministre ou lauréat du prix Nobel, le témoin se contente de sourire. Tu y crois, toi, à son existence ?

Tout ce qu'on fait dans la vie, a-t-il ajouté, c'est un peu pour ce témoin. C'est lui qu'on veut convaincre, c'est à lui qu'on veut prouver quelque chose. C'est pour lui qu'on fait carrière, c'est pour lui qu'on accomplit les plus grandes tâches. Tu connais cette situation classique : le jeune marié présente à son épouse l'Ami avec un grand A, le compagnon de sa jeunesse, tout en se demandant avec une certaine anxiété quelle va être sa réaction, s'il va approuver son choix. Et bien sûr, l'ami s'en tire avec quelques banalités polies, mais, dans son for intérieur, il est jaloux, car l'épouse lui a ravi la place qu'il occupait dans le cœur de l'autre. Tel était à peu près le tableau ce fameux soir, à ceci près qu'ils connaissaient les règles du jeu et que, moi, je les ignorais.

Oui, ce soir-là, j'ai compris que ces deux complices, mon mari et son ami, savaient certaines choses sur les rapports entre les hommes et les femmes – des choses dont mon mari ne m'avait jamais parlé, comme s'il m'en avait jugée indigne.

Vers minuit, après le départ de notre étrange convive, j'ai voulu mettre tout cela au clair. J'ai demandé à mon mari :

– J'ai l'impression que tu me méprises un peu, n'est-ce pas ?

Derrière la fumée de son cigare, il m'a regardée avec lassitude, comme dégrisé. Cette soirée nous avait laissé un arrière-goût encore plus amer que n'importe quelle orgie. Nous étions épuisés, en proie à un étrange malaise.

– Non, a-t-il répondu, d'un air sérieux et avec conviction. Loin de moi cette idée. Tu es intelligente, très instinctive.

J'ai accueilli sa réponse avec méfiance. J'étais pensive. Assise en face de lui, à la table que la bonne avait débarrassée – au lieu de passer au salon, nous étions restés attablés toute la soirée, entourés de cendriers remplis de mégots et de bouteilles de vin vides, car tel était le bon plaisir de notre invité –, je lui ai répondu :

– Instinctive, intelligente, certes. Mais que penses-tu de mon caractère, que penses-tu de mon âme ?

Il y avait trop d'emphase dans cette question, je le sentais. Mon mari m'a regardée attentivement, mais ne m'a pas répondu.

Il semblait dire : « Voilà mon secret. Je rends hommage à tes instincts, à ton intelligence. Tu dois t'en contenter. »

C'est ainsi que les choses ont commencé à se détériorer

entre nous... Le souvenir de cette soirée m'a longtemps accompagnée.

L'écrivain venait rarement nous voir et ne rencontrait pas souvent Péter. Mais je devinais pourtant leurs entrevues à la façon de ces femmes jalouses qui perçoivent sur leur amant le parfum d'une rivale dont il vient de serrer la main. Bien sûr, j'étais jalouse de l'écrivain, et, dans un premier temps, j'ai insisté pour que mon mari l'invite à dîner chez nous. Mais il se montrait embarrassé, il éludait toujours la question.

– Il se tient loin du monde, me répondait-il, sans me regarder dans les yeux. C'est un original. Un écrivain. Il travaille.

J'ai pourtant appris qu'ils se voyaient à mon insu. Un jour – je marchais dans la rue –, je les ai surpris ensemble à travers la vitre d'un café. Ce jour-là, pour la première fois, j'ai eu la sensation d'avoir été blessée par un objet pointu, un couteau ou une aiguille. Ils étaient assis dans un box, ils ne pouvaient pas me voir. Mon mari parlait, ils riaient. Une fois encore, l'expression de mon mari m'a paru étrange, différente de celle qu'il avait à la maison. Je me suis éloignée rapidement, je me sentais pâlir, comme si le sang avait reflué de mes joues.

Tu es folle, me suis-je dit. Que veux-tu donc ? Cet homme-là, un écrivain célèbre, un homme aussi étrange qu'intelligent, est l'ami de ton mari. De temps en temps, ils se voient. Et alors ? Que leur reproches-tu ? Pourquoi ton cœur bat-il plus fort ? As-tu peur d'être exclue de leurs jeux, de leurs passe-temps bizarres ?... As-tu peur qu'ils ne te trouvent pas assez fine, pas assez cultivée ? Es-tu jalouse ?...

Je me suis mise à rire... pourtant, mon cœur battait à grands coups, comme le jour où j'étais entrée en clinique pour accoucher. Mais à ce moment-là mon cœur était envahi de douceur, et c'était de joie qu'il battait. Tandis que maintenant, je marchais dans la rue aussi rapidement que je pouvais, j'avais le sentiment d'avoir été trompée, laissée de côté. Ma raison comprenait, ma raison approuvait tout. Mon mari ne voulait tout simplement pas que je rencontre ce singulier personnage qu'il avait seul le privilège de connaître, car c'était son ami de jeunesse. De toute façon, Péter était un homme taciturne et secret. Et pourtant, j'avais le sentiment d'avoir été trahie, trompée. Le soir, il est rentré à l'heure habituelle, mais mon cœur battait toujours aussi fort.

– Où étais-tu ? lui ai-je demandé après qu'il m'eut baisé la main.

– Que veux-tu dire ? m'a-t-il répondu, les yeux perdus dans le vague. Je rentre.

– Tu mens.

Il m'a regardée longuement, avant de me répondre sur un ton indifférent, presque las :

– Tu as raison, j'avais oublié. J'ai rencontré Lazar sur mon chemin. Nous sommes allés bavarder dans un café. Tu nous as vus ?

Sa voix était franche, tranquille, légèrement étonnée. J'ai eu honte.

– Pardonne-moi, lui ai-je dit. Je ne sais rien de cet homme, et cela me gêne. Je ne crois pas qu'il puisse être ton ami. Ni le mien, d'ailleurs. Non, il n'est pas notre ami. Laisse-le tomber, évite-le, ai-je insisté.

Mon mari m'a regardée avec curiosité.

– Voyons, lâcha-t-il tout en essuyant minutieusement ses lunettes, comme il avait l'habitude de le faire. Pas besoin de chercher à éviter Lazar. Il ne s'impose jamais.

Et il ne m'a plus jamais rien dit sur lui.

Or, moi, je voulais tout savoir de Lazar. J'avais lu ses livres, que j'avais trouvés dans la bibliothèque de mon mari, et ses étranges dédicaces. En quoi étaient-elles étranges ? Elles étaient... comment dire... peu affectueuses... non, ce n'est pas le terme qui convient... mettons, ironiques, curieusement ironiques. On aurait dit que l'auteur méprisait celui à qui il recommandait son livre, qu'il semblait d'ailleurs tout autant mépriser – comme s'il se méprisait lui-même d'en être l'auteur. Il y avait dans ces dédicaces un peu de dédain, de l'amertume et de la tristesse. Comme s'il avait voulu ajouter, au-dessous de son nom : « Je n'ai pas pu faire autrement, mais, en réalité, je ne suis pas l'auteur de ce livre. » Jusque-là, les écrivains m'apparaissaient comme des sortes de prêtres laïcs. Et cet homme, dans ces livres, s'adressait au monde avec tant de gravité ! En fait, je ne comprenais pas toujours ce qu'il disait. Il semblait penser que ses lecteurs, moi y comprise, ne méritaient pas qu'on leur dise tout. C'est un point que ses critiques et ses admirateurs ont d'ailleurs souvent relevé. Il était haï, comme tous les hommes célèbres. Il ne parlait jamais de ses livres, ni, en général, de littérature. Pourtant, tout l'intéressait : un soir, il débarque chez nous à l'improviste, et voilà qu'il veut savoir comment on prépare la gibelotte de lapin... Parfaitement, la gibelotte de lapin. J'ai dû lui expliquer la recette en détail, mais cela n'a pas suffi, il a fallu que je fasse venir la cuisinière. Après quoi, il a lancé la conversation sur les girafes, de façon captivante d'ailleurs. Il parlait de tout, parce qu'il savait beaucoup de choses – de tout, sauf de littérature.

Tu te demandes s'ils n'étaient pas un peu cinglés... Moi aussi, il m'est arrivé de le penser. Mais j'ai fini par comprendre que c'était un peu plus compliqué. Comme toute chose dans la vie. Ils n'étaient pas vraiment cinglés... seulement extrêmement pudiques.

Puis, Lazar a disparu de notre vie. Nous avons dû nous contenter de ses livres et de ses articles. On racontait quelquefois qu'il était de mèche avec certains politiciens et très assidu auprès de certaines femmes. Les premiers juraient qu'il appartenait à leur parti et les secondes se vantaient d'avoir apprivoisé ce fauve. Pourtant, le fauve finissait toujours par se retirer dans son antre. On ne le voyait plus pendant de longues années. Que faisait-il ? Je l'ignorais. Il vivait, il lisait, il écrivait. Peut-être même se livrait-il à la magie. J'y reviendrai.

Nous avons encore passé cinq années ensemble. J'ai vécu au total huit ans avec mon mari. Le petit est né durant la troisième année. Oui, c'était un garçon, je t'ai envoyé sa photo. Il était superbe, je le sais. Ensuite, je ne t'ai plus écrit – ni à toi ni à personne. Je n'ai plus vécu que pour cet enfant, les autres, qu'ils me soient proches ou lointains, n'existaient plus pour moi. C'est vrai, il ne faut pas aimer avec une telle intensité – personne, pas même son propre enfant. Tout amour est un égoïsme sauvage... Notre correspondance a cessé avec la naissance de l'enfant. Tu étais pourtant ma seule amie, bien sûr, mais je n'avais plus besoin de toi – l'enfant remplissait entièrement ma vie. Oui, pendant les deux années qu'il a vécues, j'ai connu le bonheur sur cette terre. Je ne pensais plus à moi, j'étais à la fois calme et angoissée. Je savais pourtant que le petit ne resterait pas longtemps en vie. Comment je le savais ?... On sent ce genre de choses, tu vois, on devine son destin. Je savais que je n'avais pas droit à un tel bonheur – à tant de beauté, à tant de bonté. Oui, je savais qu'il allait mourir. Non, ne me blâme pas, ne me reproche rien. Je sais mieux que toi ce genre de choses. Quoi qu'il en soit, j'ai eu deux années de bonheur parfait.

Il est mort de la scarlatine. Trois semaines après son deuxième anniversaire. En hiver.

Dis-moi un peu : pourquoi ces petits innocents doivent-ils mourir ? T'es-tu déjà seulement posé cette question ? Moi, très souvent. Mais Dieu ne m'a jamais répondu.

Maintenant que je n'ai plus rien à faire, je réfléchis. Oui, j'y pense toujours et j'y penserai toute ma vie. On ne se remet jamais d'une telle épreuve. La mort d'un enfant est la seule douleur authentique qu'on puisse éprouver dans une vie. À côté de cette douleur, les autres chagrins ne sont que des broutilles... Tu ne connais pas ce sentiment, je le comprends bien. Vois-tu, je ne sais pas si je dois t'envier ou te plaindre. Je crois plutôt que je te plains.

Peut-être les choses se seraient-elles passées autrement si ce garçon n'était pas né la troisième année de notre mariage... Et, à plus forte raison, s'il était resté en vie. Peut-être, dis-je. Car l'enfant est le plus grand miracle de la vie... il en est le sens. En même temps, je ne me suis jamais bercée d'illusions – l'enfant ne peut rien contre les tensions qui existent entre deux êtres, il ne peut résoudre leurs problèmes. Allons, ce n'est plus la peine d'en parler. Ce garçon est né, il a vécu deux ans, puis il est mort. J'ai passé encore deux années avec mon mari, puis nous avons divorcé.

J'ai désormais la certitude que si cet enfant n'était pas né, nous aurions divorcé dès la troisième année. Pourquoi ?... Parce qu'à cette époque je savais déjà que je ne pourrais plus vivre avec lui. Aimer quelqu'un avec lequel on est incapable de vivre – voilà bien la chose la plus pénible que l'on puisse concevoir.

Pourquoi ? Un jour, je lui ai demandé de me dire ce qui n'allait pas entre nous. Il m'a répliqué :

– Tu voudrais que je renonce à ma dignité d'homme. Je ne pourrai jamais le faire. Plutôt mourir.

J'ai compris immédiatement ce qu'il voulait dire.

– Ne meurs pas, non, non, lui ai-je répondu. Continue à vivre, quitte à rester un étranger pour moi.

Mon mari, tu sais, était quelqu'un dont les paroles étaient toujours suivies d'actes. Pas tout de suite, parfois seulement au bout de plusieurs années. Certains hommes parlent de leurs projets comme en passant, entre la poire et le fromage, et ils les oublient aussitôt. Péter, lui, se considérait comme lié par sa parole. En l'entendant dire « plutôt mourir », je savais que cet homme préférerait renoncer à la vie plutôt que de se rendre à moi. Tel était son caractère, telle était sa façon de vivre. Il lui arrivait, au cours d'une conversation, d'évoquer un projet ou de juger une personne. Les années passaient, il n'y revenait plus, puis, un jour, je comprenais que l'homme qu'il avait jugé avait disparu de notre vie, et que le projet qu'il avait évoqué était devenu une réalité. Dès la troisième année, je savais que quelque chose de grave nous opposait l'un à l'autre. Certes, mon mari s'est toujours montré courtois et tendre avec moi. Il m'aimait aussi, il ne me trompait pas, il ne fréquentait pas d'autres femmes. Et pourtant... ne me regarde pas, s'il te plaît, je me sens rougir... pourtant, j'avais l'impression, au cours des trois premières et des deux dernières années de notre mariage, que je n'étais pas sa femme, mais... Oui, oui, il m'aimait, bien sûr. Mais en même temps, il ne faisait que supporter ma présence dans son appartement et dans sa vie. Il y avait en lui une sorte d'indulgence, il me tolérait, parce qu'il ne pouvait pas faire autrement, il m'acceptait sous son toit, trois chambres plus loin. J'étais pour lui une sorte de fatalité. Il était toujours affable, bien sûr, prêt à bavarder avec moi, prêt à m'écouter, en ôtant ses lunettes, à me conseiller, et même quelquefois à plaisanter. On allait au théâtre, on sortait beaucoup... je le vois encore, renversant la tête, croisant les bras sur la poitrine, écoutant parler les gens d'un air quelquefois méfiant, ironique, voire sceptique, mais néanmoins bienveillant. Mais il ne s'abandonnait pas aux autres – pas plus qu'à moi. Il les écoutait, gravement, conscient de sa responsabilité et répondait toujours sur un ton légèrement apitoyé, comme celui qui sait que les passions, la faiblesse, les mensonges, l'ignorance imprègnent en permanence les événements de la vie des hommes – et qu'il ne faut pas toujours ajouter foi à ce qu'ils disent, même lorsqu'ils semblent sincères. Bien entendu, il ne pouvait expliquer tout cela à ses interlocuteurs qu'il continuait d'écouter avec une condescendance indulgente, à la fois posé et soupçonneux, tout en souriant et en secouant la tête, comme pour leur dire : « Poursuivez donc. Je sais à quoi m'en tenir. »

Tu m'as demandé tout à l'heure si je l'avais aimé. En réalité, j'ai beaucoup souffert à ses côtés. Mais je sais que je l'ai aimé et je sais aussi pourquoi... Parce qu'il était triste et solitaire et que personne ne pouvait l'aider. Moi non plus, d'ailleurs. Mais il m'a fallu souffrir longtemps avant de le comprendre. J'ai cru d'abord qu'il me méprisait... mais non. À quarante ans, cet homme était aussi solitaire qu'un ermite dans le désert. Nous vivions dans une grande ville, nous menions grand train, nous étions entourés – et pourtant nous étions seuls.

Une seule fois, un seul instant, il m'a montré un visage différent. Après la naissance de son fils, cet homme triste et solitaire a eu la permission de venir nous voir à la maternité. Il était un peu embarrassé, comme s'il avait eu honte de se trouver dans cette situation pénible – pénible parce que trop humaine. Il s'est arrêté devant le berceau, il s'est penché en avant, les mains jointes derrière le dos, prudent et réservé, comme toujours. Malgré ma grande fatigue, vois-tu, j'ai suivi très attentivement ses gestes. Son visage émacié sembla s'éclairer un instant, mais il ne prononça pas un mot. Il contempla l'enfant longuement, immobile pendant peut-être vingt minutes. Puis, il s'approcha de mon lit, et posa sa main sur mon front, tout en regardant par la fenêtre. L'enfant était né à l'aube d'une journée brumeuse d'octobre. Mon mari resta quelque temps devant le lit, à caresser mon front de sa main brûlante. Ensuite, comme s'il avait classé l'affaire, il se mit à bavarder avec le docteur.

Je sais désormais qu'à cet instant-là, peut-être pour la première et la dernière fois de sa vie, il fut heureux. Peut-être même avait-il envie de renoncer à son secret, d'abandonner un peu ce qu'il appelait la dignité de l'homme. Tant que notre enfant vécut, il me parla sur un ton différent, plus confidentiel. Je sentais bien que je ne lui appartenais pas encore tout à fait, qu'il luttait pour vaincre en lui-même cette résistance faite d'orgueil blessé, de peur et de défiance qui l'empêchait d'être un homme comme les autres. Grâce à cet enfant, pourtant, il était prêt à se réconcilier avec le monde. Du moins pour un certain temps. Pendant que notre petit était encore en vie, j'assistais, pleine d'espoir, au combat de cet homme, semblable au dompteur luttant contre un fauve, contre lui-même, contre son caractère. Il était fier, triste et taciturne, mais il s'efforçait de se montrer modeste, humble, confiant. Il m'offrait des cadeaux. De quoi en pleurer... Parce que cet homme pudique aurait eu honte de se contenter de petits riens ; pour Noël ou pour mon anniversaire, j'avais droit à des présents somptueux, un beau voyage, une fourrure magnifique, une nouvelle voiture, des bijoux... Mais moi, ce que j'aurais souhaité, ce qui me manquait vraiment, tu vois, c'est qu'il vienne un soir avec des marrons chauds achetés pour cinq sous au coin de la rue. Tu comprends ? Qu'il m'apporte du sucre d'orge ou n'importe quoi... Eh bien, pendant cette période de deux ans, j'ai été comblée. J'avais le meilleur pédiatre, la plus belle chambre et aussi cet anneau, regarde, il date de cette époque. Des choses de valeur. Et je l'ai vu arriver un soir avec un paquet enveloppé de papier de soie qu'il a ouvert devant moi, le sourire gêné... une grenouillère et un bonnet crochetés. Il les a posés sur la table, a esquissé un sourire embarrassé et il a quitté rapidement la chambre.

Je te l'ai dit : j'aurais pu pleurer de joie et d'espoir. À tout cela, cependant, se mêlait un autre sentiment, une sorte de crainte : cette lutte contre lui-même dépassait ses forces, et moi, j'avais peur de craquer. Cela ne marchait pas, notre histoire, lui, moi, l'enfant. Il y avait quelque chose qui clochait... Mais quoi ?... J'allais à l'église, je priais. Mon Dieu, aidez-moi. Mais Dieu sait bien que nous sommes les seuls à pouvoir nous aider.

Tel a été son combat pendant que l'enfant était encore en vie.

Je te vois inquiète à ton tour. Tu te demandes ce qui n'allait pas entre nous, tu te demandes quel genre d'homme était mon mari... Question difficile, ma chère. Pendant huit ans, cela a été un casse-tête pour moi. Et je continue d'y penser, même après notre divorce. Parfois, j'ai l'impression d'approcher la vérité. Mais toutes les théories sont suspectes... je me bornerai à te raconter les faits.
Tu m'as demandé s'il m'avait aimée... Oui, à sa manière. Mais il n'aimait vraiment que son père et son enfant, je crois.
Avec son père, il était tendre, respectueux. Il allait le voir toutes les semaines. Ma belle-mère, elle, déjeunait chez nous une fois par semaine. Le mot « belle-mère » a toujours quelque chose de déplaisant... et il ne s'applique vraiment pas à la mère de mon mari, un des êtres les plus remarquables que j'aie jamais connus. J'ai craint, après la mort de mon beau-père, que cette femme riche et élégante, restée seule dans son grand appartement, ne finisse par s'incruster chez nous. On est plein de préjugés, tu sais... En fait, cette femme était le tact personnifié. Elle a emménagé dans un appartement plus petit. Elle ne voulait peser sur personne, et elle réglait elle-même, avec intelligence et discernement, les problèmes de la vie de tous les jours. Naturellement, elle savait sur Péter des choses que j'ignorais. Dans ce domaine, les mères sont toujours les seules à connaître la vérité. Elle savait, bien sûr, que son fils était pour elle rempli de respect, d'affection, d'attention, seulement... Irais-je jusqu'à dire qu'il ne l'aimait pas ? C'est là un mot terrible... qu'il faut pourtant prononcer. À force de vivre avec mon mari, j'ai appris – c'est Lazar qui nous l'a enseigné à tous les deux – que les mots justes ont un effet à la fois tangible et purificateur. Entre la mère et le fils, il n'y a jamais eu de dispute, ni même de divergence de

vues. « Ma chère maman », disait l'un – « Mon fils chéri », répondait l'autre. Il lui baisait la main, tu sais. Une courtoisie quelque peu cérémonieuse régnait entre eux, mais ils ne partageaient aucun secret. D'ailleurs, ils se débrouillaient toujours pour ne pas rester trop longtemps en tête-à-tête, l'un d'eux quittant toujours la pièce sous un prétexte quelconque ou s'arrangeant pour y faire venir une tierce personne. Au fond, ils avaient peur de rester seuls, peur d'avoir à discuter, peur de devoir aborder un secret dont ils ne pouvaient pas parler ensemble. Telle était mon impression. Avais-je raison ? Oui, je le crois.

J'aurais voulu les réconcilier. Mais comment faire, puisqu'ils n'étaient pas fâchés ? Quelquefois, j'évoquais – avec la plus grande prudence, comme si j'effleurais une plaie douloureuse – les rapports qui existaient entre eux. Aussitôt, ils se rétractaient, presque épouvantés, et ils parlaient d'autre chose... Qu'aurais-je bien pu leur dire, d'ailleurs ? Ils ne se reprochaient rien de précis et n'avaient, par conséquent, rien à se « pardonner ». Chacun d'eux « accomplissait son devoir » envers l'autre, cherchant, tout au long de son existence, n'importe quel alibi... les anniversaires, les fêtes, la Noël, les petites, les grandes solennités liées à la vie de la tribu se préparaient avec un soin minutieux... Belle-maman recevait ses cadeaux, belle-maman apportait ses cadeaux, mon mari lui baisait la main, belle-maman l'embrassait sur le front. Au déjeuner ou au dîner, belle-maman trônait au bout de la table, et chacun lui parlait, avec tout le respect nécessaire, des choses de la famille ou du monde, en évitant les sujets de dispute. Belle-maman se montrait discrète et courtoise, elle « exposait ses vues », nous l'écoutions en silence, après quoi nous mangions et nous parlions d'autre chose... Ah ! ces repas de famille ! Ces silences, ces « anges qui passaient »... Cette façon de parler d'autre chose, de taire l'essentiel. Mais comment leur dire, entre la soupe et la viande, entre l'anniversaire et la Noël, entre jeunesse et vieillesse, qu'ils parlaient toujours d'autre chose ! Non, je ne pouvais rien leur dire, car, de son côté, mon mari me parlait, lui aussi, « d'autre chose » – et je souffrais de ces mêmes silences qui faisaient souffrir ma belle-mère. Il m'est arrivé de penser que nous étions toutes les deux fautives de ne pas comprendre Péter, de ne pas avoir cherché à percer le secret de cette âme, de ne pas avoir accompli la seule véritable tâche de notre vie. Non, nous ne comprenions pas cet homme, elle qui lui avait donné la vie et moi qui lui avais donné un enfant... mais une femme peut-elle donner davantage à un homme ? Tu crois que non ?... Moi, je ne sais pas. Un jour, en tout cas, je me suis mise à douter. Voilà ce que je voudrais te dire aujourd'hui, parce que nous nous sommes rencontrées, parce que je l'ai vu et parce qu'il faut que je parle à quelqu'un de tout ce qui s'est accumulé en moi au cours de tant d'années – et parce que j'y pense sans cesse. Cela ne te fatigue pas trop ? As-tu encore une demi-heure ? Essaie de m'écouter, peut-être réussirai-je à tout te dire.

Sans doute nous respectait-il et nous aimait-il toutes les deux. Mais nous ne le comprenions pas, ni sa mère, ni moi. Voilà le grand échec de notre vie.

L'amour, dis-tu, n'a pas besoin de « compréhension ». Détrompe-toi, ma chère. Moi aussi, je l'ai cru, pendant longtemps, en maudissant mon destin. On aime ou on n'aime pas, il n'y a rien à « comprendre »... Que vaudrait un sentiment humain dicté par une intention consciente ?... Écoute-moi bien : en vieillissant, on apprend que les choses ne sont pas ce qu'elles paraissent, qu'il faut bel et bien les comprendre, qu'il faut tout apprendre, y compris l'amour. Oui, parfaitement... tu as beau secouer la tête et sourire. Nous sommes des êtres humains... et tout ce qui nous arrive doit être filtré par la raison. C'est elle, la raison, qui rend nos sentiments et nos émotions supportables ou insupportables. Il ne suffit pas d'aimer, non...

On ne va pas en discuter maintenant. Je sais ce que je sais.

Et je l'ai payé assez cher. Avec quoi ? me demandes-tu. Avec ma vie, ma chère, avec toute ma vie. Avec le fait d'être ici, dans cette pâtisserie, dans ce salon de thé aux tentures rouges, pendant qu'il emporte un paquet de fruits confits destiné à une autre que moi. Cela ne m'étonne pas, d'ailleurs... elle a des goûts si vulgaires.

De qui je parle ? De l'autre. Je n'aime guère prononcer son nom. De celle qu'il a épousée. Tu ne savais pas qu'il s'était remarié ?... Je croyais que tu étais au courant, que la nouvelle était parvenue jusqu'à Boston, jusqu'en Amérique. Tu vois comme on est bête... on croit toujours que les événements marquants de notre vie ont une portée universelle. Au moment de notre divorce et du remariage de mon mari, le monde était en pleine convulsion, on découpait des pays, on préparait la guerre – et celle-ci a fini par éclater. Ce qui n'a rien d'étonnant : Lazar affirme que ce qu'on prépare si longtemps, avec tant de zèle, tant de minutie – une guerre, par exemple – finit toujours par se réaliser. Cependant, je n'aurais guère été surprise de lire pendant tous ces mois, à la une des journaux, les nouvelles de ma guerre à moi, de mes batailles, de mes défaites, de mes petites victoires, du front qu'était devenu ma vie à cette époque-là. Mais c'est là une autre histoire. Au moment de la naissance de notre enfant, on en était encore loin.

Pendant les deux années qu'a vécues cet enfant, mon mari a conclu la paix avec moi – et avec le monde. Voilà tout ce que je pourrais te dire. Pas une vraie paix, non, seulement une sorte d'armistice. Il attendait, il agissait avec une grande attention, il cherchait à mettre de l'ordre dans son âme... Car cet homme avait l'âme pure. Oui, c'était un homme véritable, je te l'ai déjà dit. J'ajoute maintenant que c'était un gentleman. Pas comme on l'entendait dans nos « casinos »[1], bien sûr, où un gentleman doit obligatoirement se battre en

---

1. Clubs réservés à l'élite aristocratique.

duel ou se brûler la cervelle s'il est incapable de payer ses dettes de jeu. Mon mari, lui, ne jouait pas aux cartes : il m'a même dit un jour qu'un vrai gentleman ne jouait pas aux cartes, parce qu'il n'avait droit qu'à l'argent gagné par son travail. Oui, c'était un gentleman, poli, digne, compatissant envers les faibles, rigoureux envers ses pairs. Il ne reconnaissait aucun rang social, il ne mettait personne au-dessus de lui... il ne respectait que les artistes, ces enfants de Dieu, disait-il, qui avaient choisi la voie la plus ardue.

Et parce que c'était un gentleman, il s'est efforcé, après la naissance de notre petit, de vaincre cette réserve dont il souffrait terriblement, de se rapprocher de moi et de son enfant. Comme ses efforts étaient émouvants... on aurait dit un tigre se convertissant du jour au lendemain au régime végétarien et s'inscrivant à l'Armée du Salut. Mon Dieu, comme il est difficile de vivre – et d'être un homme !...

Voilà ce qu'a été notre vie pendant deux ans. Sans être tout à fait heureux, nous avons connu le calme. Pendant ces deux années, il a dû fournir des efforts surhumains. S'opposer à sa nature demande en effet une énergie inouïe. Mon mari voulait être heureux, mais il grinçait des dents, il voulait se montrer léger, insouciant, confiant, mais il souffrait de paralysie... Peut-être aurait-il moins souffert si, de mon côté, je m'étais un peu détachée de lui, si j'avais déversé sur notre enfant toute mon affection, mon immense besoin d'amour. Mais il s'est passé en moi quelque chose d'incompréhensible : je n'aimais mon enfant qu'à travers Péter. C'est peut-être pour cela que Dieu m'a punie. Pourquoi écarquilles-tu les yeux ? Tu ne me crois pas ? Je te fais peur ? Eh oui, ma chère, mon histoire n'est pas vraiment agréable. J'adorais mon enfant, je ne vivais que pour lui ; pendant ces deux années – et seulement pendant ces deux années... – j'ai senti que ma vie avait un sens... Mais j'aimais notre enfant à cause de lui, pour lui, comprends-tu ? J'aurais voulu que l'enfant l'attache à moi, entièrement à moi. C'est peut-être abominable, mais je sais désormais que cet enfant, dont je porterai toujours le deuil, n'a été qu'un instrument, un prétexte pour obliger mon mari à m'aimer. Cette idée, j'aurais été bien incapable de la formuler dans un confessionnal, dussé-je y passer toute la journée. Mais lui, il savait à quoi s'en tenir à ce sujet, sans jamais en dire un mot toutefois... Et dans mon for intérieur, je le savais aussi, sans trouver les paroles adéquates, car je n'avais pas encore de mots pour désigner les phénomènes de la vie... Les vrais mots sont arrivés plus tard – et nous avons dû les payer au prix fort. Les vrais mots, c'était Lazar qui les détenait. Un jour, il nous les a livrés comme ça, en passant, du geste simple de celui qui remet une pendule à l'heure ou ouvre un tiroir secret. Mais, à cette époque-là, nous ne savions encore rien l'un de l'autre. En apparence, tout, autour de nous, était en ordre. Tous les matins, au petit déjeuner, la nurse nous apportait le bébé habillé de bleu et de rose. Mon mari parlait un peu avec l'enfant et avec moi, puis il prenait sa voiture et se rendait à l'usine. Le soir, nous dînions en ville ou nous recevions des invités qui se répandaient en éloges sur notre bonheur, sur notre bel appartement, sur la jeune maman et son splendide bébé, sur notre vie exempte de soucis... Que pensaient-ils en nous quittant ? Je crois le savoir. Les plus stupides d'entre eux nous jalousaient, les plus fins poussaient sans doute un soupir de soulagement. « Enfin seuls ! » disaient-ils. Nous leur offrions pourtant les mets les plus raffinés, les meilleurs vins étrangers – et les plaisirs d'une conversation à la fois subtile et apaisante. Mais il manquait toujours quelque chose... de sorte que chaque convive était heureux d'en avoir fini avec cette corvée. Ma belle-mère arrivait l'air discrètement angoissé et repartait avec une hâte étrange. Nous sentions tout cela, mais nous ne le savions pas. Peut-être mon mari le savait-il, oh oui ! Mais moi, je ne pouvais rien faire, j'étais obligée d'être heureuse, les dents serrées.

Au fond de moi-même, je ne l'ai pas lâché un seul instant.

Métamorphoses d'un mariage

Je le tenais avec l'enfant, je le faisais littéralement chanter, je lui imposais une sorte d'esclavage sentimental. Est-il possible que de telles forces soient à l'œuvre dans les relations entre deux êtres humains ? Oui, ma chère – et c'est toujours le cas. Je consacrais tout mon temps à notre petit, mais seulement parce que je savais que tant qu'il serait là, mon mari serait là aussi et qu'il m'appartiendrait exclusivement... Dieu ne pardonne pas ce genre de choses. On ne peut pas aimer intentionnellement. On ne peut pas non plus aimer convulsivement, éperdument. C'est là la seule façon d'aimer, dis-tu ? Moi, en tout cas, c'est ainsi que je l'aimais.

Par-dessus la tête de l'enfant, nous nous adressions des sourires polis, mais nous nous battions avec acharnement. Jusqu'au jour où j'ai été gagnée par la lassitude, envahie par l'engourdissement de mes membres. Moi aussi, j'avais vécu avec une intensité inouïe.

Oui, j'étais lasse – comme quelqu'un de malade. C'était le début de l'automne, un automne doux et tiède. L'enfant, qui venait d'avoir deux ans, commençait à retenir notre attention. C'était une petite personnalité émouvante, captivante même... Un soir, alors qu'il dormait déjà, mon mari et moi nous trouvions tous les deux dans le jardin.

– Veux-tu qu'on aille passer six semaines au Tyrol ? m'a-t-il demandé brusquement.

Nous partîmes pour Meran. Selon les règles, ma belle-mère est venue habiter chez nous pour s'occuper du petit.

Ce fut un périple étrange – un voyage de noces et un voyage d'adieux. Une occasion de mieux nous connaître l'un l'autre – et aussi une épreuve. Il s'est efforcé à ce moment-là de s'ouvrir à moi. Car, il faut que je te le dise, je ne me suis jamais ennuyée en sa compagnie. J'ai souffert le martyre, je me suis sentie renaître quelquefois, mais je ne me suis pas ennuyée un seul instant. Je te dis cela en passant, comme entre parenthèses. Bref, un jour, nous sommes partis pour Meran.

Métamorphoses d'un mariage

C'était un automne ambré, somptueux, le monde autour de nous semblait en fête. Les branches des arbres croulaient sous le poids des fruits dorés. L'air était vaporeux, odorant, il sentait la fleur fanée. Les touristes riches et insouciants – des Américains prenant le soleil qui embaumait le moût, des Françaises élancées comme des sauterelles, des Anglais prudents et circonspects – évoluaient, comme autant de guêpes repues, dans cette lumière chaude et pesante. Le monde ne s'était pas encore barricadé comme aujourd'hui, l'Europe – et la vie – brillaient de tous leurs feux... mais les gens, qui savaient ce qui les attendait, s'empressaient de jouir de tout dans une hâte éperdue. Nous étions descendus dans le meilleur hôtel et nous passions notre temps aux courses et aux concerts. Nous occupions deux chambres contiguës avec vue sur la montagne.

Quelle attente, quels espoirs couvaient durant ces six semaines ? Un grand silence nous entourait. Mon mari avait emporté quelques livres. Il était doté d'un goût littéraire parfait, il savait toujours, comme Lazar, ou comme les meilleurs musiciens, séparer le bon grain de l'ivraie. Au crépuscule, alors que nous étions sur le balcon, je lui lisais des poèmes français, des romans anglais, de la prose allemande, parfois lourde et absconse, des œuvres de Goethe et quelques scènes du *Florian Geyer* de Hauptmann, une pièce qu'il aimait beaucoup, qu'il avait vue un jour à Berlin et qui lui avait laissé un souvenir impérissable. Il appréciait aussi le *Danton* de Büchner et les *Petites chansons d'automne* de János Arany[1]. Après ces séances de lecture, nous nous changions pour aller dîner dans de grands restaurants où nous commandions du homard et des vins doux italiens.

Nous paradions un peu comme ces nouveaux riches qui cherchent à rattraper leur retard et à posséder enfin tout ce

---

1. János Arany (1817-1882), poète, auteur d'épopées et de ballades, très appréciées pour leur perfection formelle.

Métamorphoses d'un mariage

que la vie leur a refusé, ceux qui écoutent du Beethoven en dégustant une cuisse de chapon et en sirotant du champagne français. Mais nous vivions aussi dans une atmosphère d'adieux, qui marquait, sans qu'on le sache vraiment, ces dernières années d'avant-guerre. C'était les paroles mêmes de mon mari – je ne fais que les reproduire. Pour ma part, je ne faisais pas mes adieux à l'Europe – avouons, entre femmes, que nous n'avons pas grand-chose à faire de ce genre de concepts –, j'entendais seulement me débarrasser d'un sentiment qui m'obsédait et que je n'avais pas encore eu la force de surmonter. Parfois, j'étouffais d'impuissance.

Une nuit, nous étions sur le balcon. Disposées sur un plateau en verre, des grappes de raisin et quelques pommes – c'était l'époque de la cueillette – répandaient une odeur douceâtre, émanant, aurait-on dit, d'un énorme bocal de confiture laissé ouvert. Au rez-de-chaussée, un orchestre français jouait quelques pages de vieux opéras italiens. Un flacon en cristal rempli de Lacrima Christi – un vin d'un brun sombre, que mon mari avait commandé au garçon d'hôtel – trônait sur la table. Tout cela était trop mûr, trop sucré, presque écœurant. Mon mari, affecté sans doute par cette atmosphère, m'a dit brusquement :

– Demain, nous rentrons.

– Oui, ai-je répondu, nous rentrons.

Puis, tout à coup, de cette voix grave d'homme solitaire, qui évoquait pour moi quelque instrument de musique d'une tribu primitive, il m'a demandé :

– Dis-moi, Ilonka, qu'allons-nous devenir ?

J'ai compris qu'il parlait de notre vie à tous les deux. J'ai levé mon regard sur le ciel étoilé. J'ai frissonné : c'était le moment de vérité, inutile de continuer à jouer la comédie. J'avais les membres glacés, mais les paumes toutes moites.

– Je ne sais pas, je ne sais pas... Je ne peux pas te quitter. Je n'imagine pas ma vie sans toi.

– Je sais que c'est très difficile, a-t-il repris, avec un grand calme. Je ne t'en demande pas tant. Peut-être le moment n'est-il pas encore venu. Peut-être ne viendra-t-il jamais. Mais ce voyage, cette vie commune... cela a quelque chose d'humiliant, non ? Comme si nous n'avions pas le courage de nous demander ce qui ne va pas entre nous.

Enfin, il parlait. Prise de vertige, j'ai fermé les yeux :

— Dis-moi, dis-moi enfin ce qui ne va pas entre nous.

Il resta longtemps silencieux. Il réfléchissait en allumant cigarette sur cigarette, des cigarettes anglaises au parfum légèrement opiacé, dont la fumée m'étourdissait. Mais cette odeur lui appartenait au même titre que celle, amère, de foin anglais, qui flottait dans son armoire à linge, et à laquelle il tenait plus que tout. L'homme est constitué de tant de détails ! Après de longues minutes de silence, il m'a dit :

— Je n'ai pas vraiment besoin d'être aimé.

— Ce n'est pas possible, ai-je répondu, grelottante. Tu es un être humain, et tu as besoin d'amour, comme tout le monde.

— Les femmes n'y comprennent rien, a-t-il poursuivi d'un ton lointain, comme s'il s'adressait aux astres. Il existe des hommes qui se passent d'amour... mais elles ne veulent pas l'admettre.

Il parlait sans emphase, du même ton lointain, mais avec un grand naturel. Je savais qu'il disait la vérité — comme toujours. Ou, tout au moins, qu'il croyait dire la vérité. Alors, j'ai commencé à marchander :

— Allons, tu ne peux pas tout savoir de toi-même. Peut-être n'es-tu pas assez courageux pour assumer un sentiment que, pourtant, tu éprouves. Il faut être plus modeste, plus humble, ai-je ajouté sur un ton presque suppliant.

Il a jeté sa cigarette et il s'est levé. De haute taille — tu as vu comme il est grand ! —, il me dépassait d'une tête. Mais cette nuit-là, appuyé contre la balustrade du balcon, il semblait m'écraser, comme s'il avait encore grandi dans sa tristesse, sous les étoiles, sous ce ciel étranger, avec, au fond du cœur, ce secret si lourd et singulier – ce secret que j'aurais tant voulu percer.

– Quel est le sens de la vie d'une femme ? a-t-il interrogé, les bras croisés sur la poitrine. C'est un sentiment... un sentiment auquel elle puisse s'abandonner entièrement. Je le sais, je le comprends, bien sûr, mais seulement avec ma raison. Moi, je ne peux pas m'abandonner à un sentiment.

– Et notre enfant ? ai-je demandé, désormais agressive.

– C'est de lui qu'il s'agit, précisément, a-t-il répliqué, la voix tremblante, avec une sorte de vivacité inquiète. Je suis prêt à tout supporter pour cet enfant. Je l'aime, et c'est à travers lui que je t'aime.

– Et moi...

Je n'ai pas osé continuer, et lui avouer que c'était lui que j'aimais à travers l'enfant.

Cette nuit-là, nous avons beaucoup parlé – et nous sommes restés longtemps silencieux. J'ai souvent l'impression de me souvenir de chacune de ses paroles. Il m'a dit entre autres :

– Les femmes ne comprennent pas qu'un homme peut se suffire à lui-même... que son âme lui suffit pour vivre. Le reste, c'est du surplus, un ersatz de vie. Mais il y a l'enfant, cet étrange miracle. Pour lui, on est prêt à tous les compromis. Alors, trouvons un compromis... Restons ensemble, d'accord, mais aime-moi un peu moins. Aime plutôt l'enfant, aime-le davantage, a-t-il lâché d'une voix étouffée, presque menaçante. Laisse-moi, c'est tout ce que je te demande. Tu sais bien que je n'ai aucune arrière-pensée, aucun plan secret. Tout simplement, je ne peux plus continuer à vivre dans une telle tension. Certains hommes – plutôt féminins – ont besoin d'être aimés. D'autres, comme moi, supportent, tant bien que mal, qu'on les aime. Tout homme véritable est pudique, ne le sais-tu pas ?

– Que veux-tu donc ? ai-je répondu d'un ton triste. Que puis-je faire ?

Métamorphoses d'un mariage

— Nous allons conclure une sorte d'alliance. Dans l'intérêt de l'enfant et pour que nous puissions rester ensemble. Tu sais exactement ce que je veux, a-t-il encore ajouté, avec gravité... Toi seule, tu peux m'aider... En dénouant ce nœud... Si je voulais m'en aller, je pourrais le faire. Mais je ne veux pas te quitter... ni toi, ni l'enfant. Je te demande beaucoup, peut-être l'impossible. Restons ensemble, mais pas de cette façon... pas avec cette intensité que je ne supporte plus. Je le regrette, a-t-il continué poliment, je te plains, mais je n'en suis pas capable.
— Alors, pourquoi m'as-tu épousée ? lui ai-je demandé stupidement.
Sa réponse a été terrifiante.
— Quand je t'ai épousée, je savais presque tout de moi-même. Mais je ne te connaissais pas assez. Je t'ai épousée, parce que je ne savais pas que tu m'aimais tant.
— Est-ce donc un crime de t'aimer à ce point ?
Debout dans le noir, fumant sa cigarette, il a ri tristement, mais sans aucun cynisme, sans la moindre condescendance.
— Plus qu'un crime. Une faute.
Et il a ajouté :
— Cette phrase n'est pas de moi. Elle a été prononcée par Talleyrand le jour où il a appris que Napoléon avait fait assassiner le duc d'Enghien. C'est un lieu commun... au cas où tu ne le saurais pas, a-t-il précisé, d'un ton affable.
Mais que m'importaient Napoléon et le duc d'Enghien ! Je savais exactement ce qu'il voulait dire par là... alors, j'ai essayé de présenter les choses sous un aspect un peu moins sombre :
— Allons, cette situation n'est peut-être pas si insupportable que ça. La vieillesse approche... et tu aimeras peut-être te réchauffer quelque part lorsque tout sera froid autour de toi.
— Eh bien voilà, a-t-il répondu calmement. Derrière toute chose se profile la vieillesse qui nous guette...
Il venait d'avoir quarante-huit ans cet automne-là, mais il

faisait beaucoup plus jeune. C'est après notre divorce qu'il a pris un coup de vieux.

Nous en sommes restés là et nous n'avons plus abordé le sujet. Ni le lendemain, ni jamais. Nous sommes rentrés deux jours plus tard. En arrivant, nous avons trouvé notre garçon fiévreux. Il est mort une semaine après. Jamais plus nous n'avons retrouvé cette intimité, nous nous sommes contentés de vivre côte à côte en attendant quelque chose. Peut-être un miracle. Mais il n'y a pas eu de miracle.

Quelques semaines après les obsèques, un après-midi, en revenant du cimetière, je suis entrée dans la chambre d'enfant. Mon mari était là, debout, dans l'obscurité.

— Que viens-tu faire ici ? m'a-t-il demandé durement.

Puis, reprenant ses esprits, il a quitté rapidement la pièce. Sur le seuil, il m'a lancé, du bout des lèvres :

— Excuse-moi.

Cette chambre, vois-tu, c'était lui qui l'avait meublée. Il avait choisi lui-même chaque meuble et désigné sa place. Bien sûr, il n'y venait pas souvent du vivant de l'enfant... et quand il y venait, c'était pour s'arrêter sur le seuil, gêné, comme s'il avait eu peur de manifester ses sentiments d'une façon qu'il jugeait ridicule. Et pourtant, il fallait lui apporter le petit tous les jours, dans sa propre chambre, et lui dire matin et soir comment il avait dormi, s'il avait bien mangé et s'il se portait bien. Depuis la mort de l'enfant, il n'était revenu dans cette pièce qu'une seule fois, quelques semaines après l'enterrement. D'ailleurs, nous avions fermé cette chambre, c'était moi qui en avais la clé, et nous ne l'avons jamais rouverte pendant trois ans, jusqu'à notre divorce — tout y est resté tel quel, comme le jour où nous avions transporté le petit à la clinique. À vrai dire, j'y entrais quand même quelquefois pour faire un peu de ménage... bref, j'y allais à l'insu des gens de la maisonnée.

Métamorphoses d'un mariage

Pendant les semaines qui ont suivi l'enterrement, j'étais folle de douleur. Je me traînais, et je luttais en même temps de toutes mes forces pour ne pas craquer. Je savais qu'il était bien plus malade que moi... je savais qu'il était prêt à s'effondrer, qu'il avait besoin de moi – même s'il le niait. Pendant ces semaines-là, il est apparu entre lui et moi, ou entre lui et le monde, quelque chose que je ne pourrais pas décrire avec précision – une sorte de fêlure. Privées de paroles, les choses restent muettes, et d'autant plus graves et dangereuses. Parler, crier, pleurer apporte toujours un soulagement.

Pendant l'enterrement, il s'est montré calme et silencieux – et son attitude a fini par m'influencer. Droits, sans verser une seule larme, nous avons suivi en silence le petit cercueil blanc et or. Sais-tu que, par la suite, il n'est plus jamais retourné avec moi au cimetière ? À moins qu'il ne s'y soit rendu seul, je ne sais pas.

Un jour, il m'a déclaré :

– Pleurer, c'est tricher. Quand on pleure, tout est déjà fini. Je ne crois pas aux larmes. La douleur est muette. Elle est incompatible avec les larmes.

Que s'est-il passé en moi pendant ces semaines-là ? Je pourrais dire – rétrospectivement – que j'ai réclamé vengeance. Contre qui ? Le destin ? Les hommes ? Bêtises que tout cela ! Comme tu t'en doutes, l'enfant a été soigné par les meilleurs médecins de la ville. On a l'habitude de dire, dans ces cas-là, qu'on a fait tout ce qui était possible humainement. Mais ce ne sont là que des paroles. D'abord, ce n'est pas vrai, tout n'a pas été fait. Pendant que le petit agonisait, les gens avaient encore toutes sortes de préoccupations en tête – et sauver mon enfant était le cadet de leurs soucis. Ce que, naturellement, je ne leur ai jamais pardonné. Au fond, mon désir de vengeance a tout envahi... aussi bien ma raison que mes sentiments : j'étais tourmentée, saisie d'un mépris et d'une indifférence aussi froids que violents. Il est faux de penser que la souffrance nous purifie et nous améliore, qu'elle nous rend sages, compréhensifs. Bien au contraire, elle nous glace, elle fait de nous des êtres insensibles. Si l'on comprend son destin, si l'on s'y résigne, on parvient presque à s'apaiser, jusqu'à devenir terriblement solitaire.

Comme toujours, j'allais à confesse. Mais que confesser ? En quoi avais-je péché ? Il me semblait que j'étais l'être le plus innocent que la terre eût jamais porté. Aujourd'hui, je ne suis plus de cet avis. Le péché n'est pas seulement ce que le catéchisme définit comme tel. Manquer de force pour accomplir ce que nous devons accomplir constitue également un péché. Le jour où – pour la première et dernière fois – mon mari m'a parlé avec tant de brutalité dans la chambre de l'enfant, j'avais, à ses yeux, commis le péché de n'avoir pas pu sauver le petit.

Tu ne dis rien, tu es gênée, je te fais de la peine... tu penses que je suis désespérée par l'injustice dont j'ai été la victime... tu crois que j'exagère. Mais, tu sais, je n'ai jamais pensé que cette accusation muette de mon mari était sans fondement. Tout a été tenté, me dis-tu. Bien sûr, aucun juge ne pourrait me condamner... j'ai fait, comme on dit, tout ce qui était en mon pouvoir. Je suis restée au chevet de l'enfant pendant huit jours et huit nuits, je l'ai soigné de mon mieux et, au mépris de toute déontologie médicale, je n'ai pas hésité à appeler un deuxième, puis un troisième médecin, lorsque le premier s'était déclaré impuissant. Oui, j'ai tout essayé, mais c'était aussi pour garder mon mari, pour qu'il m'aime, fût-ce à travers mon enfant. Me comprends-tu ? En priant pour mon garçon, c'était pour mon mari que je priais. Seule sa vie m'importait, celle de l'enfant était au service de la sienne. C'est un péché, me dis-tu. Mais qu'est-ce au juste qu'un péché ? Moi, je le sais désormais. Quand on aime un homme, il faut, de toutes ses forces, l'empêcher de s'effondrer. Eh bien, avec la mort du petit, tout s'est effondré... J'ai su que j'avais perdu mon mari, car, sans le dire ouvertement, il m'a accusé de cette mort. C'est injuste, c'est absurde, dis-tu... Je n'en sais rien. Je suis incapable d'en parler.

Au cours des semaines qui ont suivi la mort de l'enfant, j'ai été prise d'une extrême lassitude. Naturellement, j'ai fini par tomber malade. Une pneumonie. Je me suis rétablie, puis j'ai fait une rechute, qui m'a clouée au lit pendant de longs mois dans un sanatorium. Mon mari m'envoyait des fleurs, il venait me voir deux fois par jour, le midi et le soir, en rentrant de l'usine. J'avais une infirmière qui me faisait manger, car j'étais trop faible pour m'alimenter toute seule. Pourtant, je savais que tout cela ne m'était d'aucun secours... malgré ma maladie, Péter ne me pardonnerait jamais. Il était toujours correct, bien sûr, d'une courtoisie voire d'une tendresse presque effrayantes. Je pleurais chaque fois qu'il me quittait.

Ma belle-mère venait souvent me voir. Un jour – nous allions vers le printemps et j'avais repris des forces –, j'étais assise dans mon fauteuil, et elle tricotait à mes côtés, silencieuse comme toujours. Puis, elle a posé son ouvrage, ôté ses lunettes et m'a dit, sur un ton confidentiel, et avec un sourire amical :

– De quoi veux-tu te venger, Ilonka ?

– Quoi ? ai-je répondu, effarée et rougissante. Mais de quelle vengeance me parlez-vous ?

– Sais-tu que dans ton délire tu criais : « Vengeance, vengeance ! » Mais il n'y a pas de vengeance, ma chérie. Il n'y a que la patience.

J'étais secouée de ma torpeur pour la première fois depuis la mort de mon enfant. Je suis devenue attentive. Et je me suis mise à parler :

– C'est terrible, belle-maman ! Quel est mon péché ? Je sais que je ne suis pas innocente, mais je suis incapable de comprendre en quoi j'ai péché ou quelle faute j'ai commise. Je ne suis peut-être pas la femme qu'il lui faut... Vaudrait-il mieux que nous divorcions ? Si vous le pensez, belle-maman, je demande le divorce. Vous savez bien qu'il est tout pour moi, que je ne songe qu'à lui. Mais si je ne peux plus rien pour lui, je suis prête à divorcer. Conseillez-moi, belle-maman.

Elle m'a regardée gravement et avec tristesse.

— Ne te tourmente pas comme ça, ma petite. Tu sais bien que personne ne peut te donner de conseils. Il faut vivre, c'est tout, il faut supporter la vie.

— Vivre, vivre ! me suis-je écriée. Mais je ne peux pas vivre comme un arbre, moi. Il faut que ma vie ait un sens. Je l'ai connu, je l'ai aimé et ma vie, tout à coup, a pris un sens. Après, les choses se sont passées d'une drôle de façon. Bien sûr, je ne peux pas dire qu'il m'aime moins que pendant la première année de notre mariage... Il m'aime toujours, mais il m'en veut.

Ma belle-mère se taisait. Elle ne semblait pas me donner raison, mais elle ne protestait pas.

— Non ? ai-je poursuivi, inquiète.

— Pas tout à fait, a-t-elle répondu, prudente. Je ne pense pas qu'il t'en veuille. Ou, plus exactement, ce n'est pas à toi qu'il en veut.

— Alors qui ? Qui l'a offensé ?

La vieille femme m'a jeté un regard à la fois grave et compréhensif.

— Il est bien difficile de répondre à ta question.

Elle a posé son ouvrage et poussé un soupir.

— Il ne t'a jamais parlé de sa jeunesse ?

— Si. Parfois, à sa manière, avec le rire nerveux de celui qui n'aime pas dévoiler une part de son intimité, ou parler de ses amis et des gens en général. Mais jamais il ne m'a dit qu'on l'avait offensé.

— Écoute, a continué ma belle-mère sur un ton neutre, presque indifférent. Offenser n'est peut-être pas le mot juste. La vie réserve bien des contrariétés.

— Lazar... L'écrivain. Le connaissez-vous, belle-maman ? Il est peut-être le seul à pouvoir en parler.
— Oui. Il fut un temps où mon fils avait de l'affection pour cet homme. Mais tu ne pourras rien obtenir de lui... Il n'est pas bon.
— J'ai eu cette impression, moi aussi.

Elle a repris son ouvrage et m'a dit, sans insistance, en souriant doucement :

— Calme-toi, ma fille. Pour l'instant, tu souffres, mais le temps arrange tout... il effacera ce que tu crois encore insupportable. Tu rentreras chez toi, chez vous, vous allez partir, vous aurez un autre enfant...
— Non, je ne le crois pas, ai-je répliqué, le cœur serré de désespoir. J'ai un mauvais pressentiment. Il me semble que tout est fini. Dites-moi, je vous en prie, si notre union est un mauvais mariage.

Elle a froncé les sourcils, et elle m'a jeté, à travers ses lunettes, un regard perçant, avant de déclarer, sur un ton objectif :

— Je ne crois pas que votre mariage soit mauvais.
— C'est curieux, ai-je répondu, amère. Je me dis parfois qu'il ne peut exister de mariage pire que le nôtre. En connaissez-vous de meilleurs, belle-maman ?
— De meilleurs ? a-t-elle répété, méditative. (Puis, comme pour scruter un horizon lointain, elle a détourné la tête.) Peut-être. Je ne sais pas. Le bonheur n'est pas toujours ostentatoire. En revanche, j'en connais de bien pires. Par exemple...

Elle s'est interrompue, comme si elle regrettait d'avoir parlé. Mais je ne l'ai pas lâchée. Je me suis dressée sur mon séant, j'ai rejeté ma couverture et je lui ai demandé, impérative :

— Par exemple ?
— Eh bien..., a-t-elle soupiré. (Puis, elle s'est remise à tricoter.) Je ne tiens pas vraiment à en parler, mais si ça peut

te consoler, sache que mon mariage a été pire que le tien, pour la bonne et simple raison que je n'aimais pas mon mari.

Elle parlait sur un ton calme, frisant l'indifférence, à la façon des vieillards qui sont sur le point de dire adieu à la vie, ceux qui connaissent le poids des mots, ne craignent plus rien et respectent la vérité plus que les conventions humaines. J'ai pâli, stupéfiée par sa confidence.

— Mais c'est impossible! me suis-je écriée, naïve et gênée à la fois. Vous avez vécu tous les deux dans une telle harmonie!

— C'est vrai, nous n'avons pas trop mal vécu, a-t-elle répliqué un peu sèchement, pendant que ses doigts œuvraient avec agilité. Je lui ai apporté l'usine, comme tu le sais, et il m'aimait vraiment. Voilà, c'est toujours comme ça... il y en a un qui aime plus que l'autre. Pourtant, c'est celui qui aime qui a la tâche la plus facile. Tu aimes ton mari, alors, même si tu souffres, tu as la meilleure part. Moi, il m'a fallu supporter un amour que je ne partageais pas. Voilà qui est bien plus difficile. Mais j'ai tenu bon et je suis toujours là. C'est ça, la vie, vois-tu. Ceux qui cherchent autre chose sont d'incorrigibles rêveurs. Moi, je ne suis pas de cette espèce. Mais, crois-moi, ton sort est bien meilleur que le mien. Je t'envie presque...

Puis, penchant la tête de côté, elle a poursuivi :

— Ne crois surtout pas que j'ai souffert. J'ai vécu comme tout un chacun. Si je t'ai parlé aujourd'hui, c'est parce que tu es si inquiète, si fiévreuse. À présent, tu connais la vérité. Tu m'as demandé si votre mariage était le pire qui puisse se concevoir. Eh bien, je ne le crois pas. C'est un mariage, un point c'est tout, a-t-elle conclu, calme et rigoureuse, comme si elle avait prononcé un verdict.

— Vous nous conseillez de rester ensemble? lui ai-je demandé, d'une voix étranglée par la peur.

— Naturellement, a-t-elle répondu. Qu'est-ce que tu t'imagines? Le mariage n'est pas une lubie... C'est un sacrement, une loi de l'existence humaine qu'il n'est pas question de remettre en cause...

Sa voix me semblait hostile, presque scandalisée.

Nous avons longtemps gardé le silence : je contemplais ses mains osseuses, ses doigts agiles, le canevas de son ouvrage, son visage émacié, mais lisse et paisible, entouré d'une couronne de cheveux blancs, son visage qui ne portait la trace d'aucune souffrance. Elle a peut-être souffert, me suis-je dit, mais elle a réussi à accomplir la tâche la plus difficile qui puisse incomber à un être humain : elle est sortie indemne de cette épreuve, pénible entre toutes, à côté de laquelle nos désirs et nos inquiétudes ne sont que des choses insignifiantes. Voilà comment je cherchais à me raisonner, tout en sachant que je ne parviendrais jamais à me résigner à mon sort. Alors, prenant mon courage à deux mains, je lui ai dit :

– Je ne veux pas de lui s'il doit être malheureux à cause de moi. S'il ne peut pas être heureux avec moi, qu'il aille en chercher une autre.

– Quelle autre ? a demandé ma belle-mère, tout en examinant avec attention les mailles de son tricot, comme si c'était la chose la plus importante du monde.

– Celle qui lui est destinée. Sa vraie femme..., ai-je ajouté brutalement.

– Tu es donc au courant ? a-t-elle repris calmement, sans me regarder.

À nouveau, je me suis sentie décontenancée. En face de ces deux êtres, la mère et son fils, j'ai toujours eu cette espèce de sentiment d'infériorité propre au non-initié, à l'enfant qui ignore les mystères de l'existence.

– Au courant de quoi ? ai-je demandé avec avidité. Qui suis-je censée connaître ?

– Mais elle, a-t-elle répondu, hésitante. Celle dont tu viens de parler. La vraie...

– Elle existe donc ? Où vit-elle ?

La tête inclinée sur son ouvrage, elle a poursuivi tranquillement :
— Il existe toujours une femme, la vraie, qui vit quelque part.

Ensuite, elle a gardé le silence. Et elle n'a plus abordé le sujet. Il y avait toujours chez elle, comme chez son fils, quelque chose d'inéluctable.

Quelques jours après cette conversation, sous l'effet, peut-être, de ma frayeur, j'ai commencé à me sentir mieux. Je n'avais sans doute pas bien compris les paroles de ma belle-mère. Elle avait parlé en général, de façon symbolique, je n'avais donc aucune raison de me méfier. Bien sûr, il y a toujours, quelque part, une « vraie femme ». Mais moi, qui suis-je, moi ? me suis-je demandé une fois que j'ai repris mes esprits. Qui est la vraie femme, si ce n'est moi ? Où vit-elle ? Comment est-elle ? Plus jeune ? Blonde ? Que sait-elle, que peut-elle ? En fait, je paniquais.

Je me suis dépêchée de guérir. Je suis rentrée chez moi, j'ai choisi de nouvelles robes. J'allais chez le coiffeur, je jouais au tennis, je faisais des longueurs à la piscine. À la maison, j'ai retrouvé tout en ordre... enfin, dans cet ordre que domine le néant. Comme si quelqu'un – ou quelque chose – avait déménagé de cet appartement. Le bonheur relatif dans lequel j'avais vécu ces dernières années... ce bonheur qui m'avait tant fait souffrir et que j'avais cru insupportable n'était plus là. J'ai compris alors, pour la première fois de ma vie, que l'existence ne pourrait rien m'offrir de plus. Tout était à sa place, mais les pièces semblaient vides, comme si un huissier – avec beaucoup de tact et de délicatesse – avait fait enlever les meubles les plus importants. Non... ce ne sont pas les meubles qui donnent un sens au foyer, mais les sentiments qui habitent ses occupants...

Or, mon mari se trouvait loin de moi, comme s'il était

parti vivre à l'étranger. Je n'aurais pas été surprise de recevoir un jour une lettre de lui... envoyée de la pièce d'à côté.

Autrefois, il lui arrivait de me parler, avec une certaine prudence, toutefois, comme à titre d'essai, de son usine, de ses projets et d'attendre ma réponse, la tête penchée de côté, tel un examinateur. Désormais, il n'y avait plus ni conversation... ni projets – sans doute n'en avait-il plus. Quant à Lazar, il ne l'a plus invité, nous ne l'avons plus revu pendant des années... mais, de temps à autre, nous lisions certains de ses livres ou de ses articles.

Un jour – je m'en souviens avec précision, c'était un matin d'avril, le quatorze, un dimanche –, j'étais dans la véranda face à notre jardin où fleurissaient mollement quelques chiendents et, alors que je lisais un livre, j'ai eu la sensation que quelque chose m'arrivait. Ne te moque pas de moi, je t'en prie, je ne joue pas à la Jeanne d'Arc, ce n'est pas une voix céleste que j'ai entendue, mais une voix intérieure, forte et passionnée, qui me disait que cela ne pouvait plus durer comme ça, que cette situation était humiliante, cruelle et inhumaine, et que je devais y remédier coûte que coûte, dussé-je accomplir un miracle. Il existe dans la vie des moments privilégiés, des sortes de révélations, où l'on se sent suffisamment armé pour entreprendre ce qu'on n'avait eu ni la force ni le courage d'accomplir auparavant. Ce sont là des moments cruciaux de l'existence. Ils surgissent à l'improviste, comme la mort ou la conversion.

Je frissonnais, j'en avais la chair de poule.

Je contemplais le jardin et mes yeux se remplissaient de larmes.

Qu'éprouvais-je exactement ? Je me sentais tout à coup responsable de mon sort. Oui, oui, tout dépend de moi seule, me suis-je dit. Je ne peux plus attendre que les pigeons me tombent tout rôtis dans la bouche. Entre mon mari et moi, il y a quelque chose qui ne va pas. Je m'y prends mal avec lui. Il ne m'appartient pas, il ne veut pas être entièrement à moi... Je savais qu'il n'y avait pas d'autre femme dans sa vie... que j'étais jeune, belle et que je l'aimais. Comme ce chaman de Lazar, j'avais un pouvoir sur lui, un pouvoir dont j'entendais user.

Je me sentais animée d'une force cruelle, capable de tuer ou, au contraire, de construire un monde. Seuls certains hommes, peut-être, sont à même d'assumer cette force, dans leurs moments d'extrême lucidité, au tournant de leur existence. Pour nous autres, femmes, c'est une force qui fait peur, et qui nous rend hésitantes.

Mais je n'entendais pas battre en retraite. En ce dimanche quatorze avril, quelques mois après la mort de mon enfant, j'ai décidé, oui, sciemment décidé de mener à bien la seule entreprise personnelle de ma vie. Ne me regarde pas comme ça, avec ces grands yeux, écoute-moi bien, je vais te dire quelle fut ma décision...

J'avais décidé de conquérir mon mari...

Tu ne ris pas ? Parce qu'il n'y a pas de quoi rire, hein... C'est bien ce que je pensais, ce jour-là.

Et pourtant, l'immensité de la tâche me faisait peur. J'en avais le souffle coupé. Il me semblait que cette entreprise constituait à présent le véritable sens de ma vie... ma décision était irréversible... il était désormais vain d'attendre quoi que ce fût du temps ou du hasard... vain de regarder passivement les événements, de me résigner à vivoter. J'avais décidé d'accomplir une tâche et cette tâche me tenait tout entière. Ou plutôt, nous nous tenions pour toute la vie et nous ne nous lâcherions plus. Il me fallait trancher. De deux choses l'une : ou mon mari me revenait entièrement, sans réserve ni pudeur, ou c'est moi qui le quittais. Soit il avait un secret que je ne connaissais pas, mais que je voulais découvrir, quitte à gratter de mes dix ongles la terre où il était enfoui, semblable à ces chiens qui s'acharnent à déterrer un os ou à ces amoureux devenus fous qui arrachent au cercueil la dépouille de leur maîtresse – soit j'échouais dans ma tâche et je me retirais définitivement. Mais je ne voulais pas continuer comme ça. Bref, je te le répète : j'avais décidé de conquérir mon mari.

Cela semble assez simple. Mais toi qui es une femme, tu sais bien que c'est là une des tâches les plus difficiles du monde. La plus difficile, ai-je même pensé certains jours.

Mon état d'esprit était comparable à celui d'un homme résolu à faire triompher sa volonté, son dessein envers et contre tous. Notre univers à nous autres, femmes, c'est l'homme que nous aimons. Napoléon lui-même – dont je ne sais toujours rien, sinon qu'il a été le maître du monde et qu'il a fait assassiner le duc d'Enghien, ce qui était plus qu'un crime, une faute... t'en souviens-tu ? – Napoléon, donc, en décidant de conquérir l'Europe, n'avait pas assumé une tâche plus ardue que moi, en ce dimanche venteux d'avril.

J'étais comme ces explorateurs qui s'en vont en Afrique ou au pôle Nord, au mépris du danger, des fauves ou du climat, afin d'y découvrir quelque chose dont personne, avant eux, n'avait eu connaissance. Après avoir pris ma décision, tel était à peu près mon état d'esprit, celui d'une femme déterminée à découvrir le secret d'un homme, quitte, s'il le fallait, à descendre en enfer.

À moins que ce ne soit ma décision qui, en s'emparant de moi, m'ait déterminée entièrement. Comment le savoir ? Dans ce genre de cas, tu sais, on agit sous la contrainte, pareille à ces somnambules, ces sourciers, ces possédés que les gens – et les autorités – évitent avec une sorte de respect confinant à la superstition... on ne plaisante pas avec ces individus, au regard fascinant, comme marqués au front, conscients de la mission dangereuse qu'ils doivent accomplir coûte que coûte... C'est donc dans cette disposition que j'attendais, en ce dimanche, à midi, le retour de mon mari.

Il revenait de la Vallée fraîche[1] avec son chien de chasse au pelage beige clair – un chien qu'il adorait et qu'il emme-

---

1. Un des lieux d'excursion préférés des Budapestois.

Métamorphoses d'un mariage

nait avec lui à chacune de ses promenades. Quand ils ont franchi le portail du jardin, je me tenais sur la marche supérieure de la véranda, immobile, les bras croisés sur la poitrine. C'était le printemps, tout était inondé de lumière, le vent, qui agitait les arbres, ébouriffait mes cheveux. Je me souviendrai toujours de cet instant, et de cette froide clarté qui m'habitait – comme elle habite tous les possédés – et qui régnait tout autour de moi, dans le jardin et dans le paysage.

Ils se sont arrêtés spontanément tous les deux, le maître et le chien, attentifs, comme alertés par un phénomène naturel dont on cherche à se protéger instinctivement. « Venez donc, ai-je pensé calmement, venez toutes et tous, étrangères, amis, souvenirs d'enfance, famille, univers hostile, approchez ! Je vous prendrai cet homme. » C'est à peu près dans cette ambiance que nous nous sommes mis à table pour déjeuner.

Après le repas, prise par une légère migraine, je me suis retirée dans ma chambre et je suis restée étendue dans l'obscurité jusqu'au soir.

Je ne suis pas, comme Lazar, un écrivain, aussi je ne puis te dire tout ce qui tourbillonnait dans ma tête pendant cet après-midi. Obsédée par la tâche qui m'attendait, je m'interdisais toute faiblesse, tout en sachant que personne ne pouvait m'aider. Par où commencer ? Je n'en avais pas la moindre idée. À certains moments, je me suis même sentie ridicule d'avoir décidé de tenter l'impossible.

Que puis-je faire ? me demandais-je sans cesse, des centaines, des milliers de fois. Bien entendu, il n'était pas question de m'adresser aux magazines pour solliciter par correspondance des conseils de « spécialistes » en signant « Une femme déçue ». Je connaissais trop bien ces lettres et ces réponses qui se voulaient rassurantes : « Votre mari, chère Madame, doit être surchargé de travail, veillez bien aux soins du ménage et utilisez, pour la nuit, la crème X ou la poudre Y qui redonneront à la peau de votre visage tout son éclat d'autrefois... et votre mari vous reviendra. » Bien sûr, ç'aurait été trop simple. Je savais que les crèmes et les poudres ne m'étaient d'aucun secours, quant au ménage, il était toujours bien fait – un ordre impeccable régnait chez nous, tout y était à sa place. De plus, j'étais encore belle, sans doute plus belle que jamais cette année-là. Quelle oie ! me suis-je dit, d'avoir pensé ne serait-ce qu'un instant à de pareils expédients.

Non, il n'était pas question ici de consulter des voyantes, d'interroger des écrivains célèbres, d'étaler mes problèmes devant des amies ou des membres de la famille – et de leur demander de répondre à cette question banale, somme toute, mais éternelle et d'une importance devenue fatale à mes yeux : « Comment s'y prendre pour conquérir un homme ? »

Le lendemain, lundi quinze avril – je me souviens de ces dates avec la plus grande précision, comme si j'avais couru un danger mortel ! –, je me suis levée de bonne heure et je me suis rendue dans cette petite église du quartier de Tabán que j'avais désertée depuis une dizaine d'années pour l'église du quartier de Krisztina où – le savais-tu ? – le comte István Széchenyi[1] a juré un jour fidélité éternelle à Crescencia Seilern. On dit que ce mariage n'a pas été non plus une réussite, mais je n'y crois pas trop, les gens racontent n'importe quoi, tu sais.

L'église de Tabán était vide ce matin-là. J'ai dit au sacristain que je voulais me confesser et j'ai attendu, solitaire, dans une travée. Peu après, un vieux prêtre, que je n'avais jamais vu, aux cheveux blancs et à l'expression austère, est entré dans le confessionnal et m'a fait signe de venir m'y agenouiller. Alors... je me suis entièrement confiée à cet ecclésiastique que je n'avais jamais vu auparavant – et que je n'ai plus jamais revu depuis.

---

1. István Széchenyi (1791-1860), fondateur de l'Académie des Sciences ; il préconisa, plutôt que la rupture avec l'Autriche, des réformes économiques et sociales afin de développer et de moderniser son pays.

Une telle confession, on n'en fait qu'une seule fois dans sa vie. À cet homme j'ai tout dit sur moi-même, sur mon enfant, sur mon mari. Je lui ai dit que je voulais reconquérir le cœur de Péter et que, ne sachant comment m'y prendre, je demandais l'aide de Dieu. J'étais, lui ai-je chuchoté, une femme pure qui ne pensait qu'à l'amour de son époux. Où était donc la faute ? En moi ou en lui ? Bref, je lui ai tout avoué... en lui parlant autrement, bien sûr, que je le fais maintenant avec toi. Aujourd'hui, je ne serais plus capable de tout épuiser comme ce jour-là... d'ailleurs cela me ferait honte. Mais ce matin-là, au fond de cette église plongée dans la pénombre, je me suis montrée telle que j'étais à ce vieux prêtre inconnu.

Je me suis longuement confessée. Et il m'a écoutée sans rien dire.

Es-tu allée à Florence ? Connais-tu la statue de Michel-Ange, tu sais, ce merveilleux monument, avec quatre personnages, qui se dresse dans le Duomo ? Comment s'appelle-t-il déjà ? La *Pietà*, je crois. Le personnage principal représente le vieux Michel-Ange lui-même. J'ai visité Florence avec mon mari... c'est lui qui m'a fait découvrir cette statue. Ce visage, m'a-t-il expliqué, est complètement éteint, on n'y trouve plus aucune trace de désir ni de colère ; cet homme sait tout pourtant, mais il ne veut plus rien... ni se venger, ni pardonner... plus rien. Il faudrait être comme lui, a-t-il ajouté, cette indifférence sacrée, cette solitude, cette surdité complète envers toute joie ou toute peine – c'est la perfection suprême à laquelle on puisse prétendre. Voilà ce qu'il m'a dit ce jour-là. Eh bien, pendant ma confession, vois-tu, j'ai dirigé une ou deux fois mon regard sur ce prêtre, et, malgré les larmes qui voilaient mes yeux, j'ai vu son visage... qui m'a rappelé étrangement celui, sculpté en marbre, du personnage de la *Pietà*.

Les yeux mi-clos, les bras croisés sur la poitrine, les mains dissimulées dans les plis de sa chasuble, il ne me regardait

Métamorphoses d'un mariage

pas. La tête légèrement penchée sur le côté, il semblait distrait, comme si lui revenait aux oreilles une histoire mille fois entendue, comme si tout ce que je lui disais lui paraissait inutile et superflu. Et pourtant, il était à l'écoute, massif, avec tout son être et avec une expression qui en disait long sur son expérience : cet homme-là semblait déjà savoir tout ce que les gens pouvaient lui dire sur leurs souffrances et leurs misères – tout, jusqu'à l'indicible. Après ma confession, il est resté longtemps silencieux.

– Il faut croire, ma fille, a-t-il dit enfin.
– Je crois, mon père, ai-je lâché machinalement.
– Non, a-t-il répondu. (Son visage jusque-là impassible s'est animé d'un seul coup, ses yeux éteints semblaient jeter des éclairs.) Non, il faut croire autrement. Ne cherchez pas à manœuvrer, à jouer au plus fin. Contentez-vous de croire.

Il a prononcé ces derniers mots en marmonnant. Il était très vieux, et sans doute fatigué par mon flot de paroles. J'ai cru qu'il ne voulait ou qu'il ne pouvait rien dire de plus... j'attendais la pénitence et l'absolution. J'avais l'impression que nous en avions terminé, que nous n'avions plus rien à nous dire. Mais, après un long silence, les yeux toujours clos, comme s'il somnolait, il s'est mis, sans transition, à parler avec une grande vivacité.

Je l'écoutais, ébahie. On ne m'avait encore jamais parlé ainsi, et certainement pas dans un confessionnal. Il s'exprimait avec une simplicité toute naturelle, sur le ton de la conversation, sans la moindre onctuosité, poussant de temps à autre un petit soupir plaintif, à la façon des vieillards. Il m'a parlé avec une grande gentillesse. En l'écoutant, j'avais l'impression que le monde entier était le temple de Dieu, que toutes les affaires humaines dépendaient de Lui, et qu'il fallait Lui parler sans cérémonie, sans solennité, sans se frapper la poitrine, Lui dire la vérité, toute la vérité et rien que la vérité.

Il parlait sur le ton de la causerie, sans gêne, à mi-voix,

avec un léger accent slave qui me rappelait mon enfance passée dans le Nord du pays.

— Chère âme, m'a-t-il dit, je voudrais vous aider. Un jour, une femme est venue me voir : à force d'aimer un homme, elle avait fini par le tuer. Pas avec un couteau, bien sûr, ni avec du poison, mais en le voulant entièrement pour elle, en l'isolant du monde. Ils s'étaient longtemps affrontés : un jour, l'homme, qui n'en pouvait plus, s'était effondré. Et cette femme savait qu'il était mort de lassitude. Voyez-vous, ma fille, toutes sortes de forces entrent en jeu dans les relations humaines : les gens s'entretuent de différentes façons... Aimer ne suffit pas, ma fille. L'amour n'est le plus souvent qu'un immense égoïsme. Il faut être humble et aimer avec foi. Oui, la vie n'a de sens que si elle est habitée par la foi. Dieu a donné l'amour aux hommes afin qu'ils se soutiennent et qu'ils soutiennent le monde. Mais si l'on aime sans humilité, on écrase l'autre de tout son poids. Comprenez-vous, ma fille ? m'a-t-il demandé avec la gentillesse d'un vieux maître cherchant à instruire un petit garçon.

— Je crois que je vous comprends, ai-je répondu, un peu effarée.

— Vous comprendrez un jour, mais en attendant, vous souffrirez beaucoup. Les âmes passionnées comme la vôtre souffrent à cause de leur orgueil. Vous dites que vous voulez conquérir le cœur de votre mari. Vous dites aussi que votre mari est un homme véritable, qu'il n'est pas un être volage, un vulgaire coureur de jupons. C'est un homme sérieux, au cœur pur, un homme qui a son secret. Quel est-il, ce secret ? Vous voulez le connaître... et c'est pour cela que vous vous tourmentez. Pourtant, vous ignorez que Dieu a doté chaque être d'une âme aussi pleine de mystères que l'est l'univers lui-même. Pourquoi voulez-vous savoir ce que Dieu a caché dans une âme ? Votre mission, le sens même de votre vie consiste peut-être à supporter cette situation. En forçant votre mari à dévoiler son secret, en voulant lui imposer des sentiments qu'il se défend d'assumer, vous risquez de le blesser, de l'anéantir peut-être. Il ne faut pas aimer avec un pareil acharnement. La femme dont je vous parle était, comme vous, jeune et belle. Pour reconquérir l'amour de son mari, elle se conduisait comme une écervelée... elle aguichait d'autres hommes pour le rendre jaloux, dépensait des fortunes pour des babioles, pour des robes qu'elle faisait venir de Vienne... comme le font toutes ces malheureuses qui sont ébranlées dans leur foi et qui ne retrouvent plus l'équilibre de leur âme. Elle courait le monde, éperdue... les boîtes de nuit, les grandes soirées... on la voyait partout où brûlaient les lampes, où se bousculaient des êtres dévorés par la vanité et les passions sans lendemain, des êtres qui fuyaient le vide de leur existence et cherchaient à oublier. Comme tout cela est désespérant, a-t-il ajouté très bas, comme pour lui-même. Il n'y a pas d'oubli possible.

Je l'écoutais intensément, mais il ne semblait même plus faire attention à moi. Il grommelait, comme ces vieillards qui ne s'adressent plus à personne et se querellent avec le monde.

– Non, l'oubli n'existe pas, a-t-il poursuivi. Dieu ne permet pas que les grandes questions de l'existence brûlent dans les passions. Oui, vous êtes consumée par le feu de la vanité, par le feu des passions... vous brûlez de fièvre, ma fille. Sans doute votre mari ne vous aime-t-il pas comme vous le souhaiteriez, mais il est peut-être trop orgueilleux ou trop solitaire pour manifester ses sentiments... il est peut-être ulcéré. Beaucoup d'âmes ulcérées errent ainsi de par le monde. Je ne cherche pas à disculper votre mari, chère âme... parce que, comme vous, il ignore l'humilité. Deux êtres orgueilleux qui vivent ensemble risquent de s'infliger de vives souffrances. Il existe en vous une avidité pécheresse, ma fille. Vous voulez, comme tous ceux qui aiment, vous emparer d'une âme. C'est là un péché...

– Je ne savais pas que c'était un péché, ai-je balbutié, grelottante.

Métamorphoses d'un mariage

— Ne pas se contenter de ce que le monde nous offre, vouloir à tout prix pénétrer le secret d'autrui, c'est commettre un péché. Il faut être plus modeste, moins exigeante avec vos sentiments. Le véritable amour, ma fille, est une infinie patience. Il faut savoir attendre. Conquérir votre mari est une entreprise insensée, inhumaine. Dieu a déjà réglé votre affaire sur cette terre. Ne comprenez-vous pas ?

— Je souffre beaucoup, mon père, lui ai-je dit, au bord des larmes.

— Pourquoi craignez-vous la souffrance ? Sa flamme est capable de détruire en vous toute vanité, tout égoïsme. Qui peut se dire heureux ? Et de quel droit prétendez-vous au bonheur ? Êtes-vous sûre de le mériter ? Votre amour, votre désir sont-ils vraiment désintéressés ? Si tel était le cas, au lieu de vous trouver ici, agenouillée dans ce confessionnal, vous seriez là où la vie vous a placée, vous feriez votre travail, vous attendriez les ordres.

Pour la première fois, il m'a jeté un regard sévère. Ses yeux minuscules semblaient étinceler. Mais il s'est détourné aussitôt en fermant les paupières.

— Vous m'avez dit que votre mari vous reprochait la mort de votre enfant, a-t-il repris après un long silence.

— J'ai ce sentiment, ai-je répondu.

— Oui, fit-il, pensif, c'est possible.

Il ne semblait pas surpris... sans doute pensait-il qu'entre deux êtres humains tout peut arriver. D'une voix sourde, presque indifférente, il m'a demandé :

— Et vous, n'avez-vous jamais éprouvé de remords à ce sujet ?

Son accent régional, je ne sais pourquoi, exerça sur moi un effet bienfaisant.

— Comment répondre à cette question, mon père ? Qui serait capable de le faire ?

— C'est que... voyez-vous, ma fille, je ne peux pas savoir ce qu'il y a dans votre âme, a-t-il poursuivi d'une voix si directe, si chaleureuse que j'ai eu envie de lui baiser la main – seuls les vieux curés de campagne peuvent s'exprimer de cette façon. Vous ne m'avez confessé que vos projets, vos intentions. Mais la voix de mon Seigneur me dit que ce n'est pas toute la vérité, et que, pour une raison ou pour une autre, vous êtes pleine de remords. Je me trompe peut-être, a-t-il ajouté sur un ton d'excuse. (Et il s'est interrompu brusquement, comme s'il regrettait d'avoir trop parlé.) Tant mieux, a-t-il continué, pudiquement, à voix basse. Le remords vous guérira peut-être un jour.

– Que faut-il que je fasse ?
– Priez, a-t-il dit simplement. Et travaillez. Voilà ce qu'ordonne la religion, moi, je ne peux vous en dire davantage. Est-ce que vous vous repentez de vos péchés ? a-t-il demandé rapidement, presque machinalement, comme pour changer de sujet.
– Je m'en repens, ai-je bredouillé.
– Récitez cinq fois le Notre-Père et cinq fois Je vous salue Marie. Je vous absous.

Il s'est mis à prier et il n'a plus fait attention à moi.

Deux semaines plus tard, un matin, j'ai trouvé un ruban violet dans le portefeuille de mon mari.

Si invraisemblable que cela puisse te paraître, je n'ai jamais fouillé dans ses poches ou dans son portefeuille. Je ne l'ai jamais volé, pourquoi faire ? il me donnait toujours tout ce que je lui demandais. Je sais que beaucoup de femmes volent leurs maris, par bravade, même si elles n'en ont pas envie, juste pour se prouver qu'elles sont capables de le faire. Moi, je ne suis pas de cette espèce. Non, je ne dis pas ça pour me vanter, c'est la vérité.

Si ce matin-là j'ai pris son portefeuille, c'est parce qu'il l'avait oublié à la maison et m'avait prévenu par téléphone que le garçon de bureau viendrait le chercher. Il n'y avait pas

Métamorphoses d'un mariage

là de quoi s'inquiéter, me diras-tu. Mais sa voix, au téléphone, m'avait paru étrange, nerveuse. Manifestement, ce petit oubli le préoccupait. On sent tout de suite ces choses-là, tu sais, elles parlent au cœur plus qu'à l'oreille.

Il s'agissait de ce portefeuille en crocodile que tu as vu tout à l'heure. C'est moi qui le lui ai offert, je te l'ai dit, je crois... Il le gardait toujours sur lui, fidèlement. Car il faut que je te le répète encore, cet homme-là était la fidélité incarnée. Il n'aurait jamais pu être infidèle, même s'il l'avait voulu. Il était fidèle jusqu'aux moindres objets, il voulait tout sauvegarder, tout conserver. Voilà bien un trait de caractère bourgeois, au bon sens du terme... sauvegarder non seulement des objets, mais aussi toutes les valeurs qui rendent l'existence belle et plaisante... les coutumes, la morale chrétienne, le style de vie, les meubles, les ponts, bref, le monde que les gens – les génies comme les ouvriers aux mains calleuses – ont construit grâce à leurs idées, au prix de leur travail et de leurs souffrances... Tout cela formait à ses yeux une unité, un monde qu'il aimait, un monde qu'il fallait sauver d'on ne sait quel danger... Eux – les hommes –, ils appellent ça : la culture. Mais nous autres, les femmes, nous ferions mieux, quand nous sommes entre nous, de ne pas nous gargariser de mots et de nous taire avec intelligence lorsqu'ils prononcent leurs vocables latins. C'est que nous connaissons l'essentiel. Eux, ils manient des concepts... Les deux ne coïncident pas toujours.

Songe un peu à ce portefeuille en crocodile. Il l'a conservé, comme tout le reste, parce qu'il était beau, fait d'une matière noble et parce que je le lui avais offert... Lorsque la couture a commencé à se défaire, il l'a donné à réparer. Parce qu'il était soigneux, maniaque même. Il m'a dit un jour, en riant, qu'il était un vrai aventurier, en ce sens que l'aventure nécessite toujours de l'ordre et de la précision... Cela t'étonne ? Moi aussi, il m'étonnait souvent avec ses paradoxes. Il est difficile de s'entendre avec un homme... quand son âme est complexe.

Veux-tu une cigarette ? Maintenant, je dois en fumer une, parce que je ne tiens plus en place. Le seul souvenir de ce ruban violet me fait encore trembler.

Donc, ce jour-là, sa voix m'a paru bizarre. Il n'avait pas l'habitude de téléphoner pour si peu. Je lui ai proposé de lui apporter le portefeuille à midi, pendant la pause du déjeuner, mais, tout en me remerciant, il a refusé. Je n'avais tout simplement qu'à le mettre dans une enveloppe, le garçon de bureau allait venir le chercher immédiatement.

Alors, j'ai profité du temps qui me restait pour fouiller le portefeuille à fond, chacune de ses poches, une par une... Je n'avais encore jamais fait une chose pareille, tu sais. C'était un travail minutieux, tu t'en doutes.

Dans les poches extérieures, j'ai trouvé de l'argent, sa carte de la Chambre d'industrie, huit timbres à dix fillérs et cinq à vingt fillérs, son permis de conduire et sa carte d'abonné à l'Île Marguerite, avec une photo vieille d'une dizaine d'années, prise après une visite chez le coiffeur... ce genre de photos qui rajeunissent les hommes tout en les rendant un peu ridicules... on dirait toujours qu'ils viennent d'échouer au baccalauréat. Ensuite, quelques cartes de visite portant uniquement son nom, sans le blason familial ni l'indication de son rang[1] : il ne tolérait pas que sa couronne nobiliaire soit brodée sur son linge ou orne son argenterie. Il ne méprisait pas ces signes distinctifs, bien sûr, mais il refusait de les exhiber aux yeux de tous : l'homme n'a qu'un seul rang, son caractère, disait-il, offusqué, sur un ton à la fois orgueilleux et péremptoire.

Donc, je n'ai trouvé rien de notable dans les poches extérieures. L'ordre y régnait, comme dans sa vie... dans ses

---

1. Comme beaucoup de familles d'industriels, celle de Péter avait été anoblie dans la seconde moitié du XIXe siècle.

tiroirs, dans ses armoires, dans ses notes. Sauf, peut-être dans son âme. L'ordre extérieur cherche souvent à masquer un désordre intérieur, bien plus profond. Mais ce n'était pas le moment de philosopher... je continuais de fouiller dans le portefeuille avec le zèle d'une taupe remuant la terre autour d'elle.

Dans l'une des poches intérieures, j'ai trouvé une photo, celle de notre enfant, âgé de huit heures. Trois kilos huit cents grammes, chevelure abondante, il dormait en serrant ses petits poings... Jusqu'à quand ça nous fait mal ?... Toute notre vie ? Je le crois.

J'ai trouvé cette photo dans la poche intérieure du portefeuille et, juste à côté, le ruban violet.

Je l'ai pris, je l'ai tâté et, naturellement, je l'ai respiré. Il n'avait pas d'odeur particulière. C'était un vieux ruban, d'un violet sombre. Si, il sentait un peu la peau de crocodile. Je l'ai mesuré : il était long de quatre centimètres, et large d'un centimètre. Découpé aux ciseaux, régulièrement.

Je me suis assise, effarée.

Je suis restée ainsi, le ruban entre les mains... et, au fond de mon cœur, la résolution de conquérir mon mari, comme Napoléon avait voulu conquérir l'Angleterre. J'étais consternée, comme si j'avais lu dans le journal de midi que Péter avait été arrêté dans une proche banlieue pour assassinat et vol avec effraction... ou comme l'épouse du monstre de Düsseldorf en apprenant que son cher époux – ce brave homme, ce père exemplaire, ce contribuable qui payait scrupuleusement ses impôts – avait l'habitude d'éventrer ses victimes lorsqu'il se rendait le soir à sa brasserie. Tel était à peu près mon sentiment en manipulant ce ruban violet.

Je vois que tu me prends pour une hystérique. Non, ma chère, je suis simplement une femme. C'est-à-dire ? Dès qu'il s'agit de l'homme que j'aime, je deviens à la fois une Apache rusée, un détective hors pair, une sainte et une espionne. Je

Métamorphoses d'un mariage

n'en éprouve aucune honte... Dieu m'a créée ainsi. Je fais ce que j'ai à faire sur cette terre.

La chambre s'est mise à tourner autour de moi. Pour plusieurs raisons. D'abord parce que ce ruban violet n'avait pas le moindre rapport avec moi. Dans ce genre de choses les femmes savent parfaitement à quoi s'en tenir... non, je n'avais jamais porté un tel ruban, ni sur ma robe, ni sur mon chapeau... d'ailleurs je n'ai aucun goût pour ces couleurs sombres qui évoquent le deuil... J'en avais la certitude absolue, pas la peine d'en parler... ce n'était pas dans mes affaires que mon mari avait pris ce ruban pour le conserver pieusement. Hélas !

L'autre raison qui paralysait mes membres, c'est que ce ruban-là ne convenait pas plus à mon mari qu'à moi-même. Je me disais... si un homme comme lui attache une telle importance à cet objet, s'il le conserve pendant des années dans son portefeuille, si, pour ne pas s'en séparer un seul instant, il n'hésite pas à téléphoner, bouleversé, à la maison – car, inutile de te le dire, ce n'est pas de son argent, ni de ses cartes de visite, ni de sa carte d'adhérent à la Chambre qu'il avait besoin –, c'est parce que ce ruban, bien plus qu'un simple souvenir ou un vague objet de piété, constitue une pièce à conviction. Un engourdissement envahissait mes mains et mes jambes.

Mais il y avait encore autre chose... Le ruban n'était pas terni, seulement vieilli, un peu comme ces objets ayant appartenu à un défunt. Tu sais, les chapeaux ou les mouchoirs des morts commencent à vieillir très vite, dès l'instant du décès, ils perdent leurs couleurs – comme les feuilles qui, dès qu'elles sont arrachées à l'arbre, pâlissent, perdent leur vert d'aquarelle, la couleur de la vie... On dirait que les êtres vivants émettent un courant qui pénètre tout ce qui les entoure, à la manière du soleil qui baigne la planète.

Ce ruban n'était plus vraiment vivant, comme si la personne qui l'avait portée était morte depuis des années...

morte, tout au moins pour mon mari – c'est ce que j'espérais. Je regardais ce ruban, vois-tu, je le humais, je le frottais, je l'interrogeais, mais il refusait de me livrer son secret, obstinément muet, comme un objet stupide.

Et pourtant, il semblait révéler quelque chose. Comme un diablotin, tirant sa langue devenue violacée après une attaque d'apoplexie, il me disait, moqueur et malicieux : « Vois-tu, j'étais là, caché sous cette surface si lisse, si bien ordonnée. J'étais là et j'y suis encore. Je suis le monde d'en-bas, le secret et la vérité. » Avais-je bien compris son message ? J'étais déçue, consternée, saisie d'une colère et d'une curiosité sans bornes, j'aurais voulu me précipiter dans la rue pour y chercher celle qui avait porté autrefois ce ruban dans ses cheveux ou sur son corset. J'étais toute cramoisie... tu vois, rien qu'en évoquant ce ruban, j'en ai encore les joues en feu. Donne-moi un peu de poudre... que j'aie l'air convenable.

Merci, ça va mieux. Donc, le coursier est venu, j'ai remis soigneusement dans le portefeuille les cartes de visite, la carte d'adhérent, l'argent et ce ruban – ce ruban si important que, pour le récupérer, mon mari n'avait pas hésité à me téléphoner et à envoyer son garçon de bureau... Ensuite, je suis restée seule, avec, dans le cœur, une grande agitation et une ferme résolution. Je ne comprenais plus rien à la vie.

Ou, plus exactement, je comprenais ceci :

Cet homme, mon mari, n'était ni un étudiant sentimental, ni un vieux débauché. C'était un monsieur dont les actes étaient motivés, raisonnables, et qui n'aurait pas gardé sans raison dans son portefeuille un ruban violet ayant appartenu à une femme. Voilà ce que j'avais compris, avec cette évidence qui éclaire brusquement nos propres secrets.

Si donc il avait toujours sur lui ce bout de chiffon, c'est qu'il avait de bonnes raisons. C'est que la personne à laquelle ce « rien » avait appartenu un jour était pour lui plus importante que tout.

En tout cas, plus importante que moi. Parce que ma photo

à moi, elle n'était pas dans son portefeuille... Tu me diras qu'il n'en avait pas besoin, puisqu'il me voyait nuit et jour. Mais ça ne me suffisait pas. J'aurais voulu qu'il me voie même quand je n'étais pas là et que ce soit ma photo qu'il cherche dans son portefeuille au lieu du ruban d'une étrangère... Pas vrai ? Hein, tu me donnes raison, ç'aurait été la moindre des choses, non ?

Je brûlais et je me consumais, telle une paisible maison familiale qu'une allumette jetée par négligence avait incendiée. Car, malgré tout ce qui pouvait se passer derrière sa façade, notre maison était un édifice robuste, avec une assise et un toit solides... et c'était ce toit qu'avait embrasé une petite flamme violette, pas plus grosse que celle d'une allumette.

À midi, mon mari n'est pas rentré déjeuner. Le soir, nous étions invités. Je me suis habillée avec soin : j'ai mis ma robe en soie blanche, majestueuse et solennelle, comme une offrande. J'avais passé deux bonnes heures chez le coiffeur et je n'avais pas hésité ensuite à me rendre en ville pour acheter, dans un magasin d'articles de mode, un petit bouquet de violettes artificielles, tu sais, un de ces colifichets dont, cette année-là, les femmes se plaisaient à orner leurs robes, et dont la couleur ressemblait à s'y méprendre à celle du fameux ruban. J'ai épinglé ce bouquet sur le décolleté de ma robe. Je m'étais habillée avec le soin minutieux d'une actrice se préparant à une représentation de gala. Lorsque mon mari est arrivé, j'étais prête, revêtue de ma cape. Il s'est changé rapidement, parce qu'il était en retard. Pour une fois, c'était moi qui l'attendais, patiemment.

Nous avons gardé le silence dans la voiture. J'ai vu qu'il était fatigué, qu'il avait l'esprit ailleurs. Mon cœur battait à tout rompre, mais j'étais en même temps très calme, d'un calme grave, effrayant même. Je savais que la soirée qui nous attendait serait décisive pour moi. Je me tenais aux côtés de Péter, parfumée, coiffée à la perfection, dans ma cape au col de renard bleu et ma robe en soie blanche – je restais d'un calme olympien, avec, sur mon cœur, le petit bouquet de violettes. Nous allions chez des gens menant grand train, un suisse se tenait devant la porte et des laquais nous ont accueillis dans le vestibule. En remettant son pardessus à l'un d'eux, mon mari m'a aperçue dans la glace et m'a souri.

Il n'avait pu s'empêcher de rendre hommage à ma beauté.

Débarrassé de son pardessus de demi-saison, il était occupé à ajuster son nœud papillon avec des gestes hâtifs, distraits et un peu honteux – sans doute gêné par la présence du valet, qui, l'air grave, attendait –, tu sais, comme ces hommes qui s'habillent à la va-vite et qui ont toujours le nœud de papillon de travers. Il continuait de me sourire, avec beaucoup d'amabilité et de courtoisie, comme pour me dire : « Oui, je sais bien, tu es très belle. Peut-être la plus belle de toutes les femmes. Mais, malheureusement, cela ne sert à rien. Il s'agit d'autre chose. »

Mais il n'a pas ouvert la bouche, alors que je me demandais, moi, si j'étais plus belle que cette autre femme dont il gardait le ruban dans son portefeuille. Ensuite, nous sommes entrés dans une grande salle où étaient réunis des hommes célèbres, des politiciens de renom – l'élite de la nation –, accompagnés de femmes superbes. Tout ce beau monde parlait par allusions, comme s'ils appartenaient tous à une même famille, comme s'ils étaient tous au courant... de quoi ? De la vie de cette société si distinguée, si corrompue, si agitée et si désespérée à la fois... avec cette complicité froide et si caractéristique. Nous étions dans une vaste salle aux colonnades en marbre rouge ; des laquais en culotte et en bas blancs se déplaçaient à travers la foule, portant sur des plateaux en cristal des cocktails de différentes couleurs, forts comme du poison. J'ai trempé la langue dans l'un de ces poisons... je ne supporte pas l'alcool, dès que j'en bois un peu, le monde se met à tourner autour de moi. Mais, ce soir-là, je n'avais pas vraiment besoin d'excitants... j'éprouvais cette tension à la fois stupide, ridicule et enfantine qui vous fait prendre pour le centre du monde, oui, j'avais l'impression d'être le point de mire de la société, de ces femmes resplendissantes, de ces hommes célèbres, puissants et supérieurement intelligents. Je badinais, j'étais aimable avec chacun, comme une archiduchesse du siècle dernier, à la perruque poudrée, autour de laquelle on faisait cercle... Et, en effet, tout le monde parlait de moi ce soir-là... le sentiment que j'éprouvais était si puissant qu'il déteignait sur les autres, incapables de s'y soustraire. Je me voyais au centre de cette salle aux colonnades en marbre rouge, entourée d'hommes et de femmes qui me complimentaient – tout ce que je disais était bien accueilli, j'étais d'une assurance redoutable... Oui, j'avais du succès. Qu'est-ce que le succès ? Une volonté insensée qui irradie sur les êtres et sur les choses. Tout cela parce qu'il me fallait savoir si la femme qui, autrefois, portait un ruban violet sur sa robe ou sur son chapeau – et qui était peut-être plus importante pour mon mari que moi-même –, si cette femme-là existait quelque part dans le monde...

Je n'ai pas bu une seule goutte de cocktail. Plus tard, au dîner, j'ai vidé une demi-coupe de champagne français, au goût légèrement âcre. Je me sentais un peu grisée, mais je restais pourtant froidement lucide.

En attendant le dîner, des groupes se formaient comme sur une scène de théâtre. Mon mari était debout sur le seuil de la bibliothèque, il bavardait avec un pianiste. De temps en temps, je voyais qu'il me jetait un regard anxieux... il était décontenancé par mon incompréhensible succès qui le flattait et l'inquiétait tout à la fois. Il semblait embarrassé, ce dont j'étais assez fière. J'étais sûre de mon affaire, vois-tu, cette soirée m'appartenait.

Je vivais l'un des moments les plus étranges de mon existence, le monde semblait s'ouvrir, tous les regards étaient fixés sur moi. Je n'aurais pas été surprise de trouver ce soir-là plusieurs prétendants. Ce monde-là, il faut que tu le saches, m'était désespérément étranger. Cette société n'était pas la mienne... non, j'y avais été introduite par mon mari... chaque fois que je m'y trouvais, j'avais le trac et je me comportais avec la prudence de celui qui sent le sol se dérober sous ses pieds dans un luna-park. J'étais soit trop attentive, trop polie, soit trop naturelle, bref, toujours empruntée, paralysée par la peur. Mais ce soir-là, mon appréhension avait disparu comme par enchantement, je voyais tout – la lumière, les visages – à travers un voile de brume. Je n'aurais pas été étonnée d'être applaudie.

Tout à coup, j'ai senti un regard se diriger vers moi. Je me suis retournée pour découvrir la source de cette vibration électrique et j'ai vu Lazar, devant une colonne, qui s'entretenait avec la maîtresse de maison, tout en me regardant fixement. Nous ne nous étions pas vus depuis un an.

Dès que les valets ont ouvert les portes à miroirs à plusieurs battants, et que nous avons rejoint – comme dans une marche théâtrale – la salle à manger plongée dans la pénombre, éclairée seulement aux chandelles, Lazar s'est approché de moi.

– Que vous arrive-t-il donc ? m'a-t-il demandé discrètement, sur un ton presque respectueux.

– Comment ? ai-je questionné à mon tour, d'une voix rauque, grisée par mon succès.

– Il se passe quelque chose en vous... Voyez-vous, je regrette ce canular de l'autre fois... vous vous en souvenez ?

– Oui, je m'en souviens. Vous n'avez rien à regretter. Les grands hommes aiment toujours jouer.

– Êtes-vous amoureuse ? a-t-il poursuivi, en me regardant dans les yeux, l'air très sérieux.

– Oui, ai-je répondu tout aussi gravement. De mon mari.

Nous étions sur le seuil de la salle à manger. Il m'a regardée des pieds à la tête, puis il a chuchoté avec une profonde compassion :

— Ma pauvre !

Ensuite, il m'a donné le bras et m'a conduite à la table.

J'étais placée entre lui et un vieux comte qui ne me connaissait ni d'Ève ni d'Adam, mais qui, pendant le dîner, m'a couverte d'éloges dans un style très XVIIIe siècle. L'autre voisine de Lazar était la femme d'un célèbre diplomate qui ne s'exprimait qu'en français. La cuisine, d'ailleurs, était également française. Entre deux réparties spirituelles, Lazar s'est tourné vers moi et m'a demandé, naturellement, sans la moindre transition, comme s'il reprenait le fil d'une conversation interrompue :

— Et qu'avez-vous décidé ?

Tout en découpant péniblement la volaille, couteau et fourchette à la main, je lui ai répondu en souriant comme si je poursuivais quelque conversation mondaine :

— De le reconquérir.

— Impossible. Il ne vous a jamais lâchée. On ne peut reconquérir qu'un infidèle, quelqu'un qui est parti. Mais lui, il n'est même pas arrivé... Non, non, c'est impossible.

— Alors, pourquoi m'a-t-il épousée ?

— Pour éviter de mourir.

— Mourir de quoi ?

— D'un sentiment indigne, un sentiment plus fort que lui.

J'étais penchée sur la table de façon à n'être entendue que de lui. J'ai chuchoté :

— Celui qui le liait à la femme au ruban violet ?

— Vous êtes donc au courant ? m'a-t-il demandé, en levant la tête nerveusement.

— Je sais juste ce que je dois savoir, ai-je répondu avec sincérité.

— Qui vous a parlé d'elle ? Péter ?

— Non. Mais on sait tout de la personne qu'on aime.

— C'est vrai, a-t-il constaté gravement.

– Et vous ? ai-je poursuivi, étonnée de constater que ma voix ne tremblait pas. Connaissez-vous la femme au ruban violet ?

– Moi, a-t-il murmuré, maussade. (Il contemplait son assiette, tête baissée.) Oui, je la connais.

– La voyez-vous quelquefois ?

– Très rarement. Presque jamais. Il y a très longtemps que je ne l'ai vue, a-t-il ajouté, le regard perdu dans le vague.

Ses longs doigts osseux tambourinaient nerveusement sur sa serviette. La femme du diplomate lui a posé une question en français, et j'ai répondu au vieux comte qui – Dieu sait pourquoi – me citait certains proverbes chinois auxquels, dans l'état où j'étais, je n'avais pas le cœur de prêter attention. On nous apporta du champagne et des fruits. J'ai bu ma première gorgée de champagne rosé et le vieux comte, mon voisin de table, a terminé tant bien que mal son discours embrouillé sur les dictons chinois. Lazar s'est à nouveau tourné vers moi :

– Que veut dire ce bouquet de violettes que vous portez ce soir ?

– Vous l'avez remarqué ? ai-je demandé tout en picorant quelques grains de raisin. Croyez-vous que Péter l'ait également remarqué ?

– Attention, a-t-il repris gravement, vous jouez là un jeu très dangereux.

Comme des conjurés, nous avons regardé en même temps dans la direction de Péter. Dans cette grande salle, éclairée à la lueur vacillante des chandelles, l'atmosphère qui émanait de notre conversation prononcée mezza voce avait quelque chose de fantomatique. J'étais immobile, je me tenais droite comme un I, je regardais devant moi... et je souriais comme si je m'amusais des plaisanteries de mes voisins. En fait, ce que je venais d'entendre m'intéressait au plus haut point. Rien, ni avant ni après, n'avait suscité autant d'intérêt chez moi que cette conversation avec Lazar.

En quittant la table, Péter s'est approché de moi.
– Tu as beaucoup ri pendant le dîner. Mais tu me sembles bien pâle. Veux-tu faire un tour au jardin ?
– Non. Je n'ai rien. Ce doit être à cause de l'éclairage...
– Venez avec moi au jardin d'hiver, lança Lazar. On nous servira du café, là-bas.
– Emmenez-moi avec vous, a dit Péter, enjoué, mais légèrement inquiet. Moi aussi, j'ai envie de me distraire.
– Non, ai-je répondu.
Et Lazar, de son côté, semblait ajouter : « Non. Aujourd'hui, nous ne jouons pas au même jeu que la dernière fois. Nous jouons à deux, sans toi. Va donc voir tes comtesses. »
Au même moment, mon mari a remarqué le bouquet violet. Le regard myope, il s'est penché vers moi, embarrassé, comme pour mieux m'examiner. Mais Lazar m'a prise par le bras et entraînée vers le jardin d'hiver.
Arrivée sur le seuil, je me suis retournée. Dans la bousculade générale qui avait suivi le repas, mon mari se tenait seul dans l'encadrement de la porte et nous suivait du regard avec tant de tristesse et de désespoir que je n'ai pu m'empêcher de le regarder à mon tour. J'ai cru que mon cœur allait se fendre. Jamais, tu m'entends, jamais je ne l'ai aimé comme à ce moment-là.

Nous étions donc avec Lazar dans ce jardin d'hiver... Je ne te fatigue pas trop avec mon histoire, dis-moi ? N'en as-tu pas assez ? D'ailleurs, je n'en ai plus pour longtemps. Ce soir-là, les événements se sont succédé très rapidement, comme dans un rêve.
Une chaleur moite et odorante régnait dans le jardin. Assis tous les deux sous un palmier, nous avions vue sur les salles éclairées a giorno... Une musique douce et sensuelle nous parvenait de loin, quelques couples dansaient et, dans une

pièce, on jouait aux cartes. C'était une soirée brillante et sans âme – comme tout dans cette maison.

En fumant en silence, Lazar contemplait les danseurs. Je ne l'avais pas vu depuis un an : ce soir-là, il me paraissait étranger et solitaire comme s'il avait vécu au pôle Nord. Son visage calme était empreint d'une infinie tristesse. J'ai compris soudain que cet homme-là ne voulait plus rien, ni le succès ni le bonheur, peut-être même ne voulait-il plus écrire, seulement connaître, comprendre le monde et approcher la vérité. Avec sa tête chauve, il semblait poliment s'ennuyer. Mais il me rappelait aussi ces moines bouddhistes dont les yeux bridés observent les choses sans que nul ne puisse dire ce qu'ils en pensent.

Après avoir bu son café, Lazar m'a demandé :

– La franchise ne vous fait pas peur ?

– Rien ne me fait peur.

– Écoutez-moi bien, a-t-il continué d'un ton résolu. Personne n'a le droit de se mêler de la vie d'autrui. Moi non plus, du reste. Mais Péter est mon ami... pas seulement au sens vulgaire du terme, comme chacun le répète à longueur de journée... Voyez-vous, il existe très peu d'êtres au monde dont je me sens proche. Péter est du nombre. Cet homme, votre mari, garde quelque chose du secret, du souvenir magique de notre jeunesse. Ce que je vais vous dire vous paraîtra peut-être trop emphatique...

J'étais assise, droite et blanche, comme la statue en marbre de la reine d'un petit État.

– Allez-y.

– Si je voulais m'exprimer vulgairement, je vous dirais : « Pas touche ».

– C'est, en effet, assez vulgaire. Mais je ne vous comprends pas. Pas touche à quoi ?

– À Péter, au ruban violet, à la personne qui le porte. Vous me comprenez ? Pas touche ! Vous ne savez pas sur quoi vous portez la main. La plaie que vous vous apprêtez à toucher a déjà commencé à se cicatriser. Le sang s'est coagulé, une membrane fine s'est formée. Cela fait cinq ans que j'observe votre vie à tous les deux, cinq ans que j'assiste à ce processus. Vous voulez toucher à cette plaie ? Je vous préviens, si vous la rouvrez, si vous la grattez... ne serait-ce qu'avec la pointe de vos ongles, le sang jaillira à nouveau et risquera de tout emporter.

— C'est donc si dangereux que cela ?

— Oui, a-t-il répondu, d'un ton prudent et circonspect. C'est très dangereux.

— Dans ce cas, il faut prendre le taureau par les cornes.

Un léger tremblement a traversé ma voix rauque. Lazar m'a pris la main.

— Acceptez, m'a-t-il dit d'une voix suppliante.

— Non, je n'accepterai rien. On me trompe depuis cinq ans. Mon sort est pire que celui de ces femmes accablées d'un mari volage, d'un coureur de jupons. Voilà cinq ans que je me bats contre un fantôme sans visage... mais qui vit avec nous, dans notre appartement. Eh bien, j'en ai assez. Je ne peux pas lutter contre des sentiments. Je préfère que mon adversaire soit un être de chair et d'os... plutôt qu'une chimère. Ne m'avez-vous pas dit un jour que la réalité était toujours plus simple qu'on ne l'imaginait ?

— Plus simple, a-t-il repris d'une voix qui se voulait rassurante, mais infiniment plus dangereuse.

— Tant pis. Que peut-il m'advenir de pire que de vivre avec quelqu'un qui ne m'appartient pas ? Quelqu'un qui garde un souvenir, un sentiment... dont il veut se débarrasser par mon intermédiaire ? Parce que le désir dont ce sentiment est l'expression est indigne de lui ? C'est bien ce que vous venez de me dire, n'est-ce pas ? Eh bien, qu'il l'assume, ce désir indigne. Qu'il s'abaisse, qu'il renonce à son rang, à sa dignité.

— Impossible, a-t-il répondu, d'une voix excitée. Il en périrait.

Métamorphoses d'un mariage

— Nous en périrons de toute façon. L'enfant, lui, en est déjà mort. Moi, je suis comme une somnambule... j'avance avec assurance sur la crête qui sépare la vie d'avec la mort. Ne me troublez pas, ne criez pas après moi, je risquerais de tomber. Aidez-moi, si vous pouvez le faire. J'ai épousé un homme parce que je croyais l'aimer et parce que je croyais qu'il m'aimait. Mais je vis depuis cinq ans avec quelqu'un qui refuse de me donner entièrement son cœur. J'ai tout fait pour l'attacher à moi. Je me suis efforcée de le comprendre. J'ai voulu me rassurer par toutes sortes d'explications absurdes. C'est un homme, me suis-je dit, un bourgeois fier et solitaire. Mais ce n'était que des mensonges. J'ai voulu l'attacher à moi par le lien le plus fort qui existe... par un enfant. Rien à faire. Pourquoi ? Le savez-vous, vous ? Est-ce une fatalité ? Ou autre chose ? Vous êtes écrivain. Vous êtes un sage, un complice, le témoin de la vie de Péter. Pourquoi ne dites-vous rien ? Il m'arrive de penser que vous avez une part de responsabilité dans tout ce qui arrive... Oui, vous exercez un pouvoir sur l'âme de Péter.

— J'avais un pouvoir sur lui, mais je ne l'ai plus. J'ai dû le partager, voyez-vous. Faites-en autant, cela permettra peut-être de sauver tout le monde.

Je ne l'avais encore jamais vu aussi indécis. Le moine bouddhiste était devenu un homme ordinaire, prêt à prendre la poudre d'escampette pour ne pas répondre à des questions aussi délicates que dangereuses. Mais je n'avais pas l'intention de le lâcher.

— Vous savez mieux que quiconque qu'on ne partage pas en amour.

— Encore un lieu commun, a-t-il répondu, morose, avant d'allumer une cigarette. Au contraire, en amour tout est possible.

— Que me reste-t-il si j'accepte de partager ? ai-je demandé avec une véhémence qui m'a presque fait peur. Un appartement ? Une position sociale ? Quelqu'un avec qui je prends mes repas et qui, de temps à autre, me fait don de sa tendresse, comme on administre, avec une cuillerée d'eau, un médicament à un malade qui se plaint ?... Quoi de plus humiliant, de plus inhumain que de vivre avec une moitié d'homme ! Moi, je veux un homme qui m'appartienne totalement, me suis-je écriée.

Désespérée, je parlais sur un ton déclamatoire, théâtral même. Mais la passion est toujours un peu théâtrale...

Un officier a traversé le jardin d'hiver. Il s'est arrêté un instant, a dirigé vers nous un regard étonné, puis il s'est éloigné rapidement, en secouant la tête.

J'ai eu honte. Baissant la voix, j'ai poursuivi sur un ton d'excuse :

— Avoir un homme que je ne partagerais avec personne... Est-ce vraiment impossible ?

— Non, a-t-il répondu, en regardant attentivement le palmier. Seulement, c'est très dangereux.

— Et la vie que nous vivons, nous deux, ne l'est-elle pas ? Nous sommes en danger de mort, ai-je ajouté fermement.

En prononçant ces derniers mots, j'ai blêmi, car je savais qu'ils exprimaient la vérité.

— Le propre de la vie, a-t-il repris, avec une voix froide et courtoise, comme celui qui a quitté le monde brûlant des passions et qui retrouve le terrain familier de la pensée, des mots justes, des formulations précises – le propre de la vie, c'est le danger. Toutefois, on peut vivre ce danger de deux façons : en se promenant éternellement dans la plaine, une canne à la main, ou en cherchant toujours à se jeter, tête la première, dans l'Atlantique. Il faut survivre, a-t-il conclu gravement. C'est là ce qu'il y a de plus difficile... cela nécessite parfois de l'héroïsme.

Une petite fontaine clapotait dans le jardin ; nous écoutions sa musique douce, vivifiante, entrecoupée par les éructations de cette autre musique à la mode, mondaine et sauvage.

— Je ne sais même pas, ai-je dit après quelques instants de silence, avec qui ou avec quoi je dois partager. Avec une personne ? Ou avec un souvenir ?
— Peu importe, a-t-il répondu en haussant les épaules. La personne en question n'est plus qu'un souvenir. Elle ne veut rien. Seulement...
— Seulement, elle existe.
— Oui.
Je me suis levée.
— Alors, il faut en finir, me suis-je exclamée tout en cherchant mes gants.
— Avec la personne ? a-t-il demandé en se levant à son tour, mais comme à contrecœur.
— Avec la personne, avec le souvenir, avec toute cette vie. Pouvez-vous me conduire auprès de cette femme ?
— Je n'en ferai rien, a-t-il répliqué.
Nous nous sommes dirigés lentement vers les danseurs.
— Alors, je la trouverai toute seule. Un million de personnes vivent dans cette ville et plusieurs millions dans le pays. Je n'ai pas d'autre indice qu'un bout de tissu violet. Je n'ai pas vu sa photo et j'ignore jusqu'à son nom. Et pourtant je sais, oui, je sais – avec la certitude du sourcier capable de deviner la présence de l'eau dans les entrailles de la terre ou du savant qui s'arrête au cours de sa promenade parce qu'il sait qu'il va découvrir un morceau de métal – que je dépisterai ce souvenir ou cette personne en chair et en os... cette personne qui m'empêche d'être heureuse. Ne le croyez-vous pas ?
Il a haussé les épaules et m'a dévisagé longuement, d'un œil scrutateur, mais empreint d'une profonde tristesse.
— Peut-être. Je crois les humains capables de tout, ou à peu près, une fois qu'ils donnent libre cours à leurs instincts. Capables du pire comme du meilleur. Je veux bien croire que vous réussirez à trouver, parmi des millions d'êtres humains, celle qui vous répondra comme un radioamateur

répond à l'appel qu'on lui lance sur ondes courtes. Il n'y a là rien de très mystérieux. Les sentiments forts s'attirent toujours. Mais après, oui, après... que se passera-t-il ?

— Après ? ai-je fait d'une voix incertaine. Après, la situation sera plus claire. Il faut que je la voie, il faut que je l'examine. Que je sache si elle est vraiment celle que je cherche...

— Qui « elle » ? a-t-il demandé, impatient.

— Eh bien, elle ! ai-je répondu tout aussi impatiente. L'autre, l'adversaire, quoi. Si elle est vraiment celle qui empêche mon mari d'être heureux... celle à cause de qui Péter n'est pas tout à fait à moi... parce qu'il est lié par un désir, un souvenir, une confusion de sentiments, que sais-je... alors, je pourrai les abandonner à leur sort.

— Même si votre abandon est fatal à Péter ?

— Si tel est son destin, il faut qu'il l'assume, me suis-je écriée, furieuse.

Nous nous tenions sur le pas de la porte.

— Il a tout fait pour tenir le coup, a ajouté Lazar. Imaginez les efforts inouïs qu'il a déployés au cours de ces dernières années pour renier ses souvenirs – il aurait pu déplacer des montagnes. C'est un sujet que je connais bien, vous savez. Il m'est même arrivé de l'admirer, parce qu'il a tenté d'accomplir ce qu'il peut y avoir de plus difficile dans la vie... juguler ses sentiments en recourant à la raison. Autant persuader la dynamite de ne pas exploser.

— Bien sûr, c'est impossible, ai-je dit, embarrassée.

— Presque, a-t-il répondu, calme et sérieux. Or, cet homme a tenté l'impossible. Pourquoi ? Pour sauver son âme... et garder l'estime de soi, indispensable pour continuer à vivre. Et aussi pour vous et, avec ce qu'il lui restait d'énergie, pour l'enfant. Parce qu'il vous aime aussi... j'espère que vous le savez.

— Je le sais. Sans quoi, je ne me battrais pas pour lui... Mais il ne m'aime pas totalement, sans réserve. Il y a quelqu'un entre nous. Je chasserai ce quelqu'un ou je partirai moi-même. Est-elle vraiment si forte, si redoutable, cette femme au ruban violet ?

— Lorsque vous l'aurez trouvée, a-t-il répliqué, le regard perdu, les yeux papillotants, vous serez étonnée de constater que la réalité, pour bizarre et dangereuse qu'elle soit, est aussi bien plus simple, bien plus triviale qu'on ne l'imagine.

— Vous ne voulez pas me dire son nom ? À aucun prix ?

Il se taisait, mais son regard trahissait son inquiétude et ses hésitations.

— Allez-vous souvent chez votre belle-mère ? m'a-t-il demandé brusquement.

— Chez ma belle-mère ? ai-je répété, profondément surprise. Oui, bien sûr. Mais qu'a-t-elle à voir dans cette affaire ?

— En tout cas, Péter s'y sent comme chez lui, a-t-il répondu, un peu gêné. Quand on cherche quelque chose, on a toujours intérêt à regarder d'abord chez soi. Quelquefois, la vie organise les choses avec la simplicité d'un roman policier... En quête d'indices, les policiers fouillent naturellement la maison de fond en comble, mais la lettre qu'ils cherchent se trouve souvent sous leur nez, sur le bureau de la victime.

— Dois-je demander conseil à ma belle-mère au sujet de la femme au ruban violet ? ai-je demandé, de plus en plus désemparée.

— Tout ce que je peux vous dire, m'a-t-il répondu prudemment, et sans me regarder, c'est... avant d'aller courir le monde pour découvrir le secret de Péter... de jeter un coup d'œil sur l'appartement de sa mère. C'est un peu son second chez-soi. Vous y trouverez certainement quelques indices susceptibles de vous guider. La maison natale est toujours le lieu du crime... tout ce qui concerne un homme s'y trouve réuni.

— Merci. J'irai voir ma belle-mère dès demain matin et j'ouvrirai grand les yeux. Mais je ne comprends pas bien ce que je dois y chercher... ou qui ?

— Vous l'aurez voulu, a-t-il conclu, comme pour décliner toute responsabilité.

La musique a retenti, stridente. Nous avons rejoint les danseurs. Plusieurs hommes m'ont abordée tour à tour, puis, mon mari m'a prise par le bras et nous sommes rentrés. Cela s'est passé le quinze avril, un lundi soir, dans la cinquième année de notre mariage.

Cette nuit-là, j'ai dormi profondément. Un fort courant électrique avait traversé mon âme et y avait fait sauter les plombs, la plongeant dans l'obscurité totale. Après mon réveil, je suis allée dans le jardin – c'était le début du printemps, le vent était chaud pourtant et depuis quelques jours, nous prenions notre petit déjeuner en plein air –, mais mon mari était déjà parti. J'ai mangé seule, avec peu d'appétit, et j'ai bu quelques gorgées de thé amer, sans sucre.

Quelques journaux traînaient sur la table, j'ai jeté un coup d'œil distrait sur un gros titre annonçant la disparition d'un petit État de la carte du monde. J'ai essayé de me représenter ce que pouvaient ressentir les citoyens de ce pays en apprenant, à leur réveil, que leur mode de vie, leurs coutumes, les principes auxquels ils croyaient dur comme fer étaient devenus caducs... pour laisser place à quelque chose de pire ou de meilleur, mais en tout cas totalement, fatalement différent... comme si la mer avait englouti leur territoire et qu'ils devaient désormais vivre sous l'eau, dans des conditions radicalement nouvelles. Tout en méditant de la sorte, je me demandais ce que je voulais au juste, à quel ordre, à quel message céleste j'obéissais. À quoi correspondait cette agitation qui bouleversait mon cœur ? Qu'étaient donc mon chagrin, mes blessures d'amour-propre par rapport au malheur de ces millions d'hommes, de femmes qui, en se réveillant le matin, se rendaient compte qu'ils avaient perdu ce qu'ils avaient de plus précieux, leur patrie et la douceur familière dont elle était porteuse ? Pourtant, c'était d'un œil distrait que je feuilletais les journaux, j'étais incapable de prêter vraiment attention aux événements qui ébranlaient le globe. Et je continuais de m'interroger... Avais-je le droit de me préoccuper autant de ce que j'allais devenir, de me tourmenter au sujet de mon propre sort ? Avec tous ces millions d'êtres humains accablés, réduits à la misère, pouvais-je me permettre de me plaindre... parce que mon mari ne m'appartenait pas entièrement ? Qu'importaient le secret de Péter et mon propre bonheur par rapport aux secrets et à la souffrance du monde ? Avais-je le droit de chercher à déchiffrer cette énigme dans ce monde sauvage, aussi redoutable que mystérieux ? Mais c'étaient là, tu le sais bien, de fausses questions. En fait, les femmes ne peuvent jamais se mettre au diapason du monde. Peut-être, ai-je pensé ensuite, ce vieux prêtre, mon confesseur, avait-il raison, peut-être ma foi n'était-elle pas assez profonde, peut-être manquais-je d'humilité ? Peut-être cette entreprise policière consistant à découvrir le secret de mon mari, à trouver, dans le fouillis inextricable de tout ce qui existe, la femme au ruban violet... avait-elle quelque chose d'indécent, indigne d'une vraie chrétienne ? Peut-être. Oui, je me posais mille questions dont je suis incapable de te rendre compte à présent...

J'étais dans le jardin, mon thé avait refroidi, le soleil brillait. Les oiseaux gazouillaient avec inquiétude, c'était le printemps. Je me disais que Lazar n'aimait pas le printemps... une saison de fermentation qui, pensait-il, augmentait l'acidité gastrique et menaçait donc le délicat équilibre entre raison et sentiment. Brusquement, je me suis souvenue de notre conversation de la veille, près de la fontaine, dans cette maison riche, orgueilleuse et glaciale, dans l'atmosphère de jungle étouffante qui émanait du jardin d'hiver. Tout cela m'a paru soudain lointain, comme si je l'avais lu dans un livre.

Connais-tu cette lucidité, cette indifférence, cette quasi-sérénité qui, dans les situations les plus tragiques de la vie,

Métamorphoses d'un mariage

peuvent s'emparer de l'âme ? Tu enterres un être cher et voilà qu'en pleine cérémonie tu te demandes tout à coup si tu n'as pas oublié de fermer la porte du réfrigérateur, auquel cas le chien pourrait bien voler la viande que tu as préparée pour le repas funèbre, et au moment même où le chœur se met à chanter près du cercueil, tu ordonnes, à voix basse, qu'on aille bien vite vérifier la chose. C'est que la vie se déroule entre deux rives très éloignées l'une de l'autre. Ce jour-là, dans ce jardin baigné par le soleil, je réfléchissais à mon cas, froidement et avec calme, comme s'il s'était agi d'un étranger. Les propos de Lazar que j'évoquais ne produisaient plus en moi l'effet d'un choc électrique et le ruban violet m'apparaissait à présent comme un sujet de commérage mondain : « Connaissez-vous les X ? Oui, vous savez bien, cet industriel et sa femme qui habitent là-bas, sur la Colline des Roses ? Eh bien, le torchon brûle, elle a appris que son mari en aimait une autre. Figurez-vous qu'elle a découvert le pot aux roses après avoir trouvé un ruban violet dans son portefeuille... Oui, oui, ils divorcent. » Bien sûr, on pouvait considérer notre affaire de cette façon. Que de fois ai-je entendu raconter en société des histoires semblables, auxquelles d'ailleurs je ne prêtais qu'une oreille distraite. Peut-être deviendrons-nous un jour, mon mari, moi et la femme au ruban violet, objets de la médisance publique ?

Les yeux fermés, renversée dans mon fauteuil, je m'efforçais, un peu à la manière d'une voyante de province, de me représenter le visage de cette femme au ruban violet.

Car ce visage existait bel et bien quelque part, dans la rue voisine... ou dans l'espace cosmique. Que pouvais-je en savoir ? Oui, que peut-on savoir d'un être humain ? Je vivais avec mon mari depuis cinq ans, je croyais connaître à la perfection ses gestes, ses habitudes, sa façon de se laver les mains avant le repas, de se coiffer d'une seule main, à la hâte, sans même se regarder dans la glace, de sourire tout à coup, à la fois distrait et contrarié, sans jamais me dire ce qui venait de lui traverser l'esprit... et bien d'autres choses encore liées à ce sentiment de familiarité tout ensemble émouvant et banal, exaltant et terrifiant, vulgaire et ennuyeux que vous procure la proximité du corps et de l'âme de l'homme avec lequel on vit et au sujet duquel on croit tout savoir... jusqu'au jour où l'on s'aperçoit que l'on ne sait rien. En fait, je connaissais moins bien mon mari que Lazar ne le connaissait, Lazar, cet homme déçu et amer qui exerçait un pouvoir sur son âme. Quel type de pouvoir ? Un pouvoir humain, meilleur et plus fort que mon pouvoir de femme. Non, non, je ne peux pas l'expliquer, mais c'est ce que j'ai toujours senti en les voyant ensemble. Eh bien, cet homme m'avait dit la veille qu'il avait dû partager son pouvoir avec la femme au ruban violet. Quant à moi, je savais que, malgré les événements grandioses et effrayants qui se déroulaient sur la planète, malgré les reproches dont je m'accablais au sujet de mon égoïsme, de ma frilosité, malgré mon intention de juger mon cas à l'aune de la misère du monde, des malheurs qui frappaient les nations ou des millions d'êtres humains... oui, je savais que je ne pouvais rien faire d'autre que de céder à ma mesquinerie, à mon aveuglement, à ma vanité, et de chercher dans cette ville, comme une possédée, la femme avec laquelle je devais m'entretenir personnellement. Il me fallait la voir, il me fallait entendre sa voix, la regarder dans les yeux, oui, voir sa peau, son front, ses mains. Lazar m'avait dit – et je le revoyais, les yeux fermés, dans le soleil, j'entendais à nouveau sa voix, comme s'il était en face de moi, je revivais la soirée de la veille, avec la musique, l'ambiance irréelle de notre conversation – que cette réalité était plus dangereuse et en même temps plus banale, plus triviale même que je ne l'imaginais. Que voulait-il dire par là ? Quelle était donc cette réalité « triviale » ?

Mais peu importe. Lazar m'avait montré le chemin à suivre en m'indiquant où je devais chercher. J'ai donc décidé de me rendre chez ma belle-mère, dans la matinée, et de lui parler sérieusement.

J'étais envahie par une bouffée de chaleur, j'avais l'impression de pénétrer dans une masse d'air torride.

J'ai essayé tant bien que mal de refroidir cette chaleur interne par quelques réflexions aussi sensées qu'artificielles. La bouffée que je venais de ressentir était en tout point semblable à celle qui m'avait surprise il y a très longtemps... c'est-à-dire la veille, à la même heure, en découvrant une poche secrète dans le portefeuille de mon mari. Lazar m'avait dit de ne toucher à rien, d'attendre... Peut-être que je me forgeais des chimères ? Peut-être ce ruban violet, ce corps du délit, n'avait-il pas l'importance que je lui attribuais ? Ou alors, Lazar avait-il simplement joué avec moi l'un de ces jeux bizarres, incompréhensibles, comme ce fameux soir où il était venu chez nous ? Peut-être que pour un homme pareil la vie elle-même n'était au fond qu'un jeu, étrange et terrifiant, un objet d'expérience, avec lequel il s'amusait, au hasard, selon son bon plaisir, comme un chimiste manipulant toutes sortes d'éléments extrêmement nocifs, au risque de faire sauter la planète ?... Lorsqu'il m'avait dit d'aller voir ma belle-mère et de chercher dans son appartement, « sur les lieux », le secret de Péter, il y avait dans son regard, à la fois calme et cruel, objectif, indifférent et pourtant animé d'une extrême curiosité, un rayonnement étrange... et pourtant je savais qu'il disait la vérité, je savais qu'il ne jouait pas. Je savais aussi que je courais un danger réel. Il y a des jours où tu n'as pas envie de sortir, parce que le ciel, les astres, ton environnement, tout semble te questionner, tu te sens soudain concernée par tous les phénomènes du monde... Non, ce ruban violet et tout ce qu'il y avait derrière, dans l'appartement de ma belle-mère ou ailleurs, relevait bel et bien de la réalité.

À ce moment-là, la cuisinière est entrée et m'a remis le livre de comptes. Puis, nous avons arrêté le menu du dîner.

Mon mari gagnait beaucoup à cette époque, tu sais, et il me confiait sans compter tout son argent. J'avais un chéquier

Métamorphoses d'un mariage

et je pouvais dépenser autant que je voulais. Bien entendu, je faisais très attention, et je réduisais mes dépenses au strict minimum. Mais le « strict minimum » est un concept élastique et j'ai dû m'apercevoir que ce que j'entendais à présent par là aurait été, quelques années auparavant, du domaine du luxe. Les poissons et les volailles nous étaient livrés, sur commande téléphonique, par le magasin le plus élégant de la ville. Je n'allais plus au marché depuis des années, ni seule, ni accompagnée de la cuisinière. Je ne savais plus le prix exact des primeurs, mais j'exigeais que le personnel achète ce qu'il y avait de meilleur et de plus cher. J'avais un peu perdu le sens des réalités. Ce matin-là, au moment où la cuisinière – une vraie pie voleuse – m'a remis le livre de comptes dans lequel, naturellement, elle avait inscrit ce qu'elle voulait, je me suis dit pour la première fois depuis des années que la magie néfaste de l'argent n'était peut-être pas entièrement étrangère à la façon dont je considérais mon affaire... Autrement dit, si j'avais été pauvre, je me serais peut-être moins occupée de moi et d'un certain ruban violet. La maladie et la pauvreté, vois-tu, modifient de façon étonnante l'échelle des valeurs et réduisent à leurs justes proportions nos déboires sentimentaux. Mais je n'étais ni pauvre ni malade, du moins au sens médical du mot. Aussi ai-je dit à la cuisinière :

– Pour ce soir, faites-nous du poulet froid à la mayonnaise. Mais ne servez que le blanc. Avec un peu de laitue.

Je suis rentrée dans la maison pour m'habiller... avant de me mettre en route pour chercher, à travers le vaste monde, la femme au ruban violet. Telle était ma tâche sur cette terre. Ce n'était pas moi qui l'avais fixée, non, je n'avais fait qu'obéir à un ordre.

Je marchais dans la rue, le soleil brillait et, naturellement, je ne savais pas où j'allais, ni ce que je cherchais. Je savais seulement que je devais me rendre chez ma belle-mère. Mais, en même temps, je ne doutais nullement de la réussite de mon entreprise, je savais que je finirais par trouver la personne que je cherchais. Ce que j'ignorais, c'est qu'un seul mot de Lazar, le dernier, avait tout réglé et que j'allais du premier coup découvrir mon secret dans le grand tissu du monde.

Et pourtant, au moment où je l'ai découvert, je n'ai pas été étonnée. Le verbe « découvrir » me paraît ici un peu court et, somme toute, inadéquat. Car je n'étais qu'un instrument, une carte entre les mains du destin. En évoquant ces jours-là, je suis prise de vertige et j'éprouve un sentiment d'humilité infini... car les événements s'enchaînaient avec une admirable, une rassurante précision, comme prédestinés par un metteur en scène invisible. Oui, ces jours-là, j'ai appris à croire vraiment, comme ceux qui tremblent pendant une tempête en mer. J'ai compris que sous la confusion du monde extérieur règne un ordre intérieur profond, un ordre d'une logique aussi éblouissante que celle d'une composition musicale. La situation – notre sort, notre destinée à tous les trois – était arrivée à maturité, elle avait éclos, dévoilant, tel un fruit vénéneux, sa beauté étouffante. Moi, je n'avais fait qu'assister à cette éclosion.

Mais, sur le moment, je croyais agir. Alors, j'ai pris un autobus et je me suis rendue, selon le conseil de Lazar, chez ma belle-mère.

Je pensais effectuer une inspection sur les lieux, m'offrir quelques instants de répit dans l'atmosphère de pureté qui émanait de ce foyer, atténuer quelque peu la touffeur de ces derniers jours pendant lesquels tant de choses s'étaient accumulées, raconter tout ce que j'avais appris, pleurer un bon coup et demander à ma belle-mère de me réconforter, de me consoler... de me dire ce qu'elle savait du passé de Péter. Dans cet autobus, je pensais à l'appartement de ma belle-mère comme à une sorte de sanatorium niché en altitude.

Métamorphoses d'un mariage

En sonnant à sa porte, j'ai eu l'impression d'émerger des vapeurs d'un marécage.

Elle habitait dans le centre, au deuxième étage d'un immeuble centenaire. L'escalier fleurait bon la lavande anglaise, comme une armoire à linge. Cette odeur avait frappé mes narines pendant que j'attendais l'ascenseur... J'ai éprouvé alors une indicible nostalgie, la nostalgie d'une autre vie, plus pure, plus fraîche, plus pleine que la mienne. Dans l'ascenseur, mes yeux se sont remplis de larmes. La force qui avait organisé toute cette mise en scène disposait toujours de moi – mais je l'ignorais encore. J'ai sonné. La gouvernante m'a ouvert.

– Quel dommage ! s'est-elle écriée. Madame est sortie.

D'un geste brusque, mais routinier de la part d'une domestique, elle a attrapé ma main et l'a embrassée.

– Laissez donc, ma petite Judit, ai-je dit, mais il était trop tard. Je vais l'attendre.

Je contemplais, souriante, ce visage ouvert, aux traits calmes et fiers. Judit, la gouvernante de ma belle-mère, servait depuis quinze ans dans la maison. Cette jeune paysanne de Transdanubie avait commencé comme bonne à tout faire chez ma belle-mère, alors que celle-ci avait encore du monde autour d'elle. Après la mort de mon beau-père, ma belle-mère avait quitté son grand appartement, et Judit l'avait suivie dans cet immeuble du centre-ville. Devenue vieille fille (elle avait passé la trentaine), elle avait été promue gouvernante.

Nous nous tenions dans l'entrée noyée par l'obscurité. Judit a allumé la lampe – et je me suis mise à trembler, mes jambes ont vacillé, le sang a reflué de ma tête... mais je ne suis pas tombée. Ce matin-là, Judit portait une robe multicolore en cretonne, une sorte d'uniforme de travail bon marché et, sur la tête, un fichu : elle faisait le ménage quand j'ai sonné. Une amulette, un de ces médaillons que l'on vend dans les foires, pendait à son cou blanc et musclé, une amulette attachée à un ruban violet...

Sans réfléchir, sans hésiter une seule seconde, j'ai aussitôt tendu le bras et arraché le ruban et l'amulette. En tombant sur le sol, le médaillon s'est ouvert... Et sais-tu le plus étrange dans tout ça ? C'est que Judit ne s'est pas baissée pour le ramasser. Elle est restée debout, droite et, très lentement, très calmement, elle a croisé les bras sur la poitrine. C'est dans cette position qu'elle me regardait, d'en haut, alors que je me baissais pour ramasser le médaillon. Deux photos étaient collées à l'intérieur, toutes deux représentaient Péter... l'une, assez ancienne, alors que Péter devait avoir une trentaine d'années ; l'autre avait été prise l'an dernier, à la Noël, pour sa mère, à ce qu'il disait.

Nous sommes restées longtemps, debout, interdites.

– Je vous en prie, a-t-elle dit enfin, courtoise et presque mondaine, ne restons pas là. Venez chez moi, s'il vous plaît.

Elle a ouvert la porte conduisant à sa chambre et d'un geste poli m'a indiqué le chemin. J'y suis entrée sans dire un mot. Arrivée sur le seuil, Judit s'est arrêtée, elle a fermé la porte et, avec assurance, elle a tourné la clef dans la serrure.

Je n'étais encore jamais entrée dans sa chambre. Qu'y aurais-je fait ? Si étonnant que cela puisse te paraître, je n'avais encore jamais vraiment regardé le visage de cette femme.

Mais, cette fois, je me suis rattrapée...

Une table peinte en blanc et deux chaises occupaient le milieu de la pièce. Je me sentais faible, proche du vertige... Je me suis rapprochée lentement d'une chaise et je m'y suis assise. Judit est restée debout, les bras croisés sur la poitrine, calme et résolue, comme pour empêcher que quelqu'un entre et nous importune.

J'ai jeté un regard autour de moi. J'avais tout mon temps pour examiner minutieusement le moindre détail, le moindre objet, le moindre rebut, car tout était important ici, « sur les lieux », selon l'expression de Lazar, qui m'est revenue à l'esprit... une expression que les journaux emploient couramment lorsqu'ils rapportent une descente de police après l'arrestation du criminel. J'avais moi-même cette impression... il y a très longtemps, quelque chose s'était passé – ici ou dans un endroit semblable – et j'étais à la fois juge, témoin et victime. Judit assistait sans rien dire à cette inspection. Elle savait que toute chose, dans cette pièce, avait une grande importance pour moi.

Pourtant, je n'y ai rien trouvé d'extraordinaire. Sans être pauvre, le mobilier manquait de confort. La pièce me rappelait un peu ces chambres d'hôte de certains couvents destinées à des visiteurs de marque. Sais-tu, au fond, ce que j'ai vraiment découvert dans cette chambre... dans ces meubles peints en blanc, dans ces rideaux tout aussi blancs, dans ce tapis folklorique à rayures, dans ce tableau au-dessus du lit, représentant la Vierge Marie, dans le chapelet qui y était accroché, dans le pot de fleurs sur la table de nuit, dans les objets de toilette, modestes mais choisis avec soin, qui s'alignaient sur l'étagère en verre au-dessus du lavabo... oui, sais-tu ce que j'ai découvert ? La résignation. C'était une atmosphère de résignation volontaire que l'on respirait dans cette chambre. En le comprenant, j'ai senti ma colère s'évaporer, ma colère qui laissait place à de la tristesse et à une grande, à une très grande peur.

Pendant ces longues minutes, j'ai éprouvé toutes sortes de sentiments, de sensations. J'ai deviné la vie et la destinée qui se cachaient derrière ces objets. Je viens de te le dire : j'ai été saisie de peur. Une fois de plus, j'ai cru entendre nettement la voix rauque et triste de Lazar, cette voix qui me disait combien je serais étonnée de constater à quel point la réalité était plus simple, plus triviale et en même temps plus redoutable que je ne l'avais imaginée. Oui, tout cela était assez vulgaire. Mais si redoutable en même temps. Attends, attends, j'essaie de procéder dans l'ordre.

Je t'ai dit tout à l'heure que j'avais perçu une atmosphère de résignation dans cette pièce. Oui... mais elle respirait aussi la ruse et le complot. Elle n'avait rien de ces misérables réduits où se terrent les bonnes venues de la campagne pour servir dans la capitale. La pièce était propre et confortable – d'ailleurs, comment aurait-il pu en être autrement chez ma belle-mère ? Je viens de parler des chambres d'hôte de certains couvents, de ces cellules où l'on ne se contente pas de vivre, de dormir et de faire sa toilette, mais où l'on est contraint de s'occuper de son âme. Chaque objet, comme l'ambiance générale, y rappelle un ordre rigoureux reçu d'en haut. Pas la moindre trace de parfum, ici, d'eau de Cologne ou de savonnettes, non... juste un bout de savon de Marseille sur le rebord du lavabo. Et sur l'étagère, un flacon d'eau dentifrice, une brosse à dents, un peigne, une brosse à cheveux. Avec une boîte de poudre et un carré de peau de chamois pour s'essuyer le visage. Voilà tout ce dont cette femme avait besoin dans le monde. J'ai examiné chaque chose, par le menu.

Une photo de groupe encadrée trônait sur la table de nuit. Elle représentait deux fillettes, accompagnées de deux adolescents à l'expression rusée, dont l'un en uniforme militaire, et d'un couple de vieillards endimanchés au visage un peu hagard. Sans doute sa famille, quelque part en Transdanubie. Dans un verre d'eau, une branche avec des chatons, fraîchement coupée.

Sur la table, dans un panier à couture, des bas à raccommoder et un vieux catalogue de tourisme aux pages écornées avec, sur la couverture, la mer et une plage de sable où jouaient des enfants. Sur la porte, accrochés à un portemanteau, une blouse noire et un tablier blanc. Voilà. C'était tout.

Mais ces objets banals révélaient pourtant une grande discipline. La personne qui vivait dans cette chambre n'avait manifestement pas eu besoin qu'on lui apprenne l'ordre. Elle se l'imposait elle-même. En général, les domestiques encombrent leur chambre de toutes sortes de futilités... des cartes postales illustrées, des pains d'épice en forme de cœur, des coussins hors d'usage, des babioles à quatre sous... tous les rebuts qui leur parviennent du monde des maîtres. Moi, par exemple, j'avais une femme de chambre qui collectionnait mes flacons de parfum vides, et qui y mettait le même soin que ces riches qui accumulent les blagues à tabac ou les tableaux des impressionnistes français. Dans l'univers des domestiques, vois-tu, ce genre d'objets représente la même chose que l'art et la beauté pour nous. On ne vit pas seulement pour la réalité pratique... il nous faut aussi du superflu, du clinquant, de la beauté – si vulgaire soit-elle. La plupart des gens ne peuvent se passer de l'illusion de la beauté, fût-elle incarnée par une carte postale représentant, en rouge et or, le crépuscule ou l'aube dans la forêt. Ainsi sommes-nous. Ainsi sont les pauvres.

Mais celle qui me faisait face dans cette chambre qu'elle avait fermée à clé, celle-là était d'une tout autre espèce.

La femme qui vivait là avait volontairement renoncé à tout confort, à tout luxe, à tout faux-semblant. On devinait que l'occupante de cette pièce avait refusé avec une implacable rigueur les déchets superflus que le monde pouvait lui offrir. Toute cette chambre respirait la rigueur. Ici, on ne rêvassait pas, on ne paressait pas, on ne se berçait pas d'illusions. Oui, la femme qui vivait là semblait avoir fait un vœu. Mais cette femme, ce vœu, cette chambre ne m'inspiraient aucune sympathie. C'est pourquoi j'avais si peur.

Ce n'était pas la chambre d'une soubrette qui porte les bas de soie et les robes usagées de sa maîtresse, qui se sert, en catimini, de ses parfums français pour aguicher le maître de maison. Non, celle qui me faisait face ne ressemblait en rien aux sirènes de certains ménages bourgeois pervers. À mon sens, elle n'avait jamais été la maîtresse de mon mari, même si elle conservait sa photo dans cette amulette accrochée à son cou par un ruban violet. Que te dire d'elle ? Je la trouvais antipathique, mais proche de moi, sensible, digne, forte, droite et souffrante, comme moi, comme tout être humain qui tient à son rang. Assise sur cette chaise, le médaillon au ruban violet entre les mains, j'étais incapable d'articuler la moindre syllabe...

Elle ne parlait pas davantage, ne manifestait aucune émotion... elle se tenait, comme moi, toute droite. Elle avait les épaules larges et, sans être svelte ni vraiment mince, un corps bien proportionné. Si elle avait pu se rendre à la soirée de la veille, les invités, tous ces hommes célèbres et toutes ces femmes splendides, se seraient sans doute retournés sur son passage en se demandant qui elle était. Car elle avait de l'allure, une allure « aristocratique », comme on dit. J'ai connu certaines aristocrates, mais aucune, non, aucune n'avait une allure comparable à la sienne. Et, pour couronner le tout, il émanait de ses yeux, de son visage, des objets qui l'entouraient, de l'ameublement de sa chambre, un rayonnement qui me glaçait. J'ai parlé tout à l'heure de renoncement. Oui, mais son renoncement se doublait d'une attente convulsive. À l'affût pendant des décennies, sans relâche, toujours prête à bondir, elle exigeait... tout ou rien. Ce renoncement, qui n'avait rien d'humble ni de désintéressé, était fait d'orgueil et de défi. Pourquoi répète-t-on, comme des perroquets, que les aristocrates sont orgueilleux ? J'ai connu bien des comtes, bien des princesses – aucun d'entre eux n'était orgueilleux ; ils paraissaient plutôt manquer d'assurance et souffrir d'un certain sentiment de culpabilité, comme tous les grands de ce monde. Mais cette paysanne de la campagne hongroise, qui me regardait en chien de faïence, ne se sentait ni humble ni coupable. Son regard étincelant avait la froideur des couteaux de chasse. Disciplinée et en même temps respectueuse, elle ne disait rien, ne bougeait pas, ne bronchait pas. C'était une femme en train de vivre, avec tout son corps, toute son âme, tout le poids de sa destinée, l'instant le plus important de son existence.

Métamorphoses d'un mariage

Une chambre d'hôte dans un couvent, t'ai-je dit. Certes, mais aussi une cage qu'arpentait depuis seize ans un fauve racé qui avait pour nom attente et passion. Moi, je suis entrée dans cette cage – et nous étions maintenant l'une en face de l'autre. Non, de toute évidence, cette femme ne se contentait pas de vulgaires colifichets, elle voulait tout, toute la vie, le destin avec tous ses dangers. Celle-là savait attendre. Quelle patience ! ai-je pensé, admirative. J'en frissonnais.

Je restais sur cette chaise comme paralysée, avec, sur les genoux, l'amulette et le ruban violet.

– S'il vous plaît, a-t-elle dit enfin, rendez-moi ces photos.

Et comme je ne bougeais pas, elle a ajouté :

– Vous pouvez en garder une, si vous voulez... celle de l'année dernière. Mais l'autre, elle est à moi.

Prononcée sur un ton de propriétaire, cette phrase sonnait comme un verdict. En effet, l'autre cliché avait été pris seize ans auparavant, à une époque où je ne connaissais pas encore Péter. Elle, elle le connaissait déjà... sans doute mieux que je ne l'ai jamais connu. Après avoir jeté un dernier regard sur les photos, je les lui ai rendues, ainsi que le médaillon.

À son tour, elle les a examinées comme pour vérifier qu'elles n'avaient subi aucun dégât. Elle s'est dirigée ensuite vers la fenêtre, elle a tiré de dessous le lit une valise défraîchie, pris une clé minuscule dans le tiroir de la table de nuit, ouvert la valise et elle y a mis le médaillon, sans hâte, avec les gestes tranquilles et mesurés d'une personne qui dispose de tout son temps... Je suivais ses mouvements avec la plus grande attention. Je prenais vaguement conscience que lorsqu'elle s'était adressée à moi pour me demander les photos elle ne m'avait pas dit « Madame ».

J'éprouvais également un autre sentiment en cet instant. Bien des années se sont écoulées depuis et, avec le recul, je revois très nettement la scène. Ce sentiment me dominait entièrement : une voix intérieure me susurrait que ce que j'étais en train de vivre n'avait au fond rien d'extraordinaire, que je l'avais prévu. Bien entendu, si, la veille, Lazar m'avait appris que la femme au ruban violet que je cherchais partout vivait quelques rues plus loin, chez ma belle-mère, que je l'avais souvent vue, que je lui avais déjà parlé et que le jour où, comme une possédée, je me mettrais en route pour la trouver, elle, ma seule et unique adversaire, je la découvrirais dès ma première tentative... si donc, la veille même, quelqu'un m'avait prédit cette rencontre, je l'aurais prié gentiment de changer de conversation, parce que je ne goûte guère ce genre de plaisanteries dans une affaire aussi grave. Mais, dans la mesure où les événements se déroulaient avec une telle simplicité, je ne m'étonnais plus : la mise en scène ne me paraissait plus surprenante, pas plus que le personnage. Tout ce que je savais de Judit, c'est qu'elle existait. Qu'elle était « remarquable ». Elle apportait son soutien à ma belle-mère, elle faisait pour ainsi dire partie de la famille et constituait l'exemple vivant d'un domptage réussi. Mais dans cette chambre, j'ai compris tout à coup que j'en savais bien plus. En fait, je savais tout à son sujet, pas avec des mots, bien sûr, pas avec ma raison, mais avec mes sentiments, avec ma destinée. Oui, je savais tout d'elle et de moi... même si je ne lui avais jamais rien dit d'autre que « Bonjour », « Madame est là ? » ou « Apportez-moi un verre d'eau. » Je savais tout... et c'est peut-être pour cela que je n'avais jamais vraiment regardé son visage, qui, sans doute, me faisait peur. Sur l'autre rive de la vie, une femme travaillait, une femme attendait et vieillissait, tout comme moi. Et moi, sur la rive opposée, j'ignorais pourquoi ma vie était si bancale, insupportable même, pourquoi « cela ne tournait pas rond » et pourquoi cette incertitude pénétrait mes jours et mes nuits à la manière d'un rayonnement secret et maléfique. Je ne savais rien ni de mon mari ni de Judit. Mais il existe des moments où nous comprenons que ce qui nous paraît absurde, inconcevable, est en réalité la chose la plus simple, la plus banale du monde. La structure profonde de la vie se révèle alors, certains personnages que nous croyions importants disparaissent comme dans une trappe, d'autres, dont nous ne savions rien de sûr, surgissent des profondeurs... ceux-là, nous les avons attendus, et ils nous ont attendus...

En effet, tout cela était ordinaire, comme l'avait dit Lazar...

Une paysanne conservait la photo de mon mari dans un médaillon accroché à son cou. Elle était venue à la capitale à l'âge de quinze ans, elle avait échoué dans une famille riche et, naturellement, elle s'était amourachée du jeune homme de la maison. Celui-ci avait grandi, il s'était marié. Ils se voyaient de temps en temps, bien sûr, mais ils n'avaient plus rien de commun : la différence de classe avait creusé entre eux un véritable abîme. Le temps avait passé, le jeune homme avait mûri, la jeune paysanne était presque une vieille fille. Elle ne s'était jamais mariée. Mais pourquoi ?

Comme pour répondre à mes questions, Judit m'a dit alors :

— Je m'en irai d'ici. Je regretterai la vieille Madame, mais je ne resterai pas.

— Où voulez-vous donc aller, ma petite Judit ? ai-je demandé.

Cette formule affectueuse était sortie tout naturellement de ma bouche.

— J'irai travailler en province.

— Vous ne pouvez pas rentrer chez vous ? ai-je continué en regardant la photo sur la table de nuit.

Elle a haussé les épaules.

— Ils sont pauvres, a-t-elle répondu d'une voix éteinte.

Ce dernier mot a semblé flotter quelque temps dans la pièce, comme s'il résumait tout ce que nous aurions pu nous dire. Nous l'avons suivi du regard, comme un objet entré par la fenêtre, moi, avec curiosité, elle avec une objectivité indifférente... le mot lui était familier.

— Je ne crois pas, ai-je repris, non, je ne crois pas que ce

soit utile. Pourquoi voulez-vous vous en aller ? Personne ne vous fera de mal. Et pourquoi êtes-vous restée jusqu'à maintenant ? Puisque vous êtes restée, vous n'avez aucune raison de partir. Il ne s'est rien passé.
La discussion commençait, semble-t-il, et je venais d'apporter un argument décisif.
— Non, a-t-elle répliqué, je m'en vais.
Nous étions deux femmes poursuivant une conversation intime, parlant à voix basse et nous exprimant à demi-mot.
— Pourquoi ?
— Parce qu'il va l'apprendre.
— Qui ?
— Lui.
— Mon mari ?
— Oui.
— Il ne le savait donc pas ?
— Il l'a su... mais il l'a oublié.
— En êtes-vous sûre ?
— Oui.
— Et qui le lui dira, puisqu'il l'a oublié ?
— Vous, Madame, m'a-t-elle répondu simplement.
— Voyons, ma fille, ai-je poursuivi, en portant la main sur mon cœur, que me dites-vous là ? Vous délirez. Pourquoi voulez-vous que je le lui dise ? Et qu'est-ce que je pourrais bien lui dire ?
Nous nous regardions désormais sans dissimuler notre curiosité, avec une grande avidité, comme si, après avoir baissé les yeux pendant des années, nous étions devenues incapables de nous rassasier du spectacle. Nous venions de comprendre que pendant de longues années nous n'avions pas eu le courage de nous regarder en face, détournant toujours le regard, parlant d'autre chose. Nous avions vécu, chacune à notre place, mais en gardant dans notre cœur un secret qui constituait le sens de notre vie, un secret dont nous venions de nous délivrer.

À quoi ressemblait son visage à ce moment-là ? Peut-être vais-je pouvoir te le décrire...

Mais d'abord, il faut que je boive un verre d'eau, si tu permets. J'ai la gorge sèche. Mademoiselle, un verre d'eau, s'il vous plaît. Merci. Regarde, ils commencent à éteindre les lampes. Mais je n'en ai plus pour longtemps. Une dernière cigarette, tu veux bien ?

Donc, elle avait le front large, un visage blanc et ouvert, des cheveux noirs aux reflets bleuâtres, ramassés en un chignon, avec une raie au milieu. Un visage lisse, aux contours nettement découpés... les traits d'une Vierge Marie agenouillée devant la crèche, un peu comme dans ces tableaux peints par des vagabonds anonymes qui ornent les autels de nos églises de campagne... Un visage fier, encadré d'une chevelure noire presque violacée, semblable à... mais les comparaisons ne sont pas mon fort, tu sais, c'est plutôt le domaine de Lazar qui, d'ailleurs, ne dirait peut-être rien... oui, il se contenterait de sourire, car, au fond, il méprise les comparaisons, il n'aime que les faits, les phrases simples, avec un sujet et un verbe.

Alors, si tu n'en as pas encore assez, je te parlerai des faits.

Oui, elle avait un beau visage fier de paysanne. Pourquoi « de paysanne », me diras-tu ? Parce qu'on n'y découvrait aucune trace de cette complexité que reflètent immanquablement les visages bourgeois. Tu sais... cette amertume propre aux êtres blessés par la vie. Pourtant, ce visage-là était implacable. Impossible de lui arracher un sourire par des compliments faciles. Ce visage portait des souvenirs lourds, des souvenirs lointains, qui ne lui étaient peut-être pas personnels... qui étaient ceux de sa tribu. La bouche et les yeux semblaient autonomes. Ses yeux, comme ses cheveux, étaient d'un noir bleuâtre. Ils me rappelaient ceux d'un puma que j'avais vu un jour au zoo de Dresde.

Eh bien, ces deux yeux me fixaient... avec le regard qu'adresserait un noyé à celui qui, se tenant sur la rive, pourrait aussi bien le sauver que le laisser mourir. J'ai, moi aussi, des yeux de chat, châtains et chaleureux... et mes yeux, comme les siens, scrutaient chaque chose, comme des phares de D.C.A., avant le raid qui menace les foyers. Mais, ce qui me semblait le plus redoutable dans son visage, c'était sa bouche, ses lèvres charnues, cette moue de femme ulcérée... les babines d'un fauve de race qui a cessé d'être carnivore. Et ces dents, blanches comme neige, fortes et pointues. Car elle était forte, cette femme, avec son corps musclé et bien proportionné. Soudain, une ombre a semblé traverser son visage et, sans se plaindre, elle m'a répondu... non sur le ton d'une domestique, mais sur celui d'une femme qui parle à une autre femme.

— Ça. Les photos. Il va finir par le savoir. Je m'en vais, a-t-elle redit, avec l'obstination d'une illuminée.

— Vous croyez qu'il l'ignorait ?

— Oh, cela fait bien longtemps qu'il ne me regarde plus.

— Vous portez toujours ce médaillon ?

— Non, pas toujours. Seulement quand je suis seule.

— Et quand vous servez à table et qu'il est là ? ai-je demandé sur un ton familier.

— Non, a-t-elle répliqué, tout aussi familière. Parce que je ne veux pas qu'il se souvienne...

— Pourquoi ?

— Parce que..., a-t-elle répondu, les yeux écarquillés, comme si elle regardait le fonds d'un puits pour y scruter le passé. Pourquoi lui rappeler une chose qu'il a oubliée ?

— Quelle chose, Judit ? ai-je continué très bas, sur un ton à la fois amical et implorant. Qu'a-t-il donc oublié ?

— Rien, a-t-elle rétorqué sèchement.

— Avez-vous été sa maîtresse ? Dites-le-moi.

— Non, je n'ai pas été sa maîtresse, a-t-elle lâché d'une voix forte, claire, accusatrice presque.

Nous nous taisions. Impossible de discuter avec cette voix, je savais qu'elle disait la vérité. Et – méprise-moi, condamnemoi, si tu veux –, tout en éprouvant un certain soulagement, j'ai cru à ce moment entendre une autre voix... une voix intérieure qui me chuchotait : « Hélas ! elle dit la vérité. Les choses auraient été bien plus simples autrement. »

— Mais alors que s'est-il passé ?

Elle a haussé les épaules, embarrassée. Puis, comme un éclair dans un paysage désert, une expression de colère et de désespoir a traversé son visage.

— Vous n'allez rien dire, Madame ? a-t-elle insisté, d'une voix rauque, menaçante.

— Dire quoi ?

— Si je vous le dis, vous le garderez pour vous ?

Je l'ai regardée dans les yeux. Je savais que je devais tenir ma promesse. Cette femme était capable de me tuer si je lui mentais.

— Si vous me dites la vérité, je vous promets de me taire.

— Jurez-le ! s'est-elle écriée, sombre et méfiante.

Elle est allée vers le lit, elle a pris le chapelet accroché au mur et me l'a remis entre les mains.

— Vous le jurez ?

— Je le jure.

— Vous jurez de ne jamais révéler à votre mari ce que vous aurez appris de Judit Áldozó ?

— Je ne le révélerai jamais. Je le jure.

Je vois que tu ne comprends pas. Moi-même, en y repensant, je ne comprends peut-être plus. Mais, sur le moment, tout cela me semblait si simple, si naturel. Debout dans la chambre de la bonne de ma belle-mère, j'étais en train de jurer à une domestique de ne jamais dire à mon mari ce qu'elle allait m'apprendre. Est-ce simple ? Je crois que oui.

Alors, j'ai juré.

— Bien, a-t-elle fait, apparemment rassurée. Je vais tout vous dire.

Sa voix trahissait une grande lassitude. Elle a raccroché le chapelet, traversé deux fois la pièce, d'un pas souple – oui, celui d'un puma en cage – et elle s'est appuyée contre l'armoire. Elle était grande, elle me dominait. La tête renversée, les bras croisés sur la poitrine, elle regardait fixement le plafond.

— Mais d'où le savez-vous ? Qui vous l'a dit ? a-t-elle lâché enfin, méfiante, presque méprisante, avec l'accent faubourien des bonnes.

— C'est comme ça, ai-je répondu sur le même ton. Je l'ai appris.

— C'est lui qui vous l'a raconté ?

Il y avait dans ce « lui » une grande complicité, une vraie familiarité, mais aussi beaucoup de respect pour la personne ainsi désignée. Visiblement, elle se méfiait encore, flairait quelque ruse, quelque piège. Son silence était celui du suspect devant le juge ou le policier chargé de l'enquête, prêt, sous le poids des preuves accablantes, à passer aux aveux, mais hésitant au dernier moment, parce qu'il se demande soudain si l'homme qui l'interroge sait vraiment tout ou feint seulement d'être au courant pour lui extorquer la vérité, soit par une astuce, soit en se montrant bienveillant à son égard... mais dans ces cas-là le processus qui s'est engagé dans l'âme est toujours irréversible et le suspect demande lui-même à avouer.

— Bien, a-t-elle repris, en fermant un instant les yeux. Je vous crois. (Puis, après un bref silence :) Eh bien, je vais tout vous dire. (Elle respirait lourdement.) Il a voulu m'épouser.

— Oui..., ai-je acquiescé comme si ce que je venais d'entendre était la chose la plus naturelle du monde. Quand cela s'est-il passé ?

— Il y a douze ans, au mois de décembre. Et un peu plus tard aussi. Cela a duré deux ans.

— Quel âge aviez-vous ?

— Un peu plus de dix-huit ans.

Mon mari en avait presque le double. Sans transition, je lui ai demandé amicalement :

– Avez-vous une photo qui date de cette époque ?
– Une photo de lui ? s'est-elle étonnée. Oui. Vous l'avez vue tout à l'heure.
– Non. Une photo de vous, Judit.
– Ah bon ! a-t-elle fait, sur le ton un peu vulgaire d'une domestique contrariée. Oui, si vous y tenez.

Elle a pris dans le tiroir de la table de nuit un cahier avec une couverture à carreaux, semblable à ceux dans lesquels, au lycée, nous inscrivions les mots français inconnus des fables de La Fontaine, et elle s'est mise à le feuilleter. Il y avait là des images saintes et des coupures de presse. Je me suis levée et je me suis mise derrière elle pour regarder le cahier par-dessus son épaule.

Les images représentaient saint Antoine de Padoue et saint Joseph. Tout le reste se rapportait, de près ou de loin, à mon mari : une page publicitaire de son usine, la facture d'un chapeau claque envoyée par un magasin du centre-ville, le faire-part du décès de mon beau-père et, sur du papier vergé, celui de nos fiançailles.

Ce cahier, elle le feuilletait avec un certain abattement, avec cet ennui que vous inspirent les objets trop regardés, mais dont on est incapable de se débarrasser. J'observais, pour la première fois de ma vie, ses mains, longues, osseuses et musclées, aux ongles soigneusement coupés, mais non manucurés. Elle a pris une photo avec le pouce et l'index, et elle me l'a tendue.

– Eh bien voilà, a-t-elle dit avec une moue un peu amère.

Le cliché représentait Judit Áldozó à l'âge de dix-huit ans, l'année où mon mari avait voulu l'épouser. Il était l'œuvre d'un photographe de la petite-bourgeoisie : sur le dos, une annonce imprimée en lettres noires assurait l'honorable clientèle qu'il était disposé à immortaliser les heureux événements familiaux. Une photo selon les règles, guindée, artificielle. Emprisonnée entre deux barreaux invisibles, encadrée de deux tresses de cheveux, à la manière de la reine Élisabeth, une tête de jeune paysanne fière fixait un point : les yeux vitreux, le regard effaré semblaient appeler au secours.

— Rendez-la-moi, a-t-elle fait, impérative.

Elle a pris la photo et l'a glissée entre les pages du cahier, comme s'il s'agissait d'une affaire strictement privée qui ne regardait personne d'autre qu'elle.

— Voilà comment j'étais. Cela faisait trois ans que je logeais ici. Il ne m'avait jamais parlé. Si... un jour, il m'a demandé si je savais lire. J'ai répondu oui. Mais il ne m'a jamais donné un seul livre. Nous ne nous parlions pas.

— Alors, que s'est-il passé ?

— Rien, a-t-elle répondu en haussant les épaules. Ça.

— Vous vous y attendiez ?

— Ces choses-là, on les sent toujours.

— C'est vrai, ai-je soupiré. Et après ?

— À la fin de la troisième année, l'après-midi de Noël... – elle s'exprimait lentement, de façon saccadée, la tête penchée en arrière, le dos appuyé contre l'armoire, regardant vaguement devant elle, contemplant le passé, comme sur cette vieille photo – il m'a parlé, au salon. Il a beaucoup parlé. Il était nerveux, très nerveux. Moi, je l'écoutais.

— Oui, ai-je murmuré en avalant ma salive.

— Oui, a-t-elle repris, déglutissant à son tour. Il m'a dit qu'il savait que c'était très difficile. Non, il ne voulait pas que je sois sa maîtresse, il voulait partir avec moi à l'étranger. En Italie, a-t-elle ajouté, et ses traits rigides se sont tout à coup adoucis.

Ses yeux brillaient maintenant, et elle a esquissé un sourire, comme si elle avait saisi la plénitude de ce mot magique, le summum de ce qu'un être humain peut espérer de la vie.

Involontairement, nous avons tourné toutes les deux notre regard vers le catalogue de tourisme aux pages écornées qui se trouvait sur la table, sur cette mer caressée par le vent, sur ces enfants qui jouaient dans le sable. C'était tout ce qu'elle avait vu de l'Italie.

— Et vous ne l'avez pas voulu.
— Non, a-t-elle répondu, assombrie.
— Pourquoi ?
— Parce que, a-t-elle repris, sévère. (Puis, sur un ton moins assuré :) Parce que j'avais peur.
— De quoi ?
— De tout ça, a-t-elle lâché en haussant les épaules.
— Parce qu'il était un monsieur et vous, une domestique ?
— Oui, de ça aussi, a-t-elle acquiescé docilement, en me jetant un regard presque reconnaissant, comme pour me remercier d'avoir formulé cet aveu à sa place. J'avais toujours peur. D'autre chose aussi. Oui, je sentais bien qu'il y avait quelque chose... qui ne tournait pas rond. Il était beaucoup trop haut placé pour moi.

Elle a secoué la tête.
— De Madame aussi, vous aviez peur ?
— D'elle ? Non, a-t-elle répondu en souriant à nouveau. Je voyais bien qu'elle me prenait un peu pour une demeurée, pour quelqu'un qui ignore tout des secrets de la vie. Elle me parlait toujours sur un ton de maîtresse d'école, comme on le ferait avec un enfant. Non, je n'avais pas peur d'elle... car elle savait.
— Vraiment ?
— Oui.
— Qui le savait encore ?
— Seulement elle et son ami, l'écrivain.
— Lazar ?
— Oui.
— Il vous en a parlé ?
— L'écrivain ?.... Oui. Je suis allée une fois chez lui.
— Pourquoi ?
— Parce que le mari de Madame me l'avait demandé.

Cette façon indirecte de désigner Péter ne manquait pas d'une certaine ironie triomphale. « Pour moi, il est ce qu'il est, je le sais. Mais pour toi, il n'est que ton mari », semblait-elle me dire.

— Bien. Alors deux personnes étaient au courant : ma belle-mère et l'écrivain. Et qu'est-ce qu'il vous a dit, l'écrivain ?

Elle haussa de nouveau les épaules.

— Il ne m'a rien dit. Il m'a fait asseoir et il m'a regardée... mais en silence.

— Longtemps ?

— Assez longtemps. Lui – a-t-elle dit, toujours en faisant traîner le mot –, il aurait bien voulu que l'écrivain me parle, qu'il me voie, qu'il essaie de me convaincre. Mais il ne disait rien. Il avait tous ces livres. Je n'en avais jamais vu autant... Il ne s'est pas assis, il est resté debout, appuyé contre le poêle, il m'a regardée en fumant, jusqu'à ce que la nuit tombe. Alors il m'a parlé.

— Qu'est-ce qu'il vous a dit ?

Je les voyais tout à coup nettement, Lazar et Judit Áldozó, debout, dans cette pièce que la nuit envahissait, se battant, muets, pour l'âme de mon mari, au milieu de « tous ces livres ».

— Il ne m'a rien dit. Il m'a seulement demandé si nous avions des terres.

— Combien en avez-vous ?

— Huit arpents.

— Où ?

— Dans le Zala.

— Et alors ?

— Il a dit que c'était peu. Parce que nous étions quatre dessus.

— Bien sûr, ai-je acquiescé rapidement, un peu gênée, car je ne savais pas exactement ce que représentaient huit arpents de terre.

J'avais compris, toutefois, que ce n'était pas grand-chose.

— Et après ?

— Il a sonné et il m'a dit : « Vous pouvez partir, Judit Áldozó. » C'était tout. Mais moi, je savais déjà que ça ne donnerait rien.

— Parce qu'il ne le permettrait pas ?

— Lui et le monde entier. Et aussi pour autre chose. Parce que je ne voulais pas... C'était comme une maladie.

Elle a frappé sur la table. Je ne la reconnaissais plus, son corps semblait soudain exploser, ses membres se contractaient comme sous l'effet d'un électrochoc. Elle avait tout à coup la force d'une cataracte. Elle parlait bas, mais on aurait dit qu'elle criait.

— Oui, comme une maladie, tout ça ! Après, je n'ai pas mangé pendant une année entière, seulement une tasse de thé de temps à autre. Mais ne croyez pas que c'était pour l'affamer, lui, a-t-elle ajouté rapidement, la main sur le cœur.

— Qu'est-ce que ça veut dire ? lui ai-je demandé, profondément étonnée... Oui, qu'est-ce que cela signifie : affamer ?

— Ça se faisait autrefois, dans mon village, m'a-t-elle répondu les yeux baissés, comme si elle se reprochait de livrer le secret de sa tribu à un étranger. On se tait, on ne mange plus rien jusqu'à ce que l'autre se décide...

— À quoi ?

— À faire ce qu'on veut.

— Et ça marche ?

Elle a haussé les épaules.

— Oui. Mais c'est un péché.

— Naturellement, ai-je fait, tout en sachant bien que, quoi qu'elle en dise, Judit Áldozó avait, en secret, « affamé » mon mari. Mais vous, vous n'avez pas commis ce péché, n'est-ce pas ?

— Non, pas moi, a-t-elle dit rapidement, en secouant la tête et en rougissant comme si elle avouait. Parce que, à cette époque, je ne voulais plus rien. Parce que, vous voyez, c'était comme une maladie, tout ça... Je ne dormais plus, j'avais le

visage et les cuisses pleins de boutons. Et la fièvre... pendant longtemps. C'était Madame qui me soignait.
— Et que vous disait-elle ?
— Rien, a-t-elle répondu, radoucie et rêveuse. Elle pleurait, mais elle ne disait rien. Quand j'avais trop de fièvre, elle me donnait des médicaments dans une cuillère, avec de l'eau sucrée. Un jour, elle m'a même embrassée, a-t-elle ajouté, l'air presque illuminé, comme si ce baiser avait été ce qui pouvait lui arriver de plus beau dans la vie.
— Quand ?
— Après le départ de Monsieur.
— Où est-il allé ?
— À l'étranger, a-t-elle répondu simplement.
Silence. Mon mari avait passé quelques années à Londres, à Paris, dans le Nord et dans plusieurs villes italiennes. Puis il était rentré pour prendre la direction de l'usine. De temps à autre, il évoquait cette période de sa vie, ses années de vagabondage, comme il disait... Mais il n'avait jamais mentionné que c'était à cause de Judit Áldozó qu'il avait décidé de courir le monde.
— Vous êtes-vous parlé avant son départ ?
— Non. Parce que j'étais déjà guérie. On ne s'est vraiment parlé qu'une seule fois, ce fameux jour de Noël. C'est à ce moment-là qu'il m'a donné le médaillon, avec sa photo et le ruban violet.
Dans un écrin, a-t-elle précisé gravement, comme pour souligner l'importance du cadeau et comme si tous les détails, y compris celui-ci, avaient une grande signification. Ce que je n'étais pas loin de penser, moi aussi.
— Et l'autre photo, alors ? C'est lui qui vous l'a donnée ?
— Celle où il est plus âgé ? Non. (Elle a baissé les yeux.) Je l'ai achetée.
— Où ?
— Chez le photographe. Elle m'a coûté un pengö.
— Je comprends. Il ne vous a jamais donné autre chose, alors ?

— Autre chose ? a-t-elle répété, étonnée. Si. Des écorces d'orange confites, un jour.
— Vous les aimez ?
Elle a baissé les yeux de nouveau. À l'évidence, elle avait honte de cette faiblesse.
— Oui. Mais je ne les ai pas mangées, a-t-elle ajouté sur un ton d'excuse. Je les ai toujours là, dans un sachet. Je peux vous les montrer.
Elle s'est retournée vers l'armoire, empressée comme si elle voulait me fournir un alibi. J'ai étendu un bras pour lui barrer le chemin.
— Laissez donc, Judit. Je vous crois. Et après ? Que s'est-il passé après ?
— Rien du tout, a-t-elle répondu simplement. Il est parti... et moi, j'ai guéri, a-t-elle continué à la manière d'un conteur. Madame m'a renvoyée chez moi pour trois mois. C'était l'été, on moissonnait. Mais j'ai touché toute ma paie, a-t-elle précisé avec fierté. Ensuite, je suis revenue ici. Lui, il est resté absent pendant quatre ans... et je me suis calmée. Quand il est revenu, il n'habitait plus avec nous. Nous ne nous sommes plus jamais parlé. Il ne m'a jamais écrit. Oui, c'était bien une maladie, a-t-elle encore ajouté d'un air sérieux, comme si, discutant avec elle-même depuis longtemps, elle s'obstinait à répéter un argument propre à la convaincre.
— Et après, plus rien ?
— Plus rien. Il s'est marié. Ensuite, l'enfant est né. Et il est mort. J'ai beaucoup pleuré, oui, j'ai eu de la pitié pour vous, Madame.
— Oui, oui. Laissez tomber, ai-je lâché, nerveuse et distraite, comme pour écarter ses condoléances polies. Mais dites-moi, Judit, vous ne vous êtes plus jamais parlé par la suite ? Vraiment ?
— Jamais, a-t-elle répondu, en me regardant droit dans les yeux.
— Jamais parlé de ça ou d'autre chose ?

— Ni de ça ni d'autre chose, a-t-elle rétorqué avec fermeté.
C'était la vérité pure, j'étais obligée de l'admettre. Gravée dans le marbre. Ils ne mentaient pas, ces deux-là. Moi, j'avais l'estomac nauséeux, j'étais au bord du malaise. Ce qu'elle venait de m'apprendre était la pire des choses. Ainsi, ils ne s'étaient plus rien dit pendant douze ans. Rien. Et pendant tout ce temps, l'un d'eux portait à son cou un médaillon avec la photo de l'autre... et cet autre conservait tranquillement dans son portefeuille un bout de ruban violet. Il s'est marié, il m'a épousée, sans se donner à moi entièrement, parce que l'autre l'attendait. Voilà, c'était tout. J'étais devenue toute froide, j'avais les membres glacés.

— Répondez encore à une dernière question, je vous en prie. Voyez-vous... je ne vous demande pas de jurer. Je respecterai mon serment, je ne dirai rien à mon mari. Mais vous, dites-moi au moins la vérité... Judit, est-ce que vous regrettez ?

— Quoi ?

— De ne pas l'avoir épousé.

Les bras croisés sur la poitrine, elle a marché vers la fenêtre pour regarder quelques instants l'arrière-cour obscure de l'immeuble. Puis, après un long silence, elle m'a répondu, sans se retourner :

— Oui.

Le mot était tombé entre nous deux comme une bombe à retardement. Nous écoutions en silence les battements de nos cœurs et le tic-tac de cette machine infernale. Elle a tictaqué longtemps, longtemps, et il a fallu attendre deux ans avant qu'elle explose.

Nous avons entendu ensuite un bruit dans l'entrée. Ma belle-mère venait d'arriver. Judit est allée à la porte sur la pointe des pieds et a tourné prudemment, avec l'habileté d'un cambrioleur, la clé dans la serrure. La porte s'est ouverte : ma belle-mère se tenait sur le seuil, dans son manteau de fourrure, coiffée de son chapeau.

— Tu es donc là ? m'a-t-elle demandé.
J'ai vu qu'elle avait pâli.
— Nous avons bavardé, belle-maman, ai-je répondu en me levant.

Debout dans cette chambre de bonne, nous étions, ma belle-mère, Judit et moi – trois femmes ayant joué un rôle dans la vie de Péter – comme les trois Parques d'un tableau vivant. À cette idée, j'ai éclaté d'un rire nerveux. Mais l'envie de rire m'est passée aussitôt : ma belle-mère, livide, est entrée dans la chambre. Elle s'est assise sur le rebord du lit et, le visage enfoui dans ses mains gantées, les épaules secouées par les sanglots, elle a pleuré sans bruit.

— Ne pleurez pas, Madame, a murmuré Judit. Elle a juré de ne rien dire à son mari.

Puis, en me toisant du regard, elle a quitté lentement la chambre.

Après déjeuner, j'ai téléphoné à Lazar. Il n'était pas chez lui, son valet a noté mon message. Vers quatre heures et demie, mon téléphone a sonné : Lazar m'appelait de la ville. Sa voix était lointaine, on aurait dit qu'il me parlait depuis une autre planète. Il a gardé longtemps le silence, comme pour bien réfléchir avant de répondre à ma demande pourtant toute simple : je voulais lui parler le plus tôt possible.

— Voulez-vous que j'aille vous voir chez vous ? a-t-il fait, un peu maussade.

Cela ne rimait à rien : mon mari pouvait rentrer à n'importe quel moment. Je ne pouvais pas non plus lui donner rendez-vous dans un café ou dans une pâtisserie. Après un nouveau silence, il a lâché enfin, sur un ton très contrarié :

— Si tel est votre désir, je peux rentrer et vous attendre chez moi.

J'ai accepté cette invitation avec joie, sans réfléchir : ces jours-là, et tout particulièrement pendant les heures qui ont suivi ma conversation avec Judit, j'étais dans un état second. J'avais l'impression d'évoluer à la périphérie de l'existence, dans les prisons ou les hôpitaux, là où les règles de vie différaient de celles qui régnaient dans les salons et les immeubles du centre. Je suis allée chez Lazar comme on s'adresse, dans certains moments difficiles de la vie, à Police-Secours ou au commissariat. Ce n'est qu'en sonnant à la porte de son appartement que le tremblement de mes mains m'a averti... j'allais m'engager sur un chemin inhabituel... et bien peu catholique.

C'est lui qui m'a ouvert. Il m'a baisé la main et m'a conduite dans une vaste pièce.

Il habitait au cinquième étage d'un immeuble moderne situé au bord du Danube. Là, tout était flambant neuf et confortable, et pourtant, le mobilier de son appartement était démodé, vieillot, provincial. J'ai regardé autour de moi, profondément étonnée. Tout émue que j'étais, j'observais attentivement les détails de l'ameublement. L'homme est un étrange animal, tu sais, capable, le jour où on le conduit à la potence, de remarquer quelque détail insignifiant, un oiseau sur un arbre, une verrue sur le menton du procureur, pendant que celui-ci donne lecture de la condamnation à mort. En ce qui concerne l'appartement de Lazar... eh bien, j'ai cru m'être trompée d'adresse. Je m'attendais à une sorte de wigwam, meublé à l'indienne, avec quantité de livres et les scalps de quelques belles femmes et de certains de ses confrères. Or, je n'ai vu que des meubles en cerisier datant du siècle dernier, tout ce qu'il y a de plus ordinaires, comme on en rencontre dans certains salons de province, tu sais bien, ces chaises inconfortables avec des dossiers en forme de luth, une vitrine encombrée de toutes sortes de babioles, des verres en cristal de Marienbad, des porcelaines de Holis... bref, la pièce me rappelait le salon d'un avocat tout juste débarqué de sa province, avec quelques meubles faisant partie de la dot de sa femme, et qu'il n'avait pas encore eu les moyens de remplacer. Seulement, ici, nulle trace de femme... et Lazar, à ma connaissance, était un homme riche.

Il ne m'a pas introduite dans la pièce « avec tous ces livres », là où il avait reçu Judit Áldozó, et il m'a traitée avec la politesse de commande du médecin accueillant un patient pour la première fois. Il m'a priée de m'asseoir, sans rien m'offrir, naturellement, et en observant jusqu'au bout l'attitude à la fois attentive et réservée de celui qui a déjà l'expérience de ce genre de situations et qui sait bien que toute parole est inutile. Un peu comme le médecin qui écoute un malade incurable, note ses plaintes et finit par lui prescrire une potion. Que savait-il exactement ? Une seule chose : dans les questions sentimentales, tout conseil est inutile. Ce dont j'étais, moi aussi, vaguement consciente. Et, me trouvant en face de lui, je me disais, avec regrets, que ma démarche était vaine. D'une façon générale, il ne peut pas y avoir de « conseils » dans les choses de la vie... elles adviennent, tout simplement.

– Vous l'avez trouvée ? m'a-t-il demandé à brûle-pourpoint.

– Oui, ai-je répondu simplement.

Cet homme-là n'avait pas besoin d'explications.

– Et vous vous sentez plus calme ?

– Non, pas vraiment. Je suis venue pour vous demander ce qui va se passer maintenant.

– Je ne peux pas vous répondre. Peut-être rien. Je vous ai dit, vous vous en souvenez, qu'il valait mieux ne pas remuer cette affaire. Le sang s'était coagulé, l'épine, comme le disent les médecins, s'était enkystée... et voilà qu'on s'est mis à la gratter.

Je n'étais guère surprise de l'entendre employer des métaphores médicales, car – au fond – je me sentais un peu comme dans la salle d'attente d'un docteur. L'appartement n'avait rien de « littéraire », non, rien de l'image que l'on se fait du chez-soi d'un écrivain célèbre. Tout y était bourgeois, petit-bourgeois même, modeste et ordonné. Ayant capté mon regard – d'une façon générale, il était gênant de se trouver en face de lui, car il remarquait tout et l'on pouvait craindre qu'il ne fasse un jour état de ses observations dans un de ses écrits –, il m'a dit :

– Oui, j'ai besoin de cet ordre bourgeois. On est suffisamment aventurier dans sa vie intérieure – qu'au moins on soit, pour le monde extérieur, méticuleux comme un rond-de-cuir. L'ordre est un besoin vital, sans lequel je suis incapable de faire attention.

Il n'a pas dit à quoi. Vraisemblablement à tout, à la vie tout entière... au monde extérieur, précisément, et à ces bas-fonds où flottent certains rubans violets.

– J'ai dû jurer, ai-je repris, de ne rien dire à mon mari.
– Bien sûr. De toute façon, il l'apprendra.
– De qui ?
– Mais de vous. Impossible de taire ce genre de choses. On ne parle pas seulement avec sa bouche, voyez-vous, mais aussi avec son âme. Bientôt, votre mari saura tout.

Il s'est interrompu un instant, avant de me demander sèchement, d'une manière presque discourtoise :

– Qu'attendez-vous donc de moi, Madame ?
– Une réponse claire et nette, ai-je riposté, étonnée de m'entendre parler, moi-même, aussi clairement, aussi nettement. Vous aviez raison sur un point : une explosion s'est produite. Est-ce moi qui l'ai provoquée ou est-ce le fait du hasard ? Peu importe. D'ailleurs, le hasard n'existe pas. Mon mariage est raté. Je me suis battue comme une folle, j'ai sacrifié toute ma vie. Je ne savais pas quel était mon péché... Et voici que j'ai trouvé un indice... une âme avec laquelle j'ai parlé et qui prétend avoir avec mon mari des liens plus forts que ceux qui m'attachent à lui.

Lazar était penché au-dessus de la table. Il fumait en silence.

– Croyez-vous vraiment que cette femme ait pu laisser un

souvenir aussi fatal dans le cœur et dans les nerfs de mon mari ?.... Une chose pareille peut-elle exister ? Est-ce cela, l'amour ?

— Voyons, voyons, a-t-il répondu avec une politesse quelque peu ironique, je ne suis qu'un écrivain, je ne suis qu'un homme. Je ne puis répondre à des questions aussi complexes.

— Croyez-vous qu'un premier amour puisse dominer une âme au point de l'empêcher d'éprouver un autre amour ?

— Peut-être, a-t-il répondu avec prudence et circonspection, tel un bon médecin qui en a vu de toutes les couleurs et qui se garde de juger hâtivement. Ai-je déjà entendu parler de cas semblables ? Oui. Souvent ? Non.

— Que se passe-t-il donc dans l'âme quand on est amoureux ? ai-je demandé alors, avec la naïveté d'une écolière.

— Dans l'âme, rien, a-t-il fait avec empressement. Les sentiments ne surgissent pas dans l'âme... non, ils suivent un chemin différent. Mais ils traversent l'âme comme un fleuve en crue inonde un marigot.

— Un homme intelligent et raisonnable peut-il contenir un tel débordement ?

— Écoutez, a-t-il dit avec quelque vivacité, la question est intéressante. Et j'y ai souvent réfléchi. Je suis tenté de répondre : oui, dans certaines limites. Je veux dire que... s'il est vrai que la raison est incapable de déclencher ou de juguler des sentiments, elle peut toutefois les réguler, les mettre en cage, s'ils sont dangereux.

— Comme on fait avec un puma ? ai-je questionné, presque malgré moi.

— Si vous voulez, a-t-il répondu en haussant les épaules. Enfermé dans sa cage, le pauvre sentiment tourne dans tous les sens, il hurle, il montre ses crocs, il secoue les barreaux, mais il finit tout de même par perdre ses poils et ses dents. Il devient vieux, affable et triste. C'est possible, oui, cela s'est déjà vu. C'est le travail de la raison. On peut dompter le sentiment. Naturellement, il ne faut pas ouvrir la porte de la cage trop tôt. Le puma peut toujours s'échapper, et s'il n'est pas suffisamment apprivoisé, il risque de faire quelques dégâts.

— Pouvez-vous vous exprimer plus simplement ?

— Je ne peux pas, a-t-il répliqué patiemment. Vous voudriez savoir si l'on peut neutraliser les sentiments à l'aide de la raison. Je vous réponds carrément : non. Mais, pour vous consoler, sachez que, dans certains cas particulièrement favorables, on peut les apprivoiser et les faire mourir à petit feu... Regardez-moi donc. J'ai survécu.

Je ne saurais te dire ce que j'ai ressenti à ce moment-là... J'étais incapable de lever les yeux vers lui. Le souvenir de cette soirée où j'avais fait sa connaissance, de ce jeu étrange auquel il s'était livré avec mon mari, m'est revenu tout à coup en mémoire... et j'ai rougi. J'étais gênée comme une adolescente. Il ne me regardait pas davantage. Debout devant moi, appuyé contre la table, les bras croisés sur la poitrine, il avait les yeux fixés sur la fenêtre comme pour examiner l'immeuble en face. Cette gêne entre nous s'est prolongée quelque temps... un des moments les plus pénibles que j'ai connus.

— À l'époque, ai-je repris comme pour détourner la conversation, vous aviez déconseillé à Péter d'épouser cette fille...

— J'ai voulu l'en empêcher de toutes mes forces. J'avais encore du pouvoir sur lui.

— Vous n'en avez plus ?

— Non.

— Cette femme est donc plus forte que vous ?

— Cette femme ? (Il a renversé la tête, ses lèvres remuaient comme s'il se livrait à un calcul mental pour évaluer les rapports de force.) Oui, je crois bien...

— Ma belle-mère vous a aidé ?

— Pas vraiment, a-t-il répondu, en hochant gravement la tête comme pour chasser un mauvais souvenir.

— Vous n'allez tout de même pas prétendre, me suis-je écriée, furieuse, que cette femme si noble, si distinguée, approuvait une pareille folie ?

— Je ne prétends rien du tout, a-t-il rétorqué prudemment. Je sais seulement que cette femme, si noble, si distinguée, comme vous dites, a vécu pendant de longues années dans la froideur glaciale d'une chambre frigorifique. Vous savez, quand on est toujours transi de froid, on comprend mieux ceux qui veulent se réchauffer.

— Et vous, alors ? Pourquoi avez-vous interdit à Péter de se réchauffer dans l'atmosphère de cette étrange attirance ?

— Parce que, a-t-il répondu sur le ton patient d'un pédagogue... parce que je n'aime pas trop les choufferies où l'on vous fait rôtir à la broche.

— Elle est donc si dangereuse que ça, Judit Áldozó ?

— Elle ? Je n'en sais rien. Mais la situation qui allait se créer, assurément.

— Et cette autre situation, celle qui s'est créée, est-elle moins dangereuse ? ai-je demandé, en veillant à rester calme et disciplinée.

— Plus régulière, en tout cas.

Ne le comprenant pas, je lui ai adressé un regard étonné et silencieux.

— Madame, m'a-t-il dit, vous n'imaginez pas à quel point je suis conservateur, vieux jeu, respectueux de l'ordre établi... Nous autres écrivains, nous sommes peut-être les derniers défenseurs de l'ordre. Le bourgeois est bien plus aventureux, oui, bien plus révolutionnaire qu'on ne le croit. Ce n'est pas un hasard si les grands mouvements révolutionnaires ont toujours vu un bourgeois égaré à leur tête. Nous autres écrivains, nous ne pouvons pas nous offrir le luxe de la rébellion. Nous sommes des dépositaires... et il est plus difficile de conserver que d'acquérir ou de détruire. Moi, je ne puis permettre aux êtres humains de se révolter contre des lois qui sont écrites dans les livres et gravées dans les cœurs. Dans un monde où chacun entend vivre dans la fièvre, anéantir l'ancien pour construire du neuf, je dois veiller au respect des conventions humaines garantes de l'ordre et de l'harmonie. Ma situation est périlleuse, en fait... Je suis comme un garde-forestier parmi des braconniers. Un monde nouveau ! s'est-il écrié, méprisant et douloureusement déçu. Comme s'il y avait des hommes nouveaux !

— C'est pour cela que vous n'avez pas laissé Péter épouser Judit Áldozó ?

— Pas seulement pour ça. Péter est un bourgeois – et un bourgeois de très grande valeur. Il en reste bien peu comme lui. Il protège une culture pour laquelle j'ai de l'attachement. Un jour, il m'a dit, sur le ton de la plaisanterie, que j'étais le témoin de sa vie. Je lui ai répondu, sur le même ton, mais au fond plus sérieusement qu'il n'y paraissait, qu'il me fallait le sauver, lui, mon lecteur, ne serait-ce que par intérêt commercial. Naturellement, il ne s'agit pas ici du tirage de mes livres, mais de ces quelques esprits qui portent encore la responsabilité de mon univers. C'est pour eux que j'écris... sans eux, mon travail n'aurait plus aucun sens. Oui, Péter est l'un d'eux, et il n'en reste plus beaucoup, ni dans notre pays, ni dans le monde... Les autres ne m'intéressent pas. Mais, au fond, ce n'était pas la véritable cause de mon opposition. Je craignais pour lui parce que je l'aimais, tout simplement. En général, je ne me laisse pas aller, mais l'amitié est un sentiment bien plus délicat, bien plus complexe que l'amour. Ce sentiment désintéressé est le plus fort qu'un homme puisse éprouver... Les femmes ne le connaissent pas.

— Pourquoi avez-vous pensé que cette femme était dangereuse pour Péter ? ai-je poursuivi avec obstination.

Je l'écoutais avec une grande attention, et j'avais l'impression qu'il évitait de me parler franchement, qu'il cherchait à éluder mes questions.

— Parce que je n'aime pas les héros sentimentaux, a-t-il répondu, résigné à dire la vérité. J'aime d'abord que tous – et tout – soient à leur place. Ce que je craignais pour Péter, voyez-vous, ce n'était pas seulement la différence de classe. Les femmes apprennent vite : elles sont capables en quelques secondes de rattraper un retard de plusieurs siècles. Et je ne doute pas que cette femme, aux côtés de Péter, aurait appris la leçon avec la rapidité de l'éclair... et qu'hier soir, par exemple, dans cette maison seigneuriale, elle se serait comportée tout aussi impeccablement que vous et moi... En matière de goût et de comportement, les femmes sont infiniment supérieures aux hommes de leur classe. Mais, en l'épousant, Péter aurait eu le sentiment d'être un héros, du matin au soir, pour avoir, contre son propre clan, assumé une situation tout à fait naturelle et parfaitement légale devant Dieu et devant le monde... mais qu'il aurait fallu néanmoins accepter pleinement. Autre chose : cette femme n'aurait jamais pardonné à Péter d'être un bourgeois.

— Je ne le crois pas, ai-je lâché, décontenancée.
— J'en suis certain, a-t-il repris avec fermeté. Mais, quoi qu'il en soit, ce n'est pas le point décisif de votre affaire. Il s'agit ici de s'interroger sur le destin d'un sentiment. Que représentait-il pour Péter ? Quels désirs, quelles émotions ? Je l'ignore. J'ai assisté à un séisme... oui, à la phase la plus dangereuse d'un séisme. Dans l'âme de cet homme tout était ébranlé. Sa conscience de classe, les bases mêmes sur lesquelles il avait édifié son existence, son style de vie. Et, croyez-moi, le style, ce n'est pas seulement une affaire privée. Si un homme comme lui, qui est le gardien, l'expression du sens même d'une culture... si un homme pareil s'effondre, il entraîne avec lui tout un pan d'un monde dans lequel la vie vaut encore la peine d'être vécue. J'ai observé cette femme de près. Bien sûr, le fait qu'elle n'appartienne pas à la classe de Péter n'a en soi rien de grave. Au contraire, l'union, dans le tourbillon d'une grande passion, d'un homme et d'une femme appartenant à deux classes différentes est un événement plutôt heureux. Mais cette femme a quelque chose en

elle... quelque chose que je ne peux pas accepter et dont je voulais préserver Péter. Une volonté, une force barbare... Ne l'avez-vous pas sentie ?

Un éclair a traversé ses yeux ensommeillés. Puis il s'est tourné vers moi, en hésitant, en cherchant ses mots :

— Il y a des êtres semblables aux lianes de la jungle qui, en absorbant toute l'humidité du sol, privent les arbres environnants de leur élément nourricier... oui, des êtres qui possèdent une force sauvage capable d'extraire tout le suc vital de leur entourage. Telle est leur nature, telle est leur loi. Non qu'ils soient « méchants », non... ils sont tout simplement ce qu'ils sont. Avec les « méchants », on peut toujours discuter. On peut, à la rigueur, les apaiser en atténuant leur souffrance... cette souffrance dont ils cherchent toujours à se venger sur leur prochain et sur la vie. Leur cas est relativement simple. Mais il y a d'autres créatures, celles de la race des lianes, qui, sans être animées de mauvaises intentions, pompent, dans une sorte d'étreinte mortelle, toute l'énergie vitale de leur environnement. Leur force élémentaire représente une sorte de fatalité impitoyable. On les trouve plus souvent parmi les femmes que parmi les hommes. Et l'énergie qui émane de ces êtres est capable d'anéantir des âmes bien plus résistantes que celle de Péter. Ne l'avez-vous pas senti en parlant avec elle ? Autant s'entretenir avec le simoun ou avec un torrent.

— Je n'ai parlé qu'avec une femme, ai-je soupiré... une femme qui a certainement beaucoup de force.

— C'est vrai, les femmes se devinent entre elles mieux que ne le font les hommes. Moi, je respecte cette force... et je la crains. Et vous, respectez donc Péter ! Essayez un peu de vous représenter la résistance qu'il a dû déployer depuis une dizaine d'années pour s'arracher à l'invisible enlacement de cette force si dangereuse. Parce que, vous savez, cette femme veut tout... Elle ne se contente pas du *backstreet*, d'un deux-pièces cuisine au fond d'une petite rue, d'un renard argenté

et de trois semaines de vacances clandestines avec son amant. Non, il lui faut tout, parce que c'est une vraie femme... pas une pâle imitation. Ne l'avez-vous donc pas senti ?
– Oui, ai-je répondu. Elle préfère affamer...
– Comment dites-vous ? a-t-il demandé.

C'était à son tour de s'étonner.

– Affamer, oui. C'est elle qui m'a appris ce mot. Une sorte de superstition, aussi stupide que malfaisante... qui consiste à ne pas manger tant qu'on n'a pas atteint son but.
– Elle vous a dit ça ? a-t-il insisté d'une voix traînante. En effet, c'est une sorte de transfert de la volonté. On rencontre ce genre de choses en Orient.

Il partit d'un rire nerveux et contrarié.

– Eh oui, Judit Áldozó est d'une espèce dangereuse. Il existe des femmes que l'on peut emmener dîner dans des restaurants de luxe, manger du homard, boire du champagne... celles-là ne représentent guère de danger. Mais il y en a d'autres, qui préfèrent jeûner... celles-là sont plus redoutables. Tout bien réfléchi, je ne suis pas sûr que votre intervention ait été très utile. Cette femme commençait à se lasser. Je ne l'ai pas vue depuis plusieurs années, mais j'ai eu l'impression, lors de notre dernière rencontre, que les constellations qui président à votre destinée avaient changé... que tout cela pourrissait, que tout cela sombrait dans l'indifférence. Parce qu'il n'y a pas que des forces barbares dans la vie. Il y a aussi le principe d'inertie. Respectez-le.

– Je ne peux rien respecter, parce que je ne veux pas vivre ainsi. Non, je ne comprends pas le cas Judit Áldozó, je ne peux pas saisir ce qu'elle signifiait pour mon mari, ni ce qu'elle est encore pour lui à l'heure actuelle... non, je ne peux pas mesurer le danger qu'elle représente. Moi, savez-vous, je ne crois pas à l'existence de ces passions dont les flammes, une fois étouffées, continuent de sommeiller dans l'âme pendant toute une vie... à la manière des mines ou des feux de l'enfer. Cela existe peut-être, mais je crois que la vie finit par éteindre ces feux. Ne le pensez-vous pas ?

— Oui, oui, a-t-il acquiescé avec un empressement excessif, tout en regardant le bout incandescent de sa cigarette.

— Je vois que vous ne me croyez pas, ai-je poursuivi. Peut-être suis-je dans mon tort. Peut-être certaines passions sont-elles plus fortes que la vie, plus fortes que la raison et le temps. Peut-être brûlent-elles, peut-être dévorent-elles tout... C'est possible. Mais alors qu'elles se manifestent vraiment... au lieu de couver ainsi. Je ne vais tout de même pas aller construire ma maison de famille au pied du Stromboli. Non, moi, je veux la paix, je veux la tranquillité. C'est pourquoi, au fond, je ne regrette pas ce qui s'est passé. Ma vie, telle qu'elle est, est un échec complet, insupportable. Moi aussi, j'ai de la force, moi aussi je sais attendre, je sais vouloir, même si je n'affame personne et que je mange ce soir du poulet froid à la mayonnaise, avec de la salade. Il fallait mettre fin à ce duel muet. Vous m'avez aidé, c'est pourquoi je vous parle. Croyez-vous que Péter soit toujours attaché à cette femme ?

— Oui, a-t-il répondu simplement.

— Alors, c'est qu'il n'est pas attaché à moi, ai-je continué calmement. Qu'il fasse au moins quelque chose... qu'il l'épouse ou qu'il ne l'épouse pas, qu'il soit heureux ou malheureux avec elle, mais qu'il connaisse enfin la paix. Moi, je ne veux pas de cette vie. J'ai juré à cette femme de ne rien dire à mon mari... et je tiendrai parole. Mais je ne vois pas d'inconvénient à ce que, d'ici quelques jours, vous parliez avec elle, en termes prudents... ou non. Le ferez-vous ?

— Si tel est votre désir, a-t-il répliqué, morose.

— Je vous en prie, ai-je dit en me levant et en ajustant mes gants. Vous voudriez me demander ce que je compte faire, je le vois bien. Alors je vous réponds : j'accepterai toutes les décisions, quelles qu'elles soient. Non, je n'aime pas ces drames muets qui se prolongent pendant des décennies, je ne veux pas me battre contre des fantômes... ni supporter des tensions qui ne disent pas leur nom. Puisque drame il y a, qu'il soit bruyant... avec des bagarres, des morts, des applaudissements et des sifflets. Je veux savoir qui je suis et ce que je vaux dans ce drame. Si j'échoue, je m'en irai... et advienne que pourra. Le sort de Péter et de Judit Áldozó ne m'intéressera plus.

– Ce n'est pas vrai, a-t-il fait calmement.

– Bien sûr que si. Puisqu'il a été incapable pendant douze ans de prendre une décision, je déciderai, moi... et beaucoup plus vite. S'il n'a pas su trouver la vraie femme, l'authentique, je la trouverai à sa place.

– Qui... dites-vous ? m'a-t-il demandé avec un vif intérêt, à la fois surpris et amusé par ce qu'il venait d'entendre. (Il n'avait jamais manifesté une telle curiosité au cours de notre conversation.) Qui donc voulez-vous trouver ?

– Je vous l'ai dit, ai-je répondu, un peu embarrassée. Pourquoi souriez-vous, pourquoi me regardez-vous d'un air incrédule ? Ma belle-mère m'a appris que la vraie femme, l'authentique, existe toujours quelque part. C'est peut-être Judit Áldozó, peut-être moi, peut-être une troisième. Eh bien, je la trouverai, à sa place.

– Bien, a-t-il acquiescé.

Il regardait le tapis, comme pour mettre fin à la discussion.

Il m'a raccompagnée sans rien dire et il m'a baisé la main, toujours avec son étrange sourire. D'un geste lent, il m'a ouvert la porte en s'inclinant profondément.

Demandons l'addition, ils vont fermer. Mademoiselle, j'avais deux thés et deux glaces à la pistache. Non, non, ma chère, tu es mon invitée, inutile de protester. Je ne suis pas à plaindre, tu sais. Nous sommes à la fin du mois, c'est vrai, mais ce n'est pas ça qui va me ruiner. Je mène une vie indépendante et sans soucis, je touche ma pension tous les premiers du mois... et elle me suffit largement pour vivre. Au fond, je ne m'en tire pas si mal que ça.

D'accord, mais ma vie n'a aucun sens, me diras-tu... Ce n'est pas juste. Il y a tant de choses dans la vie. Tout à l'heure, en venant à ce rendez-vous, j'ai vu la neige tomber. C'était une telle joie ! La première neige ! Tu te rends compte... Autrefois, j'étais incapable d'apprécier ainsi les choses de ce monde. J'avais toujours autre chose à faire... mon attention était accaparée par un homme et je n'avais pas le temps de m'occuper du reste. Ensuite, tu vois, j'ai perdu cet homme et j'ai reçu, en échange, le monde entier. Un marché de dupes, crois-tu. Je ne sais pas. Peut-être as-tu raison.

Je n'ai plus grand-chose à raconter, tu connais le reste. J'ai divorcé et je vis seule. Lui aussi, il a vécu seul pendant quelque temps, puis il a épousé Judit Áldozó. Mais c'est une autre histoire.

Bien sûr, cela ne s'est pas passé aussi vite que je l'avais imaginé lors de ma conversation avec Lazar. J'ai vécu encore deux ans avec mon mari. Tu sais, il me semble qu'une horloge invisible règle nos actes : on ne peut rien « décider » avant que les choses ne se décident d'elles-mêmes... Et si on essaie de faire violence à la vie, on tombe dans la folie, dans l'inhumain... et peut-être même dans l'immoral. Oui, c'est la vie qui décide... et ses décisions sont aussi surprenantes que superbes... Après, tout paraît toujours simple et naturel.

Après ma visite chez Lazar, je suis rentrée. Je n'ai rien dit à mon mari au sujet de Judit Áldozó. Il savait tout, le pauvre, sauf l'essentiel. Et cet essentiel, en fait, je n'ai pas pu le lui dire, car je ne le connaissais pas – je devais l'ignorer pendant de longues années encore. Lazar le savait, lui, c'est à cela qu'il pensait quand il se taisait si étrangement. Mais il n'a rien dit... parce que cet « essentiel » est incommunicable. Chacun doit le découvrir par lui-même.

Quel est donc cet « essentiel » ? Écoute, je ne veux pas te

faire de la peine... en ce moment, tu es un peu amoureuse de ton professeur suédois... Pas vrai ? Bon, je ne veux pas que tu me fasses des confidences... mais permets-moi, en échange, de ne rien te dire pour ne pas gâcher ce grand et beau sentiment.

Je ne sais plus à quel moment Lazar a parlé avec mon mari, dès le lendemain ou quelques semaines plus tard... J'ignore aussi ce qu'ils se sont dit. Toujours est-il que Lazar avait raison : mon mari savait tout, il savait que j'avais trouvé le ruban violet et la personne qui portait l'amulette, que j'avais parlé avec Judit Áldozó... qui, le premier du mois suivant, a quitté ma belle-mère. Personne n'a plus entendu parler d'elle pendant deux ans, figure-toi, mon mari l'a même fait rechercher par des détectives privés, mais en vain. Découragé, il est tombé malade et il a abandonné les recherches. Mais sais-tu, oui, sais-tu ce qu'il a fait pendant les deux années qui ont suivi la disparition de Judit Áldozó ?

Il a attendu.

Moi, en tout cas, je ne savais pas qu'on pouvait attendre comme un condamné aux travaux forcés, attendre avec une telle intensité, méthodiquement, résolument, désespérément. À ce stade, je ne pouvais plus rien pour lui... En fait – je le dirai peut-être sur mon lit de mort, lors de ma dernière confession –, je n'ai même pas voulu l'aider. Mon cœur était rempli d'amertume... je n'espérais plus rien. J'ai assisté pendant deux longues années à ses efforts monstrueux, à son face-à-face muet, courtois, souriant, avec quelqu'un ou quelque chose... Je revois encore le geste avec lequel, tous les matins, il prenait son courrier, comme un toxicomane étendant son bras pour saisir une fiole et le laissant retomber après avoir constaté qu'elle était vide. Ah, ce mouvement de la tête chaque fois que le téléphone sonnait ! Cette contraction des épaules quand on frappait à la porte ! Ces regards circulaires dans les restaurants ou les halls des théâtres, ces yeux scrutant tout l'espace à la recherche d'un objet perdu !

Voilà, c'est ainsi que nous avons vécu pendant deux ans. Mais pas la moindre trace de Judit Áldozó...

Plus tard, nous avons appris qu'elle avait émigré en Angleterre et qu'elle travaillait comme bonne chez un médecin de Liverpool. À l'époque, les domestiques hongroises étaient très recherchées en Angleterre.

Sa famille n'avait aucune nouvelle d'elle. Pendant ces deux années, je me rendais souvent chez ma belle-mère, je passais des après-midi entiers à son chevet, parce qu'elle était déjà très malade ; victime d'une thrombose, elle a dû rester couchée, immobile, pendant des mois. Je l'aimais beaucoup, nous passions des heures à bavarder, à lire, à tricoter – j'allais dire : à confectionner de la charpie comme les femmes d'autrefois pour leurs hommes partis à la guerre. Le mien, dans cette bataille, occupait un poste assez dangereux et risquait à tout moment de tomber au champ d'honneur. Ma belle-mère le savait aussi, mais nous ne pouvions plus rien pour lui. Il arrive un moment où l'on reste seul... et personne ne peut plus rien y faire. C'était le cas de mon mari. Resté seul, il était, peu ou prou, exposé à un danger mortel. Il attendait.

Quant à nous deux, ma belle-mère et moi, nous l'entourions, telles deux infirmières, en marchant sur la pointe des pieds, en tricotant pour lui, en lui parlant, d'une manière posée, de la pluie et du beau temps : étrangement discrète, pudique même, ma belle-mère a toujours évité d'aborder le sujet. Le jour où elle s'était mise à sangloter dans cette chambre de bonne, nous avions conclu un pacte tacite d'assistance mutuelle : inutile d'évoquer un passé irréversible. Nous parlions de mon mari comme d'un malade cher à notre cœur, dont l'état, certes préoccupant, ne comportait toutefois aucun risque immédiat, un malade qui pouvait « tenir » encore pendant assez longtemps, notre tâche consistant simplement à arranger l'oreiller sous sa tête, à lui préparer un peu de compote et à le distraire en lui apprenant les nouvelles du monde. Vois-tu, nous menions une vie plutôt calme, mon mari et moi. Nous sortions peu, car il avait entrepris – non sans un certain tact, et en évitant de blesser qui que ce soit – un véritable travail de sape en rompant petit à petit tous les liens qui le rattachaient au monde et à la société. À la fin, c'est bien simple, nous ne voyions plus personne. Nous étions seuls. Ce qui n'est pas aussi terrible que tu sembles le croire : nous passions cinq soirées sur sept à la maison à lire ou à écouter de la musique. Lazar ne venait plus : il était parti pour l'étranger, à Rome.

Nous attendions tous les trois quelque chose : ma belle-mère la mort, mon mari Judit Áldozó et moi, les deux, ou, en tout cas, un tournant de ma vie, susceptible de me révéler enfin qui j'étais, ce que j'allais devenir et à qui j'appartenais... Tu me demandes pourquoi je n'ai pas quitté mon mari ? Comment j'ai pu vivre avec cet homme esclave d'un sentiment, malade d'une attente insensée, un homme qui attendait une autre femme, qui pâlissait chaque fois que s'ouvrait une porte, évitait les gens, un homme qui avait rompu avec le monde ? Ce n'était pas facile, tu sais, et la situation n'avait rien d'agréable. Mais je ne pouvais pas le quitter, j'étais sa femme et j'avais juré, devant l'autel, de rester avec lui « pour le meilleur et pour le pire », c'est-à-dire tant qu'il le souhaitait et qu'il avait besoin de moi. Or, à cette époque, il avait bel et bien besoin de moi. S'il avait dû rester seul durant toute cette période, il en serait peut-être mort. Alors, nous sommes restés ensemble... ensemble à attendre quelque signe céleste ou terrestre, par exemple le retour de Judit Áldozó.

En apprenant qu'elle avait quitté la ville pour s'établir en Angleterre, sans laisser d'adresse, mon mari était tombé littéralement malade – oui, malade d'une attente qui représente peut-être la plus vive des souffrances. Je connais bien ce sentiment. Après notre divorce, c'est moi qui l'ai attendu ainsi, un an peut-être, avec cette folle anxiété. On se réveille en pleine nuit, on court, tel un asthmatique, après sa respiration, on cherche une main dans l'obscurité... car on refuse de comprendre que l'autre n'est plus là... qu'il n'est plus à notre portée... qu'il ne se trouve ni dans l'immeuble d'à côté, ni dans la rue voisine... que nous ne pouvons plus le rencontrer dans la rue. Alors, le téléphone n'a plus de sens, les journaux ne publient plus que des informations sans intérêt, comme le début d'une nouvelle guerre mondiale ou la destruction d'une capitale étrangère d'un million d'habitants. On fait semblant de s'y intéresser, par politesse. Vraiment ? Comme c'est curieux. C'est vraiment désolant... dit-on, sur un ton distrait, sans éprouver la moindre émotion. J'ai lu dans un livre magnifique, aussi triste qu'éclairant, d'un auteur espagnol avec un nom à tiroirs, tu sais bien, comme certains toreros... eh bien, j'ai lu que l'état de l'amoureux frustré, plongé dans une interminable attente, était voisin de l'hypnose. Son regard langoureux, la lourdeur de ses paupières ont la morbidité de celui qui s'éveille d'un long sommeil narcotique, obsédé par un visage ou par un nom.

Un jour, pourtant, le malade finit par se réveiller vraiment. Tout comme moi.

Il regarde alors autour de lui, il se frotte les yeux, il ne distingue plus ce fameux visage – ou, plus exactement, il le voit flou... mais il perçoit un clocher, une forêt, une image, un livre, l'infinie richesse du monde. Étrange sensation : ce qui te semblait hier insupportable ne l'est plus... la blessure qui te faisait atrocement souffrir est devenue insensible. Tu es à nouveau calme, tu penses au poulet en sauce, aux *Maîtres chanteurs de Nuremberg* ou à l'ampoule qu'il faut changer dans la lampe du bureau, à toutes ces réalités qui reprennent soudain leur importance. La veille, tout cela était encore dépourvu de sens, la réalité était ailleurs... la veille, tu voulais te venger ou mettre fin à tes souffrances, tu aurais voulu qu'il téléphone, qu'il ait besoin de toi, qu'on le jette en prison, qu'on l'exécute, que sais-je ? tout en sachant bien qu'en te torturant de cette façon, tu procures à l'autre la plus grande satisfaction... celle de régner sur toi. Oui, tant que tu cries vengeance, l'autre se frotte les mains, parce que la vengeance vient du désir, parce que la vengeance te tient en esclavage. Mais il arrive un jour où, en te réveillant, en te frottant les yeux, en bâillant, tu t'aperçois que tu ne veux plus rien... que ton cœur ne battrait pas plus fort si tu le croisais dans la rue. Quand il téléphone, tu lui réponds poliment... Il veut absolument te voir ? Pourquoi pas ? Tu es décontractée, tu ne ressens plus aucune douleur... la transe n'est plus de mise... Que s'est-il donc passé ? Un tel changement te laisse perplexe. Tu ne veux plus te venger... car tu as compris que la véritable vengeance consiste à ne plus rien attendre de lui... à ne plus rien souhaiter pour lui. Il n'est plus en mesure de te faire du mal. Autrefois, un homme arrivé à ce stade écrivait une lettre à la femme qu'il avait cessé d'aimer, en l'apostrophant d'un « Très chère Amie », riche de sous-entendus mais signifiant avant tout : « Tu ne peux plus me faire souffrir. » La destinataire, si elle était intelligente, éclatait alors en sanglots. Ou peut-être pas. Le moment était venu de lui adresser un cadeau somptueux – un bouquet de roses ou une pension alimentaire... peu importe, puisque cela ne fait plus mal...

Oui, c'est exactement comme cela que ça se passe. Je te parle en connaissance de cause. Un matin, je me suis réveillée et j'ai recommencé à vivre.

Mon pauvre mari, lui, ne s'est jamais réveillé. Et je ne sais pas s'il guérira un jour. Quelquefois, vois-tu, je prie pour lui.

Deux années ont passé ainsi. Qu'avons-nous fait pendant tout ce temps ? Nous avons vécu, mon mari s'est détaché du monde, de son milieu, de ses connaissances, sans dire un mot, comme un escroc qui, tout en préparant sa fuite à l'étranger, vaque consciencieusement à ses occupations. Son étranger à lui, c'était cette femme, la vraie, l'authentique. Nous étions dans l'expectative, mais nous ne vivions pas trop mal et, ma foi, nous nous entendions plutôt bien. Il m'arrivait, à table ou pendant que je lisais, de jeter un coup d'œil furtif sur lui, un peu comme un enfant surveillant discrètement les traits de son père malade, effrayé par les progrès du mal sur son visage, ce qui ne l'empêche pas pourtant de sourire et de déclarer joyeusement : « Tu as bien meilleure mine aujourd'hui ! » Nous attendions donc Judit Áldozó qui avait disparu, la garce, je dis la garce, parce qu'elle savait bien que sa disparition était pour nous la pire des choses. Tu ne me crois pas ? Peut-être n'est-elle pas si garce que cela ? Après tout, c'est une femme comme moi, une femme qui a lutté et payé, qui a, elle aussi, des sentiments. Dis-le-moi, console-moi, parce que je voudrais croire que c'est vrai. Elle a attendu douze ans, puis elle est partie pour l'Angleterre. Elle a étudié l'anglais, elle a appris les usages culinaires, elle a vu la mer... Et elle est revenue un beau jour, avec soixante-dix livres sterling, m'a-t-on dit, une jupe écossaise et de l'eau de Cologne Atkinson. Alors, nous avons divorcé.

Pendant toute une année, j'ai souffert le martyre. Mais un jour, je me suis réveillée et j'ai compris quelque chose... ce fameux « essentiel » que chacun doit découvrir soi-même – et par lui-même.

Dois-je te le dire ?

Le supporteras-tu ?

Moi, je l'ai supporté, mais je n'aime guère en parler, non, c'est vrai, je n'aime pas priver les autres d'une illusion splendide... la source de tant de souffrances, mais aussi de tant d'héroïsme, de fabuleuses œuvres d'art, qui sont les fruits d'efforts admirables. En ce moment, je le sais, tu partages cette illusion... Et pourtant, tu veux que je te fasse part de ma découverte.

D'accord, si tu y tiens. Mais il ne faudra pas m'en vouloir après. Écoute, ma chère, en me permettant de faire cette découverte, en me permettant de la supporter sans en mourir, Dieu m'a punie et récompensée à la fois. Qu'ai-je donc découvert ? Ceci : le vrai, l'authentique... ça n'existe pas.

Un matin je me suis réveillée, te dis-je, je me suis dressée sur mon séant dans mon lit et j'ai souri. Je n'avais plus mal.

Métamorphoses d'un mariage

J'ai compris tout à coup que l'authentique... celui ou celle que l'on cherche partout... n'existait pas, ni sur la terre ni dans le ciel, qu'il n'y avait que des êtres humains, souvent décevants certes, mais porteurs chacun d'une parcelle de l'Authentique. Nul n'étant parfait, l'Unique, le miraculeux, en qui nous voyons le gage de notre bonheur, est une chimère. Non, il n'y a que des êtres humains, réunissant en eux le pire et le meilleur, la souillure et la lumière... Lazar le savait bien. C'est pourquoi, le jour où je l'avais quitté dans cette entrée obscure de son appartement, ma décision d'aller chercher « la femme authentique » pour mon mari, et à sa place, n'avait suscité en lui qu'un sourire silencieux. Il savait que l'Authentique ne se trouvait nulle part. Mais il a préféré ne rien dire, il est parti pour Rome et il a écrit un livre. Chez les écrivains, tout finit toujours par un livre.

Mon pauvre mari, lui, n'était pas un écrivain. C'était un bourgeois, un artiste sans spécialité, un artiste qui souffrait. Puis, un jour, Judit Áldozó, qu'il prenait pour l'Authentique, est réapparue, avec son eau de Cologne Atkinson. Elle a dit « Hello » à l'anglaise, au téléphone – et nous avons divorcé. C'était un divorce pénible, je te l'ai dit, et je ne lui ai pas laissé le piano.

Il ne l'a pas épousée tout de suite, non, seulement un an plus tard. Comment vivent-ils ? Assez bien, je crois. Tu l'as vu : il vient de lui acheter des écorces d'orange confites.

Seulement, il a vieilli. Pas trop, mais mal. Crois-tu qu'il ait compris ? J'ai peur qu'il comprenne trop tard, la vie est si courte... Regarde, cette fois, ils ferment pour de bon.

Pardon ? Tu me demandes pourquoi j'ai pleuré tout à l'heure en le voyant ? Puisque l'Authentique n'existe pas, que tout est fini et que je suis enfin guérie, pourquoi je me suis poudré le nez en apprenant qu'il avait toujours ce portefeuille en crocodile brun ? Laisse-moi réfléchir. Oui, oui, je crois pouvoir te répondre. Si, pour masquer mon embarras, je me suis poudré le nez, c'est que... c'est entendu, l'Authentique n'existe pas et les chimères finissent par se dissiper... c'est que je l'aime, vois-tu, et c'est différent. Quand on aime quelqu'un, on a toujours un coup au cœur en le voyant ou en entendant parler de lui. C'est que, me semble-t-il, tout passe... sauf l'amour. Seulement, ça n'a aucune conséquence pratique.

Je t'embrasse, ma chérie. Mardi prochain, au même endroit, si tu veux... On a si bien parlé ensemble. Vers six heures et quart, d'accord ? Pas plus tard, si tu peux. Moi, je serai sûrement là à six heures et quart.

II

Regarde cette femme, avec son amie, là-bas, devant la porte à tambour. La blonde au chapeau rond ? Non, non, la grande, avec son manteau de vison – oui, voilà, cette brune, là, tête nue. Elles prennent la voiture... c'est un petit trapu qui les aide à monter, n'est-ce pas ? Tout à l'heure, ils étaient tous à la table du coin. Je les ai reconnus tout de suite, je n'ai rien voulu te dire... je crois qu'ils ne m'ont pas remarqué. Mais maintenant qu'ils sont partis, sache que c'est avec cet homme-là que je me suis battu un jour en duel... si stupidement. À cause de cette femme ? dis-tu. Bien sûr, à cause de cette femme.

À vrai dire, je n'en suis pas sûr. Je voulais tuer quelqu'un, c'est tout. Peut-être pas ce petit homme trapu, d'ailleurs. Je n'avais rien à faire avec lui, il s'est simplement trouvé sur mon chemin...

Si je peux te dire qui est cette femme ? Mais oui, mon vieux. Cette femme a été mon épouse. Non, pas la première, la deuxième. Nous avons divorcé il y a trois ans. Tout de suite après le duel.

Encore une bouteille de blanc, veux-tu ? Après minuit, ce café se vide toujours et l'atmosphère se refroidit un peu. Tu vois, je venais ici pendant la période du Carnaval, quand je travaillais comme subalterne. À l'époque, c'était un endroit célèbre, il y avait des femmes, quelques oiseaux de nuit gais et hauts en couleur. Après, pendant des décennies, je l'ai évité. Les années ont passé, le décor a changé, le public aussi. Aujourd'hui, c'est le grand monde, comme on dit, qui hante ce café. Naturellement, j'ignorais que mon ex-femme venait ici.

Superbe, ce vin. Vert pâle... il me rappelle les eaux du lac Balaton avant l'orage. À ta santé.

Tu veux que je te raconte tout ? D'accord.

Peut-être que ça ne me fera pas de mal d'en parler...

Tu n'as pas connu ma première femme, n'est-ce pas ? Non, bien sûr, tu étais au Pérou, toi, tu construisais ta ligne de chemin de fer. Quelle chance tu as eue de partir pour ce grand pays sauvage tout de suite après le diplôme ! Si au moins j'avais été, comme toi, appelé par le vaste monde, je serais sans doute plus heureux à l'heure qu'il est. Moi, je suis resté pour garder, pour conserver quelque chose... mais un jour, j'en ai eu assez et j'ai tout lâché. C'était quoi au juste, ce quelque chose ? Une usine ? Un mode de vie ? Je n'en sais strictement rien. J'avais un ami, Lazar, l'écrivain... le connais-tu ? As-tu entendu parler de lui ? Non ? Heureux homme, tu étais là-bas, dans ton Pérou... Il fut un temps, en tout cas, où je croyais qu'il était mon ami. Eh bien, figure-toi, cet homme prétendait qu'en tant que bourgeois j'étais le gardien, oui, le gardien d'un style de vie en voie de disparition. À l'entendre, c'est précisément pour protéger ce style de vie que je suis resté. Mais je n'en suis pas tout à fait sûr...

Seuls les faits sont certains. À vrai dire, toutes les interprétations de la réalité ne sont que littérature. Or, il faut que tu le saches, je n'aime plus la littérature. Il fut une époque, c'est vrai, où je lisais à peu près tout ce qui me tombait sous la main. Aujourd'hui, je crains au contraire que toute cette mauvaise littérature ne transmette plus aux lecteurs que de pseudo-sentiments. Pour moi, une grande part des tragédies de ce monde provient directement des mensonges que répandent certains livres vicieux. L'apitoiement sur soi-même, la sensiblerie factice, les complications artificielles sont les fruits de cette littérature fallacieuse, stupide ou, tout simplement, de mauvaise foi... Regarde donc, les journaux publient ici des feuilletons fantaisistes et là, sur une autre page, parmi les faits divers, tu trouves les conséquences de ces imbécillités – la couturière qui s'empoisonne avec de la soude caustique, parce que son amant, le menuisier, l'a abandonnée, la femme du conseiller du gouvernement qui prend du Véronal parce qu'un comédien célèbre lui a posé un lapin... Qu'as-tu à me regarder avec des yeux aussi effarés ? Tu te demandes ce que je méprise le plus – la littérature ou ce malentendu tragique qu'on appelle l'amour ? Ou tout simplement le genre humain ?... C'est une question bien difficile. Moi, je ne méprise rien ni personne, car je n'en ai pas le droit. Mais, vois-tu, j'entends consacrer le reste de mes jours à une seule passion, la vérité. Dorénavant, je n'admettrai plus aucun mensonge, qu'il provienne de la littérature ou des femmes, et d'ailleurs je ne me permettrai plus de me mentir à moi-même.

Tu te dis sans doute que je suis un homme froissé, blessé par cette femme, ma seconde épouse, ou peut-être bien par la première. Oui, je suis un raté, c'est sûr. Oui, je suis resté tout seul, après mes grands bouleversements sentimentaux. Et j'en veux au monde entier. Je ne crois plus aux femmes, c'est vrai, ni à l'amour, ni au genre humain. Je suis ridicule, pitoyable, me diras-tu. Tu veux attirer respectueusement mon attention sur le fait qu'il y a autre chose sur terre que la passion et le bonheur. Oui, il y a aussi l'affection, la tolérance, la compassion, le pardon. Tu me reproches peut-être de ne pas avoir été suffisamment généreux ou compréhensif avec les êtres que j'ai pu croiser sur mon chemin, d'être devenu solitaire, de manquer de courage pour reconnaître que la faute était en moi. Mon vieux, j'ai déjà examiné tous ces reproches à la loupe, avec la franchise cruelle d'un supplicié. J'ai scruté la vie de mes proches, oui, j'ai regardé, sans pudeur ni discrétion, par la fenêtre de maisons étrangères. Je croyais, moi aussi, que la faute était en moi, qu'elle résidait dans mon avidité, dans mon égoïsme, dans mon esprit de jouissance. Ou bien aurais-je dû chercher l'explication dans la société, dans le monde extérieur... mais l'explication de quoi, au juste ? De mon échec, bien sûr, de cette solitude à laquelle aboutit nécessairement toute existence... nous sommes tous semblables à ce vagabond nocturne qui tombe dans un trou, non ? Pas de salut pour l'homme, pour le sexe que l'on dit fort, comprends-tu ? Voilà, nous autres, hommes, nous sommes condamnés à la solitude, nous devons payer inexorablement pour tout, nous devons nous taire, supporter notre caractère, la loi que la vie impose à tout être mâle.

Et la famille, alors ? me demandes-tu. Ne crois-tu pas qu'elle est le gage d'une harmonie supérieure, qu'elle constitue le véritable sens de la vie ? Après tout, on ne vit pas pour être heureux. On vit pour subvenir aux besoins de sa famille, pour éduquer ses enfants afin qu'ils deviennent honnêtes, sans en attendre, en échange, ni reconnaissance ni félicité. Je vais te répondre en toute sincérité. Tu as raison. Bien sûr, je ne crois pas que la famille puisse rendre vraiment heureux. Rien ne peut rendre vraiment heureux, d'ailleurs... Mais elle nous impose au moins une tâche immense, envers nous-même, envers le monde – et cette tâche mérite qu'on supporte les tourments et les souffrances inutiles qu'entraîne le fait même de vivre. Non, je ne crois pas qu'il puisse exister de familles « heureuses ». Mais j'ai tout de même rencontré dans ma vie plusieurs petites communautés humaines assez harmonieuses, dont les membres, tout en vivant pour eux-mêmes et tout en se déchirant naturellement entre eux, travaillaient aussi les uns pour les autres. Oui, c'est quelque chose d'important, la famille. Peut-être même que c'est le but de la vie...

Métamorphoses d'un mariage

Seulement, tu vois, elle ne résout rien. Et de toute façon, je n'ai jamais eu de vraie famille.

Moi, j'ai beaucoup écouté – et avec la plus grande attention. J'ai entendu quelques sinistres prédicateurs affirmer que la solitude était la maladie de la bourgeoisie. Ceux-là appelaient de tous leurs vœux une vraie communauté, une communauté capable d'accueillir l'individu en son sein, d'assigner un but à sa vie, de le persuader qu'il ne vit pas seulement pour lui-même ni pour le cercle étroit de sa famille, mais pour un idéal transcendant – pour l'humanité tout entière. J'ai examiné ces revendications, non pas en théorie, mais sur le terrain, dans la vie même. Oui, j'ai étudié la vie de ceux qu'on appelle « les pauvres » – ne forment-ils pas, après tout, la plus vaste des communautés humaines ? J'ai voulu savoir si le fait d'appartenir à une même collectivité – celle des ouvriers métallurgistes ou celle de la caisse de retraite des employés –, d'avoir des délégués au Parlement qui discourent, qui écrivent pour vous... si tout cela vous communique réellement un sentiment de chaleureuse plénitude... Savoir que d'innombrables métallos, que des myriades d'employés luttent pour une vie meilleure et finissent en effet par obtenir, au prix de combats acharnés, une modeste amélioration de leurs conditions de vie – ils gagnent désormais deux cent dix pengös au lieu de cent quatre-vingts –, est-ce que cela réchauffe vraiment le cœur ? Bien sûr, tout ce qui permet d'atténuer l'impitoyable rigueur de l'existence procure une certaine joie. Pourtant, je n'ai jamais trouvé chez ceux qui, par vocation ou par profession, vivent au diapason des « grandes communautés », ce sentiment exaltant que l'on appelle le bonheur... non, je n'ai vu que des hommes et des femmes blessés, moroses, insatisfaits, résignés ou, alors, luttant avec ruse, avec acharnement, parce qu'ils croyaient que, très lentement, à la faveur d'événements imprévisibles, leurs conditions de vie pouvaient s'améliorer. Mais ce savoir-là ne peut rien contre la solitude. Il n'y a pas que les bourgeois qui soient solitaires, tu sais. Non, crois-moi, un terrassier de la grande plaine hongroise peut l'être tout autant qu'un dentiste d'Anvers.

J'ai lu quelque part que l'origine même de cette solitude réside au cœur de notre civilisation. Eh bien, tu vois, je partage cette opinion.

Ne dirait-on pas que la joie s'est éteinte sur cette terre ? De temps à autre, bien sûr, on voit encore luire un instant sa flamme vacillante. L'homme garde, au fond de lui-même, le souvenir d'un monde ensoleillé, un monde ludique où l'accomplissement du devoir était encore un plaisir et l'effort une source de satisfaction. Peut-être les Grecs de l'Antiquité connaissaient-ils cet état. Bien sûr, ils s'entretuaient, bien sûr, ils massacraient les étrangers, bien sûr, ils menaient de sanglantes, d'interminables guerres, mais ils possédaient sans doute le sens de la communauté joyeuse, le sens du débordement... car ils étaient tous civilisés – dans l'acception profonde du terme –, y compris le moindre potier illettré. Nous, nous vivons dans une autre civilisation, celle de la mécanisation généralisée. Nous profitons certes tous de ses bienfaits, mais personne ne connaît plus le véritable bonheur. Tout le monde peut, s'il le veut, prendre un bain d'eau chaude, contempler des tableaux, écouter de la musique, converser avec un interlocuteur à l'autre bout du monde, la loi protège les droits et les intérêts des pauvres aussi bien que ceux des riches... mais regarde un peu la tête qu'ils font – tous ! Regarde-moi ces traits convulsifs, bouleversés et méfiants qui reflètent toujours la solitude... une solitude qu'on peut chercher à expliquer, mais sans jamais en trouver la véritable cause. Elle touche des mères de six enfants, au visage hostile, aussi bien que ces célibataires bourgeois qui ôtent leurs gants avec un soin excessif, comme si leur vie n'était plus qu'une suite de contraintes. Plus nombreuses sont les communautés artificiellement échafaudées par les prophètes et les politiciens de tous bords, plus ceux-ci s'efforcent d'inculquer aux enfants un sentiment communautaire... et plus la solitude ravage les âmes. Tu ne me crois pas ? Moi, je le sais. Et je ne me lasse pas d'en parler.

Si au moins j'avais un métier qui me permette de m'adresser vraiment aux hommes, si j'étais prêtre, artiste ou écrivain... je les exhorterais, moi, à oublier leur solitude et à découvrir la joie. Ce n'est ni un rêve, ni un problème social, te dis-je, mais une simple question d'éducation. Il faut se réveiller – à voir les regards des hommes, on les croirait plongés dans un sommeil magnétique... Leurs yeux vitreux expriment toujours la méfiance. Mais non, je n'exerce aucun de ces métiers-là...

Et pourtant, un jour, j'ai rencontré un visage libre... libre de toute cette tension, de cette défiance, de cette insatisfaction.

Ce visage, tu l'as vu tout à l'heure... Mais ce n'était plus qu'un masque, un masque imposé par un rôle. Quand je l'ai aperçu pour la première fois, ce visage, il était encore ouvert, rayonnant, attentif, comme celui de l'homme au début de la création, avant d'avoir goûté au fruit de l'arbre de la connaissance, quand il ignorait encore la douleur et la peur... Ensuite, petit à petit, il s'est assombri, les yeux sont devenus scrutateurs, la bouche, fente ouverte et inconsciente, s'est fermée, s'est endurcie. Elle s'appelait Judit Áldozó. Oui, une jeune paysanne, âgée de seize ans... elle était bonne à tout faire chez nous. Non, non, on ne couchait pas ensemble. Erreur, me dis-tu ? Je ne le crois pas. On dit souvent des choses de ce genre, mais la vie n'a rien à voir avec cette sagesse à quatre sous. Ce n'est sans doute pas un hasard si cette jeune paysanne, que je devais épouser par la suite, n'a jamais été ma maîtresse.

Mais elle a été ma seconde épouse... Toi, tu voudrais m'entendre parler de la première. Eh bien, mon vieux, celle-là avait toutes les qualités : elle était belle, honnête, intelligente et cultivée. Tu vois, je te parle d'elle comme dans les petites annonces. Ou comme Othello lorsqu'il s'apprête à tuer Desdémone : « Elle brodait merveilleusement... Son chant aurait ravi les ours. » Ajouterais-je qu'elle était mélomane et qu'elle aimait la nature ? Oui, parce que c'est la vérité. Bien sûr, tu as raison, ces louanges rappellent un peu les annonces publiées dans les journaux de province par ces ingénieurs des Eaux et Forêts à la retraite, désireux de marier leur sœur « affligée d'une légère infirmité ». Mais ma première femme, elle, ne souffrait d'aucune infirmité. Elle était jeune, belle, sensible... Alors, qu'est-ce qui lui manquait ? Pourquoi n'ai-je pas pu vivre vraiment avec elle ? Le plaisir physique ? Mais non, j'ai eu, au lit, autant de bons moments avec elle qu'avec d'autres femmes, tu sais, les professionnelles du grand duel de l'amour. Moi, tu vois, je ne crois pas aux Don Juan, non, je ne crois pas qu'il soit permis de vivre avec plusieurs femmes à la fois. C'est à partir d'un seul être qu'il faut créer un instrument merveilleux, capable d'interpréter toutes les mélodies. Il m'arrive même de plaindre ces touche-à-tout fébriles, qui multiplient des expériences vouées à l'échec ; je voudrais leur taper sur les mains et leur dire : « Pas touche ! Du calme, restez tranquille, chacun son tour. » Ceux-là sont comme des enfants gourmands : un peu de patience, pourtant, et quelques démarches simples leur permettraient parfois d'obtenir ce qu'ils cherchent si fiévreusement et qu'ils désignent par ce terme, vague à souhait, de bonheur... Dis-moi, à propos, pourquoi n'enseigne-t-on pas à l'école les rapports entre les hommes et les femmes ? Non, je ne plaisante pas, je te le demande sérieusement. C'est aussi important que la géographie ou l'art de la conversation – cela garantit la tranquillité de l'âme, non ?... au même titre que l'honneur ou le respect. Non, ça n'aurait rien de frivole, te dis-je. Les poètes, les médecins et autres « spécialistes » pourraient traiter, devant les enfants – tant qu'ils sont encore malléables – de la joie qu'apporte la véritable union entre un homme et une femme... pas de la « vie sexuelle », non, mais

de la joie, oui, de la patience, de l'humilité, de la vraie
faction... Si je méprise les êtres humains, en fait, c'est
être à cause de cette lâcheté qui les incite à dissimuler le
secret de leur vie – à eux-mêmes et au monde.

Cela dit, je ne voudrais pas que tu me comprennes de
travers. Moi aussi, tu sais, j'ai horreur de ces « confessions »
morbides, de ces confidences aussi prolixes que fumeuses. Et
pourtant, j'aime la vérité... Naturellement, la plupart d'entre
nous gardent le silence... car seuls les malades, les vantards
et certains hommes efféminés exhibent leurs secrets. Taire la
vérité, tu me diras, cela vaut toujours mieux que mentir.
Malheureusement, où que j'aille, ce sont surtout des mensonges que j'entends.

Tu me demandes quel est le chemin qui conduit à la
vérité, à la guérison, à la joie ? Je vais te le dire, mon ami, et
en deux mots : l'humilité et la connaissance de soi. C'est là
que réside le secret.

Humilité – bien sûr, le mot est peut-être trop grand. L'humilité suppose une grâce, un état d'âme exceptionnel. Dans
la vie de tous les jours, nous devons simplement nous
contenter d'être modestes en cherchant à découvrir nos vrais
désirs et nos vrais penchants, à les assumer et à les accorder
avec ce que le monde peut nous offrir – non ?

Je vois que tu souris. Puisque les choses sont aussi simples,
dis-tu, puisque la vie peut se régler sur un modèle établi à
l'avance, alors... pourquoi ai-je échoué ? J'ai vécu avec ces
deux femmes – deux anges gardiens que la vie m'a envoyés –
une expérience essentielle. Et pourtant, j'ai échoué, avec l'une
comme avec l'autre. Et je suis resté seul. L'humilité, la
connaissance de soi, les grandes résolutions n'y peuvent rien.
Oui, j'ai échoué et tous les grands discours que je te tiens ici
manquent singulièrement de consistance. C'est bien ce que
tu penses, n'est-ce pas ?

Allons, il faut que je te dise comment était ma première
femme et pourquoi nous avons échoué. Cette femme, elle

était parfaite. Je ne peux même pas dire que je ne l'aimais pas... Elle n'avait qu'un seul petit défaut – et elle n'y pouvait rien. Non, non, il ne s'agit pas d'un défaut de l'âme. Elle était bourgeoise, la pauvre, désespérément bourgeoise. Attention, comprends-moi bien : moi aussi, je suis un bourgeois. Je le suis en toute conscience, je connais les défauts et les crimes de ma classe que j'assume – comme j'assume son destin. Pour tout te dire, je n'aime guère les révolutionnaires de salon. Et je crois qu'il faut toujours rester fidèle à ceux auxquels vous rattachent vos origines, votre éducation, vos intérêts et vos souvenirs. Moi, je dois tout à la bourgeoisie : mon éducation, mon mode de vie, mes exigences, les meilleurs moments de mon existence, ma culture, mon apprentissage du monde... Aujourd'hui, on se plaît à répéter que cette classe a fait son temps... elle a accompli sa mission, elle périclite, elle n'est plus apte à endosser le rôle dirigeant qui a été le sien pendant des siècles. Je ne peux pas en juger, vois-tu, je ne suis pas compétent en la matière. J'ai seulement le sentiment qu'on est – peut-être – un peu trop pressé d'enterrer la bourgeoisie, qu'il reste, au sein de cette classe, suffisamment de force pour intervenir encore dans les affaires du monde – et qu'elle constituera peut-être un jour un trait d'union entre l'ordre et la révolution... Lorsque j'affirme que ma première femme était une bourgeoise, je ne l'accuse pas, non, je dresse simplement un constat. Moi aussi, je suis un bourgeois, désespérément fidèle à une classe que je continue de défendre contre vents et marées. Mais je veux voir clair dans ce destin social qui est le mien. Quel a été notre crime, quelle maladie a donc causé la ruine de notre classe ? Bien entendu, je ne parlais pas de tout cela avec ma femme.

Qu'est-ce qui n'allait pas entre nous ? Attends un peu... D'abord, je dois te dire que j'étais un bourgeois maîtrisant parfaitement tout le cérémonial cher à notre clan.

J'étais riche, et la famille de ma femme était pauvre, d'accord. Mais être bourgeois, vois-tu, ce n'est pas seulement une question d'argent. Si j'en crois ma propre expérience, ce sont justement les bourgeois sans fortune qui tiennent le plus aux formes de vie dites bourgeoises. Le riche est moins attaché à certaines coutumes, à un certain ordre « bourgeois », au respect de certaines règles de bienséance, bref, à tout ce qui, aux yeux du petit-bourgeois, justifie à chaque instant son appartenance à cette classe. Comme un fonctionnaire gravissant les échelons les uns après les autres, le petit-bourgeois connaît très exactement le train de vie – appartement, habillement, fréquentations – qui convient à sa situation du moment. Alors que le riche garde toujours au fond de lui un désir d'aventure qui le rend sympathique... il est toujours prêt à se coller une fausse barbe, à emprunter une échelle de corde pour échapper quelque temps à la prison dorée, mais si fastidieuse... de la fortune. Oui, je suis secrètement convaincu, moi, que le riche s'ennuie ferme du matin au soir. Tandis que le bourgeois sans argent, qui n'a que sa seule étiquette, cherche continuellement à protéger, avec l'héroïsme anxieux d'un chevalier des croisades, l'ordre dont il est l'un des éléments constituants, le rang et les principes fondateurs de la bourgeoisie. Oui, seul le petit-bourgeois est cérémonieux. Car il a besoin de l'être pour se prouver quelque chose jusqu'à la fin de sa vie.

Ma femme, qui avait bénéficié d'une excellente éducation, connaissait plusieurs langues étrangères, elle savait distinguer entre vraie et fausse musique, entre littérature et galimatias. Elle savait pourquoi tel tableau de Botticelli était un chef-d'œuvre et ce qu'avait voulu exprimer Michel-Ange avec sa *Pietà*.

Bien sûr, elle me devait un peu toutes ces connaissances – elle les devait à nos conversations, à nos voyages, à nos lectures communes. La culture qu'elle avait reçue chez elle et à l'école ne lui avait laissé au fond qu'un souvenir un peu austère. Moi, j'ai essayé de dénouer cette crampe, de transformer ce souvenir en un vécu chaleureux. Une entreprise bien difficile, vois-tu... Elle avait une ouïe très fine, et elle a vite deviné mes intentions... alors, elle s'est vexée à l'idée de devenir mon élève. La susceptibilité dresse souvent les êtres les uns contre les autres. Tu sais, naturellement, tout ce qui peut séparer ceux qui, grâce au hasard de la naissance, ont eu l'occasion d'entrevoir le secret de la vraie culture et ceux qui ânonnent simplement leur leçon. Cette différence existe bel et bien, et une vie tout entière ne suffirait pas à apprendre ce genre de nuances...

Pour le petit-bourgeois, mon vieux, la culture – et tout ce qu'elle comporte – ne constitue pas une expérience vécue, seulement un ensemble d'informations... Mais il existe une couche supérieure de la bourgeoisie – celle des artistes et des créateurs. J'en faisais partie, je te le dis avec une certaine tristesse, et sans en tirer aucune fierté, car, en fin de compte, je n'ai jamais rien créé. Il m'a toujours manqué quelque chose... Le Saint-Esprit, me disait Lazar, sans jamais préciser au juste ce qu'il entendait par là.

Bref, ce qui m'empêchait de m'entendre avec ma première femme, c'était sa vanité, son amour-propre blessé. La plupart des malaises, voire des misères humaines, s'expliquent par la vanité et l'orgueil ; la vanité, vois-tu, nous empêche d'accepter le don de l'amour. Il faut un courage peu commun pour se laisser aimer sans réserve, un courage touchant à l'héroïsme. En fait, la plupart des êtres humains sont incapables de donner et de recevoir, leur lâcheté et leur vanité s'y opposent, ils ont peur de l'échec, peur de se livrer à autrui, de révéler leur secret, leur triste faiblesse, leur besoin vital de tendresse. J'ai toujours cru à cette vérité... que j'affirme désormais avec un peu moins d'assurance... que je n'accepte plus qu'avec réserve – sans doute parce que je vieillis et parce que j'ai échoué. La cause de mon échec réside précisément dans ce que je viens de te dire. Je n'ai pas été assez courageux pour accepter la tendresse de cette femme qui m'aimait, je l'ai aussi un peu méprisée à cause de ses goûts, de sa manière de vivre qui n'étaient pas les miens, mais ceux de la petite-bourgeoisie. Par vanité, j'ai eu peur de céder à ce chantage noble et complexe – accepter l'amour qui vous est donné. J'ignorais encore – mais je le sais maintenant – qu'il n'y a jamais rien de honteux dans la vie, si ce n'est cette lâcheté qui empêche de donner ou de recevoir. C'est pour ainsi dire une question d'honneur, et moi, je crois en l'honneur. Non, on ne peut pas vivre dans la bassesse...

À notre santé ! J'aime bien ce vin, malgré son arrière-goût un peu sucré. J'en bois souvent depuis quelque temps, tous les soirs, j'ouvre une bouteille. Attends, je te donne du feu.

En fait, c'est cette différence entre nos manières de vivre qui m'a empêché de m'entendre avec ma première femme. Il existe toujours chez les petits-bourgeois une sorte de raideur, une raideur consécutive à la crainte de mal jouer le rôle qui leur est imparti, surtout lorsqu'ils doivent quitter leur foyer et l'atmosphère dans laquelle ils ont vécu. À vrai dire, je ne connais pas une autre classe dont les membres se comportent, dans le monde, avec une telle méfiance effarée. Si elle était mieux née, un degré plus bas ou plus haut, c'est-à-dire plus librement... ma première épouse aurait pu me donner tout ce qu'une femme peut offrir à un homme. Vois-tu, elle était la perfection même. Elle savait quelles fleurs il fallait disposer, à l'automne et au printemps, dans notre vieux vase de Florence, elle s'habillait avec goût et modération, elle se conduisait comme il convenait en société, parlait et répondait selon les règles... notre ménage fonctionnait d'une façon exemplaire... Les domestiques, sous la houlette de ma femme, accomplissaient leur travail sans bruit, avec précision – en fait, nous vivions exactement comme le prescrivent les ouvrages consacrés aux « bonnes manières »... y compris dans cette autre vie, tu sais, la vie profonde, dans cette jungle, au milieu des cataractes... non, non, je ne pense pas seulement au lit... j'y pense aussi, c'est vrai, le lit est aussi une jungle et une cataracte, il porte le souvenir archaïque d'une existence sans limites, d'un vécu ancestral qui est l'essence même de la vie, une jungle que l'on peut, certes, transformer en un parc plaisant, avec des parterres de fleurs, des allées aux arbres taillés en quinconce, et des fontaines lumineuses aux couleurs diaprées... un parc plaisant, oui, mais où les lianes et les cataractes, ces éternels objets de notre nostalgie, ont complètement disparu...

Le bourgeois joue un rôle difficile, vois-tu... aucune autre classe ne paie la culture à un tel prix. C'est un rôle héroïque, oui, pour lequel on doit payer le prix fort – et pour l'assumer, il faut avoir le courage d'être heureux. Aux yeux de l'artiste, la culture est un élément vital. Aux yeux du bourgeois, elle est simplement une acquisition. Bien sûr, on ne doit pas parler souvent de tout ça, là-bas, dans ton Pérou métissé, où les forces primitives sont encore à l'œuvre. Mais moi, j'ai passé ma vie à Budapest, dans le quartier chic de la Colline des Roses. Et, tu le sais bien, on doit toujours s'adapter au climat environnant...

Il s'est passé ensuite mille choses dont je ne peux pas te parler maintenant. Cette femme vit encore – elle vit seule. Je la vois, de temps à autre, par hasard. Pas régulièrement, pourtant... parce qu'elle m'aime toujours. Tu sais, elle ne fait pas partie de ces « ex »... auxquelles il suffit d'envoyer une pension tous les premiers du mois et d'acheter, à Noël ou pour leur anniversaire, un manteau de fourrure ou un bijou. Non, non, elle m'aime toujours, je te dis, et elle n'en aimera jamais un autre. Elle ne m'en veut pas, bien sûr, car il ne saurait y avoir de véritable ressentiment entre deux êtres qui se sont aimés. Ils peuvent certes éprouver de la colère, un désir de vengeance, mais non... pas de ressentiment durable. Elle vit, oui, et peut-être qu'elle ne m'attend plus. Elle vit et elle se meurt lentement, doucement, d'une façon bourgeoise. Elle meurt de ne pouvoir donner un sens à sa vie... elle meurt parce qu'on ne peut vivre sans le sentiment qu'il existe, quelque part dans le monde, des êtres qui ont besoin de vous

— chose que, selon toute vraisemblance, elle ignore. Elle se croit apaisée. Un jour, j'ai rencontré une femme, une amie de jeunesse de ma première épouse, qui venait de rentrer d'Amérique : nous avons fait connaissance au bal du Carnaval et je n'ai pas eu besoin de beaucoup insister pour qu'elle monte chez moi. Eh bien, le lendemain matin, elle m'a rapporté une conversation qu'elle avait eue avec Ilonka à mon sujet — tu sais à quel point les femmes peuvent être prolixes sur les faits et gestes de leurs amies. Elle s'est donc livrée à des confidences, dans le lit même de l'ex-mari de son amie, quelques heures à peine après l'avoir rencontré. Elle m'a dit qu'au lycée elle avait été jalouse d'Ilonka, et qu'un jour dans une pâtisserie, où elle se trouvait en compagnie de ma première femme, elle m'avait vu acheter des fruits confits et, pour payer, sortir un portefeuille en croco brun, un cadeau d'Ilonka pour mes quarante ans. Non, crois-moi, je ne m'en sers plus, pas la peine de me regarder avec ce sourire. Ce jour-là, donc, ces deux femmes, mon épouse et son amie, ont « parlé de tout »... Ilonka aurait dit à sa confidente qu'elle m'avait beaucoup aimé, qu'elle avait même failli mourir après notre divorce, mais qu'elle s'était ensuite apaisée, qu'elle avait compris que je n'étais pas le véritable homme de sa vie, plus précisément, le seul, l'« authentique » — ou, plus exactement encore, qu'il n'y avait pas d'« authentique ». Voilà, oui, voilà ce que m'a dit son amie, ce matin-là, dans mon propre lit. Je t'avoue que je la méprisais un peu... car sachant tout cela, elle n'avait pourtant pas hésité à m'entreprendre. Bon, je sais bien que la fameuse solidarité féminine ne joue guère dans les affaires galantes, mais tout de même... Bref, je l'ai mise — très poliment — à la porte, ne serait-ce que par respect envers ma première femme. Après quoi, j'ai longtemps réfléchi et je suis arrivé à la conclusion qu'Ilonka avait menti, que l'« authentique » existait bel et bien — et que pour elle, l'unique, l'authentique, c'était moi. En ce qui me concerne, aucune femme n'a jamais eu cette importance, ni elle, ni la seconde, ni les autres. Mais ça, je l'ignorais encore, à l'époque... On met toujours un temps fou à apprendre sa leçon.

Voilà tout ce que je peux te dire de ma première femme.

Aujourd'hui, cela ne me fait plus mal et je n'ai plus aucun sentiment de culpabilité envers elle. Je sais que nous l'avons tous tuée un peu... tous, c'est-à-dire moi, le hasard, la mort de l'enfant... c'est ainsi que la vie assassine. Tout ce que tu peux lire dans les journaux n'est que confusion, exagération grossière. La vie, vois-tu, travaille de façon bien plus complexe, parfois, elle n'hésite pas à gaspiller : elle n'a cure des individus, des Ilonka, des Judit, des Péter... c'est l'ensemble, le Tout, qui a du sens pour elle. Constat banal, me diras-tu, mais il faut du temps pour le dresser, le comprendre... et s'y résigner. À force d'y réfléchir, j'ai vu lentement s'évaporer chaque émotion au fond de mon cœur, pour ne garder qu'un certain sentiment de responsabilité – seul résidu de l'expérience amoureuse d'un homme. Nous évoluons entre les morts et les vivants, nous sommes à la fois responsables et incapables d'aider... Mais... c'est de ma seconde femme que je voulais te parler, oui, celle qui a quitté le café en compagnie de ce petit homme trapu.

Qui était donc ma seconde femme ? Pas une bourgeoise, jamais de la vie. Non, une prolétaire, une vraie.

Faut-il vraiment que je t'en parle ? Soit, mais fais bien attention. Car c'est la vérité que je veux te dire.

Cette femme était une domestique. Elle avait seize ans lorsque j'ai fait sa connaissance, elle était bonne à tout faire chez nous. Je ne vais pas t'assommer avec mes amourettes d'adolescent, mais je tiens à te raconter au moins le début et la fin de cette histoire. Quant à ce qui s'est passé entre les deux... je n'y vois pas encore suffisamment clair.

Pour commencer, je te dirai que chez nous, à la maison, personne n'a jamais eu vraiment le courage d'aimer. La vie conjugale de mes parents était « idéale », c'est-à-dire abominable. Jamais un mot plus haut que l'autre. « De quoi as-tu envie, ma chérie ? » – « Que puis-je faire pour toi, mon ami ? » Et ainsi de suite. Je ne sais pas s'ils ont mal vécu, je sais seulement qu'ils n'ont pas bien vécu. Père était vaniteux et orgueilleux, mère était – avant toute chose – une bourgeoise. Ils avaient le sens de leurs responsabilités et ils affectaient une grande réserve... toujours sur leurs gardes, ils s'aimaient avec parcimonie... ils m'ont engendré et éduqué avec ce même soin précautionneux, comme les prêtres ou les adeptes de quelque cérémonie ancienne. Car tout était cérémonie chez nous, le petit déjeuner aussi bien que le dîner, la vie en société, les relations entre parents et enfants... et – je le crois bien – même l'amour, ou du moins ce qu'ils appelaient ainsi. Comme s'ils étaient toujours tenus de rendre des comptes, ils vivaient conformément à des plans rigoureusement préétablis. À notre époque, tu le sais, certains grands peuples élaborent des plans quinquennaux ou quadriennaux pour le bonheur de la race ou de la nation, des plans qu'ils exécutent implacablement, par le fer et par le feu, que cela plaise ou non aux citoyens. Car ce qui importe ici, ce n'est pas tant le bien-être ou le bonheur de l'individu, mais le salut, grâce à la réalisation du plan, de la communauté, du peuple ou de la nation. Eh bien, c'est un peu ainsi qu'on vivait à la maison, selon des plans de quarante ou de cinquante ans, sans le moindre égard pour le bonheur des uns ou des autres. Car le cérémonial qui présidait au travail, au mariage ou à la mort avait un sens profond – le maintien et la conservation de la famille et de l'ordre bourgeois.

Lorsque j'examine mes souvenirs d'enfance, c'est toujours cette morne, cette pénible rationalité que je retrouve au cœur de chaque événement. Nous avons travaillé comme des robots, tu vois, des robots riches et distingués certes, mais insensibles et impitoyables, à seule fin de sauvegarder certaines valeurs. Le moindre de nos actes visait à prouver que nous étions des bourgeois, que nous formions la classe des

« dépositaires », que nous devions tenir notre rang – toujours montrer l'exemple, ne jamais céder à la révolte des instincts, à la pression des gens du peuple, ne jamais reculer, ne jamais s'abandonner au bonheur individuel. En étions-nous seulement conscients ?... Bien sûr, le dimanche, à table, mes parents ne prononçaient aucun discours-programme sur le nouveau plan de cinquante ans destiné à la famille... Et je ne peux pas affirmer, non plus, que nous avons agi uniquement sous la contrainte de la situation que nous imposaient nos origines. Nous savions fort bien que la vie nous avait assigné une lourde tâche, qu'il ne s'agissait pas seulement de préserver des maisons, un style de vie, des coupons ou des usines, mais aussi d'opposer une résistance aux forces plébéiennes du monde, celles qui s'attaquaient à notre conscience de classe et nous incitaient à accepter le désordre. Oui, il s'agissait – tel était l'ordre et le sens ultime de notre vie – de vaincre en nous, et dans le monde entier, toute propension à la révolte. Tout nous paraissait suspect, dangereux... Par notre façon de juger les phénomènes du monde, par la discipline que nous imposions à nos désirs et à nos penchants, nous contribuions au fonctionnement sans heurts du mécanisme, à la fois inexorable et délicat, de la société. Être bourgeois, vois-tu, c'est déployer des efforts incessants. Je parle, bien entendu, du bourgeois créateur et conservateur, pas du petit-bourgeois arriviste, soucieux uniquement de son confort et de ses aises. Non, ce n'est pas le confort, ni l'abondance que nous visions. Nos habitudes, notre comportement trahissaient toujours une sorte d'abnégation. Au fond, nous nous sentions un peu comme des moines, adeptes d'un ordre séculier, païen, respectueux d'un règlement secret sur lequel nous avions prêté serment... Or, nous vivions dans une époque où un danger mortel menaçait les valeurs que nous avions juré de sauvegarder. Voilà, c'est avec ce sentiment-là que nous prenions nos repas, que nous allions, une fois par semaine, au théâtre ou à l'Opéra, que nous recevions nos invités, nos pairs, vêtus de complets aux couleurs sombres, qui prenaient place dans le salon ou dans la salle à manger autour d'une table éclairée aux chandelles, mise avec des couverts en argent et en porcelaine, et devisant, tout en consommant des plats exquis, de futilités parfaitement stériles, mais néanmoins profondes. Comme si nous nous exprimions en latin au milieu des barbares, nos propos courtois, nos échanges vides de sens n'avaient qu'un seul but, manifester notre appartenance à la bourgeoisie en nous réunissant pour accomplir ensemble un cérémonial et participer à une noble conjuration... Notre langage symbolique – quel que fût le sujet abordé – marquait en dernière analyse notre volonté de rester fidèle, contre tous les révoltés, à notre convention secrète. En vivant ainsi entre nous, nous entendions prouver quelque chose. À dix ans, j'avais déjà le calme et la discipline attentive d'un grand patron.

Je vois que tu t'étonnes... C'est que tu n'as pas connu ce monde. Tu es un créateur, toi, le premier à appliquer, dans ta famille, notre fameuse leçon, le premier à avoir accédé à une classe supérieure... C'est l'ambition qui t'anime – moi, j'ai simplement le sentiment de devoir perpétuer les traditions. Mais peut-être ne comprends-tu même pas ce que je cherche à te dire... Dans ce cas, je te prie de m'excuser.

Je te raconterai les choses, comme je peux.

La maison était toujours un peu sombre. Nous habitions une belle villa avec jardin, qu'on entretenait et embellissait sans cesse. J'avais ma chambre à l'étage, les nurses et les précepteurs dormaient dans les pièces voisines. Durant toute mon enfance et mon adolescence, je crois que je n'ai jamais été seul. À la maison, comme, plus tard, à l'école, j'ai été soumis à un véritable dressage... oui, il fallait dompter le fauve qui sommeillait en moi, fabriquer un bon et vrai bourgeois capable d'exécuter son numéro à la perfection. C'est sans doute ce qui explique mon désir, douloureux et obstiné, de solitude. Maintenant, je vis vraiment seul, depuis quelque temps, je n'ai même plus de valet. De temps à autre, quand je suis absent, une femme de ménage vient mettre un peu d'ordre dans le fatras qui encombre ma chambre. Personne ne me surveille plus, personne ne me contrôle plus – je n'ai plus aucun compte à rendre... La vie apporte de grandes joies, tu sais, et de grandes satisfactions ; elles viennent un peu tard, c'est vrai, et de façon inattendue, mais elles viennent... Resté seul – après deux mariages et deux divorces – dans mon appartement, j'ai éprouvé, pour la première fois de ma vie, un triste soulagement à l'idée d'en avoir fini... d'avoir obtenu enfin ce que je voulais, semblable à un prisonnier condamné à la perpétuité, mais libéré brusquement « pour bonne conduite » et qui, pour la première fois depuis des décennies, peut dormir chez lui sans craindre le regard du gardien à travers le judas. Oui, la vie réserve de telles joies. Elles coûtent cher, bien sûr, mais elles existent vraiment.

Naturellement, le mot « joie » n'est pas tout à fait adéquat... Disons plutôt qu'un jour, on se calme... On n'aspire plus au bonheur, mais on ne se sent pas non plus trompé ni dépouillé. Un jour, oui, on comprend que la boucle est bouclée, qu'on a été puni et récompensé selon ses mérites, et qu'on a manqué de courage ou d'héroïsme pour obtenir le reste... C'est tout. Ce n'est pas de la joie, seulement de la résignation – on comprend et on se calme. On finit par en arriver là... mais il faut payer très cher pour cela.

Bref, chez nous, dans la maison de mes parents, on assumait sciemment notre rôle de bourgeois. En évoquant mon enfance, je revois des pièces obscures où s'alignent, comme dans un musée, des meubles prestigieux, où, fenêtres ouvertes, on fait sans cesse le ménage, tantôt bruyamment, avec des appareils électriques et le concours d'un personnel qualifié, tantôt de manière silencieuse et invisible. Il me semble alors que tous ceux qui entrent là – domestiques ou membres de la famille – s'appliquent à remettre un objet à sa place, à essuyer la poussière sur le piano ou à rectifier le pli d'un rideau. Dans cette maison sous haute surveillance, les meubles, les rideaux, les tableaux et les coutumes sont comme les pièces d'une exposition permanente qu'il convient de protéger, de nettoyer et, éventuellement, de réparer. Comme ces objets de piété imposent le respect, il faut marcher sur la pointe des pieds, éviter de faire le moindre bruit. Devant les fenêtres, d'épais rideaux absorbent la lumière, même en plein été. De très hauts lustres, en forme de chandelles à huit branches, pendent du plafond, sans pouvoir vraiment éclairer les pièces, toujours plongées dans la pénombre.

Des vitrines courent le long des murs, encombrées d'objets devant lesquels la maisonnée défile avec recueillement, mais sans jamais les toucher, ni les examiner de près – des cafetières en porcelaine *altwien*, au liseré doré, des vases de Chine, des portraits, peints sur ivoire, de beaux messieurs et de belles dames parfaitement inconnus, des éventails dont personne ne se sert plus, de minuscules cruches, des animaux et des plateaux en or, en argent et en bronze, devenus inutiles. Telles les Tables de la Loi dans l'Arche d'Alliance, l'argenterie est conservée au fond d'une armoire – on ne la sort pas d'ordinaire, pas plus que les nappes damassées ou le service de porcelaine... non, selon une loi tacite de la maison, il faut conserver ces objets en vue de quelque fête invraisemblable, inconcevable, où la table serait dressée avec vingt-quatre couverts... Bien entendu, on n'a jamais reçu vingt-quatre personnes à la fois. De temps à autre, quelques invités entourent la table : ces jours-là, l'argenterie, les nappes damassées, la vaisselle en porcelaine retrouvent leur usage naturel, et le repas se déroule selon un cérémonial minutieux : plus que par la nourriture ou la conversation, les convives restent préoccupés en permanence par l'accomplissement d'une tâche délicate, attentifs à ne pas faire d'impair, à ne pas briser, par mégarde, un verre ou une assiette.

Bien sûr, tu as connu tout cela au cours de ta vie. Mais

ce que je voudrais évoquer avant tout, c'est ce sentiment que j'avais, dans mon enfance, et plus tard, dans la maison de mes parents. Certes, nous y vivions, nous y recevions, mais tous ces actes quotidiens s'imprégnaient en fait d'un sens profond. Dans notre cœur, notre maison était comme une place forte aux confins d'un empire.

Le bureau de mon père restera éternellement gravé dans ma mémoire. Cette pièce oblongue était vaste comme une salle de classe. D'épais rideaux orientaux dissimulaient les portes, plusieurs tableaux précieux accrochés aux murs représentaient des forêts imaginaires, des ports exotiques et quelques personnages barbus du siècle dernier, vêtus de costumes sombres. Le bureau, long de trois mètres et large d'un mètre et demi, se dressait dans un coin de la pièce, encombré d'une mappemonde, d'un chandelier en cuivre, d'un encrier en étain, d'un sous-main en cuir vénitien et d'autres objets de culte. De lourds fauteuils de cuir entouraient une table ronde. Sur la cheminée, deux taureaux en bronze se livraient un combat acharné. D'autres objets – des aigles, des chevaux, un tigre prêt à bondir –, également en bronze, occupaient le haut de la grande bibliothèque vitrée qui courait le long des murs, avec quatre ou cinq mille livres, je ne sais plus, groupés selon leur genre : littérature, religion, sociologie, traités de philosophie, reliés en toile bleue, dus à des auteurs anglais, sans parler des différentes « collections » achetées à des démarcheurs. Pour tout te dire, personne n'a jamais ouvert ces livres ; mon père ne lisait que des journaux et des guides touristiques, et ma mère, des romans allemands. Les libraires nous adressaient parfois leurs nouveautés qui, par négligence, restaient chez nous, en attendant que le valet demande à mon père la clé de la bibliothèque et les range sur les rayons. Car on enfermait toujours soigneusement les livres pour, disait-on, les préserver de la poussière. En réalité, je crois qu'il s'agissait plutôt de les préserver de la lecture, de la contamination propre au dangereux poison qu'ils contenaient.

On appelait cette pièce le « cabinet de travail ». Mais de mémoire d'homme on n'y a jamais vu travailler personne – et surtout pas mon père. Lui, il travaillait à l'usine et au club où il se rendait l'après-midi pour y rencontrer des industriels et des investisseurs, jouer aux cartes, lire les journaux et discuter affaires ou politique. C'était un homme intelligent et doué de sens pratique. De l'atelier de mon grand-père il avait fait l'une des plus importantes usines du pays. Pour mener à bien une telle entreprise, il lui avait fallu déployer des trésors d'énergie, recourir souvent à la ruse, se montrer circonspect, bref, disposer du flair et de l'expérience nécessaires pour, tout en restant dans son bureau (il devait y passer une quarantaine d'années), décider ce que les autres devaient faire dans les différents locaux du bâtiment. Il était respecté, voire redouté, et jouissait d'un grand prestige dans les milieux d'affaires. Sa morale, sa conception de l'argent, du travail, du profit et de la fortune étaient en tout point conformes aux attentes du monde, de ses pairs et de sa famille. C'était un esprit créateur, vois-tu, il n'avait rien du grand capitaliste borné, assis sur un tas d'argent et exploitant de façon éhontée ceux qui travaillent pour lui ; non, il savait apprécier les dons de chacun et il rétribuait les esprits ingénieux mieux que les tâcherons. Toutefois, les liens entre mon père, l'usine et le club étaient d'une autre nature que ceux qui prévalaient à l'intérieur de la famille – ce qui, à la maison, n'était que cérémonial devenait une sorte d'alliance secrète dans le monde extérieur. Le club dont mon père était l'un des fondateurs n'admettait parmi ses membres que des millionnaires, toujours au nombre de deux cents, jamais plus. Quand l'un d'eux venait à mourir, on cherchait, avec un soin méticuleux digne d'une élection à l'Académie française ou de la quête, parmi les enfants des hauts plateaux tibétains, d'un nouveau dalaï-lama, un nouveau millionnaire apte à ce rôle et capable de remplacer le défunt. La sélection s'accomplissait dans le plus grand secret. Les deux cents élus savaient que – sans porter aucun titre ni même s'enorgueillir d'aucun rang – ils représentaient un vrai pouvoir, plus important peut-être que celui d'un ministère, une force invisible avec laquelle le pouvoir officiel était souvent obligé de négocier et de composer. Une force dont mon père faisait partie.

À la maison, nous le savions. Et c'était toujours avec une certaine émotion que je franchissais le seuil de ce « cabinet de travail » pour m'arrêter devant ce bureau – où, comme je te l'ai dit, personne n'avait jamais travaillé, si l'on excepte le valet de chambre qui, tous les matins, époussetait les divers objets de piété – et contempler les portraits de ces barbus au regard perçant, qui, à leur époque, formaient entre eux des alliances tout aussi étroites que celle qui liait mon père à ses amis du club ; ces individus d'une même race, ces maîtres des mines et des forêts régnaient, en vertu de quelque pacte tacite, sur le temps et sur la vie. Oui, c'est avec une fierté mêlée d'une certaine angoisse que je pensais alors à mon père qui appartenait à la coterie des puissants de ce monde, avec angoisse, dis-je, car j'aurais voulu occuper moi-même un jour la place qui était la sienne – il m'aura fallu cinquante ans pour comprendre enfin que je n'étais pas de cette race et pour quitter, l'an dernier, le club où j'avais été coopté après le décès de mon père, démissionner de mon poste à l'usine et « me retirer » comme on dit, « de toute activité commerciale ». Mais, naturellement, l'enfant que j'étais ignorait l'avenir. J'étais intimidé, impressionné par ce sanctuaire, j'essayais de déchiffrer les titres de ces ouvrages jamais consultés, tout en me doutant vaguement que ces accessoires de théâtre, ces formes rigoureuses étaient l'expression de lois inexorables et immuables régissant imperceptiblement les actes des uns et des autres. Tout cela ne devait pas être entièrement conforme aux règles, pourtant, puisque personne n'en parlait jamais...
En effet, dès que l'argent, le travail ou le club des deux cents

étaient évoqués au cours des conversations, un ange passait, mon père et ses amis regardaient gravement devant eux et se mettaient à parler d'autre chose. Il y avait des limites, une barrière invisible se dressait quelque part. Tu sais, naturellement, de quoi je veux parler. Mais je continue néanmoins, car j'entends bien finir ce que j'ai commencé.

Je ne peux pas dire, non plus, que notre vie manquait totalement de chaleur et de cordialité. Les fêtes de famille, par exemple, étaient scrupuleusement observées. Comme si l'on célébrait Noël quatre ou cinq fois par an. Sans être marqués en rouge dans le calendrier, ces jours-là étaient, d'après le règlement tacite de la famille, plus importants que Pâques ou Noël. D'ailleurs, la famille avait bel et bien son « calendrier », un livre relié de cuir où l'on inscrivait les dates des naissances, des fiançailles et des décès, avec une précision digne des registres d'état civil. Il incombait au chef de famille de veiller à la bonne tenue de ce livre d'or, acheté il y a quelque cent vingt ans par mon arrière-grand-père. Ce meunier de son état, fondateur – anobli – de la richesse familiale, qui plastronnait dans son manteau à soutaches, avait inauguré le livre aux pages de vélin bordées d'or par l'inscription solennelle : *In nomine Dei*. Et il avait signé *Iohannes II*.

J'ai utilisé moi-même ce livre, une seule fois dans ma vie, pour y signaler la naissance de mon fils. Je n'oublierai jamais ce jour ensoleillé de fin février : je revenais de la clinique, tu sais, envahi par ce sentiment de bonheur un peu gauche que procure un tel événement. Mon père n'était plus en vie. Je suis entré dans le fameux « cabinet de travail »... où je travaillais tout aussi rarement que mon père, j'ai cherché, dans le tiroir inférieur du bureau, le livre à fermoir, j'ai pris mon stylo et j'ai inscrit, d'une écriture calligraphique, *Matthias Ier*, suivi du jour et de l'heure de la naissance. Ce fut un moment solennel. Dieu, que de vanité, que de futilité dans les sentiments humains ! Ce jour-là, j'ai eu l'impression de perpétuer la famille ; l'usine, les meubles, les tableaux accrochés au mur, l'argent déposé à la banque avaient brusquement pris un sens : mon fils allait occuper sa place dans l'appartement, à l'usine et au club des deux cents... Eh bien, il n'en a rien été. Et cela m'a fait beaucoup réfléchir. Il n'est pas sûr que la venue d'un enfant puisse résoudre les graves problèmes d'un individu. C'est une loi, mais la vie n'obéit pas à des lois. Laissons cela. De quoi parlions-nous déjà ? Ah oui, de Judit Áldozó...

C'est ainsi que nous avons vécu. Oui, voilà ce qu'a été mon enfance. Je sais, il y a bien pire, tout est relatif...

Nous célébrions donc toutes les fêtes et, avant tout, les fêtes de famille. Il y avait l'Anniversaire de Père, la Fête de Mère et diverses solennités tribales, avec des cadeaux, de la musique, des repas, des toasts et des bougies aux flammes vacillantes. Soigneusement habillé par mes nurses, vêtu de mon costume de marin à col de dentelle, je ressemblais à un véritable « petit Lord ». Tout était réglé à l'avance, comme à l'armée. L'Anniversaire de Père constituait, naturellement, la fête principale. Il me fallait alors apprendre et réciter un poème, la maisonnée se réunissait au salon, chacun portait son habit du dimanche, les yeux brillaient, les domestiques, un peu hypocrites, mais tout de même ravis, baisaient la main de mon père et le remerciaient... mais de quoi, au juste ? Vraisemblablement du fait qu'ils étaient domestiques et que mon père était le maître. On allait chercher, parmi les trésors familiaux, l'argenterie et les plus belles assiettes. D'autres parents arrivaient pour fêter, comme il se doit, ce père de famille riche et influent. Bien sûr, ils étaient jaloux. Mon père, l'homme le plus riche de la famille, allouait en effet tous les mois une sorte de pension aux parents les plus pauvres, qui, en secret, se plaignaient entre eux de l'extrême modicité de ces sommes – pourtant attribuées sans aucune obligation, par pure générosité. L'une d'elles, en particulier, une certaine Tante Marie, qui se sentait toujours lésée, refusait même de venir dans la salle à manger et de s'asseoir à la table richement mise. « Je serai très bien dans la cuisine, affirmait-elle, je prendrai juste un peu de café. » Il fallait la traîner à chaque fois et lui offrir la place principale, au bout de la table. Tu sais, il est très difficile, sinon impossible, de comprendre clairement les souhaits et les aspirations des parents pauvres... Sans doute faut-il une hauteur d'âme peu commune pour supporter le succès d'un proche parent. La plupart des gens s'en montrent incapables... mais on ne saurait s'indigner sérieusement du ressentiment ironique que nourrissent les plus pauvres à l'égard du plus riche. Il existe dans chaque famille une personne reconnue et influente, qui a « les moyens », et que les autres haïssent et s'emploient en général à dépouiller. Mon père le savait, et il s'efforçait de rétribuer chacun selon ses mérites, sans tenir compte de leur amertume. C'était un homme fort que l'argent ne culpabilisait pas et ne rendait pas sentimental. Oui, il savait exactement ce qui revenait à chacun et ne franchissait jamais les limites, dans le domaine des sentiments comme dans celui de l'argent. « Ça lui revient » ou « Ça ne lui revient pas » – telles étaient ses expressions favorites, qu'il employait toujours à bon escient, après mûre réflexion, et qui tombaient comme autant de verdicts sans appel. Il était solitaire, très certainement, il refoulait sans doute nombre de ses désirs dans l'intérêt du prestige de la famille, mais il savait rester fort et équilibré. Quand, à l'issue de longs pourparlers et après avoir subi bien des allusions vénéneuses, ma mère ou un membre de la famille lui soumettait une requête au nom d'un parent pauvre, mon père, après un long silence, déclarait « Ça ne lui revient pas » – et la question était réglée. Non, ne crois pas qu'il était « près de ses sous », simplement il connaissait les hommes et il connaissait l'argent. C'est tout.

À ta santé !

Fameux, ce vin. Il a de la force et de l'esprit ! Six ans... l'âge idéal pour un vin, comme pour un chien. Au bout de dix-sept ans, sais-tu, le blanc perd de son bouquet, il expire...

comme cette bouteille vide. C'est ce que m'a justement appris cette année un vigneron de Badacsony[1]. Alors, ne te laisse pas impressionner par tous ces petits snobs qui veulent te faire boire du vin vieux... On continue d'apprendre chaque jour.

Où en étais-je ? Ah oui, l'argent.

Dis-moi, pourquoi les écrivains parlent-ils si mal de l'argent ? Alors qu'ils sont intarissables sur l'amour, la fatalité, la société, ils évitent toujours de parler finances, ou ils abordent ces questions en passant, comme s'il s'agissait d'un accessoire de théâtre, un peu comme ces faux billets qu'un metteur en scène tient à fourrer dans les poches de ses personnages pour les besoins de l'intrigue. En réalité, l'argent est la source de tensions bien plus importantes qu'on ne veut l'admettre... Je ne parle pas de la « richesse » ou de la « pauvreté » en général, mais de ces sommes concrètes que nous obtenons ou que nous n'obtenons pas, que nous accordons ou que nous refusons – à nous-même ou à autrui – et qui sont, dans la vie de tous les jours, l'objet de tant de cabales, de conjurations, de traîtrises, d'héroïsme, d'abnégation et de sacrifices, oui, je te parle de ces « problèmes d'argent » qui finissent en tragédies... ou que la vie se charge d'aplanir tant bien que mal. Pour la littérature, la richesse correspond à une sorte de conspiration. Elle l'est d'ailleurs, au sens profond du terme. Mais, à l'intérieur de la richesse ou de la pauvreté, il y a l'argent et le rapport que les gens entretiennent avec lui, pas l'Argent avec un grand A, non, mais certaines sommes concrètes qu'il faut payer ou gagner un certain matin, un certain après-midi, une certaine nuit. Mon père était riche, donc il respectait l'argent et réfléchissait tout autant avant de dépenser un pengö qu'avant d'en investir cent mille. Un jour, il m'a dit qu'il ne respectait pas telle personne, car, à quarante ans passés, elle n'avait toujours pas d'argent.

---

1. Célèbre région viticole située au nord du lac Balaton.

Métamorphoses d'un mariage

J'étais consterné : ce jugement me paraissait aussi féroce qu'injuste.

— Mais il est pauvre, il n'y peut rien, ai-je tenté de répliquer.

— Bien sûr que si, a poursuivi mon père sur un ton sévère. Il n'est ni malade ni infirme. Celui qui, dans une situation comme la sienne, n'a pas encore d'argent est soit un lâche, soit un paresseux, soit un bon à rien... Moi, je n'ai pas la moindre considération pour ce genre d'individus...

Regarde-moi bien, mon vieux, j'ai cinquante ans passés. Je vieillis. Je dors mal, je ne ferme pas l'œil une bonne partie de la nuit et, sans doute pour m'habituer à la mort, je reste éveillé dans l'obscurité, tel un apprenti moribond. Je crois connaître la réalité. Alors, pourquoi me bercer d'illusions ? Je ne dois rien à personne, mais je me dois la vérité à moi-même. Vois-tu, je crois maintenant que mon père avait raison. Quand j'étais jeune, pourtant, je ne comprenais pas son point de vue. Quand j'étais jeune, oui, je le prenais pour un adorateur du veau d'or, quelqu'un qui juge les gens d'après leur capacité à gagner de l'argent. Je trouvais sa façon de voir les choses mesquine, inhumaine. Mais, avec le temps, il m'a fallu tout apprendre, l'amour, l'affection, l'héroïsme, la lâcheté, la sincérité, tout, y compris l'argent. Désormais, je comprends mon père et je ne le condamne plus pour avoir méprisé ces tire-au-flanc quadragénaires, ceux qui ne sont ni malades ni infirmes, mais trop lâches, trop paresseux pour gagner de l'argent. Je n'aime pas ces beaux esprits qui, pour se disculper, accusent le monde de leur avoir refusé le droit de passer le soir de leur vie dans un pavillon coquet, en se promenant dans leur jardin, un arrosoir à la main, en pantoufles et coiffé d'un chapeau de paille, comme il sied au bon et paisible petit capitaliste, heureux de jouir des fruits de son épargne. Le monde est toujours cruel, vois-tu, il tente sans cesse de reprendre – tôt ou tard – ce qu'il a donné et l'héroïsme, cela consiste précisément à lutter pour défendre ses propres intérêts et ceux de sa famille. Non, je n'aime pas les âmes sensibles, toujours promptes à accuser les autres, à accuser ces financiers âpres au gain, ces entrepreneurs sans scrupules, cette concurrence brutale qui les empêchent prétendument d'accomplir leurs rêves. Soyez forts, mes amis, et, s'il le faut, implacables. Telle a été la devise de mon père – c'est pourquoi il n'avait aucun respect pour les pauvres... pas pour la masse des infortunés en général, bien sûr, mais pour l'individu qui n'a eu ni la force ni le talent nécessaires pour s'en extraire.

C'est le point de vue d'une brute, me diras-tu. C'est ce que j'ai pensé pendant longtemps, moi aussi.

Mais je ne le pense plus. D'une façon générale, je ne juge personne : je vis et je réfléchis, c'est tout ce que je peux faire. La vérité, c'est que je n'ai pas gagné un sou de toute ma vie, je n'ai fait que conserver ce que m'ont laissé mon père et mes ancêtres. Ce qui n'est pas rien, d'ailleurs, à une époque où des forces redoutables s'attaquent à la propriété. Quelquefois, j'ai dû combattre des adversaires visibles – ou invisibles – avec la vigilance et l'acharnement de mes ancêtres, ces conquérants. Mais je n'ai pas été un créateur, je n'ai pas eu de contact direct avec l'argent. J'appartiens à cette seconde et avant-dernière génération qui ne cherche qu'à sauvegarder ce qu'elle a reçu. Car c'est pour elle une question d'honneur.

Tu sais, mon père me parlait également de l'argent des pauvres. Pour lui, la richesse ne se mesurait pas en chiffres : à ses yeux, le manœuvre qui, ayant toujours travaillé à l'usine, réussit, à la fin de sa vie, à s'acheter un bout de terrain ou un pavillon avec un jardin et des arbres fruitiers, celui-là mérite, plus que n'importe quel chef d'armée accompli, le titre de héros. Il respectait toujours la volonté farouche de ces êtres d'élite qui, malgré les conditions défavorables, malgré les maigres chances que leur offre la vie, parviennent à s'emparer de quelques biens dans ce monde, à accrocher un lopin de terre à la semelle de leurs souliers, et consacrent leur maigre pécule à bâtir une maison, un toit au-dessus de leur tête. C'est à ceux-là seuls que mon père réservait son respect. En revanche, quand on lui exposait le cas de certains malheureux sans défense, il se contentait souvent de déclarer, en haussant les épaules : « c'est un homme de rien », une autre de ses expressions favorites qu'il prononçait toujours avec un mépris écrasant.

Moi, au fond, j'ai toujours été un peu pingre et je le suis encore... semblable à tant d'autres qui sont incapables de créer et d'acquérir et qui ne font que préserver ce qu'ils ont reçu de la vie et de leurs ascendants. Mon père, lui, n'était pas avare, il respectait l'argent, il l'accumulait et, le moment venu, le dépensait d'une main sûre. Je l'ai vu un jour signer un chèque d'un million avec fermeté et simplicité comme s'il s'agissait de laisser un pourboire à un garçon de restaurant. Cela s'est passé au lendemain de l'incendie qui avait ravagé son usine et l'assurance, invoquant la négligence du personnel, avait refusé de payer les dégâts. Mon père avait le choix entre la reconstruction de l'usine et une retraite dorée que lui assuraient les intérêts de son capital. Il n'était plus jeune : sexagénaire, il aurait pu se permettre de passer le reste de ses jours à se promener, à lire, à méditer. Pourtant, sans hésiter une seconde, il s'est mis à négocier avec une entreprise du bâtiment, et il a fait venir un architecte étranger à qui il a confié toute sa fortune pour que celui-ci dirige les travaux de reconstruction... L'avenir lui a donné raison. Il est mort deux ans plus tard, certes, mais l'usine est toujours debout, elle produit et accomplit une œuvre utile. Laisser quelque chose d'utile à l'humanité – n'est-ce pas là le maximum que nous puissions espérer de la vie ?

Mais en quoi cela aide-t-il à vivre ? me demanderas-tu. Je sais, tu songes à cette épaisse solitude qui entoure l'homme créatif, tout comme l'atmosphère étreint la terre. Naturellement, l'homme qui a une tâche à accomplir est toujours solitaire. Mais il n'en souffre pas forcément. Moi, j'ai plus souffert de la promiscuité que de la solitude. Cette solitude nous apparaît d'abord comme un châtiment, nous nous sentons punis, comme l'enfant laissé seul dans l'obscurité, pendant que, dans la pièce voisine, les adultes bavardent avec animation. Mais un jour, nous devenons adultes à notre tour. Nous comprenons alors que, loin d'être un châtiment ou une extravagance pathologique, la solitude, consciemment assumée, est la seule attitude digne de ce nom. Alors, à la lumière de cette révélation, elle n'est plus si difficile à supporter. Au contraire, on a l'impression tout à coup de vivre dans la grandeur, de respirer éternellement de l'air pur.

Voilà ce qu'était mon père, voilà l'atmosphère dans laquelle nous avons vécu à la maison. Notre univers bourgeois était celui de l'argent, du travail et de l'ordre. L'appartement et l'usine semblaient être promis à une vie éternelle. Le cérémonial qui les entourait devait se prolonger au-delà de notre existence. Chez nous, vois-tu, le silence régnait. Je m'y suis habitué de bonne heure. La prolixité dissimule toujours quelque chose, alors que le silence persistant est l'expression d'une vraie conviction – voilà ce que j'ai appris de mon père. Mais, dans mon enfance, cette leçon me faisait souffrir. Il me semblait que quelque chose nous manquait... L'amour, dis-tu. L'amour prêt à tous les sacrifices. Écoute... c'est tellement facile à dire. J'ai compris plus tard que l'affection mal comprise – et que l'on exige sans discernement – fait plus de victimes que n'en font la soude caustique, l'automobile et le cancer du poumon. L'amour est capable de tuer au même titre qu'un laser invisible et meurtrier. On en veut toujours plus, on veut être l'unique objet de la tendresse d'autrui. On aspire à la plénitude sentimentale, quitte à pomper toute l'énergie vitale de son entourage, tout comme ces plantes géantes qui absorbent impitoyablement l'humidité du sol et le suc nourricier de la végétation environnante. L'amour est un immense égoïsme. Rares sont ceux qui échappent à la terreur qu'il fait régner. Un même désespoir se lit dans les regards et s'exhale des plaintes – on ne supporte pas l'exigence d'amour de son entourage. On essaie d'abord de temporiser, de marchander, puis, de guerre lasse, on renonce. Surviennent alors l'ulcère d'estomac, le diabète, les troubles cardiaques et, pour finir, la mort elle-même.

As-tu jamais fait l'expérience de la paix et de l'harmonie ? Un jour, au Pérou, dis-tu ? Oui, là-bas, au Pérou, ce doit être possible... Mais chez nous, dans notre climat tempéré, cette fleur merveilleuse ne peut s'épanouir. Quelquefois, elle éclôt, développe quelques pétales, mais elle se flétrit aussitôt... peut-être ne supporte-t-elle pas l'atmosphère de la civilisation. Pour Lazar, c'est la mécanisation qui produit à la chaîne la solitude des hommes. Selon lui, Paphnutius le stylite, au fin fond de son désert, les cheveux couverts de fiente, ne sera jamais aussi solitaire que peut l'être un individu au sein de la foule d'une métropole, un dimanche après-midi, dans un café ou un cinéma. Lazar aussi était un solitaire, mais il assumait sa solitude à la façon d'un moine dans sa retraite. Lorsqu'il s'est aperçu qu'un autre être humain cherchait à s'approcher de lui, il a quitté aussitôt la ville. Je connais cet incident mieux que lui-même et la personne en question. Mais c'est là une affaire privée, celle de deux étrangers et je n'ai pas le droit d'en parler.

La solitude qui régnait chez nous était morne, majestueuse et solennelle. Marqué entièrement par cette solitude, le souvenir de mon enfance me revient quelquefois comme dans un cauchemar... tu sais, ces rêves d'angoisse que l'on fait avant un examen. À la maison, en fait, on préparait toujours un examen particulièrement compliqué, celui de la bourgeoisie... nous passions le plus clair de notre temps à bachoter en vue d'une épreuve chaque jour recommencée. Nos actes, nos paroles, nos rêves trahissaient une grande tension. La solitude qui nous entourait était perceptible non seulement par nos domestiques, mais aussi par nos visiteurs d'un instant, le facteur ou le coursier porteur d'un colis. Oui, j'ai passé mon enfance et mon adolescence dans des pièces obscures, protégées par d'épais rideaux, dans l'isolement et dans l'attente. À dix-huit ans, oppressé par l'angoisse, j'aurais voulu faire l'expérience du désordre. Mais il m'a fallu attendre longtemps pour cela.

C'est dans cette vie de solitude anxieuse qu'est arrivée un jour Judit Áldozó

Veux-tu du feu ? À propos, où en es-tu dans ton combat contre la nicotine ?... Moi, nulle part, j'ai abandonné. Le combat, pas le tabac. Un jour, il faut tâcher d'y voir clair et se demander s'il vaut mieux vivre cinq ou dix ans de plus sans cigarettes ou continuer de s'adonner à cette passion aussi honteuse que mesquine, qui finit par nous dévorer... mais qui, en attendant, excite et apaise tout à la fois. Passé la cinquantaine, cette question se pose avec acuité. J'y ai répondu par quelques problèmes cardiaques passagers et en décidant de continuer jusqu'au bout à user de ce poison amer, car le jeu n'en vaut pas la chandelle. Tu me diras que cesser de fumer ne représente pas une difficulté extraordinaire. Certes, j'ai essayé plus d'une fois, pendant que cela en valait encore la peine. Seulement, j'y pensais toute la journée. Alors, vient un moment où il faut faire le point, admettre tout simplement qu'on a besoin de ces stupéfiants et se résigner à en payer le prix. Après, tout devient simple. On me dit : « Tu n'as rien d'un héros. » Je réponds : « C'est bien possible, mais je ne suis pas non plus un lâche : j'ai le courage d'assumer mes passions. »

Tel est mon raisonnement.

Tu me regardes d'un air sceptique : ai-je toujours eu ce courage ? me demandes-tu. Dans le cas de Judit Áldozó, par exemple ? Bien sûr, mon cher. Je l'ai prouvé. Là aussi, j'ai dû payer le prix fort, comme on dit, j'ai dû sacrifier ma tranquillité... et celle d'une autre personne – que peut-on faire de plus ? Tu me demandes si cela en valait la peine... Voilà une question bien rhétorique : le bon sens, indispensable dans les affaires quotidiennes, est tout à fait inopérant dans les grandes questions de la vie. Il ne s'agit plus ici d'établir un bilan, de peser le pour et le contre, mais d'obéir à un impératif de son destin, de son tempérament, de ses sécrétions internes... et, dans ce cas, qu'on soit lâche ou pas, il faut y aller. Tout le reste n'est que théorie.

Eh bien, moi, j'y suis allé.

Comment te dire la première apparition de Judit Áldozó dans cette maison aussi obscure que somptueuse ? Comme la petite mendiante des contes populaires – en général, ces contes sont assez fidèles à la réalité –, elle tenait son baluchon à la main. Moi, je revenais d'une partie de tennis... j'avais jeté ma raquette sur une chaise et je m'apprêtais à ôter mon pull-over, lorsque, dans la pénombre de l'entrée, devant un coffre gothique, j'ai aperçu cette étrangère debout. Je lui ai demandé ce qu'elle voulait.

Elle ne m'a pas répondu. De toute évidence, elle était embarrassée... ce que, sur le moment, j'ai attribué à une gêne naturelle, celle de la domestique devant son maître. J'ai compris plus tard que son embarras n'était dû ni à la somptuosité des lieux, ni à l'arrivée intempestive du « jeune homme de la maison », mais à la rencontre elle-même, au regard que je lui avais adressé et qui avait déclenché en elle un certain processus. Naturellement, moi aussi, j'avais senti – mais sans doute pas avec la même intensité – qu'il se passait quelque chose d'extraordinaire. Grâce à leur instinct, les femmes fortes, comme celle-là, comprennent mieux la portée de certains événements que nous autres, hommes, nous sommes toujours enclins à mésestimer. Cette femme-là savait que l'homme qui lui faisait face allait prendre dans sa vie une importance fatale. Moi aussi, je le savais... mais j'ai préféré parler d'autre chose.

Comme je n'obtenais pas de réponse à ma question, je suis resté silencieux, hautain et presque offusqué. Nous sommes demeurés ainsi quelque temps, debout, face à face, en nous dévisageant avec une intensité exceptionnelle.

 Ce n'était naturellement pas la nouvelle bonne qui captivait ainsi mon regard, mais la femme qui, pour une raison incompréhensible et dans des conditions insensées, allait jouer un tel rôle dans ma vie. Pressent-on ce genre de choses ? Oui, intuitivement, tout en pensant, distraitement, à autre chose. Te rends-tu compte de l'absurdité de la situation ? Si, à ce moment-là, quelqu'un m'avait prédit que j'épouserais cette femme qui se tenait devant moi dans cette entrée sombre – mais après bien des péripéties, car je devrais d'abord en épouser une autre, laquelle me donnerait un enfant... –, qu'elle partirait pour des années à l'étranger, qu'elle reviendrait, que je divorcerais de ma première femme... oui, que moi, ce bourgeois riche, un peu dandy, plutôt fin et distingué, je finirais par épouser cette petite bonne serrant son baluchon entre ses mains et m'observant avec une attention anxieuse (cette même attention avec laquelle, moi, je la regardais), comme on examine, pour la première fois de sa vie, un objet vraiment remarquable – si donc quelqu'un m'avait dit tout cela, je l'aurais naturellement pris pour un fou. Mais à présent, quelques décennies plus tard, je me demande si moi-même je n'avais pas déjà prévu, en cet instant fatidique, le cours des événements. D'une façon générale, l'homme n'est-il pas conscient de l'importance des grands moments, des rencontres décisives de sa vie ? En voyant une personne pour la première fois, ne peut-on se dire, comme dans les romans : « la voilà, la véritable, l'authentique, celle qui m'est destinée » ? Je ne saurais vraiment répondre à cette question... tout ce que je puis faire, c'est fermer les yeux et me souvenir. Oui, ce jour-là, il y a eu quelque chose, le courant est passé... comme un rayonnement... le contact s'est établi... mais ce ne sont là que des mots, et la parole n'est pas le seul moyen dont nous disposons pour transmettre nos pensées et nos sentiments. Il y a aussi, dirait-on de nos jours, des longueurs d'onde, et cette entente mystérieuse entre deux êtres signifie qu'ils sont effectivement « sur la même longueur d'ondes ». Je ne sais pas. Je ne veux tromper personne, ni toi, ni moi-même : tout ce que je peux dire, c'est que, lorsque j'ai vu Judit Áldozó pour la première fois, je n'ai pas pu m'éloigner et, si absurde que cela puisse paraître, je suis resté là, les pieds rivés au sol, en face de cette étrangère, de cette domestique.

Comment vous appelez-vous ? lui ai-je demandé.

Elle me l'a dit. Son nom avait une consonance familière, il évoquait le sacrifice, la solennité[1]. Et son prénom, Judit, faisait naturellement songer à la Bible. Cette jeune fille semblait effectivement surgir d'un passé archaïque, simple et primitif, de cette « autre » vie, de la vie authentique. Elle arrivait non pas de son village, mais de quelque strate profonde de l'existence. Sans même me demander si j'avais raison d'agir ainsi, je me suis approché de l'interrupteur et j'ai allumé pour mieux la voir. Nullement surprise par mon brusque mouvement, elle a tourné docilement la tête vers la lumière pour se montrer de profil. Son geste n'était pas celui d'une domestique, mais celui d'une femme obéissant à l'homme, son maître, qui seul a le droit de disposer d'elle. Elle semblait vouloir dire : « Me voici, regarde-moi bien. Je suis très belle, je le sais. Examine-moi à loisir, prends tout ton temps. Voici le visage dont tu te souviendras toujours, même sur ton lit de mort. » Elle se tenait debout, éclairée par la lumière électrique, son baluchon à la main, comme le modèle devant son peintre, muette et disponible.

Je l'ai bien regardée.

Je ne sais si, tout à l'heure, tu as eu le temps de la voir vraiment, je t'ai averti trop tard, tu n'as vu que sa silhouette... Elle est aussi grande que moi, bien proportionnée, ni trop

---

1. « Áldozó » désigne à la fois celui qui « communie » et celui qui « sacrifie ».

maigre ni trop grosse, comme elle était à seize ans, lorsque je l'ai rencontrée pour la première fois. Oui, elle n'a ni grossi ni maigri. Tu sais, les changements de poids sont toujours commandés par des forces intérieures, par les lois d'un équilibre secret. Elle... son organisme a toujours brûlé à la même température. Après avoir contemplé son visage pour la première fois, j'avais les yeux qui papillotaient... comme quelqu'un qui, après un long séjour dans l'obscurité, subit brusquement l'assaut de la lumière du jour. Non, tu n'as pas vu son visage. D'ailleurs, elle porte depuis quelque temps un masque un peu mondain, fait de rimmel, de fard à paupières, de poudre, de rouge à lèvres, bref, d'artifices mensongers. Mais le jour de notre première rencontre, ce visage était encore neuf, encore intact ; fraîchement sorti de l'atelier, il portait encore les traces de la main du Créateur. Un visage régulier, en forme de cœur, avec des traits parfaitement harmonieux. C'est cela, la beauté. Elle avait des yeux sombres, des cheveux noirs avec des reflets bleu marine et un corps bien charpenté. Elle se tenait devant moi, pleine d'assurance. Surgie des profondeurs de la masse anonyme, elle était – je le pressentais vaguement – l'incarnation même des justes proportions, de la vigueur et de la grâce. Moitié enfant, moitié femme, elle avait le corps épanoui et l'âme encore sommeillante. Jamais, non, jamais de ma vie, je n'ai rencontré une femme aussi sûre de son pouvoir de séduction.

Elle portait une robe bon marché et des souliers noirs. Sa tenue, composée avec un soin pudique de petite paysanne endimanchée, révélait son désir de rivaliser avec les demoiselles de la ville. J'ai regardé ses mains, je les espérais décevantes, abîmées par les travaux des champs, mais non : elles les avait blanches et longues – j'ai appris plus tard qu'elle avait été choyée par sa mère et qu'elle n'avait jamais eu à faire de travaux manuels trop pénibles.

Simple et attentive, debout dans la lumière crue, elle supportait mon regard, les yeux plantés dans les miens. Son attitude n'avait rien de provoquant ni d'aguichant – elle n'avait rien de la petite allumeuse qui monte à la capitale, échoue dans une famille bourgeoise et profite de sa situation pour entreprendre le jeune maître de maison. Non, quand le regard de cette femme s'attardait sur un homme, c'est parce qu'elle avait des affinités avec lui. Mais elle savait aussi garder la mesure... le sentiment qu'elle nourrissait pour moi n'a jamais versé dans l'obsession. Alors que je n'étais plus capable de manger, de dormir, de travailler sans elle... car elle s'était infiltrée dans ma peau, dans mes rêves et jusque dans mes réflexes, semblable à un poison mortel, elle décidait, elle, avec fermeté et sang-froid, de rester, puis de partir. C'est qu'elle ne m'a pas aimé vraiment, dis-tu... Moi aussi, je l'ai cru un certain temps. Mais je ne veux pas être injuste. Elle m'aimait, oui, mais à sa manière, réfléchie, pratique, terre à terre. C'était bien là le hic.

Elle, la prolétaire et moi, le bourgeois... C'est de cela que je voudrais te parler.

Ce qui s'est passé ensuite ? Mais rien, mon vieux. Nous ne sommes pas dans un roman ou une pièce de théâtre. Les histoires comme celle de mon esclavage auprès de Judit Áldozó ne comportent pas de « péripéties ». D'ailleurs, les événements décisifs de la vie se déroulent toujours dans la durée, donc très lentement et, pour ainsi dire, imperceptiblement. On vit... et c'est tout. Non, je ne peux pas te dire que six mois ou un an après l'apparition, chez nous, de Judit Áldozó, il s'est passé ceci ou cela... Je ne peux pas affirmer non plus qu'après notre première rencontre j'ai été en proie à une passion dévorante qui m'empêchait de manger et de dormir, que j'ai passé mon temps à rêver de cette petite paysanne inconnue qui vivait tout près de moi, entrait chaque jour dans ma chambre, répondait à mes questions, se comportait toujours de la même façon, grandissant et se développant à la manière d'un arbre, exprimant, par des moyens aussi simples que surprenants, quelque chose d'essentiel, à savoir qu'elle vivait et qu'elle existait, elle aussi, sur cette terre... Tout cela était vrai, bien sûr, mais, pendant longtemps, cela n'a donné lieu à aucun « événement ».

Pourtant, cette première période m'a laissé des souvenirs particulièrement vifs. Au sein de la domesticité, Judit ne jouait encore aucun rôle important. Ma mère aurait voulu en faire une femme de chambre, mais Judit ignorait tout des rituels familiaux... elle n'était même pas autorisée à servir à table. Comme le clown parodiant le personnage derrière lequel il marche, elle « assistait » le valet de chambre dans ses travaux. De temps en temps, je la croisais dans l'escalier ou au salon, quelquefois, elle frappait à ma porte, s'arrêtait sur le seuil et me transmettait un message. À trente ans, j'étais à peu près indépendant, mon père, qui m'avait pris comme associé dans son usine, me laissait prendre – avec prudence, néanmoins – quelques initiatives. Je disposais de revenus importants, mais je n'avais pas encore quitté la maison. J'habitais à l'étage, deux pièces directement accessibles, et le soir, si je n'avais rien à faire en ville, je dînais avec mes parents. Je te raconte tout cela pour te dire que je n'avais guère l'occasion de croiser cette jeune fille. Pourtant, depuis notre première rencontre dans l'entrée, il régnait entre nous une tension manifeste.

Elle me regardait toujours dans les yeux, d'un air interrogatif.

Elle n'avait rien de la soubrette débutante, ni de l'innocente fleur des champs. Non, elle ne baissait pas le regard devant son jeune maître, ne rougissait pas, ne minaudait pas, mais, à chacune de nos rencontres, elle s'immobilisait... sous l'effet d'un choc, comme le jour où, ayant allumé dans l'entrée pour que je puisse mieux la voir, elle m'avait montré si docilement son visage. Elle me regardait dans les yeux, te dis-je, de façon étrange : ce regard, ouvert, empreint d'un grand sérieux, n'avait rien de provoquant, mais il exprimait une interrogation, celle de la « créature », m'a confié un jour

Lazar, s'interrogeant sur le sens de la vie. Mais pourquoi était-ce à moi qu'elle posait cette question ?

Elle était belle, et la beauté majestueuse, virginale et sauvage de ce spécimen particulièrement réussi de la Création ne manquait pas, telle une musique permanente, muette, obstinée, d'agir sur ma vie, de m'imprégner, de me pénétrer. La beauté est sans doute une force, au même titre que la chaleur, la lumière ou la volonté humaine. Voilà, je commençais à croire que sa beauté était le fruit d'une volonté, pas au sens des esthéticiennes, naturellement, car je n'apprécie guère la beauté obtenue par des artifices, résultant d'une longue préparation, qui, à plus d'un égard, me rappelle toujours un peu celle d'un cadavre avant l'enterrement. Non, fragile, passagère, la beauté est une question de volonté... l'harmonie dont elle est l'expression tient à la fois de la raison et des instincts, des glandes et du caractère. Je te le répète : j'avais trente ans.

Je vois à ton regard de mâle cynique et sensé que tu ne comprends pas où est la difficulté. N'aurait-il pas été plus simple, me demandes-tu, d'écouter la voix du sang et du tempérament ? Après tout, à trente ans, un homme sait qu'il peut mettre dans son lit n'importe quelle femme, à condition qu'elle soit libre, qu'aucun autre homme n'occupe son cœur et son esprit, que ne se dresse entre eux aucun obstacle de nature physique ou esthétique, et qu'ils aient l'occasion de se rencontrer et de se connaître. Cette vérité, je ne l'ignorais pas et je la mettais amplement à profit. Comme tout homme de mon âge, avenant et, par-dessus le marché, fortuné, je ne refusais jamais les femmes qui me proposaient leurs faveurs. Un homme riche, sais-tu, est tout aussi entouré et courtisé qu'une belle femme. L'hommage dont j'étais l'objet ne s'adressait pas vraiment à ma personne : les femmes sont solitaires, assoiffées de tendresse, d'affection, de distractions... et plus nombreuses que les hommes dans toutes les métropoles européennes. En ce qui me concerne, je n'étais ni bête ni difforme, je vivais dans un milieu distingué et chacun savait que j'étais riche : j'agissais donc comme l'aurait fait n'importe qui à ma place. Je suis d'ailleurs convaincu que, passé la gêne des premières semaines, il aurait suffi que je dise un seul mot affectueux pour gagner le cœur de Judit Áldozó. Mais ce mot, je ne l'ai pas prononcé. Pour moi, cette relation, si on peut appeler ainsi la présence d'une jeune domestique dans la maison de mes parents, est devenue tout à la fois suspecte, dangereuse, incompréhensible et excitante – dès l'instant où j'ai compris que je ne voulais pas faire de cette femme ma maîtresse, la mettre dans mon lit, comme les autres, acheter et consommer cinquante kilos de chair d'une qualité supérieure... Alors qu'est-ce que je voulais ? Il m'a fallu du temps pour le comprendre. Je ne la touchais pas ; parce que j'attendais quelque chose d'elle. Pas une aventure... Quoi, au juste ? Une réponse à une question qui m'a toujours préoccupé.

Cependant, on continuait à vivre « comme il faut ». Naturellement, j'ai envisagé de sortir cette fille de notre milieu, de la former, d'en faire ma maîtresse... et advienne que pourra. Mais il faut que je te le dise : cette idée ne m'est venue que plusieurs années après, lorsqu'il était déjà trop tard, car cette femme connaissait déjà son pouvoir, elle était plus forte que moi et je la fuyais. Au début, pendant quelques années, je savais seulement qu'il se passait quelque chose à la maison. En rentrant à minuit, j'étais accueilli par un silence profond, un ordre monacal. Dans mon appartement, à l'étage, le valet avait tout préparé pour la nuit : la bouteille thermos avec le jus d'orange, mes livres, mes cigarettes. Un vase rempli de fleurs trônait sur la table, mes vêtements, mes livres, mes statuettes étaient en place. Je m'arrêtais au milieu de la chambre tiède et je dressais l'oreille. Bien entendu, je ne pensais pas constamment à cette fille, le fait de la savoir dans le voisinage ne m'obsédait pas... je savais seulement que la maison avait pris un sens, que Judit Áldozó était là, qu'elle était très belle – ce que tout le monde admettait, d'ailleurs, il avait fallu renvoyer le valet et même la cuisinière, une vieille femme solitaire, qui s'était amourachée de Judit et ne savait exprimer son amour qu'en maugréant et en se querellant. Mais personne n'en parlait. Ma mère était peut-être la seule à connaître la vérité, mais elle ne disait rien. Son silence m'a fait beaucoup réfléchir : c'était une femme instinctive et expérimentée... Elle avait deviné le secret du valet et – sans avoir jamais rien lu ni ouï dire au sujet de certaines perversités – l'amour désespéré de la vieille cuisinière pour Judit. Oui, ma mère savait tout et ne s'étonnait de rien. Elle savait que la présence de Judit représentait un danger et ce, non seulement pour le valet et la cuisinière, mais pour toute la maisonnée. Bien sûr, elle n'avait pas à craindre pour mon père, déjà vieux et malade, et que, d'ailleurs, elle n'aimait pas. Moi, elle m'aimait, et je me suis souvent demandé par la suite pourquoi elle n'avait pas cherché à écarter le péril qui me menaçait et dont elle était parfaitement consciente. Il m'a fallu toute une vie ou presque pour le comprendre.

Approche-toi. Ce péril, vois-tu, ma mère voulait m'y exposer.

Pour me préserver d'un danger autrement plus grave. Et sais-tu lequel ? – Du danger de la solitude, de cette terrible solitude qui marquait toute notre vie, celle de mes parents, celle de notre classe, triomphante et paralysée, engoncée dans son rituel. Redoutable, effarant, oui, le processus qui conduit à la solitude est pire que tout. On se transforme en machine, on observe un règlement rigoureux à la maison comme dans le travail. Un implacable ordre social règne autour de nous, nos distractions, nos goûts, notre vie amoureuse même sont dictés, on mange, on travaille, on s'aime, on se distrait et on se cultive à heure fixe. Au sein d'un tel ordre, qui confine à la folie, la vie se fige entièrement. Nous devenons alors semblables à ces explorateurs partis à la découverte de paysages luxuriants, mais dont le navire, pris dans les glaces, n'avance plus, et qui, condamnés à l'immobilité, contraints d'abandonner leurs projets, finissent par périr, victimes du froid. Lent, mais irréversible, un tel processus aboutit à la glaciation de la famille dont les membres, attachés aux seuls détails, perdent de vue tout l'ensemble, c'est-à-dire la vie elle-même... On s'habille tous les matins et tous les soirs avec un soin extrême comme pour assister à quelque solennité – enterrement, mariage, annonce d'un verdict du tribunal. On reçoit, on est reçu, on mène une vie de société – sur fond de solitude. Tant qu'une certaine attente vient se mêler à la solitude, la vie, tout en nous apparaissant indigne, semble encore supportable : remonter sa montre le matin afin qu'elle marche jusqu'au soir est, après tout, un acte sensé. C'est qu'on espère longtemps... On ne se résigne pas, on ne s'abandonne pas si facilement au désespoir d'un isolement irrémédiable, et mortel. Ils ne sont pas bien nombreux, tu sais, ceux qui sont capables de supporter l'idée qu'on est impuissant contre la solitude. On espère toujours, on se réfugie éperdument, mais sans passion véritable, dans des « relations », on cherche à s'occuper, on bricole, on voyage, selon des plans préétablis, on mène grand train, on achète des femmes auxquelles rien ne nous attache, on collectionne des éventails, des pierres précieuses, des insectes... et tout cela est parfaitement inutile, on le sait bien, pourtant on continue d'espérer – mais quoi au juste... augmenter sa fortune, compléter sa collection d'insectes, changer de maîtresse, nouer de nouvelles relations, assister à une soirée brillante, rendre une invitation en organisant une garden-party encore plus éblouissante – non, tout cela ne sert à rien. Alors, acculé à l'impasse, on s'accroche, faute de mieux, à l'ordre... un ordre aussi pénible que minutieux. On « organise », on « classe » des dossiers, on « prévoit » des réunions ou des rendez-vous galants... Tout, oui, tout plutôt que d'affronter la solitude, plutôt que de rester seul ne serait-ce qu'un instant. Il faut de la compagnie, que diable ! Un être humain ou même un chien. Vite, une tapisserie ! Vite, des actions ! Vite, des objets d'art ! Vite, des maîtresses ! Avant que la vérité se fasse jour !

C'est ainsi que nous avons vécu. La toilette, par exemple, faisait l'objet du plus grand soin : mon père, à cinquante ans, s'habillait avec la précision méticuleuse d'un prêtre avant la messe. Son valet, qui connaissait exactement ces manies, préparait, dès potron-minet, avec le zèle d'un sacristain, vêtements, chaussures, cravate. Car un jour, mon père, d'un naturel plutôt négligent et peu soucieux de son aspect extérieur, s'était mis en tête de se présenter impeccablement, en vieux monsieur respectable. Il ne tolérait plus le moindre grain de poussière sur sa veste, le plus léger faux pli sur son pantalon, la plus petite tache sur sa chemise... oui, il s'habillait avec le soin d'un ecclésiastique avant une cérémonie. Après la toilette, venaient les différents rites : le petit déjeuner, la voiture, la lecture des journaux, le dépouillement du courrier, puis le bureau, les salamalecs des employés, les pourparlers avec les clients, le club, la vie en société, tout cela avec une attention portée jusqu'à la maniaquerie, comme si l'on était surveillé, comme si, chaque soir, on devait rendre compte de l'exécution parfaite de quelques actes sacralisés. C'est de cela que ma mère voulait me protéger. Car derrière cet ordre, cette façon de se vêtir, derrière les collections de tapisseries et les visites au club, derrière toutes ces réceptions et ces invitations se profilait toujours, comme l'iceberg dans une mer chaude, le fantôme de la solitude. À un certain âge, selon certains styles de vie et certains régimes sociaux, la solitude « se déclare » comme la maladie dans un organisme usé. Pas du jour au lendemain, bien sûr : les vraies crises de la vie – maladie, rupture ou naissance d'une relation fatale – échappent au constat ou à la perception : au moment où nous nous en rendons compte, le processus est déjà enclenché, nous n'avons plus qu'à nous résigner, à chercher un avocat, un médecin ou un prêtre. Oui, la solitude est bien une sorte de maladie. Plus exactement, elle ne l'est même plus : c'est un état dans lequel s'est installé, semblable à l'animal empaillé dans sa cage, celui qu'étreint précisément la solitude. La maladie, elle, précède la solitude... elle est ce fameux processus de glaciation dont je viens de te parler et que ma mère redoutait tant pour moi.

Tu sais, il arrive un moment où la vie apparaît comme une pure mécanique. Tout semble refroidi... même si les pièces sont bien chauffées, même si la température de ton corps est de trente-six degrés six, même si ton cœur bat quatre-vingts fois par minute, même si tu as de l'argent à la banque ou si tu as investi dans une entreprise. Une fois par semaine, tu vas à l'Opéra ou au théâtre, pour voir, si possible, une pièce divertissante. Au restaurant, tu prends un repas léger, tu coupes ton vin avec de l'eau minérale, car tu connais les règles de l'alimentation équilibrée. Allez, tout va bien... Après chaque bilan semestriel, ton médecin traitant – s'il est simplement un bon médecin, et pas un vrai médecin, car ce n'est pas la même chose – te serre la main, ravi. Mais si c'est un vrai médecin, j'entends un médecin complet, un médecin qui n'est QUE médecin, comme le pélican qui n'est que pélican et le chef d'armée qui reste chef d'armée même quand il n'est pas sur un champ de bataille, même lorsqu'il bricole ou fait des mots croisés... donc, si celui-là est un médecin à part entière, il ne se montrera peut-être pas aussi satisfait de ton bilan semestriel, car s'il est vrai que ton cœur, tes poumons, tes reins et ton foie fonctionnent bien, ta vie a des ratés et de même qu'à bord de certains navires transatlantiques, quelques instruments de grande précision signalent, même sous les tropiques, l'approche, sur la mer gris bleu, du danger, de l'iceberg létal, de même l'on peut déjà percevoir en toi le souffle glacial de la solitude. Oui, la métaphore de l'iceberg est la seule qui me vienne à l'esprit, aussi suis-je tenté d'en abuser. Lazar en trouverait sûrement de meilleures. Il dirait peut-être que le froid dont je parle évoque la fraîcheur de ces appartements désertés au cours de l'été par leurs locataires partis en vacances, ces logis qui sentent le camphre, où les tapis et les fourrures sont recouverts de papier journal, et pendant qu'au-dehors règne une chaleur torride, derrière les volets fermés, les pièces envahies par l'obscurité, les meubles abandonnés s'imprègnent de cette triste froidure que ressentent et exhalent tous les solitaires, qu'ils soient des êtres vivants ou des objets inanimés...

Si l'homme reste solitaire, c'est qu'il est orgueilleux, qu'il n'ose pas accepter le don – quelque peu redoutable, il est vrai – de l'amour. Parce qu'il joue un rôle et qu'il juge ce rôle plus important que l'expérience de l'amour. Parce qu'il est vaniteux. Tout vrai bourgeois est vaniteux. Non, je ne parle pas de ces pseudo-bourgeois... ils ne portent ce titre que parce qu'ils ont de l'argent ou qu'ils ont gravi certains échelons, ceux-là ne sont que des parvenus. Les vrais bourgeois sont à la fois créateurs et conservateurs. C'est autour d'eux que la solitude se cristallise un jour. Ils commencent par avoir un peu froid, puis ils deviennent solennels, comme certains objets de valeur, vases de Chine ou tables Renaissance. Ensuite, ils se mettent à collectionner toutes sortes de titres et de distinctions aussi stupides qu'inutiles, ils font des pieds et des mains pour se faire appeler Excellence, ils s'embarquent dans toutes sortes d'entreprises compliquées pour obtenir une décoration ou une médaille, devenir président, vice-président ou même président honoraire. Ce qui est déjà la marque profonde de la solitude. On dit que les peuples heureux n'ont pas d'histoire : les gens heureux, eux, n'ont ni rang, ni titre, ni rôle superflu dans le siècle.

C'est bien cela que ma mère voulait m'épargner. Voilà pourquoi, sans doute, elle tolérait la présence de Judit Áldozó, alors même que chacun percevait déjà le dangereux rayonnement qui émanait de sa personne. Je t'ai dit tout à l'heure qu'il n'était rien « arrivé », j'ajouterais maintenant : hélas ! Trois années ont passé ainsi. Un jour, à la veille de Noël, en rentrant de l'usine, j'ai rendu visite à ma maîtresse, une chanteuse... elle était seule dans ce bel appartement chaud et ennuyeux où je l'avais installée et je lui ai remis mon cadeau, tout aussi beau, tout aussi ennuyeux qu'elle... et que tous les autres appartements, tous les autres cadeaux que j'avais pu offrir à mes maîtresses. Ensuite, je suis rentré chez moi, parce que c'était la veille de Noël et parce que la famille s'était réunie pour le dîner. Alors, ce jour-là, il s'est passé quelque chose. Je suis allé au salon où l'arbre de Noël, richement décoré, trônait sur le piano. Dans la pénombre, Judit Áldozó, à genoux devant la cheminée, préparait le feu.

C'était l'après-midi, quelques heures avant la soirée de Noël. Dans la maison familiale, je me sentais solitaire et tendu. Je me disais qu'à moins d'un miracle il en serait toujours ainsi. Pourtant, à l'époque de Noël, on a toujours tendance à croire au miracle, « on », c'est-à-dire, toi, moi, toute l'humanité, tel est le sens de la fête : on ne peut pas se passer de miracles. Je dois te préciser que cet après-midi-là avait été précédé de nombreux autres après-midi, de nombreux matins et de nombreux soirs où j'avais pu croiser Judit Áldozó sans songer à quoi que ce soit. Quand on vit au bord de la mer, tu sais, on ne pense pas forcément à la possibilité de gagner l'Inde par voie maritime, ni à celle de se noyer au milieu des vagues, la plupart du temps on se contente de vivre là, de se baigner ou de lire sur la plage. Mais cet après-midi-là, dans cette pièce obscure, en contemplant Judit – elle portait l'uniforme noir des femmes de chambre et moi, l'uniforme gris du jeune industriel (je m'apprêtais à monter dans ma chambre pour me changer et revêtir l'uniforme noir de la fête) – oui, en contemplant les contours de cette femme agenouillée devant la cheminée, j'ai compris tout à coup le sens de ce qui s'était passé au cours des trois dernières années. Les grands événements sont toujours muets, comme figés : derrière les faits visibles et perceptibles, derrière les forêts et les mers sommeille toujours, dans le cœur des hommes, un monstre paresseux... un monstre qui bouge rarement, qui étend rarement le bras pour saisir quelque chose, un monstre qui fait partie de toi-même. Derrière le quotidien, règne un certain ordre, comme dans la musique ou dans l'arithmétique... un ordre un peu romantique. Tu ne comprends pas ? C'est pourtant ce que j'ai ressenti cet après-midi-là. Ne t'ai-je pas déjà dit que j'étais un artiste, un artiste sans instrument...

Tout en manipulant les bûches dans la cheminée, Judit s'est aperçue que j'étais derrière elle, et que je la regardais, mais au lieu de tourner la tête vers moi, elle s'est penchée en avant. Une femme à genoux, le buste penché en avant – même si elle est occupée à une tâche quelconque – a toujours quelque chose de sensuel. Cette idée m'a fait rire, mais mon rire n'avait rien de frivole, il était joyeux, il exprimait la satisfaction de constater que même dans les grands moments de la vie, dans les instants décisifs et critiques de l'existence, les rapports entre les êtres comportent toujours une part de trivialité et que les grandes émotions, les sentiments pathétiques sont toujours liés à des postures du corps et à des gestes comme ceux de cette femme à genoux dans cette pièce obscure. C'est risible, je sais, c'est pitoyable même. Mais la sensualité, cette force immense, capable de façonner le monde, et dont tous les êtres vivants sont à la fois esclaves et participants, ce phénomène superbe, se compose justement d'éléments aussi risibles. Oui, j'ai pensé à tout cela... en me disant que, naturellement, je désirais ce corps, que ce désir, aussi fatal qu'il fût, était bas, méprisable, mais bien réel, et qu'en vérité, je ne désirais pas seulement ce corps qui se montrait dans cette posture un peu triviale, mais aussi ce qu'il y avait derrière, son destin, ses sentiments, ses secrets. Comme tous les jeunes hommes de mon âge, riches et somme toute oisifs, j'avais assez vécu avec des femmes pour savoir que, dans le rapport entre les sexes, les « solutions » inspirées par la seule sensualité sont éphémères, que les moments sensuels se renouvellent et s'abîment dans le néant, c'est-à-dire dans l'indifférence et dans l'usure. Ce beau corps de femme à mes pieds, ces fesses bien fermes, cette taille svelte, ces épaules larges et bien proportionnées, ce cou gracieux, légèrement penché et couvert de duvet châtain, ces mollets galbés... oui, ce corps de femme n'était pas le plus beau du monde, j'en avais connu et possédé de plus parfaits, de plus excitants – mais ce n'était pas la question. Je savais aussi que ce mouvement de pendule, cette oscillation entre le désir et l'assouvissement, entre la soif et le dégoût, qui agite éternellement les êtres, attire puis repousse la nature humaine, ne connaît ni apaisement ni dénouement. Je le savais, certes, avec moins de netteté qu'à l'heure actuelle, au seuil de la vieillesse, j'espérais peut-être encore, au fond de mon cœur, qu'il existât quelque part un corps, unique, un corps capable de répondre, dans une parfaite harmonie à un autre corps, de résoudre la tristesse du désir et le dégoût de la satiété en une paix bienheureuse, en un rêve que les hommes appellent en général « bonheur ». Mais je ne savais pas encore que cela n'existait pas.

Dans la réalité, il est rare que l'appétit, la tension du désir ne s'accompagne pas d'un contrôle intérieur et que l'assouvissement ne soit pas suivi d'une dépression. Bien sûr, il existe des êtres humains qui sont de véritables porcs, pour lesquels le désir et l'assouvissement sont une seule et même chose, sans que cela suscite chez eux la moindre réflexion. Sans doute ceux-là sont-ils satisfaits, mais moi, je ne veux pas de cette satisfaction-là. Je le répète : à cette époque, je ne savais pas tout cela avec certitude, j'espérais encore, je méprisais un peu, je trouvais même ridicules les sentiments que de telles situations pouvaient engendrer en moi. Il y avait encore bien des choses que j'ignorais, entre autres le fait qu'il n'y a rien, mais rien de risible dans une situation que détermine la fatalité physique et spirituelle entre deux êtres humains.

Bref, j'ai parlé à cette fille, je ne me souviens plus en quels termes, mais je revois la situation avec une grande netteté comme dans un film en seize millimètres, dans le genre de ceux que certains parents un peu sentimentaux réalisent sur leur voyage de noces ou les premiers pas de leurs enfants – Judit s'est levée lentement, elle a pris son mouchoir dans la poche de son tablier et elle a essuyé ses mains couvertes de cendre et de sciure de bois. Oui, je revois la scène avec netteté... Nous avons engagé la conversation. Nous parlions rapidement et à voix basse, comme si nous avions à craindre l'intrusion d'un importun, nous nous entretenions comme des conjurés, ou plutôt comme un voleur et son complice... Et maintenant, je voudrais te dire quelque chose. Maintenant, j'aimerais te raconter en toute franchise ce qui s'est passé entre nous. Tu comprends que ce n'est pas facile...

C'est qu'il ne s'agit pas simplement de l'aventure galante d'un coureur de jupons. Mon histoire n'est pas aussi réjouissante et, d'ailleurs, elle n'est mon histoire que parce que c'est à moi qu'elle est arrivée, j'en suis seulement un des protagonistes : en réalité, les forces qui s'affrontaient par notre truchement, ces forces-là nous dépassaient complètement. Nous parlions, je te l'ai dit, à voix basse, ce qui était naturel entre un maître et un domestique : nous parlions de choses sérieuses, à caractère confidentiel, et nous aurions pu être surpris à tout moment par ma mère, ou par le valet, qui était jaloux de Judit... bref, la situation et la nature de la conversation exigeaient que nous n'élevions pas la voix. Naturellement, elle aussi sentait que ce jour-là, et dans cette situation-là, on ne pouvait parler qu'en chuchotant.

Mais j'éprouvais encore autre chose. Dès les premiers mots que nous avons échangés, j'ai senti qu'il ne s'agissait pas seulement d'un homme qui parlait à une femme... une femme qui lui plaisait, qu'il voulait pour son plaisir, non. Je ne peux même pas dire que j'étais amoureux de cette femme, jeune, belle et bien faite, que j'étais fou d'elle et que, en proie à la fureur du mâle et aveuglé par le désir, j'étais prêt à tuer pour l'avoir à moi... ce qui serait somme toute banal et ennuyeux, car tous les hommes ont eu cette expérience, et même plusieurs fois au cours de leur vie. La faim sexuelle peut être aussi cruelle, aussi impitoyable que le besoin de manger. Non, non, ce chuchotement avait un tout autre sens. Je n'avais jamais encore éprouvé un tel besoin de précautions. Ce jour-là, je ne plaidais pas seulement pour moi-même, mais aussi contre quelqu'un ou quelques-uns... et c'est pour cela que je parlais si bas. Notre affaire n'avait rien d'une amourette entre un jeune dandy et une jolie soubrette, elle était bien plus sérieuse que cela. Lorsque cette femme s'est relevée, sans montrer, comme on dit, le moindre signe d'un quelconque embarras, lorsque, tout en s'essuyant les mains, elle m'a regardé avec la plus grande attention, les yeux écarquillés – elle était en tenue réglementaire, je te l'ai dit : robe noire, coiffe et tablier blancs, comme une femme de chambre d'opérette, ce qui ne manquait pas de ridicule –, j'ai senti alors que l'alliance que je lui proposais ne visait pas seulement à satisfaire un désir, mais qu'elle était dirigée contre quelque chose et contre certains. Et elle partageait ce sentiment. D'emblée, nous avons parlé de l'essentiel, sans détours ni périphrases, comme l'auraient fait deux comploteurs dans un palais seigneurial... ou dans un ministère où l'on conserve des documents secrets de la plus haute importance, deux conjurés dont l'un est fonctionnaire titulaire et l'autre simple visiteur, et qui disposent enfin de deux petites minutes pour discuter de leur entreprise commune, en chuchotant, comme s'ils parlaient d'autre chose, l'un feignant de vaquer à ses occupations et l'autre d'être simplement de passage... Ceux-là n'ont guère de temps devant eux, le chef ou un fonctionnaire méfiant peut les surprendre à tout moment, et les voir ainsi ensemble ne pourrait éveiller que les pires soupçons. Oui, dès le premier instant, nous avons abordé l'essentiel... Judit Áldozó surveillait le feu, car quelques grosses bûches un peu humides tardaient à prendre. De temps en temps, elle se mettait à genoux, armée d'un soufflet, pour attiser les flammes et moi, je m'agenouillais auprès d'elle pour l'aider à remettre en place les chenets en cuivre, tout en continuant à lui parler.

Que lui ai-je dit ? Attends, j'allume une cigarette. Tant pis, je ne les compte plus, à cette heure. Cela m'est égal, comme tant d'autres choses.

Mais, ce soir-là, j'avais l'impression que tout ce que je lui disais et que tout ce qui s'ensuivrait était d'une extrême gravité. Je n'avais pas le temps de lui faire la cour, ni de lui susurrer quelques mots doux. Non, ç'aurait été superflu. Je lui ai simplement dit que je voulais vivre avec elle. Elle n'a pas semblé surprise. Silencieuse, elle a d'abord contemplé le feu, puis elle a levé son regard sur moi, avec le plus grand sérieux, mais sans manifester le moindre étonnement. En me remémorant cette scène, j'ai eu, rétrospectivement, l'impression qu'elle m'avait toisée du regard pour mieux évaluer ma force, à la façon d'une paysanne dévisageant un prétendant qui se vante de pouvoir soulever un sac de blé d'un quintal. À ceci près qu'elle m'a dévisagée, non pour examiner mes muscles, mais pour scruter mon âme, avec, dans le regard, une pointe d'ironie, comme pour me dire : « Tu ne fais pas le poids, mon vieux. Il faut être très fort pour vivre avec moi et tu ne sembles pas à la hauteur. » Devinant sa pensée, j'ai baissé la voix et je me suis mis à parler plus vite. Je lui ai dit que tout serait difficile, que mon père ne consentirait jamais à notre mariage, que moi-même je me sentirais gêné vis-à-vis de ma famille et du monde dans lequel je vivais, car on ne peut pas renier complètement la société à laquelle on appartient et qui nous a tant donné. Cette gêne, ai-je poursuivi, pourrait même, à la longue, gâcher notre relation. Je connais en effet des gens de notre monde qui ont épousé des femmes de condition inférieure – et tous ces mariages se sont mal terminés.

Je débitais ces sornettes auxquelles je croyais dur comme fer. Non, je ne tenais pas ces propos par lâcheté ni pour chercher quelque échappatoire. Elle a compris que je parlais sincèrement, elle m'a regardé d'un air grave, et elle m'a fait comprendre par quelques signes qu'elle partageait mon opinion. Il me semblait même qu'elle m'encourageait à chercher d'autres arguments susceptibles de montrer l'inanité de mon projet, la folie de mon entreprise. Ce que j'ai fait... Et elle m'a laissé parler comme ça, sans rien dire... ou plutôt si, à la fin, elle a prononcé un seul mot... Je ne comprends pas comment j'ai pu parler pendant une heure et demie devant cette cheminée, elle, à genoux, moi assis dans un fauteuil bas en cuir, contemplant le feu. Personne n'est venu nous déranger. Un ordre invisible s'instaure parfois dans la vie : lorsque quelque chose doit s'accomplir, les circonstances, oui, les lieux, les objets et même les personnes de l'entourage deviennent nos complices. La nuit tombait, mon père était rentré, on avait sans doute besoin de Judit pour mettre la table, chacun était déjà habillé pour le dîner... et pourtant, on nous a laissés tranquilles. J'ai compris plus tard qu'il n'y avait rien de miraculeux dans tout cela : la vie, quand elle veut créer, « arrange » toujours les choses.

Pendant cette heure et demie, j'ai eu l'impression de parler à quelqu'un pour la première fois de ma vie. Je lui ai dit que je voulais vivre avec elle, que, pour l'instant, je ne pouvais pas l'épouser, mais qu'au fond, je ne savais encore rien à ce sujet. En tout cas, il fallait que nous vivions ensemble. Je lui ai demandé si elle se souvenait de notre première rencontre. Elle a répondu « oui » en inclinant la tête. À genoux devant le feu, dans cette pièce noyée par la pénombre, les cheveux éclairés par cette lueur fauve, son cou gracieux légèrement penché de côté, la main sur le tisonnier, attentive à chacune de mes paroles, elle était très belle et elle me paraissait tout à fait familière. Je lui ai dit de quitter cette maison, d'inventer un prétexte quelconque pour prendre congé, de m'attendre quelques jours, le temps d'expédier les affaires courantes, et de partir ensuite avec moi pour l'Italie où nous resterions

Métamorphoses d'un mariage

longtemps, peut-être plusieurs années. Je lui ai demandé si elle aimerait voir l'Italie... Elle a secoué la tête – sans doute ne comprenait-elle pas ma question, un peu comme si je lui avais demandé si elle aimerait rencontrer Henri IV... Elle ne m'a pas compris, mais elle m'écoutait attentivement, elle regardait le feu, agenouillée, comme une pénitente, le buste bien droit, tout près de moi, je n'avais qu'à étendre le bras pour la toucher. Je lui ai pris la main, mais elle l'a retirée aussitôt, ni coquette, pourtant, ni offensée, mais avec un petit geste de protestation simple et naturel, comme pour rectifier une erreur au cours d'une conversation. J'ai compris alors que cette femme avait une élégance naturelle, qu'elle était faite d'une matière noble et, bien que surpris, j'ai trouvé cela normal, je savais déjà que la noblesse n'était pas une question de naissance ou de rang, mais une affaire de caractère et d'intelligence. À genoux devant la cheminée, éclairée par les flammes, droite, naturelle, ni fière, ni humble, elle était... oui, aristocratique, ne montrant pas le moindre signe d'un quelconque embarras, comme si cette conversation avait été la chose la plus évidente du monde. Et au-dessus de nous, l'arbre de Noël, dont le souvenir, plus tard, m'a toujours fait rire... mais je riais plutôt jaune, je dois te le dire. Et Judit, au pied de l'arbre, comme le plus étrange des cadeaux.

Comme elle ne répondait pas, j'ai fini par me taire. Elle ne m'a pas dit si elle voulait vivre avec moi, ou m'accompagner, pour plusieurs années, en Italie. Alors, à court d'idées, comme un acheteur qui, n'ayant pas réussi à faire baisser le prix d'un objet, finit par céder à l'inflexible vendeur, je lui ai demandé si elle voulait m'épouser.

Cette fois, elle m'a répondu.

Pas tout de suite, il est vrai. D'abord, elle m'a jeté un regard furieux, presque haineux. Ensuite, tremblante, toujours à genoux, elle a raccroché le tisonnier près du soufflet. Elle a alors croisé les bras sur la poitrine – elle ressemblait à une élève punie par son professeur. Les yeux rivés sur le feu,

le visage sombre, tourmenté presque, elle s'est levée, elle a lissé sa jupe et elle m'a dit :
– Non.
– Pourquoi ?
– Parce que vous êtes un lâche.
Puis, après m'avoir toisé du regard de haut en bas, avec la plus grande lenteur, avec la plus grande attention, elle a quitté la pièce.

À ta santé. C'est comme ça que tout a commencé. Je suis descendu dans la rue, les magasins fermaient, quelques passants, chargés de cadeaux, rentraient chez eux d'un pas pressé. J'ai acheté chez un bijoutier un de ces médaillons bon marché dans lesquels les femmes enferment la photo de leurs amoureux – morts ou vivants. J'ai pris dans mon portefeuille une carte d'abonnement qui allait expirer à la fin de l'année, j'ai découpé la photo, je l'ai mise dans le médaillon et j'ai demandé au bijoutier de me faire un paquet-cadeau. Ensuite, je suis rentré chez moi. C'est Judit qui m'a ouvert, je lui ai remis le paquet. Peu de temps après, je suis parti en voyage. Absent pendant plusieurs années, je n'ai appris que bien plus tard qu'elle avait porté constamment ce médaillon à son cou, et qu'elle ne l'enlevait que pour faire sa toilette ou pour remplacer le ruban, quand il était trop usé.
Pendant quelques jours, la vie a suivi son cours, comme si rien ne s'était passé : le soir de Noël, Judit et le valet ont servi à table, le lendemain, elle a fait, comme toujours, le ménage dans ma chambre. Naturellement, je me suis rendu compte que lors du fameux après-midi, j'avais été dans un état second, un peu comme ces déments qui, tout en se cognant la tête contre le mur, tout en luttant contre les infirmiers, ou en s'arrachant, la nuit, une ou deux dents à l'aide d'un clou rouillé, savent qu'ils sont en train de commettre des actes honteux, dommageables, indignes d'eux-mêmes et

de la société. Moi aussi, pendant que je pérorais devant cette cheminée, je savais pertinemment que mes projets étaient insensés et que la façon dont je comptais les mettre à exécution était indigne de moi et de ma situation. En y repensant par la suite, je me voyais comme la victime d'une crise : j'avais perdu le contrôle de moi-même, mes sentiments et mes sens avaient triomphé de ma volonté – en cet après-midi, sous l'arbre de Noël, oui, j'avais eu la seule crise de nerfs de ma vie. Judit, qui le savait, m'avait écouté avec l'attention d'un parent qui assiste à l'effondrement d'un membre de la famille... un effondrement dont elle connaissait la cause. Toute autre personne, étrangère ou non à la famille, aurait appelé un médecin.

Mon comportement m'a paru d'autant plus surprenant qu'en règle générale j'agissais avec une pondération souvent excessive : mes actes manquaient toujours de spontanéité, l'improvisation m'était étrangère, je ne cédais jamais à l'inspiration du moment. À l'usine, j'avais la réputation d'un homme qui réfléchit longtemps avant de prendre une décision. Cette unique crise de nerfs m'a stupéfié d'autant plus que j'étais parfaitement conscient de l'inanité de mes propos, je savais que j'aurais dû agir autrement, avec ruse et prudence, peut-être même avec violence. Jusque-là, en amour, j'avais suivi le principe du *cash and carry*, « payez et prenez », cher aux Américains pendant la guerre. Cette mentalité, sans doute peu élégante, était pourtant d'un égoïsme sain. Or, en ce fameux après-midi, au lieu de payer et de prendre, j'avais perdu mon temps à expliquer, à supplier, dans une situation absurde et, en tout cas, humiliante.

Quoi qu'il en soit, rien ne peut expliquer ces états d'exception : ils vous tombent dessus sans crier gare... Au fond, bien pauvres sont ceux qui n'ont jamais connu, au moins une fois dans leur vie, une de ces tornades, un de ces séismes qui ébranlent les murs et balaient tout ce que la raison et le caractère ont édifié. Moi, j'ai connu cette expérience. Tu me demandes si je le regrette. Eh bien, non. Mais je ne prétends pas non plus que ce moment exceptionnel m'ait révélé le sens de ma vie. Je l'ai subi, comme on subit une maladie aiguë, après laquelle il est sage de passer sa convalescence en voyageant, si possible à l'étranger. C'est ce que j'ai fait. Naturellement, ces voyages tiennent de la fuite. Avant de me décider à fuir, j'ai demandé, pour plus de sûreté, à mon ami Lazar de recevoir cette fille et de lui parler. Je sais désormais que Judit a eu raison de me traiter de lâche, car c'est par lâcheté que je l'ai envoyée chez Lazar pour la soumettre à une sorte d'examen médical. Après tout, je l'avais ramassée dans la rue, « quelque part dans le monde » selon l'expression de certains communiqués de guerre. Elle m'a écouté avec un sentiment de pitié, mais elle n'a pas protesté, elle est allée chez Lazar, muette et sans doute offensée, comme pour me dire : « D'accord, puisque tu y tiens, je vais me faire examiner. » Lazar... oui... J'entretenais avec lui des rapports plutôt étranges.

Nous étions d'anciens camarades de classe, et nous avions le même âge. Complètement inconnu, Lazar est devenu tout à coup célèbre à trente-cinq ans ; auparavant, il n'avait publié que dans des revues confidentielles. Ses écrits, aussi brefs qu'étranges, me laissaient une curieuse impression : je me demandais toujours si l'auteur ne se moquait pas de ses lecteurs, s'il ne les méprisait pas profondément, et, avec eux, l'écriture elle-même, l'édition, la critique, en général. Bien entendu, il n'y avait rien, dans ses écrits, qui puisse justifier une telle opinion. Il y parlait – brièvement, en deux ou trois pages – de la mer, de quelque vieux livre, du caractère d'une personne. Rédigés dans un langage hermétique, évoquant celui d'une tribu exotique en voie de disparition, ces textes contenaient des observations sur le monde et sur le sens caché des phénomènes. En lisant ses premiers écrits, je me disais que ce langage, la langue maternelle de Lazar, n'était plus pratiqué que par quelques originaux. Cela dit, il écrivait dans un hongrois pur, un peu froid, toujours respectueux des règles de la grammaire : il m'a confié un jour qu'il lisait János Arany tous les matins et tous les soirs, comme on se lave les dents... Cependant, ses écrits parlaient un langage bien différent.

Puis, tout à coup, il est devenu célèbre. Pourquoi ?... Nul ne le sait. Des mains secourables se sont tendues vers lui, d'abord dans les salons, ensuite sur les estrades où se tenaient les débats littéraires, on rencontrait de plus en plus souvent son nom dans les journaux, on l'imitait, revues et hebdomadaires publiaient des textes dont il n'était même pas l'auteur, seulement l'inspirateur. Chose étrange, alors que sa prose n'avait rien de distrayant ni de rassurant, et qu'il ne semblait même pas s'adresser à ses lecteurs, il avait la faveur du grand public, car on lui pardonnait tout. En l'espace de quelques années, il s'est hissé au tout premier rang dans cette étrange compétition qui est le versant séculier de la vie spirituelle, ses textes faisaient l'objet d'exégèses universitaires, au même titre que certains écrits d'Orient ou de l'Antiquité. Malgré son succès, pourtant, il est resté le même. Un jour, je lui ai demandé si ce vacarme – où l'on distinguait aussi un certain nombre de voix haineuses ou envieuses, de critiques plus ou moins justifiées, mais où son nom résonnait toujours, à la façon du premier violon au sein d'un orchestre – si ce vacarme, donc, ne finissait pas par lui blesser les oreilles. Après m'avoir écouté très attentivement, il m'a dit, pensif et grave : « C'est la vengeance de l'écrivain. » Rien de plus.

Je savais cependant à son sujet quelque chose que le monde ignorait : cet homme jouait. Il jouait avec tout : avec les gens, avec les situations et même avec ce phénomène mystérieux qu'on appelle généralement littérature. Comme je le lui faisais remarquer un jour, il m'a répondu, en haussant les épaules, que l'art n'était, au fond, que la manifestation de l'instinct ludique. Et la littérature ? ai-je insisté. N'est-ce pas là quelque chose de plus sérieux, la réponse à un défi, l'expression d'une éthique ? Il m'a écouté gravement, poliment, comme il le faisait chaque fois que je lui parlais de son métier. Certes, m'a-t-il rétorqué, mais l'instinct, qui nourrit l'attitude de l'homme de lettres, est ludique et, par ailleurs, la littérature, tout comme la religion, est, en dernière analyse, une affaire de forme... et toute forme relève de l'art. Il m'a semblé ce jour-là qu'il avait éludé la question. Bien entendu, le grand public et les critiques ne pouvaient pas savoir que cet homme était capable de jouer aussi sérieusement avec un chaton courant après une bobine de fil qu'avec un problème philosophique ou moral, consacrant, sans y adhérer avec son cœur, toute son attention à tel phénomène ou à telle pensée. C'était avant tout un compagnon de jeu... et aussi le témoin de ma vie. Nous en avons souvent parlé, et en toute franchise. Tu le sais bien : dans ce procès mystérieux et redoutable qu'est l'existence, nous avons tous une personne qui est à la fois notre juge, notre procureur, notre inspecteur et aussi un peu notre complice... quelqu'un qui te voit et te connaît intégralement : tout ce que tu fais, tu le fais un peu pour lui, et en cas de réussite, tu te demandes toujours s'il y croit vraiment. C'est un compagnon de jeu bien inconfortable, ce témoin toujours présent en toile de fond, tu ne peux pas et, sans doute, tu ne veux pas te débarrasser de lui.

Dans ma vie Lazar était cet homme : nous avons, lui et moi, joué aux jeux – incompréhensibles pour les autres – de la jeunesse et de l'âge mûr. Il était le seul à les connaître avec moi. Nous avions beau passer aux yeux du monde pour des adultes responsables (moi, directeur d'usine et lui, écrivain de renom) et aux yeux des femmes pour des hommes mélancoliques ou passionnés – le meilleur de nous-mêmes résidait pourtant dans ce désir, à la fois capricieux, implacable et audacieux, qui nous poussait à jouer pour embellir, quitte à la dénaturer, cette comédie solennelle et mensongère qu'on appelle la vie.

Dès que nous nous trouvions en société, tels des malfai-

Métamorphoses d'un mariage

teurs qui s'entendent entre eux sans rien se dire, nous nous mettions aussitôt à jouer.

Nous avions de nombreux jeux. Par exemple, le jeu des Dupont. Je vais te l'expliquer pour que tu comprennes bien la nature du rapport entre Lazar et moi. Ce jeu-là, il fallait le jouer en société, au milieu de tous les Dupont, qui, naturellement, ne devaient se douter de rien. Que disent les Dupont lorsque le gouvernement démissionne, que le Danube en crue inonde les villages, qu'une actrice célèbre annonce son divorce, qu'un politicien de renom a détourné l'argent public ou qu'un parangon de vertu se tire une balle dans la tête au fond d'une maison de passe ? « Ce sont là des choses qui arrivent », déclarent-ils en hochant la tête, avant de lâcher une énorme banalité dans le genre « l'humidité est le propre de l'eau » ou « quand on se jette à l'eau, on se mouille », ou encore « il faut toujours peser le pour et le contre ». Depuis que le monde est monde, vois-tu, tous les Dupont s'expriment ainsi. Lorsque le train s'ébranle, ils s'écrient « on part », et s'il s'arrête à Trifouillis-les-Oies, ils annoncent avec superbe : « Trifouillis-les-Oies. » Et ils ont toujours raison, les Dupont. Si le monde est aussi abominablement, aussi désespérément médiocre, vois-tu, c'est peut-être parce que les lieux communs ont toujours raison. Seuls les génies et les artistes sont capables, d'une simple pichenette, de les balayer en dévoilant ce qu'ils ont de figé, de mortel, de contraire à la vie, et de révéler cette autre vérité qui se dissimule derrière le cliché, qui se moque des poncifs, et qui nous fait comprendre pourquoi les hommes de la police secrète retrouvent un jour tel haut fonctionnaire, maître en bigoterie, pendu, en chemise de nuit rose, dans un bordel. Ce jeu, nous le jouions à la perfection, sans que les Dupont s'en aperçoivent jamais. Quand l'un d'eux abordait la politique, nous enchaînions aussitôt : « A n'a pas tort, mais la thèse de B contient également une part de vérité. Il faut savoir les écouter tous les deux, non ? » Nous pratiquions également un autre jeu intitulé « Notre temps » : « De notre temps, n'est-ce pas, les choses allaient bien mieux que maintenant, non ? Le sucre était plus sucré et l'eau plus humide, les femmes, au lieu de passer leur temps dans les bras de leurs amants, faisaient, du matin au soir, la lessive au lavoir, et elles continuaient même après le coucher du soleil... Quant aux hommes, si on leur mettait sous le nez une liasse de billets de banque, ils la repoussaient aussitôt d'un air dégoûté au lieu de chercher à s'en emparer : "Qu'on distribue tout ça aux pauvres." Parce que, de notre temps, voyez-vous, les gens savaient se conduire. »

C'est donc chez cet homme que, avant de partir en voyage, j'ai envoyé Judit Áldozó – comme si je l'avais conduite chez un médecin.

Elle y est allée un après-midi. Le soir du même jour, j'ai rencontré Lazar : « Que veux-tu ? m'a-t-il demandé, le passé est irréversible. » Je l'écoutais, méfiant, car j'avais peur qu'il ne se livre, une fois de plus, à l'un de ses jeux dont il avait le secret. Nous étions dans un café du centre, un peu comme celui-là, Lazar tournait sans cesse son long porte-cigarettes entre les doigts – affligé par son tabagisme, il réfléchissait sans cesse aux moyens susceptibles de délivrer l'humanité de ce fléau – et il me regardait d'un air trop sérieux, trop attentif... un air qui m'a paru suspect... N'était-il pas en train de se payer ma tête, d'inventer un nouveau jeu, de faire semblant de me prendre au sérieux, pour me rire ensuite au nez, et me prouver par a + b que mon problème était on ne peut plus banal, que j'étais moi-même un Dupont, un petit-bourgeois qui se croyait le centre du monde ? Bien sûr, je savais qu'il me prenait pour un bourgeois, ce qui, dans son esprit – et contrairement à l'usage actuel du terme –, n'avait rien, mais vraiment rien de péjoratif. Mes origines, mes manières et mes convictions lui inspiraient du respect, car il se faisait une très haute opinion de la bourgeoisie... tout en me jugeant désespérément bourgeois. Le bourgeois est éternellement en fuite, me disait-il. En ce qui concernait Judit Áldozó, toutefois, il n'a pas prononcé un seul mot de plus. Il a détourné la conversation avec politesse, mais avec fermeté.

Plus tard, j'ai souvent repensé à notre tête-à-tête. Tu sais, j'étais un peu comme le malade qui a enfin appris le nom et la nature de sa maladie. Il se remémore alors sa première visite chez ce professeur célèbre qui, après l'avoir examiné avec le plus grand soin, à l'aide de toutes sortes d'instruments, s'est mis à parler d'autre chose, lui a demandé s'il n'avait pas envie de voyager, s'il avait vu la dernière pièce de théâtre à la mode, et l'a interrogé sur leurs amis communs, sans dire un mot du but de la visite. Je suis pourtant venu ici, songe alors le malade, j'ai subi les désagréments de l'examen afin d'obtenir une certitude, car pour l'instant je n'éprouve que quelques vagues symptômes, quelques malaises légers, qui, pour inquiétants qu'ils soient, n'interdisent pas tout espoir – j'ai cependant le sentiment que le professeur connaît la vérité, mais qu'il ne veut pas m'en faire part. Cette vérité, elle ne me sera révélée que plus tard, par l'aggravation des symptômes, par la nature du traitement... En attendant, le malade (et tous les siens) connaissent la gravité de son état, le professeur sait que le malade sait, qu'il n'est pas dupe de son silence... mais il n'y a rien à faire, il faut attendre que la maladie se déclare pour entreprendre le traitement et la combattre tant bien que mal.

Eh bien, c'est un peu dans cet état d'esprit que j'écoutais Lazar ce soir-là : il parlait de tout, de Rome, d'un nouveau livre, de l'influence du climat sur la littérature, puis il s'est levé, il m'a serré la main et il s'en est allé. Non, cette fois, il n'avait pas joué. Mon cœur battait très fort : Lazar m'avait abandonné à mon sort, et il me fallait, désormais, affronter seul le cours des événements. J'éprouvais soudain du respect pour cette femme qui avait exercé une aussi forte influence sur Lazar. Je la respectais et je la redoutais en même temps... Quelques jours plus tard, je suis parti en voyage.

Beaucoup d'eau, depuis, a coulé sous les ponts. De cette époque, tu sais, je n'ai gardé qu'un vague souvenir. Mais ce n'était qu'un interlude et je ne veux pas t'ennuyer avec mon passé.

J'ai passé quatre ans à voyager un peu partout en Europe. Mon père ignorait le sens de mes pérégrinations. Ma mère connaissait peut-être la vérité, mais elle n'en disait rien. En ce qui me concerne, pendant longtemps, je n'ai rien remarqué de particulier. J'étais jeune et, comme on dit, le monde m'appartenait.

C'était encore la paix... pas la vraie paix, bien sûr, juste une transition entre deux guerres. On avait entrouvert les frontières et les trains ne s'immobilisaient qu'un instant. Merveilleusement confiants et inconscients à la fois, les individus et les États sollicitaient – et obtenaient ! – des prêts à longue échéance, bâtissaient des maisons, petites et grandes. D'une façon générale, ils se comportaient comme si une période douloureuse de la vie humaine était définitivement close et avait laissé place à une ère paisible où il était à nouveau possible de faire des projets, d'éduquer ses enfants, de regarder vers l'avenir et de s'occuper de choses personnelles, agréables et un peu superflues. C'est dans ce monde d'entre-deux-guerres que j'ai entrepris de voyager. Je ne peux pas dire non plus que j'éprouvais un véritable sentiment de sécurité lors des différentes étapes de mon périple : victimes d'une agression aussi violente qu'inattendue, les individus et les nations se méfiaient encore les uns des autres. Tout en nous efforçant de nous montrer généreux et insouciants, nous portions toujours des revolvers sur nous et tâtions, de temps à autre, inquiets, la poche intérieure de notre veste pour vérifier que notre portefeuille était toujours à sa place. Vraisemblablement, nous craignions non seulement pour notre portefeuille, mais aussi pour notre cœur et pour notre conscience. Malgré tout, il était déjà possible de voyager.

On construisait un peu partout de nouvelles maisons, de

nouveaux quartiers, de nouvelles villes, voire de nouveaux pays. Pour commencer, je me suis rendu dans le Nord, puis au Sud, et, enfin, à l'Ouest où je me suis fixé pour plusieurs années. J'y ai retrouvé tout ce que j'aimais, tout ce en quoi je croyais, tout ce qui m'était familier ; un peu comme l'élève qui a étudié une langue étrangère et s'en va vivre dans le pays où cette langue apprise dans les livres est parlée par des indigènes. À l'Ouest, j'ai vécu au milieu de bourgeois pour qui le fait d'être un bourgeois ne constituait ni un rôle ni une mission, mais une donnée naturelle. Ils me rappelaient ces familles qui habitent dans des maisons héritées de leurs ancêtres, des maisons certes un peu étroites, obscures, démodées, mais malgré tout, les plus attachantes qui soient – non, vraiment, cela ne valait pas la peine de les détruire et de les remplacer par de nouvelles, alors que quelques modestes ravalements suffisaient à les maintenir en bon état. Chez nous, au contraire, on en était encore à construire, au milieu des palais et des chaumières, la vraie maison de la bourgeoisie, à essayer d'introduire un style de vie plus libre, plus généreux où chacun – Judit Áldozó ou peut-être moi-même – pourrait se sentir comme chez lui.

Pendant ces années-là, Judit n'a été pour moi qu'une vague réminiscence. Au début, j'ai pensé à elle comme à un accès de fièvre ou à un délire. Pour fuir les vagues glaciales de la solitude, je m'étais réfugié auprès d'un être humain dont le sourire et le rayonnement auraient pu, pensais-je, dissiper toutes mes craintes. Mais le monde venait de s'ouvrir – et il était passionnant. J'ai vu des monuments, des turbines à vapeur, des hommes solitaires qui se laissaient bercer par la musique d'un poème, des systèmes économiques qui prônaient l'altruisme et l'équité, des métropoles et des sommets enneigés, de magnifiques fontaines médiévales sur des places rectangulaires, ceintes de platanes, des petites villes allemandes, des cathédrales et des plages au sable d'or, au bord de l'Océan bleu foncé, où des femmes dévêtues prenaient le soleil... Bref, j'ai vu le monde et, naturellement, le souvenir de Judit Áldozó ne pouvait rivaliser avec ce spectacle... Plus exactement, j'ignorais encore que, dans ce duel entre le monde et elle, les rapports de force étaient inégaux. En comparaison de la réalité du monde, Judit Áldozó était devenue moins qu'une ombre. Au cours de ces années-là, vois-tu, la vie m'a tout montré et tout promis : arraché aux décors tristes et mesquins de l'existence que je menais dans mon pays, débarrassé de mon rôle et des déguisements qu'il m'imposait, j'ai pu enfin me laisser submerger par des eaux nouvelles. La vie m'offrait des femmes, toutes sortes de femmes, et en grande quantité, des Flamandes aux cheveux châtains, au regard à la fois brûlant et langoureux, des Françaises aux yeux étincelants, des Allemandes pétries d'humilité... Oui – des femmes. J'étais un homme, je vivais ma vie et les femmes, coquettes ou sages, dansaient autour de moi, comme autour de mes semblables, une étrange farandole : elles m'invitaient, me promettaient la vie entière ou un moment d'extase, sauvage et inattendu, une union mystérieuse, ni éternelle ni éphémère, juste assez durable pour nous permettre de découvrir notre intimité profonde.

Les femmes... As-tu remarqué avec quelle prudence, avec quelle incertitude les hommes prononcent ce mot ? Comme s'il désignait quelque tribu conquise, mais toujours rebelle, soumise mais jamais brisée. Que veut dire ce mot au milieu de tous les événements de la vie quotidienne ? Qu'attendent-elles de nous ?.... Des enfants ? De l'aide ?.... La paix ? La joie ? Tout ? Rien ? Quelques instants ? On vit, on désire, on s'attache, on fait l'amour, puis on se marie, on connaît la passion, la naissance et la mort, on se retourne sur une cheville, on est subjugué par une coiffure, par la chaude haleine émanant d'une bouche, on s'assouvit dans des lits bourgeois ou sur les divans, aux ressorts grinçants, d'une maison de passe sordide, parfois on tombe dans la grandiloquence, on promet aide et assistance, on se jure de rester ensemble, de vivre l'un pour l'autre, au fond du désert ou dans une métropole... Mais la roue tourne, les années passent... un an, deux ans, trois ans ou quinze jours, as-tu remarqué que l'amour, tout comme la mort, ne connaît pas le temps chronologique ? Et le grand projet que deux êtres avaient conçu échoue ou ne réussit pas comme ils l'auraient voulu. Alors, ils se séparent, furieux ou indifférents, et recommencent ou cherchent d'autres partenaires. Ou de guerre lasse, ils restent ensemble, à s'user mutuellement, à pomper l'énergie vitale de l'autre, tombent malades, s'entretuent à petit feu et s'éteignent. Comprennent-ils seulement... au dernier moment, avant de fermer les yeux pour toujours, ce qu'ils ont voulu l'un de l'autre ? Non, ils n'ont fait qu'obéir à une grande loi aveugle, celle de l'amour qui renouvelle le monde, de l'amour qui a besoin d'hommes et de femmes s'accouplant pour assurer la continuité de l'espèce... Est-ce vraiment tout ? Et ces pauvres individus, qu'espèrent-ils l'un de l'autre ? Qu'ont-ils donné, qu'ont-ils reçu ? Qu'est-ce que cette mystérieuse, cette effrayante comptabilité ? Le sentiment qu'éprouve un homme pour une femme est-il une chose individuelle ou l'expression d'un désir général, éternel, qui, parfois, pour quelque temps, touche un seul corps ? L'excitation artificielle que ce désir nous communique ne peut être l'objectif de la nature. Une nature qui a créé l'homme et lui a donné une femme parce qu'elle sait à quel point la solitude est dangereuse.

Regarde autour de toi, regarde partout, en littérature, en peinture, sur la scène comme dans la rue, et tu rencontreras toujours cette excitation artificielle... Va au théâtre et regarde, des hommes et des femmes sont là, dans la salle, d'autres femmes et d'autres hommes s'agitent, parlent et jurent sur la scène, dans l'assistance on toussote et on se racle la gorge... mais il suffit qu'on prononce sur scène « je t'aime » ou « je te désire » ou n'importe quel mot en rapport avec l'amour, la possession, la rupture, le bonheur ou le malheur, pour qu'aussitôt se fasse un silence de mort, pour que des

Métamorphoses d'un mariage

milliers de spectateurs retiennent leur souffle. Les écrivains et les auteurs dramatiques usent d'ailleurs de ce stratagème pour faire chanter leurs lecteurs et leurs spectateurs. Et où que tu ailles, tu la retrouves, cette excitation artificielle – leurres superflus, parfums, chiffons multicolores, fourrures luxueuses, décolletés, bas couleur chair, car en hiver, on ne peut s'habiller plus chaudement, puisqu'il faut exhiber ses jambes gainées de soie... et en été, au bord de l'eau, on doit se mettre un cache-sexe pour rendre plus suggestive sa féminité... fards, vernis à ongles, rimmel, cheveux d'or, crèmes et pommades – tout cet attirail a quelque chose de malsain, non ?

Je frisais déjà la cinquantaine, lorsque j'ai enfin compris Tolstoï. Tu sais, la *Sonate à Kreutzer*. Tolstoï y décrit la jalousie, mais dans ce chef-d'œuvre, ce n'est pas là l'essentiel, il en parle vraisemblablement parce que lui-même était d'un naturel sensuel et qu'il en a horriblement souffert. Seulement, qu'est-ce que la jalousie, sinon une vanité pitoyable et méprisable ? Je connais bien ce sentiment, tu sais, j'ai failli en périr. Mais je ne suis plus jaloux. Comprends-tu ? Me crois-tu ? Regarde-moi, mon vieux, je ne suis plus jaloux, oui, j'ai terrassé la vanité, et j'y ai mis le prix. Tolstoï, lui, croyait encore qu'il existait une autre solution, réduire les femmes à l'état de bête ou presque, les confiner dans leur rôle de génitrice et les revêtir de bure. Ce qui serait à la fois morbide et inhumain. Mais cette autre solution qui consiste à transformer la femme en objet décoratif, en prodige sensuel, l'est tout autant. Dis-moi, comment respecter vraiment une femme qui, du matin au soir, passe son temps à s'habiller, à se maquiller, à « se faire une beauté » – prétendument pour me plaire –, à grand renfort de plumes, de fourrures et de parfums, oui, comment pourrais-je lui confier mes sentiments et mes pensées ? D'ailleurs, est-ce vraiment moi qu'elle veut séduire, ou bien tous les hommes, en éveillant en eux un désir qui se prolonge après son passage ? Cette excitation malsaine est omniprésente, te dis-je, tu la retrouves partout, dans les cinémas, dans les théâtres, dans les cafés, dans les restaurants, sur les plages ou à la montagne. Crois-tu que la nature en ait vraiment besoin ? Jamais de la vie. C'est le produit d'un système socio-économique dans lequel la femme a le statut d'une marchandise.

D'accord, tu as raison, je n'en connais pas de meilleur. C'est vrai, tous les autres systèmes ont fait faillite. Mais, dans le système qui est le nôtre, la femme cherche toujours à se vendre, sciemment, ou, je l'admets, la plupart du temps, inconsciemment. Je n'affirme pas, bien sûr, que toutes les femmes se perçoivent comme des marchandises... mais je n'ose pas croire que cette grande règle soit démentie par beaucoup d'exceptions. Je n'accuse pas les femmes, du reste, elles ne peuvent pas faire autrement. Leur façon de s'offrir, leur coquetterie aussi prétentieuse qu'absurde, est, au fond, d'une tristesse affligeante, surtout lorsqu'elles prennent conscience de la difficulté de leur entreprise, parce que la compétition est farouche, parce que leurs rivales sont toujours plus belles, moins chères, plus excitantes... Dans toutes les villes d'Europe, tu le sais, les femmes sont plus nombreuses que les hommes, mais elles ne peuvent les concurrencer. Que faire alors de leur mélancolique et désespérante vie de femme, sinon s'offrir ainsi, tantôt de façon vertueuse, en baissant les yeux, saintes-nitouches si tremblantes que nous finissons par ne plus oser les importuner, tantôt fières et résolues, partant chaque jour en guerre, tels les soldats de quelque légion romaine combattant pour protéger l'empire des invasions barbares... Non, non, mon ami, nous n'avons pas le droit de juger les femmes. Nous ne pouvons que les plaindre, en même temps que nous plaindre nous-mêmes pour ne pas avoir su résoudre cette crise douloureuse au sein de ce grand marché qu'on appelle la civilisation. Partout, où que tu ailles, où que tu portes ton regard, tu retrouves cette inquiétude suscitée en connaissance de cause, cette grande misère humaine derrière laquelle se profile, dans quatre-vingt-dix-neuf pour cent des cas, l'argent. En prononçant son terrible réquisitoire, le saint, le sage auteur de la *Sonate à Kreutzer* reste pourtant muet sur ce point.

Il parle de la jalousie tout en fustigeant les femmes, la mode, la musique et la vie mondaine avec ses séductions. Mais ce qu'il ne dit pas, c'est qu'aucun ordre social, aucun régime économique ne peut assurer la paix de notre âme – qu'il nous appartient de conquérir. Comment ? En remportant la victoire sur notre désir et sur notre vanité. Est-ce seulement possible ? Non, pour ainsi dire. Peut-être plus tard... Les désirs ne meurent pas avec le temps, mais la jalousie, l'avidité, l'excitation et le dégoût qui accompagnent le désir et la satisfaction, finissent sans doute par se tarir. On se lasse. Parfois, je me réjouis à l'idée que la vieillesse frappe à la porte. Il m'arrive d'appeler de mes vœux ces jours pluvieux où je m'installerai près du poêle, avec une bonne bouteille de vin rouge et un vieux livre évoquant les désirs et les déceptions d'un autre temps...

Mais à l'époque dont je te parle j'étais encore jeune. J'ai donc vagabondé pendant quatre ans. Je me suis réveillé dans des bras de femmes, les cheveux en bataille, au milieu de chambres étrangères. J'ai appris, tant bien que mal, mon métier. J'ai admiré les splendeurs du monde... sans jamais penser à Judit Áldozó. Enfin, pas souvent et pas consciemment, comme on pense à son pays, aux rues ou aux chambres qu'on a abandonnées, aux gens qui sont restés « là-bas », ces gens embellis par la mémoire qui surgissent comme autant de fantômes. Oui, c'est vrai, je me souvenais parfois de ces heures fiévreuses et solitaires où le bourgeois que j'étais s'était adressé à cette jeune beauté sauvage... puis j'ai tout oublié. J'ai voyagé et, à la fin de mes années de vagabondage, je suis rentré. Il ne s'était rien passé.

Sauf une chose : Judit Áldozó m'avait attendu.

Naturellement, elle ne m'en a rien dit lors de notre première entrevue : elle a pris mon pardessus, mon chapeau et mes gants, avec un sourire aussi poli que réservé, un sourire professionnel, en somme. Je lui ai parlé, comme il sied au jeune homme de la maison, souriant, détendu, bienveillant, paternel même ; c'est tout juste si je ne lui ai pas tapoté les joues... La famille m'attendait, Judit est allée mettre la table avec le valet, on célébrait le retour de l'enfant prodigue. Tout le monde se réjouissait, et moi aussi, j'étais heureux d'être enfin à la maison

Mon père s'est retiré la même année et j'ai pris la direction de l'usine. J'ai loué un appartement dans une villa sur la colline, près de la ville. Je me faisais rare dans la famille, et je ne voyais plus guère Judit. Deux ans plus tard, mon père est mort. Ma mère a quitté son grand appartement et elle a licencié le personnel, sauf Judit, promue gouvernante. Je déjeunais chez elle tous les dimanches, et je rencontrais Judit chaque fois, mais nous ne nous parlions pas. Il s'est instauré alors entre nous un rapport de courtoisie aimable, quelquefois je l'appelais même familièrement par son petit nom, la traitant un peu comme une vieille fille, comme un meuble démodé. Certes, autrefois, il y avait très longtemps de cela, nous avions eu un moment d'égarement pendant lequel nous nous étions dit mille et une choses... mais ce souvenir ne suscitait plus en moi qu'un sourire indulgent. Folie de jeunesse ! Voilà ce que je me disais en évoquant cette scène, et c'était bien commode. Pas très sincère, bien sûr, mais confortable. Les choses s'étaient remises en place. Et je me suis marié.

Notre vie de couple était affable et harmonieuse. Plus tard, après la mort de mon fils, j'ai pourtant eu le sentiment d'avoir été piégé. La solitude, telle une maladie sournoise, avait déjà commencé son œuvre. Ma mère en guettait les symptômes, mais elle ne me disait rien. Les années passaient, je vieillissais. Je ne voyais plus Lazar et, d'ailleurs, nous avions cessé de jouer. Sans doute avions-nous grandi... en devenant adulte, soit on sombre dans la solitude, et alors c'est l'échec, soit on s'efforce de conclure, dans la sérénité, la paix avec le monde. Moi, j'étais un solitaire, dans mon mariage comme dans ma famille, et il m'était bien difficile de conclure sereinement la paix avec mon entourage. En tout cas, j'étais occupé par mon travail, par ma vie en société et par mes voyages. Ma femme a tout fait pour que nous vivions en paix et en harmonie. Un peu comme on s'acharne à casser des cailloux... désespérément. Et moi, j'étais incapable de l'aider. Un jour – il y a bien longtemps de cela –, pour me réconcilier avec elle, je l'ai invitée à venir passer quelques semaines à Meran. Ce séjour m'a définitivement convaincu qu'il n'y avait plus rien à espérer, que la paix était impossible et que ma vie, telle que je l'avais bâtie, était peut-être supportable, mais en tout cas dépourvue de sens. Sans doute un grand artiste peut-il supporter une telle solitude, il doit payer cher, très cher pour cela, mais son travail – qu'il est le seul à pouvoir mener à bien, et qui offre aux hommes quelque chose d'unique, d'impérissable et de merveilleux – le récompensera. Sans doute. On le dit et je le pensais aussi. Mais Lazar, à qui je me suis ouvert sur ce sujet, ne partageait pas mon avis. Selon lui, la solitude conduit inéluctablement à un dépérissement précoce. C'est une règle qui ne connaît pas d'exception. Je ne sais pas s'il a raison.... N'étant pas artiste, j'étais doublement solitaire, à la fois dans ma vie et dans mon travail qui ne m'apportait, au fond, rien d'essentiel. Je produisais à la chaîne des objets d'usage courant, accessoires d'une vie civilisée, des marchandises de qualité, mais qui, fabriquées par des machines et des hommes disciplinés, dressés spécialement pour cette besogne, ne nécessitaient pas, en dernière analyse, ma participation. Car enfin, que faisais-je au juste dans cette usine bâtie par mon père et équipée par ses ingénieurs ? J'arrivais tous les matins à neuf heures tapantes – comme tout employé occupant un poste à responsabilités, je devais donner l'exemple. Je lisais le courrier. Mon secrétaire me présentait la liste de ceux qui m'avaient appelé au téléphone ou qui souhaitaient me parler. C'était ensuite le défilé des ingénieurs et des vendeurs qui me tenaient au courant de la marche des affaires et demandaient mon avis sur la fabrication de tel ou tel produit. Ces hommes triés sur le volet, formés, la plupart du temps, par mon père, me soumettaient, naturellement, des projets parfaitement élaborés que je n'avais plus qu'à approuver, en y ajoutant, très rarement, quelques petites modifications. L'usine produisait du matin au soir, les vendeurs vendaient, les revenus étaient comptabilisés, je passais mes journées dans mon bureau – tout cela était utile, nécessaire et honnête, personne ne dupait personne, nous ne trompions ni nos clients, ni l'État, ni le monde. Je ne trichais qu'avec moi-même.

Croire que tout ce processus me concernait vraiment aurait été une imposture. Certes, tout cela entrait, comme on dit, dans mes attributions. J'observais le visage des hommes qui travaillaient autour de moi, j'écoutais leurs conversations et je me demandais si leur travail remplissait réellement leur vie et si, au fond d'eux-mêmes, ils n'avaient pas le sentiment d'être utilisés, exploités, privés du meilleur, c'est-à-dire du sens de l'existence... Certains d'entre eux dépassaient pourtant leurs compétences, refusaient de suivre les sentiers battus, cherchaient à travailler mieux ou autrement, et même si leurs innovations n'aboutissaient pas toujours, au moins s'efforçaient-ils de modifier le cours des choses, l'ordre du monde, de conférer un autre contenu à leur travail. Sans doute est-ce là l'essentiel. Les gens ne peuvent pas se contenter de gagner leur vie, de subvenir aux besoins de leur famille et d'exécuter correctement ce qu'on leur demande, non, ils veulent plus, ils veulent s'épanouir, réaliser leurs idées et leurs projets. Plus que du pain et du travail, c'est une vocation qu'ils veulent, une vocation sans laquelle leur vie est privée de sens. Oui, ils veulent se sentir nécessaires, pas seulement comme des ouvriers dans une usine ou dans un bureau, travaillant pour le bien commun... ils entendent se distinguer, dépasser les autres. Je parle, bien entendu, des gens doués. La grande majorité, elle, reste inerte. Peut-être une faible lueur vacille-t-elle encore dans l'âme de chacun, peut-être se disaient-ils autrefois – il y a si longtemps de cela ! – qu'au-delà du salaire qu'ils touchent toutes les semaines, Dieu, en les créant, avait pour eux d'autres projets. Mais chez la plupart, cette lueur s'est éteinte, et ils haïssent les élites, et ils traitent d'arrivistes ceux qui entendent vivre et travailler différemment, ceux qui ne se contentent pas, dès que retentit la sirène, d'interrompre leur besogne professionnelle pour se précipiter sur celles que leur impose la vie. Ils s'emploient même par des moyens raffinés – moqueries, intrigues, insinuations – à les décourager.

Voilà la conclusion à laquelle j'étais arrivé en recevant dans mon bureau les ouvriers, les ingénieurs et les clients.

Et moi, que faisais-je ? J'occupais mon poste de patron, à la façon d'un garde-barrière surveillant la voie ferrée. Je veillais à me montrer équitable, juste et humain – et, en même temps, naturellement, à obtenir de l'usine et de mes employés, les profits et les avantages qui me revenaient. En contrepartie de ces revenus, j'observais le règlement, bien plus scrupuleusement que ne le faisaient mes subalternes. Mais, au fond, tout cela me semblait atrocement vide de sens. Que pouvais-je vraiment faire dans cette usine ? Approuver ou refuser un projet, modifier les heures de travail, chercher de nouveaux marchés pour nos produits... Étais-je au moins heureux de réaliser des profits aussi importants ? Heureux, c'est un bien grand mot. Mettons que j'étais satisfait d'accomplir mon devoir envers la société, et de pouvoir, grâce à mon argent, rester honnête, généreux, impartial et consciencieux. À l'usine comme dans le monde des affaires, je passais pour un patron modèle. Je savais me montrer équitable et assurer à un grand nombre de personnes leurs moyens de subsistance – et même quelque chose de plus.

Donner... voilà un sentiment bien agréable, mais qui ne m'a jamais procuré une véritable joie. J'avais une vie confortable et honnête, te dis-je, je n'étais ni un oisif ni un parasite, tout au moins aux yeux du monde extérieur. Un bon patron, voilà ce qu'on disait de moi à l'usine.

Mais tout cela n'était, au fond, qu'un passe-temps, oui, un passe-temps méticuleux. La vie reste à jamais vide si elle n'est pas remplie par une tâche périlleuse et passionnante. Naturellement, la tâche en question ne peut être qu'un travail — mais un tout autre travail, invisible, celui de l'âme et de l'esprit, celui du talent dont les œuvres enrichissent le monde et le rendent plus juste et plus humain. Bien sûr, j'ai beaucoup lu. Mais, vois-tu, tu ne peux rien recevoir des livres si, en échange, tu ne leur donnes pas une part de ton âme — il faut, pour cela, concevoir la lecture comme un duel où l'on inflige et subit des blessures, comme un terrain où l'on se bat, où l'on cherche à convaincre ou, au contraire, on se laisse persuader pour mieux s'enrichir et entreprendre une œuvre constructive... Un jour, je me suis aperçu que mes lectures, au fond, ne me concernaient plus. Je lisais comme le touriste qui se trouve dans une ville étrangère et qui, pour passer le temps, visite un musée où il contemple avec une indifférence polie les objets exposés. Je lisais, par devoir, les nouveautés qui défrayaient la chronique, celles dont tout le monde parlait. Ou de vieux livres, une heure tous les matins et tous les soirs, pour combler certaines lacunes de ma culture... Telle n'avait pas toujours été ma façon de lire. Il y avait eu une époque, au contraire, où la lecture représentait pour moi une véritable aventure, où la vue du dernier livre d'un auteur connu me faisait battre le cœur, où chaque nouvel ouvrage était perçu comme une rencontre dangereuse, d'où pouvait sortir le meilleur et le pire. Désormais, pourtant, je lisais comme j'allais à mon travail, ou, deux ou trois fois par semaine, en société ou au théâtre, je lisais comme je vivais à la maison, attentif et poli, avec, au fond du cœur, ce pressentiment de plus en plus angoissant d'un danger qui me menaçait – maladie ou conjuration... Ne risquais-je pas à tout instant de voir s'écrouler ce que j'avais échafaudé, ce chef-d'œuvre fait de règlements rigoureusement observés, de respect de l'autorité et de cohabitation courtoise ? Et un beau jour, j'ai trouvé dans mon portefeuille brun en croco – un cadeau de ma femme pour mon quarantième anniversaire – un bout de ruban violet défraîchi. Ce jour-là, j'ai compris que pendant mon absence, Judit Áldozó m'avait attendu. Oui, elle avait attendu que je cesse d'être lâche. Cela s'est passé dix ans après notre conversation de Noël...

J'ai trouvé ce ruban violet – non, non, je ne l'ai plus, il s'est perdu, car tout se perd dans la vie, comme disparaissent les personnes qui ont porté autrefois certains objets importants, mythiques –, je l'ai donc trouvé dans une poche intérieure de mon portefeuille où je gardais une mèche de cheveux de mon fils. Il m'a fallu un certain temps pour comprendre comment il avait atterri chez moi, qui l'avait porté et à quel moment Judit avait pu le glisser dans mon portefeuille... Ma femme était partie passer quelques jours dans une station balnéaire, moi, j'étais resté seul dans l'appartement et ma mère m'avait envoyé Judit pour mener à bien le grand nettoyage estival. Je me trouvais sans doute dans la salle de bains lorsqu'elle est entrée dans la chambre à coucher, elle a vu mon portefeuille traîner sur la table et elle y a introduit le ruban. Telle était, du moins, l'explication qu'elle m'a donnée après coup.

Que voulait-elle ? Rien. Toute femme amoureuse pratique la magie : elle voulait que je garde toujours avec moi un objet qu'elle avait porté sur son corps, elle voulait m'attacher à elle et me transmettre un message... Dans sa situation, son acte superstitieux constituait un véritable attentat. Elle l'a commis, parce qu'elle vivait dans l'attente.

Ayant compris tout cela – car le ruban violet me parlait –, je me suis senti contrarié, comme quelqu'un qui voit échouer les projets qu'il a soigneusement élaborés. Je venais tout simplement d'apprendre que cette femme, dans un quartier voisin, m'attendait depuis dix ans. J'étais donc préoccupé, mais aussi, étrangement soulagé. Je ne veux pas non plus exagérer ce sentiment, je ne me suis pas mis à forger des projets chimériques, je ne me suis pas dit : « Voilà donc percé le secret que tu n'as pas osé t'avouer pendant toutes ces années : il existe quelque chose – ou quelqu'un – qui t'importe plus que le règlement, plus que ton rôle, plus que ton travail et ta famille, une folle passion que tu as reniée mais qui continue à brûler et qui t'attend. Et c'est très bien ainsi. Elle a mis fin à ta sourde inquiétude. Ta vie, ton travail ne sont pas complètement dépourvus de sens. La vie veut encore faire quelque chose avec toi. » Non, non, je ne me suis pas dit tout cela, mais, indéniablement, je me sentais rassuré. Est-ce la raison ou le système nerveux qui est le siège des grands sentiments durables ? Ma raison avait depuis longtemps rejeté cette folie, alors que mes nerfs s'en souvenaient. Et maintenant que Judit venait de m'envoyer un message – à la façon d'une midinette, car, en amour, toutes les femmes deviennent un peu midinettes, toujours désireuses, dans leur for intérieur, d'écrire des lettres passionnées sur du papier décoré de pétales de rose pressés, de deux mains enlacées ou de tourterelles qui s'embrassent, oui, elles voudraient remplir les poches de l'élu de leur cœur de mèches de cheveux, de mouchoirs et de mille autres objets de piété superstitieuse – maintenant, je me sentais calme, comme si mon travail, ma vie, oui, même mon mariage avaient reçu tout à coup un sens mystérieux, obscur, presque indéchiffrable... Me comprends-tu ?

Moi, à présent, je me comprends. Dans la vie, vois-tu, chaque chose doit s'accomplir et trouver la place qui lui revient. Seulement, ce processus est d'une extrême lenteur. Et les résolutions, les rêves, les intentions n'y peuvent pas grand-chose. As-tu remarqué à quel point il est difficile de trouver la place définitive d'un meuble dans un appartement ? Les années passent, tu crois que chaque chose est à sa place, mais que tel fauteuil gagnerait sans doute à être mis en évidence, que là où il y avait le buffet, il faudrait peut-être mettre une table... Et un jour, dix ou vingt ans après, en traversant le salon, où tu ne te plais guère, car les meubles ne sont pas vraiment disposés comme tu l'aimerais, tu comprends brusquement ce qui ne va pas, tu découvres l'ordre secret de la pièce, tu déplaces alors quelques meubles et tu crois alors que chaque chose est définitivement à sa place. Et pourtant, une dizaine d'années plus tard, te voilà à nouveau insatisfait... car les choses autour de nous changent au fur et à mesure que nous nous transformons et l'ordre qui nous entoure n'est jamais définitif. Nous croyons suivre un emploi du temps rigoureux : travail le matin, promenade l'après-midi, lecture le soir. Et un jour, nous trouvons cet ordre absurde, nous l'inversons et nous ne comprenons plus comment nous avons pu le suivre aveuglément pendant tant d'années. Ainsi tout se transforme autour de nous, tout est provisoire, le statique devient dynamique, tout règlement finit un jour par être caduc, peut-être parce que nous-mêmes, nous nous trouvons dépassés de toutes parts.

Non, ce n'était pas la « grande passion ». Tout simplement, elle m'avait fait comprendre qu'elle était là, qu'elle vivait et qu'elle m'attendait. Maladroitement, à la façon d'une petite midinette. Une paire d'yeux m'observait dans l'obscurité – mais cette sensation n'avait rien de gênant ni de désagréable. J'avais un secret qui donnait un sens à ma vie et lui apportait une certaine tension. Je n'ai pas voulu en abuser, j'ai cherché à éviter les situations dangereuses, pénibles ou confuses, mais une chose était sûre : désormais, j'étais plus calme.

Jusqu'au jour où Judit Áldozó a disparu de la maison de ma mère.

Je résume ici l'histoire de plusieurs années, beaucoup de mes souvenirs se sont effacés, mais c'est sans importance... Je veux te parler maintenant de cette prolétaire et de ce qui me semble essentiel à son sujet, en passant sous silence le côté policier de la chose... car toute histoire a un côté policier, qui relève de la compétence du juge d'instruction. La vie, je ne t'apprends rien, est un peu un crime... Voilà ce que m'a dit Lazar un jour. Sur le moment j'ai été scandalisé, mais plus tard, lorsque mon propre procès a commencé, j'ai compris. Vois-tu, nous ne sommes jamais innocents. Un jour, on nous intente un procès, on nous condamne ou on nous acquitte, mais, en tout état de cause, nous savons que nous ne sommes pas innocents.

Je te le dis : elle a disparu... comme si elle avait été enfermée dans un sac et jetée dans le Danube.

Pendant quelque temps, on a voulu me cacher sa disparition. Ma mère vivait seule depuis des années, c'était Judit qui s'occupait d'elle. Un jour, je suis allé lui rendre visite – et c'est une étrangère qui m'a ouvert. Voilà comment j'ai appris la vérité.

Ce jour-là, j'ai compris son message. C'était la seule façon qu'elle avait de me le faire parvenir : elle n'avait aucun droit sur moi et on ne peut régler par d'orageuses explications un contentieux d'une dizaine d'années. À la fin, il faut agir, d'une façon ou d'une autre. Peut-être s'était-il passé entretemps quelque chose que j'ignorais. Les trois femmes – ma mère, mon épouse et Judit – se taisaient. Elles avaient une affaire commune à régler entre elles, et elles m'avaient mis devant le fait accompli : Judit avait quitté la maison de ma mère, elle était partie à l'étranger. Je n'ai appris ce dernier détail que plus tard, grâce à l'une de mes connaissances, un officier de police qui s'était renseigné au service des passeports. Elle avait gagné l'Angleterre, non sur un coup de tête, mais après mûre réflexion.

Les trois femmes ne m'avaient rien dit. L'une d'elles était partie. L'autre – ma mère – souffrait en silence. La troisième, mon épouse, attendait et veillait. Elle savait désormais tout, ou presque. Elle se comportait intelligemment, comme l'exigeaient, dans une telle situation, son goût, sa raison et son tempérament. Tu sais... comme quelqu'un de civilisé. Que peut donc faire une femme perspicace et raffinée en apprenant que son mari ne lui appartient plus depuis de longues années, qu'il n'appartient en fait à personne, qu'il est désespérément solitaire, sans la moindre attache, mais qu'il existe peut-être quelque part une autre femme capable de remédier à sa sinistre solitude, pour quelque temps, pour le temps, bien court, d'une vie ? Naturellement, elle lutte. Elle attend, elle veille, elle espère et elle fait tout pour briser la solitude de son mari. Ensuite, elle se lasse. De temps en temps, elle perd le contrôle d'elle-même. À certains moments, toute femme se transforme en fauve ; sa vanité, tel un animal sauvage, se met à hurler. Après, elle se calme, elle se résigne, parce qu'elle ne peut pas faire autrement. Ou plutôt, je crois qu'elle ne se résigne jamais tout à fait... mais c'est là un détail sentimental. Toujours est-il qu'un jour elle finit par abandonner son homme...

Judit a disparu et personne n'a plus parlé d'elle. Je te le répète : elle a disparu comme si, enfermée dans un sac, on l'avait jetée au fond du Danube. Comme si l'on avait congédié une bonne venue d'on ne sait où – alors que Judit avait passé plus de la moitié de sa vie dans la maison de ma mère. Les domestiques passent, il est vrai. Comme disent certaines maîtresses de maison, « ce sont des ennemis rétribués. Ils ont tout, mais rien ne leur suffit ». En effet, rien ne suffisait à Judit. Un jour, elle s'est réveillée, elle s'est souvenue, il s'est passé quelque chose... et elle a tout voulu. C'est pourquoi elle est partie.

Moi, je suis tombé malade. Pas tout de suite, non, six mois après son départ. Rien de grave... une menace mortelle... Le médecin n'a rien pu faire. Moi non plus, pendant quelque temps. Qu'avais-je exactement ? Difficile à dire. Le plus simple, bien sûr, serait d'admettre ceci : cette femme qui avait passé sa jeunesse dans mon entourage incarnait un appel qui m'était personnellement adressé, et elle avait par son départ allumé un feu qui couvait depuis longtemps en moi, un feu souterrain dont tous les éléments étaient réunis dans mon âme. Ce serait très beau, très bien formulé, mais ce ne serait pas, pourtant, toute la vérité... Te dirais-je qu'en dehors de l'étonnement, de la stupéfaction, j'éprouvais une sorte de soulagement aussi discret que surprenant ? Ce serait aussi la vérité, mais pas toute la vérité non plus, car je dois avouer que, dans un premier temps, j'ai surtout souffert de ma vanité blessée. Je savais pertinemment que cette femme s'était exilée à cause de moi. Mon soulagement était celui du citadin qui garde chez lui un fauve dangereux et qui apprend un jour que la bête s'est échappée pour retourner dans la jungle... mais j'étais en même temps ulcéré, parce que j'avais le sentiment qu'elle n'avait pas le droit de me quitter. Quelqu'un qui appartenait à ma propriété privée venait de se révolter. Oui, j'étais vaniteux...

Puis, le temps a passé et, un jour, à mon réveil, je me suis aperçu qu'elle me manquait.

Ce sentiment de manque est l'un des plus humiliants qui soient. Tu regardes autour de toi, désemparé, et tu ne comprends pas. Tu cherches en tâtonnant un verre d'eau ou un livre – tout est à sa place, les objets aussi bien que les personnes, ton emploi du temps, ton rapport au monde n'ont pas changé. Seulement, il te manque quelque chose. Vas-tu te décider, comme on en parlait tout à l'heure, à modifier la disposition des meubles ? Non, tu préfères partir pour l'étranger. La ville que tu souhaitais visiter depuis longtemps t'accueille dans toute sa pompe ténébreuse. Tu te lèves tôt, tu sors, muni de ton plan et de ton guide touristique, tu vas contempler tel tableau célèbre au-dessus de l'autel d'une église, tu admires les arches d'un pont prestigieux ; au restaurant, le garçon, un fier patriote, te sert la spécialité du lieu. Le vin de la région est grisant, comme aucun autre. De grands artistes ont vécu ici, qui ont comblé la ville de leurs chefs-d'œuvre. Tu passes devant des portails, sous des fenêtres, des arcades et des gouttières dont la beauté et les lignes harmonieuses font l'objet de longues descriptions dans des ouvrages réputés. Midi et soir, les rues se peuplent de femmes et de jeunes filles racées et sensuelles, aux yeux ardents et à la démarche souple. Des regards féminins se dirigent vers toi, étincelants, bienveillants ou qui se moquent doucement de ta solitude. La nuit, au bord du fleuve, il y a de la musique, on chante en sirotant un vin doux, des couples s'enlacent et dansent à la lueur des lampions. Dans ces lieux hospitaliers, grouillant de monde, une table t'attend, et une femme à la parole apaisante. Comme un étudiant appliqué, tu visites tout, tu parcours la ville dès la première heure, ton guide à la main, veillant à ne rien manquer. À présent, ta perception du temps a changé, tu te réveilles à heure fixe, comme si étais attendu. Et c'est bien de cela qu'il s'agit, même si, pendant longtemps, tu refuses de l'admettre, oui, tu as cru que, derrière cette rigueur que tu t'imposais, quelqu'un t'attendait. Si tu es suffisamment précis et attentif, si tu te lèves tôt et si tu te couches tard, à force de fréquenter ainsi le monde, de voyager, de visiter tel ou tel endroit, de traîner dans tel ou tel établissement, ne dois-tu pas finir par rencontrer celle qui t'attend ? Naturellement, tu sais que cet espoir est puéril. Désormais, tu ne peux compter que sur les chances que le monde te réserve – elles sont, il est vrai, infinies. L'officier de police, lui, ne sait qu'une chose : elle est partie pour l'Angleterre. À l'ambassade de Grande-Bretagne, on ne sait rien ou on ne veut rien savoir de plus. Un mystérieux paravent se dresse entre toi et la disparue. Quarante-sept millions de personnes vivent en Grande-Bretagne, et c'est dans les villes anglaises que la densité de la population est la plus élevée... Où la chercher ?

Et si tu la trouves, que lui diras-tu ?

Et pourtant, tu l'attends. Encore une bouteille, veux-tu ? C'est un vin pur, qui ne donne pas de migraine le lendemain.

Métamorphoses d'un mariage

Je le connais bien... Garçon, une autre bouteille de ce *Kéknyelü*[1].

Ça commence à sentir le tabac froid. Tu vois, c'est seulement à cette heure-ci que je me sens bien. Il ne reste plus que quelques noctambules – des sages, des solitaires ou des désespérés, qui s'attardent là où il y a de la lumière, et des étrangers, là où ils peuvent rester solitaires sans être obligés de rentrer chez eux. Lorsqu'on arrive à un certain âge, et qu'on est riche de certaines expériences, il est difficile de rentrer chez soi ; il vaut mieux rester seul, sans attaches, entouré d'étrangers. Un jardin et des amis, dit Épicure – il n'existe pas d'autre solution. Je crois qu'il a raison. En fait de jardin, on peut se contenter de quelques pots de fleurs à la terrasse d'un café ; quant aux amis, deux ou trois suffisent.

Garçon, des glaçons, s'il vous plaît... À la tienne !

Où en étais-je ?

Ah oui. Mon attente...

Tout ce que j'ai remarqué, c'est que les gens commençaient à m'observer. D'abord ma femme. Ensuite à l'usine, au club, dans le « monde ». Ma femme ne me voyait plus guère – de temps à autre, au déjeuner. Nous ne recevions plus. Je déclinais toutes les invitations, d'abord parce que j'étais irrité, ce qui était logique, et de toute façon, je ne voulais plus qu'on invite des gens chez nous, où tout m'apparaissait pénible et invraisemblable. Bien sûr, tout était « comme il faut » – les meubles, les tableaux précieux, les objets d'art, le valet et la femme de chambre, l'argenterie, le service en porcelaine, les mets étaient savoureux et les boissons exquises... Seulement, je ne me sentais plus le maître des lieux, non, je ne me sentais plus chez moi, je ne considérais plus cette maison comme la mienne, et y recevoir des étrangers ne me procurait plus aucun plaisir. Ma femme et moi, nous nous donnions l'impression de faire du théâtre.

---

1. Vin blanc fameux, originaire de l'Ouest de la Hongrie.

Nous avions perpétuellement l'air de vouloir prouver aux invités que notre appartement était un vrai foyer ! Alors qu'il n'en était pas un ! Pourquoi ? On ne discute pas avec les faits et, quand ils sont simples et forts, on n'a pas besoin de les expliquer.

Alors, nous sommes restés de plus en plus seuls. Le monde a l'ouïe fine, tu sais : il suffit de quelques signes, de quelques gestes discrets pour alerter le réseau délicat des espions jaloux, des curieux et des malveillants. Il suffit de refuser deux ou trois invitations, d'en rendre quelques autres avec un certain retard et la société comprend aussitôt qu'on veut déserter le système et que, dans tel couple ou dans telle famille, « quelque chose ne va pas ». Comme un écriteau rouge collé, par ordre du médecin légiste, sur la porte d'une personne atteinte d'une maladie infectieuse, ce genre d'« anomalie » déclenche des comportements particuliers : on se conduit envers ceux qui en souffrent avec un tact, voire une réserve empreinte d'une certaine ironie. Bien entendu, on espère le scandale, on souhaite ardemment la désagrégation de la famille d'autrui – et ce sentiment, telle une épidémie, finit par gagner toute une société. Entres-tu seul dans un café ou dans un restaurant ? On chuchote derrière ton dos : « Comment, tu n'es pas au courant ?... Il y a de l'eau dans le gaz... il couche avec la meilleure amie de sa femme. » Mais si tu sors en compagnie de ta femme, les commentaires fusent : « Allons, il ne faut pas se fier aux apparences, ils cherchent un alibi devant le monde. » Et tu finis par comprendre que les mauvaises langues ont toujours raison, même si les détails qu'elles évoquent sont souvent de grossiers mensonges : en ce qui concerne l'essentiel, la société – si étrange que cela puisse paraître – est bien informée. Lazar m'a dit un jour, sur un ton mi-plaisant, mi-sérieux, que rien n'était vrai sauf la calomnie. D'une façon générale, le secret n'existe pas. On est toujours renseigné par des canaux mystérieux, on parle et on agit en conséquence... Telle est ma conviction. Ainsi avons-nous vécu. Lente, discrète, notre décomposition avait déjà commencé. Nous étions un peu comme ces candidats à l'émigration qui croient que leur famille ou leurs collaborateurs ne se doutent de rien, alors qu'ils sont au courant de toutes leurs démarches à l'ambassade. La famille ? Toujours pleine de patience et de courtoisie à ton égard, comme si elle s'adressait à un fou ou à un malfaiteur... qu'elle plaint, naturellement, mais qu'elle a toutefois signalé au médecin traitant ou à un détective privé. Et un jour, tu finis par apprendre que tu es placé en observation ou sous surveillance policière.

Alors, tu deviens méfiant, prudent, circonspect. Rien n'est plus difficile que de détruire une situation établie. Autant démonter une cathédrale. On est plein de regrets. Mais, naturellement, en période de crise, céder à la sentimentalité constituerait un véritable crime envers nous-même et envers notre compagne ou notre compagnon... Tu mets longtemps à comprendre les limites de tes droits. Dans quelle mesure disposes-tu de ta vie, dans quelle mesure es-tu lié aux engagements dus à tes sentiments et à tes souvenirs ? Vois-tu, je suis désespérément bourgeois : pour moi, le divorce et cette révolte silencieuse contre ma famille et ma situation sociale représentaient avant tout un problème juridique – et pas seulement en ce qui concernait le procès et la pension alimentaire... Il existe, entre les humains, un autre code civil : tu te tortures pendant de longues nuits d'insomnie, ou tu te demandes soudain, au milieu de la foule, en pleine rue, ce que tu as reçu, ce que tu as donné, et ce que tu dois à l'autre. Questions pénibles. J'ai mis des années à comprendre qu'il existe, par-delà tous les devoirs, un droit qui n'est pas le fait des hommes, mais un don du Créateur. Le droit de mourir seul, comprends-tu ?

Un droit suprême – tout le reste est devoir. Tu es redevable à la société, qui t'a beaucoup donné, à un sentiment, à tes souvenirs... Mais il arrive un moment où ton âme se remplit du désir de solitude. Où tu ne veux rien d'autre que te préparer dans le silence et dans la dignité à ton dernier instant, à ta dernière tâche d'homme, à la mort. Mais attention de ne pas tricher, sous peine de perdre le droit d'agir. Tant que tu cherches la solitude par égoïsme, par confort, par vanité, ou parce que tu es blessé dans ton amour-propre, tu es encore redevable au monde et à tous ceux qui le représentent à tes yeux. Tant que tu éprouves un désir, tu as encore des devoirs. Mais il arrive un jour, oui, où une volonté de solitude s'empare de toute ton âme. Alors, tu ne veux plus rien d'autre... Tu veux te débarrasser de tout ce qui est superflu, mensonger, accessoire. Quand on entreprend un long et périlleux voyage, on fait ses bagages avec un soin extrême, on examine, on pèse, on évalue chaque objet avant de se décider à le prendre avec soi. On n'emporte que le strict nécessaire. C'est ainsi que certains ermites chinois, à l'approche de la soixantaine, quittent leur famille de bon matin, munis d'un petit baluchon, souriants, pour gagner la montagne, la solitude et la mort. C'est le dernier chemin de l'homme. Tu y as droit. Le bagage que tu emportes ne peut être que léger... tu le portes d'une seule main, il ne peut rien contenir de vain ni de superflu. À un certain âge, ce désir est d'une grande force. Tu entends bourdonner la solitude et ce bruit t'est familier. Né au bord de la mer, tu vis dans une ville bruyante, et un jour, dans ton rêve, tu entends le murmure de l'océan. Vivre seul, sans but. Rendre son dû à chacun et partir. Purifier ton âme et attendre.

Au début, la solitude paraît lourde, comme un verdict. À certains moments de faiblesse, tu crois ne pas pouvoir la supporter. Il serait peut-être bon, te dis-tu, de la partager avec n'importe qui, compagnon indigne, femme étrangère, peut-être cela allégerait-il le poids de ton châtiment. Mais cette tentation n'est que passagère, car la solitude, peu à peu, s'empare de ton être tout entier, semblable aux éléments mystérieux de l'existence, semblable au temps dans lequel les choses s'inscrivent. Tu comprends soudain que tout s'est déroulé selon un ordre chronologique : il y a eu d'abord la curiosité, ensuite le désir, le travail et, pour finir, la solitude. Alors, tu ne veux plus rien, ni une femme qui te consolerait, ni un ami dont la conversation apaiserait ton âme. Car toute parole humaine, si sage soit-elle, est devenue vaine. Chaque sentiment humain est entaché d'égoïsme, de velléité, de chantage discret et d'attachements impuissants autant que désespérés. Lorsque tu le comprends, et que tu n'espères plus rien du genre humain, ni le secours des femmes, que tu connais enfin le prix, toujours exorbitant, du pouvoir et du succès, lorsque tu ne souhaites plus qu'une chose : te retirer dans un coin, seul, sans confort et sans aide, pour écouter le silence qui monte lentement dans ton âme comme sur les rivages du temps – alors, tu peux partir. Parce que tu en as le droit.

Oui, tout être humain a le droit de se préparer, seul et dans un silence religieux, aux adieux et à la mort. Vider son âme, la rendre aussi pure et recueillie qu'au commencement des temps, dans l'enfance. C'est ainsi que Lazar est parti un jour pour Rome. Moi, c'est maintenant que j'ai atteint cette solitude. Et j'ai dû parcourir un long chemin pour y parvenir. J'ai longtemps espéré qu'il existait une autre solution. Eh bien, non, il n'en existe pas. À la fin, ou un peu avant, il convient de rester seul.

Mais d'abord, j'ai épousé Judit Áldozó. Car tel était l'ordre des choses.

Un jour, à quatre heures de l'après-midi, le téléphone a sonné chez moi. C'est ma femme qui a pris l'appel. Elle savait déjà tout... elle savait aussi que j'étais malade, malade de cette attente insensée. Voilà, elle me traitait comme un grand malade et elle était prête à tous les sacrifices. Naturellement, lorsque le moment est venu, elle n'a pas voulu se sacrifier, elle a lutté jusqu'au dernier instant pour me garder. Mais l'autre était déjà plus forte et c'est avec elle que je suis parti.

Elle a pris le récepteur et elle a posé une question. Moi, j'étais avec mes livres, je lisais, le dos tourné au téléphone. Mais j'ai compris au tremblement de sa voix que le moment était venu, que l'attente et la tension arrivaient à leur fin... Ce à quoi nous nous préparions depuis des années était là. Le téléphone à la main, elle s'est approchée de moi sans rien dire, elle a posé l'appareil sur la petite table et elle a quitté la pièce.

« Hello », a dit une voix que je connaissais. Celle de Judit. Elle parlait avec affectation, comme si elle avait oublié le hongrois.

Ensuite, elle s'est tue. Je lui ai demandé où elle se trouvait. Elle m'a indiqué l'adresse d'un hôtel près de la gare. J'ai raccroché, j'ai pris mon chapeau et mes gants et j'ai descendu l'escalier, en pensant à mille choses, sauf au fait que j'empruntais cet escalier pour la dernière fois. J'avais encore une voiture : elle m'attendait devant la maison. Je me suis rendu à cet hôtel passablement sordide. Judit m'attendait au salon, entourée de ses bagages. Elle portait une jupe à carreaux, un pull-over bleu pâle en laine, des gants fins et un chapeau de voyage. Elle se comportait avec un naturel parfait, comme si nous nous étions entendus à l'avance, comme si cette situation, son départ et son retour, ce tournant dans notre vie, tout cela avait été prévu. Elle m'a donné la main, à la manière d'une dame du monde.

Dois-je rester ici ? m'a-t-elle demandé, désemparée, comme si elle m'avait confié le soin de décider en toutes choses.

J'ai donné un pourboire au portier et je lui ai fait signe de mettre les bagages de Judit dans ma voiture. Elle m'a suivi sans dire un mot et elle s'est assise à mes côtés, près du volant. Elle avait de belles valises anglaises, couvertes d'étiquettes d'hôtels étrangers peu connus qui, je m'en souviens, m'ont d'abord donné un étrange sentiment de satisfaction : non, vraiment, je n'avais pas à rougir des bagages de Judit. Je l'ai conduite au Grand Hôtel de l'Île[1], où j'ai pris une chambre pour elle ; moi-même, je suis descendu dans un hôtel situé au bord du Danube, d'où j'ai téléphoné à la maison pour demander quelques vêtements et un peu de linge, car je n'avais plus l'intention de retourner chez moi. Nous avons vécu ainsi pendant six mois – ma femme à la maison, Judit à l'hôtel de l'Île et moi, au bord du Danube. Après quoi, le divorce a été prononcé. Le lendemain, j'ai épousé Judit.

Naturellement, au cours de ces six mois, j'ai rompu tous les liens me rattachant au monde qui était le mien ainsi qu'à ma famille. J'ai continué mon travail à l'usine, mais je ne me rendais plus en « société », dans cet autre univers aux contours mal définis. Pendant quelque temps, pourtant, on a continué de m'inviter avec une sorte d'amabilité mensongère, une curiosité et une malice à peine déguisées. C'est le révolté qu'on voulait voir dans ces salons, dans l'espoir que, sous prétexte de parler de la pluie et du beau temps, on pourrait observer un vrai malade mental, susceptible d'amuser la galerie par ses excentricités. Certains individus, qui se disaient mes amis, m'ont écrit ou sont même venus me voir dans mon bureau ; tout en prenant des airs mystérieux, ils cherchaient à « sauver mon âme », autrement dit à tout faire pour que je renonce à mes projets. Vexés par mon intransigeance, toutefois, ils m'ont rapidement abandonné à mon sort. Je n'ai pas tardé à avoir la réputation d'un escroc ou, en tout cas, d'un adepte de la *moral insanity*.

Malgré tout, ces six mois ont constitué dans ma vie une période de calme, de satisfaction presque. La réalité est toujours simple et rassurante. Tous les soirs, je dînais avec Judit. Elle était sereine et tranquille, elle savait que les choses

---

1. Un des meilleurs hôtels de Budapest, situé dans l'Île Marguerite.

avaient mûri, et qu'il ne fallait pas les précipiter. Nous nous observions comme deux escrimeurs avant l'assaut décisif. C'est que nous étions encore persuadés de livrer la grande bataille de notre existence, un combat à la vie à la mort, à l'issue duquel, sans doute couverts de blessures, nous conclurions la paix des braves. Moi, j'avais renoncé à tout pour elle – à ma situation sociale, aux conventions bourgeoises, à ma famille, à une femme qui m'aimait. Elle, elle n'avait renoncé à rien pour moi, mais elle était prête à tous les sacrifices. En tout cas, elle avait agi. Il arrive un jour dans la vie où l'attente doit être relayée par les actes.

J'ai mis très longtemps à comprendre ce qui se passait réellement entre nous... Elle aussi. Il n'y avait, autour de nous, personne pour nous en avertir. Lazar vivait à l'étranger, comme si, blessé par la vie, il était déjà mort. Nous n'avions plus aucun témoin, personne pour nous gêner.

Dès notre première rencontre dans cet hôtel de troisième catégorie près de la gare, nous avons vécu comme des émigrés débarqués dans un monde qui leur est totalement étranger, oui, des émigrés qui s'efforcent de s'adapter, de se mêler à la foule, sans états d'âme, de ne plus penser au foyer et aux êtres chers qu'ils ont laissés. Sans jamais en parler, nous savions que nous avions mis un point final à notre vie passée. Alors, nous attendions et nous nous observions.

Dois-je tout te raconter, point par point ? Cela ne te fatigue-t-il pas ?... Dans la mesure du possible, je vais tâcher de me borner à l'essentiel. Après le premier choc, je suis resté seul dans ma chambre d'hôtel. Dès qu'on m'a apporté mes bagages, je me suis endormi. J'étais épuisé, j'ai dormi longtemps, je ne me suis réveillé que tard dans la soirée. Le téléphone n'a pas sonné une seule fois, ni Judit ni ma femme ne m'ont appelé. Que pouvaient-elles bien faire à cette heure, alors que l'une savait avec certitude qu'elle avait perdu et que l'autre avait toutes les raisons de croire qu'elle avait gagné sa guerre silencieuse ? Dans leurs chambres situées aux deux extrémités de la ville, elles ne pensaient pas à moi naturellement – elles pensaient l'une à l'autre. Elles savaient que rien n'était terminé, et que la partie la plus difficile de leur duel venait seulement de commencer. Moi, je dormais comme sous l'effet d'une drogue. Le soir, en me réveillant, j'ai appelé Judit. Elle m'a répondu calmement : je lui ai demandé de m'attendre, j'avais à lui parler.

Ce soir-là, j'ai commencé à me familiariser avec cette femme étrange. Nous sommes allés dîner dans un restaurant du centre-ville où nous ne risquions guère de rencontrer des connaissances. Nous nous sommes installés à une table, le garçon nous a présenté la carte, nous échangions à voix basse quelques banalités. Pendant le repas, j'observais prudemment ses gestes ; elle s'en est rendu compte, et elle a esquissé, de temps à autre, un sourire ironique... un sourire qui, par la suite, s'est figé, comme si elle me disait : « Je sais que tu m'observes. Regarde-moi bien : j'ai appris la leçon. »

Cette leçon, elle la connaissait parfaitement. Trop bien, même. En quelques années, cette femme avait appris tout ce que nous autres, nous appelions style de vie – relations sociales, bonnes manières et comportement dans le monde –, un style qui nous avait été transmis par notre entourage ou par notre dressage digne de celui d'animaux savants. Judit savait entrer dans un lieu public, elle savait saluer, sans regarder le garçon de restaurant, ni écouter ses propositions de menu et en même temps, se faire servir avec une aisance supérieure. Elle savait manger selon les règles, manier le couteau et la fourchette, les verres et la serviette, comme si elle avait toujours pris ses repas dans ce même restaurant. J'ai admiré – ce premier soir, et plus tard – sa robe ; comme la plupart des hommes, bien sûr, je ne connais rien aux toilettes féminines, mais je sais au moins si la femme avec laquelle je me présente devant le monde est habillée correctement, ou au contraire, avec un goût douteux ou avec affectation. Eh bien, vois-tu, cette femme-là, dans sa robe noire, coiffée de son chapeau noir, était d'une simplicité et d'une beauté qui captivait tous les regards, y compris ceux des garçons. Ses gestes, sa façon de prendre place à table, de retirer ses gants, de m'écouter, à la fois souriante et distraite, lui lire la carte, d'incliner la tête en signe d'assentiment pour changer aussitôt de sujet de conversation, en se penchant aimablement vers moi – tout cela lui a permis de passer avec la mention très bien cet examen de la plus haute importance.

D'abord angoissé, je croisais les doigts, mais, devant sa réussite, j'ai éprouvé, soulagé, une joie et une satisfaction brutales. Je venais de comprendre qu'il n'y avait pas d'effet sans cause et que ce qui s'était passé entre nous s'expliquait entre autres par les qualités exceptionnelles de cette femme. J'ai eu aussitôt honte de mes appréhensions... ce qu'elle n'a pas manqué de remarquer, et elle a encore esquissé un sourire teinté d'ironie. Elle se comportait dans ce restaurant comme une dame de la haute société qui passait sa vie dans des endroits semblables. Mais non, que dis-je, beaucoup mieux ! Les dames de la haute société, elles, ne savent pas manger avec une telle élégance, manipuler couteaux et fourchettes avec une telle discipline. Ceux qui ont tout reçu de la vie ont tendance à se révolter contre l'esclavage que représentent à leurs yeux leur naissance et leur éducation. Judit, elle, en était encore à passer ses examens, avec une discrète persévérance.

Oui, ce soir-là, comme pendant les jours, les mois et les années qui ont suivi, tous les matins et tous les soirs, seule, à table, en société et, plus tard, au lit, dans toutes les situations qu'inventait la vie, cet examen s'est poursuivi, inexorable et désespéré – et Judit l'a passé brillamment –, mais notre entreprise commune a pourtant échoué.

En partie par ma faute, bien sûr. Nous nous observions comme le fauve et son dompteur pendant leur numéro au cirque. Je n'ai jamais critiqué Judit, sais-tu, je ne lui ai jamais demandé de changer quoi que ce soit dans sa façon de s'habiller ou de se comporter. Non, je n'ai pas cherché à l'« éduquer ». J'avais reçu cette âme ainsi, toute faite, telle qu'elle avait été créée, puis façonnée par la vie. D'ailleurs, je n'attendais d'elle rien d'extraordinaire. Ce n'était pas une « dame » que j'espérais, quelque brillant sujet propre à éblouir la société, mais un être capable de dissiper ma solitude. Et cette femme-là avait la redoutable ambition d'un jeune soldat parti à la conquête du monde, un soldat qui travaille avec acharnement, qui s'exerce et s'entraîne toute la journée. Qui ne craint rien ni personne, sauf sa propre susceptibilité, tapie au fond de son âme blessée... et qu'elle combattait sans cesse, par ses paroles, par ses actes et par ses silences.

Cela, je ne l'ai pas compris tout de suite... On est donc allés dîner au restaurant. De quoi avons-nous parlé ? De Londres, naturellement. Et comment ? Eh bien, un peu comme on parle pendant un examen. Londres est une grande ville, peuplée d'innombrables individus. Les pauvres y font la cuisine avec de la graisse de mouton. Les Anglais ont l'esprit lent et agissent avec circonspection. Et, au milieu de tous ces lieux communs, voilà que Judit énonce un jugement touchant à l'essentiel : les Anglais possèdent l'art de survivre. En prononçant cette phrase – peut-être les premiers mots vraiment personnels qu'elle m'ait adressés, la première vérité qu'elle ait découverte et formulée elle-même –, son regard s'est illuminé, mais pour s'éteindre aussitôt, comme si, n'ayant pu s'empêcher d'exprimer son opinion, elle regrettait déjà d'avoir parlé, d'avoir révélé son secret, à savoir qu'elle avait un avis sur le monde, sur elle-même, sur moi et sur les Anglais, un avis qu'elle n'avait pas hésité à formuler... alors qu'il est toujours extrêmement imprudent de s'ouvrir à l'ennemi. Oui, j'ai eu, à ce moment-là, un étrange et vague pressentiment... Judit s'est tue quelques instants avant de se réfugier à nouveau derrière un rempart de banalités. L'examen continuait. Oui, bien sûr, les Anglais ont de l'humour. Oui, ils aiment Dickens et la musique. Judit avait lu *David*

Copperfield. Et quoi d'autre ? Elle m'a répondu calmement. Elle avait pris pour le voyage *Contrepoint*, le dernier roman d'Aldous Huxley. Elle ne l'avait pas encore fini, certes, mais elle pouvait me le prêter, si je le voulais.

Voilà, j'étais avec Judit Áldozó dans ce restaurant du centre-ville, à manger des homards et des asperges, à boire un vin rouge capiteux et à parler du dernier livre de Huxley. Son mouchoir qu'elle déployait devant moi avait une odeur exquise : je lui ai demandé le nom de son parfum, elle a prononcé, dans un anglais parfait, celui d'un institut de beauté des États-Unis, en ajoutant qu'elle préférait les eaux de toilette américaines aux parfums français, qu'elle trouvait un peu lourds. Je lui ai jeté un regard méfiant : ne cherchait-elle pas à me mystifier ? Mais non, elle parlait en connaissance de cause. Je n'ai pas osé lui demander comment une paysanne de Transdanubie pouvait savoir que les parfums français étaient « un peu lourds ». Que faisait-elle à Londres pendant ses loisirs ? Je connaissais un peu cette ville et quelques familles anglaises, et je savais qu'être pauvre et servir comme bonne à Londres n'avait rien de particulièrement réjouissant. Mais Judit me regardait calmement, comme si elle s'attendait à toutes mes questions. Une chose m'a frappé dès le premier soir et, ensuite, à chacune de nos rencontres : elle acceptait toutes mes suggestions. « Allons chez X », lui disais-je, et elle acquiesçait, mais, une fois dans la voiture : « Peut-être ferait-on mieux d'aller chez Y », proposait-elle en nommant un autre restaurant qui n'était ni meilleur ni plus élégant que le premier. Nous nous y rendions, je commandais, elle goûtait le plat, puis elle repoussait l'assiette. « Peut-être que je préférerais un autre plat », disait-elle, et les garçons s'empressaient de satisfaire sa demande. Elle voulait toujours autre chose, elle voulait toujours aller ailleurs. D'abord, j'ai cru que cette inconstance trahissait un désarroi. Mais, peu à peu, j'ai compris que pour elle le sucré n'était jamais assez sucré et le salé jamais assez salé. Un jour, elle a même refusé le poulet que le chef d'un fameux restaurant avait, avec le plus grand soin, préparé sur le gril, en lui déclarant, d'une voix douce, mais ferme : « Non, ce n'est pas bon. Je voudrais autre chose. » Et la crème fraîche n'était jamais assez fraîche et le café jamais assez fort.

Elle est capricieuse, pensais-je. Tiens, tiens ! Et je continuais à l'observer, plutôt amusé par ce que je prenais pour des foucades.

Mais j'ai fini par comprendre que ces fantaisies se nourrissaient à une source plus profonde, une source à laquelle je n'avais pas accès – celle de la pauvreté. Judit luttait contre ses souvenirs. Parfois, sais-tu, j'ai trouvé émouvante sa volonté de vaincre toute cette mémoire, de la surmonter par la discipline, mais à présent que les barrières séparant son dénuement d'avec la richesse du monde étaient abolies, un sentiment terriblement puissant submergeait toute son âme. Elle ne voulait rien de plus, rien de meilleur, rien de plus éclatant que ce que je lui offrais... non, elle voulait toujours *autre chose*. Comprends-tu ce que je veux dire ? Comme un grand malade persuadé qu'il se sentirait mieux dans une autre chambre d'hôpital, ou qu'il existe quelque part un docteur plus compétent que son médecin traitant, ou des médicaments plus efficaces que ceux qu'il prend, elle voulait toujours autre chose. Quelquefois, elle s'en excusait, sans rien dire, seulement par son regard. C'est en ces moments-là que je sentais cette âme orgueilleuse et froissée vraiment proche de moi : son regard exprimait une sorte d'impuissance, non, elle ne pouvait rien, décidément, contre ses souvenirs, contre la pauvreté. Mais aussitôt s'élevait en elle une voix puissante qui couvrait sa supplique muette. Cela a commencé dès le premier soir.

Que voulait-elle ? La vengeance, et plus encore. Par quels moyens ? Elle n'en savait rien, elle n'avait élaboré aucune stratégie. Vois-tu, il n'est pas bon de troubler l'ordre, le marasme dans lequel on est né. Il arrive pourtant qu'un accident – une rencontre, un hasard – nous réveille : on regarde autour de soi et on ne trouve plus sa place dans le monde, on ne sait même plus ce qu'on cherche, on est incapable de maîtriser ses désirs, de définir leur objet, d'imposer la moindre limite à son imagination débridée. Rien ne nous convient plus. Hier encore, on était heureux avec un simple morceau de chocolat, un ruban de couleur, n'importe quel phénomène de l'existence, le soleil brillait et l'on débordait de santé. En buvant de l'eau pure dans un verre ébréché, on se réjouissait de sa fraîcheur, du plaisir d'étancher sa soif. Le soir, debout appuyé contre les grilles du couloir d'un immeuble, on a entendu de la musique et on était presque heureux. On a regardé une fleur et on a souri. Quelquefois, sais-tu, le monde nous procure une euphorie surprenante. Mais voilà qu'un accident survient et l'âme perd sa quiétude.

Qu'a donc fait Judit ? Elle a engagé, à sa manière, une sorte de lutte des classes.

Peut-être cette lutte ne se dirigeait-elle pas contre moi, personnellement. Je ne faisais qu'incarner ce monde, objet pour elle d'une convoitise aussi effrénée que morbide et désespérée, ce monde qu'elle entendait conquérir avec méthode, avec froideur, mais avec une obstination qui confinait à la folie. Dès lors qu'elle a commencé à projeter ses désirs sur moi, elle n'a plus connu le repos. Elle a commencé par se montrer grincheuse, incohérente – elle renvoyait les plats qu'on lui servait. Ensuite – j'étais un peu surpris, mais je ne disais rien –, elle a changé de chambre à l'hôtel, abandonnant celle avec salle de bains, donnant sur le parc, pour une suite avec vue sur le fleuve, comportant un salon et une alcôve. « Elle est plus calme », m'a-t-elle dit, telle une diva capricieuse, de passage dans la ville. Moi, j'écoutais ses doléances avec le sourire. Je réglais naturellement ses factures, mais avec une grande discrétion : d'ailleurs, je lui avais remis un chéquier dont elle disposait à sa guise. Eh bien, au bout de trois mois seulement, figure-toi, la banque m'a fait savoir que le compte que j'avais ouvert à son nom était débiteur. À quoi avait-elle dépensé cette somme importante, à ses yeux une véritable petite fortune ? Sans doute n'aurait-elle pas su répondre à cette question, que, naturellement, je ne lui ai jamais posée. Les freins de son âme avaient cédé – c'était tout. Ses armoires se remplissaient de chiffons coûteux, toujours choisis avec goût, mais parfaitement inutiles. Elle dépensait sans compter, effectuait ses achats dans les meilleures maisons de la ville, accumulait, sans les porter la plupart du temps, les robes, les chapeaux, les fourrures, les nouveautés à la mode, les bijoux, d'abord modestes, puis précieux, avec une avidité phénoménale étant donné sa situation, avec la fureur d'un miséreux se jetant sur la nourriture, quitte à se donner une indigestion, sans se préoccuper des limites que la nature nous impose, dans son infinie sagesse.

Éternellement insatisfaite, elle trouvait tout fade – les couleurs de ses robes aussi bien que le goût de ses plats, jamais assez chauds, jamais assez froids. Elle était perpétuellement en quête, toujours pressée, toujours excitée. Le matin, elle parcourait les magasins les plus chers du centre-ville, essoufflée, hors d'haleine, comme si elle craignait que l'objet qu'elle convoitait soit vendu avant qu'elle ait pu mettre la main dessus. De quel objet s'agissait-il ? D'une fanfreluche colorée, d'un article à la mode, d'un bijou en vogue, d'une babiole dont les femmes raffolaient le temps d'une saison... Oui, de tout cela, mais aussi d'objets absurdes, insensés, à la limite de la vulgarité... Un jour, j'ai fini par intervenir. Elle s'est arrêtée, elle a jeté autour d'elle un regard effaré, comme si elle sortait d'un état d'hypnose, puis elle s'est mise à pleurer. Elle a sangloté plusieurs jours, et elle n'a plus rien acheté pendant longtemps.

Son étrange silence, qui semblait toujours accompagner une plongée dans un lointain passé, m'émouvait. Elle restait à mes côtés chaque fois que j'en exprimais le désir, et elle se comportait avec la contrition d'un domestique pris sur le fait. J'ai alors décidé de ne plus intervenir, de ne plus chercher à la discipliner. Après tout, l'argent ne comptait pas pour moi, j'étais encore riche et, d'autre part, je savais qu'il n'était d'aucune utilité pour mon salut personnel. C'est que, pendant tous ces mois, je me trouvais en danger de mort... pas seulement moi, du reste, ma femme et Judit aussi. En danger de mort, te dis-je, au sens propre du terme : nous avions perdu nos repères, notre vie était littéralement submergée par une crue qui avait emporté tous nos souvenirs, nos certitudes, notre sécurité, nos foyers... et nous émergions de temps à autre de ces eaux sales, cherchant la terre ferme, sans réussir à la découvrir. Après tout, me disais-je, il fallait donner une forme à tout, y compris aux révoltes... tout débouche sur les grands lieux communs de la vie. Qu'importait donc mon argent dans ce séisme silencieux ? Allez, qu'il soit enfin emporté avec tout le reste, le calme, les désirs, l'estime de soi, la vanité... Un jour, oui, tout deviendra parfaitement simple. Bref, je n'ai plus rien dit à Judit. Pendant quelque temps, elle a mis un frein à son désir morbide d'acquisition, elle m'observait, apeurée, comme une soubrette accusée – à juste titre – de gourmandise ou de gaspillage.

Puis, d'un geste, je lui ai tout abandonné – et elle a recommencé à courir la ville, à hanter les salons de haute couture, les magasins d'antiquités et les boutiques à la mode. Attends un peu, je commence à avoir mal à la tête. Garçon, un verre d'eau, s'il vous plaît. Et une aspirine. Merci.

Lorsque je me remémore cette période de ma vie, j'éprouve le vertige de celui qui se penche au-dessus d'une chute d'eau, sans aucune barrière à laquelle il puisse s'accrocher, sans aucune main qu'il puisse saisir, pour l'empêcher de céder à l'appel redoutable des profondeurs... celui qui sait qu'il a besoin de toutes ses forces pour rebrousser chemin, pour trouver son salut. Il suffit de reculer d'un pas, de prononcer un seul mot, d'écrire une lettre, d'accomplir un seul geste. Mais en bas, l'eau bourdonne et elle t'appelle...

Métamorphoses d'un mariage

C'est l'évocation de tout cela qui m'a donné la migraine... Je revois encore avec une grande netteté certains moments de cette période. Lorsqu'elle m'a appris, par exemple, qu'elle avait été, à Londres, la maîtresse d'un professeur de chant grec. C'était à la fin de son séjour, alors qu'elle avait déjà décidé de rentrer. Elle voulait acheter quelques belles robes, des chaussures et des valises élégantes. Le Grec les lui a offertes. Et puis, elle est rentrée, elle a pris une chambre dans un hôtel près de la gare et elle m'a dit « Hello ! » au téléphone, comme si elle ne savait même plus parler hongrois.

Quel effet m'a fait cette nouvelle ? Je voudrais être franc, tu sais... mais j'ai beau m'interroger, examiner chacun de mes souvenirs à la loupe, je ne peux répondre que par un seul mot : aucun. On met toujours du temps à comprendre la véritable portée d'un acte ou d'un événement. La mort d'un homme, par exemple... tu ne la comprends pas. On l'a déjà enterré et tu ne ressens toujours rien. Aux yeux du monde, tu es en deuil, tu prends un air triste et solennel en société, mais dès que tu te retrouves seul, à la maison, tu bâilles, tu te grattes le nez, tu lis un livre, tu penses à toutes sortes de choses, sauf au défunt dont tu portes le deuil. À l'extérieur, tu es sombre et affligé, mais, dans ton for intérieur, à ta grande surprise, tu n'éprouves rien, sinon un certain soulagement, qui te cause un sentiment de culpabilité, et une profonde indifférence. Et cet état perdure pendant des jours, peut-être même pendant des mois. Tu trompes tout le monde, tu vis dans une froideur sournoise. Mais un jour, bien plus tard, un an après peut-être, alors que le nez du défunt s'est déjà détaché de son corps, tu marches dans la rue et, pris de vertige, tu dois t'appuyer contre le mur, car tu viens de comprendre... Quoi ? Le sentiment qui te liait au disparu. La portée de sa mort. Le fait que tu aurais beau exhumer, fût-ce avec tes dix doigts, ses restes, jamais tu ne reverras son sourire. Aucune sagesse, aucune puissance ne pourra faire en sorte que tu le croises dans la rue et qu'il te sourie à nouveau. Tu peux conquérir avec ton armée tous les continents – en vain. Alors, tu te mets à hurler de douleur. Ou même pas... tu restes figé, pâle, immobile, tu éprouves une affreuse sensation de manque, comme si le monde avait perdu son sens, comme si tu restais tout seul sur cette terre.

Et la jalousie, alors ? Quel est son sens ? Que cache-t-elle, qu'exprime-t-elle, qu'y a-t-il derrière elle ? La vanité, bien sûr. Le corps humain, tu sais, contient soixante-dix pour cent d'éléments liquides et trente pour cent d'éléments solides. De même, la vanité représente soixante-dix pour cent du caractère humain, le reste étant partagé entre le désir, la générosité, la peur de la mort et l'honnêteté. Lorsqu'un homme amoureux court dans les rues, éperdu, les yeux injectés de sang, parce qu'il craint qu'une femme passionnée, solitaire, assoiffée de bonheur et, en fin de compte, malheureuse, comme tout être humain, ne soit, quelque part dans la ville, entre les bras d'un autre homme, ce qu'il veut, ce n'est pas préserver le corps et l'âme de cette femme d'un danger ou d'une infamie imaginaires, mais protéger sa propre vanité d'une pareille blessure. Le jour où Judit m'a appris qu'elle avait été la maîtresse de ce professeur de chant grec, j'en ai pris note poliment, comme si c'était dans l'ordre des choses et j'ai changé de conversation. Sur le moment, en effet, je n'ai rien ressenti. Bien plus tard, alors que je vivais seul, que j'avais déjà divorcé d'avec elle et que je savais que d'autres hommes l'avaient également aimée, un après-midi, me souvenant soudain du Grec, j'ai été saisi d'une colère et d'un désespoir qui m'ont fait gémir de douleur. J'aurais été capable de les tuer, Judit et son professeur de chant, si je les avais eus à ma portée. Oui, j'ai souffert comme un fauve blessé par une balle, parce qu'une femme qui ne m'était plus rien, une femme que je cherchais à éviter – car nous avions échoué sur tous les plans – avait appartenu à un homme dont, selon toute vraisemblance, elle ne se souvenait que très vaguement, comme on se souvient, après un certain temps, des morts qui n'ont joué qu'un rôle secondaire dans notre existence. Mais, sur le moment, non, je n'ai rien ressenti. Occupé à éplucher une pomme, je lui ai adressé un regard courtois, approbateur presque, comme si j'étais heureux d'apprendre enfin une nouvelle que j'espérais depuis longtemps.

En attendant, nous faisions connaissance.

Comme un enfant glouton pris de nausée, Judit, pourtant gavée de tout ce que mon argent pouvait lui offrir, était déçue. Elle était devenue indifférente, non pas envers moi ni envers le monde, mais parce qu'elle avait compris que nul ne pouvait impunément courir après ses désirs. J'ai appris alors que, dans son enfance, sa famille avait souffert d'une extrême pauvreté, frisant l'indécence, telle que la décrit une certaine littérature tendancieuse [1]. Leur petite maison et leur lopin de terre avaient été engloutis par leurs dettes et leur nombreuse progéniture. Dispersés aux quatre coins du monde, les enfants travaillaient comme domestiques. Quant à Judit, elle était restée vivre avec ses parents et une sœur paralytique dans une masure entourée d'un petit jardin. Elle parlait de son enfance avec une froide objectivité, dépourvue de toute sentimentalité – et elle a attendu longtemps avant d'évoquer l'infortune de sa famille. Elle n'accusait personne, bien sûr – elle était trop femme, donc trop intelligente et trop pratique pour ne pas savoir qu'on ne peut maudire la mort, la fatalité, la maladie, la pauvreté... on les subit et c'est tout. Son récit était une succession de constats. La famille avait été chassée par la famine, puis elle s'était établie dans l'Est de la Hongrie, où elle avait essayé de cultiver des melons. Pendant tout un hiver, ils avaient vécu sous la terre, au sens propre du terme, dans un trou qu'ils avaient creusé et recouvert de joncs. Cet

---

[1]. Allusion aux tenants de la littérature dite « sociographique » (voir, par exemple, Gyula Illyés : *Ceux de Pusztas*, Gallimard, 1944), dénonçant dans les années trente, les conditions de vie de la paysannerie hongroise.

hiver-là, m'a-t-elle dit – et ce souvenir d'enfance l'avait manifestement marquée – des centaines de rats des champs, pour fuir le froid cruel, avaient envahi le trou qu'ils habitaient. « C'était très désagréable », a-t-elle ajouté sans aucune récrimination, à la manière du chroniqueur qui se borne à rapporter les faits.

Imagine un peu la scène : dans ce restaurant de luxe, cette femme superbe, enveloppée dans son col de fourrure hors de prix, les doigts ornés de bijoux étincelants, cette femme, oui, d'une beauté resplendissante qui attirait les regards de tous les hommes, se met à me parler, le plus simplement du monde, du « désagrément » qu'elle avait éprouvé à partager, dans le sol gelé, sa couche avec des centaines de rats des champs. Et moi je l'écoutais, muet de stupeur. Je n'aurais pas été étonné qu'elle me frappe au visage, sans raison précise, uniquement parce que ce souvenir venait de lui traverser l'esprit. Mais non, elle continuait à parler – avec le plus grand naturel – de cette pauvreté et de cette promiscuité qu'elle avait analysées mieux que n'importe quel traité de sociologie. Elle déroulait ainsi le fil de sa mémoire, sans accuser personne ni abandonner son attitude d'observatrice. Et puis un jour, elle en a eu assez. Sans doute était-elle repue et dégoûtée, sans doute avait-elle compris qu'il était impossible de compenser, fût-ce en raflant ce que les magasins du centre-ville offraient de plus précieux, les souffrances de millions d'êtres humains, que toute solution individuelle était vaine et impuissante, que les grands problèmes ne relevaient pas de l'individu, incapable de réparer à lui seul les profondes injustices que l'humanité endure aujourd'hui et depuis des milliers d'années. Tous ceux qui émergent pour un bref instant des ténèbres de leur condition et jouissent des bienfaits de la lumière, tous ceux-là se sentent coupables d'avoir trahi ceux d'en bas, avec lesquels ils restent éternellement liés... Le savait-elle ? En tout cas, elle n'en a jamais parlé. On ne cherche pas à expliquer sa pauvreté, tu sais, on l'évoque comme un phénomène naturel. En fait, Judit n'a jamais accusé les riches, son ironie semblait plutôt viser les pauvres, comme s'ils étaient responsables de leur état, à la manière des malades coupables de leur maladie : peut-être n'avaient-ils pas fait assez attention, ces pauvres, peut-être n'avaient-ils pas bien mangé, peut-être ne s'étaient-ils pas habillés assez chaudement... Elle parlait d'eux comme certains parents accablent un malade de leur famille souffrant d'anémie pernicieuse et n'ayant plus que quelques semaines à vivre : peut-être aurait-il pu éviter son sort... s'il avait pris ses médicaments à temps, s'il avait accepté qu'on ouvre les fenêtres, s'il ne s'était pas goinfré de spaghettis au pavot... Oui, c'est ainsi que Judit considérait les pauvres et la pauvreté. « Quelqu'un est responsable », semblait-elle me dire, sans toutefois accuser les riches. Elle en savait trop pour cela.

Oui, elle en savait davantage et maintenant que le monde s'était ouvert devant elle, maintenant que la table était mise, elle dévorait jusqu'à la nausée. Mais, comme toujours, les souvenirs se sont révélés plus forts qu'elle.

Cette femme n'était pas sentimentale, non, mais ses souvenirs ont fini par avoir raison de sa résistance. Visiblement, elle luttait contre sa faiblesse. Depuis que le monde est monde, il existe des malades et des gens en bonne santé, des riches et des pauvres. On peut certes atténuer la pauvreté, améliorer la répartition des richesses, modérer çà et là l'appât du gain, mais nul ne peut faire en sorte que des incapables deviennent des génies, que des sourds se mettent à entendre la musique sublime créée par l'âme humaine et que d'insatiables hamsters se transforment en modèles de générosité. Cela, Judit le savait si bien qu'elle jugeait inutile d'en parler. Pour elle, richesse et pauvreté étaient des données naturelles, au même titre que, par exemple, le lever et le coucher du soleil. Elle avait réussi à briser le carcan de la pauvreté, parce qu'elle était femme, parce qu'elle était belle, et parce que la passion m'avait effleuré. Elle l'avait deviné, oui, elle savait quelque chose sur moi. Aussi, comme un toxicomane émergeant de son paradis artificiel, elle s'était mise à m'observer.

J'ai compris que jusque-là, elle n'avait pas vraiment osé lever les yeux sur moi. Vois-tu, on ne dévisage pas les êtres surnaturels qui déterminent son propre sort. Or, pour elle, j'avais été, tout au long de ces années, entouré d'une sorte d'auréole aveuglante qui l'avait empêchée de me regarder autrement que les yeux papillotants. Ce n'était ni ma personne, ni ma situation sociale, ni mon charme viril qui l'impressionnaient, non, j'étais plutôt pour elle une sorte de hiéroglyphe que l'on craint de déchiffrer, sachant qu'il renferme la clé de tous les bonheurs et de tous les malheurs. Je représentais un but à atteindre, mais un but qui, une fois à votre portée, vous déçoit et vous fait reculer. Lazar aimait beaucoup *Le Songe,* la pièce de Strindberg. La connais-tu ? Je ne l'ai jamais vue. Dans ce drame, m'a-t-il dit, un homme ne désire qu'une seule chose toute sa vie, une espèce de boîte verte, dans laquelle les pêcheurs gardent leurs fils, leurs lignes et leurs hameçons. Les dieux, ayant pris cet homme en pitié, la lui accordent à la fin de sa vie. Alors, le vieil homme, la boîte à la main, s'avance vers le devant de la scène, l'examine sous toutes les coutures et déclare, avec une infinie tristesse : « Elle n'est pas du vert que j'aurais souhaité. » Lazar m'a souvent cité cette phrase à propos des désirs humains. Plus Judit avançait dans l'étude de ma personnalité, plus j'avais l'impression que je n'étais pas « du vert qu'elle aurait souhaité ». Pendant longtemps, elle n'a pas osé me voir tel que j'étais. On refuse toujours de prêter des dimensions humaines à l'idéal qu'on s'efforce d'atteindre. Nous vivions déjà ensemble, l'insupportable tension qui, à la manière d'une fièvre contagieuse, régnait entre nous avait déjà cessé, déjà nous étions, l'un pour l'autre, un homme et une femme, avec nos faiblesses, appliquant des solutions simples et humaines aux problèmes de l'existence... mais elle aurait voulu me voir comme moi-même je ne me suis jamais vu, une sorte de prêtre ou de grand seigneur issu d'un monde différent du sien. Moi, je n'étais qu'un solitaire qui espérait.

Voilà qu'il n'y a plus personne dans ce café... Ça sent un peu le tabac froid. On s'en va, si tu le veux bien. Mais d'abord, je te raconte la fin de mon histoire. Donne-moi du feu, s'il te plaît. Merci. Je vais te dire – si tu n'es pas fatigué de m'écouter – en quoi j'espérais et comment j'ai appris, et supporté, la vérité.

Moi, mon vieux, j'espérais un miracle. Qu'est-ce qu'un miracle ? La foi en la force éternelle, surnaturelle et mystérieuse de l'amour, capable de mettre fin à la solitude, d'abolir la distance entre deux êtres, d'abattre les murs artificiels que la société, l'éducation, la fortune, le passé et les souvenirs ont élevés entre eux. Quand on est en danger de mort, on cherche à saisir une main qui puisse serrer secrètement la vôtre, qui vous fasse comprendre que la compassion et la solidarité existent toujours, oui, qu'il existe toujours, quelque part, des êtres humains. C'est dans cet espoir que j'ai tendu la main à Judit.

Passé cette première période d'embarras, de tension et d'attente irritée, c'était, naturellement, avec les gestes de l'amour que nous avons cherché à nous saisir mutuellement. Je l'ai épousée, vois-tu, et j'attendais un miracle.

Ce miracle, je l'imaginais très simple : je croyais que toutes nos différences allaient fondre dans le creuset de l'amour. Je me mettais au lit avec elle, comme un voyageur qui revient après de longues années d'exil, constate que chez lui tout est finalement plus simple, plus mystérieux et plus suggestif qu'à l'étranger, que les merveilles les plus éblouissantes du monde ne sauraient éclipser le charme du foyer qu'il a abandonné. Ce foyer, c'est notre enfance, c'est son souvenir qui nous hante et qui surgit tout à coup alors que nous contemplons les sommets du Gaurîshankar ou le lac Michigan. Nous en aimons la lumière, les sons, les joies, les surprises, les espoirs et les peurs – et nous les recherchons toute notre vie. Pour l'adulte, seul l'amour peut restituer une parcelle de cet espoir, de cette attente tremblante... je dis bien l'amour, pas seulement le lit et tout ce qui s'y rapporte, mais aussi ces moments de quête, d'attente et de nostalgie qui poussent l'un vers l'autre deux êtres humains.

Judit et moi, on couchait ensemble et on s'aimait. Avec passion, avec enthousiasme, émerveillés, pleins de désir et d'espoir. Sans doute pensions-nous pouvoir réparer au lit, dans l'immunité pure et ancestrale de l'amour, tout ce que le monde et les hommes avaient gâché. L'amour qui a été précédé d'une longue attente – et tout « amour » qui n'a pas été purifié par ce feu ne mérite sans doute pas ce nom – espère un miracle de la part de l'autre et de soi-même. À un certain âge – Judit et moi, à cette époque, nous n'étions plus jeunes, bien sûr, mais pas encore vieux, nous étions une femme et un homme, au sens plein, définitif de ce terme –, ce qu'on attend de son partenaire, ce n'est ni la volupté, ni l'extase ni le soulagement, mais la confirmation d'une vérité simple et grave – que masquent, même dans l'amour, le mensonge et la vanité –, à savoir que nous sommes, hommes et femmes, engagés sur cette terre dans une entreprise commune, une entreprise qui n'est pas seulement, quoi qu'on puisse croire, la nôtre, mais aussi une mission incontournable... que le mensonge peut, certes, maculer ou dénaturer. Arrivé à un certain âge, on veut la vérité en toute chose, y compris au lit, dans les plus basses dimensions de l'amour physique. Peu importe que le partenaire soit beau – au bout d'un certain temps, on ne remarque même plus la beauté –, excitant, spirituel, expert, curieux, avide ou vibrant à l'unisson avec nous. Alors, qu'est-ce qui importe ?... La vérité, comme en littérature, comme dans tous les domaines de la vie humaine, la spontanéité, la faculté de se surprendre soi-même, en offrant, sans le vouloir, le merveilleux don de la joie – recevoir, d'une manière égoïste certes, mais tout en donnant, distraitement, comme en passant, sans suivre de plan alambiqué établi à l'avance... Telle est la vérité au lit. Non, mon vieux, il n'y a pas de plan quinquennal en amour... Le sentiment qui jette l'un vers l'autre deux êtres humains ignore le calcul. Le lit est une forêt vierge, pleine d'imprévus, torride comme une jungle, exhalant, comme elle, un parfum de fleurs exotiques, peuplée, comme elle, de lianes dont l'étreinte mortelle vous étouffe et de fauves aux yeux étincelants, prêts à bondir, qui vous guettent dans les ténèbres... et qui ont pour nom désir et passion. Oui, c'est aussi ça, le lit, en un certain sens. Une jungle et une pénombre, où retentissent, au loin, d'étranges sonorités – le cri d'un homme saisi à la gorge par un félin, près de la source, ou celui de la nature, à la fois bestiale, humaine et inhumaine... Cette femme connaissait les secrets de la vie, du corps, du conscient et du non-conscient. Pour elle, l'amour, loin d'être une série d'accouplements, représentait le retour permanent à l'enfance... l'enfance comme une fête et un village natal, un crépuscule brun foncé au-dessus d'un paysage, le goût familier de certains mets, une attente et une excitation sur fond de certitudes – comme celle de ne pas avoir à craindre les chauves-souris, le soir en rentrant, fatigué d'avoir joué, ou celle de retrouver, chez soi, sous la lampe, un repas chaud et un lit... Voilà ce qu'était l'amour pour Judit.

Et moi, je te l'ai dit, j'espérais.

L'espoir, c'est aussi la peur que nous inspire un désir... un désir que nous craignons de ne pouvoir assouvir. Ce qui existe déjà ne saurait faire l'objet d'un tel espoir : on en a pris note, on n'y pense même plus. Voilà, nous sommes partis en voyage. À notre retour, nous avons loué une maison en dehors de la ville. C'était une idée de Judit, pas une idée à moi. Naturellement, je l'aurais emmenée « en société », si elle en avait exprimé le souhait, tout au moins aurais-je invité chez nous quelques personnes intelligentes, pas des snobs,

Métamorphoses d'un mariage

des gens capables de voir dans notre histoire autre chose qu'une matière à commérages... Car dans la « société », vois-tu, cet autre monde dont naguère j'étais membre à part entière, ce monde où Judit n'était qu'une domestique, notre histoire suscitait le plus vif intérêt. Les gens raffolent toujours de ce genre de scandale : électrisés, régénérés, les yeux brillants, ils le commentent au téléphone du matin au soir. Nul n'aurait été surpris, dans cette société-là, de voir les journaux consacrer leurs éditoriaux à notre « affaire » : celle-ci, en effet, n'a pas tardé à défrayer la chronique, au même titre qu'un crime crapuleux. D'ailleurs, n'avait-on pas raison au regard des lois en vigueur dans notre monde ? Tu sais, on ne supporte pas sans motif le pénible ennui que représente une coexistence organisée, le carcan de relations usées jusqu'à la corde, de contraintes imposées par les conventions sociales. Personne n'a le droit de chercher la satisfaction, la joie et la tranquillité en suivant sa propre voie, au contraire, l'immense majorité accepte de censurer ses sentiments, ses désirs et se soumet à l'ensemble de tous ces interdits qu'on appelle civilisation. Alors, lorsqu'on apprend qu'une âme rebelle cherche un remède différent à la solitude qu'impose la vie, on se récrie, on se réunit, on constitue des tribunaux et on prononce des verdicts sous forme de cancans. Moi, à présent que je suis seul, je me demande parfois si la condamnation de ces agissements individuels est vraiment si injuste que cela...

C'est une simple question que je te pose, en tête-à-tête, après minuit.

Les femmes, elles, ne comprennent pas cette question. Il faut être un homme pour concevoir qu'il puisse exister autre chose sur terre que le bonheur. D'où, sans doute, l'éternel, l'irréductible malentendu entre les hommes et les femmes. Pour la femme, si elle en est vraiment une, il n'existe qu'un seul territoire, celui qu'occupe, dans le monde, l'homme qu'elle aime. Mais les hommes, eux, ont aussi une autre patrie, grande, éternelle, impersonnelle, tragique, une patrie avec des drapeaux et des frontières. Je ne veux pas dire par là que les femmes ne sont pas attachées à la communauté au sein de laquelle elles sont nées, à la langue en laquelle elles jurent, mentent ou font leurs achats, à la contrée où elles ont grandi ; je ne prétends pas non plus qu'elles ne soient pas fidèles, capables de sacrifices, voire d'héroïsme, envers cette autre patrie, celle des hommes. Mais, fatalement, elles ne meurent jamais pour une patrie, mais pour un homme. Jeanne d'Arc et les autres constituent des exceptions, ce sont des femmes viriles... Celles-ci sont, d'ailleurs, de plus en plus nombreuses à notre époque. Mais, en général, le patriotisme des femmes est plus silencieux, moins déclamatoire que celui des hommes. Elles pensent, comme Goethe, que l'incendie d'une ferme est une tragédie, mais que la perte d'une patrie n'est, la plupart du temps, qu'un slogan. Les femmes vivent éternellement dans cette ferme, pour laquelle elles travaillent, et qu'elles cherchent à sauvegarder au prix de toutes les abnégations. Dans cette ferme, il y a un lit, une table, un homme, et quelquefois un ou plusieurs enfants. Voilà la véritable patrie des femmes.

Bref, nous nous aimions. Et maintenant, apprends, si tu ne le savais pas encore, que le véritable amour est toujours mortel. Je veux dire que son but n'est pas le bonheur, l'idylle, la promenade, main dans la main, sous les tilleuls en fleurs, derrière lesquels la douce lumière d'une lampe sur la véranda éclaire un foyer où règnent la fraîcheur et des odeurs familières... Ça, bien sûr, c'est la vie, mais ce n'est pas l'amour. La flamme qui anime l'amour est toujours plus sinistre, plus dangereuse. Un beau jour, tu ne veux plus rien conserver pour toi-même, tu n'attends plus de la vie ni bien-être, ni apaisement, ni satisfaction, mais tu aspires à exister pleinement, quitte à en mourir... Alors, ce jour-là, tu éprouves le désir de connaître une passion dévorante. Ce désir se manifeste assez tard, la plupart des gens ne le connaissent même jamais... Ceux-là sont des timorés – et je ne les envie pas.

D'autres, les gourmands, trempent leur langue dans tous les verres... Ils sont aussi à plaindre. D'autres encore, malins et résolus, les escrocs de l'amour, subtilisent rapidement un sentiment, extorquent un moment de tendresse et prennent aussitôt la poudre d'escampette, disparaissant, hilares, dans la foule et les ténèbres. Il y a encore les pleutres et les calculateurs, ceux qui planifient leurs amours comme des transactions commerciales, ceux qui tiennent leur agenda amoureux. Ceux-là – ils ne valent pas cher – constituent la majorité. Pourtant, il arrive qu'un jour on comprenne vraiment le sens du don de l'amour... La nature l'offre-t-elle aux hommes pour leur bien ? C'est peu probable, car elle ignore la bonté. Est-ce une promesse de bonheur ? Non, la nature n'a pas besoin de rêves : elle ne veut que créer et détruire, car telle est sa tâche. Elle est cruelle, parce qu'elle a des projets à accomplir, et indifférente, parce que ses projets dépassent l'homme. La nature a doté l'homme d'une passion qu'elle exige intégrale et absolue.

Il existe dans toute vie digne de ce nom un moment où l'on se jette dans la passion comme on se jetterait dans le Niagara, sans bouée de sauvetage, naturellement. Moi, je ne crois pas aux amours qui commencent à la manière d'une joyeuse randonnée, avec sac à dos et chansons aux lèvres, au milieu d'une forêt ensoleillée... tu sais bien, avec ce sentiment solennel, emphatique, qui accompagne, à leurs débuts, la plupart des relations humaines... Dieu, que ce sentiment est suspect ! Non, la passion ne connaît pas la fête. C'est une force sombre, qui construit et anéantit sans cesse le monde, une force qui n'interroge jamais ses victimes, ne leur demande pas si elle leur fait du bien, ne se préoccupe guère des sentiments humains. C'est un fleuve charriant la vie et la mort, qui donne et exige la totalité, sans réserve. Rares sont ceux qui parviennent à en connaître la véritable nature ! Au lit, on se caresse, on se chatouille, on s'attendrit, on se ment, on prend, égoïstement, son plaisir et on jette à l'autre

Métamorphoses d'un mariage

quelques miettes de sa joie, en ignorant que tout cela n'a rien à voir avec la passion. Ce n'est pas un hasard si, dans l'histoire de l'humanité, les grands amoureux sont toujours entourés de ce même respect craintif dû aux héros, ces entrepreneurs hardis qui, pour servir les grandes causes désespérées, n'hésitent pas à risquer leur peau. Oui, les vrais amoureux risquent leur peau au sens propre du terme et, dans leur entreprise, la femme est la créatrice, l'héroïne, au même titre que l'homme, ce chevalier parti à la conquête du Saint Sépulcre. Les vrais amoureux, ces braves, sont éternellement en quête de ce mystérieux sépulcre, ils se battent, ils se blessent et ils meurent pour lui... Que pourraient-ils bien vouloir d'autre ?

Quel autre sens attribuer à ce penchant fatal et inconditionnel qui propulse l'un vers l'autre ceux qui sont touchés par la passion ? C'est bien la vie qui s'exprime à travers cette force... cette force indifférente, qui se détourne aussitôt de ses victimes. C'est pourquoi, oui, toutes les religions, à toutes les époques, ont vénéré les amoureux : en se jetant dans les bras l'un de l'autre, c'est sur un bûcher que ceux-là montent. Je parle des vrais, des authentiques, des rares élus. Les autres ? Ils cherchent une bête de somme, ou la possibilité de passer une heure entre les bras laiteux d'une maîtresse, ils cherchent à flatter leur propre vanité ou à satisfaire un besoin biologique... Mais tout cela n'a rien à voir avec l'amour. Derrière chaque étreinte se profilent les ombres de la mort, tout aussi débordantes, tout aussi riches, que les faisceaux lumineux de la joie. Derrière tout baiser véritable se dissimule le désir secret de l'anéantissement, ce sentiment de bonheur définitif, qui ne connaît plus le compromis... lorsqu'on sait qu'être heureux, c'est se détruire en s'abandonnant entièrement. C'est peut-être pour cette raison, je te le répète, que les amoureux font l'objet d'un culte dans les anciennes religions et dans les vieilles épopées. La mémoire collective garde l'image d'un amour archaïque... un amour qui, bien plus qu'un simple contrat, un jeu, un passe-temps quelconque ou un divertissement, comme le bridge ou la danse, constituait jadis une tâche redoutable – exprimer la plénitude de la vie, éprouver pleinement toute l'existence, avec son corollaire, l'anéantissement. On ne le comprend que trop tard, bien sûr, mais lorsqu'on le comprend, qu'importent la vertu, la morale, la beauté ou les qualités du partenaire ! Aimer, c'est connaître la joie totale – avant de dépérir. Or, en amour, des centaines de millions d'êtres humains n'attendent qu'un peu de charité, de tendresse, de patience, d'indulgence et quelques vagues cajoleries... Ils ignorent que ce qu'ils obtiennent ainsi n'est que du faux semblant, ils ignorent que c'est à eux de donner, sans condition – car tel est le sens de ce jeu.

Voilà. C'est dans cet état d'esprit que nous avons commencé à nous aimer, Judit Áldozó et moi, dans cette maison, à la périphérie de la ville.

Tout au moins, tel était *mon* état d'esprit et mon espoir. J'allais encore à mon bureau, mais mon travail ne me concernait plus : j'étais semblable à un employé indélicat qui a détourné l'argent de la caisse et qui sait que son forfait sera tôt ou tard découvert – et qu'il sera renvoyé. Mon crime à moi consistait en ceci : je ne me sentais plus concerné par le rôle que je jouais dans le monde. Et pourtant, je respectais les règles du jeu : j'arrivais le premier à l'usine, je quittais mon travail à six heures de l'après-midi, à l'heure où seul le portier était encore à son poste. Je traversais la ville à pied, comme auparavant, j'entrais quelquefois dans une pâtisserie où je revoyais ma femme, la première, j'allais dire, la vraie. Parce qu'au fond de moi-même, je n'ai jamais considéré Judit comme ma femme. Elle était « l'autre ». Que ressentais-je en apercevant ma première femme, la vraie ? Aucun attendrissement. Mais le sang refluait de ma tête, je devenais pâle, je la saluais, embarrassé, et je détournais aussitôt la tête. Car le corps se souvient, comme la mer et la terre qui, autrefois, ne faisaient qu'un.

Mais ce n'est pas de cela que je voulais te parler... maintenant que je t'ai presque tout dit. Mon histoire a fini stupidement et simplement comme toutes les affaires humaines. Pendant un an, oui, j'ai vécu dans la jungle, au milieu des tigres, des lianes à l'étreinte mortelle, des serpents dissimulés derrière les roches et les buissons. Ce qui s'est passé avant cette année-là et ce qui a suivi représentait peut-être le prix à payer...

Ce qui s'est passé avant, tu le sais maintenant. Mais ce qui est advenu par la suite m'a surpris moi-même. Je le vois : tu penses que j'ai appris un jour que Judit me trompait. Non, mon vieux, je ne l'ai appris que bien plus tard. Elle ne m'a trompé que lorsqu'elle n'a pu faire autrement.

Il m'a fallu un an pour apprendre que Judit Áldozó me volait.

Ne me regarde pas avec cet air incrédule. Non, je n'emploie pas ce mot au sens figuré. Il ne s'agit pas ici de mes sentiments, mais de mon porte-monnaie. D'un vol ordinaire, que l'on déclare à la police.

Quand a-t-elle commencé à me voler ? Dès le premier instant. Non, non, attends. Au début, elle ne me volait pas, elle me bernait seulement. Lorsque nous vivions encore à l'hôtel, j'ai ouvert un compte à son nom... je te l'ai dit, je crois. Et ce compte s'est épuisé en un temps étonnamment bref. Elle gaspillait l'argent d'une façon insensée en robes, en fourrures, en colifichets de toutes sortes, je n'y prêtais guère attention, la quantité et la qualité de ses achats ne m'intéressaient pas, à vrai dire, seule m'intriguait son avidité morbide, cette sorte de fureur compensatrice... Bref, un jour, la banque m'a averti que Judit n'avait plus rien sur son compte. Naturellement, j'ai aussitôt fait le nécessaire, en versant pourtant une somme moins importante que la première fois. Et quelques semaines plus tard, cet argent avait été dépensé à son tour... Je lui ai dit, plutôt sur le ton de la plaisanterie, qu'elle ne connaissait sans doute pas bien notre situation financière et que, d'une façon générale, sa conception de l'argent avait dû changer pendant son séjour en Angleterre. Ici, on était plus modestement riche que là-bas. Elle a écouté attentivement la leçon et ne m'a plus rien demandé. Après notre emménagement dans cette maison avec jardin, je lui ai remis tous les mois une certaine somme, largement suffisante pour couvrir les frais du ménage et ses dépenses personnelles. Et nous n'avons plus jamais parlé d'argent.

Mais un jour, j'ai ouvert une lettre dans laquelle la banque indiquait qu'à une certaine date le compte de Judit avait été crédité de vingt-six mille pengös. J'ai tourné et retourné la lettre dans tous les sens, en me frottant les yeux. D'abord, le sang m'est monté à la tête : j'étais jaloux. J'ai cru que Judit avait rapatrié cet argent d'Angleterre où elle avait été la maîtresse non seulement de ce professeur de chant grec, mais aussi de toutes sortes de richards qui avaient sans doute généreusement honoré ses services... J'étais furieux, torturé par cette idée, j'ai martelé la table de mes poings... Puis, je me suis rendu à la banque où j'ai appris que Judit n'avait rien rapporté d'Angleterre et que la somme en question provenait de plusieurs modestes versements, dont le premier datait du jour même où j'avais remis son chéquier à Judit.

Une histoire de bonne femme, me diras-tu en souriant. Moi aussi, de prime abord, j'ai souri, car j'étais soulagé. Les dates des versements indiquaient clairement que Judit m'avait caché cet argent. Je croyais qu'elle l'avait dilapidé en achat de chiffons et d'autres futilités... Bien sûr, elle l'avait dilapidé, mais pas d'une façon insensée : j'ai appris qu'elle avait marchandé chaque fois avec acharnement et qu'elle s'était fait délivrer des factures indiquant des sommes supérieures au prix d'achat réel. Un procédé digne d'une entraîneuse de boîte de nuit envers un client crédule. Cependant, sur le moment, cette supercherie m'a fait sourire et je me suis senti presque apaisé.

J'ai remis dans l'enveloppe le relevé de la banque, j'ai recacheté la lettre et je l'ai donnée à Judit, sans rien lui dire de ma découverte. J'étais jaloux, c'est vrai, mais pour un tout autre motif à présent. Ainsi, me suis-je dit, je vis avec une femme qui me cache quelque chose, un peu comme ces intrigantes qui prennent aimablement leur repas en famille, acceptent les cadeaux et les sacrifices de leurs maris, tout en pensant à leur rendez-vous de l'après-midi, à ce moment où elles s'introduiront en secret dans l'appartement d'un étranger et où elles n'hésiteront pas, au mépris de tous les sentiments humains, à trahir sans pudeur ceux qui leur ont accordé leur confiance. Il faut que tu le saches, oui, je suis un peu vieux jeu, je méprise profondément les femmes adultères, et aucun raisonnement à la mode ne saurait les disculper à mes yeux. Personne n'a le droit de bafouer les sentiments d'autrui en s'embarquant ouvertement ou clandestinement dans ces aventures sordides que certaines femmes appellent « bonheur »... Certes, j'ai participé, moi aussi – consciemment ou non – à de telles abominations, mais s'il y a une chose dans la vie que je regrette et dont j'ai honte, c'est bien l'adultère. Bien sûr, je comprends tous les égarements sexuels, je comprends ceux que submerge le désir, je comprends l'extase et les perversités dans lesquelles peuvent nous entraîner nos passions – le désir nous interpelle de mille façons différentes, non ? Mais seuls des êtres libres de toute attache ont le droit de se jeter dans la profondeur de ces eaux. Les autres se rendent coupables d'une terrible cruauté mentale !

Deux êtres humains ayant vraiment quelque chose en commun ne peuvent vivre ensemble avec un secret dans leur cœur. Ce serait de la tromperie pure et simple, du calcul, un triste compromis... non, tout cela manque trop de spontanéité, je te le dis, tout cela est infesté par un misérable secret qui, tel un cadavre, pourrit dans un placard.

Or, Judit avait un secret : je l'ai découvert le jour où j'ai ouvert cette lettre envoyée par la banque. Un secret qu'elle gardait avec le plus grand soin.

Pourtant, je la surveillais plus minutieusement que ne l'aurait fait le meilleur des détectives privés. Nous vivions aimablement, selon les lois de la cohabitation entre un homme et une femme, sans jamais cesser pour autant de nous mentir. Elle voulait me faire croire qu'elle n'avait pas de secret pour moi... et moi, je faisais semblant de la croire. Pendant tout ce temps, je l'observais et je réfléchissais. Plus tard, je me suis dit que les choses auraient pu se passer différemment, si je lui avais révélé ma découverte et si je l'avais contrainte à avouer. Peut-être l'atmosphère se serait-elle éclaircie, comme après ces orages qui succèdent à une journée de chaleur étouffante. Mais, sans doute, un tel scénario me faisait peur. Le secret de cette femme, avec qui je partageais mon destin, me tourmentait trop. Aux yeux de Judit qui avait passé son enfance sous la terre, au milieu des rats, et qui avait servi ensuite comme domestique, vingt-six mille pengös représentaient une véritable fortune. Or, cette somme ne cessait de s'arrondir. S'il ne s'était agi que d'un menu larcin, si Judit, douée de ce fameux sens pratique qu'on attribue aux femmes, n'avait fait que mettre de côté une partie de l'argent du ménage, je me serais contenté d'en rire. Toutes les femmes agissent ainsi, tant elles sont persuadées que les hommes, dépourvus du sens des réalités, ne savent qu'acquérir sans pouvoir conserver. Oui, toutes les femmes cherchent à se prémunir contre les mauvais jours. À cet égard, les ménagères les plus honnêtes sont pour leurs maris de véritables pies voleuses, ou des cambrioleuses. Elles savent que le plus grand secret de la vie consiste à conserver les hommes et l'argent, bref, ce qu'il est important de garder... Aussi n'hésitent-elles pas à tromper et à voler des sous et des pengös. Au fond, cette sorte de mesquinerie tenace fait partie de la sagesse féminine. Mais Judit ne se contentait pas de dérober quelques sous. Elle me volait systématiquement, avec le sourire et sans bruit, en me montrant de fausses factures et en me dissimulant son argent.

Nous vivions calmement, aimablement... Judit me volait et je l'observais. C'était le début de la fin.

Et puis, un jour, j'ai appris qu'elle ne s'en prenait pas seulement à mon argent, mais aussi à cette chose mystérieuse, l'un des ingrédients essentiels de la vie d'un homme... qu'on appelle estime de soi. Écoute, je sais bien que de l'« estime de soi » à la « vanité » il n'y a qu'un pas... C'est un vocable d'homme, bien sûr : les femmes y réagissent toujours par des haussements d'épaules. Parce que, au cas où tu ne le saurais pas, les femmes ne « s'estiment » pas, elles. Elles ont sans doute de l'estime pour l'homme auquel elles appartiennent, pour son rang social ou familial, pour sa réputation. Mais cette « estime de soi » par procuration ou par personne interposée vise uniquement le monde extérieur. Dans leur for intérieur, elles considèrent elles-mêmes avec une complicité indulgente et un tantinet méprisante ce phénomène composé de caractère et de conscience qu'on appelle le « moi » ou la « personnalité ».

J'ai donc appris que cette femme me dépouillait sciemment, méthodiquement ou, tout au moins, qu'elle cherchait à s'approprier, imperceptiblement, la plus grosse part possible de mon pain, un pain que je croyais commun à nous deux, et qui était encore, à l'époque – et surtout pour elle – du gâteau. Je l'ai appris non pas dans le « monde », ni à la banque qui, en toute innocence, m'informait consciencieusement de la situation financière, toujours plus avantageuse, de Judit. Non, mon vieux, c'est au lit que je l'ai compris. Cela m'a fait très mal... car de telles insultes nous font mesurer, à nous autres hommes, toute l'importance de l'estime de soi.

C'est donc au lit que j'ai tout compris. J'observais Judit

depuis longtemps. J'avais cru d'abord qu'elle avait besoin de cet argent pour sa famille, qui était nombreuse, ces hommes et ces femmes qui vivaient dans les bas-fonds de l'histoire, dans des profondeurs que ma raison certes connaissait, mais que mon cœur n'avait jamais eu le courage d'explorer. J'avais donc cru que Judit s'employait à me dépouiller parce qu'elle était mandatée par cette mystérieuse communauté des gens d'en bas. Peut-être sa famille était-elle criblée de dettes, peut-être souhaitait-elle acheter de la terre ? Pourquoi Judit ne m'en a-t-elle rien dit ? me demandes-tu. Moi aussi, je m'étais posé cette question et j'y avais même répondu : parce que la pauvreté lui faisait honte et parce que cette pauvreté tenait à la fois de la conjuration, de l'alliance secrète et du vœu tacite : les pauvres n'aspirent pas seulement à une vie meilleure, vois-tu, ils veulent aussi être reconnus comme les victimes d'une grande injustice – ils réclament le respect du monde. En somme, ils prétendent être vénérés comme des héros. Et ils le sont, en effet : plus je vieillis, plus je me rends compte que ce sont eux, au fond, les véritables héros de l'existence. Tout autre héroïsme ne peut être qu'occasionnel, résultat d'une contrainte ou fruit de la vanité. Mais être pauvre pendant soixante ans, accomplir, sans récriminer, les devoirs que la famille et la société vous imposent, tout en conservant sa dignité humaine, voire sa sérénité, et se montrer, par-dessus le marché, miséricordieux – voilà, à mes yeux, de l'héroïsme authentique.

Je croyais donc qu'elle volait pour sa famille. Mais non, Judit n'était pas sentimentale. C'est pour elle-même qu'elle volait, sans but précis, mais avec sérieux et circonspection, une expérience millénaire lui ayant appris que les années de vaches grasses ne durent pas éternellement, que les seigneurs sont toujours capricieux, que la roue tourne et que, si le hasard facétieux vous a un jour privilégié, il est judicieux de se remplir l'estomac tant qu'il en est encore temps, car, bientôt, les vaches maigres seront là et il faudra sans nul doute

Métamorphoses d'un mariage

se serrer la ceinture. Oui, c'est par prévoyance que Judit me volait, et non par pitié ou par générosité envers les siens. Si elle avait voulu aider sa famille, il lui aurait suffi de m'en dire un mot, un seul mot – et elle le savait bien. Mais cette famille lui inspirait en fait une peur instinctive, surtout depuis qu'elle avait pris pied sur la rive opposée, celle des possédants. Elle se défendait bec et ongles – mais son instinct de possession ignorait la pitié et la solidarité familiale.

Pendant ce temps, elle m'observait, moi, son maître. Que faisais-je ? N'en avais-je pas assez, de son petit jeu ? N'avais-je pas l'intention de la renvoyer ? Alors, tant mieux, profitons-en pour grossir notre magot. Oui, elle me surveillait, à table comme au lit. Le jour où je m'en suis rendu compte, j'ai rougi de honte. Heureusement pour elle, il faisait noir dans la pièce. Car on ignore ses propres limites. Ce jour-là, si je ne m'étais pas retenu, je crois que j'aurais pu la tuer... Peut-être. Mais laissons cela.

Cela s'est passé en un seul instant, un instant de tendresse et d'intimité. J'avais fermé les paupières, puis, brusquement, je les ai rouvertes. J'ai aperçu alors, dans la pénombre, un visage, pourtant familier mais fatal, esquisser très prudemment un sourire aussi fin qu'ironique. J'ai compris alors que cette femme, avec laquelle j'avais cru partager des moments d'extase et d'abandon complet, pour laquelle j'avais renié toutes les conventions humaines, que cette femme donc, à l'instant le plus intime, m'observait, oui, avec une ironie aussi discrète qu'évidente. « Que fait donc le jeune monsieur ? » semblait-elle demander. Ou encore : « Voici mon maître. » Et elle me servait. J'ai compris, te dis-je, qu'au lit et hors du lit, Judit ne m'aimait pas... elle me servait, comme, à l'époque où, bonniche, elle brossait mes chaussures et mes vêtements. Comme elle me servait à table chaque fois que j'allais déjeuner chez ma mère. Elle me servait parce que tel était son rôle et parce que les grands, les véritables rôles sont inaltérables et vous emprisonnent comme une fatalité. En engageant cet étrange duel avec moi et avec ma femme, elle n'avait pas cru un seul instant pouvoir modifier – intérieurement – les rapports qui nous liaient. Elle n'avait pas cru pouvoir, auprès de moi, jouer un autre rôle que celui de la domestique. Et parce qu'elle le savait non seulement avec sa raison, mais aussi avec son corps, avec ses nerfs, avec ses rêves, son passé et ses origines, au lieu de reconsidérer sa situation, elle agissait selon les lois de la vie. Aujourd'hui, je la comprends.

En ai-je souffert ? me demandes-tu.

Énormément.

Non, je ne l'ai pas renvoyée tout de suite. J'étais vaniteux, j'ai voulu lui cacher la peine qu'elle me faisait. Je l'ai laissée me servir à table et au lit, je l'ai laissé continuer à me voler. Je ne lui ai jamais dit que j'étais au courant de ses tristes, de ses misérables supercheries, comme je n'ai jamais évoqué son regard moqueur et méprisant que j'avais surpris un jour au lit. Entre deux êtres humains, il faut aller jusqu'au bout des choses, même si l'on doit en mourir. Puis, au bout d'un certain temps, sous un prétexte quelconque, je l'ai congédiée sans bruit. Elle est partie sans protester, sans discuter, sans même élever la voix, munie de son magot – considérable, puisqu'il contenait entre autres des bijoux et un immeuble –, oui, elle est partie, muette, comme elle était arrivée à l'âge de seize ans. Sur le seuil, elle s'est retournée et elle m'a jeté un regard à la fois interrogateur et indifférent, ce même regard qu'elle avait posé sur moi dans cette entrée sombre lors de notre première rencontre.

Ses yeux... c'était ce qu'il y avait de plus beau en elle. Quelquefois, je les revois encore dans mes rêves.

Oui, c'est le petit homme trapu qui me l'a prise. Je me suis même battu avec lui en duel... une affaire minable, mais je n'ai pas pu faire autrement.

Mon vieux, on nous met à la porte. L'addition, s'il vous

plaît ! Il y avait... mais non, pas question ! C'est ma soirée, alors, si tu le permets, tu es mon invité. Ne proteste pas.

Non, non, je n'ai pas envie de t'accompagner au Pérou. Quand on est parvenu à un état de solitude absolue, qu'on soit au Pérou ou ailleurs... quelle importance ? J'ai compris que personne ne pouvait plus m'aider. On aspire à l'amour... mais personne, non, jamais personne ne peut nous aider. C'est en comprenant cela qu'on devient fort et solitaire.

Voilà tout ce qui s'est passé pendant que tu étais parti au Pérou.

III

Que fais-tu, mon trésor ? Tu regardes mes photos ? D'accord, ça te fera passer le temps pendant que je prépare le café.

Attends, je mets ma robe de chambre. Quelle heure est-il ? Trois heures et demie ? J'ouvre un peu la fenêtre. Non, ne te lève pas, reste donc au lit. Regarde, c'est la pleine lune. La ville est calme, elle dort profondément. Dans une demi-heure, les camions vont se mettre à vrombir... ils apportent au marché des légumes, du lait, de la viande. Mais maintenant, Rome dort encore sous le clair de lune. Moi, en général, je ne dors plus à cette heure-là... tous les matins, à trois heures, mon cœur me réveille : il bat plus fort. Pourquoi ris-tu ? Non, il ne bat pas comme lorsque nous dormons ensemble... Pas la peine de ricaner. Le docteur m'a dit que c'est l'heure où les battements du cœur s'accélèrent, comme un moteur qui passe de la première à la seconde. Et quelqu'un d'autre – il n'était pas docteur, celui-là – m'a raconté un jour qu'à trois heures du matin le magnétisme terrestre changeait de rythme. Tu comprends ce que ça veut dire, toi ? Non. Moi non plus. Il avait lu ça dans un livre suisse. Oui, c'est ce type-là... dont tu tiens la photo entre tes mains.

Ne bouge pas, mon ange... Si tu savais comme tu es beau, couché dans ce lit, appuyé sur un coude, les cheveux tombant sur le front ! C'est seulement dans les musées qu'on voit des corps aussi superbes que le tien ! Et ta tête... une vraie tête d'artiste. Pourquoi prends-tu cet air coquin ? Tu sais bien que je t'adore. Parce que tu es splendide. Parce que tu es un artiste. Parce que tu es unique, oui, tu es un don du ciel, toi... Ne bouge pas, je vais t'embrasser. Ici, au coin de l'œil. Et sur le front. Bon, ça va, tu peux te recoucher. Tu n'as pas froid ? Veux-tu que je ferme la fenêtre ? Il fait tiède dans la rue, sous la fenêtre, il y a deux orangers qui brillent au clair de lune. Quand tu n'es pas là la nuit, je reste souvent accoudée à la fenêtre, à regarder la via Ligurio, cette rue si calme, si douce. Une ombre passe en rasant les murs, comme au Moyen Âge. Tu sais quelle est cette ombre ? Non, je ne veux pas que tu te moques de moi. L'amour ne m'a pas complètement abrutie... même si je suis folle de toi, mon seul, mon dernier amour. C'est la vieillesse qui passe via Ligurio, qui passe sous ma fenêtre, à Rome et ailleurs, partout dans le monde.

La vieillesse, cette voleuse, cette meurtrière. Un jour, elle entre dans ta chambre, cagoulée comme un cambrioleur, elle arrache des deux mains ta crinière, elle t'envoie son poing en pleine figure, elle te fait sauter les dents, elle vient dérober la lumière de tes yeux, la musique qui résonne dans tes oreilles, les saveurs qui flottent encore dans ta bouche... bon, ça suffit, ça vaut mieux comme ça. Mais pourquoi ce rire ironique ? J'ai encore le droit de t'aimer et, vois-tu, je ne m'en prive pas, moi, je dévore à belles dents le bonheur que tu me donnes. Et ce bonheur, je ne m'en rassasie pas, il est doux comme le miel... Oui, je ne peux plus me passer de toi. Mais n'aie pas peur, je ne vais pas te suivre, en chevauchant un manche à balai, sur le Capitole. Le jour viendra, tu sais, où je n'aurai plus le droit de t'aimer... parce que je vieillis. Ah ces rides, ces bourrelets... Non, ne me console pas, je sais ce que tu vas me dire. Ce jour-là, tu me donneras l'aumône – rien de plus... Ou une petite prime pour mes heures supplémentaires. Pourquoi fais-tu cette tête ? Pourquoi ce regard en biais ? Ce sera comme ça, tu verras bien. Moi, j'ai compris qu'il fallait s'en aller à temps. Veux-tu savoir qui me l'a appris ? Oui, cet homme, celui dont tu tiens la photo entre les mains.

Hein ? Je ne t'entends pas, ce camion fait trop de bruit. Tu veux savoir s'il a été mon mari ? Non, mon cœur, mon mari, c'était l'autre, avec le col de fourrure, dans ce coin de l'album. Pas mon deuxième mari, dont je porte le nom, mais le premier. Le vrai... si l'on peut dire. Le second, lui, il n'a fait que m'épouser. Plus exactement, j'ai payé pour qu'il m'épouse, parce que, passé la frontière, j'avais besoin de papiers et d'un passeport. J'avais depuis longtemps divorcé du premier. Où est la photo du deuxième ? Je n'en sais rien, je ne l'ai pas gardée, je ne veux plus le voir, non, même pas en rêve. Chaque fois que j'ai rêvé de lui, c'était un cauchemar. Autant rêver d'un monstre, d'une femme à barbe... Qu'est-ce que tu as à me regarder ? Toute vie d'homme est traversée de femmes, et certaines de ces vies sont comme des passages publics où les femmes défilent sans interruption. Dans la vie de chaque femme, aussi, il y a des hommes qui frappent à la porte... certains sont modestes et demandent poliment : « Je peux entrer ?.... Juste un instant. » Bien sûr, il y a toujours des pimbêches pour s'en offusquer : « Mais pour qui me prenez-vous, Monsieur ? » – pour s'indigner et leur fermer la porte au nez. Mais un peu plus tard, elles se décident à risquer un œil dans l'entrebâillement pour voir si l'insolent attend toujours, le chapeau à la main... Et alors, elles sont déçues, car il n'est plus là. Et une nuit, bien plus tard encore, alors qu'il fait déjà froid autour d'elles, elles pensent à cet homme-là et elles se disent que ce serait bien de l'avoir auprès d'elles, dans cette chambre glacée, dans ce lit si froid, oui, tout près, à portée de la main ; peu importe qu'il soit insolent, peu importe qu'il soit menteur, pourvu qu'il soit là... comme toi, Dieu merci, tu es là, toi, près de moi. Effronté comme tu l'étais, de toute façon, il n'y avait pas moyen de te chasser... Qu'est-ce que tu as à ricaner ? J'ai dit : Dieu merci ! Mais c'est qu'il se paie ma tête, espèce de mufle !

Ça va, tu n'as pas fini de rouspéter ! Allez, je continue... si tu veux bien.

Oui, naturellement, j'en ai eu, des prétendants qui frappaient à ma porte. Je peux même te dire que ça se bousculait au portillon. Mais ce deuxième-là n'a été mon mari que sur le papier. En 1948, tu vois, j'ai débarqué à Vienne avec mes deux valises. La démocratie populaire... j'en avais soupé. Deux valises, voilà tout ce qui me restait de ma vie de grande dame. Avec quelques bijoux.

Ce type-là, mon deuxième mari, il vivait déjà à Vienne depuis plusieurs années. Il s'y était rendu tout de suite après la guerre. C'était un malin, tu comprends, et il avait vite compris qu'il valait mieux quitter notre belle Hongrie. Il gagnait sa vie en se mariant de temps à autre et en divorçant aussitôt. Moi, il m'a épousée pour quarante mille shillings et, pour le divorce, il m'en a demandé vingt mille. J'ai payé – j'avais de quoi, avec les bijoux... tu en as profité, toi aussi, pas vrai ? Tu vois, il faut toujours être économe et prévoyant. Donc, tout était en ordre, seulement un après-midi, voilà que le type en question vient me voir à l'hôtel, où je vivais seule, il insiste, on est mari et femme, après tout, et il dit qu'il a des droits sur moi. Naturellement, je l'ai viré. Tu sais, de nos jours, les mariages blancs sont monnaie courante, pour avoir des papiers, les femmes se marient avec n'importe qui... mais il arrive que tu te retrouves avec des marmots, deux, parfois même trois, il faut donc faire attention. Oui, je l'ai viré, mais j'ai quand même dû lui donner l'étui à cigarettes en argent qu'il avait lorgné sur ma table de nuit. Après, il a disparu, et il s'est cherché une autre fiancée.

Alors, mon vrai mari, celui avec le col de fourrure que tu as vu sur la photo... Un monsieur bien, dis-tu ? Oui, c'est comme ça qu'on dit... Seulement, tu sais, il est toujours un peu difficile de faire la différence entre ceux qui sont vraiment bien et ceux qui font semblant... Il y a des riches qui savent se conduire, et puis il y en a d'autres qui ne sont ni riches ni distingués, et qui sont pourtant des gentlemen. Des richards sur leur trente et un, on en ramasse à la pelle. Mais un gentleman, ça, c'est rare comme l'okapi que j'ai vu un jour au zoo de Londres. Il m'arrive même de penser qu'aucun riche ne peut être un vrai gentleman. On en trouve, parfois, très rarement, chez les pauvres. Des saints.

Mon mari ? Je te l'ai dit : il avait l'air d'un gentleman, mais il n'en était pas vraiment un. Et sais-tu pourquoi ? Parce qu'il a été blessé dans son amour-propre... Oui, le jour où il a compris qui j'étais... je veux dire qui j'étais réellement. Ce jour-là, Monsieur s'est froissé et nous avons divorcé. En somme, il a été recalé à son examen... Mais il n'était pas bête, pourtant. Il savait qu'un homme qu'on peut vexer ou froisser ne peut être un véritable gentleman. Des gentlemen, je te le dis, il y en avait aussi quelques-uns parmi les gens de mon espèce. Pas beaucoup, toutefois, parce que nous étions pauvres comme les rats des champs avec lesquels nous avons vécu quand j'étais enfant.

Mon père cultivait des melons dans la région de Nyírség. Oui, je te dis, on était tous pauvres comme Job, on passait l'hiver sous la terre avec des rats, dans un trou que nous avions creusé nous-mêmes. Pourtant, quand je repense à mon père, il me semble qu'il faisait partie des vrais gentlemen. Parce qu'il ne se vexait jamais, lui. Il restait calme. Lorsqu'il se mettait en colère, il cognait, il avait des poings d'acier. Quand il se sentait impuissant, les mains liées, il se taisait, les yeux papillotants. Il savait écrire – maladroitement – son nom, il savait lire, mais il ne le faisait pas souvent, la plupart du temps, oui, il se taisait. Je pense qu'il réfléchissait aussi, mais jamais longtemps. Il lui arrivait de se soûler à mort, avec de la gnôle. Mais, pour autant que je m'en souvienne, cet homme qui habitait avec nous, dans ce trou, avec ma mère, ses gosses et les rats... un hiver où il n'avait même plus de chaussures, le postier lui avait donné une paire de caoutchoucs troués... et il s'enveloppait les pieds de chiffons –, cet homme-là ne se vexait jamais.

Mon premier mari, lui, le vrai, il gardait ses innombrables chaussures, en cuir fin, dans une armoire qu'il avait fait faire exprès. Il lisait continuellement, des livres vraiment calés, et pourtant il avait toujours l'air offusqué. Moi, j'ai cru longtemps qu'un homme qui avait tellement d'effets distingués qu'il fallait les garder dans une armoire spéciale... oui, j'ai cru qu'un homme comme ça ne pouvait pas se sentir humilié. Ce n'est pas un hasard si je te parle de ses chaussures : au début, lorsque je suis arrivée dans sa maison, je peux dire qu'elles m'ont vraiment impressionnée. Quand j'étais enfant, tu sais, je n'ai rien eu à me mettre aux pieds pendant longtemps. Mes premières chaussures, je les ai eues à dix ans, des souliers usagés, que la femme du sous-préfet avait laissés à sa cuisinière. Des souliers à boutons, comme on en portait encore à cette époque, mais trop étroits pour la cuisinière qui a eu finalement pitié de moi et me les a donnés un matin d'hiver alors que j'apportais du lait à l'Hôtel de ville. Moi, je les trouvais merveilleux, ces souliers. C'est sans doute pour cette même raison que j'étais si heureuse d'avoir pu récupérer, après le siège, cette grande malle que j'ai dû ensuite laisser à Budapest, en quittant la « démocratie ». Cette malle, avec mes chaussures, était sortie indemne de la guerre. Oui, ça m'a vraiment fait plaisir. Mais allons, assez parlé de chaussures...

Voici le café. Attends, je t'apporte des cigarettes. Ces cigarettes américaines, je les trouve un peu étouffantes, elles ont un goût sucré, non ? Bon, d'accord, tu en as besoin pour exercer ton art. Et aussi pour travailler la nuit, dans ta boîte. Mais fais tout de même attention à ton cœur, mon ange. S'il t'arrivait quelque chose, j'en mourrais.

Métamorphoses d'un mariage

Comment j'ai échoué chez mon mari ? Je n'ai pas été tout de suite son épouse, tu t'en doutes. Il m'a fallu attendre longtemps pour devenir la maîtresse de maison. Non, j'ai d'abord été engagée comme domestique, oui, comme bonniche.

Qu'est-ce que tu as à me regarder comme ça ? Non, je ne plaisante pas.

Bonniche, je te dis. Non, même pas, fille de cuisine. C'était une maison immense, on y menait grand train, je pourrais te parler longuement des habitudes de ces messieurs et de ces dames, de leur façon de manger, de parler et de s'ennuyer. Moi, je me déplaçais sur la pointe des pieds, tellement j'avais peur. J'étais ignorante, je ne savais pas comment me conduire dans un milieu aussi distingué, j'ai dû apprendre beaucoup de choses avant d'avoir le droit de servir dans les chambres. D'abord, j'ai travaillé dans les salles de bains et dans les cabinets. À la cuisine, il m'était interdit de m'approcher du feu, j'avais juste le droit d'éplucher les pommes de terre et d'aider à faire la vaisselle. Comme si on craignait que mes mains ne salissent tout ce que je touche... Je dis « on », mais c'était plutôt moi qui pensais que mes mains n'étaient pas assez propres pour toucher toutes ces belles choses : mes mains, c'est vrai, elles étaient rouges, calleuses, pleines d'ampoules, pas aussi blanches et douces que maintenant. Non, ni mes maîtres, ni le valet, ni la cuisinière ne m'ont fait la moindre remarque à ce sujet, c'était moi, et moi seule, qui craignais que mes mains ne laissent des traces sur les objets. Je n'osais même pas toucher aux plats. Comme les chirurgiens qui mettent leur masque pendant une opération afin de ne pas contaminer le malade par leur haleine, je retenais mon souffle en me penchant sur les ustensiles, sur les verres dans lesquels ils buvaient, sur les oreillers où ils posaient leurs têtes... Si ridicule que cela puisse paraître, en nettoyant la cuvette des W.-C., je craignais que mes mains ne ternissent la belle porcelaine blanche. Oui, au milieu de cette maison si distinguée, j'étais terrorisée.

Tu penses sans doute que ma peur et mon inquiétude ont disparu le jour où je suis devenue la maîtresse de maison. Eh bien, non, mon petit, tu te trompes. Dans cette maison, j'ai toujours été aussi angoissée qu'à l'époque où je servais comme bonne à tout faire. Je n'y ai jamais été tranquille ni heureuse.

Pourquoi ? Est-ce que je n'ai pas tout connu, le meilleur aussi bien que le pire ? Toutes les humiliations, mais toutes les satisfactions aussi ?

Il est bien difficile de répondre à cette question. Pour ce qui est de la satisfaction, c'est toujours un problème particulièrement délicat...

Passe-moi donc cette photo, il y a bien longtemps que je ne l'ai pas regardée. Oui, c'était lui, mon mari. Lui, avec sa tête d'artiste... Peut-être en était-il un, peut-être pas, Dieu seul le sait. En tout cas, il n'était pas, comme toi, artiste jusqu'au bout des ongles. Ça se voit sur la photo. Il avait le regard grave, le regard ironique de celui qui ne croit plus en rien, ni en lui-même, ni en ses dons d'artiste. Sur cette photo, il est un peu fripé, déjà vieux : je suis encore « avant », m'a-t-il dit un jour, tu sais, comme sur ces photos publicitaires montrant un visage « avant » et « après » un traitement. C'est pendant la dernière année de la guerre, entre deux raids aériens, que je l'ai prise, cette photo. Il lisait devant la fenêtre, il ne s'en est même pas aperçu. D'ailleurs, il n'aimait pas qu'on le photographie ni qu'on crayonne son portrait, ni même qu'on le regarde pendant qu'il lisait. Il n'aimait pas non plus qu'on lui parle... quand il se taisait. Il n'aimait pas... oui, il n'aimait pas qu'on l'aime. Tu me demandes s'il m'a aimée, moi ? Non, mon chéri, il ne m'a pas aimée. Il m'a seulement tolérée pendant un certain temps, là, dans cette pièce dont on voit une partie sur la photo. Cette bibliothèque, avec tous ces livres, a péri peu après... La pièce elle-même n'existe plus, ni cet immeuble au quatrième étage duquel nous nous trouvions ce jour-là, entre deux bombardements. Rien de ce que tu vois sur cette photo n'existe encore.

Voici ton café et tes cigarettes. Bois et écoute-moi.

Ne t'étonne pas, mon cœur, de me voir si nerveuse... cela me bouleverse toujours d'évoquer cette époque. Nous, qui avons vécu le siège de Budapest, et tout ce qui s'est passé après, eh bien, nous en avons vu de toutes les couleurs. Tu peux remercier le ciel d'avoir pu rester en province pendant tout ce temps. Comme tu es intelligent, toi, comme tu es futé !

Oui, tu as eu raison de te planquer dans ton comté de Zala, pendant que nous, nous pourrissions tranquillement au fond des caves, à guetter les bombes. Tu as bien fait d'attendre l'hiver 1947 pour remonter à Budapest, alors qu'il y avait déjà un gouvernement et que ton ancien bar avait ouvert ses portes. Bien sûr, tu as été accueilli avec empressement. Mais n'en parle jamais à personne, tu sais, quelques mauvais esprits – des anciens du STO[1], par exemple – pourraient se poser quelques questions, et même supposer que tu avais sans doute de bonnes raisons de te mettre à l'abri si longtemps dans le Zala... Bon, d'accord, je ne dis plus rien.

Cet autre homme, là, oui, cette espèce d'écrivain, m'a dit un jour que nous tous qui avions survécu au siège, nous étions devenus fous, comme si nous avions été enfermés dans un asile d'aliénés.

Quel type d'homme était-il, celui-là ? Pas un batteur, c'est sûr. D'ailleurs, il n'y a qu'un seul batteur au monde, et c'est toi. Il n'avait pas, comme toi, une carte de travail délivrée par les autorités italiennes... il n'en avait pas besoin, d'ail-

---

1. N'ayant pas le droit de porter des armes, les juifs mobilisables avaient été versés pendant la guerre dans des bataillons auxiliaires.

leurs, pour ce qu'il faisait. Il a écrit des livres, pendant quelque temps. Ne fronce pas les sourcils, je sais que tu n'aimes pas lire. Je ne supporte pas ces petites rides sur ton front superbe. Ne te casse pas la tête, tu ne connais pas son nom. Ce qu'il écrivait ? De la littérature... Des paroles pour des chansons comme tu en joues dans ton bar ?... Non, je ne crois pas. Pourtant, lorsque j'ai fait sa connaissance, il avait le moral si bas que, si on le lui avait demandé, il aurait peut-être écrit des paroles pour des chanteuses de variétés. L'écriture ne l'intéressait plus : il aurait été prêt à rédiger, sur commande, des textes publicitaires ou des tracts. En fait, il méprisait tous les écrits, les siens comme ceux des autres, il méprisait même toutes les créatures de ce monde... Pourquoi ? Je ne le sais pas, mais je m'en doute : un jour, il m'a dit qu'il comprenait les autodafés, car aucun livre n'a jamais pu aider les hommes.

C'était un fou, dis-tu ? Tiens, je n'y avais pas pensé. Comme tu es intelligent !

Tu veux savoir ce qui se passait dans cette maison si distinguée où j'étais domestique ? D'accord. Mais fais bien attention : ce ne sont pas des contes que tu vas entendre, mais ce que les livres scolaires appellent l'Histoire. Je sais, l'école et les livres, ça n'a jamais été vraiment ton truc. Raison de plus pour dresser tes petites oreilles. Ce que je vais te raconter n'existe plus, pas plus que les premiers Hongrois qui parcouraient le monde à cheval, ramollissaient la viande sous leurs selles, et portaient, nuit et jour, leurs casques et leurs cuirasses... Comme Árpád et les sept chefs de tribu, dont tu as dû entendre parler à l'école de ton village, mes maîtres étaient des figures historiques... Je m'assieds sur ton lit, tout près de toi. Donne-moi une cigarette.

Eh bien, voilà. Je vais t'expliquer pourquoi je ne me sentais pas à l'aise dans cette maison huppée. Il faut reconnaître qu'on y était gentil avec moi. La vieille Madame me traitait un peu comme une orpheline ou comme un membre ruiné, un peu demeuré, d'une riche famille, auquel on s'efforce par tous les moyens de ne pas faire sentir sa situation. C'était peut-être cette « bonté » qui m'exaspérait le plus.

J'ai accepté assez vite le vieux Monsieur. Tu veux savoir pourquoi ? Parce qu'il était vache avec moi. Le seul de la famille à ne pas m'avoir accablée de sa bonté. Lui, il ne m'a jamais appelée par mon petit nom, il ne m'a jamais fait de cadeaux bon marché, il ne m'a jamais offert des vêtements usagés, comme la vieille qui m'avait laissé son manteau d'hiver qu'elle ne mettait plus ou comme le jeune homme qui, plus tard, m'a épousée et m'a offert au passage son titre d'Excellence. Quant à son titre de « conseiller gouvernemental de première classe », il ne l'utilisait jamais. Il était interdit de lui donner de l'Excellence, d'ailleurs, il fallait toujours l'appeler « docteur »... mais moi, on pouvait m'appeler « Excellence »... oui, mon mari tolérait que la domesticité me considère avec déférence et semblait s'amuser de voir que d'autres prenaient au sérieux ce qui, pour lui, n'était qu'un objet de mépris.

Le vieux Monsieur, lui, n'était pas comme son fils. Il acceptait qu'on l'appelle « Excellence », parce qu'il avait l'esprit pratique et parce qu'il savait que la plupart des gens n'étaient pas seulement cupides, mais aussi vaniteux et irrémédiablement stupides. Il ne demandait jamais rien, il donnait simplement ses ordres et lorsque je faisais une bourde, il me criait après : un jour, il m'a fait tellement peur que j'ai laissé tomber le plat que j'avais entre les mains. Son regard me faisait trembler, j'en avais les mains moites de frayeur. Oui, il avait le même regard que ces personnages en bronze sur les places de certaines villes italiennes. Tu sais bien, ces statues du début du siècle, représentant des bourgeois ventripotents, en redingote, avec leurs pantalons si débraillés et fripés qu'on les croirait réels, de ces bourgeois qui se disent patriotes du matin au soir mais qui n'ont jamais rien fait d'autre qu'ouvrir la première boucherie chevaline de leur ville. Eh bien, le vieux Monsieur avait exactement le regard inflexible de ces statues, à l'image des authentiques bourgeois d'autrefois. Un regard qui me traversait comme si je n'existais pas, comme si je n'étais qu'un rouage dans un mécanisme. Quand je lui apportais, le matin, son jus d'orange – parce que ces gens-là commençaient leur journée en buvant du jus d'orange et la continuaient par de la gymnastique et des massages... puis, ils prenaient une tasse de thé nature, avant de se mettre à table dans la salle à manger pour un petit déjeuner copieux, qu'il fallait leur servir avec autant de simagrées qu'on mettait, chez nous, pour célébrer la messe de Pâques – bref, en lui apportant son jus de fruits du matin, je n'osais même pas jeter un œil du côté du lit où il lisait, couché, à la lumière électrique. Non, je n'osais même pas regarder le vieux dans les yeux.

À cette époque, d'ailleurs, il n'était pas si vieux que ça. Quand je l'aidais à endosser son pardessus dans l'entrée sombre, il me pinçait quelquefois les fesses ou il me tirait les oreilles... Il me faisait ainsi comprendre que je ne lui déplaisais pas et que, s'il n'allait pas plus loin, c'était parce que sa dignité l'empêchait de trousser une servante. En fait, je n'étais pas vraiment de son avis. S'il avait insisté, j'aurais sans doute obéi... sans plaisir et sans entrain, remarque, uniquement parce qu'il me semblait que je n'avais pas le droit de contrarier un personnage aussi puissant. D'ailleurs, il aurait été lui-même fort surpris de me voir réticente.

Mais ce jour-là n'est jamais arrivé. Il était le maître, un point c'est tout, et tout se passait selon sa volonté. Jamais, au grand jamais, il n'aurait pensé à m'épouser et s'il avait voulu m'entraîner dans son lit, il l'aurait fait sans se poser de questions. C'est pourquoi je préférais le servir, lui, plutôt que les autres. J'étais jeune, j'étais saine de corps et d'esprit, j'avais une horreur instinctive de tout ce qui était maladif.

Métamorphoses d'un mariage

Le vieux était encore en bonne santé, alors que sa femme et son fils – celui qui, plus tard, m'a épousée – étaient déjà malades. Ma raison ne le savait pas encore, bien sûr, mais mon instinct me le suggérait.

C'est que tout était dangereux dans cette superbe maison où, pendant longtemps, je me suis déplacée avec un respect craintif, semblable à celui que j'éprouvais, dans mon enfance, pour l'hôpital de ma commune où, après avoir été un jour mordue au mollet par un chien, j'avais été transportée par les gendarmes... Le médecin du village avait interdit à mes parents de me soigner, c'est-à-dire de panser ma plaie avec de vieux chiffons, comme nous avions l'habitude de le faire dans notre trou.

La vieille bâtisse de l'hôpital m'est apparue alors comme un véritable palais, un palais qui ne pouvait exister que dans les contes de fées.

Tout me fascinait, tout m'impressionnait... À commencer par les odeurs, si différentes de celles que je respirais dans la grotte souterraine où nous vivions, moi, mon père, ma mère, mes frères et mes sœurs, comme des bêtes... comme des putois, des mulots ou des hamsters. On me soignait avec des piqûres ; bien sûr, c'était douloureux, mais je n'y faisais pas attention, il y avait tant de choses à découvrir dans cette salle d'hôpital que je partageais avec des cancéreux, des épileptiques et des rescapés du suicide. Elle ressemblait à cette gravure ancienne que j'ai vue un jour dans un musée parisien, une gravure qui représentait un hôpital sous la Révolution, avec, sur les lits, des malades en loques. Dans cet hôpital, moi, j'ai passé les plus beaux jours de mon enfance.

On m'a guérie, j'ai échappé à la rage, telle qu'on la décrit dans les manuels. On dit que ceux qui en sont atteints ont toujours soif, alors qu'ils ont horreur de l'eau – j'ai éprouvé cette sensation toute ma vie, même lorsque ça allait mieux. En ai-je gardé quelques séquelles ? Allons, n'aie pas peur, je ne te mordrai pas !

Bref, cette superbe maison où j'avais échoué me rappelait l'hôpital et la rage...

Le jardin n'était pas grand, mais il embaumait, comme dans la boutique d'un marchand de couleurs : mes patrons y faisaient planter toutes sortes d'herbes importées de l'étranger. Tout venait de l'étranger, d'ailleurs, même le papier toilette. Pas la peine de me regarder de cet air incrédule... ces gens-là n'achetaient pas comme tout le monde, vois-tu, ils commandaient par téléphone, et on leur livrait tout – la viande pour la cuisine, les fleurs pour le jardin, les derniers disques, les actions, les livres, les sels odorants qu'ils mettaient dans leur bain, les parfums, les eaux de toilette, les crèmes qu'ils étalaient sur leur visage et sur leur corps, et dont l'odeur m'excitait et m'écœurait à la fois – lorsqu'en nettoyant la salle de bains je sentais leurs savonnettes et leur eau de Cologne, j'avais envie de pleurer d'émotion.

Une drôle d'engeance, les richards. J'en ai fait partie moi-même, pendant quelque temps : tous les matins, une bonne me lavait le dos, j'avais deux voitures, un coupé avec chauffeur et une décapotable, que je conduisais moi-même. Je ne me gênais pas avec eux, tu peux me croire, je me suis même rempli les poches et, à certains moments, il m'est arrivé de penser que j'étais devenue riche. Mais, aujourd'hui, je sais que je ne l'ai jamais été. Bien sûr, j'avais des bijoux, de l'argent, un compte en banque – mais tout ça venait des richards, ils me l'avaient donné ou je le leur avais pris, quand j'en avais la possibilité, parce que je n'étais pas bête, j'avais appris, toute petite déjà, à ramasser ce que les autres jetaient, à le renifler, à mordre dedans, à le cacher... qu'il s'agisse d'une vieille marmite trouée ou d'une bague avec un diamant... On n'est jamais assez prévoyant... oui, je l'ai appris toute petite.

Maintenant que les beaux jours sont finis, pourtant, je me

demande parfois si j'ai été assez prévoyante, assez vigilante. Je n'ai aucun remords, naturellement, mais n'aurais-je pas oublié quelque chose ? Par exemple, cette bague que tu as vendue hier... non, je ne dis pas cela pour te critiquer, tu as fait une excellente affaire, tu te débrouilles comme un chef, je ne sais pas ce que je deviendrais sans toi... cette bague, elle appartenait à la vieille Madame : c'est son mari qui la lui avait offerte pour leurs noces d'argent. Je l'ai trouvée un jour dans un tiroir après la mort du vieux Monsieur, alors que j'étais déjà la maîtresse de maison. En la passant à mon doigt, je me suis souvenue que, bien des années auparavant, peu après mon arrivée, je l'avais vue, en faisant le ménage, pendant que la vieille Madame traînait dans la salle de bains, sur la petite table où elle gardait ses produits de beauté... Je l'avais essayée et, tout à coup, je m'étais mise à trembler très fort, et j'avais dû me précipiter aux W.-C. tellement j'avais mal au ventre. Eh bien, en retrouvant cet objet de piété familiale après la mort de la vieille, je l'ai aussitôt mise dans ma poche, sans autre forme de procès et sans rien dire à mon mari. Ce n'était pas un vol, de toute façon, car, après la mort de sa mère, mon mari m'a donné tous les bijoux de famille... mais m'approprier ainsi, à l'insu de mon époux, cette bague dont la vieille avait été si fière, cela m'a procuré une drôle de satisfaction. C'est pourquoi je l'avais gardée, cette bague... jusqu'à ce que tu la vendes, hier.

Qu'as-tu à rire ?... Tu ne crois pas qu'ils faisaient venir leur papier cul de l'étranger ? Écoute, il y avait, dans cette maison, quatre salles de bains... une pour Madame avec des carreaux de faïence vert pâle, une jaune pour le jeune maître, une bleu foncé pour le vieux Monsieur et, dans chacune, du papier toilette de la couleur du carrelage, importé d'Amérique : là-bas, tu sais, il y a tant de choses, tant d'industries, tant de millionnaires, oui, c'est là que j'aimerais aller un jour... J'ai appris que mon mari, le vrai, y a émigré après avoir décidé de quitter notre démocratie. Mais lui, je ne veux pas le rencontrer... Pourquoi ? Comme ça ! Moi, je crois que lorsque deux personnes ont vraiment mis les choses au clair entre eux, eh bien, elles n'ont plus rien à se dire...

Mais ce n'est pas si sûr. Peut-être existe-t-il des conversations qui ne se terminent jamais... Essaie un peu de me suivre, je continue.

Les domestiques, donc, avaient aussi leur salle de bains, mais carrelée de blanc, comme le papier toilette, un peu rêche, qu'on utilisait. Un ordre parfait régnait dans la maison.

C'était la vieille qui la faisait marcher – avec la précision de cette superbe montre-bracelet pour femme que tu as vendue il y a quinze jours... Le personnel se levait à six heures du matin. On s'habillait pour le ménage avec la rigueur d'un prêtre célébrant la grand-messe. Il y avait des balais, des brosses, des chiffons pour essuyer les vitres, des cirages pour les parquets, semblables à ces pommades à base d'œufs préparées, à prix d'or, par les salons de beauté... et toutes ces machines excitantes et bourdonnantes – l'aspirateur pour nettoyer et brosser les tapis, les cireuses qui transformaient le parquet en un véritable miroir... moi, je m'y regardais, éblouie, comme le Narcisse que j'ai vu un jour dans un musée... un Narcisse qui admirait dans le miroir d'un lac son beau visage pédérastique

Tous les matins, donc, on se préparait pour le ménage comme des acteurs avant un spectacle. On se déguisait, si tu préfères. Le valet endossait son uniforme, qui ressemblait à un veston retourné ; la cuisinière, avec sa blouse blanche et son fichu sur la tête, m'évoquait les infirmières d'un bloc opératoire attendant le chirurgien et le malade. Moi, telle l'ingénue d'une opérette, je mettais ma coiffe de bon matin... pas vraiment pour faire joli, mais par souci d'hygiène... on craignait que je ne sois porteuse de microbes. On ne me

Métamorphoses d'un mariage

le disait pas ouvertement, bien sûr. Peut-être ces gens-là ne parvenaient-ils même pas à le formuler, simplement, ils se protégeaient, méfiants, parce que telle était leur nature, de tout et de tous, des bacilles, des voleurs, du froid, de la chaleur, de la poussière et des courants d'air, de l'usure et des caries dentaires, oui, ils protégeaient tout – leurs meubles avec des housses, leurs actions à la Bourse, les pensées qu'ils avaient héritées de leurs ancêtres ou empruntées à des livres. Je ne l'ai pas compris tout de suite, je veux dire avec ma raison, mais je l'ai senti instinctivement, dès que j'ai mis les pieds dans cette maison. Ils se préservaient aussi de moi, car je risquais de les contaminer...

Mais comment, Seigneur ? J'étais jeune, j'avais une santé de fer – et pourtant, cela ne les a pas empêchés de me faire examiner par le médecin de la famille. Une situation vraiment pénible... le vieux docteur lui-même en était gêné, il n'arrêtait pas de plaisanter afin que je supporte tout ça sans protester – mais il approuvait bien sûr le principe... il y avait en effet un jeune homme dans la maison... et ce jeune homme, en couchant avec la fille de cuisine que j'étais, risquait d'attraper la tuberculose ou quelque maladie honteuse. Visiblement, ce vieillard intelligent estimait qu'une telle prudence, de telles précautions étaient sans doute un peu exagérées. Au bout du compte, on ne m'a trouvé aucune maladie, on m'a donc tolérée dans cette maison, comme un chien de race qu'on n'a pas besoin de faire vacciner... et je n'ai pas contaminé le jeune homme en question qui, bien plus tard, a fini par m'épouser. Ce danger, cette contamination-là, ils ne l'avaient certes pas prévu. Le médecin de famille non plus. On n'est jamais assez prudent, mon cher. S'ils l'avaient pressenti, ils en seraient tous morts de peur. Tout au moins le vieux Monsieur.

La vieille, elle, était bien plus maniaque. Ce n'était ni pour son mari, ni pour son fils, ni pour son argent qu'elle avait peur, mais pour tout... À ses yeux, la famille, l'usine, la maison somptueuse, tout cela était comme une antiquité rare, qui n'aurait existé qu'en un seul et unique exemplaire, un vase de Chine qui valait des millions et qui, s'il venait à se briser un jour, ne pourrait jamais être remplacé. Elle craignait pour leur style de vie, comme on tremble pour un trésor ou pour un chef-d'œuvre. Et quelquefois, je pense qu'elle n'avait pas tout à fait tort. Là-bas, dans cette maison, oui, quelque chose a fini par se briser. Irrémédiablement.

Hein ? Tu me demandes si elle était folle ? Bien sûr qu'ils étaient fous à lier, tous, sauf le vieux Monsieur. Nous autres, les domestiques – j'allais dire, les infirmiers –, nous avions aussi attrapé cette folie. Dans un hôpital psychiatrique, les infirmiers, les assistants, les médecins-chefs, chacun est, tôt ou tard, gagné par cet invisible et subtil poison qu'est la folie, un poison qui germe dans un tel milieu, même si aucun instrument ne peut en déceler la présence. Quand un homme sain d'esprit vit avec des fous, il devient fou lui-même. À force de servir, de nourrir et de laver ces gens, nous – le valet, la cuisinière, le chauffeur –, nous avions cessé d'être des gens normaux. Oui, nous avons été les premiers à attraper leur folie... On singeait leurs manières, avec une pointe d'ironie, mais aussi une forme de recueillement respectueux. Au déjeuner, à la cuisine, nous mangions cérémonieusement, en nous faisant des politesses, à la façon de ceux qui prenaient leurs repas dans la grande salle à manger. « Je suis si nerveuse ! J'ai une de ces migraines !... » disions-nous chaque fois qu'il nous arrivait de casser une assiette. Ma pauvre mère, elle, qui a accouché de six enfants dans son trou, n'avait jamais entendu parler de la migraine, elle ne savait même pas ce que c'était... Mais moi, qui m'adaptais rapidement, je l'avais, la migraine, et lorsque, par maladresse, je cassais une assiette, je disais à la cuisinière, tout en pressant la main sur mon front : « C'est le vent du Sud... », et je le disais sans ricaner, parce que nous pouvions désormais nous permettre ce luxe. Oui, je me transformais rapidement, mes mains blanchissaient et je m'affinais intérieurement. Un jour – cela faisait déjà trois ans que je servais dans cette maison –, ma mère m'a rendu visite. Eh bien, elle s'est mise à pleurer, pas de joie, non, mais de peur... comme si j'étais devenue un monstre, avec deux nez au milieu du visage.

Oui, ils étaient tous fous, ces gens-là. Dans la journée, ils conversaient poliment, ils allaient au bureau, ils se souriaient avec amabilité, ils faisaient des courbettes, puis, brusquement, sans transition, ils lâchaient un gros mot ou ils enfonçaient des ciseaux dans la poitrine du médecin venu les soigner. Sais-tu vraiment ce qui trahissait leur folie ? La raideur de leurs gestes et de leurs paroles – ils manquaient de cette souplesse naturelle qui caractérise les gens normaux. Ils riaient et ils souriaient comme ces comédiens qui étudient longuement les mouvements de la bouche. Ils parlaient bas et, quand ils étaient en colère, ils baissaient encore la voix, remuant à peine leurs lèvres. Jamais, dans cette maison, on ne prononçait un mot plus haut que l'autre, jamais on ne se disputait. Quelquefois, le vieux Monsieur se laissait bien aller à pousser un juron, mais, contaminé comme il l'était, il se reprenait aussitôt.

Même quand ils étaient assis, ils passaient leur temps à s'incliner les uns vers les autres, tels les trapézistes d'un cirque exécutant leur numéro ou répondant aux applaudissements du public.

À table, ils s'invitaient à manger, comme s'ils avaient été chez des étrangers. « Servez-vous, mon bon ami, goûtez donc cet excellent plat... » J'ai mis un certain temps à m'y habituer.

Ils n'entraient jamais sans frapper : ils habitaient sous un même toit, mais ils vivaient loin les uns des autres, comme si d'invisibles frontières séparaient leurs chambres à coucher. La vieille dormait au rez-de-chaussée, le vieux au premier étage, le jeune homme, mon futur mari, au deuxième, dans une chambre mansardée. On lui avait construit un escalier donnant directement accès à son empire, il avait sa voiture particulière et, plus tard, son valet de chambre. Ils veillaient avec soin à ne pas se déranger les uns les autres. C'est pour cela aussi que je les prenais pour des fous. Nous les imitions, mais sans nous moquer d'eux. Au début, il m'est arrivé une ou deux fois de parodier leurs manières... mais, en voyant que les anciens, la cuisinière et le valet, étaient tous scandalisés par mon sacrilège, je me suis bien vite ravisée. Je n'avais pas à rire : la folie n'est jamais ridicule.

D'ailleurs, ce n'était pas simplement de la folie. Petit à petit, j'ai compris qu'il y avait autre chose... Que cherchaient-ils donc à protéger avec tant de zèle, avec des mesures d'hygiène dignes d'un hôpital, à grand renfort de formules de politesse plus tièdes les unes que les autres ? Ce n'était pas – pas seulement, du moins – leur argent... Ils entretenaient avec l'argent un rapport différent du nôtre, de ceux qui sont nés sans rien. Non, ils protégeaient aussi autre chose... ce que je n'aurais peut-être jamais compris si je n'avais pas rencontré un jour l'homme dont tu tenais tout à l'heure la photo entre les mains... Oui, cette espèce d'écrivain. Lui, il me l'a expliqué.

Que m'a-t-il expliqué exactement ? Un jour, il m'a dit que ces gens-là ne vivaient pas pour... mais contre quelque chose. Je vois que tu ne comprends pas. Moi, désormais, je comprends.

Peut-être finiras-tu par comprendre, toi aussi, si je te raconte tout. Et tant pis si entre-temps tu t'endors.

Je t'ai dit que tout, dans cette maison, me rappelait les odeurs de l'hôpital merveilleux, extraordinaire, de mon enfance, là où on m'avait soigné contre la rage. Tout respirait la propreté... mais une propreté qui n'était pas naturelle. La cire que nous étalions sur le parquet et sur les meubles, les produits d'entretien avec lesquels nous nettoyions les fenêtres, les tapis, l'argenterie et les cuivres, non, tout cela n'avait rien de naturel. En entrant dans cette maison – et, à plus forte raison, quand on venait, comme moi, des bas-fonds –, on suffoquait. De même que l'hôpital sent le phénol, l'éther et l'iode, de même flottait dans toutes les pièces l'odeur des produits d'entretien, mêlée aux effluves de fumée des cigares étrangers ou des cigarettes égyptiennes, aux arômes des liqueurs et aux parfums des invités, qui imprégnaient les tissus, les housses des meubles, les rideaux, et jusqu'au moindre objet.

La vieille avait la manie de la propreté. Elle ne se contentait pas de mon travail ni de celui du valet, non, elle faisait appel, une fois par mois, à une entreprise de nettoyage, dont les employés, semblables à des pompiers, arrivaient, munis d'échelles et d'étranges machines qui récuraient, grattaient, encaustiquaient. Il y avait aussi un laveur de carreaux dont la seule tâche consistait à parfaire le nettoyage des vitres effectué par les domestiques. La buanderie sentait le bloc opératoire... tu sais, comme avant les opérations, lorsqu'on chasse les microbes avec des espèces de lampes bleues. Elle était majestueuse, comme un catafalque dressé par les pompes funèbres les plus huppées de la ville... J'y entrais toujours avec une sorte de recueillement, et seulement, bien entendu, lorsque Madame me permettait d'aider la blanchisseuse qui lavait le linge avec le même soin méticuleux que ceux qui, à la campagne, font la toilette des cadavres. Tu penses bien qu'on n'allait pas confier la grande lessive, ce travail hautement qualifié, à une bécasse de mon espèce... Non, c'était une spécialiste qui s'en occupait. Toutes les trois semaines, la vieille Madame la convoquait par carte postale : « Réjouissez-vous, le linge sale vous attend ! » Et elle arrivait, rayonnante. Pour ma part, j'avais simplement le droit de l'aider à essorer et à repasser les chemises et les caleçons, plus délicats les uns que les autres, ainsi que les nappes damassées, les draps en toile épaisse, les dessus de lit... Non, tu penses, jamais on ne m'aurait confié la grande lessive. Jusqu'au jour où, en lieu et place de la blanchisseuse, on a vu arriver une carte postale écrite par sa fille, que, bien entendu, j'ai lue – j'étais chargée de monter le courrier – et dont je me souviens très exactement. « Très chère Excellence, Maman ne peut plus se rendre chez vous pour faire la lessive, parce qu'elle est morte. Je vous baise humblement la main. Ilonka. » Je me souviens aussi de la mine renfrognée avec laquelle la vieille Madame a lu cette carte. Contrariée, elle s'est contentée de secouer la tête, sans dire un mot. Eh bien, ce jour-là, j'ai eu une promotion : j'ai été chargée, moi, de faire la grande lessive en attendant qu'on trouve une autre blanchisseuse vraiment qualifiée et... vivante !

Chaque geste, dans cette maison, était exécuté par des « spécialistes », un mot dont la famille aimait à se gargariser. Quand la sonnerie de l'entrée tombait en panne, au lieu de demander simplement au valet de la réparer, on appelait aussitôt un « spécialiste ». Ces gens-là, vois-tu, n'avaient confiance que dans les « spécialistes ». Par exemple, on avait régulièrement la visite d'un type, une sorte de professeur appelé en consultation, sérieux comme un pape, coiffé d'un chapeau melon : celui-là retirait les œils-de-perdrix. Il n'avait rien de ces modestes artisans auxquels les gens de mon espèce rendent visite pour se faire râper les cors, il n'était même pas pédicure, non, c'était un spécialiste dont le nom figurait dans le bottin et dont la carte de visite portait la mention : « Podologue suisse ». Il venait chez nous une fois par mois, toujours habillé de noir, et me remettait son chapeau melon et ses gants d'un air tellement solennel que, saisie de peur, j'étais prête à lui baiser la main. Moi, j'avais les pieds couverts d'engelures, des engelures attrapées pendant les hivers que j'avais passés dans mon trou... des ampoules, des durillons, des ongles incarnés, enfoncés dans la chair de mes orteils... ils me faisaient souffrir à un tel point que je pouvais à peine marcher – mais je n'aurais jamais osé supposer qu'un jour je me ferais soigner par un tel artiste. Il avait une sacoche, comme les médecins, il enfilait sa blouse blanche et il allait se laver les mains dans la salle de bains, tel un chirurgien avant l'opération, puis il sortait de son sac un appareil électrique, semblable, en plus petit, à une fraise de dentiste, prenait place devant leurs Excellences et se mettait à poncer leurs honorables durillons... Tu veux savoir, mon chéri, quel a été l'un plus beaux instants de ma vie ?... Celui où, devenue la maîtresse de maison, j'ai donné l'ordre à ma femme de chambre de téléphoner au fameux podologue suisse afin qu'il vienne bichonner mes augustes cors... Tout arrive dans la vie, il suffit d'attendre.

D'ailleurs, ce n'était pas le seul spécialiste qui fréquentait la maison. Dès que j'avais apporté au vieux son jus d'orange du matin, les événements se succédaient. Il lisait au lit, à la lueur d'une lampe électrique, un journal anglais – les nombreuses gazettes hongroises auxquelles on était abonné, n'étaient lues, la plupart du temps, que par les domestiques. En fait, le patron, qui ne maîtrisait pas suffisamment l'anglais, consultait surtout les colonnes de chiffres indiquant les cours des bourses étrangères... La patronne, elle, lisait des périodiques allemands... quant au jeune homme, il feuilletait les revues germaniques et françaises, mais en diagonale et en s'arrêtant surtout sur les titres, pour autant que je pouvais en juger. Sans doute pensaient-ils tous que ces publications étrangères en savaient plus que nos pauvres feuilles de chou, qu'elles criaient plus fort ou qu'elles trompaient mieux leur monde. Moi, c'est toujours avec un sentiment de respect angoissé que je ramassais dans leurs chambres ces journaux étrangers, grands comme des draps.

Après le jus d'orange, quand ce n'était pas le jour du podologue suisse, son Excellence recevait la masseuse, une jeune femme à lunettes, effrontée comme pas une, qui, tout en furetant dans la salle de bains, n'hésitait pas à glisser dans sa poche quelques produits de beauté, ou à voler les gâteaux ou les fruits exotiques que le valet, après le dîner de la veille, avait laissés au salon – non parce qu'elle avait faim, bien sûr, mais uniquement par désir de nuire à la famille. Après quoi, l'air innocent, comme si de rien n'était, elle passait chez l'Excellence pour lui pétrir les muscles.

Les messieurs recevaient également une sorte de tortionnaire qu'ils appelaient « professeur de gymnastique suédoise ». Ils se mettaient en slip de bain et le professeur leur faisait exécuter quelques mouvements avant le petit déjeuner. Puis, il faisait couler un bain et versait alternativement des bassines d'eau chaude et d'eau froide sur le vieux et sur son fils. Tu ne vois pas à quoi ça rime... C'est que tu as encore beaucoup à apprendre, mon petit. Voyons, il faut alterner l'eau chaude et l'eau froide pour bien activer la circulation, pour pouvoir attaquer la journée en pleine forme... Un ordre parfait, te dis-je, un ordre scientifique régnait dans cette maison... J'ai mis longtemps avant de comprendre le sens de tout ce cérémonial.

En été, toujours avant le petit déjeuner, un entraîneur venait trois fois par semaine pour jouer au tennis avec les messieurs. C'était un homme d'un certain âge, aux cheveux gris, extrêmement distingué : il avait un peu la tête de ce philosophe anglais que j'avais vu un jour sur une vieille gravure dans un musée. Moi, j'assistais à leur jeu, en secret, du haut de ma chambre de bonne... et le spectacle de ces deux vieux messieurs, échangeant des balles, avec la grâce d'une conversation mondaine, me faisait presque pleurer d'émotion. Mon patron était un homme musclé, au visage bronzé ; l'hiver, il entretenait son hâle, à l'aide d'une lampe à quartz, à l'heure de la sieste. Peut-être avait-il besoin de son bronzage pour mieux impressionner les autres dans ses affaires, je n'en sais rien, une simple supposition. En tout cas, il a continué à jouer au tennis jusqu'à un âge avancé, comme le roi de Suède. Il faut dire que le pantalon blanc et le tricot de couleur lui allaient à merveille. Après le tennis, ils se douchaient. Ils disposaient, à cet effet, d'une douche particulière, au sous-sol, dans une salle au sol et aux murs couverts de liège, avec toutes sortes d'agrès, d'espaliers et de ces kayaks idiots, tu sais bien, qui n'ont qu'un siège et des rames à ressort, dans lesquels ils s'exerçaient quand le mauvais temps les empêchait d'aller faire de l'aviron sur le Danube.

Puis, après le départ du podologue, ou de la masseuse, ou du professeur de gymnastique suédoise, ou de l'entraîneur – cela dépendait du jour –, ils allaient s'habiller.

Je regardais tout cela depuis la fenêtre de ma chambre de bonne, comme on admire, à la foire, ces icônes représentant des saints au visage grossier et pourtant émouvant. Durant les premières années, ce spectacle me paraissait invraisemblable, fabuleux, surhumain.

Pendant longtemps, je n'ai pas été autorisée à servir, en qualité d'enfant de chœur, à la grand-messe du petit déjeuner. Naturellement, il n'était pas question de prendre ce petit déjeuner en robe de chambre, les cheveux en bataille. Il fallait s'y présenter habillé en grande pompe, comme pour un repas de noces. Les messieurs avaient déjà fait leur gymnastique, pris leur bain (le valet avait rasé le vieux et son fils) et parcouru les journaux allemands, français et anglais. Pendant la séance de rasage, ils avaient écouté la radio, pas les informations, bien sûr, qui auraient risqué d'assombrir leur humeur, mais de la musique bien entraînante, presque égrillarde, une musique propre à égayer les cœurs et à permettre aux messieurs d'affronter une journée qui s'annonçait rude...

Donc, ils s'habillaient avec un soin extrême. Le vieux disposait d'un dressing-room, avec des placards. La vieille et mon mari avaient aussi les leurs : ils y gardaient leurs déguisements destinés aux différentes saisons, dans des sacs et avec du camphre, comme on conserve les chasubles des ecclésiastiques. Mais ils avaient également une armoire ordinaire où ils conservaient leurs vêtements de tous les jours, ceux dont on peut avoir besoin à n'importe quel moment. Lorsque j'y songe, le souvenir de leur odeur me fait encore grimacer. Ils faisaient venir d'Angleterre un produit... on aurait dit des morceaux de sucre troués, dans lesquels tu glissais une ficelle, et qui sentaient les meules de foin à l'automne. C'est avec ce foin artificiel que la vieille Madame garnissait les armoires à vêtements et les tiroirs à linge.

Parce qu'ils n'avaient pas seulement des armoires à vêtements et à chaussures – ... avec quelle joie je me suis jetée, le jour où j'en ai reçu la permission, sur tous les cirages, les chiffons et les brosses, quel plaisir que de faire reluire, de faire resplendir les paires de souliers du vieux Monsieur ou de mon mari, un plaisir qui valait bien celui de mon jour de sortie... bref, il n'y avait pas que des vêtements et des chaussures qui s'alignaient dans les armoires, mais aussi du linge de corps – et quel linge ! quelles chemises ! quels caleçons !... je crois bien que c'est en repassant un caleçon en batiste de mon futur mari que j'en suis tombée amoureuse ! On y avait brodé, Dieu sait pourquoi, ses initiales et, quelque part, non loin du nombril, une couronne, signe de la noblesse, car ils étaient nobles, ces gens-là – et leurs mouchoirs, leurs chemises, leurs caleçons étaient tous marqués de la couronne des aristocrates. Le vieux, par-dessus le marché, était conseiller aulique, titre encore plus distingué que celui de son fils, lequel n'était que conseiller gouvernemental... c'était une différence aussi importante que celle existant entre un baron et un comte – il m'a fallu beaucoup de temps, tu sais, pour comprendre toutes ces subtilités.

Il y avait aussi des tiroirs pour les gants, qui s'alignaient dans un ordre incroyable, comme les harengs huilés et vinaigrés dans leurs boîtes. Des gants gris, jaunes ou blancs, en peau de chamois, pour la ville, pour la chasse, pour conduire la voiture, des gants fourrés pour l'hiver, des gants glacés pour la parade, des gants noirs pour les funérailles, car c'était toujours avec une grande solennité qu'on descendait les morts dans la terre, des gants souples gorge-de-pigeon, qu'on portait avec les jaquettes et les chapeaux haut-de-forme, ceux-là on ne les enfilait pas, non, on les portait à la main, comme les rois tenaient leurs sceptres... Voilà pour les gants. Venaient ensuite les tricots et les chandails, avec ou sans manches, longs ou courts, fins ou épais, de toutes les couleurs et de toutes les qualités, des gilets en laine écossaise... pour les soirées d'automne passées à fumer la pipe devant la cheminée. Le valet ajoutait même quelques branches de sapin au feu afin que tout soit parfait, comme sur les publicités des magazines anglais représentant un lord, vêtu de son gilet écossais, fumant paisiblement la pipe devant la cheminée, après avoir ingéré plusieurs verres de whisky. Il y avait des pulls couleur crème réservés spécialement à la chasse au perdreau, ceux-là, il fallait les porter avec des chapeaux tyroliens à bord étroit, surmontés d'une plume. Des chandails pour le printemps et pour l'automne, d'autres pour les sports d'hiver et d'autres encore pour le bureau... je crois que je pourrais continuer comme ça jusqu'à demain soir.

Et par-dessus tout, cette odeur de foin pourri. En entrant pour la première fois dans le lit de mon mari, j'ai senti à nouveau cette odeur de mâle, à la fois raffinée et perverse, celle que j'avais respirée autrefois en repassant ses caleçons et en les empilant dans son armoire à linge... j'étais si heureuse, si émue, tu vois, que je n'ai pas pu m'empêcher de vomir. C'est que le corps de mon mari sentait également le foin, comme les savonnettes dont il se servait pour sa toilette. L'alcool que le valet répandait sur son visage après le rasage, et celui qu'il utilisait pour ses cheveux avaient aussi cette même odeur, discrète, presque imperceptible – j'avais l'impression de coucher non pas avec un homme, te dis-je, mais avec une meule de foin comme on en voit sur les tableaux des peintres français du siècle dernier... C'est peut-être pour cela que j'ai dû vomir lorsqu'il m'a prise la première fois. J'étais déjà sa femme, la première l'avait quitté. Pourquoi ? Elle non plus, peut-être, elle n'a pas pu supporter cette odeur ? Ou cet homme ?... Je ne sais pas. Personne, pas même un sage, ne

Métamorphoses d'un mariage

pourrait dire pourquoi un homme et une femme s'unissent et pourquoi ils se séparent. Tout ce que je sais, c'est qu'en me trouvant, la première nuit, dans le lit de mon mari, j'ai eu l'impression de coucher avec une odeur artificielle qui m'était totalement étrangère et qui m'excitait au point que j'ai dû vomir. J'ai fini par m'y habituer, et je n'avais plus, quand il me parlait ou qu'il m'étreignait, ni la nausée ni la diarrhée. On s'habitue à tout, y compris au bonheur et à la richesse.

Mais cette richesse, je ne peux pas vraiment te la décrire. Je vois pourtant, à tes yeux brillants, que cela t'intéresse, que tu voudrais savoir tout ce que j'ai vu, tout ce que j'ai appris en vivant avec ces gens-là. C'est vrai que ça ne manque pas de piquant. C'était un peu comme un voyage dans un pays étranger où les gens mangent, boivent, vivent et meurent autrement que chez nous.

Mais moi, je préfère être avec toi, ici, dans cet hôtel. Toi, tu m'es vraiment familier, oui, je te connais mieux, toi et tout ce qui t'entoure. Y compris ton odeur. On dit que dans ce monde pourri qu'on appelle civilisation l'odorat se perd, que les gens ne sentent plus rien. Mais moi, je suis née au milieu des bêtes, comme les pauvres, comme le petit Jésus, j'ai reçu, avec ma naissance, le don de l'odorat que les riches ont perdu. Mes maîtres ne percevaient même pas leur propre odeur. C'est pourquoi je ne les aimais pas. Je les servais seulement, d'abord à la cuisine... puis, plus tard, au salon et au lit. Mais toi, je t'aime, parce que ton odeur m'est familière. Embrasse-moi. Merci.

Non, je ne peux pas tout te dire sur leur richesse, une nuit n'y suffirait pas, ni mille, ni mille et une, comme dans le conte oriental. Je ne te raconterai pas tout ce que ces gens avaient dans leurs armoires et dans leurs tiroirs, tous les oripeaux qu'ils gardaient, et qui leur servaient, comme les costumes des acteurs, à jouer leurs rôles à tous les instants de leur vie. Impossible d'épuiser un tel sujet. Je te dirai plutôt ce qu'ils avaient dans leur âme... Si cela t'intéresse. Mais oui, je sais que cela t'intéresse. Alors, reste bien tranquille avec moi et écoute.

J'ai compris, au bout d'un certain temps, qu'au fond ils n'avaient pas besoin de tous ces trésors, de tous ces objets de piété qu'ils avaient accumulés dans leurs chambres et dans leurs armoires. De temps à autre, bien sûr, ils y plongeaient la main, ils les remuaient, mais sans grande conviction, et sans vraiment savoir à quoi tout cela pouvait servir. Le vieux avait une garde-robe digne d'un comédien à succès. Mais il dormait pourtant dans une simple chemise de nuit. Il portait des bretelles et, le matin, il sortait de la salle de bains muni de son fixe-moustaches (il avait même une petite brosse à moustaches enduite de brillantine, avec, sur le dessus, une glace minuscule...). Une demi-douzaine de robes de chambre, de *dressing-gowns*, offerts par sa femme pour Noël ou pour son anniversaire, étaient suspendus dans son armoire, mais il préférait se promener dans la maison avec sa vieille défroque usée et un peu déchirée aux coudes.

Malgré quelques mouvements d'humeur, il s'était, à son corps défendant, adapté à son rôle. Il avait fondé son usine, gagné beaucoup d'argent, touché son héritage. Mais s'il s'était écouté, il aurait passé la journée à jouer aux boules quelque part en banlieue, tout en sirotant un verre de vin coupé d'eau de Seltz. C'était un homme intelligent, il savait que nos propres gestes nous transforment, en quelque sorte... oui, c'est ce que m'a dit un jour cette espèce d'écrivain. Tout finit par se retourner contre nous-même, on n'est jamais entièrement libre, car on reste prisonnier de ce qu'on a créé. Le vieux avait compris qu'il était l'esclave de l'usine et de la richesse qu'il avait lui-même engendrée et qu'il n'y avait nul moyen de s'évader de cette prison. C'est pourquoi il faisait contre mauvaise fortune bon cœur. Au lieu de lancer des boules au fond de la banlieue, il jouait au bridge, dans son club de millionnaires.

Je n'oublierai jamais l'ironie un peu amère de ce vieillard rusé. Le matin, quand je lui apportais son jus d'orange sur un plateau d'argent, il levait son regard myope du journal anglais dans lequel il épluchait les cours de la Bourse, repoussait ses lunettes sur son front, tendait son bras vers le verre, avec, autour de la moustache, le ricanement du malade qui ne croit pas à l'efficacité du médicament qu'il vient de prendre... Pendant qu'il s'habillait, sa moustache gardait cet air ironique – il faut dire qu'il avait une moustache à la François-Joseph, une moustache k.u.k.[1], impériale et royale, un système pileux quasi monarchique. Lui-même, d'ailleurs, était une survivance de cet autre monde où les seigneurs étaient encore de vrais seigneurs et les domestiques de vrais domestiques, où, lorsqu'ils fabriquaient une nouvelle machine à vapeur ou une poêle à frire moderne, les industriels visaient cinquante millions de consommateurs. Par rapport à ce monde, notre univers minuscule lui paraissait bien trop étriqué... Naturellement, je te parle du monde d'avant la Première Guerre mondiale.

Errant autour de sa moustache, son sourire exprimait un profond mépris envers lui-même et envers le monde environnant. En s'habillant, en jouant au tennis, en se mettant à table pour le petit déjeuner, en baisant la main de l'Excellence, son épouse, en bavardant avec elle poliment, dans un langage châtié, il gardait toujours cet air légèrement dédaigneux. Moi, c'était ce que j'aimais en lui.

Oui, te dis-je, j'ai fini par comprendre que cette foule d'objets qu'ils accumulaient dans la maison, loin de servir à un usage quelconque, traduisait avant tout une idée fixe,

---

[1]. *Kaiserlich und königlich* (« impérial et royal »), abréviation désignant les principales institutions de la monarchie austro-hongroise (1867-1918).

semblable à celle des névrosés qui agissent sous la force d'une contrainte intérieure, en se lavant, par exemple, les mains cinquante fois par jour. C'est à cette contrainte intérieure qu'ils obéissaient en achetant, à profusion, des vêtements, du linge de corps, des cravates. Ces dernières, d'ailleurs, me donnaient bien du tracas : j'étais chargée de m'occuper de celles du vieux et de mon mari. Ils en avaient une quantité invraisemblable, dans toutes les nuances de l'arc-en-ciel, des cravates à nouer ou nouées à l'avance, des nœuds papillons, qu'il fallait grouper selon leurs couleurs... il y en avait même des ultra-violets... non, non, ce n'est pas impossible.

Mais il faut aussi que tu saches ceci : mon mari s'habillait très discrètement, jamais il n'aurait mis une cravate aux couleurs criardes. Il s'habillait « à la bourgeoise », comme on disait. J'ai entendu un jour le vieux glisser à l'oreille de son fils : « Regarde-moi donc ce *gentry* », en montrant d'un geste un homme portant un manteau à brandebourgs et un chapeau de chasseur tyrolien. Ils évitaient tous ceux qui n'étaient pas de vrais bourgeois – du moins tels qu'ils l'entendaient : à savoir des gens qui ne dépendaient de personne et qui ne devaient rien à personne. Mon mari portait toujours le même genre de vêtements : des complets-veston gris sombre en tissu épais, et des cravates de couleur unie – avec, toutefois, des variantes selon les saisons et les contraintes sociales... Il possédait une trentaine de costumes et autant de paires de chaussures, avec les gants, les chapeaux et les autres accessoires assortis. Mais quand je pense à lui – il apparaît, assez rarement, dans mes rêves, et il a toujours l'air d'être fâché contre moi (ce que je ne comprends pas !) –, je le vois toujours vêtu de ce complet-veston gris sombre, avec sa double rangée de boutons, un véritable uniforme !

Je crois me rappeler aussi que le vieux portait toujours une sorte de redingote vieux style, qui cachait largement son embonpoint. Bien entendu, ma vision ne correspond pas entièrement à la réalité, mais le fait est que ces gens-là veillaient soigneusement à ne pas détonner au milieu de leur entourage, ils veillaient à passer inaperçus, à ne pas être remarqués. Ils savaient ce que représentait l'argent – leurs grands-parents, des hauts fonctionnaires ou des propriétaires de vignobles, possédaient déjà de la fortune –, ils n'avaient donc pas à faire l'apprentissage de la richesse, comme ces parvenus, qui voudraient monter tous les matins, coiffés de leurs hauts-de-forme, dans des voitures américaines flambant neuves. Non, vois-tu, dans cette maison, tout était discret, jusqu'à la couleur des cravates – mais dans leur for intérieur, pourtant, mes maîtres n'étaient jamais satisfaits... Ils voulaient tout posséder – c'était leur manie. D'où les innombrables vêtements suspendus dans les armoires, et ces chaussures, ce linge et ces cravates inutiles... Mon mari, lui, ne se préoccupait pas de la mode, il savait distinguer d'instinct entre les conventions respectables et les excès superflus. Mais le vieux n'était jamais assez sûr de lui : fixé sur l'intérieur de la porte de son armoire, un imprimé rédigé en anglais le renseignait sur la couleur des vêtements et des cravates à porter en chaque saison. Ainsi, en avril, par un mardi pluvieux, il fallait mettre un complet bleu marine et une cravate aux rayures bleu clair sur fond noir... et ainsi de suite. Être riche, je te le dis, ce n'est pas une sinécure.

J'ai étudié auprès d'eux eux ces règles pendant de longues années, d'une façon acharnée, avec le plus grand respect, de la même façon que j'ai appris le Credo à l'école.

Mais j'ai fini par comprendre que ce qu'il leur fallait, ce n'étaient pas tous ces vêtements, toutes ces cravates, mais quelque chose de différent – la totalité. Oui, ils avaient la passion de la totalité, cette terrible plaie des riches. Ils ne voulaient pas simplement des vêtements, mais toute une garde-robe. Et une seule garde-robe ne leur suffisait pas, il leur en fallait plusieurs. Pas pour leur usage personnel, bien sûr, mais pour la seule satisfaction de les posséder.

Un jour, figure-toi, j'ai découvert au deuxième étage de la

villa, au-dessus de la terrasse, une petite pièce avec un balcon, toujours fermée, désaffectée. C'était, autrefois, la chambre de mon mari, à l'époque où il était encore un gamin. Depuis des années et des années, personne n'y entrait, sauf, une fois par an, les domestiques, pour faire le ménage. Derrière les stores éternellement baissés, sommeillaient tous les objets qui avaient marqué l'enfance de mon mari – comme, exposés dans un musée, les ustensiles, les costumes et les accessoires d'une époque définitivement révolue... C'est le cœur serré que j'ai franchi pour la première fois la porte de cette pièce, à l'occasion du grand nettoyage de printemps. Le linoléum couvrant le sol exhalait encore l'odeur âcre du désinfectant que l'on utilisait dans cette sorte de niche hygiénique lorsqu'un enfant y vivait, y gambadait et pleurait quand il avait mal au ventre. Les murs étaient ornés de dessins en couleurs représentant différents animaux et personnages de contes comme Blanche-Neige et les Sept Nains. Les meubles vert pomme étaient vernis à l'huile. Il y avait là un lit de bébé – une véritable merveille ! –, une balance et, sur les étagères qui couraient le long des murs, des jouets splendides, nounours, jeux de construction, trains électriques, livres d'images, rangés dans un ordre parfait, comme pour une exposition.

C'était un spectacle désolant... Je me suis dépêchée de remonter les stores, d'ouvrir les fenêtres et de respirer un grand coup, parce que je suffoquais. Je ne peux pas te dire ce que j'ai ressenti exactement en entrant pour la première fois dans cette chambre où mon mari avait passé son enfance. Non, je te le jure... je ne pensais pas au trou dans lequel j'avais grandi, et où, finalement je n'avais pas été si malheureuse que ça... ni heureuse, il est vrai. Le trou, d'une certaine manière, c'était la réalité et la réalité est toujours différente de ce qu'on peut imaginer. Pour les enfants, la pauvreté n'est jamais ce qu'imaginent les adultes... qui n'ont jamais été pauvres... Ce n'est pas seulement la misère, tu vois, cela a aussi du bon, la saleté dans laquelle on peut se vautrer, et on n'est pas obligé de se laver les mains – à quoi cela servirait-il ? Ce sont seulement les adultes qui souffrent de tout cela... pour eux, la pauvreté c'est pire que la colique ou même la lèpre. Et pourtant, là, debout dans cette chambre, je n'enviais pas mon mari, non, je le plaignais plutôt d'avoir été élevé dans cette espèce de bloc opératoire. À ce moment-là, j'ai eu un vague sentiment... quelqu'un qui avait passé son enfance dans de telles conditions ne pouvait être qu'un semblant d'homme.

Bref, cette chambre d'enfant était aussi complète, aussi parfaite que tout le reste : leurs garde-robes, leurs collections de chaussures... parce qu'il leur fallait des collections de tout, de livres pour la bibliothèque, de tableaux pour les murs, de marchandises entreposées à l'usine. Une collection d'objets hors d'usage s'alignait même dans un local situé au grenier et fermé avec un cadenas – on appelait cela un débarras. La collection, dans leur esprit, traduisait leur besoin de tout posséder.

Sans doute leur âme disposait-elle aussi d'un compartiment où ils cultivaient leurs idées fixes, bien rangées, conservées comme dans de la naphtaline. Parce qu'ils avaient tout en trop : deux voitures, deux gramophones, deux mixers à la cuisine, plusieurs postes de radio dans les chambres, des jumelles plaquées de nacre, avec étuis, pour le théâtre, une longue-vue pour les courses de chevaux, une autre, portée au cou, pour admirer les couchers de soleil, en mer, à bord d'un yacht... et peut-être aussi, mais je n'en suis plus sûre, des jumelles spéciales pour contempler les sommets des montagnes ou pour les oiseaux de passage... Ils achetaient tout ce qui pouvait rendre leur abondance plus abondante encore.

Ils étaient rasés par leur valet, bien sûr, mais mon mari avait pourtant dans sa salle de bains une demi-douzaine de rasoirs dernier cri et, dans un étui en peau de chamois, une autre demi-douzaine de lames suédoises, américaines et anglaises, dont il n'a jamais eu à se servir. Et les briquets !

Métamorphoses d'un mariage

Mon cher époux en achetait de toutes sortes, les uns plus perfectionnés que les autres, avant de les enfermer dans un tiroir où ils languissaient indéfiniment, parce qu'il préférait utiliser des allumettes. Un jour, il a ramené à la maison un rasoir électrique dans un étui en cuir... eh bien, il n'y a jamais touché. Quant aux disques, il achetait toujours des intégrales, celle de Wagner, celle de Bach, dans plusieurs interprétations. Il lui fallait absolument tous les Bach, la collection complète... toujours, vois-tu, cette manie de la totalité.

Et les livres ! Au lieu d'attendre leur visite, le libraire leur envoyait à domicile toutes les nouveautés. Il appartenait au valet d'en couper les pages et de les ranger sur les rayons de la bibliothèque, la plupart du temps, bien sûr, sans que personne ne les ait lus. Certes, ils lisaient, le vieux des manuels spécialisés et des récits de voyages, et mon mari, un homme sacrément cultivé, appréciait même la poésie. Mais quant aux livres que les libraires « prévenants » nous envoyaient, toute une vie n'aurait pas suffi à les lire. Et pourtant, mes patrons ne les renvoyaient pas, persuadés qu'ils n'en avaient pas le droit, puisqu'il fallait soutenir la littérature. En outre, ils étaient perpétuellement inquiets, se demandaient, par exemple, si ce beau roman qu'ils avaient fait venir de Berlin était vraiment complet et s'il n'existait pas un texte plus intégral encore quelque part dans le monde... Car les objets solitaires, les échantillons sans valeur devaient être systématiquement évités : il fallait des collections complètes, encore et toujours, à la cuisine aussi bien qu'au salon... Tout était complet, tout était parfait... Tout, sauf leur vie.

Que leur manquait-il donc ? La tranquillité. Écoute-moi bien : ces gens-là n'avaient pas une minute de tranquillité. Leur vie était pourtant réglée comme une mécanique d'horlogerie – et un silence profond régnait dans la maison. Jamais un mot plus haut que l'autre. Jamais la moindre surprise. Tout était prévu, calculé, les crises économiques aussi bien que la diphtérie, la météo comme tous les événements de l'existence, y compris la mort. Malgré cela, ils étaient inquiets. Peut-être auraient-ils connu l'apaisement, s'ils s'étaient décidés à vivre d'une façon moins prévoyante. Mais ils n'en avaient ni l'envie ni le courage. Sans doute faut-il une certaine forme d'héroïsme pour vivre dans l'imprévoyance, sans projet, sans calcul, sans réserves, sans espérer quoi que ce soit – exister tout simplement. Eux, ils en étaient incapables. Ils savaient se lever, superbement, comme les rois d'autrefois qui, le matin, se rinçaient la bouche en présence de toute la cour. Ils savaient prendre leur petit déjeuner avec l'ostentation d'un pape célébrant la messe dans cette chapelle dont un vieux peintre a couvert les murs de toutes sortes d'hommes nus... Oui, j'ai visité cette chapelle l'autre jour, et elle m'a fait penser aux cérémonies matinales de mes anciens patrons.

Ils prenaient donc leur petit déjeuner solennellement, ils vivaient utilement, fabriquant de superbes machines et vendant tout ce qu'ils produisaient... après quoi, ils inventaient d'autres machines. Et le soir, épuisés d'avoir été toute la journée utiles, cultivés, méthodiques et polis, ils allaient se coucher. Toi, l'artiste, tu ne sais pas à quel point il peut être assommant de savoir exactement, dès le matin, ce qu'on va faire jusqu'à minuit. Tu vis selon ta belle nature fougueuse, sans connaître à l'avance les idées qui te viendront pendant que tu frappes sur ta batterie. Entraîné par ton inspiration, tu peux tout à coup lancer tes baguettes en l'air pour répondre à l'appel du saxophoniste. Parce que tu es un véritable artiste, parce que tu improvises. Mes patrons, eux, n'étaient pas comme toi. Ils défendaient bec et ongles ce qu'ils avaient créé. Et ils créaient sans cesse, pas seulement à l'usine, mais aussi au petit déjeuner et au déjeuner. Quand ils souriaient ou quand ils se mouchaient discrètement, ils créaient encore – c'est ce qu'ils appelaient la « culture ». Et la préservation de tout ce qu'ils avaient créé par leur travail, par leurs manières et par leur vie leur importait encore plus que la création...

Ils donnaient l'impression de vivre plusieurs vies à la fois, d'être en même temps des fils et des pères. D'être non pas des individus séparés, uniques, mais de simples notes dans la longue portée de la famille bourgeoise... C'est pourquoi ils gardaient leurs photos de famille avec le soin méticuleux des conservateurs de musées chargés de préserver les portraits des célébrités d'une époque, les chefs-d'œuvre des peintres de génie... La photo de fiançailles de grand-mère et de grand-père. La photo d'un oncle ruiné, en redingote et en chapeau melon. La photo d'une tante souriante – heureuse ou malheureuse – avec son chapeau à voilette et son ombrelle à la main, etc. Ces gens-là formaient une seule personnalité, la famille bourgeoise, lentement constituée et lentement déclinante. Tout cela, je te l'avoue, m'était profondément étranger. Pour moi, la famille, c'était un fardeau et une contrainte. Pour eux, une mission, une tâche à accomplir.

Voilà, c'est ainsi qu'ils étaient. Et comme ils se projetaient toujours dans l'avenir et qu'ils raisonnaient en prévoyant chaque chose longtemps à l'avance, ils n'étaient jamais vraiment tranquilles. Ne sont tranquilles que ceux qui vivent dans l'instant présent. Seuls les athées, ceux qui ne croient pas en Dieu, ne craignent pas la mort – Tu crois en Lui, toi ? Hein, que marmonnes-tu ? Tu hoches la tête, violemment, pour me dire que oui, tu y crois très fort... Moi, je n'ai rencontré qu'un seul homme dont je savais avec certitude qu'il ne craignait pas la mort... et c'était cette espèce d'écrivain. Il ne croyait pas en Dieu, c'est vrai, donc il ne craignait rien, ni la mort ni la vie. Les croyants ont vraiment peur de la mort, c'est pourquoi ils se cramponnent à tout ce que leur promettent les religions... la vie après la mort, le jugement dernier. Mais mon espèce d'écrivain, lui, il ne craignait rien. Il disait que si Dieu existe, il ne peut être cruel au point de condamner les hommes à la vie éternelle... C'est vrai, ils sont tous un peu toqués, ces artistes... ils sont d'une autre espèce. Mais les bourgeois, eux, craignaient la mort, comme ils craignaient la vie. C'est pourquoi ils étaient religieux, économes et vertueux. Parce qu'ils avaient peur.

Je vois dans tes yeux que tu ne comprends pas... Eux, ils comprenaient sans doute tout cela avec leur cerveau, parce qu'ils étaient cultivés. Mais ils ne le comprenaient pas avec leur cœur et leurs glandes. Parce que leur cœur et leurs glandes étaient toujours remplis d'inquiétude. Ils avaient peur, au fond, que tous leurs calculs, tous leurs projets, tous leurs classements n'aient aucune valeur... car un jour tout serait emporté. C'était quoi, ce tout ? La famille ? L'usine ? Leur fortune ? Non, ce dont ils avaient peur était plus compliqué que cela – et ils le savaient. Ils craignaient qu'un jour ils ne soient trop las pour maintenir ensemble tout ce qu'ils avaient fabriqué... un peu comme ce garagiste, ce mangeur de macaronis, tu sais bien, à qui, l'autre jour, nous avons montré notre vieille guimbarde... tu te souviens ? Eh bien, il nous a dit qu'elle marchait encore, que le moteur n'avait aucun défaut, mais que l'ensemble était usé. Mes patrons semblaient craindre, eux aussi, que l'ensemble de tout ce qu'ils avaient échafaudé soit devenu trop usé et qu'ils soient un jour incapables, eux, d'en maintenir la cohésion... et que ce soit alors la fin de la civilisation.

Mais assez parlé de ces gens-là. De toute façon, je ne pourrai jamais tout te dire à leur sujet. Essaie seulement d'imaginer les secrets qu'ils cachaient dans leurs tiroirs et dans les coffres-forts encastrés où ils gardaient leurs papiers, leurs actions et leurs bijoux. Tu hausses les épaules ? Mais oui, mon cher, ce ne sont pas des prolos comme nous autres. Peut-être ont-ils aussi dans leur âme un tiroir secret où ils conservent quelque chose... et c'est la clé de ce tiroir que j'aurais voulu leur dérober pour en connaître le contenu. Même dépossédés, les riches restent riches en quelque sorte... Moi, je les ai vus, après le siège, commencer à s'extraire de leurs caves, d'abord les chrétiens, ensuite les juifs qui avaient réussi à survivre tant bien que mal, après avoir été dépouillés d'une façon inimaginable... Ces chrétiens et ces juifs, dont les maisons avaient été anéanties par les bombardements, qui avaient perdu, au cours de la guerre et de la période qui l'a suivie, leurs usines et leur commerce... parce que le grand changement était déjà dans l'air, tu sais, on devinait ce que préparaient les cocos... Donc, après le siège, et pendant deux années encore, ces riches, pourtant dépouillés de tout, ont habité dans des villas, leurs femmes paradaient au Gerbeaud[1], avec leurs plus beaux atours et leurs renards bleus... Comment faisaient-ils ? Je n'en sais rien, mais le fait est qu'ils vivaient, qu'ils mangeaient et qu'ils s'habillaient exactement comme avant – et pendant – la guerre. Ils avaient obtenu des autorités russes de Budapest l'autorisation de prendre les premiers trains pour Zurich ou Paris, où ils se rendaient faire leurs achats... et ils se plaignaient – imagine un peu ! – de n'avoir eu que des couchettes supérieures dans les wagons-lits... Sans doute la richesse est-elle, comme la santé ou la maladie, un état spécifique. Soit on est riche, et on l'est, mystérieusement, pour toujours, soit on ne l'est pas et alors, on a beau avoir de l'argent, on ne le devient jamais. Sans doute faut-il avoir la conviction qu'on est vraiment riche... comme les saints et les révolutionnaires croient qu'ils sont vraiment différents des autres... Et alors, il faut être riche sans scrupules. Les faux riches, ceux qui, hypocritement, pensent aux pauvres, tout en dévorant à belles dents et en sablant le champagne, finissent toujours par tomber le masque, parce qu'ils ne savent pas être riches avec franchise, parce qu'ils n'assument pas leur condition... ils ne sont riches que sournoisement, vois-tu, alors qu'il faut l'être avec rigueur. On peut certes se montrer charitable, mais cette charité n'est jamais qu'une feuille de vigne. Écoute-moi, mon chéri, si, le jour où je ne serai plus, tu rencontres une femme qui possède plus de bijoux que je n'en ai jamais eu, j'espère que tu ne te

---

1. La plus célèbre pâtisserie de Budapest.

gêneras pas. Non, ne m'en veux pas de te dire le fond de ma pensée. Donne-moi tes belles mains d'artiste que je les serre sur mon cœur. Sens-tu comme il bat pour toi, le prolo ? Tu vois...

Bref, j'ai quand même été suffisamment maligne pour comprendre rapidement tous les secrets des riches que je servais. Mais un beau jour, pourtant, je les ai plantés là, parce que j'en ai eu marre d'attendre. Attendre quoi ? Que mon mari soit enfin affamé ! Qu'est-ce que tu as à me regarder comme ça ? Oui, j'ai attendu comme il fallait : avec ruse et avec force.

Regarde bien sa photo. Je l'ai conservée, parce que je l'avais achetée chez le photographe... à l'époque où j'étais encore domestique et où il vivait toujours avec sa première femme.

Attends, je vais arranger l'oreiller sous ta tête. Mets-toi à ton aise, étire-toi. Quand tu es avec moi, mon amour, je veux que tu te reposes, je veux que tu te sentes bien. Tu te crèves assez la nuit, au bar, avec ton orchestre. Ici, dans mon lit, tu n'as qu'une seule chose à faire : m'aimer et, ensuite, te reposer.

Tu me demandes si j'ai dit un jour la même chose à mon mari. Non, mon ange. Lui, il ne fallait pas qu'il soit heureux, dans mon lit... non, non, je ne le voulais pas. Pourtant, il avait tout sacrifié pour moi, le pauvre : il avait rompu avec sa famille, avec ses amis, avec ses habitudes ; il avait émigré, en quelque sorte, à la manière d'un aristocrate ruiné dans un pays exotique d'outre-mer. Si je n'ai jamais pu m'entendre avec lui, c'est parce qu'avec moi, tu sais, il n'a jamais été chez lui. Au fond, il a vécu avec moi comme un exilé... un exilé qui aurait choisi de vivre au Brésil, une contrée chaude, sensuelle, excitante, et qui y aurait épousé une indigène, tout en se demandant ce qu'il faisait dans ce pays étranger. L'air absent, même dans les moments d'intimité, cet exilé-là pense toujours à autre chose, sans doute à son pays natal. Eh bien, cela me mettait en rogne. C'est pourquoi je n'ai pas voulu qu'il soit vraiment heureux avec moi, ni à table ni au lit.

Quel était ce pays auquel il pensait ? Sa première femme ? Je ne le crois pas. Ce pays-là, le seul véritable, n'existe sur aucune carte géographique. Ce pays – qu'on a abandonné – est à la fois délicieux et répugnant, accueillant et hostile. Et c'est une terrible leçon pour nous, car soudain, nous n'avons plus de patrie... Non, il ne faut pas t'imaginer que nous pourrons la rejoindre, cette patrie, en y retournant un jour, pour une raison ou pour une autre. Ce jour-là, bien sûr, il y aura des retrouvailles, des attendrissements, certains auront des crises de larmes, d'autres exhiberont orgueilleusement leurs passeports étrangers et régleront leurs achats en traveller's cheques... sans pour autant retrouver la patrie dont ils rêvaient en exil. T'arrive-t-il encore de rêver de ton Zala ? Moi, de temps à autre, je rêve de Nyírség, mais je me réveille chaque fois avec la migraine. Sans doute la patrie n'est-elle pas seulement une contrée, une ville, une maison, un peuple, mais aussi un sentiment. Hein ?... Tu me demandes s'il existe des sentiments éternels ? Non, mon chéri, je ne crois pas. Tu sais que je t'adore, mais si un jour je dois cesser de t'aimer, parce que tu m'auras trompé ou que tu auras mis les voiles... ce qui est impossible, n'est-ce pas ? – mais si, malgré tout, cela devait arriver, ne va pas croire qu'en te revoyant plus tard, j'aurai une crise cardiaque. On parlera aimablement de choses et d'autres, mais jamais de *ça*, parce que *ça* n'existera plus, se sera évaporé. La véritable patrie, comme le véritable amour, sont uniques. Et l'un et l'autre finissent par mourir un jour. Et ce n'est pas plus mal ainsi, car, autrement, la vie serait insupportable...

La première femme de mon mari était belle, distinguée et soumise. Moi, je l'enviais surtout à cause de sa discipline. Cette discipline – sans doute – ne s'apprend pas, ne s'achète pas. Elle est innée. Ce que les riches, ces gens d'une autre race, cultivent avec tant d'ardeur, n'est peut-être, au fond, qu'une sorte de discipline, qu'ils ont dans le sang et dans les glandes. Moi, je les haïssais à cause de cette règle de conduite et mon mari le savait. Sa première femme était cultivée, obéissante, et si mon mari l'a plaquée, c'est justement parce qu'il en avait assez, de cette discipline. Pour lui, vois-tu, je n'étais pas seulement une femme, je représentais aussi la grande épreuve de sa vie, l'aventure, j'étais à la fois le tigre, le safari et le détournement de fonds – m'épouser, c'était comme cracher sur le tapis dans un salon cossu... Mais qui comprendra jamais les manières de cette sale engeance ? Je t'apporte du cognac trois étoiles, d'accord ? Tous ces discours ont fini par me donner soif.

Bois, mon cœur. Oui, je boirai après toi, je poserai mes lèvres là où les tiennes ont touché le verre... tu as toujours des idées merveilleuses, surprenantes et si pleines de tendresse... à me faire pleurer d'émotion. Comment fais-tu ? D'accord, je ne dis pas, peut-être que cette attention n'est pas d'une originalité folle, peut-être que d'autres amoureux l'ont déjà eue... mais, pour moi, c'est un merveilleux cadeau.

Voilà, je viens de boire après toi. Mon mari, vois-tu, n'a jamais eu pour moi cette sorte de tendresse. On n'a jamais bu dans le même verre, on ne s'est jamais regardés, en buvant, les yeux dans les yeux, comme nous nous regardons maintenant... Quand il voulait me faire plaisir, il m'achetait une bague. Par exemple, cette superbe bague avec une turquoise, tu sais, celle que tu as tellement admirée l'autre jour. Oui, il était aussi vulgaire que cela... Que dis-tu, mon amour ? Bien sûr, je te la donne, tu la feras estimer par ton bijoutier, ce brave homme. Oui, je ferai tout ce que tu voudras.

Veux-tu que je continue à te parler des riches ? Je crois que je n'en finirai jamais : j'ai vécu avec eux, pendant de longues années, comme une somnambule. J'étais toujours terrorisée à l'idée de gaffer en parlant, en me taisant ou en prenant n'importe quel objet entre les mains... Bien sûr, ils ne m'ont jamais blâmée. Ils m'ont éduquée avec tact et avec indulgence, comme ce chanteur des rues, tu sais, qui apprend à son singe à grimacer et à lui sauter sur les épaules. Mais j'étais aussi pour eux une sorte d'infirme incapable de marcher et de se conduire comme il convient. Il faut dire qu'en débarquant chez eux j'étais encore une invalide : je ne savais même pas me déplacer, je ne savais ni saluer ni parler et encore moins manger comme ils l'auraient voulu. Oui, je n'avais pas la moindre idée de la façon dont il fallait manger. Je crois que je ne savais même pas me taire vraiment, c'est-à-dire avec intelligence. Non, je me taisais bêtement, comme une carpe. Mais j'ai fini par apprendre toutes les leçons, les unes après les autres. J'étais une vraie bûcheuse, tu sais, et ils ont été ébahis par la rapidité de mes progrès. Sans me vanter, je crois les avoir surpris par mes succès aux différents examens...

L'examen du caveau de famille, par exemple ! Mon Dieu, ce caveau ! Quand j'étais domestique chez eux, j'ai pu constater que tout le monde leur volait quelque chose : la cuisinière en faisant les courses au marché, le valet, de mèche avec les commerçants, qui se faisait faire de fausses factures, le chauffeur qui chapardait l'essence pour la revendre ailleurs. Ça allait de soi, tu sais, les patrons étaient au courant... ça faisait partie du jeu. Moi, pourtant, je n'ai rien volé, je n'étais qu'une bonniche, je n'en avais guère l'occasion. Mais plus tard, alors que j'étais devenue la maîtresse de maison, je me suis souvenue de tout ce que j'avais vu au sous-sol, à la cuisine et ailleurs... et ce caveau de famille représentait une tentation trop forte. Je n'ai pas pu résister.

Donc, un jour, mon mari... le vrai ou le faux gentleman... s'est aperçu qu'il n'avait pas de caveau de famille dans ce cimetière de Buda. Ses parents, le vieux et la vieille, étaient donc des cadavres « vieux style » qui pourrissaient sous une simple plaque de marbre. Et cela lui a fait de la peine. Mais une fois qu'il a pris conscience de cette faute, il a tout fait pour se rattraper. Il m'a demandé de négocier avec l'architecte et le maçon afin de faire construire un vrai caveau. Nous avions déjà plusieurs voitures, une résidence d'été à Zebegény, un appartement en copropriété au Mont des Souabes, pour l'hiver, et, naturellement, un appartement à la Colline des Roses, ainsi qu'un beau château en Transdanubie, non loin du lac Balaton, tombé dans l'escarcelle de mon mari à la suite de je ne sais quelle transaction. Bref, nous n'étions pas vraiment concernés par la pénurie de logements.

Mais voilà... nous n'avions pas encore de caveau familial – et nous nous sommes empressés de corriger cette erreur. Mon mari a mené une véritable enquête afin de dépister le meilleur spécialiste de la ville. On a fait venir d'Angleterre et d'Italie de gros ouvrages sur papier glacé... jamais je n'aurais cru que la littérature sur les monuments funéraires puisse être aussi riche. Mourir comme ça, sans autre forme de procès, et se faire mettre en terre sans cérémonie, voilà qui est à la portée de tous. Mais les riches, eux, ne vivent pas et ne meurent pas comme tout le monde. Donc, après consultation du spécialiste, nous avons choisi un modèle, un caveau superbe avec coupole, spacieux et bien sec. En le visitant pour la première fois, je me suis tout à coup mise à pleurer, parce que je me suis souvenue du trou creusé dans le sable de Nyírség, là où j'avais passé mon enfance. Bien plus vaste que notre trou, le caveau était prévu pour six personnes, les deux vieillards, mon mari et trois autres cadavres... sans doute des invités qui risquaient de mourir chez nous. En voyant ces trois places supplémentaires, j'ai dit à mon mari que je préférerais être enterrée dans un trou creusé par les chiens plutôt que dans leur crypte. Ça l'a bien fait rire.

Ainsi, nous étions en mesure de parer à toutes les éventualités. Naturellement, la crypte était éclairée à l'électricité, avec des lampes bleues et blanches. Lorsque tout fut en place, nous avons fait venir un prêtre qui a béni en grande pompe cette résidence de luxe... pour cadavres. Le nom de la famille était gravé en lettres d'or au-dessus de l'entrée. Sur la façade, on distinguait, en format réduit, la couronne nobiliaire, pareille à celle qu'ils avaient fait broder sur leurs caleçons. Il y avait un vestibule, avec des fleurs, une sorte d'entrée à colonnades, avec des bancs en marbre pour les visiteurs... au cas où ils voudraient se reposer un peu avant de mourir. Une porte de fer surchargée de thèmes décoratifs conduisait au salon où nous avons enterré les deux vieux. Ce monument funéraire semblait avoir été fabriqué non pour les quelque trente ou quarante ans à venir, au bout desquels on expulse tous les morts du cimetière, si prestigieux soient-ils, mais pour l'éternité, jusqu'au jour du Jugement dernier où, au son du clairon, les cadavres des nobles sortiront en pyjama ou en *dressing-gown* de leurs cercueils. Eh bien, moi, tu vois, j'ai gagné huit mille pengös avec ce caveau... l'architecte n'a pas voulu m'en laisser davantage. Mais j'ai fait la bêtise de verser ce petit extra sur mon compte : un jour, mon mari a trouvé le relevé de la banque, avec toute la somme dont je disposais, intérêts compris... Bien sûr, il ne m'en a jamais parlé, mais j'ai vu que cela lui avait fait de la peine : un membre de sa famille n'avait pas à gagner de l'argent sur le caveau familial. Comprends-tu ce raisonnement ? Moi, je ne l'ai jamais compris. Je t'en parle simplement pour illustrer l'étrange mentalité des riches.

Encore une chose... Je supportais tout, sans rien dire, mais ils avaient tout de même une manie qui, aujourd'hui encore, me soulève le cœur. J'en ai vu de toutes les couleurs au cours des dernières années – et je sais que ce n'est pas terminé. Sans doute finirai-je également par accepter de vieillir. Mais cette lubie-là, non, je n'ai jamais pu l'avaler. Rien qu'en y pensant, je me mets en colère, je vois rouge.

Tu penses au lit ? Oui, tu as raison, ça concerne le lit,

mais pas comme tu l'imagines. Il s'agissait de leurs chemises de nuit et de leurs pyjamas.

Je vois que tu ne comprends pas. Comment t'expliquer ? Dans cette maison j'admirais tout bouche bée, à peu près comme les enfants qui regardent une girafe au zoo... tout, les papiers toilette de différentes couleurs, le podologue suisse... et je comprenais parfaitement que des gens aussi extraordinaires ne pouvaient pas vivre comme le commun des mortels – qu'il fallait mettre la table et faire le lit « autrement ». Naturellement, il fallait aussi leur cuisiner des plats spéciaux... peut-être avaient-ils, comme les kangourous, des intestins fabriqués d'une autre façon, je ne saurais dire comment... toujours est-il qu'ils ne digéraient pas comme nous autres, je veux dire naturellement, mais à l'aide de laxatifs et de lavements aussi singuliers que mystérieux.

Moi, j'assistais à tout ça, stupéfaite, bouche bée, je te dis, ça me donnait quelquefois la chair de poule. Sans doute la civilisation ne se manifeste-t-elle pas seulement dans les musées, mais aussi dans les salles de bains et dans les cuisines de ces gens-là. Même dans les caves où ils se terraient pendant le siège, ils vivaient d'une façon différente. Me croiras-tu ?... Alors que tout le monde se nourrissait de haricots ou de pois chiches, eux, ils ouvraient des boîtes de conserve d'importation, mangeaient du foie gras de Strasbourg. J'ai même vu une femme, l'épouse d'un ex-ministre réfugié à l'Ouest – elle était restée à Budapest, pour être près de son amant –, poursuivre sa cure d'amaigrissement dans sa cave, surveiller sa ligne, faire sa cuisine à l'huile d'olive d'Italie sur un petit réchaud à alcool, parce qu'elle craignait, oui, elle craignait que les haricots et toutes ces matières grasses que tous ces gens, perturbés et travaillés par la peur de la mort, dévoraient sans discernement, ne finissent par la faire grossir... À bien y réfléchir, la civilisation est une chose très étrange.

Ici, à Rome, les statues les plus merveilleuses, les tableaux les plus magnifiques, les tissus les plus nobles sont, comme chez nos brocanteurs, les déchets d'un monde disparu. Mais il se peut bien que toutes les splendeurs romaines ne représentent qu'un seul aspect de la civilisation. La civilisation consiste aussi, comme chez mes riches, à se faire servir des plats préparés à l'huile ou au beurre, selon des recettes compliquées, établies par des médecins, comme si ces gens ne se nourrissaient pas uniquement à l'aide de leurs dents et de leurs organes digestifs... Il leur fallait une soupe spéciale pour le foie, une viande particulière pour le cœur, une salade d'une certaine qualité pour la vésicule biliaire, des pâtes au raisin sec pour leur pancréas... avant qu'ils se retirent pour digérer, solitaires, avec leurs mystérieux organes. Oui, cela aussi, c'était de la culture. Je le comprenais, je l'approuvais, je l'admirais même. Mais je n'ai jamais, non, jamais pu accepter leur lubie avec les chemises de nuit et les pyjamas. Que le diable emporte celui qui l'a inventée !

Ne proteste pas, ne t'impatiente pas, je vais tout te dire. Voilà. Une fois le lit fait, il fallait préparer la chemise de nuit avec les manches écartées et le dos visible... tu comprends ? La chemise de nuit ou la veste de pyjama, présentée ainsi, évoquait un Arabe ou un pèlerin oriental en train de prier, prosterné dans le sable, les deux bras étendus – Pourquoi tenaient-ils à cette présentation ? Je n'en ai pas la moindre idée. Peut-être parce que c'était plus confortable, cela permettait d'économiser un mouvement, vois-tu, il suffisait tout simplement d'enfiler la chemise de nuit en s'y glissant. Mais cette excessive prévoyance avait le don de me faire sortir de mes gonds. Chaque fois que je faisais leur lit et que je pliais leurs chemises de nuit et leurs vestes de pyjama selon les instructions du valet de chambre, j'en avais les mains qui tremblaient. Pourquoi ?

L'homme, vois-tu, est une créature singulière... même s'il ne naît pas riche. Un jour, il n'en peut plus, il se cabre – même le pauvre, habitué à tout supporter, à accepter humblement le monde tel qu'il l'a reçu... En pliant tous les soirs leurs chemises de nuit, moi, je comprenais ceux qui – individus ou peuples – ne supportent plus l'état des choses, ceux qui se mettent à hurler, à envahir les rues et à tout détruire... En agissant ainsi, pourtant, ils se font des illusions. La véritable révolution s'est déjà accomplie bien avant, dans les esprits. Ne me regarde pas aussi stupidement, mon amour...

Peut-être que ce que je te dis n'a aucun sens. Mais il ne faut pas chercher forcément un sens dans tout ce que font ou disent les gens. Crois-tu par exemple que le fait de coucher avec toi dans ce lit soit logique ou raisonnable ? Tu ne me comprends pas, mon cœur ? Ça ne fait rien. Tu n'as qu'à te taire et m'aimer. Voilà ce qui est logique, entre nous deux, même si ça n'a aucun sens.

En ce qui concerne leurs chemises de nuit, je détestais cette manie, mais j'ai fini par m'y résigner. Rien à faire, ils étaient plus forts que moi. On peut haïr les êtres supérieurs, on peut les adorer... mais on ne peut pas les ignorer. Moi, pendant un certain temps, je les ai admirés. Ensuite, je les ai craints. Et pour finir, je les ai haïs. À tel point que je suis devenue moi-même riche, j'ai revêtu leurs habits, je me suis couchée dans leur lit, j'ai commencé à surveiller ma ligne et j'ai fini par prendre, comme eux, des laxatifs avant d'aller dormir. Je ne les haïssais pas parce qu'ils étaient riches et moi, pauvre... non, ne me comprends pas de travers. J'aimerais que quelqu'un saisisse enfin la vérité dans toute cette histoire.

Actuellement, on ne parle que de ça dans les journaux ou dans les meetings. Même au cinéma, où j'ai vu l'autre jour les actualités. Oui, tout le monde en parle, je ne sais pas ce qui leur prend. Sans doute y a-t-il un malaise général, et c'est pour ça qu'on discute tant... des pauvres et des riches, des Américains et des Russes... moi, je n'y connais pas grand-chose. On dit aussi qu'il y aura une grande révolution et qu'elle se terminera par la victoire des Russes et des pauvres en général. Mais l'autre nuit, au bar, un monsieur très distingué, un Sud-Américain, je crois, on raconte qu'il vend de l'héroïne qu'il cache dans son dentier... m'a dit que non, ça ne se passera pas comme ça, que ce sont les Américains qui gagneront parce qu'ils ont plus d'argent que les Russes.

Tout cela m'a fait réfléchir. Le saxophoniste m'a dit l'autre fois que les Américains allaient creuser un grand trou dans la terre pour le remplir de bombes atomiques, qu'un petit bonhomme à lunettes – actuellement président là-bas, de l'autre côté de la mer – viendrait alors avec une allumette, y mettrait le feu et ferait tout sauter. Bien sûr, cela a l'air d'une ineptie, mais ces absurdités ne me font plus rire. J'en ai vu de toutes les couleurs, tu sais... et souvent, ce qui, à première vue, me semblait être une ineptie a fini par se réaliser. Je dirais même que plus une idée semble insensée, plus elle a de chances de se réaliser un jour.

Je n'oublierai jamais les racontars qui couraient chez nous, à Budapest, vers la fin de la guerre. Par exemple, un beau jour, les nazis ont installé des canons tout au long de la rive droite du Danube. Ces énormes canons se dressaient devant les ponts, les Allemands ont cassé l'asphalte pour établir des nids de mitrailleuses parmi les superbes marronniers qui bordaient le fleuve. Les gens assistaient la mine renfrognée à tout ce déploiement, mais certains malins affirmaient pourtant que ça permettrait d'éviter le siège de la ville... que toutes ces armes, toutes les boîtes remplies d'explosifs devant les ponts n'étaient qu'un leurre destiné à tromper les Russes. Eh bien, non, ce n'était pas un leurre, les Allemands n'ont pas réussi leur coup, les Russes sont arrivés et ont tout envoyé en l'air, y compris les canons. Donc, je ne sais pas si les choses se passeront comme l'a dit ce Sud-Américain... mais j'ai bien peur que oui, justement parce que, à première vue, cela semble une absurdité.

Il a dit que la décision appartenait aux Américains parce qu'ils sont riches. Cela m'a frappé car je les connais, moi, les riches. L'expérience m'a montré qu'il faut vraiment se méfier d'eux, parce qu'ils sont incroyablement rusés. Ils sont très forts... je ne sais pas exactement en quoi consiste leur force, mais je sais seulement qu'ils ont plus d'un tour dans leur sac. Pense à la façon dont je devais préparer leurs chemises de nuit... Pour exiger une chose pareille, il faut être très spécial, savoir exactement ce qu'on veut le jour comme la nuit... C'est pourquoi le pauvre, si son chemin croise celui du riche, doit s'attendre au pire. Je pense ici, je ne le répéterai jamais assez, aux vrais riches, pas à ceux qui ont – seulement – de l'argent. Ceux-là ne sont pas aussi dangereux. Ils ne font que montrer leur fortune, semblables à ces enfants qui font des bulles de savon. Et leur argent finira comme ces bulles, qui crèvent dans l'air.

Mon mari, lui, c'était un vrai riche. Et c'est peut-être pour cela qu'il était si soucieux.

Donne-moi encore un peu de cognac, juste un doigt. Non, cette fois, je ne bois pas après toi. Il ne faut pas abuser des bonnes idées, elles risquent de perdre leur charme. Excuse-moi.

Ne me presse pas, je vais tout te raconter, mais dans l'ordre.

Mon mari s'est senti humilié – et pour toujours. Je ne l'ai jamais compris, parce que j'avais grandi avec les pauvres. Il existe entre les vrais pauvres et les vrais seigneurs une grande complicité... impossible de les offenser. Mon père, un pauvre va-nu-pieds de la région de Nyírség, était aussi peu susceptible que le prince François Rákóczi II. Alors que mon mari, lui, avait honte de son argent – pour ne pas paraître riche, il se serait volontiers déguisé en pauvre. Il avait des manières distinguées, et un sens redoutable de la politesse... aucune parole, aucun geste n'aurait pu le blesser, les insultes glissaient sur lui comme les gouttes d'eau sur les feuilles de lotus.

Et pourtant, il se mortifiait lui-même, intérieurement, tant et si bien que ce penchant a fini par s'emparer de tout son être, jusqu'à devenir une passion morbide.

En soupçonnant qu'il était rongé par le mal, il s'est affolé... et, comme un grand malade qui délaisse les docteurs et les professeurs pour s'adresser aux guérisseurs, il a quitté sa femme et rompu avec les siens afin de se réfugier auprès de moi. Oui, il me prenait pour une guérisseuse... mais je n'avais pour lui aucune potion miracle.

Passe-moi sa photo, que je la regarde encore une fois. Oui, il était comme ça, il y a quinze ans.

Est-ce que je t'ai dit que j'ai porté longtemps cette photo dans un petit médaillon, accroché à mon cou par un ruban violet ? Et sais-tu pourquoi ? Parce que j'avais donné de l'argent pour l'avoir. J'étais encore une domestique, et ce médaillon, je l'avais payé avec l'argent que j'avais gagné, il avait donc à mes yeux une valeur particulière. Mon mari n'a jamais compris la valeur qu'attachent les gens de mon espèce à des objets pour lesquels ils dépensent de l'argent sans en avoir un besoin vital. De l'argent, oui, du vrai, quelques pengös prélevés sur leur salaire ou sur leur pourboire. Plus tard, j'ai dépensé les billets de mille, l'argent de mon mari, avec la même facilité que je dispersais, au temps où j'étais domestique, la poussière en secouant mon plumeau. Cet argent-là ne comptait plus pour moi... Mais cette photo, je l'avais achetée le cœur battant, parce que j'étais pauvre, et parce qu'il me semblait presque criminel de dépenser de l'argent pour quelque chose qui n'était pas indispensable. Tu vois, cette photo, à cette époque-là, m'apparaissait comme un luxe exorbitant. Et pourtant, j'étais passée à l'acte, en me rendant, en grand secret, chez ce photographe du centre-ville, fort en vogue, et en payant, sans marchander, le prix – à ses yeux, dérisoire – qu'il m'avait demandé. Voilà le seul sacrifice que j'ai fait pour cet homme.

De haute taille, il me dépassait de cinq centimètres. Son

Métamorphoses d'un mariage

poids restait toujours le même : il était maître de son corps, autant que de ses paroles. En hiver, il prenait deux kilos qu'il perdait dès le mois de mai, pour garder le même poids jusqu'à Noël. Ne va pas croire qu'il suivait une cure d'amaigrissement, il n'y pensait même pas. Non, il disposait de son corps, comme un patron dispose de ses employés.

Il disposait de la même façon de ses yeux et de ses lèvres. Il riait **tantôt** avec son regard, tantôt avec sa bouche, mais jamais avec les deux en même temps – comme tu as ri, mon amour, d'un rire si franc, si entier en m'annonçant hier que tu avais vendu cette bague à un bon prix.

Non, il était incapable de rire comme toi. J'ai vécu avec lui, j'ai été sa femme, après avoir été sa bonne – et naturellement, en tant que telle, je l'ai « pratiqué » de façon bien plus intime que, plus tard, alors que je n'étais que sa femme, si l'on peut dire –, eh bien, je ne l'ai jamais vu rire à pleins poumons.

La plupart du temps, il se contentait d'esquisser un sourire. Le Grec que j'ai connu à Londres, qui en savait long et qui m'a appris bien des choses – ne me demande pas quoi, je ne peux pas tout te raconter, la nuit est trop courte..., – ce Grec, donc, m'a conseillé de ne jamais rire en société quand je me trouvais avec des Anglais, parce que, pour eux, c'était vulgaire. Je devais plutôt sourire. Je te le dis parce que je veux que tu apprennes avec moi tout ce qui pourra te servir dans la vie.

Mon mari, c'est vrai, possédait à la perfection l'art de sourire. Je l'enviais beaucoup pour ça. Lui avait-on enseigné cet art dans quelque université secrète, réservée aux seuls rupins ? Par exemple, il souriait chaque fois qu'on se jouait de lui. De temps en temps, je le mettais à l'épreuve, je le mystifiais à mon tour... et je le surveillais. Je l'embobinais aussi au lit, ce qui était parfois bien dangereux. On ne sait jamais comment réagit un homme qui se sent trahi au lit.

Moi, pourtant, ce danger m'excitait et me terrorisait à la fois : je n'aurais pas été étonnée de le voir se lever, aller à la cuisine, revenir avec un couteau et me l'enfoncer droit dans le ventre comme on saigne un cochon. Bien entendu, ce n'était qu'une construction de mon imagination, une rêverie qui était pourtant l'accomplissement d'un désir, comme me l'expliquait à l'époque le docteur que j'allais voir, parce que c'était la mode, et parce que j'étais riche et que je pouvais me permettre d'avoir des problèmes psychiques. Ce docteur me prenait cinquante pengös pour une heure, pendant laquelle j'avais le droit de m'étendre sur son divan, de lui raconter mes rêves et toutes les cochonneries qui pouvaient me passer par la tête. En général, les hommes paient pour qu'une femme se couche sur leur divan et leur débite des obscénités. Eh bien, là, c'est moi qui payais, ce qui m'a permis d'apprendre des mots comme « sublimation » ou « complexe ». Eh oui, j'en ai appris, des choses ! Non, tu as raison, ce n'était pas facile de vivre avec les riches.

En tout cas, je n'ai jamais appris à sourire comme il fallait. Sans doute cela ne s'apprend-il pas, cela se transmet de père en fils. C'est pourquoi je haïssais ce sourire, comme je détestais toute cette comédie avec la chemise de nuit. Oui, je haïssais leur sourire, à tous. Quand je me jouais de mon mari au lit... en feignant d'avoir du plaisir, alors que ce n'était pas vrai et qu'il s'en rendait sûrement compte... eh bien, au lieu de me poignarder, il souriait. Assis dans ce lit matrimonial, les cheveux en bataille, musclé, parce qu'il faisait du sport, exhalant une légère odeur de foin, il me regardait fixement, les yeux vitreux... et il souriait. Alors, moi, j'avais envie de pleurer – de tristesse, de colère et d'impuissance. Je suis sûre que, des années après, en voyant sa maison détruite par les bombes ou même, plus tard encore, le jour où il a été chassé de son usine et dépossédé de toute sa fortune, il souriait encore de cette même façon.

Ce sourire particulier, ce sourire de riche est l'une des plus grandes injustices de ce monde. Oui, là réside le véritable crime des riches. Un crime impardonnable. Je comprends celui qui frappe et qui tue, parce qu'on lui a fait du tort. Mais comment sanctionner celui qui ne dit rien, celui qui se contente de sourire ? Parfois, j'ai le sentiment qu'aucun châtiment ne saurait être à la mesure de son crime. La femme que j'étais, la femme qui, une fois sortie de son trou, a croisé cet homme sur son chemin, était tout à fait impuissante contre lui... Le monde, en lui prenant sa fortune, ses biens, en lui prenant tout ce qui lui importait, n'a pas achevé son œuvre : non, c'est son sourire qu'il aurait fallu lui prendre. Et ça, ils ne le peuvent pas, ces fameux révolutionnaires... Parce que, même quand les riches auront tout perdu, leurs actions et leurs bijoux leur reviendront un jour, d'une façon ou d'une autre. Oui, même quand ils seront dépouillés de tout, il leur restera toujours quelques biens mystérieux, qu'aucune puissance terrestre ne pourra leur dérober... Quand un vrai riche, propriétaire de cinquante mille hectares de terre et d'une usine employant deux mille personnes, perd tout... il reste toujours plus riche que les gens de mon espèce, même s'ils vivent dans l'aisance.

Comment font-ils ? Je n'en sais rien. Les riches, quand j'ai quitté mon pays, n'étaient pas en odeur de sainteté, bien au contraire. On leur a pris, peu à peu, toute leur fortune visible, selon des plans minutieusement élaborés. Ensuite, à l'aide de procédés perfectionnés, leur fortune invisible. Au bout du compte, pourtant, ces gens-là s'en sont bien tirés.

Et moi, je les regardais, stupéfiée, sans me révolter, sans même ironiser. Je ne tiens pas à entonner ici le couplet bien connu sur l'argent, la pauvreté et la richesse. Attention, ne me comprends pas de travers. Après tout ce que je viens de te dire, crier ma haine des riches, simplement parce qu'ils ont de l'argent, serait sans doute du meilleur effet. Oui, c'est vrai, je les détestais, mais pas à cause de leur richesse. Je les craignais plutôt, avec cette terreur qu'inspirent à l'homme primitif le tonnerre et les éclairs. Je leur en voulais, comme autrefois les anciens en voulaient aux dieux, tu sais, à ces petits dieux ventrus, ces joyeux lurons, qui gueulent et qui forniquent comme les hommes, s'immiscent dans leurs affaires, vont coucher dans leurs lits, interviennent dans la vie des femmes, trempent leur pain dans leurs sauces et se comportent exactement comme nous... tout en étant des dieux, des dieux d'importance moyenne, serviables, à l'échelle humaine.

Voilà ce que je ressentais en pensant aux riches. Ce n'est pas à cause de leur argent, de leurs bijoux et de leurs palais que je les maudissais ; non, je n'avais rien de la prolétaire en révolte, ni de l'ouvrière consciente de sa classe. Pourquoi ? J'étais venue de trop bas, j'en savais plus que les tribuns qui, du haut de l'estrade, haranguent la foule. Moi, je savais qu'au fond, au fin fond de tout, il n'y a pas, il n'y a jamais eu de justice. Qu'en supprimant une injustice, on en crée nécessairement une autre. Je savais aussi que j'étais une femme, que j'étais belle et que je voulais ma place au soleil... Est-ce un crime ? Il se peut que les révolutionnaires, ceux qui vivent de leurs promesses et préconisent le bonheur en remplaçant un mal par un autre, me méprisent pour cela. Mais avec toi, je veux être franche. Je veux te donner tout ce que je possède encore, et pas seulement les bijoux... je t'avouerai donc que si je haïssais les riches c'est – avant tout – parce que je n'avais pu prendre que leur argent... Quant au reste, ce supplément qui constitue à la fois le secret et le sens de la richesse, cette différence, porteuse, au même titre que la fortune, d'une magie redoutable, ils ne me l'ont pas donné... ils l'ont dissimulé... bien mieux que les valeurs qu'ils avaient déposées dans les coffres-forts des banques étrangères, ou les lingots d'or qu'ils avaient enfouis au fond de leurs jardins.

Ils ne m'ont pas transmis – non plus – leur capacité à se

détourner brusquement, sans la moindre transition, des sujets brûlants ou douloureux... Quand mon cœur battait la chamade sous l'emprise de la colère ou de l'amour, quand l'injustice ou la souffrance d'autrui me faisaient hurler d'indignation, eux, ils restaient silencieux, ils restaient souriants... Mais je ne peux te dire avec des mots tout ce que je ressentais en de telles occasions. D'une façon générale, les mots, même s'ils sont vrais, même s'ils sont adéquats, sont impuissants à exprimer les choses essentielles de la vie, comme la naissance ou la mort. Sans doute la musique le peut-elle... je ne sais pas... Ou le sens du toucher, quand on désire quelqu'un, comme je te touche maintenant... non, ne bouge pas... Ce n'est pas sans raison que, vers la fin de sa vie, mon autre ami n'arrêtait pas de potasser ses dictionnaires, il cherchait un mot, tu vois... mais il ne l'a jamais trouvé.

Alors, ne t'étonne pas si je ne peux te dire certaines choses. Moi, je ne fais que parler... et il y un abîme entre parler et dire.

Allez, rends-moi cette photo. Il était comme ça quand je l'ai connu. Plus tard, après le siège, quand je l'ai revu pour la dernière fois, oui, il était encore comme sur cette photo... Il n'avait changé que dans la mesure où certains objets de qualité changent à l'usage, prennent une certaine patine, deviennent plus lisses. Il avait vieilli à la façon d'une lame de rasoir de marque ou d'un porte-cigarettes en ambre.

Dieu sait que je ferais mieux de prendre mon courage à deux mains et d'essayer quand même de dire ce que j'ai à dire. Je commence, vois-tu, par la fin. Peut-être me comprendras-tu... même si je ne dis rien du début.

Il était bourgeois – c'était là sa grande misère. Qu'est-ce qu'un bourgeois ? Selon les rouges – qui nous le présentent toujours ainsi – : un affreux bonhomme ventru qui passe son temps à guetter les cours des actions et à exploiter les ouvriers. D'ailleurs, c'était à peu près l'image que je me faisais d'eux, avant de vivre en leur compagnie. Mais j'ai fini par comprendre que tous ces discours sur la bourgeoisie et la lutte des classes ne disaient pas l'entière vérité et que les choses se passaient autrement qu'on voulait nous le faire croire, à nous autres prolétaires.

Cet homme, mon mari, avait une idée fixe : il s'imaginait que le bourgeois avait un rôle à assumer dans le monde... un rôle qui ne consistait pas seulement à entreprendre ou à singer ceux qui étaient puissants à une époque où la bourgeoisie ne l'était pas encore. Il croyait donc, lui, le bourgeois, pouvoir remettre un certain ordre dans le monde, réduire quelque peu la puissance des seigneurs et atténuer la misère des prolétaires de notre espèce. Oui, il pensait que s'il assumait son rôle et restait à sa place de bourgeois, les uns comme les autres finiraient par s'« embourgeoiser » et ce monde, où tout était à l'envers, retrouverait une sorte d'équilibre. Puis, un jour, il m'a parlé... Il m'a dit qu'il voulait m'épouser, moi, la bonne.

Sans vraiment comprendre le sens de ses paroles, j'ai alors éprouvé pour lui une haine immense – j'aurais voulu lui cracher à la figure. C'était la veille de Noël, j'étais accroupie devant la cheminée, je m'apprêtais à allumer le feu – et j'ai eu l'impression tout à coup de subir la plus grave des injures : ne voulait-il pas m'acheter, moi, comme on achète un chien d'une espèce rare ? Je lui ai dit de débarrasser le plancher : je ne voulais plus le voir.

Il ne m'a donc pas épousée. Quelques années plus tard, il s'est marié avec cette femme distinguée. Et ils ont eu un enfant, qui est mort en bas âge. Le vieux Monsieur est également mort. Ça m'a fait quelque chose... la maison était devenue une sorte de musée : je n'aurais pas été surprise de voir des écoliers sonner à la porte de la villa, le dimanche matin, pour une visite collective. Mon futur mari et sa femme n'habitaient plus là. Ils partaient souvent en voyage. Je suis restée avec la vieille Madame. Elle n'était pas bête, elle. Je l'aimais et je la craignais en même temps, elle possédait cette sagesse des femmes d'autrefois, tu sais, elle savait comment guérir le mal au foie ou aux reins, comment bien faire sa toilette, comment il convenait d'écouter la musique... Elle était au courant de notre affaire, bien sûr, et de la révolte, muette, de son fils... De notre longue bataille. Semblable à quelque radar, son intuition féminine avait deviné le secret de l'homme auquel elle était liée.

Elle savait, oui, que son fils était désespérément solitaire, car le monde dans lequel il était né et auquel il appartenait corps et âme, auquel l'attachaient ses souvenirs et ses rêves, ce monde-là ne le protégeait plus, parce qu'il était en pleine décomposition, pareil à ces vieux tissus qui s'effilochent et qu'on ne peut plus utiliser ni comme dessus de lit ni comme chiffons. Elle savait que son fils n'était plus capable d'attaquer... il ne faisait que se défendre et celui qui se borne à défendre ne vit plus, il vivote. Douée de l'instinct d'une femelle forte, occupée à filer et à tisser, la vieille pressentait ce danger. Elle connaissait ce secret, comme les familles connaissent certaines maladies héréditaires – épilepsie ou hémophilie – qui se transmettent de génération en génération au sein de la tribu, mais qu'il est interdit de nommer, car, si leur secret s'ébruitait, elles compromettraient les intérêts du clan.

Qu'as-tu à me regarder ? Oui, je suis nerveuse, comme mes maîtres... mais ce n'est pas en vivant avec eux que je le suis devenue. Je l'étais déjà dans ce trou, chez nous, si toutefois je peux employer une telle expression. Car, en prononçant des mots comme « foyer » ou « famille », je ne vois rien, je sens seulement une odeur de terre, de boue, de rats et d'hommes, et plus haut que tout cela, une autre odeur, flottant au-dessus de toute mon enfance, mi-animale mi-humaine, l'odeur du ciel bleu clair, de la forêt humide, fleurant bon le champignon, le goût du soleil, semblable au métal qu'on touche avec le bout de la langue... J'étais une enfant nerveuse, pourquoi le nier ? Nous aussi, nous avons nos secrets, pas seulement les riches.

Mais c'est de la fin que je voudrais te parler... oui, de ma dernière rencontre avec mon mari. Car, aussi vrai que je suis maintenant avec toi dans cette chambre d'hôtel à Rome, j'ai compris, ce jour-là, que je ne le reverrais plus jamais.

Assez d'alcool, plutôt un café, veux-tu ? Allez, donne-moi ta main, mets-la sur mon cœur. Oui, oui, il bat fort. Comme toujours, à l'aube. Pas à cause du café ou des cigarettes, pas – non plus – parce que je suis avec toi. Non, il bat fort, parce que je me souviens de cet instant où je l'ai vu pour la dernière fois.

Ne va pas croire pourtant que c'est le désir qui me trouble. Non, ce n'est pas comme au cinéma. Je ne l'ai jamais aimé – je te l'ai dit. C'est vrai, il fut une époque où j'étais amoureuse, mais uniquement parce que je n'avais pas encore vécu avec lui. L'amour et la cohabitation, tu sais, ça ne va pas toujours ensemble.

Tout s'est passé comme je l'avais prévu dans ma folie amoureuse. La vieille est morte et je suis partie pour Londres. Passe-moi cette autre photo... celle de ce Grec d'un certain âge qui me donnait des leçons de chant. Un vrai flambeur, celui-là, il savait rouler les yeux – il les avait sombres et ardents –, susurrer des mots d'amour, jurer ses grands dieux, feindre l'extase, un peu comme ce ténor napolitain que nous avons écouté l'autre jour à l'Opéra.

J'étais très seule à Londres, dans ce désert de pierres où tout est gigantesque – tout, y compris l'ennui. Mais les Anglais sont experts en la matière, eux, ils savent s'ennuyer. Moi, je suis allée travailler là-bas comme bonne à tout faire : à l'époque, les domestiques étrangères étaient recherchées, comme l'étaient, autrefois, les esclaves nègres... On dit même que Liverpool a été bâti sur des crânes de Noirs... Je ne sais pas si c'est vrai. Je sais seulement que je n'ai pas longtemps supporté cette vie, car être bonne à Londres, vois-tu, ce n'est pas exactement la même chose que chez nous... c'est à la fois mieux et pire. Je ne te parle pas ici du travail... travailler ne m'a jamais fait peur. Non, ce qui était embêtant, c'était que je parlais mal la langue. Mais le plus gênant encore, c'était de voir que, dans cette maison, j'étais une sorte de rouage plutôt qu'une employée. En plus, je ne servais même pas dans une famille anglaise, mais dans une grande entreprise d'import-export ; oui, j'étais moi-même un article d'importation. Les patrons qui m'avaient embauchée n'étaient pas anglais ; c'était une famille d'immigrés, de riches juifs allemands qui avaient fui Hitler – le monsieur livrait des sous-vêtements en laine à l'armée. Un homme très précis, très minutieux, autant Allemand que juif. Sa coiffure ressemblait à une sorte de scalp et... je n'en suis pas sûr, mais je crois bien qu'il s'était fait balafrer le visage par un chirurgien, pour ressembler à ces étudiants teutons qui, par bravade, se battent en duel.

Mais c'étaient de braves gens, au fond. Ils jouaient à être de vrais Anglais, ils s'efforçaient de les imiter jusque dans des détails que, faute de moyens – ou parce qu'ils n'en avaient plus envie –, les Anglais eux-mêmes ne respectaient plus. Nous habitions une belle maison située dans un quartier de villas, un peu en dehors de la ville. Mes maîtres étaient quatre, nous étions cinq domestiques et une femme de ménage. Moi, j'étais chargée d'ouvrir la porte. Il y avait, comme chez nous, à Budapest, un valet et une cuisinière, plus une fille de cuisine et un chauffeur. J'ai trouvé tout cela naturel. Les vieilles familles anglaises, elles, n'entretenaient plus une telle domesticité : en général, elles avaient vendu ou transformé leurs grandes maisons, mais quelques-unes tenaient encore à leur ancien cérémonial et disposaient d'un personnel nombreux. La fille de cuisine n'aurait, pour rien au monde, accepté de faire mon travail. Quant au valet, il se serait coupé une main plutôt que d'aider la cuisinière. Nous étions tous comme les rouages d'une horloge : nous tictaquions, sans savoir – et c'était bien inquiétant – si nous faisions partie d'une montre suisse de précision ou du mécanisme d'une bombe à retardement. Oui, cette vie anglaise, en apparence si calme, si discrète, avait quelque chose d'angoissant... Eux aussi, vois-tu, n'arrêtaient pas de sourire, un peu comme dans ces polars typiquement britanniques où l'assassin et la victime s'entretiennent en termes affables et choisis de la façon dont le premier supprimera la seconde. Tout cela respirait l'ennui – un ennui anglais, hygiénique et stérilisé que je supportais mal. Quand je me trouvais avec eux, au salon ou à la cuisine, je ne savais jamais si je riais à bon escient. Au salon, naturellement, je riais sous cape, en silence, car je n'avais pas le droit d'apprécier les blagues que se racontaient mes patrons, toujours soucieux de singer les Anglais. À la cuisine, j'étais complètement perdue. Ils étaient tous grands amateurs d'humour et, au déjeuner, le valet, abonné à un journal satirique, leur lisait des histoires qui se voulaient drôles mais que je trouvais, pour ma part, plutôt idiotes. Tous, le chauffeur, le valet, la cuisinière et la fille de cuisine s'esclaffaient, en me surveillant toutefois d'un œil pour voir si je goûtais leur fameux humour anglais.

J'avais l'impression qu'ils jouaient au plus fin avec moi – comme s'ils riaient plus de mes réactions que des blagues qu'ils entendaient. Les Anglais, tu sais, sont presque aussi difficiles à comprendre que les riches. Il faut toujours rester sur ses gardes lorsqu'on est avec eux, parce qu'ils sourient même quand ils ont des arrière-pensées. Ils ont beau avoir le regard stupide de celui qui ne sait pas compter jusqu'à trois, en réalité, ils sont de première force en calcul, surtout quand il s'agit de piéger l'autre et de le tromper en souriant avec bienveillance.

Bien sûr, les domestiques anglais traitaient avec dédain l'étrangère, la négresse blanche que j'étais – mais ils méprisaient encore plus leurs patrons, les riches immigrés juifs allemands. Au fond, leur arrogance envers moi comportait une certaine dose de pitié... ils me plaignaient de ne pas pouvoir comprendre l'humour exquis de *Punch*, leur journal satirique.

Voilà, je vivais avec eux comme je pouvais. Et j'attendais. Qu'aurais-je pu faire d'autre ?

Qu'est-ce que j'attendais au juste ? Le prince charmant qui, un jour, abandonnerait tout et viendrait me chercher ? L'homme riche qui vivait là-bas avec une autre femme ? En tout cas, je savais que mon temps arriverait – et qu'il suffisait d'attendre.

Mais je savais aussi que cet homme-là ne ferait jamais le premier pas... et qu'un jour je devrais aller moi-même le trouver, l'attraper par les cheveux et l'arracher à sa vie comme on tire le noyé des eaux d'un marécage.

Un dimanche après-midi, à Soho, j'ai fait la connaissance de ce Grec. Je n'ai jamais vraiment su ce qu'il faisait dans la vie. Il se disait entrepreneur, il avait beaucoup d'argent, ce qui était fort suspect, il possédait sa propre automobile, ce qui était encore rare à l'époque, et il passait ses nuits à jouer aux cartes dans différents clubs. En fait, je crois que sa véritable profession consistait à être Levantin. Les Anglais ne s'étonnaient pas que quelqu'un parmi eux vive de sa qualité de Levantin, ils en prenaient acte, polis et souriants, compréhensifs, voire approbateurs. Ils savaient tout des étrangers, ils nous toléraient et ne réagissaient – discrètement – que si l'un de nous péchait contre les bonnes manières... sans qu'on sache jamais ce qu'ils entendaient par là.

Mon Grec dansait toujours sur la corde raide. Il n'a jamais été arrêté, pourtant, mais chaque fois que je me trouvais avec lui dans un restaurant de luxe ou dans une boîte de nuit, il était toujours sur la brèche... il surveillait la porte à tambour, comme s'il guettait l'arrivée des flics. Mais oui, il avait l'ouïe fine... Bon, remets cette photo à sa place. Tu veux savoir ce qu'il m'a appris ? Je te l'ai déjà dit : le chant. C'est lui qui a découvert que j'avais une belle voix. Oui, c'est vrai, il m'a appris autre chose aussi... Ce que tu peux être bête ! Je te l'ai dit, c'était un Levantin. Oublions-le.

Ne m'interromps plus, s'il te plaît. Je te l'ai dit, je veux simplement te raconter la fin. La fin de quoi ? De notre histoire : malgré tout, je haïssais mon mari et, en même temps, je l'adorais comme une folle.

Je l'ai compris sur ce pont, après le siège, en le voyant venir vers moi. Dieu que c'est simple à dire ! Oui, je viens de prononcer cette phrase... et il ne se passe rien... Tu es toujours avec moi, à Rome, au lit, dans cette chambre d'hôtel, on fume tous les deux des cigarettes américaines, dans cette cafetière turque en cuivre, le breuvage noir répand son arôme, le jour se lève, tu me regardes, le coude appuyé sur l'oreiller. Tes beaux cheveux, luisants de brillantine, tombent sur tes yeux... et tu attends la suite de mon histoire. Ainsi va la vie : tout change – et c'est merveilleux. Donc, après le siège, sur le pont, j'ai croisé mon mari. Est-ce tout ? Est-ce aussi simple que ça ?

En prononçant cette phrase, je suis émerveillée par la richesse que peut contenir une simple expression. Par exemple celle-ci : « après le siège »... On l'emploie un peu à la légère, vois-tu, mais la réalité qu'elle recouvre est bien plus complexe... Il faut que tu saches qu'à cette époque, c'est-à-dire fin février 1945, on se battait encore en Transdanubie : des villes et des villages étaient en flammes, la guerre faisait rage, on s'entretuait partout. Et pourtant, à Pest et à Buda, on vivait presque normalement, comme on vit dans une ville... un peu à la façon des nomades au commencement des temps ou des Tsiganes vagabonds. Vers la mi-février, les derniers nazis avaient été chassés de Pest et de Buda. Le son du canon s'éloignait petit à petit, comme après le passage d'une tempête, et les gens remontaient de leurs caves.

Bien sûr, toi, au fond de ton paisible Zala, tu prenais sans doute pour des fous ceux qui étaient restés bloqués à Budapest. Et tu avais raison : vus de l'extérieur, nous étions tous fous. Comment imaginer ce que nous pouvions ressentir, nous qui émergions de cet enfer de puanteur, de saleté, de promiscuité où, privés d'eau, nous n'avions pu nous laver pendant de longues semaines ? Mais loin de moi l'idée de t'infliger des récits d'horreur... Non, je te raconterai mes souvenirs pêle-mêle, cela te paraîtra souvent confus, bien sûr, comme au cinéma, tu sais, lorsque la projection est interrompue, parce que la pellicule s'est déchirée, que l'histoire, soudain, perd son sens et que le spectateur, les yeux encore éblouis, fixe, désemparé, le vide de l'écran zébré par quelques lueurs scintillantes.

Les immeubles fumaient encore et Buda, ce splendide décor, avec le Château et le vieux quartier qui l'entoure, ressemblait à un immense bûcher. Ce jour-là, donc, je me trouvais à Buda. Je n'avais pas vécu le siège dans la cave de mon immeuble, détruit, l'été précédent, par un bombardement : j'étais d'abord allée habiter dans un hôtel, puis, lorsque les Russes avaient encerclé la ville, chez une connaissance... Laquelle ? N'insiste pas... oui, je te raconterai tout, chaque chose en son temps.

Au cours de ces mois, il n'était pas difficile de se loger dans la ville, chacun découchait : des gens qui n'avaient rien à se reprocher, sinon leurs sentiments nationalistes et leur attachement à la légende du cerf magique[1], pressentaient la fin du grand cirque et préféraient jouer aux persécutés qui craignent les représailles des Russes ou des rouges... Chacun semblait s'être collé une fausse barbe... les gens s'étaient transformés en fantômes.

---

1. Allusion au récit populaire traditionnel selon lequel Huns et Magyars auraient gagné la région de la mer d'Azov en poursuivant un cerf magique.

Métamorphoses d'un mariage

On aurait dit que toute cette société s'était soûlée à mort en vidant les innombrables bouteilles de vin et de champagne que les nazis avaient laissées dans les caves des grands hôtels et des restaurants de luxe, sans avoir eu le temps de les boire avant leur fuite vers l'Occident. Nous étions tous comme les survivants d'un naufrage ou d'un accident d'avion, tu sais, ces messieurs et ces dames parfaitement bien élevés qui, après avoir échoué sur une île déserte ou au sommet d'une montagne couverte de neige, au bout de quelques jours, les réserves ayant été épuisées, tourmentés par la faim, commencent à se dévisager d'une drôle de façon et s'apprêtent à se dévorer mutuellement... Un peu comme dans ce film, en Alaska, où le frêle Charlot, avec sa moustache en brosse à dents, est poursuivi par trois mastodontes, des chercheurs d'or qui veulent le manger... Lorsqu'ils voyaient certains objets ou qu'ils évoquaient certaines cachettes où s'accumulaient, disait-on, des denrées alimentaires, les gens lançaient des regards déments. Ces naufragés avaient décidé de survivre coûte que coûte, fût-ce en devenant cannibales, et de se constituer des réserves avec tout ce qu'ils trouveraient.

Au lendemain du siège, certains aspects de la réalité se sont tout à coup dévoilés à mes yeux, comme si j'avais été opérée de la cataracte. J'observais, en retenant mon souffle, le spectacle passionnant qui s'offrait à moi.

Le Château brûlait encore lorsque nous remontions péniblement de nos caves. Les femmes qui craignaient d'être violées par les soldats russes s'étaient déguisées en petites vieilles. Nos corps, nos vêtements exhalaient l'odeur moisie des caves – nous sentions tous la charogne. De temps à autre, des bombes explosaient, oubliées au bord des trottoirs. J'avançais sur la chaussée au milieu de cadavres, de décombres, de carcasses de chars d'assaut et d'avions soviétiques aux ailes brisées. J'étais partie du quartier Krisztina et je me dirigeais vers le Champ du Sang, titubant sous l'effet du grand air, du soleil de cette fin d'hiver, ivre de la joie d'avoir survécu... comme des dizaines de milliers de Budapestois, pressés de gagner ce pont provisoire, bossu comme le dos d'un dromadaire, que des ouvriers réquisitionnés par la police russe avaient construit en quinze jours. On pouvait, à nouveau, gagner la rive gauche. J'avais hâte de me trouver à Pest, je bouillais d'impatience... mais pourquoi donc ? Pour revoir notre ancien appartement ? Jamais de la vie ! Non, je vais te dire les choses telles qu'elles étaient.

Dès que j'ai appris qu'un nouveau pont reliait les deux rives du Danube, je me suis rendue en toute hâte au centre-ville afin d'acheter, dans mon ancienne parfumerie, du dissolvant pour vernis à ongles.

Pourquoi me regardes-tu comme si j'étais folle ?... C'est la vérité, te dis-je, Buda était encore en flammes, à Pest les immeubles exhibaient leurs entrailles... et nous, les hommes, les femmes, les enfants, torturés par la faim, nous avions pourri pendant quinze jours dans la cave d'un immeuble de Buda – l'un de nous, un vieillard, était même mort d'effroi –, nous étions tous couverts de crasse, parce qu'il n'y avait plus d'eau... Eh bien, pendant ces quinze jours, j'ai souffert avant tout du manque de dissolvant : c'est avec des ongles peints en rouge vif que j'avais, au début du siège, gagné l'abri antiaérien où j'étais restée jusqu'à la chute de Buda... et mes ongles étaient devenus noirs de la saleté qui s'était déposée sur eux.

À cette époque, vois-tu, j'avais les ongles rouges, comme une femme fatale. Un homme ne peut pas comprendre ça... Pendant le siège, j'attendais, angoissée, le moment où je pourrais enfin aller à Pest pour acheter, dans ma parfumerie, un bon dissolvant, datant du temps de la paix.

Le psychanalyste, ce scaphandrier de l'âme, que je payais cinquante pengös trois fois par semaine pour avoir le droit de m'étendre sur son divan et de lui raconter deux ou trois cochonneries (il fallait ce qu'il fallait... et je faisais tout pour avoir l'air d'une vraie dame), cet homme-là m'aurait sûrement expliqué que ce que je voulais effacer, ce n'était pas, naturellement, la saleté de mes ongles, mais une noirceur d'un tout autre genre, celle de la vie que j'avais menée avant le siège... Rien n'est moins sûr. Tout ce que je savais, moi, c'était que mes ongles n'étaient plus rouges, mais noirs, et qu'il me fallait absolument enlever cette crasse. Voilà pourquoi je me suis, dès le premier jour, précipitée sur ce pont...

En arrivant dans la rue où se trouvait notre ancien appartement, j'ai aperçu une silhouette familière qui traversait la chaussée en courant. C'était le plombier, un homme d'un certain âge, blanchi sous le harnais, un natif du quartier. À l'instar de nombreux Budapestois, il s'était fait pousser la barbe, se déguisant en « stari baba » (vieux père) afin d'éviter d'être réquisitionné par les Russes pour quelques « menus travaux », et d'être déporté ensuite plus loin, à Ekaterinbourg. Il était muni d'un gros paquet : j'étais heureuse de le reconnaître au passage. Tout à coup, je l'ai entendu crier au serrurier qui habitait de l'autre côté de la rue, dans un immeuble en ruines :

— Va vite au Central, il reste encore du matériel à prendre, là-bas.

Et le serrurier lui a répondu d'une voix rauque, mais joyeuse :

— Merci de m'avoir prévenu, j'y cours !

Debout devant le Champ du Sang, je les ai suivis longtemps du regard. J'ai aperçu ensuite un vieux Bulgare, un ivrogne notoire qui, avant la guerre, livrait du bois de chauffage à des bourgeois. Sorti d'un bâtiment à moitié effondré, il portait, avec mille précautions, et une solennité digne d'un prêtre arborant le Saint Sacrement au cours d'une procession, un miroir au cadre doré, scintillant au soleil. Cet homme était visiblement ému d'avoir enfin, au soir de sa vie, obtenu, grâce à quelque fée bienfaitrice, le cadeau qu'il avait convoité toute sa vie, et il avançait au milieu des ruines, dans l'attitude recueillie du lauréat d'un concours organisé à l'occasion d'une grande fête internationale. De toute évidence, il venait de voler ce miroir.

Je l'ai suivi du regard en me frottant les yeux, puis je me suis dirigée, instinctivement, vers l'immeuble en ruines d'où il avait surgi : le portail était encore debout, mais, à défaut d'escalier, il fallait, pour parvenir au premier étage, franchir un amas de décombres. J'ai appris plus tard que ce vieil immeuble avait été touché par une trentaine de bombes, d'obus et de mines. Je connaissais certains de ses locataires : une couturière qui travaillait quelquefois pour moi, un vétérinaire, qui soignait mon chien, et, au premier, un juge de la cour d'assises, en retraite, et son épouse : nous allions de temps en temps goûter avec eux à la vieille pâtisserie Auguste. Le quartier Krisztina, différent du reste de la capitale, évoquait une petite ville autrichienne dont les habitants – autochtones ou immigrés – vivaient entre eux dans une ambiance de grande familiarité, comme les membres d'une conjuration discrète, sans objet ni but, avec, comme unique raison d'être, leur appartenance à une même classe, celle des bourgeois en retraite, parvenus à une certaine aisance grâce à une vie de labeur. Ceux qui, comme le plombier ou le serrurier, venaient d'en bas, avaient fini par adopter les manières simples et discrètes des autochtones. Les habitants de ce quartier, vois-tu, formaient une grande famille, respectueuse des lois et de l'autorité.

Tels étaient les locataires de l'immeuble en ruines d'où venait de sortir le Bulgare, muni de son miroir volé, pressant le pas, tout comme le plombier et le serrurier, sachant qu'il fallait se dépêcher, profiter de l'état d'exception – Buda brûlait, il n'y avait plus ni droit ni police, et au dépôt central, les Russes et les voyous n'avaient pas encore emporté tout le matériel.

Leur dialogue, cette mélodie, cet appel complice venu des bas-fonds, retentissait encore à mes oreilles. Je suis alors entrée dans cet immeuble que je connaissais bien, en grimpant sur un amas de décombres, je suis parvenue au premier étage et je me suis trouvée tout à coup au beau milieu de l'appartement du juge. Invités par ce vieux couple, nous y avions, mon mari et moi, pris un jour le thé. Une bombe avait traversé le toit de l'immeuble, percé le plafond de la pièce et entraîné avec elle la chambre à coucher de l'appartement du dessus. Les poutres du grenier, les tuiles du toit, les encadrements des fenêtres, une porte de l'appartement du deuxième étage, des briques et du mortier, des débris de meubles, le pied d'une table style Empire, le battant d'une armoire Marie-Thérèse, des vitrines, des lampes s'amoncelaient à mes pieds en un tas grossier, humide et pourrissant.

J'ai aperçu, dépassant de ce fumier créé par l'Histoire, le bout d'un tapis oriental, puis la photo, dans un cadre argenté, du vieux juge aux cheveux gominés, vêtu d'une redingote. J'ai contemplé cette photo avec émotion, sa solennité me rappelait certaines images saintes, puis je l'ai repoussée du bout de ma chaussure. Le contenu de plusieurs appartements, ainsi transformé en déchets de l'Histoire, formait à présent un tas d'ordures. Les locataires n'étaient pas encore remontés de la cave, peut-être avaient-ils tous péri. Je m'apprêtais à redescendre, lorsque je me suis rendu compte que je n'étais pas seule.

Franchissant la porte entrebâillée qui reliait la pièce à la salle à manger, j'ai vu un homme ramper à quatre pattes, avec, sous le bras, un coffret contenant l'argenterie de la famille. Il m'a saluée poliment, sans le moindre embarras, comme s'il était venu en visite. C'était un fonctionnaire, un citoyen respectable et respecté du quartier. « Ah, les livres ! s'est-il écrié, apitoyé, quel gâchis ! » Ensemble, nous avons descendu l'amas de gravats, tout en devisant aimablement : l'homme, grand amateur de livres, m'a confié qu'il était venu pour sauver l'imposante bibliothèque du juge, toute cette littérature, les ouvrages de droit, reliés de cuir – mais en vain, car le plafond avait cédé et les livres, détrempés par la pluie, n'étaient plus qu'une pâte informe, comme s'ils sortaient du pilon. Quant à l'argenterie, il n'en a pas soufflé mot, il avait dû la ramasser en passant, à la place des livres.

Tout en parlant, nous avons descendu à quatre pattes le tas d'ordures qui était autrefois un escalier. Mon compagnon m'a indiqué le chemin à suivre, me prenant galamment par le bras pour m'aider à franchir les passages particulièrement difficiles. Arrivés devant le portail, nous nous sommes accordé quelques minutes de repos, avant de nous séparer. Ensuite, cet autochtone s'est éloigné, satisfait, avec, sous le bras, l'argenterie du juge.

À l'instar du Bulgare, du plombier et du serrurier, ce petit vieux travaillait pour son compte personnel, comme, plus tard, ceux qu'on appellerait les « maszek[1] ». Tous ceux-là pensaient qu'il était de leur devoir patriotique de sauver ce que les nazis, les Croix Fléchées, les Russes et les communistes, de retour de Moscou, n'avaient pas encore raflé. Ils s'empressaient donc de mettre la main sur les biens encore disponibles, quels qu'en soient les propriétaires. Ils n'étaient pas bien nombreux, mais ils travaillaient avec zèle. Et nous autres – les neuf millions de citoyens qu'on appellerait plus tard « le peuple » –, nous avons assisté, dans un premier temps, aussi stupéfiés qu'impuissants, à ce vol gigantesque perpétré au nom du peuple. C'était une véritable épidémie : les Croix Fléchées les avaient précédés en dépouillant systématiquement, « institutionnellement », les juifs de tous leurs biens : appartements, magasins, usines, avant de les envoyer à la mort. Après eux, les Russes se sont livrés, nuit et jour, au pillage, avant que n'arrivent, dans leurs fourgons, les communistes formés à Moscou, où on leur avait appris l'art de saigner un peuple à blanc. À propos, le peuple... sais-tu ce que c'est ? Est-ce nous, est-ce toi et moi ?... À présent que tout se fait au nom du peuple, celui-ci me paraît plutôt écœuré, non ?... Tu sais, je me souviens encore de ma

---

1. Abréviation de « magánszektor » (secteur privé).

stupéfaction le jour où le petit garçon du propriétaire du domaine où nous passions nos vacances, est venu, haletant, nous annoncer pendant le déjeuner, que « la moissonneuse avait coupé le doigt d'un homme du peuple ». Cela nous avait fait sourire... Mais plus tard, tout le monde était devenu un « homme du peuple », les bourgeois et les seigneurs au même titre que nous autres... nous n'avons jamais été aussi proches les uns des autres que pendant les semaines qui ont suivi l'arrivée des communistes, dont les cambriolages ont été qualifiés par certains « experts » d'« actes de justice sociale »... Sais-tu ce que c'est, toi, que la justice sociale ? Le peuple l'ignorait, en tout cas : il écoutait, abasourdi, les explications des « progressistes » – à les entendre, tes biens ne t'appartenaient plus, à toi, mais ils revenaient tous à l'État. Nul n'y comprenait plus rien. Occupés à « sauver » tantôt le tableau d'un fameux peintre anglais, découvert dans un appartement, tantôt la collection de dentelles d'une vieille famille, tantôt les dents en or d'un grand-père qu'ils ne connaissaient ni d'Ève ni d'Adam, ces justiciers zélés étaient méprisés, plus encore que les pilleurs russes. Les vols commis au nom du peuple ne suscitaient qu'un silence dédaigneux : pour tout commentaire, le « peuple » se contentait de cracher, de temps en temps, par terre. Quant aux Russes, ils évoluaient, indifférents, au milieu de cette foire. Ils ne discutaient pas, ils volaient et ils déshabillaient [1]...

Ouf ! tout cela m'a donné chaud... Passe-moi donc la bouteille d'eau de Cologne, je vais m'en mettre quelques gouttes sur le front.

Évidemment, toi qui te planquais en province, tu ne peux pas savoir comment nous avons vécu, nous, à Budapest. Rien ne fonctionnait, et pourtant, comme par enchantement, la

---

1. Allusion à certaines exactions des soldats russes, qui ordonnaient aux passants de se déshabiller dans la rue et confisquaient leurs vêtements.

ville s'est tout à coup animée, un peu comme dans les contes populaires, après la disparition de l'affreux sorcier, parti en fumée, lorsque les gens apparemment morts ressuscitent, que les horloges se remettent à marcher et la source à couler. La terrible démone, la Guerre, s'en est allée, le monstre s'est éloigné vers l'Ouest... et ce qui restait de la ville et de la société s'est mis à vivre avec une volonté, une intensité et une joie inouïes – avec pas mal d'astuces aussi –, comme si rien ne s'était passé. Pendant des semaines, aucun pont ne reliait les deux rives du Danube, nous traversions le fleuve en canot, comme deux siècles auparavant. Mais, sur les boulevards, sous les porches des immeubles en ruines, on vendait déjà de tout : des comestibles, des produits de beauté, des vêtements, des chaussures... des napoléons, de la morphine, du saindoux, tout, te dis-je. Les juifs, titubants, sont peu à peu sortis des immeubles marqués de l'étoile de David, et quelques semaines plus tard, au beau milieu des décombres et des cadavres, ça marchandait déjà ferme, on vendait et on achetait des tissus anglais, des parfums français, des alcools hollandais, des montres suisses... Ça grouillait, ça trafiquait dans tous les sens. De connivence avec les chauffeurs des camions militaires russes, les juifs transportaient des vivres et des marchandises dans tous les coins du pays... Puis, les chrétiens se sont réveillés à leur tour et on a assisté à une véritable migration de la population : Vienne et Presbourg étaient tombés... à bord de véhicules soviétiques, les gens se rendaient en masse dans la capitale autrichienne pour s'y livrer à toutes sortes d'échanges : des voitures contre du lard et des cigarettes...

Nous étions encore assourdis par les explosions des bombes et des mines éparses, mais, à Pest, les brasseries avaient déjà rouvert leurs portes : on y servait du vrai café, bien serré, et, à cinq heures de l'après-midi, les matelots russes et les filles du huitième arrondissement[1] dansaient au son du gra-

---

1. Quartier populaire de Budapest.

mophone. Les morts n'étaient pas tous enterrés, parfois leurs pieds dépassaient encore des sépultures provisoires, mais on voyait déjà des jeunes femmes maquillées, habillées à la mode, traverser le fleuve en barque pour rejoindre leurs amants dans des bâtisses effondrées. Des civils, correctement vêtus, s'acheminaient confortablement vers un célèbre restaurant des boulevards, où, quinze jours après le siège, on pouvait déjà déjeuner d'un goulash de veau... Les manucures polissaient les ongles et les commérages allaient bon train...

Non, je ne crois pas pouvoir te restituer fidèlement l'atmosphère de cette ville occupée où flottait encore l'odeur des immeubles calcinés, où les soldats russes et les matelots de Crimée volaient et pillaient à qui mieux mieux, mais où, deux semaines après la fin des combats, j'ai moi-même pu marchander du dissolvant ou un parfum français dans une boutique des grands boulevards.

Aujourd'hui encore, vois-tu, je me dis que personne ne peut comprendre ce qui nous est arrivé au cours de ces semaines. On revenait de loin... peut-être même de l'enfer. Le monde d'hier était anéanti, en pleine décomposition... et nous étions persuadés d'assister à la naissance d'un monde nouveau.

Cette illusion a duré quelques semaines.

Vivre à cette époque, pendant cette courte période, ça en valait vraiment la peine. Imagine un peu : pendant ce laps de temps, il n'y a plus eu de lois, plus de barrières... Des comtesses, assises au bord du trottoir, vendaient des beignets qu'elles avaient préparés elles-mêmes... Une juive de ma connaissance, devenue à moitié folle, cherchait désespérément sa fille, interrogeait les passants qu'elle croisait dans la rue, avant d'apprendre que l'enfant avait été assassinée par les Croix Fléchées et jetée dans le Danube. Mais elle refusait d'y croire. Tous espéraient que la vie allait recommencer « autrement », sur de nouvelles bases – et les yeux de chacun, semblables à ceux des amoureux ou des toxicomanes, reflétaient cette lueur d'espoir. Peu après, tout a changé, en effet – c'est-à-dire que les choses sont redevenues comme avant... mais nous ne le savions pas encore.

Qu'espérais-je, au fond ? Que nous serions meilleurs, plus humains ?... Non, je ne le croyais pas.

Ce qu'on espérait alors, moi, comme tous ceux avec qui j'avais l'occasion de parler, c'était que les souffrances que nous avions endurées, les horreurs que nous avions vécues avaient purifié nos âmes, extirpé nos mauvaises habitudes. Ou alors... mais attends un peu, je voudrais vraiment t'en parler en toute franchise...

Oui, on espérait peut-être tout autre chose... On pensait que le temps du Grand Chaos était enfin arrivé, que le désordre allait régner jusqu'à la fin du monde, qu'il n'y aurait plus ni police ni magasins, ni équarisseurs ni différences sociales, ni propriété privée ni contrat de mariage... seulement un formidable tohu-bohu, le Néant au sein duquel l'humanité déambulerait librement, se nourrissant au hasard, en savourant des beignets achetés au coin de la rue, en échappant à l'obligation de déblayer les ruines, en renversant, d'un coup de pied, toutes les conventions, y compris celle d'habiter quelque part. Personne n'osait en parler, mais le fait est que ces quelques semaines – à la fois infernales et paradisiaques – nous rappelaient peut-être le temps d'avant la chute originelle... alors même que nous étions en train de payer pour nos crimes. Oui, pendant cette courte période, j'ai vécu l'expérience la plus étrange de ma vie.

Puis, un jour, nous avons fini par nous réveiller – avec la chair de poule. Bâillant de fatigue, grelottant, nous avons alors appris que rien n'avait changé, que le fameux « autrement » n'était qu'une chimère. On nous avait précipités au fond de l'enfer, puis, par miracle, on nous avait remontés... les yeux papillotants, nous étions revenus à nous, pour reprendre les choses exactement là où nous les avions laissées.

J'avais mille choses à faire, nous passions nos journées dans une oisiveté fiévreuse, car nous devions nous-mêmes, avec nos deux mains, créer nos moyens de subsistance. Plus question de sonner la bonne, comme on l'avait fait naguère avec moi et comme moi-même, je l'avais fait, impudemment et avec une joie maligne, dès que j'étais devenue une dame... D'ailleurs, il n'y avait plus ni appartement ni sonnerie, ni courant électrique. De temps en temps, exceptionnellement, l'eau coulait du robinet, mais, la plupart du temps, celui-ci ne donnait pas une goutte... Redécouvrir l'eau – c'était une chose passionnante : comme elle ne montait plus aux étages, il fallait aller la chercher à la cave et la traîner, dans un seau, jusqu'au quatrième. Oui, mais fallait-il l'utiliser d'abord pour la cuisine ou pour la toilette ? Ces dames exigeantes, dont j'avais fait partie et qui, quelques années auparavant, écumaient de rage parce que, à cause de la guerre, la parfumerie du centre ne pouvait plus leur procurer les sels odorants indispensables à leur bain du matin et du soir... eh bien, ces dames ont découvert tout à coup que faire sa toilette n'était plus une absolue nécessité, et que le liquide suspect dont leurs seaux étaient remplis devait servir, en priorité, à faire cuire des pommes de terre. Tu vois, cette eau qu'on était obligé de monter soi-même à l'étage, on a vite appris à l'apprécier à sa juste valeur et à ne pas la gaspiller pour se laver les mains... On se maquillait déjà les lèvres, bien sûr, mais on ne se lavait pas, avec le même soin maniaque, les autres parties du corps... Tout à coup, je me suis souvenue qu'il en avait été de même, autrefois, à la cour des rois de France. Il n'y avait pas d'hygiène, le roi ne prenait jamais de bains, au lieu de se laver, on se parfumait de la tête aux pieds... Tu ne me crois pas ? J'en suis sûre, je te dis, je l'ai lu dans un livre... Bien sûr, ils étaient puissants et distingués, et pourtant ils empestaient. Eh bien, nous, pendant ces semaines, nous étions un peu comme les Bourbons, à la fois élégants et puants...

À mes heures perdues, pourtant, je continuais d'espérer.

Mon cou et mes chaussures n'étaient pas très propres, bien sûr, mais j'avais été assez souvent la bonne des autres pour ne pas souhaiter être, par nécessité, la mienne... Je détestais traîner à l'étage des seaux remplis d'eau, je préférais resquiller, aller chez des amies qui avaient de l'eau dans leurs cuisines et me débarbouiller tant bien que mal. Au fond, je trouvais cette situation plutôt plaisante. Je crois que toutes ces âmes sensibles pour qui – à les entendre – le manque d'eau représentait la plus dure des privations, ressentaient, en leur for intérieur, la même chose. Tout comme les enfants adorent se vautrer dans la crasse, cette société, après avoir, pendant des semaines, mijoté dans le feu de l'enfer, se réjouissait du chaos, de la saleté généralisée, de la possibilité de passer la nuit dans des cuisines étrangères et de l'abolition de certaines contraintes comme la nécessité de faire sa toilette ou de s'habiller avec soin.

Rien, dans la vie, n'advient sans raison. Si le siège avait été le châtiment de nos péchés, nous avions, à titre de récompense pour nos souffrances, reçu la grâce de pouvoir, pendant quelques semaines, empester impunément, comme empestaient sans doute Adam et Ève au Paradis où, de toute évidence, ils ne se lavaient guère. Ne pas manger régulièrement faisait également partie de nos « privilèges » : chacun se nourrissait comme il pouvait – il m'est arrivé, par exemple, de m'alimenter pendant deux jours avec des pelures de pommes de terre, avant de me goinfrer, le lendemain, de langoustes en conserve, de côtes de porc et, comme dessert, de bonbons Gerbeaud, sans grossir d'un seul gramme – il est vrai que j'avais dû jeûner pendant des jours entiers.

Ensuite, d'un seul coup, les magasins ont regorgé de vivres – et j'ai pris quatre kilos, regagnant mon poids d'avant-guerre. Je souffrais, à nouveau, de brûlures d'estomac, et de soucis d'un tout autre genre : j'ai dû en effet entreprendre des démarches pour obtenir un passeport. Ayant compris qu'il n'y avait plus d'espoir, je suis devenue inconsolable.

Métamorphoses d'un mariage

L'amour, dis-tu ?... Comme tu es bon ! Un ange descendu sur terre... Non, mon cœur, je crois que l'amour ne peut rien pour les hommes. L'affection non plus, d'ailleurs. L'espèce d'écrivain dont je t'ai déjà parlé m'a dit un jour que ces mots avaient perdu leur sens. Il ne croyait ni à l'amour ni à l'affection, lui, seulement à la passion et à la miséricorde... qui, pourtant, ne pouvaient apporter aux hommes qu'une joie éphémère.

Que dis-tu ? Que, dans ces conditions, la vie ne vaut pas la peine d'être vécue ? Que je cesse de hausser les épaules ?... Écoute, mon cœur, quand on vient d'où je viens... non, tu ne peux pas comprendre, parce que tu es un artiste, toi, tu crois encore en quelque chose... en l'art, n'est-ce pas ? Tu as bien raison, tu es, à l'heure actuelle, le meilleur batteur du continent. Et ne va surtout pas croire ce sournois de saxophoniste qui te raconte qu'en Amérique certains batteurs jouent avec quatre baguettes à la fois et interprètent les œuvres de Bach ou de Haendel... Non, ce type-là est simplement jaloux de ton talent, il cherche seulement à te contrarier. Je sais, moi, qu'il n'y a qu'un seul vrai batteur sur cette terre, et c'est toi. Donne-moi ta main, oui, que j'embrasse ces doigts fins, ces doigts qui offrent au monde tant de rythmes sublimes avec la générosité d'une Cléopâtre répandant les perles de son collier. Oui, c'est vrai ! attends un peu, que j'essuie mes larmes, je m'attendris en regardant tes mains.

Donc, il est venu vers moi sur ce pont, car il y avait à nouveau un pont, un seul, mais quelle merveille ! Tu n'étais pas là quand on le construisait et tu ne peux pas savoir ce qu'a ressenti la population de cette ville assiégée en apprenant qu'un pont reliait de nouveau Buda et Pest. Il avait été bâti à la vitesse de l'éclair, en réutilisant les piliers et les pièces détachées d'un pont en fer à moitié détruit. Il était un peu voûté, bien sûr, mais il pouvait soutenir le poids des camions, sans parler de ces centaines de milliers de gens qui, après avoir fait la queue de bon matin pour pouvoir l'emprunter, avançaient comme une seule et immense chenille.

Marcher sur ce pont, vois-tu, ce n'était pas une mince affaire. La foule venant de Buda et de Pest l'envahissait, formait d'interminables files qui, telles les chaînes de montage d'une usine, serpentaient avec une lenteur uniforme. Le passage de ce pont, on le préparait, comme on préparait, en temps de paix, un repas de noces : le traverser constituait quasiment un événement mémorable dont on se vantait plus tard. D'autres ponts, plus solides, en fer, ont été dressés par la suite ; un an plus tard, des taxis y couraient dans les deux sens... mais moi, je me souviens surtout du premier, voûté, de la file d'attente que constituaient les centaines de milliers de passants, sacs au dos, le cœur chargé du fardeau de leurs péchés et de leurs souvenirs... Lorsque, bien des années après, des Hongrois d'Amérique, venus en visite, y passaient en trombe avec leurs bagnoles de luxe, j'éprouvais un peu d'amertume à les voir franchir avec indifférence – et à les entendre commenter avec un brin de condescendance – nos ponts flambant neufs... Ces gens-là, venus de l'autre côté, n'avaient de la guerre qu'une vague idée, ils l'avaient regardée de loin, comme au cinéma. C'est charmant, disaient-ils, d'un air distrait, toutes ces voitures qui circulent sur vos nouveaux ponts...

Et moi, je les écoutais parler, le cœur serré. Que savez-vous, ai-je pensé, de ce que nous avons vécu ici ? Je me suis dit alors que ceux qui n'avaient pas été avec nous, ceux qui ignoraient ce qu'avaient ressenti des millions de Budapestois en voyant sauter leurs magnifiques ponts enjambant le Danube, fruits d'un labeur séculaire... oui, ceux qui ne savaient rien de ce que nous avions éprouvé le jour où il a été à nouveau possible de traverser le fleuve à pied sec, et non plus sur des barques de fortune, des rafiots comme l'avaient fait, plusieurs siècles auparavant, les Kourouts, les

Métamorphoses d'un mariage

Labantses[1] ou les Turcs... bref, que ceux qui n'avaient pas vécu ces moments-là avec nous ne pourraient plus jamais nous comprendre ! Que m'importent à moi tous ces ponts américains, longs de plusieurs kilomètres ! Notre premier pont après le siège a été construit, lui, avec du bois pourri et de la ferraille récupérée – et j'ai été parmi les premiers à l'emprunter, plus exactement à y être entraînée par la foule... C'est ce jour-là que j'ai aperçu mon mari, qui venait de Pest.

D'un bond, je suis sortie de la file, j'ai couru vers lui, je lui ai sauté au cou. Immobilisée un instant, la foule a protesté, certains se sont mis à hurler, un policier a tenté de me repousser.

Laisse-moi me moucher. Comme tu es bon avec moi, au lieu de te moquer, tu attends sagement, comme un enfant, la fin du conte...

Mais ce n'était pas un conte, mon petit, et il n'y avait ni fin ni début. Tout cela déferlait en nous, comme un fleuve sans rivages. Aujourd'hui encore, il m'arrive de manquer de repères, au point de ne plus savoir où commencent et où finissent les péripéties de mon existence.

C'était ce sentiment-là qui m'avait envahi, en courant spontanément vers l'autre côté du pont, spontanément, donc sans calcul préalable, puisque l'instant précédent, je ne savais même pas si cet homme qui, dans ces temps immémoriaux que l'on appelle l'Histoire, avait été mon mari, vivait encore. Cette époque-là me paraissait si lointaine. On ne mesure pas le temps avec un chronomètre, ni avec un calendrier, chacun a son temps personnel, bien à lui... Et l'on ignorait qui était mort et qui était vivant. Des mères ne savaient plus rien de

---

1. Au début du XVIIIe siècle, le prince Ferenc Rákóczi mena une guerre d'indépendance contre les Habsbourg, avec l'aide des Kourouts (soldats insurgés) et contre les Labantses (partisans des Habsbourg).

leurs enfants, des amants et des époux se rencontraient au hasard des rues... Nous vivions comme au commencement des temps, il n'y avait plus ni cadastres, ni immeubles numérotés, ni annuaires... oui, chacun vivait comme il le pouvait là où le hasard l'avait conduit. Et, chose étrange, cet immense chaos nous paraissait en quelque sorte familier. Car c'est peut-être ainsi que vivaient les hommes il y a bien longtemps, à cette époque où il n'y avait encore ni patrie ni nation, seulement des tribus nomades, errant et vagabondant sans but précis, avec leurs carrioles et leurs marmailles. Au fond, cette vie n'avait rien de pénible, oui, elle nous paraissait familière... sans doute, sous les innombrables futilités que conserve la mémoire, se profile toujours le souvenir d'une errance archaïque.

Mais non, ce n'était pas pour cela que, ce jour-là, j'ai couru vers mon mari et que je l'ai étreint, sous les yeux de milliers de passants.

À cet instant-là – je t'en prie, ne te moque pas... – quelque chose s'est déchiré en moi. Crois-moi, j'avais pris sur moi, je m'étais, comme tout un chacun, serré la ceinture, j'avais bravement supporté les horreurs du siège et tout ce qui l'avait précédé, les atrocités perpétrées par les nazis, les bombardements... Il est vrai que je n'avais pas été complètement seule : pendant ces mois où la guerre faisait rage, j'avais vécu en compagnie de cette espèce d'écrivain. Non, ne me comprends pas de travers : je n'étais pas sa maîtresse, il était peut-être impuissant, d'ailleurs... il n'a jamais abordé ce sujet... Quand un homme et une femme dorment sous un même toit, il flotte, dans l'air, une odeur d'amour – or, chez ce chauve, rien de tel ; en même temps, je n'aurais pas été surprise de le voir un jour se ruer sur moi, pour m'étrangler de ses deux mains. Certaines nuits, quand les raids aériens m'empêchaient de rentrer à la maison, je dormais chez lui... et, à présent que cet homme ne vit plus, il me semble avoir dormi avec quelqu'un qui avait décidé d'abandonner le monde, de se priver de tout ce qui paraît important aux yeux du commun des mortels... un homme en cure de désintoxication, résolu à rompre avec un vice à la fois répugnant et délicieux, comme la boisson ou la drogue. Moi, vois-tu, je n'ai été dans sa vie qu'une infirmière ou une nourrice sèche.

C'est vrai, je me suis introduite furtivement chez lui, au cœur de son existence. Certaines femmes agissent comme des voleurs... elles se glissent imperceptiblement dans la vie d'un homme, ramassent tout ce qu'elles y trouvent, les impressions et les souvenirs, qu'elles revendent plus tard, lorsqu'elles en ont assez. Moi, pourtant, je n'ai rien vendu de ce que j'avais reçu de cet homme. Si je t'en parle maintenant, c'est parce que je veux que tu saches tout de moi, avant de me quitter... ou avant que je te quitte. Lui, il me tolérait, il me permettait de rester près de lui à n'importe quel moment de la journée ou de la nuit... à condition de ne pas le déranger quand il lisait ou lorsqu'il se taisait, un livre à la main... Sinon, je pouvais aller et venir à mon gré dans son appartement... À l'époque, les bombes pleuvaient sur la ville, chacun vivait au jour le jour, naviguant à vue, sans projeter quoi que ce soit.

Une époque horrible, dis-tu ? Laisse-moi réfléchir, car je ne sais plus très bien. Il me semble plutôt que c'était l'heure de la vérité, les choses se révélaient dans leur véritable essence, dans leur nature – une nature que jusque-là chacun s'était acharné à ne pas percevoir. De quoi je parle ? De l'absurdité, de l'inanité de tout... La peur, on s'y habitue, elle passe comme un accès de fièvre... Non, ce que je veux dire, c'est que tout avait changé. La famille n'était plus une vraie famille, le travail, le bureau, l'usine, tout cela n'avait plus aucune importance, les amants s'étreignaient en hâte, à la façon des enfants qui se gavent de bonbons quand les adultes ne les voient pas... avant de courir faire les quatre cents coups dans la rue. C'était la débandade, tous les liens se défaisaient... De temps en temps, bien sûr, on se croyait encore attaché à son foyer, à son métier, à certains êtres. Après un bombardement, pourtant, tout ce qui nous paraissait si important la veille ne nous concernait plus.

Mais l'agression ne venait pas seulement des bombes. Chacun sentait bien qu'au milieu des alertes aériennes, des voitures jaunes qui parcouraient les rues, chargées de butins et de prisonniers, des hordes de réfugiés fuyant en charrettes, il se passait quelque chose de différent. Il n'y avait plus de front, la guerre se poursuivait en chacun de nous, dans ce qui restait encore de la vie civile, dans les cuisines et dans les alcôves. Quelque chose venait d'exploser... les brides qui, paresseusement, comme par inertie, maintenaient encore un semblant de cohésion entre les hommes, avaient cédé. De la même façon que quelque chose a explosé en moi à l'instant où, après le siège, j'ai aperçu mon mari sur ce pont voûté, construit à la hâte. Oui, cela a éclaté – comme une bombe oubliée au coin de la rue par un Russe ou un Croix Fléchée.

Ce qui a explosé de cette façon, c'était notre histoire à tous les deux, ce cinéma stupide, ignoble, digne de ces navets américains où le P-DG épouse sa dactylo... Je venais de comprendre qu'au lieu de nous chercher l'un l'autre nous avions tourné autour du pot – avec cet horrible sentiment de culpabilité qui circulait toujours sous la peau et dans la chair de cet homme. C'est avec moi qu'il avait espéré calmer ce qui le tourmentait. Et qu'est-ce qui le torturait ainsi ? La richesse ? Voulait-il comprendre pourquoi il y a des pauvres et des riches ? Vois-tu, tout ce qui a pu être dit ou écrit là-dessus... que ce soit par mon écrivain chauve, par les grosses têtes, par les prêtres à la parole onctueuse, par les révolutionnaires barbus à la voix tonitruante... tout cela n'est que sottises. La vérité, l'affreuse vérité, c'est qu'il n'y a pas de justice sur cette terre. Cet homme-là cherchait la justice – est-ce possible ? Est-ce pour cela qu'il m'a épousée ? Car ce n'était pas nécessaire, s'il n'avait voulu que ma peau et ma chair, il aurait pu les obtenir à meilleur marché. S'il avait voulu se révolter contre le monde, comme tous ces fils de riches pourris d'argent qui, par bravade ou par perversité, s'en vont jouer aux barricades, il n'aurait pas eu besoin de ce subterfuge. Non, nous ne pouvons pas comprendre ça, mon chéri, nous qui sommes venus d'en bas, de Nyírség ou du Zala. Mon mari a sûrement été un seigneur, mais pas comme ceux qui se targuent de leurs blasons, et un bourgeois, mais pas comme ces parvenus qui les ont évincés. Il n'était pas taillé dans le même bois que la plupart des bâtards de sa classe.

Il était de la race des conquérants : ses ancêtres avaient soumis des continents entiers. La hache sur l'épaule, ils étaient partis défricher la forêt vierge en hurlant des chants liturgiques, abattre les arbres et exterminer les indigènes. Mon mari comptait parmi ses ancêtres un protestant débarqué en Amérique peu après le *Mayflower* avec, pour tout bagage, un livre de prières et une cognée. Il en était plus fier que de toutes les acquisitions ultérieures de la famille – de l'usine, de la fortune, de ses titres de noblesse.

Il était de la meilleure espèce, capable de maîtriser son corps et ses nerfs. Et même l'argent, ce qui est bien plus difficile. Mais il n'a jamais su surmonter son sentiment de culpabilité. Or, celui qui se sent coupable aspire toujours à la vengeance. Cet homme-là était un chrétien, mais pas au sens où on l'entendait naguère, à une époque où, pour réussir dans les affaires ou pour s'emparer d'un butin quelconque, tant d'individus devaient exhiber leurs certificats de baptême[1]... À cette époque, lui, il avait presque honte d'être chrétien. Et pourtant, il l'était, et jusqu'au bout des ongles, jusque dans ses viscères, comme on est artiste ou alcoolique, car on ne peut pas faire autrement.

Mais cet homme savait aussi que la vengeance est un péché. Qu'il n'y a pas de vengeance justifiée, que l'homme

---

1. Allusion aux lois antisémites interdisant aux juifs certaines professions.

n'a droit qu'à la vérité, à se faire justice, mais pas à se venger. Et comme il était riche et chrétien et qu'il était incapable de concilier les deux, ni de renoncer à l'un ou à l'autre, il était bourré de remords. Pourquoi me regardes-tu comme si j'étais folle ?

Oui, c'est de lui que je te parle, de mon mari. Celui que j'ai croisé un jour, sur ce premier pont, à Budapest. Celui que j'ai pris dans mes bras devant des milliers de témoins.

Il a quitté la file, mais il est resté immobile. Il ne m'a pas repoussée. N'aie pas peur, non, il ne m'a pas baisé la main sous le regard des Kirghizes et de tous ces mendiants grelottants, en haillons, qui se traînaient sur le pont. Il était bien trop distingué pour commettre une telle faute de goût. Non, il est resté immobile, il attendait la fin de cette scène pénible. À travers mes larmes et mes paupières baissées, j'ai entrevu son visage comme les futures mères devinent celui de leur enfant, alors même qu'il est encore dans leur ventre. On n'a pas besoin d'avoir des yeux pour voir ce qui est à soi.

Mais, au moment même où, suspendue à son cou, j'étais encore secouée par les sanglots, il s'est passé quelque chose. Une odeur, émanant du corps de mon mari, m'a tout à coup frappé les narines. Et maintenant, écoute-moi bien.

Je me suis mise à trembler. Mes genoux vacillaient, et mon estomac s'est noué, comme si j'avais eu la colique. Figure-toi : cet homme que je venais de croiser sur ce pont ne puait pas. Tu ne comprends peut-être pas ce que je te dis. Pendant ces semaines-là, nous sentions tous la charogne, même celles qui, par miracle, avaient, au fond de la cave où elles se terraient, découvert dans une poche secrète de leur sac à main un bout de savonnette ou quelques gouttes de parfum... même ceux qui avaient pu se laver en catimini, entre deux raids aériens... car deux ou trois cuvettes de mousse ne suffisaient pas à effacer de son corps l'odeur pestilentielle qu'exhalait une ville assiégée, les émanations des cloaques, des cadavres, des vomissures, de l'air confiné des caves où se pressaient les hommes, les femmes et les enfants terrorisés, la puanteur de la promiscuité, des excréments et des repas improvisés... oui, toute notre peau en était encore imprégnée. Ceux qui ne puaient pas ainsi empestaient l'eau de Cologne ou le patchouli, et cette odeur artificielle était encore plus écœurante que la puanteur naturelle d'une population ayant subi les horreurs du siège.

Mais lui, mon mari, il ne sentait pas le patchouli, non. Je l'avais reniflé à travers mes larmes, les yeux fermés, et je me suis mise à frissonner.

Que sentait-il ? Le foin moisi. Comme plusieurs années auparavant, au moment de notre divorce. Comme la nuit où j'ai couché la première fois dans son lit et où cette odeur âcre de mâle m'a fait vomir... Car, dans sa chair même, avec ses vêtements et son odeur, cet homme-là était resté exactement le même que lors de notre dernière rencontre.

J'ai lâché son cou et, du revers de la main, je me suis essuyé les yeux. J'ai pris, dans mon cabas, un mouchoir, une petite glace et un bâton de rouge à lèvres. Nous restions silencieux : il attendait tranquillement que je rectifie mes traits brouillés par les larmes. Quand j'ai vu, dans la petite glace, que mon visage était redevenu présentable, j'ai enfin osé lever mon regard sur lui.

Je n'en croyais pas mes yeux. Celui qui se tenait devant moi, à Buda, à la tête de ce pont provisoire, au milieu de dizaines de milliers d'individus serpentant en une file interminable, dans cette ville gangrenée, aux ruines fumantes, où les rares immeubles encore debout étaient grêlés par les traces de balles, où les fenêtres n'avaient plus de carreaux, où il n'y avait plus ni transports publics, ni police, ni patrouilles, ni lois, ni rien... où les gens, pour inspirer la pitié, se déguisaient en mendiants et en vieillards hirsutes, où les dames de la haute société traînaient, comme tout un chacun, des baluchons confectionnés avec quelques chiffons, où tous avaient l'air de pèlerins crasseux égarés dans un pardon, quelque part en province... eh bien ! cet homme-là, oui, mon mari, était le même que celui qui, sept ans auparavant, un après-midi – alors que je l'avais blessé et qu'il avait compris que je n'étais pour lui ni une maîtresse ni une épouse, mais une ennemie – m'avait dit, calme et souriant :

– Je crois qu'il vaudrait mieux que nous divorcions.

Chaque fois qu'il avait quelque chose d'important à dire, tu sais, il commençait sa phrase par « je crois... » ou « il me semble que... ». Il ne s'exprimait jamais brusquement, avec la violence d'un coup de poing, comme le faisait, par exemple, mon père, qui, lorsqu'il n'en pouvait plus, lâchait en guise d'introduction un « bordel de Dieu ! » bien senti. Non, mon mari, quand il était excédé, énonçait d'abord une formule de politesse, une petite phrase au conditionnel, qui fonctionnait comme une sorte d'échappatoire, une porte de sortie par laquelle il pouvait atténuer ou même annihiler tout ce qui pouvait fâcher. Il avait appris cela en Angleterre, dans l'institut où il avait été élevé. « Je crains que... » était sa formule favorite. C'est ainsi qu'il m'a dit un soir : « Je crains que ma mère ne décède... » Elle est morte, en effet, la vieille, à sept heures du soir, elle était déjà bleue lorsque, quelques heures plus tôt, le médecin avait confié à mon mari qu'il n'y avait plus aucun espoir. Ce « je crains que » était destiné à amortir la portée d'une nouvelle tragique, à estomper la douleur. Tout autre que mon mari aurait dit : « Ma mère va mourir, elle est à l'agonie. » Lui, il veillait toujours à annoncer avec la plus grande politesse les nouvelles tristes ou désagréables. Ils sont comme ça, ces gens-là. Impossible de les connaître à fond.

– Je crains que nous ne gênions le passage.

Voilà, telles ont été les premières paroles qu'il m'a adressées après nos retrouvailles, sept ans après la fin de notre guerre particulière... et au lendemain du siège de la ville.

Il parlait bas et il souriait. Au lieu de me demander de mes nouvelles, de s'informer de la façon dont j'avais réussi à m'en tirer, il a préféré m'avertir que, « sans doute », nous bouchions le passage et m'inviter à m'écarter et à marcher avec lui, en direction du mont Gellért. Lorsque nous sommes arrivés dans un espace désert, il a regardé autour de lui et il m'a dit :

— Je crois que le mieux serait de nous asseoir ici.

Il avait raison, c'était, en effet, ce que nous avions de « mieux » à faire. Il désignait l'épave d'un avion Rata où le siège du pilote était resté indemne. Il y avait de la place pour deux personnes. Sans rien dire, j'ai pris le siège du pilote russe, et il s'est assis à côté de moi, non sans avoir, préalablement, passé la main sur son siège. Ensuite, il a pris un mouchoir et il s'est essuyé la main. Nous sommes restés ainsi quelques instants sans rien dire. Je me souviens que le soleil brillait. Un grand silence régnait sur la place, au milieu des avions détruits, des carcasses de voitures et des canons.

Tout être normalement constitué supposerait qu'en se revoyant pour la première fois dans une ville détruite, au bord du Danube, un homme et une femme échangeraient au moins quelques paroles, et constateraient, par exemple, qu'ils sont encore en vie. Ne le penses-tu pas ? Je crois, j'estime que les choses auraient pu se passer ainsi. Mais mon mari, lui, n'était pas de cet avis. Aussi sommes-nous restés de longs moments à nous regarder, assis devant la grotte, face à l'entrée des bains thermaux.

Je l'ai bien regardé, crois-moi. Et je me suis remise à frissonner. Je croyais rêver : le spectacle qui s'offrait à moi était à la fois réel et nébuleux.

Écoute, je ne suis pas née de la dernière pluie. Je n'ai rien d'une oie blanche, d'une sentimentale qui se met à pleurnicher et qui s'effondre lors de retrouvailles. J'ai frissonné, parce que l'homme qui était à côté de moi dans cette crypte qu'était devenue la capitale... n'était pas un homme, mais un fantôme.

Seul le rêve est capable de traduire ce que je ressentais.

Lui seul peut conserver, dans un liquide plus subtil que l'alcool, des phénomènes tels que la vision de celui qu'était mon mari à ce moment-là. Car il n'était pas en haillons, figure-toi. Je ne sais plus s'il portait ce costume en flanelle gris foncé avec double rangée de boutons qu'il avait le jour où il m'avait jeté à la figure qu'« il vaudrait mieux que nous divorcions ». Je n'en suis pas sûre parce qu'il en possédait plusieurs semblables, avec une, deux ou trois rangées de boutons, tous coupés par le même tailleur, celui de son père.

Comme toujours, il portait une chemise en batiste, couleur crème, propre et nette, et une cravate gris foncé. Et, aux pieds, une paire de chaussures noires à double semelle ; elles semblaient flambant neuves et je ne comprenais pas comment il avait fait pour traverser ce pont sans que le moindre grain de poussière vienne les salir. Bien entendu, je savais que ces chaussures n'étaient pas tout à fait neuves, mais elles paraissaient telles parce qu'il ne les mettait pas souvent. Une douzaine de paires semblables s'alignaient dans son armoire... j'allais dire dans son sanctuaire. Je les connaissais bien pour les avoir nettoyées quand j'étais sa bonne.

On dit à propos de ce genre d'hommes qu'il est « tiré à quatre épingles ». Mais les centaines d'épingles, qui nous avaient meurtris pendant la guerre, l'avaient épargné. Aucun faux pli sur son pantalon. Il portait, négligemment jeté sur le bras, son imperméable beige, une pièce splendide en tissu anglais, ample et scandaleusement confortable, que j'avais aussitôt reconnu : c'était moi qui avais ouvert le colis dans lequel il était arrivé directement de Londres. Un jour, bien plus tard, en passant devant un magasin où l'on vendait des imperméables, j'avais eu un coup au cœur en revoyant celui de mon mari... le même que celui qu'il avait sur le bras, parce qu'il faisait tiède en cette fin de matinée d'hiver.

Bien entendu, il ne portait pas de gants, il n'en mettait qu'en plein hiver, par temps glacial. J'ai pu ainsi contempler ses mains, elles étaient blanches et propres, avec des ongles bien réguliers, comme s'ils avaient été soignés par une manucure invisible...

Sais-tu, pourtant, ce qui était le plus étrange ? C'est que, au milieu de la foule crasseuse et en loques, si éprouvée par le siège, qui traînait sur le pont, cet homme, une véritable provocation, paraissait en même temps invisible, en quelque sorte. Je n'aurais pas été surprise de voir quelqu'un sortir du rang, le tâter et le secouer pour vérifier s'il avait bien affaire à un homme vivant ou à un fantôme... Imagine qu'à Paris, sous la Révolution, pendant les mois de la Terreur, lorsqu'on traquait les aristocrates – à la façon de ces enfants qui, munis de carabines, tirent sur les moineaux –, un marquis, en frac violet, coiffé d'une perruque, apparaisse au beau milieu de la chaussée, saluant aimablement ses pairs entassés sur des charrettes en route vers l'échafaud... Tel était cet homme dans les rues de Budapest. Il apparaissait si mystérieusement différent de ce qui grouillait autour de lui, qu'on l'aurait cru sorti non d'un immeuble en ruines, mais d'un théâtre invisible – un théâtre où on l'aurait déguisé pour interpréter un rôle dans un drame historique que l'on ne jouait plus nulle part.

Parmi les décombres d'une ville encore fumante, cet homme était sorti inchangé, indemne, nullement affecté par les horreurs du siège. J'ai même commencé à craindre pour lui, car il était extrêmement dangereux d'attiser la colère et le désir de vengeance qui animaient les gens et étincelaient dans leurs yeux. Tout en courant après une cuillerée de graisse, une poignée de farine ou un gramme d'or, chacun dévisageait son prochain d'un œil méfiant – car tout le monde était suspect et tout le monde avait mauvaise conscience. Pourquoi ? Pour avoir commis le crime de survivre, alors que tant d'autres avaient péri ?

Or, mon mari se tenait tranquillement à mes côtés, comme s'il était innocent. Je ne le comprenais pas.

Les yeux baissés, j'étais désemparée. Devais-je le faire arrêter ? Mais il n'avait rien à se reprocher, il n'avait participé à aucun des crimes perpétrés couramment dans cette ville, il n'avait assassiné aucun juif, il n'avait pas persécuté ceux qui ne pensaient pas comme lui, il n'avait rien volé dans les appartements des déportés... non, il n'avait pris aucune miette du pain d'autrui, il n'avait attenté à la vie de personne... Nul n'aurait pu l'accuser d'une quelconque forfaiture. Au lieu de profiter du chaos général, il s'était laissé dépouiller de tous ses biens. Le jour où je l'ai rencontré sur ce pont, il avait déjà tout perdu, n'ayant gardé de sa fabuleuse richesse qu'une valise remplie de vêtements et son diplôme d'ingénieur. C'est ainsi que, plus tard, il a quitté le pays... pour l'Amérique, paraît-il. Peut-être travaille-t-il là-bas comme ouvrier dans une usine ? Je ne sais plus rien de lui. Il m'avait laissé tous ses bijoux de famille au moment de notre divorce... Tant mieux pour nous ! Bien sûr, je sais que tu n'y penses jamais... tu m'aides seulement à les vendre, parce que tu es bon. Ne me regarde pas comme ça, tu vois bien que je m'attendris. Attends, je m'essuie un peu les yeux.

Mais que se passe-t-il ? Oui, le jour se lève. Il est cinq heures passées et les premiers camions chargés de légumes se dirigent vers le marché, au bord du fleuve.

N'es-tu pas fatigué ? Je te mets une couverture, il commence à faire frais.

Non, moi, je n'ai pas froid. J'aurais même plutôt chaud. Laisse-moi fermer la fenêtre, mon petit cœur.

Je te disais qu'en regardant mon mari je me suis sentie envahie par un frisson qui m'a traversé les genoux, puis m'est descendu jusqu'aux mollets. Car mon ex, ce monsieur distingué que je connaissais si bien, me contemplait en souriant.

Ne va pas croire qu'il souriait ironiquement ou avec un air de supériorité. Non, il avait le sourire poli, indifférent, de celui qui vient d'entendre une « bonne blague », ni grivoise, ni particulièrement spirituelle, mais qu'il convient d'apprécier lorsqu'on est bien élevé. C'est vrai, il était blafard : lui non plus n'avait pas passé impunément tout ce temps au fond d'une cave. Sa pâleur était celle du malade qui sort pour la première fois après avoir gardé le lit pendant plusieurs semaines. Les lèvres exsangues et le teint terreux, oui... mais, sinon, il avait son air de tous les jours, son air de dix heures du matin, après le rasage... enfin, peut-être me faisait-il cette impression parce qu'il détonnait dans cet entourage. Il était comme un objet de musée qu'on aurait placé au beau milieu d'un taudis. Imagine cette statue de Moïse que nous avons contemplée il y a quelques jours dans cette église obscure, oui, imagine-la transportée dans le salon d'un conseiller gouvernemental, entre deux vitrines. Mon mari ne ressemblait en rien, bien sûr, à cette statue de Moïse, mais ce matin-là, il m'a fait l'effet d'un objet d'art échoué dans la rue... Et en plus, il souriait.

Oh là là !... Mais qu'est-ce que j'ai chaud tout à coup ! Regarde, j'ai les joues toutes rouges... le sang m'est monté à la tête. Je n'ai jamais parlé de ça à personne, mais sans doute que je dois y penser sans cesse. C'est pourquoi j'ai des bouffées de chaleur lorsque j'en parle.

Celui-là, il n'avait pas besoin qu'on lui lave les pieds, non, il se les lavait tout seul, chaque matin, à la cave. Il n'avait pas besoin non plus de consolation, ou de conte à dormir debout sur la « purification » des hommes. Il ne tenait qu'à une seule chose, une chose qui était le sens de sa vie et en même temps sa meilleure arme – il tenait à la courtoisie, aux bonnes manières, qui le rendaient inaccessible. Revêtu de cette cuirasse et, à l'intérieur, dur comme du ciment, il ne s'est pas approché de moi d'un seul centimètre. Le séisme qui avait secoué des continents entiers ne l'avait pas ébranlé. Il me regardait et je savais qu'il préférerait mourir plutôt que dire autre chose que « je crois que » ou « j'estime que... ». Si jamais il se décidait à parler, me suis-je dit, il s'informerait de ma santé, me demanderait si j'ai besoin de quelque chose, prêt à enlever sa veste pour me protéger ou à détacher de son poignet la montre-bracelet qu'un Russe distrait lui avait laissée[1] pour me la donner, puisqu'il ne m'en voulait plus.

Et maintenant, écoute-moi bien, je vais te dire quelque chose que je n'ai encore jamais dit à personne. Les gens ne sont pas seulement des fauves égoïstes. Il leur arrive aussi de se montrer secourables. Pas par bonté, non, ni même par compassion. Je crois que mon chauve avait raison quand il disait que, la plupart du temps, les gens sont bons faute de pouvoir être méchants. Voilà, c'est tout ce dont on est capable. Certains sont bons parce qu'ils sont trop lâches pour être méchants. C'est ce que m'a dit le chauve, en tout cas. Je ne l'ai encore répété à personne. À présent, je te confie ce secret, mon amour.

Bien sûr, on n'a pas pu rester indéfiniment au pied de cette église creusée dans le roc, face à l'entrée des bains thermaux. Au bout d'un certain temps, mon mari s'est mis à toussoter pour s'éclaircir la voix et il m'a dit que, « à son humble avis », on ferait mieux de se lever et de se promener autour des villas en ruines du mont Gellért, parce qu'il faisait beau et parce qu'il « craignait » de ne plus avoir souvent la « possibilité » de s'entretenir avec moi. Pendant le temps qu'il nous reste encore à vivre, pensait-il sans doute... mais il n'avait pas besoin de me le dire, je savais moi-même que nous parlions pour la dernière fois. Alors, nous avons commencé à déambuler dans les rues en pente du mont Gellért, au milieu des gravats et des cadavres.

Cette promenade a duré environ une heure. Vois-tu, j'ignorais ce qu'il pouvait bien ressentir en marchant avec

---

1. Les soldats russes avaient la fâcheuse habitude de confisquer les montres des civils qu'ils arrêtaient dans la rue.

moi pour la dernière fois. Il parlait calmement, sans aucune sensiblerie. Je lui ai demandé, prudemment, ce qui lui était arrivé dans ce monde sens dessus dessous. Il m'a répondu poliment que, compte tenu des circonstances, tout allait pour le mieux. Ce qui voulait simplement dire qu'il était complètement ruiné, qu'il ne lui restait rien et qu'il s'apprêtait à émigrer pour travailler comme ouvrier dans une usine... Arrivée au coin d'une rue, je lui ai aussi demandé, avec les plus grandes précautions et sans oser le regarder, ce qu'il pensait de l'avenir de la planète.

Il s'est arrêté à son tour, m'a considérée d'un air grave et il s'est mis à réfléchir. Il réfléchissait toujours avant de répondre, comme pour reprendre son souffle. Puis, la tête penchée, il m'a regardée, il a tourné les yeux vers l'entrée de la villa en ruines devant laquelle nous nous tenions et il m'a déclaré :

— Je crains qu'on ne soit trop nombreux.

Et, comme s'il avait répondu à l'avance à toutes les questions que j'aurais pu lui poser, il s'est dirigé vers le pont. Je marchais à ses côtés d'un pas vif, car je ne comprenais pas ce qu'il avait voulu dire. La guerre avait causé d'énormes pertes humaines, pourquoi « craignait-il » que l'on soit trop nombreux ? Mais, pressant le pas comme s'il n'avait plus le temps, il n'a plus dit un mot. Je me suis demandé un instant s'il ne plaisantait pas, s'il ne cherchait pas à me mettre en boîte, et je me suis souvenue du jeu auquel il se livrait quelquefois avec son ami, le chauve... quand ils se moquaient des gens « normaux », c'est-à-dire de tous les imbéciles, ces spécialistes du pont aux ânes qui, en pleine canicule, lorsque chacun sue à grosses gouttes et que les chiens deviennent enragés, déclarent sentencieusement, l'index levé : « Il fait chaud ! » avant de jeter autour d'eux un regard satisfait, comme le font en général les amateurs de lieux communs et de banalités aussi ineptes que superflues. Oui, ils jouaient parfois à ce jeu-là... et comme il venait de me déclarer solennellement qu'on était trop nombreux, je le soupçonnais encore de se payer ma tête.

Et pourtant, son affirmation contenait une part de vérité, car l'omniprésence de toutes ces foules humaines tenait bel et bien du fléau naturel – de l'invasion des champs de pommes de terre par les doryphores. Alors, sur un ton timide, je lui ai demandé :

– Et vous, alors ? Qu'allez-vous devenir dans tout ça ?

Car il faut que tu le saches, j'ai toujours vouvoyé cet homme, alors même qu'il me tutoyait – chose que je n'ai jamais osé faire. Lui... qui vouvoyait tout le monde, sa première femme, ses parents, ses amis, lui qui méprisait le tutoiement, dès la première rencontre, entre gens d'une même classe sociale, parce qu'il y sentait une démonstration stupide de connivence... eh bien, cet homme-là me tutoyait. C'était, entre nous, une convention tacite, nous n'en parlions jamais.

Il a ôté ses lunettes, tiré de sa poche supérieure un mouchoir propre, essuyé soigneusement les verres, puis, les ayant remises à leur place, il a dirigé son regard vers le pont où s'étirait une longue file de piétons et il m'a répondu tranquillement :

– Je m'en vais, parce qu'ici je suis de trop.

Ses yeux gris me regardaient fixement. Ses cils n'avaient pas bronché.

Il n'y avait aucune trace d'orgueil dans sa voix : il parlait avec l'objectivité d'un médecin. Je n'ai pas insisté, je savais qu'il ne dirait plus un mot – même sous la torture. Arrivés au pont, nous nous sommes quittés sans prononcer une seule parole. Il marchait le long des quais, en direction du quartier Krisztina, et moi, j'ai repris place dans cette file qui avançait lentement, à la queue leu leu. En me retournant une dernière fois, je l'ai vu, tête nue, sa gabardine sur le bras, marcher lentement, mais sûrement... vers le néant. Je savais que je ne le reverrais plus, et cette certitude avait quelque chose d'affolant.

Qu'avait-il voulu dire ? Peut-être ceci : l'homme ne peut vivre que tant qu'il a un rôle. Après quoi, il ne vit plus, il ne fait qu'exister. Toi, tu ne peux pas le comprendre, parce que tu as un rôle dans la vie, celui de m'aimer. Ne me regarde pas de cette façon sournoise. Quelqu'un qui nous écouterait parler tous les deux dans cet hôtel, à Rome... le jour se lève, tu rentres de ton bar et je t'entoure comme une odalisque... oui, si un type mal intentionné nous écoutait, il pourrait nous prendre pour des complices... une môme minable échouée dans la bonne société qui raconte ses expériences à son bellâtre... et toi, tu dresses l'oreille, parce que tu veux connaître les simagrées qu'on fait dans le beau monde... Tu sais, les gens peuvent être méchants, mais non, ne fronce pas ton front superbe... déride-toi un peu... les apparences sont trompeuses, mais nous savons la vérité. Tu n'es pas un bellâtre, mais un artiste authentique, mon bienfaiteur que j'adore, mon seul soutien dans cette chienne de vie. Par exemple, tu m'aides à vendre tous les bijoux que j'ai reçus de mon affreux mari... parce que tu es bon, parce que tu es charitable. Et moi, je ne suis pas une môme minable, je n'ai pas pris à mon époux tout l'argent que je pouvais lui soutirer... parce que je n'ai pas voulu en profiter, non, parce que j'ai voulu que justice soit faite. Tu ricanes, hein ? Cette vérité, nous sommes les seuls à la connaître, toi et moi...

C'est vrai, mon mari était d'une espèce particulière. Je l'ai suivi du regard et, tout à coup, j'ai été envahie par la curiosité : quel avait été le but véritable de cet homme dans la vie ? Pourquoi se sentait-il inutile ici, pourquoi voulait-il devenir teinturier en Australie ou ajusteur en Amérique ? Le rôle auquel il croyait n'était-il pas une idée fixe et, somme toute, dérisoire ? Écoute, je ne lis pas les journaux. Sauf, de temps en temps, les gros titres annonçant le meurtre d'un personnage influent ou le divorce d'une vedette de cinéma. Quant à la politique... Tout ce que j'en ai retenu, c'est que personne n'a confiance en personne et que chacun proclame qu'il en sait plus que l'autre. J'ai donc suivi mon mari du regard, pendant que défilait devant nous un détachement de soldats russes, baïonnettes au canon, des jeunes gens forts et solides, qui étaient venus en Hongrie parce que, désormais, les choses devaient s'y passer différemment et, en tout cas, pas comme au temps où mon mari croyait encore avoir un rôle à jouer dans le monde.

J'avançais cahin-caha parmi la foule, au-dessus du fleuve en débâcle, qui charriait pêle-mêle des planches, des épaves et des cadavres, auxquels personne ne prêtait plus attention ; ployé sous le poids de son sac à dos, chacun regardait fixement le sol ; nous étions comme des pénitents qui allaient expier leurs péchés. Je n'étais plus aussi pressée de me rendre rue Király pour échanger ma misérable liasse de billets de banque contre un flacon de dissolvant... je ne voyais plus rien devant moi, la rencontre avec mon mari m'avait troublée. Certes, je n'avais jamais vraiment aimé cet homme, mais je venais de me rendre compte, et j'en étais effarée, que je ne le haïssais pas comme on doit haïr un ennemi... Cette révélation m'a bouleversée ; j'ai eu l'impression tout à coup d'avoir perdu un bien précieux. Dans la vie de deux êtres il arrive toujours un moment où l'on comprend que cela ne vaut plus la peine de s'acharner l'un contre l'autre. Et c'est une chose bien triste.

L'aube est là ! Et tout à coup la lumière éclate et devient vaporeuse ! À Rome, il n'y a presque pas de transition entre la nuit et l'aube. Attends, je remonte le store. Regarde ces deux orangers devant la fenêtre. Ils ont donné chacun deux oranges rabougries, comme toutes celles qui poussent dans cette ville. De ces oranges un peu semblables aux hommes qui, en vieillissant, voient peu à peu leurs sentiments se convertir en pensées...

Elle ne te fait pas mal aux yeux, cette lumière ? Moi, tu vois, j'aime ces matins romains, j'aime cette lumière brûlante, brusque et éclatante... on dirait une jeune femme qui se débarrasse soudain de sa chemise de nuit et qui, toute nue, court à sa fenêtre. Elle n'est pas impudique, non, elle est simplement nue.

Pourquoi ce rire ironique ? Est-ce que je suis trop poétique pour toi ?... Oui, je m'en rends compte, il m'arrive de filer la métaphore. Tu penses, je le vois bien, que c'est le chauve qui me l'a appris. C'est vrai, nous les femmes, nous avons tendance à singer les hommes qui nous intéressent... Mais laisse cet album, tu ne trouveras pas sa photo, je n'en ai pas.

Je vois que la lumière te gêne. Je baisse un peu le store. Ça va comme ça ? La rue est encore déserte. Même en plein jour, cette petite via Ligurio est souvent vide... Je comprends qu'il l'ait choisie pour y habiter. Qui donc ? Le chauve, bien sûr. Laisse-moi un peu de place, je vais me coucher.

Passe-moi ce petit oreiller. Et le cendrier... Tu veux dormir ? Moi, je n'ai pas sommeil. Restons ainsi, allongés, côte à côte. Ce n'est pas désagréable de rester couchés comme ça, à l'aube, dans cette vieille maison romaine, et de regarder, immobiles, le plafond. Quand je me réveille à trois heures du matin, alors que tu n'es pas encore rentré, je reste souvent allongée dans cette position.

Hein ? Tu me demandes si le chauve a habité cette chambre ? Je n'en sais rien. Va le demander au portier, si cela t'intéresse.

Oui, c'est peut-être bien dans cette chambre qu'il a habité.

Mais qu'est-ce que tu as ? Tu es fou ? Non, ce n'est pas pour le rejoindre que je suis venue à Rome. Je suis arrivée deux mois après sa mort.

Non, non, tu dis des bêtises. Ce n'est pas sa tombe que j'ai cherchée l'autre jour, au cimetière protestant, mais celle d'un poète anglais, d'un malheureux. Il est vrai que c'est le chauve qui m'a parlé un jour de certaines tombes célèbres. Lui, il n'est pas enterré dans ce cimetière, mais dans un autre, moins coûteux, en dehors de la ville. D'ailleurs, il n'était pas protestant, comme ce poète anglais. Non, il n'était pas juif non plus. Ce qu'il était ? Je n'en sais rien. Tout ce que je sais, c'est qu'il n'était pas croyant.

Je vois dans tes yeux que tu soupçonnes quelque chose. Tu crois que, malgré tout, j'étais sa maîtresse et que c'est pour vivre avec lui que je suis venue à Rome. Je regrette, mon ami, mais ne compte pas sur moi pour t'amuser avec des histoires grivoises. Il n'y a rien eu entre nous. Tout était très simple avec lui. Il n'était pas, comme toi, un artiste, une créature exceptionnelle de Dieu, il n'avait rien d'intéressant, au fond. On l'aurait plutôt pris pour un fonctionnaire ou un professeur à la retraite.

Ce n'était pas un aventurier, il n'a jamais suscité le moindre scandale, aucune femme ne s'est tuée pour lui, son nom ne figurait pas dans la rubrique des potins, il ne défrayait jamais la chronique. Lorsque j'ai fait sa connaissance, il était parfaitement inconnu. Autrefois, m'a-t-on dit, il avait une certaine notoriété. Mais, vers la fin de la guerre, il était complètement oublié, personne ne parlait plus de lui.

Crois-moi, je ne peux pas te raconter grand-chose d'intéressant à son sujet. Je n'ai même pas sa photo. Non, il n'aimait pas être photographié. On aurait dit parfois qu'il se cachait comme un malfaiteur, un criminel redoutant qu'on trouve un jour son empreinte sur un verre dans lequel il avait bu, ou comme un voleur vivant sous un faux nom... La seule chose remarquable dans cet homme, vois-tu, c'est qu'il se défendait, par tous les moyens, de paraître extravagant. Parler de lui ne sert à rien.

N'insiste pas, je t'en prie. Je ne supporte pas ta façon d'insister, en me suppliant et en me menaçant. Faut-il donc que je te livre cette histoire, comme je t'ai donné mes bijoux et mes dollars ? Faut-il que je te donne tout ? Tu ne me laisseras donc rien ? Si je te raconte cette histoire, il ne me restera plus rien. Et si tu me quittes un jour, alors, j'aurai les mains complètement vides. C'est ça que tu veux ?

Métamorphoses d'un mariage

D'accord, je vais te la raconter. Mais ne va pas imaginer que tu es plus fort que moi. C'est moi qui suis trop faible...

Il n'est pas facile d'en parler. Autant parler du néant. Je crois que, dans la vie... j'entends dans la vie de tous les jours, on ne peut parler que de ce qui existe. Et pourtant, il y a des hommes qui ne vivent pas dans le quotidien, mais dans une autre réalité... et qui, malgré cela, savent parler du néant de façon captivante, comme dans un polar. Cet homme-là, par exemple, me disait que tout est réalité, pas seulement ce qu'on peut toucher et palper, mais aussi les concepts. Le néant, en tant que concept, l'intéressait, il le prenait dans le creux de sa main et il l'examinait sous toutes les coutures, comme un objet. Je vois que tu ne comprends pas. Moi non plus, je ne le comprenais pas... mais j'ai vu, en sa compagnie, comment, entre ses mains ou dans son cerveau, le néant était en passe de devenir réalité, en s'agrandissant et en prenant tout son sens. C'était ça, son astuce. Ne te casse pas la tête, c'est trop calé pour nous.

Son nom ? Oui, il en avait un, pour le monde. Je te le dis sincèrement, je n'avais lu aucun de ses livres, avant de le connaître. Lorsque je l'ai connu, j'ai cru qu'il jouait avec moi comme avec tout le monde et avec toute chose... Alors, furieuse, je me suis attelée à la lecture d'un de ses livres. Est-ce que je l'ai compris ? Oui, en gros. Il employait des mots simples, des mots de tous les jours. Il parlait du pain, du vin, de ce qu'il fallait manger, comment il fallait se promener, ce qu'il fallait penser en se promenant... On aurait dit un manuel destiné aux doux imbéciles qui ignorent l'art de vivre intelligemment. Mais c'était aussi un livre retors car, derrière cette grande simplicité, derrière ce naturel, d'apparence naïve, ce ton didactique, se profilait une sorte d'indifférence malicieuse, celle d'un vilain garnement qui, dans un coin de la chambre, ou entre les lignes du livre, observerait ironiquement le lecteur en s'efforçant de le comprendre ou, touché par lui, rêverait en s'attendrissant. Tel était mon sentiment en lisant son livre. J'en ai compris chaque mot sans pourtant comprendre l'ensemble, sans savoir ce qu'il voulait, sans comprendre pourquoi il écrivait des livres alors qu'il ne croyait ni à la littérature ni au lecteur. Et moi, lectrice, j'ai eu beau éplucher son livre, je n'ai jamais su à quoi il croyait vraiment. Exaspérée, je ne l'ai pas fini, je l'ai jeté dans un coin.

Plus tard, alors que je vivais avec lui, je le lui ai dit. Il m'a écoutée gravement, avec le sérieux d'un prêtre ou d'un éducateur. Il a hoché la tête, repoussé sur son front ses lunettes cerclées d'or, et il m'a dit, d'un ton compréhensif :

— C'est une honte.

Il a esquissé un geste de résignation, comme pour jeter dans un coin tous les livres du monde.

— Une honte. Une ignominie.

Et, tristement, il a poussé un soupir, sans préciser ce qui était, à ses yeux, une honte. La littérature ? Le fait que je ne comprenais pas son livre ? L'impossibilité d'exprimer certaines choses par l'écriture ? Je n'ai pas osé lui poser la question. Il maniait les mots comme l'apothicaire manipule le poison. Quand je l'interrogeais sur le sens d'un mot, il me lançait un regard méfiant, celui qu'adresse le pharmacien à une cliente qui, le visage défait, les cheveux en bataille, vient lui demander un somnifère, du véronal, par exemple. Ou celui du marchand de couleurs lorsqu'une bonne éplorée veut lui acheter de la soude caustique... Oui, il pensait que le mot lui-même était toxique, que chaque mot contenait un poison amer qu'on ne pouvait consommer qu'à faible dilution.

De quoi parlions-nous ? me demandes-tu... Attends un peu, j'essaie de me souvenir, de résumer ce qu'il me disait parfois. Pas grand-chose, tu sais, ça tient en quelques phrases.

Un jour, pendant un bombardement, alors que les gens, tapis dans les caves, les lèvres glacées, le corps couvert de sueur, attendaient la mort... il m'a dit que la Terre et l'homme étaient faits du même matériau : trente-cinq pour cent d'éléments solides et soixante-cinq pour cent d'éléments liquides. Il avait lu cette formule dans un livre suisse et il en était très fier, il en parlait avec la satisfaction de celui qui a trouvé la clé de toutes les énigmes. Autour de nous, des immeubles s'effondraient, mais cela ne l'intéressait pas, pas plus que les gémissements des victimes ou l'angoisse des persécutés qui se cachaient pour échapper à leurs bourreaux. Il me parlait aussi d'un Allemand, d'un Saxon qui, il y a un siècle ou plus, fréquentait le Caffe Greco, à Rome, tu sais, le café où nous sommes allés tous les deux l'autre jour... Ne te casse pas la tête, je ne me rappelle pas son nom... Il m'a dit que, selon cet Allemand, les plantes, les animaux et toute la terre étaient fabriqués sur le même modèle... tu comprends ça, toi ? Durant toutes ces semaines où Budapest était bombardée, il lisait avec fébrilité, comme s'il avait manqué quelque chose d'important et qu'il s'agissait de rattraper son retard, oui, comme s'il avait lambiné toute sa vie et que le temps lui manquait désormais pour apprendre tout ce qu'il aurait voulu savoir, par exemple le secret de la structure du monde... J'étais assise dans un coin, je ne disais rien, je me moquais de lui en catimini, mais il ne faisait pas attention à moi, pas plus qu'aux bombes qui pleuvaient.

Cet homme-là me vouvoyait. Il était le seul, dans l'entourage de mon mari, qui refusait de me tutoyer, même dans l'intimité. Que dis-tu ? Que, dans ce cas, il n'était pas un vrai gentleman... seulement un écrivain ? Comme tu es perspicace ! Mais tu as peut-être raison : il n'était pas un vrai gentleman, parce qu'il me parlait toujours avec respect. Un jour, alors que je faisais encore la bonniche, mon mari m'a envoyée chez lui pour qu'il m'analyse – comme quelques années auparavant, sa famille, désireuse de s'assurer que je ne souffrais d'aucune maladie honteuse, m'avait envoyée chez un dermatologue. J'y suis allée, docile comme un mouton.

Pour mon mari, ce chauve était, lui aussi, une sorte de dermatologue – chargé d'examiner non pas ma peau, mais ce que j'avais en moi... L'autre avait accepté, mais il m'avait reçue sans enthousiasme, il trouvait manifestement stupide que mon mari, troublé par sa propre situation, veuille me faire subir une sorte d'examen psychique... Il m'a accueillie en marmonnant quelques mots incompréhensibles, m'a fait asseoir et, au lieu de me questionner, il m'a considérée d'un œil distrait.

Le regard fuyant, il évitait toujours d'affronter celui de son interlocuteur, comme s'il avait eu mauvaise conscience. Puis, tout à coup, une lueur apparaissait dans ses yeux et on avait alors l'impression d'être observé personnellement, avec la plus grande force... on dit que c'est ainsi que les communistes interrogent les suspects. Impossible d'échapper à ce regard en détournant la tête, en toussotant ou en feignant l'indifférence... il te touchait, il t'accaparait entièrement. Cet homme me faisait penser alors à un chirurgien se penchant, le masque sur le visage, sur la table d'opération... et le malade, les yeux rivés sur le bistouri, perçoit soudain ce regard inexorable qui va pénétrer dans son corps et sonder ses reins ou son foie... Il ne lui arrivait pas souvent de scruter les choses avec ce regard-là, qui ne se prolongeait d'ailleurs jamais – sans doute était-il incapable de l'alimenter durablement par une sorte de courant intérieur. Mais ce jour-là, il m'a considérée longtemps de cette façon, j'incarnais sans doute, à ses yeux, une lubie de son ami. Puis, il s'est détourné, son regard s'est éteint, et il m'a dit :

– Vous pouvez partir, Judit Áldozó.

Je suis partie. Et je ne l'ai pas revu pendant dix ans : à cette époque, ils ne se voyaient plus, mon mari et lui.

Sans jamais en avoir acquis la certitude, je soupçonne pourtant qu'il y avait quelque chose entre cet homme et la première femme de mon mari. Après le divorce, elle est partie à l'étranger. Elle a vécu quelque temps ici, à Rome. Puis, elle est rentrée à Budapest où elle a mené une vie tranquille et retirée. Elle est morte brusquement, quelques mois après le début de la guerre, d'une thrombose au cœur. Naturellement, cela a fait jaser : elle était jeune, belle, apparemment en bonne santé : se serait-elle suicidée ? Mais pourquoi donc ? Elle était riche, elle avait un bel appartement, elle voyageait souvent, mais elle allait rarement dans le monde... tu vois, j'ai mené ma petite enquête de rivale, mais sans jamais obtenir confirmation de quoi que ce soit.

Cependant, concernant ces morts soudaines, j'ai ma petite idée. Je ne crois pas beaucoup aux médecins, même si je cours les voir dès que j'ai le moindre petit bobo – je ne crois pas en eux, parce que les malades savent quelque chose que les médecins ignorent. Moi, je sais qu'une mort que rien ne laisse prévoir, parce que le patient a l'air en parfaite santé, est toujours possible. Mon étrange ami, à la fois écrivain et guérisseur, en savait lui aussi quelque chose. Parfois, lorsqu'il me regardait, j'avais le sentiment de mourir sur place...

Un après-midi, à six heures, je l'ai rencontré par hasard dans cette grotte qui servait d'abri antiaérien et où se pressaient des milliers de personnes – tu sais, on se serait cru dans un de ces lieux de pèlerinage où, pour conjurer la peste, les fidèles chantent et prient. Il m'a reconnue et m'a fait signe de venir m'asseoir près de lui : j'ai obtempéré, nous avons écouté ensemble le bruit sourd des explosions lointaines. Au bout d'un certain temps, je l'ai reconnu à mon tour : c'était l'homme qui, à la demande de mon mari, était censé m'« examiner »... Un peu plus tard, il s'est levé et m'a proposé de quitter les lieux en sa compagnie.

On se serait cru dans une crypte, les sirènes signalant la fin de l'alerte n'avaient pas encore retenti, la petite rue était déserte. Passant devant cette vieille pâtisserie, si élégamment décorée, du quartier du Château, nous y sommes entrés.

Il y régnait une atmosphère fantomatique, celle d'un rendez-vous d'outre-tombe... Les patrons et la serveuse, tous natifs du quartier, avaient gagné l'abri et nous nous sommes retrouvés seuls au milieu des meubles en acajou, des nappes en organdi, des gâteaux préparés avec du succédané, des éclairs et des choux à la crème au beurre rance. Quelques bouteilles de liqueurs s'alignaient sur les étagères en verre. Personne ne nous a accueillis, personne n'a répondu à nos salutations.

Nous avons pris place. Nous attendions, toujours sans dire un mot. On entendait, au loin, sur l'autre rive du Danube, les canons de la D.C.A. et le bruit sourd des explosions des bombes américaines. Un nuage de fumée noire tourbillonnait au-dessus du Château : un réservoir de pétrole brûlait, mais nous n'y prêtions pas attention.

Poliment, comme s'il était chez lui, mon compagnon a versé de la liqueur dans nos deux verres et posé sur une assiette un chou à la crème et une part de gâteau aux noix. Il se comportait avec la familiarité d'un habitué. Lorsqu'il m'a invitée à boire et à manger, je lui ai demandé s'il avait l'habitude de fréquenter ces lieux.

– Moi ? s'est-il écrié, fort étonné, les verres à liqueur à la main. Jamais de la vie. Cela fait à peu près trente ans que je ne suis pas venu ici – à l'époque j'étais encore étudiant. Et puis non, a-t-il ajouté sur un ton résolu, en jetant un regard circulaire, je ne me souviens pas exactement quand je suis venu pour la dernière fois.

Après avoir trinqué, nous nous sommes attaqués aux gâteaux. À la fin de l'alerte, lorsque la propriétaire, une vieille femme, et la serveuse sont remontées de la cave où, prises de panique, elles s'étaient réfugiées, nous bavardions avec animation. Un nouveau chapitre de nos relations venait de s'ouvrir.

Je n'étais pas surprise par sa désinvolture, ni ce jour-là, ni plus tard. Rien, de sa part, ne m'aurait étonné. Il aurait pu aussi bien se mettre à chanter tout nu, comme le font dans la rue certains hurluberlus mystiques, se présenter un jour avec une barbe et déclarer qu'il venait de s'entretenir avec le Seigneur sur le mont Sinaï, me demander de jouer à la main chaude et d'apprendre ensuite l'espagnol ou le tir à l'arc...

J'ai donc trouvé naturel qu'il ne m'ait pas appelée par mon nom et qu'il ne m'ait pas parlé de mon mari. Il semblait considérer que les mots étaient inutiles, que les hommes savaient l'essentiel sans même le dire, que commencer à parler de nous-mêmes – évoquer l'histoire de cette femme morte, rappeler la visite que je lui avais faite à la demande de mon mari, désireux de savoir si je n'étais pas, socialement parlant, pouilleuse ou épileptique – non, tout cela serait ennuyeux et superflu... Nous avons donc continué à bavarder, comme si la vie n'était qu'un dialogue permanent que seule la mort pourrait interrompre – pour un bref laps de temps.

Il ne m'a pas demandé ce que je devenais, comment et avec qui je vivais. Non, il ne m'a posé qu'une seule question : il voulait savoir, vois-tu, si j'avais déjà mangé des olives farcies à la sauce tomate...

Il m'a semblé d'abord qu'il fallait être fou pour demander une chose pareille. Aussi ai-je regardé longtemps ses yeux gris et vert, scrutateurs, graves, anxieux presque, qui m'observaient avec une attention profonde, comme si notre vie à tous les deux dépendait entièrement de ma réponse.

Ne voulant pas lui mentir, j'ai fouillé parmi mes souvenirs avant de répondre :

– Oui, naturellement.

J'en avais mangé en effet un jour, à Londres, à Soho, dans un petit restaurant italien où le Grec m'avait conduite. Mais je ne lui ai pas parlé du Grec, il m'a paru inutile de l'associer aux olives farcies.

– Tant mieux, m'a-t-il dit, soulagé.

Timidement – car je n'ai jamais osé lui parler selon mon cœur –, je lui ai demandé à mon tour :

– Qu'y a-t-il de si réjouissant dans le fait d'avoir déjà mangé des olives farcies ?

Après m'avoir écoutée gravement, il a repris, très rapidement :

– C'est qu'on n'en trouve plus du tout à Budapest. Autrefois, vous savez, on pouvait en acheter dans un fameux magasin de comestibles. Mais, dans notre pays, on ne s'est jamais préoccupé de farcir les olives. Tout cela parce que Napoléon, avec ses armées, s'est arrêté à Győr.

Il a allumé une cigarette en hochant la tête, comme s'il n'avait plus rien à dire. J'écoutais le tic-tac d'une vieille horloge viennoise au-dessus de notre tête et le bruit des explosions dans le lointain, qui me faisaient penser aux renvois d'un fauve repu. Il me semblait vivre un rêve qui, sans être particulièrement heureux, avait le don de me rassurer. En sa compagnie, d'ailleurs, je me suis toujours sentie étrangement rassurée. Je ne peux t'expliquer pourquoi. Je n'ai jamais été vraiment heureuse avec lui, non... il m'est même arrivé de le haïr, d'être furieuse contre lui. Mais je dois te le dire franchement, je ne me suis jamais ennuyée avec lui, je n'ai jamais été inquiète, ni impatiente... Comme si j'avais ôté mes chaussures, enlevé mon soutien-gorge, comme si je m'étais débarrassée de tout ce que j'avais appris, j'étais tranquille avec lui. À vrai dire, je ne me suis jamais sentie aussi calme ni aussi comblée que pendant ces semaines, alors même que la guerre faisait rage autour de nous.

Quelquefois, je regrettais de ne pas être sa maîtresse. Certes, je n'avais pas la moindre envie de coucher avec lui, un homme vieillissant, qui avait les dents jaunies et des poches sous les yeux. J'espérais que s'il ne me regardait pas comme un homme regarde une femme, c'était parce qu'il était impuissant ou qu'il aimait les garçons. Mais tout ce que je pouvais constater, c'est qu'il ne s'occupait pas de moi. Il nettoyait souvent ses lunettes avec la minutie d'un diamantaire polissant sa pierre. Non, il n'était pas débraillé, mais je serais incapable de te dire comment il était vêtu. Alors que je me souviens avec précision de tous les costumes de mon mari, ma mémoire n'a gardé aucune trace des vêtements de cet homme, ni, d'une façon générale, de son apparence extérieure.

— En fait, a-t-il poursuivi, on n'a jamais pu acheter de vraies olives farcies à Budapest. Même pas en temps de paix, c'est-à-dire au bon vieux temps. On n'a jamais eu droit qu'à de petites olives noires, fripées. Les vraies olives farcies étaient rares, même en Italie.

L'index levé, les lunettes repoussées sur le front, il a continué :

— Chose étrange, voyez-vous, on ne trouvait ces olives farcies, bien moelleuses, au parfum de fleur, qu'à Paris, dans le quartier des Ternes, à la fin des années vingt, chez un marchand d'origine italienne de la rue Saint-Ferdinand.

Après m'avoir ainsi appris tout ce que l'on pouvait savoir sur les olives farcies au stade actuel de l'évolution de l'espèce humaine, il a regardé devant lui d'un air satisfait, tout en caressant d'une main son crâne chauve.

Rien à faire, pensais-je, cet homme est fou. Et soudain, j'ai presque pris peur. Ainsi donc, dans ce quartier du Château, surplombant cette ville bombardée, je me trouvais en compagnie d'un dément qui, autrefois, avait été l'ami de mon mari. Et pourtant, lorsque je me trouvais avec lui, je ne me sentais jamais mal à l'aise.

Alors, avec une grande douceur, comme il convient de s'adresser aux fous, je lui ai demandé quel avantage je pouvais tirer, à son avis, dans le présent comme dans l'avenir, du simple fait d'avoir mangé un jour des olives farcies à Londres, dans un petit restaurant italien de Soho... Il m'a écoutée, la tête un peu penchée, les yeux perdus dans le lointain, comme toujours quand il réfléchissait.

— C'est que la culture est morte, m'a-t-il répondu avec une patience amicale. Tout ce qui relevait de la culture a disparu. Bien sûr, les olives farcies ne représentaient qu'une minuscule saveur au sein de la culture. Mais ce mets merveilleux qu'on appelle culture est précisément composé de l'ensemble de ces saveurs et d'autres merveilles semblables. Oui, tout cela est en passe de périr, a-t-il ajouté en levant la main, tel un chef d'orchestre annonçant le fortissimo du désastre. Tout cela périra, même si certains éléments subsistent encore. On pourra peut-être encore trouver quelque part des olives farcies. Mais les humains ayant vraiment conscience de la culture périront. On n'aura plus que des connaissances – ce qui n'est pas la même chose. La culture, ma chère, est une expérience vécue, a-t-il énoncé, la main toujours levée, sur le ton d'un ecclésiastique. Une expérience vécue en continu, comme le soleil qui brille. Les connaissances, elles, ne sont qu'accessoires.

Il a haussé les épaules et a conclu poliment :

— Voilà pourquoi je suis content que vous, au moins, vous ayez pu faire l'expérience des olives farcies.

Tel un point final, une lointaine explosion a fait trembler tout l'immeuble.

— L'addition, s'il vous plaît ! s'est-il écrié.

Et il s'est levé, comme si cette infernale détonation lui avait rappelé qu'il y avait autre chose à faire dans le monde que d'enterrer la culture.

Courtois, il m'a laissée sortir la première. Nous avons descendu, sans dire un mot, l'Escalier du Chamois. C'est ainsi que nous avons commencé à faire connaissance.

Nous sommes allés directement chez lui en passant par ce pont superbe qui, quelques mois plus tard, devait s'écrouler et s'abîmer dans le fleuve. Les Allemands avaient soigneusement préparé sa destruction, des caisses remplies de dynamite étaient suspendues aux chaînes de l'ouvrage. Mon compagnon les examinait d'un œil expert, comme pour mieux apprécier la façon judicieuse dont elles avaient été mises en place.

Métamorphoses d'un mariage

— Cela périra aussi, m'a-t-il dit, arrivé au milieu du pont, en indiquant d'un geste les puissantes arches qui maintenaient l'ouvrage. Il n'en restera rien. Pourquoi ? me demandez-vous. Écoutez, a-t-il poursuivi en accélérant son débit, comme s'il se répondait à lui-même dans une discussion complexe, quand les gens préparent un événement longtemps et avec compétence, celui-ci finit toujours par s'accomplir. Les Allemands sont d'excellents dynamiteurs. Ils disposent d'incomparables artificiers, qui ne manqueront pas de faire sauter le Pont des Chaînes, puis, un à un, tous les autres, comme ils l'ont fait à Varsovie et à Stalingrad. Oui, ils s'y entendent à merveille !

Et, comme pour souligner les extraordinaires capacités du génie allemand en matière de destruction, il s'est arrêté et a levé un bras.

— Mais c'est horrible ! me suis-je écriée, bouleversée. Tous ces ponts splendides...

Il ne m'a même pas laissé achever ma phrase.

— Horrible, dites-vous ? a-t-il demandé en faisant traîner les syllabes.

La tête penchée de côté, il m'a dévisagée. De haute taille, il me dépassait largement. Des mouettes voletaient sous le pont. En cette heure crépusculaire, lourde de menaces, les passants étaient rares.

Sa voix m'a paru étrange : mon indignation semblait l'étonner.

— Pourquoi ? ai-je fait, irritée. Vous ne regrettez donc pas ces ponts ? Et tous ces gens qui périront avec eux, sans raison ?

— Moi ? a-t-il repris de cette même voix traînante, un peu déconcertée, comme si ma question l'avait profondément surpris, comme s'il n'avait encore jamais pensé aux souffrances humaines causées par la guerre.

— Bien sûr que si ! a-t-il ajouté en agitant son chapeau. (Il parlait désormais avec entrain, presque rasséréné.) Comment pourrais-je ne pas regretter les ponts, ne pas plaindre les gens ? Quelle idée ! Voyons !

Il a souri bizarrement, comme amusé par l'absurdité d'une telle supposition. Puis il s'est tourné vers moi et, se penchant sur mon visage, il m'a jeté, tel un hypnotiseur, un regard menaçant :

— Rien, comprenez-vous ! Rien ne me fait autant de peine que la perte des ponts et le destin de l'humanité !

Il respirait lourdement, comme si, ulcéré, il s'efforçait de retenir ses larmes. Quel comédien ! ai-je pensé brusquement, un vrai clown !... Mais j'ai vu soudain que ses yeux gris et vert se voilaient. Consternée, j'ai dû me rendre à l'évidence : si incroyable que cela puisse paraître, cet homme pleurait à chaudes larmes.

Pourtant, comme si ses pleurs avaient été indépendants de sa volonté, il ne semblait nullement gêné.

— Pauvre pont ! a-t-il murmuré pour lui-même, comme s'il ignorait ma présence. Pauvre chef-d'œuvre ! Pauvres gens... Pauvre, pauvre humanité !

Et il a continué de se lamenter avant d'essuyer ses larmes du revers de la main, qu'il a frottée ensuite contre la poche de son pardessus. Il a reniflé encore quelques instants tout en contemplant les caisses de dynamite et en hochant la tête avec désapprobation, comme pour déplorer cette affreuse pagaille, comme si l'humanité tout entière n'était qu'une bande de sales garnements que lui, l'écrivain, serait incapable de corriger par la persuasion ou par des coups de bâton.

— Oui, tout cela va périr, a-t-il encore soupiré.

Cependant, j'ai cru percevoir dans sa voix une certaine satisfaction, celle de l'homme constatant que tout se passe comme il l'a prévu. Comme si, ayant calculé, crayon en main, toutes les conséquences que pouvaient entraîner certains comportements humains, il était heureux, au fond de lui-même et malgré ses lamentations, de la justesse de ses prévisions.

– Eh bien, a-t-il dit ensuite, rentrons.

Il avait employé le pluriel, comme si nous nous étions entendus à ce sujet. Mais sais-tu ce qu'il y avait de plus étrange ? C'était ce sentiment que j'avais, comme si, après de longues et laborieuses négociations, nous étions parvenus à un accord concernant l'essentiel de nos rapports : je pouvais être aussi bien sa maîtresse que sa bonne. Ainsi, sans rien nous dire de plus, nous allions « rentrer » en passant par ce pont condamné à mort. Il marchait rapidement et, pour le suivre, j'ai dû presser le pas. Il ne m'a pas gratifiée d'un seul regard, comme s'il avait oublié que je l'accompagnais. Je le suivais à la manière d'un chien ou d'une employée de maison qui fait les courses avec sa patronne. Moi-même, je serrais sous mon bras le sac dans lequel je gardais mon rouge à lèvres, ma poudre et mes cartes d'alimentation, tout comme j'avais porté autrefois mon baluchon en montant à la capitale pour y chercher du travail. Oui, je marchais à ses côtés comme une bonniche accompagnant sa maîtresse.

Et, tout en cheminant ainsi, je me suis sentie soudain étrangement apaisée. Vois-tu, j'étais devenue depuis longtemps une dame. Je me mouchais avec distinction, comme si j'assistais à une garden-party au palais de Buckingham. De temps à autre, l'image de mon père me revenait à la mémoire : il ne s'était jamais servi d'un mouchoir, lui... parce qu'il n'en avait jamais eu. En éternuant, il pinçait ses narines avec deux doigts et essuyait ensuite sa main sur son pantalon. Gamine, je faisais comme lui. Eh bien, ce jour-là, en trottinant aux côtés de cet homme, je me sentais soulagée, libérée de certaines contraintes aussi pénibles qu'inutiles. Je savais avec certitude que si, en passant devant la statue de Széchenyi, j'éternuais en me pinçant les narines avec deux doigts et si, après, je m'essuyais les mains sur le shantung de ma robe, cet homme-là ne le remarquerait même pas. Ou si, d'aventure, il le remarquait, au lieu de s'indigner, de m'admonester ou de me mépriser, il trouverait plutôt intéressant qu'une femme bien habillée se mouche, en pleine rue, à la façon des paysans... il me regarderait comme s'il observait un animal dressé. D'une certaine façon, cette idée me rassurait.

Nous sommes donc montés chez lui. J'étais aussi tranquille que si je rentrais chez moi. Quand il a ouvert la porte en m'invitant à passer dans un couloir qui fleurait bon le camphre, j'ai éprouvé une sorte de quiétude, comme celle que j'avais ressentie le jour où, venant du fond de ma campagne, j'avais franchi pour la première fois la porte de la maison des parents de mon futur mari. J'étais tranquille car je savais une chose : dans ce monde sauvage et dangereux, j'avais enfin un toit au-dessus de ma tête.

Je suis restée pour la nuit. Je me suis endormie tout de suite. Je me suis réveillée à l'aube... et j'ai cru que j'allais mourir.

Ce n'était pas une crise cardiaque, mon chéri... ou plutôt si, mais aussi autre chose. La douce sérénité qui s'était répandue dans tout mon corps était celle de la mort. J'avais l'impression que la machine que je portais dans mon cœur avait cessé de ronronner, parce que son ressort était à bout de course... Mon cœur ne battait plus, il refusait de continuer à accomplir sa corvée.

En rouvrant les yeux, j'ai vu cet homme près du divan : il tâtait mon pouls.

Pas comme un médecin, plutôt comme un artiste pinçant les cordes de son instrument ou comme un sculpteur caressant son chef-d'œuvre. En palpant mon poignet avec l'extrémité de ses cinq doigts, il s'entretenait, séparément, avec ma peau, avec mon sang et, à travers ceux-ci, avec mon cœur. Il me tâtait avec la sûreté de celui qui voit dans l'obscurité. Comme les aveugles qui voient avec leurs mains. Ou les sourds qui entendent avec leurs yeux.

Il portait encore son costume de ville, il ne s'était pas déshabillé. Il était minuit passé. Il ne m'a posé aucune question. Les rares cheveux qu'il avait encore autour des tempes et sur la nuque étaient ébouriffés. Dans la pièce voisine, la lampe était allumée : il avait lu une partie de la nuit pendant que je dormais et que je voulais mourir. Puis, il s'est affairé autour du divan où j'avais fait mon lit, il a apporté un citron, l'a pressé, a versé du sucre dans le jus et m'a fait avaler cette potion douce-amère. Dans une cafetière en cuivre rouge, il a préparé du café turc, fort comme du poison, il y a ajouté vingt gouttes d'un liquide qu'il a pris dans une fiole, il a remué le tout avec un peu d'eau, et il me l'a versé dans la gorge.

Les sirènes hurlaient, mais nous n'y prenions pas garde. Il ne gagnait les abris antiaériens que lorsqu'il était surpris dans la rue et contraint par un agent de police. Autrement, il restait chez lui et lisait. Il aimait lire, disait-il, quand la ville était enfin silencieuse. En effet, pendant ces heures, un silence d'outre-tombe régnait dans les rues : trams et voitures ne circulaient plus, on n'entendait que le son lointain des canons de la DCA et la sourde explosion des bombes, ce qui ne le dérangeait nullement.

Assis près du divan, il prenait, de temps à autre, mon poignet. Les bombes pleuvaient : étendue, les yeux fermés, je me sentais en sécurité – comme jamais je ne l'avais été. Pourquoi ? Sans doute parce que j'avais conscience d'être secourue : obtenir de l'aide de la part des hommes, y compris des médecins, vois-tu, c'est la chose la plus difficile qui soit. Mais cet homme-là, qui n'était pas médecin, savait aider. Sans doute, en cas de danger, seuls les artistes possèdent l'habileté nécessaire, oui, toi, mon chéri, et tous les autres artistes. Cet homme-là m'a dit un jour que l'artiste d'autrefois était à la fois un prêtre et un médecin, et que tous ceux qui avaient de vraies connaissances étaient des artistes. C'est peut-être pour cela que j'étais si rassurée, oui, presque heureuse, pendant ces heures-là.

Quelques minutes après, mon cœur s'est remis à battre, bien à sa place dans ma poitrine, le mécanisme d'horlogerie fonctionnait à nouveau. Tu vois, cela m'a rappelé la figurine en cire que j'avais vue un jour au musée de Nyiregyháza, quand j'étais petite fille : elle représentait un pape à l'agonie dont le cœur était actionné par un ressort.

J'ai levé les yeux sur lui : j'aurais voulu qu'il me dise quelque chose, moi, je n'avais pas encore la force de parler. Lorsqu'il a vu que je n'étais plus en danger, il m'a demandé amicalement :

— Avez-vous jamais eu la syphilis ?

Je n'étais nullement effrayée ni vexée par cette question, qui me semblait naturelle, comme tout ce qu'il me disait. J'ai fait, de la tête, un signe de dénégation. Je savais que mentir aurait été inutile, car cet homme avait le don de détecter les mensonges... Il m'a demandé ensuite combien de cigarettes je fumais par jour. Autrefois, je ne fumais pas comme aujourd'hui, à Rome, avec ces cigarettes américaines au goût douceâtre : tout au plus, j'en allumais une après le repas. Je le lui ai dit, puis, je lui ai demandé, en indiquant de la main la région de mon cœur :

— Qu'est-ce que c'était ? Je me suis sentie faible comme jamais...

Il m'a regardée attentivement.

— C'est le corps qui se souvient, m'a-t-il répondu.

Mais il n'a pas précisé de quoi. Après m'avoir regardée quelques instants, il s'est levé et, en traînant les pieds, comme s'il boitait, il est passé dans l'autre pièce et a refermé la porte derrière lui. Je suis restée seule.

Plus tard — le matin, la nuit ou à n'importe quel moment de la journée —, il m'a souvent laissée seule. Je pouvais venir chez lui sans m'annoncer : il m'avait donné une clé, négligemment, comme si c'était la chose la plus naturelle du monde. Il avait une femme de ménage qui, de temps en temps, lui faisait la cuisine, mais sans, comme on dit, « tenir la maison ». Tout, autour de lui, semblait sur le point de basculer, y compris son logis, un appartement bourgeois dans les règles, avec ses vieux meubles viennois, au cinquième étage d'un immeuble neuf. Les livres occupaient toute une pièce.

Chaque fois que je venais, dans la journée ou dans la nuit, il tenait à m'offrir quelques mets délicats, sortis de je ne sais quelle réserve secrète, par exemple du crabe en conserve. À une époque où tout le monde se nourrissait de haricots secs, il me proposait de l'ananas et me faisait goûter une vieille eau-de-vie, qu'il ne buvait jamais, mais dont il conservait un stock considérable. Il possédait toutes sortes de vins extraordinaires, de France, de Hongrie, d'Allemagne, du Somló, de Bourgogne, de Rhénanie, de vieilles bouteilles couvertes de toiles d'araignée, il les collectionnait, comme d'autres collectionnent les timbres ou les services en porcelaine. Chaque fois qu'il ouvrait un de ses trésors, il le contemplait longuement, avant de le déguster avec le recueillement d'un prêtre païen préparant une offrande. Il me versait également à boire, mais un peu à contrecœur. À son avis, je ne méritais pas le vin, qui n'était pas, affirmait-il, une boisson pour les femmes. Il m'offrait plutôt de l'eau-de-vie.

C'est vrai, il avait quelques idées fixes plutôt surprenantes. D'une façon générale, il se montrait assez rigide dans ses jugements, comme les gens vieillissants qui n'aiment pas discuter.

Un ordre étonnant régnait dans son appartement, dans ses armoires, dans ses tiroirs, sur les rayons de sa bibliothèque où il gardait également ses manuscrits. Cet ordre n'était pas le fait de sa femme de ménage, il y veillait personnellement, non sans quelque maniaquerie, d'ailleurs. Par exemple, il ne supportait pas que la cendre et les mégots s'accumulent dans le cendrier : toutes les demi-heures, il les transvasait dans un seau en bronze qu'il allait vider lui-même le soir. L'ordre qui régnait sur son bureau était digne de la table à dessin d'un ingénieur. Je ne l'ai jamais vu déplacer un seul meuble, mais chaque fois que j'arrivais, à n'importe quelle heure du jour ou de la nuit, je trouvais l'appartement dans un état impeccable, comme si la femme de ménage venait juste de passer. Cet ordre, il émanait de lui-même, de sa personne. Cependant... et cela, je l'ai compris bien plus tard et je ne sais toujours pas si je l'ai bien compris... cet ordre n'avait rien de vivant. Il était artificiel : au milieu de la débandade générale, il s'efforçait de maintenir un ordre personnel, un peu mesquin, ultime rempart dans un monde en pleine désagrégation... Mais je t'en parle sans vraiment le comprendre...

Toujours est-il qu'en cette fameuse nuit mon cœur a fini par se calmer. Le chauve avait raison, ce cœur se souvenait. Mais de quoi ? Sur le moment, je ne l'ai pas compris, mais aujourd'hui, je le sais : de mon mari, à qui je ne pensais plus, que je n'avais plus vu depuis des années et que je croyais avoir oublié. Mais ma peau, mes reins et, que sais-je encore ? mon cœur gardaient sa mémoire. En pénétrant dans la vie de cet homme, l'ex-ami de mon mari, mon corps avait réagi, car tout, en sa compagnie, me le rappelait. Surgi du néant, ce chauve taciturne était comme un magicien maussade et blasé qui refuserait d'exécuter ses tours de passe-passe. Il m'a fallu du temps pour comprendre ce que je cherchais auprès de lui et de quoi je me souvenais.

Cette période de ma vie m'apparaît comme une sorte de rêve. Tout y était invraisemblable ; dans les rues, on ramassait les gens comme les agents de la fourrière ramassent les chiens errants. Les maisons s'écroulaient, les foules se pressaient dans les églises, comme sur les plages. Rares étaient ceux qui habitaient chez eux, aussi ma présence dans un appartement étranger n'était-elle guère remarquée.

Je savais que je n'avais pas le droit à l'erreur : il aurait été capable de me chasser ou, au contraire, de me laisser seule dans l'appartement, au plus fort de la guerre. Je savais aussi qu'en l'aguichant je risquais l'expulsion. Et je ne pouvais pas l'aider, tout simplement, parce qu'il n'avait besoin de rien. Ce malheureux supportait toutes les privations et toutes les humiliations, sauf l'idée d'être assisté.

Il était donc orgueilleux, me dis-tu. Bien sûr qu'il l'était. Il ne supportait pas d'être assisté, parce qu'il était fier et solitaire. Cependant, j'ai compris plus tard qu'au fond de cette solitude orgueilleuse se cachait une certaine angoisse. Il craignait non pas pour sa personne, mais pour autre chose, vois-tu. Pour la culture. Pas la peine de ricaner... Tu penses, n'est-ce pas, aux olives farcies ? Nous autres, prolétaires, nous ne comprenons rien à la culture. Nous croyons que cela consiste à connaître par cœur certains textes, que c'est une sorte de savoir-vivre : ne pas cracher par terre, ne pas roter pendant le repas, et ainsi de suite. Mais la culture, c'est autre chose. Il ne s'agit pas d'apprendre ou de savoir. Ni de se conduire convenablement. Non, il s'agit d'autre chose... et c'est pour cette culture-là qu'il s'inquiétait. S'il ne voulait pas qu'on l'aide, c'est qu'il ne croyait plus en l'homme.

J'ai cru, pendant quelque temps, qu'il voulait protéger son travail dans ce monde devenu ignominieux. Mais, en apprenant à mieux le connaître, j'ai constaté qu'il ne travaillait plus du tout.

Alors, que faisait-il ? me demandes-tu. Il lisait, il se promenait. Toi, tu ne comprends pas cela, parce que tu es un véritable artiste, un batteur professionnel, tu ne peux pas concevoir la vie sans battre le rythme. Mais cet homme-là était un écrivain, un écrivain qui ne voulait plus écrire, parce qu'il ne croyait plus que le mot imprimé puisse changer la nature de l'homme. Et il n'était pas davantage un révolutionnaire désireux de racheter le monde, car il ne croyait pas que la révolution, quelle qu'elle soit, puisse aboutir à un tel résultat. Il m'a dit un jour, comme en passant, qu'il était inutile de remplacer un régime politique par un autre, car les hommes restent toujours les mêmes. Lui, il voulait tout autre chose. Il voulait se transformer lui-même.

Tu ne comprends pas, naturellement. Pendant longtemps, je ne l'ai pas compris non plus et je n'ai pas cru à ce qu'il me disait... Je me contentais de rester avec lui, heureuse de voir qu'il me tolérait. À cette époque-là, beaucoup d'hommes et beaucoup de femmes se planquaient, comme moi, surtout les juifs qui cherchaient à échapper à leurs tortionnaires nazis... D'accord, calme-toi... Je te crois, oui, tu ne pouvais pas savoir ce qui se passait vraiment à Budapest... Les gens vivaient comme des insectes, sans bruit, certains dormaient même dans des armoires, comme le font les mites, en été, dans les tiroirs qui sentent la naphtaline. C'est ainsi que j'ai vécu chez cet homme, sans parler, sans donner aucun signe de vie.

Il ne faisait guère attention à moi, tu sais. De temps en temps, il semblait s'apercevoir de ma présence, et il me posait, en souriant, quelques questions banales, un peu comme s'il reprenait le fil d'une longue conversation interrompue.

Un soir, je suis arrivée vers sept heures... cela sentait déjà l'automne, la nuit tombait vite. En entrant, j'ai aperçu son crâne chauve devant la fenêtre. Assis, les mains croisées sur la poitrine, il m'a demandé, sans même se retourner :

– Connaissez-vous les chiffres chinois ?

Il agissait souvent comme un fou. Mais je savais déjà comment m'y prendre avec lui : poursuivre la conversation sans aucune transition, sans demander la moindre explication. Il aimait que je lui réponde brièvement, par oui ou par non. Aussi, docilement, lui ai-je avoué que je n'avais aucune idée des chiffres utilisés par les Chinois.

– Moi non plus, m'a-t-il dit calmement. Je ne comprends pas davantage leur écriture, ils n'emploient pas de lettres, mais des dessins qui représentent des concepts. Quant à leurs chiffres, je n'en ai pas la moindre idée. Ce qui est sûr, c'est qu'ils n'utilisent pas les chiffres arabes. Ni le système numérique grec, car leur système à eux est plus ancien. On peut donc supposer (il avait une prédilection pour cette tournure qu'il utilisait en levant son index courbé, tel un instituteur expliquant un problème à des élèves bouchés) que leurs chiffres ne rappellent en rien ceux utilisés en Occident et en Orient. C'est pourquoi, a-t-il ajouté solennellement, ils n'ont pas de technique. Car la technique, voyez-vous, commence avec les chiffres arabes.

L'air soucieux, il contemplait le crépuscule gris qui sentait le moût. De toute évidence, la différence entre les chiffres chinois et arabes le préoccupait. Je le regardais avec respect, en gardant le silence. Tout ce que je savais des Chinois, c'est qu'ils étaient jaunes, très nombreux et toujours souriants. C'est du moins ce que j'avais lu dans un magazine illustré.

J'ai pourtant fini par lui demander :
— La technique commence donc avec les chiffres arabes ?
À ce moment-là, tout près, au pied de la colline du Château, un canon de la DCA s'est mis à tonner. Mon compagnon a levé son regard sur la colline et il a répondu, sur un ton joyeux :
— Oui.
Il était visiblement satisfait de ma question, dans laquelle il voyait un argument de poids en faveur de sa thèse.
— Avez-vous entendu cette explosion ? a-t-il poursuivi. Eh bien c'est cela, la technique. C'est pour ça qu'on avait besoin des chiffres arabes. Vous savez, faire une multiplication ou une division avec des chiffres gréco-latins n'est pas une chose aisée. Il faut du temps pour calculer, par exemple, combien font deux cent trente et un multipliés par quatre mille trois cent douze... Non, ma chère, il est impossible d'exprimer cela avec des chiffres grecs.

Et il parlait, visiblement satisfait. Malgré mon inculture, je comprenais tout ce qu'il disait, mais je ne saisissais pas l'ensemble, c'est-à-dire l'homme, sa nature, sa structure. Qui était-il, au fond ? Un comédien ? Se moquait-il de moi ? Il excitait ma curiosité au même titre qu'une machine astucieuse, par exemple une calculatrice de type nouveau. Je ne savais jamais comment l'aborder... En l'embrassant ? Ou en le giflant ? Peut-être m'aurait-il rendu mon baiser, peut-être l'aurait-il simplement supporté, comme il aurait subi la gifle sans réagir, en passant aussitôt à autre chose. À la capacité qu'ont les girafes de faire des pas de six mètres, par exemple. Il m'en a parlé un jour, à brûle-pourpoint, avec le plus grand enthousiasme. Les girafes, m'a-t-il dit, sont des anges parmi les animaux de la savane, oui, il y a, dans leur essence, quelque chose d'angélique, d'ailleurs, le mot « girafe » ne dérive-t-il pas de « seraphim » ?

C'était un jour d'automne, vers la fin de la guerre, et ses paroles résonnaient dans la forêt où nous marchions à présent. Il parlait, en termes exaltés, de la quantité de protéines végétales dont la girafe a besoin pour vivre, pour posséder un cou aussi long et une tête aussi petite, un grand poitrail et d'énormes sabots. Il me semblait qu'il récitait un poème ou quelque hymne incompréhensible, il était grisé par le fait qu'il vivait et qu'il y avait des girafes sur cette terre... Il me faisait un peu peur, l'entendre parler ainsi des girafes ou des Chinois, cela m'a d'abord inquiétée, mais, ensuite, gagnée par son enthousiasme, je l'ai écouté en fermant les yeux... moins intéressée, peut-être, par ce qu'il disait que par la façon étrange, à la fois pudique et démente, dont il prononçait ces paroles extatiques. Pour lui, le monde était une fête et, comme un prêtre célébrant l'événement, une sorte de derviche hurlant, il annonçait triomphalement à l'humanité le sens de cette fête... les girafes, les Chinois ou le système numérique des Arabes.

Sais-tu ce qu'il y avait, en outre, derrière tout ça ? Une certaine forme de luxure.

Pas celle des hommes, non, plutôt celle des plantes, des grandes fougères, des lianes odorantes ou des girafes et des séraphins. Telle est peut-être la luxure des écrivains. Oui, il m'a fallu beaucoup de temps pour comprendre qu'il n'était pas fou, seulement luxurieux. Excité par la matière dont était fait le monde, par le mot, par la chair, par la voix, par la pierre, par tout ce qui existe, par ce qui est à la fois palpable et inconcevable – il forniquait avec l'univers. Et la gravité de son visage rappelait celle des hommes et des femmes qui gisent dans leurs lits, assouvis, les paupières fermées... Oui, mon chéri... parfaitement.

Sa façon de se taire n'était pas celle d'un homme qui ne pense à rien. Toi, par exemple, tu sais te taire superbement, au sein de ton orchestre, à côté du flûtiste, avec ta tête de dieu grec... promenant gravement ton regard sur le bar. Pourtant, si séduisant que tu sois dans ton beau smoking blanc, on voit bien que, pendant que tu te tais, tu ne penses à rien... Or, ce malheureux, quand il ne disait rien, il semblait vraiment taire quelque chose, et ce, avec une force inouïe. Son silence était un cri.

L'écouter parler ne me fatiguait jamais. J'étais plutôt étourdie, bercée comme par une musique. Mais mon propre silence finissait par me lasser. C'est qu'il fallait se taire avec lui, être attentif à ce qu'il taisait.

Je n'arrivais pas à deviner ses pensées, mais je sentais confusément que le silence qui suivait ses tirades, sur les girafes ou sur tout autre sujet, recelait le véritable sens de ses paroles. En s'immergeant dans son silence, il s'éloignait étrangement de moi...

C'était surprenant et un peu redoutable aussi. Il semblait tout droit sorti d'un conte, cet homme, disparaissant dans le brouillard, devenant tout à coup invisible. Oui, c'est ainsi qu'il disparaissait dans son silence. Tout en murmurant, de sa voix rauque, des paroles pour moi incompréhensibles, il s'éclipsait dans le lointain. Cela n'avait rien de discourtois, non, il ne m'a jamais vexée en ne s'adressant plus à moi, bien au contraire, le fait qu'il acceptait de se taire en ma compagnie me flattait.

Tu me demandes ce qu'il taisait avec tant d'intensité, avec

tant d'obstination ? Mon petit, tu me poses là une question bien difficile...

Je n'ai jamais eu la prétention d'interpréter ses silences.

Mais, peu à peu, j'ai perçu certains signes qui m'ont permis de formuler quelques hypothèses. À l'époque de nos retrouvailles, cet homme s'apprêtait à étouffer en lui l'écrivain qu'il était. Il avait prémédité son acte, l'avait préparé, avec la circonspection méthodique d'un assassin. Ou d'un conjuré préférant s'empoisonner plutôt que de trahir son secret. Ou d'un missionnaire qui choisit de se sacrifier plutôt que de livrer aux sauvages, aux païens, certaines paroles sacrées et magiques.

Je vais essayer de te dire ce que j'ai compris.

Un jour, il m'a déclaré, comme en passant :

– Le crime est le propre du petit-bourgeois.

Et le voilà qui caresse son crâne chauve, comme chaque fois qu'il émettait un jugement péremptoire. Il me faisait penser à un prestidigitateur tirant des pigeons de son chapeau haut-de-forme. Après coup, il essayait de s'expliquer, de rassembler les bribes de son étrange sagesse. Il prétendait, vois-tu, que dans la vie du petit-bourgeois, du plébéien, comme il disait, le crime jouait le même rôle que la vision et la création dans la vie de l'artiste. Mais l'artiste, lui, voulait plus que le plébéien... il entendait formuler, peindre ou traduire en notes de musique un message secret, capable d'enrichir la vie... Mais non, nous ne comprenons pas cela, mon petit.

Il m'a décrit la germination, dans l'esprit du criminel, du chef d'armée ou de l'homme d'État, de certaines idées bizarres dont, en un éclair, avec une adresse et un savoir-faire stupéfiants, l'artiste inspiré peut tirer un prodige. Un écrivain russe... non, ne fronce pas ton beau front de marbre, mon cœur, peu importe son nom, je l'ai oublié, mais je le vois, cela t'énerve d'entendre parler des écrivains, tu n'aimes pas cette engeance et tu as bien raison. Toujours est-il que mon chauve m'a parlé un jour d'un roman russe où il est question d'un meurtre. Selon lui, il n'était pas du tout impossible que le romancier ait voulu commettre lui-même ce meurtre, mais il a préféré en faire un roman, parce que c'était un écrivain et pas un petit-bourgeois.

Lui, il ne voulait plus rien écrire. Je ne l'ai jamais vu travailler, je ne connais même pas son écriture, j'ai seulement vu son stylo, abandonné sur le bureau, à côté de sa machine à écrire portative qu'il n'ouvrait d'ailleurs jamais.

Longtemps, je n'ai pas compris ce qui le chiffonnait. J'ai pensé d'abord qu'il était comme desséché, qu'il n'avait plus la force ni d'écrire, ni de faire l'amour. Qu'il jouait la comédie : vexé, il préférait garder un silence orgueilleux, refusant de lâcher le merveilleux cadeau que lui seul, écrivain vieillissant et bouffi d'orgueil, aurait pu offrir au monde. Je le soupçonnais, puisque sa source d'inspiration était tarie et qu'il n'avait plus la vigueur nécessaire pour étreindre une femme, de jouer à l'ascète, au blasé, celui qui prétend en avoir assez de ses exploits au lit et à table, puisque, au fond, c'est toujours la même chose... Bref, les raisins étaient trop aigres, et il avait décidé de mener une vie d'ermite.

Mais un jour, pourtant, j'ai commencé à voir plus clair dans son jeu...

Cet homme ne voulait plus écrire, parce qu'il craignait que les mots qu'il couchait sur le papier ne soient dénaturés, mal interprétés par des traîtres ou des barbares. Il pensait que, dans le monde futur, encore en gestation, tout ce qu'un artiste penserait, écrirait, peindrait ou transcrirait en musique serait falsifié, trahi ou souillé. Ne me regarde pas de cet air sceptique. Je vois que tu ne me crois pas, que, pour toi, ce que je dis n'est que du bavardage ou le fruit de mon imagination. Je comprends, mon amour, que tout cela te paraisse inconcevable, parce que toi, tu es un artiste jusqu'au bout des ongles, jusqu'à la moelle des os. Je ne te vois pas jeter un jour tes baguettes dans un coin, comme cet homme a laissé son stylo prendre la poussière dans un tiroir. Pas vrai ?

Oui, tu resteras un artiste jusqu'à ton dernier souffle, tu battras le rythme même lorsque tes doigts commenceront à refroidir. Mais, tu vois, ce malheureux-là était un artiste d'un tout autre genre.

En écrivant, il craignait de devenir complice et traître, car, pensait-il, dans le monde nouveau, les paroles de l'écrivain seraient forcément déformées. Il a eu peur, comme le prêtre redoutant de voir la révélation qui lui a été donnée servir un jour de publicité pour un produit de beauté ou de slogan politique pour un tribun démagogue. Donc, il a préféré se taire... Que dis-tu, mon cœur ? Qu'un écrivain est un va-nu-pieds, un minable, un moins que rien ? Qu'un plombier, qu'un agent d'assurances valent bien plus que lui ? De ton point de vue, en effet, l'écrivain est un misérable qui ne sert à rien, car nul n'a besoin de ceux qui n'ont ni argent ni pouvoir. Ils sont superflus, comme disait mon mari.

Ne crie pas, calme-toi. Tu as raison, mon chauve était un minable. De quoi avait-il l'air ? Pas d'un comte, ni d'un conseiller du gouvernement. Ni, non plus, d'un secrétaire du parti. Il entretenait avec l'argent un rapport tout à fait étrange. Si invraisemblable que cela puisse te paraître, il en avait. Oui, tout minable qu'il était, il pensait à la moindre chose, même à l'argent. Il n'était pas l'un de ces ermites naïfs qui, dans le désert, se nourrissent de criquets et de miel qu'ils vont chercher, comme les ours, sous l'écorce des arbres. Il avait de l'argent, mais au lieu de le confier à une banque, il le gardait dans la poche intérieure de son veston. Chaque fois qu'il voulait payer, il sortait négligemment une liasse de billets, alors que toute personne sensée garde son argent dans son porte-monnaie, comme tu le fais avec notre argent à nous, n'est-ce pas ? Seulement, en le voyant exhiber sa liasse, je savais qu'il était impossible de tromper ou de leurrer cet homme, car il connaissait exactement le montant de sa fortune.

Et puis, il n'avait pas que de l'argent hongrois, alors en

pleine dégringolade. Il possédait également des dollars, trente billets de dix dollars et des napoléons qu'il conservait dans une vieille boîte métallique pour cigarettes égyptiennes. Il en avait trente-quatre exactement, un jour, il les a comptés devant moi, minutieusement, en les reniflant, en les faisant tinter et en les présentant à la lumière de la lampe, comme le font, sur certains vieux tableaux, les changeurs, aussi compétents qu'impitoyables.

Mais je ne l'ai jamais vu gagner de l'argent. Quand on lui apportait une facture, il l'examinait avec soin, d'un air anxieux, avant de l'acquitter en laissant un gros pourboire au garçon de courses. Je crois qu'au fond de lui-même il était radin. Un jour, à l'aube, après avoir bu quelques verres de vin, il m'a dit qu'il fallait respecter l'argent et, à plus forte raison, l'or, car il contenait une force magique. Mais il ne m'a pas expliqué pourquoi. Bien sûr, les pourboires princiers qu'il distribuait étaient difficilement conciliables avec son fameux respect de l'argent. C'est qu'il ne le dépensait pas comme les riches. J'en ai connu, des riches, mon mari en était un, mais je n'ai pourtant jamais vu personne accorder des pourboires d'une main aussi légère...

Je crois que, tout compte fait, il était pauvre, mais trop orgueilleux pour prendre la peine de cacher sa pauvreté. Non, je ne pourrai jamais te dire vraiment comment il était. Je l'ai observé avec un intérêt presque convulsif, sans croire un seul instant pouvoir le connaître de l'intérieur...

Mais qu'est-ce qu'un écrivain ? me demandes-tu. En effet, qu'est-ce que c'est ? Un moins que rien. Il n'a ni rang, ni titre ni pouvoir. N'importe quel Noir, chef d'un orchestre de jazz, est plus riche, n'importe quel officier de police est plus puissant, n'importe quel commandant d'une compagnie de pompiers est plus gradé que lui... Et il en était conscient. C'est lui qui m'a fait remarquer que la société ne savait même pas comment s'adresser à l'écrivain. Certains d'entre eux ont droit à une statue, d'autres à la prison, mais, au fond, ils comptent pour du beurre. On lui donne du « monsieur le rédacteur » ou du « monsieur l'artiste », mais lui, il ne « rédigeait » rien et il n'était pas artiste, car l'artiste a, dit-on, des cheveux longs et des visions... Or, à l'époque où j'ai fait sa connaissance, il était chauve et ne faisait plus rien. On ne lui donnait pas non plus du « monsieur l'écrivain », car une telle combinaison de mots n'avait aucun sens, on était soit un monsieur soit un écrivain. C'est vrai qu'on s'y perd...

Je ne savais jamais s'il pensait vraiment ce qu'il disait, car le contraire me paraissait tout aussi recevable. En me regardant dans les yeux, il semblait toujours s'adresser à une tierce personne. Par exemple un jour... il y a longtemps de cela, j'avais oublié ce souvenir, mais à présent, il me revient et son sens s'éclaire... j'étais chez lui, je lui tournais le dos... il lisait un dictionnaire et moi, croyant qu'il ne faisait pas attention à moi, j'ai pris dans mon sac mon poudrier et ma petite glace et j'ai commencé à me poudrer le nez. Tout à coup, j'ai entendu sa voix :

– Vous feriez bien de vous méfier !...

Je l'ai regardé, interloquée. Il s'est levé et il s'est planté devant moi, les bras croisés sur la poitrine.

– De quoi dois-je me méfier ?

Il m'a regardée, la tête penchée, et il a émis un léger sifflement.

– Méfiez-vous, parce que vous êtes belle, a-t-il répondu sur un ton à la fois grave, anxieux et accusateur.

Je me suis mise à rire.

– Me méfier de qui ? Des Russes ?

Il a haussé les épaules.

– Ceux-là ne voudront que vous posséder et repartiront aussitôt. Mais il y en a d'autres qui chercheront à vous écorcher le visage. Parce que vous êtes belle.

Il a repoussé ses lunettes sur le front, s'est penché sur mon visage et il a fixé sur moi son regard de myope, comme s'il venait seulement de découvrir que je n'étais pas trop laide, et que j'avais même une frimousse plutôt agréable. Comme s'il ne m'avait encore jamais regardée ainsi qu'on regarde une femme. Mais cette fois-là, il s'est rattrapé : il m'a considérée longtemps d'un œil expert, tel le chasseur examinant un chien de race.

— M'écorcher, moi ? ai-je demandé en riant, mais la gorge sèche. Et qui donc ? Un pervers ?

Il m'a répondu sur le ton sévère d'un prêtre prononçant un sermon :

— Demain, on soupçonnera tous ceux qui sont beaux, talentueux, ou qui ont du caractère. Ne comprenez-vous donc pas ? a-t-il poursuivi d'une voix rauque. La beauté passera pour de la provocation. Et le caractère sera considéré comme une insulte !... L'heure sera aux affreux, aux incapables et aux lâches. Voyez, ils arrivent déjà, rampant comme de la vermine, ils sont légion, ils tremperont la beauté dans du vitriol, ils tueront le talent à coups de calomnies, ils poignarderont les gens de caractère. Oui, ils sont là, et ils seront de plus en plus nombreux. Méfiez-vous !

Il s'est rassis à son bureau et, la tête enfouie dans ses mains, il est resté muet un bon moment. Puis, sans transition, il m'a demandé, aimablement :

— Voulez-vous que je vous fasse du café ?

Parce qu'il était comme ça.

Mais il pouvait aussi être autrement. Il vieillissait, mais il me semblait quelquefois que son déclin lui causait une sorte de joie maligne. Certains hommes, vois-tu, estiment que la vieillesse est le temps de la vengeance. Arrivées à l'âge critique, les femmes s'affolent, courent chez l'esthéticienne, prennent des hormones, couchent avec des gigolos... Mais les hommes vieillissants sourient parfois. Et un vieux qui sourit représente pour les femmes un danger autrement plus grave que les conquérants et les gladiateurs. Dans ce duel éternel et ennuyeux — dont, pourtant, on ne se lasse jamais — l'homme se révèle le plus fort, dès lors qu'il n'est plus tourmenté par le désir. Ce n'est plus son corps qui dispose de lui, c'est lui qui dispose de son corps. Et les femmes le devinent, avec l'instinct du gibier qui flaire le chasseur. Nous ne vous dominons que tant que nous sommes capables de vous faire du mal. Nous accordons, prudemment, quelques petites faveurs aux hommes, pour leur infliger aussitôt une cure de désintoxication... et s'ils se mettent alors à hurler, à écrire des lettres ou à proférer des menaces, nous triomphons, conscientes du pouvoir que nous avons encore sur eux. Mais l'homme qui vieillit est plus fort que nous. Pas pour longtemps, il est vrai, car le vieillissement n'est pas encore le grand âge. Quand celui-ci arrive, les hommes redeviennent des enfants... et ils ont à nouveau besoin de nous.

Allons, ne ris pas. Je te raconte des histoires pour t'amuser, parce que le jour se lève... Toi, tu es superbe, avec ta suffisance et ton sourire orgueilleux.

Donc, cet homme-là vieillissait avec ruse et avec malice. De temps à autre, il se souvenait de son état... alors, les yeux brillants derrière ses lunettes, il me gratifiait d'un regard serein et satisfait. Tout juste s'il ne se frottait pas les mains à l'idée que je n'étais plus capable de le faire souffrir, puisqu'il vieillissait. Alors, j'aurais eu envie de le frapper, de lui arracher ses lunettes pour les jeter par terre et les piétiner. Pourquoi ? Pour le faire réagir, pour qu'il me secoue les bras ou me frappe à son tour... eh oui ! Mais je ne pouvais rien contre lui, parce qu'il vieillissait. Et parce qu'il me faisait peur.

Oui, il était le seul être humain capable de me faire peur. Je croyais connaître les hommes : ils sont composés en gros de quatre-vingts pour cent de vanité et de vingt pour cent d'autres éléments divers... non, ne te vexe pas, ne proteste pas, tu es l'exception qui confirme la règle. Je savais parler leur langage : neuf hommes sur dix me croyaient chaque fois que je me montrais subjuguée par leur charme ou que je feignais d'admirer leur intelligence. Il me fallait leur parler en minaudant, les flatter, me pâmer devant leur esprit, dont moi, petite sotte, naïve et innocente, je pouvais à peine mesurer toute la grandeur : prosternée à leurs pieds, j'attendais humblement qu'ils daignent me faire le récit de leurs exploits éblouissants, me dire, par exemple, comment ils avaient berné les importateurs turcs en leur faisant croire que la peau de mouton qu'ils leur vendaient était traitée, alors qu'elle ne l'était pas, comment ils avaient fait la cour aux puissants de ce monde pour obtenir le prix Nobel ou le titre de chevalier... car tels sont, en général, les objets de leurs fanfaronnades. Oui, je te l'ai dit, tu constitues une exception. Toi, au moins, tu te tais en battant le tambour. Et quand tu te tais, je suis sûr que tu ne penses à rien. Ce qui est vraiment merveilleux.

Mais les autres ne sont pas comme toi, mon trésor. Ils sont pétris de vanité. Oui, ils sont vaniteux au lit et à table, vaniteux quand ils se promènent, vaniteux quand, vêtus de leurs smokings, ils s'en vont faire des courbettes devant les nouveaux seigneurs de ce monde, ou quand, au café, ils appellent le garçon d'une voix de stentor... c'est à croire que la vanité est une maladie incurable de la gent masculine. J'ai dit : quatre-vingts pour cent de vanité ? Allez, peut-être quatre-vingt-dix pour cent. De même que, d'après ce que j'ai lu un jour dans le supplément du dimanche d'un magazine illustré, la plus grande partie de la planète est recouverte d'eau – la terre ferme ne représentant qu'une infime proportion de la surface –, de même, je le crois, la vision masculine du monde est entièrement commandée par la vanité, une vanité fondée sur deux ou trois idées fixes transmises par l'éducation.

Mais la vanité de cet homme-là, vois-tu, était d'une nature toute différente. Il tirait son orgueil du fait d'avoir tué en lui tout ce dont il aurait pu être fier. Il traitait son corps comme un esclave : il mangeait peu, avec des gestes toujours mesurés et disciplinés. Quand il buvait du vin, il s'enfermait dans son bureau, comme pour rester seul avec son vice. Ma présence dans l'appartement ne le dérangeait nullement : il disposait sur une table, à mon intention, du cognac français, une assiette chargée de sucreries et une boîte de cigarettes égyptiennes... et il se retirait dans sa chambre pour déguster ses grands crus tout seul. Comme si, à son avis, une femme ne méritait pas de voir un homme boire du vin.

Il buvait, avec gravité, des vins épais. Il choisissait une bouteille dans le local où il gardait ses crus... un peu à la façon du pacha appelant, dans son harem, l'odalisque de service. Et, en remplissant son dernier verre, il s'écriait : « Pour la patrie ! » J'ai cru d'abord qu'il plaisantait. Mais non, il ne riait pas, il vidait bien son dernier verre pour le salut de la patrie.

Tu me demandes s'il était patriote... Je ne sais pas. Quand on lui parlait de patriotisme, il se taisait d'un air méfiant. Pour lui, la patrie, c'était sa langue, la langue hongroise. Ce n'était pas un hasard si, ces derniers temps, il ne lisait que des dictionnaires. La nuit, en buvant, ou le matin, pendant les alertes antiaériennes, il potassait des dictionnaires bilingues, espagnol-italien ou français-allemand, comme si, au milieu de la confusion générale, il espérait trouver un mot qui puisse enfin répondre au vacarme et aux destructions. Mais, la plupart du temps, il consultait des dictionnaires unilingues, ceux qui expliquent seulement le sens des mots hongrois : il les lisait avec le recueillement, proche de l'extase, d'un mystique touché par la grâce.

Après avoir choisi un mot, il contemplait le plafond, puis il lâchait ce vocable afin qu'il flotte et vole librement, tel un papillon... Justement, je me souviens de l'avoir entendu un jour prononcer le mot « papillon »... il a regardé ensuite en l'air comme pour suivre l'envol de ce mot dans l'éclat doré du soleil... comme si ce mot évoluait dans la lumière, avec, sur ses ailes, le pollen des fleurs, et comme si lui-même assistait à la danse d'une fée, celle d'un vocable hongrois, et

– enfin – comme s'il se sentait apaisé par ce spectacle, le plus beau qu'il lui fût donné de contempler dans ce bref laps de temps qui lui restait encore à vivre. Car il avait déjà renoncé aux ponts, aux terres et aux gens, il ne croyait plus qu'en la langue hongroise. C'était sa patrie à lui.

Une nuit, il m'a permis d'assister à sa beuverie. Assise sur le rebord de son grand canapé, je l'ai regardé en fumant une cigarette. Légèrement grisé, il ne faisait pas attention à moi. Tout en arpentant la pièce, il criait des mots.

– Sabre ! a-t-il prononcé.

Après avoir fait quelques pas en titubant, il s'est arrêté, comme s'il avait heurté un objet. Il a regardé devant lui, puis, comme s'il s'adressait au tapis :

– Perle ! s'est-il écrié.

Il pressait la main sur son front, comme s'il souffrait.

– Alouette ! a-t-il dit enfin.

Il m'a jeté un regard confus, comme s'il venait seulement de s'apercevoir de ma présence. Tu me croiras si tu veux : j'ai baissé les yeux, j'avais honte. J'avais l'impression d'avoir été le témoin d'un acte immoral, répugnant même, à la façon des voyeurs qui regardent, à travers le trou de la serrure, un pervers étreindre une chaussure, parce que la partie lui importe plus que le tout. Il m'a reconnue et, les yeux voilés par l'alcool, il a scruté mes traits, tout en esquissant un sourire honteux, comme si je l'avais pris en flagrant délit. Puis il a écarté les bras, comme pour s'excuser de s'être laissé emporter par une passion plus forte que la raison et les conventions. Enfin, les lèvres tremblantes, il a balbutié :

– Fougère ! Romarin !

Il s'est assis à côté de moi, sur le canapé ; d'une main, il a pris la mienne et, de l'autre, il a caché ses yeux. Il est resté longtemps dans cette position, muet.

Je n'ai pas osé parler. Mais j'ai compris que j'assistais à une agonie. Cet homme avait parié sur la raison. Il avait cru que celle-ci dirigeait le monde. Plus tard, il avait dû admettre que la raison était bien trop faible. Cela, tu ne peux pas le comprendre, parce que toi, tu es un artiste, un vrai, qui n'a pas grand-chose à faire avec la raison, tu n'en as pas besoin pour battre ton tambour. Non, ne te vexe pas, ce que tu fais est bien plus important... C'est comme ça. Mais l'autre, c'était un écrivain et il a cru pendant longtemps à la raison. Oui, il croyait que la raison humaine était une force comparable à la lumière, à l'électricité ou au magnétisme qui font marcher le monde, et que lui, l'homme, disposant de cette force, régnait, sans aucun autre instrument, sur l'univers, tu sais, comme le héros de ce long poème grec, dont une agence de voyages porte le nom, un nom qui m'échappe... Oui, c'est ça, Ulysse. Régner sur le monde sans technique, sans instruments, sans chiffres arabes... voilà ce qu'était son rêve.

Mais il a fini par se rendre compte que la raison ne valait rien, parce que les instincts étaient bien plus forts qu'elle. Les émotions l'emportent sur la raison et se moquent d'elle, dès lors qu'elles peuvent s'appuyer sur la technique. Les émotions et la technique entament alors une danse étrange et barbare...

C'est pourquoi il n'attendait plus rien des mots, il ne croyait plus que, alignés en bon ordre, ceux-ci puissent être d'une quelconque utilité pour le monde et pour les hommes. À notre époque, en effet, les mots subissent une déformation, même les plus simples, ceux avec lesquels nous parlons maintenant. En réalité, le mot humain est devenu une sorte de hurlement... comme celui des haut-parleurs tonitruants.

Il ne croyait plus aux mots, mais il les aimait et les savourait. La nuit, au cœur de cette ville plongée dans l'obscurité du black-out, il se grisait de termes hongrois... il les sirotait avec délice, comme toi, l'autre jour, ce cognac Grand Napoléon qu'un trafiquant de drogues sud-américain t'a offert au petit matin... oui, ce nectar, tu le buvais avec recueillement, les yeux fermés, dans la même attitude que mon chauve prononçant des mots comme « alouette » ou « romarin ». Pour lui, ces mots étaient des êtres de chair et d'os, palpables comme de la matière. Dans un état proche de la transe, il ne proférait plus, gémissant ou hurlant, que les mots rares d'une langue asiatique... Moi, je l'écoutais avec une certaine répugnance, comme si j'assistais à une orgie orientale, comme si, égarée dans un monde dément, j'entrevoyais, dans la nuit noire, ce qui reste d'un peuple... un homme et quelques vocables, venus de très loin pour échouer sur cette terre. Vois-tu, je n'ai jamais eu vraiment conscience de mon identité, mais je suis pourtant Hongroise, mes ancêtres étaient tous des Hongrois de souche, et je porte sur mon dos une tache dont on dit qu'elle est le signe distinctif d'une tribu cumane[1].

Je me suis souvenue alors de ce que mon mari m'avait raconté un jour à propos d'un Hongrois célèbre, comte et Premier ministre ; un certain Duna ou Tisza[2], j'oublie toujours les noms de ces aristocrates. Il se trouve que mon cher époux connaissait la femme dont ce seigneur hongrois était amoureux, et c'est elle-même qui lui a rapporté que ce comte barbu, du temps où il était Premier ministre, se rendait quelquefois avec ses amis à l'Hôtel Hungaria : ils prenaient une chambre, envoyaient chercher Berkes, le fameux violoniste, fermaient la porte et, sans parler ni boire outre mesure, ils écoutaient de la musique tsigane. À l'aube, le comte, cet homme austère, ce Premier ministre, vêtu, la plupart du temps, d'une redingote, se mettait alors à danser seul, au milieu de la pièce, au rythme lent de la musique, sous le regard d'une assistance grave et muette. Et personne ne riait. Voilà, c'est à cette scène que je pensais en voyant, vers l'aube, mon ami s'époumoner et gesticuler dans cette pièce où il n'y avait que moi et les livres.

---

1. Peuple établi dans le bassin des Carpates avant l'arrivée des Hongrois.
2. Le comte István Tisza (1881-1918), Premier ministre en 1913, se déclara favorable à la guerre en 1914.

Métamorphoses d'un mariage

Ah ! les livres ! Des masses de livres, imagine, je n'ai jamais pu les compter, d'ailleurs il ne m'aurait certainement pas permis de fouiller dans sa bibliothèque, dont les rayons, courbés sous le poids des volumes, tel le ventre d'une jument grosse de son poulain, tapissaient, jusqu'au plafond, les quatre murs de la pièce. Bien sûr, la bibliothèque municipale en contenait davantage, une centaine de milliers, peut-être même un million. Moi, je ne comprends pas ce que les gens attendent de tous ces livres ; de toute ma vie, je n'en ai eu que deux, la Bible et un roman broché avec une belle couverture en couleurs représentant un comte agenouillé devant sa comtesse. Je l'avais reçu du secrétaire de la mairie de Nyiregyháza, le jour où – ayant remarqué la gamine que j'étais – il m'a appelée dans son bureau. Ces deux livres, je les ai toujours gardés. J'en ai lu d'autres, un peu au hasard, quand j'étais déjà une dame... Ne me regarde pas d'un air si incrédule... à cette époque-là, vois-tu, j'étais obligée de lire, de prendre des bains, de me mettre du vernis sur les orteils et de sortir des phrases du genre : « Bartók a libéré l'âme de la musique populaire. » Mais tout cela me gênait : je savais bien deux ou trois choses du peuple et de la musique... mais il aurait été inconvenant d'en parler dans la bonne société.

Il y avait tant de livres chez cet écrivain ! Un jour, après le siège, je suis revenue sur les lieux. Lui, il était déjà parti pour Rome : son immeuble avait été touché par plusieurs bombes et obus – il était en ruines – et ses livres formaient une espèce de tas pâteux. Son voisin, un dentiste, m'a rapporté que mon ami n'avait même pas essayé d'en sauver un. Remonté de sa cave, il s'était arrêté devant le tas, l'avait contemplé, les bras croisés, entouré des locataires compatissants qui s'attendaient à ses lamentations – mais non ! il semblait plutôt satisfait. Tu comprends cela, toi ? Le dentiste m'a juré qu'il était resté d'excellente humeur, qu'il avait même fait de la tête quelques signes approbateurs, l'air soulagé de voir que la grande tromperie était enfin mise à nu... que tout

s'était passé conformément à ses prévisions. Comme pour répondre à cet amas de livres réduits en poussière, il avait lâché, tout en caressant son crâne chauve :
— Enfin !
Selon le dentiste, cette exclamation avait scandalisé plusieurs témoins de la scène. Mais lui, indifférent à la réaction de son entourage, il s'était éloigné en haussant les épaules. Pendant quelque temps, il a erré dans la ville, comme tout le monde, mais personne ne l'a vu rôder autour de son immeuble. En disant « enfin ! » devant le tas d'ordures qu'était devenue sa bibliothèque, il avait sans doute — justement — mis un point final à quelque chose... Le dentiste, en fait, le soupçonnait de jouer un peu la comédie pour cacher la douleur que lui avait causée cette perte. Mais d'autres flaireraient, derrière ce soupir de soulagement, un aveu de caractère politique... peut-être était-il nazi, ou communiste, ou anarchiste, en tout cas heureux de voir s'écrouler le monde ancien. Mais personne ne savait rien de sûr à ce sujet. Les livres pourrissaient parmi les décombres de l'immeuble... Pendant ces quelques semaines, chose curieuse, on volait de tout, des bassines fêlées jusqu'aux tapis de Perse, en passant par des dentiers usés, tout, oui, sauf des livres, ces objets tabous auxquels personne n'osait toucher.

Il a disparu peu après l'entrée des Russes dans la ville. Quelqu'un prétend l'avoir vu à bord d'un camion soviétique se dirigeant vers Vienne — sans doute avait-il acheté sa place avec ses napoléons ou ses dollars — ... assis, tête nue, le nez chaussé de lunettes, sur un tas d'effets volés recouvert d'une bâche en peau, il lisait. Peut-être un dictionnaire hongrois qu'il avait emporté avec lui... Qu'en penses-tu ? Je n'en sais rien. Toujours est-il qu'on ne l'a plus revu dans la ville.

Mais peut-on ajouter foi à tous ces racontars ? Cela colle tellement peu avec le souvenir que j'ai gardé de lui. Moi, je pense plutôt qu'il a pris le premier train avec wagons-lits, qu'il a mis ses gants, acheté des journaux à la gare, et que, lorsque le train s'est ébranlé, il a tiré les rideaux du compartiment pour éviter de voir la ville en ruines. Parce qu'il n'aimait pas le désordre.

C'est ainsi que je préfère imaginer son départ. À présent, chose étrange, je n'ai plus qu'une seule certitude à son sujet... celle de sa mort.

Pour moi, il était le dernier représentant de cet autre monde, celui de mon mari, celui des privilégiés. Non qu'il ait jamais été vraiment solidaire de ces gens-là : il n'était pas riche, il n'avait aucun titre... mais il appartenait à leur monde d'une autre façon.

De même que les riches conservaient toutes sortes d'objets dans leurs collections, de même cet homme-là veillait sur quelque chose qu'il appelait « la culture ». Car il faut que tu le saches, mon trésor, la culture, ce n'est pas ce que nous imaginons, nous autres prolos, ce n'est pas seulement un superbe appartement, avec des livres sur les étagères, l'art de la conversation ou le papier toilette en couleurs. Non, il y a aussi autre chose, quelque chose que les riches gardent pour eux-mêmes et qu'ils ne cèdent pas aux prolos, même pas à l'heure actuelle – alors que les choses, pourtant, ne se passent plus comme avant, c'est-à-dire à une époque où ils savent que pour rester riches, ils doivent obliger les prolétaires à acheter tous les « bibelots » qui, hier encore, constituaient leurs privilèges... Non, il y a quelque chose qu'ils refusent toujours de lâcher. Vois-tu, il existe encore une complicité entre les riches, certes différente de celle qui les liait autrefois... il ne s'agit plus ici de détenir de l'or, des livres, des tableaux, des garde-robes, des espèces sonnantes et trébuchantes, des actions, des bijoux ou d'observer certaines coutumes. Non, non, ils gardent jalousement quelque chose qu'il est difficile de leur prendre... Mon ami, cet écrivain, se moquait vraisemblablement de tout ce à quoi ces gens-là attachaient de l'importance. Il m'a dit un jour qu'il pourrait vivre uniquement de pommes, de vin, de patates, de lard, de pain, de café... et de cigarettes, qu'il n'avait besoin que de deux complets-veston, d'un peu de linge et de cet imperméable élimé et délavé qu'il mettait été comme hiver, par n'importe quel temps. Et ce n'étaient pas des paroles en l'air, moi qui l'écoutais en silence, je savais qu'il disait la vérité. Oui, au bout d'un certain temps, j'avais appris à me taire comme lui, et à l'écouter en silence...

Il me semble même que je l'écoutais assez bien et que j'ai fini par résoudre l'énigme que constituait cet homme, non pas grâce à la raison, mais, comme le font les femmes en général, par le bas-ventre. J'ai fini par comprendre que cet homme se moquait, en effet, de tout ce qui importait aux autres, qu'il se contentait réellement de pain, de lard, de pommes et de vin, de quelques dictionnaires et, en fin de compte, de quelques mots hongrois bien savoureux, bien moelleux, de ces mots qui fondent dans la bouche. Et qu'à la fin, il était capable de tout abandonner sans rien dire.

Il n'aimait plus que le soleil, le vin et les mots, des mots isolés, sans le moindre lien entre eux... C'était l'automne, la ville était bombardée, les civils et les militaires se pressaient dans les abris. Curieusement, d'ailleurs, les militaires craignaient les bombes, alors que les civils en avaient moins peur... et cet homme, aux yeux cernés, installé dans son fauteuil près de la fenêtre, goûtait, les lèvres entrouvertes, les derniers rayons de soleil... et il souriait.

Il paraissait heureux. Mais moi, je savais qu'il n'en avait plus pour longtemps, qu'il était à l'agonie.

Il avait beau s'envelopper dans son imperméable élimé et renier toutes les valeurs des gens qui se disaient cultivés, il appartenait pourtant à un monde qui se décomposait sous ses yeux, avant de sombrer définitivement. Mais de quel monde s'agissait-il au juste ? De celui des riches, des privilégiés ? Du monde de mon mari ? Non, les riches n'étaient plus que les parasites de ce qu'on appelait autrefois la culture. Vois-tu, en prononçant ce mot, je rougis encore comme si je disais une obscénité. Oui, comme si cet homme, ou son fantôme, était encore là, comme s'il m'entendait. Comme si, assis sur le rebord du lit, dans cet hôtel romain, il me regardait... et que son regard pénétrait dans mes entrailles. « Qu'avez-vous dit, ma chère ? Vous avez parlé de "culture" ? Un mot lourd de signification ! Mais savez-vous (je le vois levant son index et j'entends encore sa voix de pédagogue) ce qu'est, au fond, la culture ?... Vous peignez en rouge les ongles de vos pieds, n'est-ce pas, ma chère ? Et il vous arrive, n'est-ce pas, de lire un beau livre, avant de vous endormir ? Et même de vous laisser bercer par le charme de la musique ? » Parce qu'il aimait s'exprimer ainsi, à la façon de ces personnages de romans-feuilletons datant du siècle dernier. « Mais non, ma chère, la culture, c'est tout autre chose. La culture, ma très chère, c'est avant tout un réflexe. »

Je le vois comme s'il était ici. Non, ne me trouble pas. Je l'entends parler. Un jour, il m'a dit... tu sais, on parle beaucoup aujourd'hui de la lutte des classes, de la fin des maîtres d'autrefois, on affirme que, désormais, les maîtres, c'est nous, que tout nous appartiendra, parce que nous sommes le peuple. Je ne sais pas trop ce que l'avenir nous réserve, mais j'ai de mauvais pressentiments. Les choses ne se passeront pas comme ça. Ces gens-là garderont quelque chose dont ils ne se sépareront jamais, qu'on ne pourra pas leur prendre par la violence, quelque chose qu'on ne peut inculquer en faculté à des boursiers tire-au-flanc...

Je te l'ai déjà dit, je ne comprends pas... Mais je me doute bien qu'il existe quelque chose que les riches ne nous donneront pas. Quoi ? En y pensant, j'en perds ma salive, je me tords comme si j'avais la colique. Cette chose-là, m'a dit le chauve, est un réflexe. Tu sais ce que c'est, toi ?

Laisse ma main. Oui, elle tremble, parce que je suis un peu nerveuse. Mais c'est déjà fini.

Je n'ai pas saisi tout de suite ce qu'il me disait, mais je l'ai deviné en quelque sorte... parce que je le comprenais, lui, le personnage qu'il était ! J'ai demandé un jour à un médecin de me définir le réflexe : il m'a répondu que c'est le mouvement de bascule que fait le genou lorsqu'on le frappe avec un marteau... Mais mon bonhomme, lui, il pensait à un autre type de basculement.

Quand il a disparu et que je l'ai cherché partout dans la ville, il m'a semblé – au fond – que ce fameux réflexe, c'était lui-même. L'homme tout entier, tel qu'il était, comprends-tu ? Pas seulement ce qu'il avait écrit. Ce que griffonnent les écrivains ne peut pas être important, vois-tu, les bibliothèques et les vitrines des libraires sont remplies de livres... Il me semble parfois que tous ces livres tuent la pensée, oui, que tous ces mots qui grouillent sur ces millions de pages ne laissent aucune place à la pensée. Non, ses écrits n'avaient plus d'importance pour lui. Il n'y pensait plus, il en avait plutôt honte. Quand, un jour, j'ai évoqué, timidement et avec beaucoup de prudence, les ouvrages qu'il avait publiés, il a aussitôt souri d'un air gêné, comme si je lui avais rappelé une erreur de jeunesse. Eh bien, ce jour-là, j'ai eu pitié de lui, il semblait en proie à une grande émotion – colère, désir ou tristesse... il se débattait, il se contractait comme la grenouille sous l'effet du sel que quelque savant curieux, découvrant l'électricité, répand sur elle. Oui, cet homme se débattait, avec parfois une sorte de rictus, une contraction des lèvres ou des paupières... on aurait dit qu'un acide corrosif avait paralysé sa raison.

Comme si ces grandes statues, ces tableaux célèbres, ces livres pleins de sagesse n'existaient pas séparément, mais formaient un grand ensemble dont il faisait partie intégrante et qui, désormais, était voué au dépérissement... oui, comme si lui, il était en train de périr avec tout cela. Mais il me semble pourtant que les statues et les livres subsistent encore longtemps après la désagrégation de ce qu'on appelle la culture. Comprenne qui pourra.

En regardant cet homme pendant que les bombes pleuvaient sur la ville, je me suis dit que j'avais été bien bête... oui, bête de penser – au cours de mon enfance, dans ce trou, et plus tard, dans la chambre de bonne de cette maison si distinguée, et à Londres, aussi, où ce Grec m'a appris toutes sortes d'astuces – que les riches étaient des gens civilisés. Aujourd'hui, je sais qu'ils ne font qu'effleurer la culture, ils y trempent simplement le doigt comme des enfants gourmands. Il faut du temps et il faut payer très cher pour comprendre... mais quoi donc ? Qu'on ne peut parler de culture que lorsqu'un individu... ou un peuple... déborde d'une grande joie. On dit, par exemple, que les Grecs étaient civilisés. Je n'en sais rien. Mon Grec de Londres, lui, ne l'était plus vraiment ; il était obnubilé par l'argent et par ce que l'argent lui permettait d'acheter : des actions, des vieux tableaux, des femmes... moi, par exemple. Mais on dit aussi que les Grecs de l'Antiquité étaient civilisés, parce que le peuple était joyeux... les potiers qui modelaient de petites statues, les marchands d'huile, aussi bien que les militaires et les sages qui débattaient, sur la place du marché, de la beauté et de la vérité... Imagine-toi un peu... tout un peuple qui vit dans la joie ! Et cette joie, c'est la culture. Mais ce peuple a disparu pour laisser la place à des gens qui parlent grec... et ce n'est plus tout à fait la même chose.

Si nous lisions un livre sur les Grecs ? On dit qu'il existe une bibliothèque dans cette ville, tu sais, là où habite le pape. Non, ne me regarde pas de cet air offusqué... le saxophoniste m'a dit un jour qu'il y allait en secret, pour lire... Oui, mon chéri, tu as raison, il dit ça pour se vanter, en réalité, il dévore des polars, comme tout le monde. Mais il n'est pas impossible, pourtant, qu'il y ait, à Rome, des bibliothèques qui conservent des livres susceptibles de nous apprendre comment a péri, en Grèce et ailleurs, ce qu'on appelait autrefois la civilisation. Car vois-tu, aujourd'hui, il n'y a plus que des spécialistes, et ceux-là sont incapables de nous procurer cette joie qui nourrit la culture... Ça ne t'intéresse pas ? D'accord, je n'insiste pas. Ce qui est important, c'est que toi, tu sois joyeux, que tu sois satisfait. Bon, je ne t'importunerai plus avec mes lubies.

Pourquoi me regardes-tu de travers ? Je vois que tu ne me crois pas. Tu te dis que ce qui m'intéresse vraiment, ce n'est pas la culture grecque... et qu'en réalité je voudrais surtout comprendre pourquoi cet homme-là est mort.

Comme tu es lucide ! Eh bien oui, j'avoue... j'avoue que ce que je voudrais apprendre dans un livre, c'est comment cette chose qu'on appelle généralement « culture » commence à dépérir chez un individu. Comment s'atrophient les nerfs qui ont emmagasiné les pensées et les désirs des hommes d'autrefois, cette nostalgie qui, par moments, leur a fait croire qu'ils étaient différents des autres mammifères. Il est vraisemblable qu'un individu de ce type ne meurt pas seul... et qu'avec lui disparaissent des tas de choses. Tu ne le crois pas ? Je n'en sais rien, mais moi, j'aimerais bien lire un livre là-dessus.

On dit que la civilisation existait autrefois dans cette ville, à Rome. Oui, que tout le monde y était civilisé, même ceux qui ne savaient ni lire ni écrire et passaient leur temps à croquer des pistaches sur les marchés. Ils étaient sales, d'accord, mais, pour se laver, ils allaient dans les thermes où ils discutaient de la justice et de la vérité. Ne crois-tu pas que c'est pour cela, précisément, que mon bonhomme, cette espèce de fou, est venu mourir ici ? Parce qu'il était persuadé que ce qu'on appelait autrefois la culture, cette source de joie, était définitivement mort. Il est donc venu ici où tout se dégrade jusqu'au tas d'immondices, mais d'où dépassent çà et là – comme ces pieds, qui, après le siège, émergeaient des sépultures improvisées du Champ du Sang – quelques vestiges de la culture. Est-ce pour cela qu'il est venu ici ?

Dans cette ville, dans cet hôtel ? Parce qu'il aurait voulu qu'au moment de sa mort flotte encore autour de lui l'odeur de la civilisation ?

Oui, c'est vrai, il est mort ici, dans cette chambre. J'en ai eu la confirmation par le portier. Te voilà au courant : es-tu satisfait ? Maintenant, je t'ai tout donné, je n'ai plus rien. Les bijoux... tu les as bien cachés ? C'est que tu es mon seul bienfaiteur, mon ange.

Crois-moi, au moment de sa mort, dans ce même lit – m'a dit le portier – où tu es couché, mon amour, il a dû à nouveau soupirer : « Enfin ! » Et il a dû sourire. Ces éclopés de la vie, vois-tu, ils sont différents de nous, ils sourient toujours à la fin.

Attends, je vais te couvrir un peu.

Tu dors, mon cœur ?

(Pausillipe, 1949 – Salerne, 1978)

ÉPILOGUE

...Parce que, mon gars, je te préviens tout de suite, il faut que tu restes le plus loin possible des cimentiers. Qu'est-ce que tu as à me regarder comme ça ? Tu ne sais peut-être pas ce que c'est ? Monsieur ne regarde jamais la télé, non ? Tu n'es qu'un blanc-bec... toi, tu as encore beaucoup à apprendre dans ce sacré patelin qu'est New York. On voit bien que tu es venu trop tard, tu es un « économique », toi, un vulgaire émigré... estime-toi déjà heureux si tu finis par obtenir ton permis de séjour. En attendant, tu n'as qu'à la fermer. Des marlous, il y en a à la pelle par ici. Mais nous autres, les gars du Zala, on se tient par la main, pas vrai ? Allez, voici ton *bloudimeri*. Bois un bon coup, frangin.

Je te le répète, tu évites les cimentiers comme la peste. Notre rue, la quarante-sixième, elle est encore propre. Mais un peu plus loin, dans la trente-huitième, tu peux tomber sur les gars de la Famille. Surtout, ne va jamais te promener par là après minuit. Et si, par hasard, tu en rencontres un ou deux, sois toujours poli avec eux. Voilà ce qu'ils aiment, les parrains. À quoi on les reconnaît ? D'abord à leur mise. Toujours tirés à quatre épingles, les cheveux grisonnants, les favoris, les chaussures sur mesure, de la meilleure qualité. Ils portent toujours des chapeaux et donnent de gros pourboires, en tirant les billets verts de leur poche, négligemment, de la main gauche. Ils ne regardent même pas si c'est un Lincoln ou un Washington, non, ils te le jettent carrément à la figure, comme ils le font le dimanche, pendant la messe, avec le quêteur au bâton de feutre vert. Tu les as vus au ciné, un fameux film, pas vrai ? Mais si jamais quelqu'un de la Famille te propose un petit travail de nuit, tu n'as qu'à lui répondre poliment, merci, non, c'est pas mon truc.

Les parrains ? Non, eux, ils ne travaillent pas dans le ciment. Le ciment, c'est de la bricole. Eux, ils font marcher leur tête, tu vois. La bricole, c'est les parents pauvres qui s'en chargent, ceux qui en sont encore à l'apprentissage. C'est du travail d'amateur. Le quidam rentre chez lui, vers minuit, sans se douter de rien. L'expert le suit à dix pas de distance. La bagnole attend au coin de la rue. L'expert, lui, il a une barre de fer sous sa veste, avec, au bout, un crochet, discret, comme quand on plie son index. Le crochet, tu n'as qu'à l'enfoncer dans le crâne du gus. Un petit geste de rien, comme ça, et c'est fini. Pas d'histoires, pas de discussion. Il faut juste attraper le *citizen* par la taille, avant qu'il s'écroule comme un sac. Alors, on le jette dans la voiture, on le transporte au bord de la rivière où l'attend déjà une caisse pleine de mortier, on l'y couche gentiment, on cloue la caisse et on la précipite dans l'eau. Les flics racontent qu'il y en a des dizaines, de caisses comme ça, dans le sable, au fond de l'Hudson. Ça me rappelle le cercueil d'Attila[1]. Du travail propre, digne d'un spécialiste. Mais toi, fais bien attention ! Quoi que te dise le parrain, tu lui réponds : *no, thank you, not my business*. Et tu restes à ranger tes marchandises au fond de ton garage, d'accord ? Nous, les gars du Zala, on se soutient les uns les autres, ok ?

Plus tard, je ne dis pas, tu pourras sans doute monter d'un échelon. Le bingo, bien sûr, c'est autre chose. Mais il faut

---

1. Selon la légende, on aurait enterré Attila dans un triple cercueil (bronze, argent, or).

apprendre... Évite d'abord les bars de la trente-huitième rue, ils ne sont pas pour toi. Du boulot, y en a toujours, mais attention ! Par exemple, on cherche souvent des démarcheurs... tu sais bien, ceux qui vont voir des types à domicile et qui leur font comprendre, à coups d'arguments massue, qu'ils feraient bien de payer régulièrement, toutes les semaines, les vingt-cinq pour cent de la somme qu'ils ont empruntée. Tu refuses, mais poliment. Dis simplement que tu ne peux pas accepter ce job, parce que tu ne parles pas avec l'accent qu'on aime à New York. L'accent, c'est le hic ! C'est à cause de mon accent, tu vois, que les Noirs ne m'ont pas pris dans leur orchestre... alors que, du temps où j'étais chez moi, j'ai même fait le batteur pour Tito, quand il est venu à Budapest. C'était avant 1948, à l'époque la radio ne traitait pas encore Tito de chien en laisse des impérialistes. Moi, les Noirs, ils m'ont dit que je jouais de la batterie avec mon dialecte à moi, que mon jeu de baguettes ne valait rien. Bien sûr, ces histoires d'accent, c'est de la jalousie, de la persécution raciale. J'en ai souffert, c'est vrai, mais tant pis. À la fin, j'ai dû me faire embaucher comme serveur dans ce bar. Voilà. Reste là, que je remplisse ton verre.

Oui, oui, tu peux rester, on a tout le temps. À cette heure-ci, les théâtres jouent encore, et le client est rare. D'ailleurs, ceux qui travaillent dans le ciment ne viennent pas chez nous. Nos clients à nous, ils travaillent dans la littérature. Ce n'est pas du ciment, mais ça rapporte gros ! Hein ? Tu veux essayer ? Qu'à cela ne tienne... Peut-être que tu réussiras, mais ce sera pas facile. D'après ce que je vois ici, à Manhattan, la littérature, c'est vraiment la crème, et ça vous nourrit son homme.

C'est qu'on en voit, des choses, derrière le comptoir... Après minuit, et après le troisième martini – qu'ils déclarent au fisc dans la rubrique des frais professionnels –, messieurs les écrivains parlent entre eux, franchement, à cœur ouvert. Et moi, je les écoute, ébahi. La littérature, ici, c'est une industrie, bien différente de ce qu'on voit de l'autre côté de l'océan, à Rome ou à Budapest... Mon ange gardien – dont tu vois la photo là, sur ce comptoir, dans un cadre en argent que j'ai acheté chez Woolworth – eh bien, elle m'a dit un jour qu'elle avait connu chez nous un écrivain qui ne voulait plus écrire parce qu'il en avait sa claque et que toute la littérature l'écœurait. Il ne lisait plus que des dictionnaires à moitié incompréhensibles. Un animal rare, tu vois, comme l'okapi qu'on voit au zoo du Bronx.

Mes clients, ici, ce sont des écrivains d'un tout autre genre. Ils n'écrivent pas non plus, d'ailleurs, mais ils vendent immédiatement ce qu'ils n'ont pas encore écrit et ils se remplissent les poches avec la littérature. En général, ils déboulent vers onze heures, juste après la fin du spectacle. Ils boivent modérément, toujours du bourbon bien fort. Parmi eux, un petit gros, qui doit être un grand écrivain, parce qu'il a un secrétaire et toute une suite, et tout ce petit monde est suspendu à ses lèvres : dès qu'il prononce un mot, les autres dressent l'oreille, avec le recueillement des fidèles lorsqu'à l'église le prêtre élève l'hostie. Un soir, j'ai vu, de mes yeux vu, son secrétaire courir au téléphone parce que le chef venait de prononcer un titre – et il l'a vendu aussitôt. Revenu, en haletant, il a annoncé qu'on avait acheté pour deux cent mille dollars le titre d'un roman que le grand chef n'avait pas encore écrit, et auquel il rêvait seulement en attendant que l'inspiration lui vienne... Pour arroser la bonne nouvelle, ils ont commandé une tournée, et, en partant, ils m'ont jeté un billet de vingt dans la soucoupe. C'est que les grands écrivains traînent toujours un tas de copains autour d'eux. Des copains... et des copines, souvent superbes. Si tu tiens à faire dans la littéraire, je te présenterai un jour à l'une de ces têtes d'œuf.

Métamorphoses d'un mariage

Moi, je ne lis pas de livres, c'est pas dans ma nature. Mais j'aime les BD, tu sais, le genre où la nana, couchée nue sur un divan, ne comprend pas qu'il ne s'agit plus d'aventures galantes, que les choses sérieuses commencent, parce que son protecteur, un couteau à la main, se penche sur elle... et sur la bulle qui sort de sa bouche, on peut lire : « Elle va bien, il y a juste un tout petit peu de sang sur son cou. » J'aime bien le polar, moi, c'est de la bonne littérature, pas besoin de tourner autour du pot, d'assommer le lecteur avec toutes sortes d'explications, il comprend tout de suite.

Sers-toi tranquillement, je te laisse le *bloudimeri* sous la main. Le boss ?... T'en occupe pas. Il est là, derrière cette porte vitrée. Oui, c'est le mec aux lunettes. Il compte le blé, il ne regarde même pas par ici. Un brave type, un Mormon. Il ne boit pas d'alcool, seulement de l'eau chaude dans un verre à pied. Et il ne fume pas, parce qu'il n'a pas de vice, figure-toi. De son Utah natal, il n'a ramené que deux choses à New York – une Bible et la polygamie. Il a ramassé l'une de ses femmes ici, à Manhattan. Il a huit bars, toute une chaîne, dont deux à Harlem. Le plus huppé, c'est le nôtre, au coin de Broadway.

Car, vois-tu, il y a deux théâtres tout près d'ici. Un où on chante et l'autre où on dégoise. Quand il n'y a que de la parlote, attention, ça peut faire du vilain, parce que le public en a vite marre. Je n'ai jamais été ni dans l'un ni dans l'autre, mais un jour, j'ai quand même investi un Lincoln dans celui où on cause, j'avais envie d'être, au moins une fois, un ange gardien qui soutient la littérature. Tu ne sais pas ce que c'est qu'un ange gardien ? Ben, c'est celui qui donne des sous pour monter une pièce de théâtre. Le chauffeur, le portier, le garçon de restaurant, ils parient tous sur le succès de la pièce qu'on joue à Broadway. Moi, je n'ai pas eu de chance, j'ai perdu, ça baragouinait trop sur scène, le public n'aime pas ça, il préfère la zizique, la bagarre et la chanson. D'ailleurs, je ne recommencerai plus avec la littérature. Le bingo, c'est plus sûr. Mais toi, tu n'as qu'à attendre ton heure, là-bas dans ton garage.

C'est qu'il faut se retrousser les manches, frangin. Il faut vraiment être très calé ici – et, en attendant, faire très attention. Moi, ça fait cinq ans que je trime dans ce bar, je suis un *mister*, maintenant, un senior. Mais je n'ai pas fini d'apprendre. Dans cet hôtel, à Broadway, on voit surtout des têtes d'œuf. C'est quoi, une tête d'œuf ? Un quidam dont la tête ressemble à un œuf de canard – elle est pointue et parsemée de taches de rousseur. Certains ont des poils plein la figure. N'empêche, ils sont tous très calés. Et tu vois des caïds, comme il y en a peu. Je les écoute discuter le bout de gras, quelquefois jusqu'à l'aube. Ils arrivent vers minuit, lorsque ceux qui veulent de l'atmosphère, des chandelles dans des globes rouges, sont déjà rentrés. Ceux qui restent à ce moment-là, ce sont tous des professionnels. Ils sont entre eux, ils parlent librement. Et moi, tu penses bien que je dresse l'oreille.

Parce que c'est une sacrée race, puissante et dangereuse ! Dieu sait comment ils font, mais le fait est qu'ils sont plus forts que les parrains eux-mêmes. Tout le monde les craint, parce qu'ils sont capables de faire chuter le président lui-même – s'il n'est pas à leur goût... À qui le tour ? qu'ils demandaient l'autre jour, en discutant, relax, de leur prochaine victime. J'en suis resté comme deux ronds de flan ! Ceux qui s'occupent de la rubrique « société » dans les journaux savent exactement qui couche avec qui – et même dans quelles positions. C'est que la presse, vois-tu, c'est la liberté. Ça veut dire que les journaleux sont libres de dégommer qui ils veulent. Après, ils racontent tout ça dans des livres qui sortent à plusieurs millions d'exemplaires – oui, c'est comme ça qu'ils diffusent la culture. La littérature, elle fleurit, elle prolifère partout, dans les drugstores, dans le métro, dans les supermarchés. Des gens comme nous sont incapables de s'y reconnaître dans toute cette mafia – c'est beaucoup plus calé que de frapper sur une caisse claire. Écoute, mon gars, moi, je ne connais rien à la littérature... je sais seulement une chose : quand j'étais avec la troupe, on allait voir quelquefois les filles à la « maison de la culture ». Eh bien, ce bordel tsigane était un vrai modèle de vertu par rapport à ce que j'ai pu entendre dans ce bar sur la littérature. Là-bas, après tout, le micheton savait au moins ce qu'il avait pour son argent, tout au plus, le patron pouvait lui dire : « File-moi un autre billet et Valeska enlève sa chemise. » Je te le répète, je ne comprends rien à la littérature, mais les bordels, ça me connaît, je les ai assez fréquentés, quand j'étais militaire... eh bien, je dois te dire que ce n'était pas pire que ce qu'on appelle aujourd'hui littérature. Tous ces gratte-papier se mettent à poil pour de l'argent, exactement comme Valeska. Les nanas aussi, pas seulement les mecs. Et elles vous montrent tout, le devant et le derrière, selon le bon plaisir du client. Pour nous autres, là-bas, dans notre Zala, la littérature, ce n'était pas ça. Tous les ans, le paternel achetait le calendrier – et c'était tout. Ici, je suis stupéfait de voir un type toucher un demi-million pour écrire les mémoires du bourreau de San Francisco... ou pour raconter comment, de garçon il est devenu fille... ou comment la pucelle qu'il était s'est transformée un jour en un beau jeune homme. Un drôle de métier, ma parole, bien plus compliqué que celui de batteur.

Mais, tout de même, il se peut bien que ce que racontent ces piliers de notre bar ne soit pas toute la vérité. Peut-être qu'il existe, dans ce pays, d'autres types d'écrivains. L'autre jour, par exemple, j'ai écouté la conversation de deux quidams : eh bien, ils parlaient de cette autre littérature, tu sais, celle qu'on ne voit pas et dont on n'entend parler qu'après la disparition de l'auteur qui, désespéré, s'est envoyé dans l'au-delà. Ces deux-là avaient échoué chez nous par hasard, ils n'avaient même pas assez de sous pour commander un *bloudimeri,* ils buvaient de la bière. Des minables, quoi, peut-être des écrivains, mais plutôt du genre de ceux dont ma chérie m'avait parlé à Rome. Il ne fallait pas être grand clerc pour comprendre qu'ils ne faisaient pas partie du sérail... Mais peut-être qu'ils représentaient la vraie littérature ? Peut-être que ceux-là sont plus nombreux que les autres, et qu'ils n'arrivent pas à percer ? Parce qu'en les entendant marmonner devant leurs bocks de bière, j'ai quand même compris que des écrivains d'un autre type vivaient également par ici. Par exemple, ceux qui écrivent des vers, rapidement, au crayon, comme le faisait Petöfi... Seul le diable le sait... Ce qui est sûr, c'est que ceux-là ne viennent pas souvent dans notre bar.

Ah ! la batterie... Ne plus jouer dans un orchestre, tu sais, ça m'a fait vraiment mal au cœur... Mixer les cocktails dans ce bar, c'est un bon job, je dis pas. J'ai un fixe, la bouffe à volonté et les pourboires... Peinard jusqu'à la retraite. Et puis, je n'ai pas à me plaindre : je connais une petite veuve irlandaise, elle a pas mal de pognon, elle est un peu flétrie, bien sûr, mais elle est toujours gentille avec moi. Tu comprends, j'ai une bagnole, maintenant, un appart, la télé, et même une tondeuse électrique, sur la véranda. D'accord, je n'ai pas de jardin, mais il faut quand même une tondeuse, ça fait partie du standing. Avec ma belle, on a passé quinze jours en Floride, j'étais comme un coq en pâte, comme les comtes de chez nous qui passaient autrefois l'hiver sur la Riviera. Tu vois, en quittant le pays, j'ai gagné au change. Et pourtant, quand je pense à ma musique, j'en ai le cœur serré. Naturellement, je vis mieux ici, dans la liberté... mais à quoi bon, si je ne peux pas exercer mon art. Ça me rend toujours un peu triste, alors, pour me consoler, je me nourris de mes souvenirs, un peu comme Kossuth à Turin[1].

---

1. Lajos Kossuth (1802-1894) fut l'un des chefs de la révolution de 1848. Il dut s'exiler en Turquie, en Angleterre, puis au Piémont.

Métamorphoses d'un mariage

C'est que, vois-tu, un artiste, ça n'oublie jamais rien. Je pense souvent à l'époque où, au lendemain du siège, j'ai pu vraiment m'épanouir, donner toute la mesure de mon talent, au fond de ce bar situé dans un immeuble en ruines, mais bien retapé, pourtant, avec la cheminée, l'ambiance, le cognac Napoléon et tout ce qu'il fallait dans une bonne démocratie populaire. J'étais apprécié, oui, les nouveaux maîtres avaient besoin d'un batteur. On commençait à bosser à dix heures du soir et je ne rentrais jamais avant quatre heures du matin. Nous étions en 48, les cocos étaient aux commandes, le bar prospérait et les nouveaux seigneurs, pas trop regardants, jetaient carrément l'argent par les fenêtres – puisque tout appartenait désormais au peuple. De temps à autre, on voyait traîner quelques fantômes du monde ancien, des malins qui avaient enterré leurs napoléons et qui venaient chez nous pour oublier... mais ce n'était que de l'esbroufe, un vague relent du passé... En 1948, avec les nouveaux maîtres, qui faisaient la bringue au nom du peuple, les choses avaient pris une autre tournure, et on savait enfin pour qui on faisait de la musique.

Alors, pourquoi les avoir quittés, me diras-tu, puisque je vivais bien ? C'est une longue histoire, mon petit. C'est que je ne suis pas, comme toi, un émigré économique. Un jour, j'ai compris que j'étais un politique.

Je vais tout te raconter, confidentiellement, comme si je parlais à mon frangin. Après la libération – j'ai encore la bouche amère en prononçant ce mot –, donc jusqu'en 1947, je n'étais pas pressé de quitter mon Zala pour monter à Budapest. Je suis plutôt d'un naturel discret, je n'aime pas le ramdam, tu comprends ? Nous avons été libérés, et le comte a foutu le camp à l'étranger. Bien sûr, ce n'était pas un mauvais bougre, mais il était comte, tout de même. Plus tard, lorsque les cocos l'ont forcé, à coups de trique, à entrer dans

la coopérative, parce qu'il était considéré comme un koulak
– puisqu'il avait quatre arpents, plus le lopin de terre qu'on
laissait à chacun –, le paternel m'a dit que... naturellement,
les choses n'allaient pas bien du temps du comte, mais que
le nouveau régime, ça n'était pas mieux. Au moins, le comte
nous laissait chaparder un peu, alors que les nouveaux
seigneurs, en manteaux de cuir, ceux venus après 1945 dans
des camions, oui, ceux qui ont convoqué tout le monde à la
mairie et persuadé chacun, à coups de matraque, de donner
à la communauté tout ce qu'il avait, ses terres et celles qu'il
avait reçues après la réforme agraire, et toutes ses bêtes...
ceux-là, non, ils ne nous laissaient pas voler, puisqu'ils étaient
eux-mêmes des voleurs ! Et pendant qu'ils nous tapaient
dessus, tu vois, ils braillaient : vos gueules, pas de rouspétance, tout appartient au peuple.

Un jour, un ministre a traversé le village. Formé à Moscou,
c'était lui qui conduisait la « collecte ». Ils avaient trouvé ce
mot discret pour désigner leurs méthodes. Et cet homme-là, il
savait de quoi il retournait, à Moscou, il avait pu voir de près
des millions de koulaks mordre la poussière lorsque les camarades « procédaient à la collecte »... Pendant que le paternel et
d'autres lui expliquaient qu'après la collecte il ne resterait plus
rien dans les granges pour passer l'hiver, lui, sans même quitter
sa voiture, répondait qu'il ne fallait pas se plaindre, qu'il fallait
être compréhensif – puisque, désormais, tout appartenait au
peuple ! Ensuite, il a débité un discours au Parlement, comme
quoi il exigeait la nationalisation de tous les artisans des campagnes, des forgerons, des charpentiers, des charrons – tous des
capitalistes, des exploiteurs, des usuriers, puisqu'ils demandaient de l'argent au peuple. Mon paternel était forgeron, il
ferrait des chevaux et il aiguisait le soc des charrues. En apprenant qu'il n'était pas un vrai forgeron, mais un exploiteur du
peuple, il a eu un chagrin terrible. On lui a pris sa patente.

Je ne peux pas tout te raconter, mon frère, comme ça, dans
un souffle. C'était un temps de cochon, je t'assure. Un de mes

copains, qui était monté dans la capitale dès que la liberté nous était tombée dessus, m'a écrit un jour... Autrefois, il jouait du pipeau sur les champs du comte pendant le décorticage du maïs, oui, c'est comme ça qu'il séduisait les filles. Il m'a dit qu'il était basson dans un bar de la nouvelle démocratie populaire : je pouvais le rejoindre, ils avaient besoin d'un batteur. Le paternel pestait, la mère pleurnichait, moi, ça me faisait de la peine de les quitter, mais bon, l'art m'appelait et je suis parti.

Attends, les clients sont arrivés. *Yes, sir. Two scotches on the rocks, sir. You are served, sir.*

Ce sont des Écossais de souche, ces deux-là. Le moustachu guérit les malades scientifiquement, à la chrétienne. L'autre, le type aux favoris, c'est un embaumeur. Si la foi scientifique ne réussit pas, c'est l'embaumeur qui s'y colle. Il prépare le défunt selon les souhaits de la famille. Je pourrais les écouter jusqu'à minuit discuter de la façon d'arranger les macchabées. On peut les faire sourire de différentes façons. Le sourire béat, c'est ce qu'il y a de plus cher. Il y a aussi le sourire philosophique et le sourire apaisé, ça coûte un peu moins. Ils font ça avec de la paraffine. À minuit, après le travail, ils viennent ici s'en jeter un derrière la cravate. Des gens modérés, profondément religieux.

Chez nous, dans le Zala, on faisait la toilette des cadavres à la façon du peuple. Ici, on travaille autrement... Fais pas attention à eux, après la fermeture ils ne s'occupent de personne. Tu ne les intéresseras que le jour où tu auras besoin de leur paraffine...

Où j'en étais ?

Je t'ai dit qu'après 1947 j'en avais assez de vivre incognito, alors j'ai décidé de monter à Budapest. On était quatre dans l'orchestre : le basson, l'accordéoniste, le pianiste et moi, le batteur. Il faut bien dire ce qui est, c'était ma meilleure période. Les clients étaient encore tout chauds pour la démocratie. La suite, je n'aime pas trop en parler, ça me fait mal au cœur.

Enfin, bref... Un jour, j'ai reçu une convocation de l'AVO[1]. Pour neuf heures du matin, avenue Andrássy, mais on l'appelait déjà autrement...[2] Tel étage, tel bureau... En lisant le papier, j'ai d'abord eu les mains moites, après je me suis dit que ça ne pouvait pas être si grave que ça – sinon, au lieu de m'envoyer une lettre, ils seraient déjà venus sonner directement à ma porte à l'heure du laitier.

J'ai réuni toute ma paperasse : un certificat de la Société des Musiciens, comme quoi j'étais un enfant fidèle du peuple, un autre de la municipalité à propos de mes actes de résistance. Parce que moi, j'avais pris mes précautions, tu sais. Et il s'était trouvé des témoins pour le dire, des résistants comme moi. J'avais aussi d'autres papiers, et pas n'importe lesquels, mais comme ils dataient de l'ancien régime, j'ai préféré les jeter vite fait aux W.-C. et tirer la chasse. J'avais un vieux revolver, à six coups, oublié chez moi par un frère[3] en 1945, avant son départ pour son voyage d'études à l'Ouest... j'avais enterré cet instrument au fond de la cour. Il valait mieux, ai-je pensé, le laisser se reposer là où il était, car si, au cours d'une fouille corporelle, ceux de l'AVO le trouvaient sur moi, ils m'enverraient tout de suite en cabane. Donc, après avoir pris tout ce qu'il fallait, je me suis rendu, de bon matin, à l'adresse qui figurait sur ma convocation.

---

1. La redoutable police politique du régime installé par les communistes formés à Moscou.
2. Une des principales artères de la capitale, qui a porté successivement le nom du comte Andrássy, ministre des Affaires étrangères sous la monarchie austro-hongroise, celui de Staline, avant d'être rebaptisée durant la Révolution d'octobre 1956 « avenue de la Jeunesse hongroise », puis avenue de la République populaire. Après 1990, elle a retrouvé son nom original.
3. Entre eux, les Croix Fléchées s'appelaient « frère ».

En passant devant l'Opéra, j'ai vu sur une affiche qu'on jouait ce soir-là la Traviolata. Eh bien, mon vieux, je me suis dit, si les gens de l'AVO te passent à tabac, avec ta gueule de traviole, tu risques pas d'aller à l'Opéra. Cela me faisait de la peine, parce que tout musicien que j'étais, je n'avais encore jamais été à l'Opéra. Ça n'existait pas chez nous, dans le Zala, nous, on chantait sans partitions. Quoi qu'il en soit, je me dirigeais bravement vers le 60[1], en marchant d'un pas ferme, car il ne fallait surtout pas montrer que j'avais la trouille. On m'avait dit que l'immeuble en question s'appelait autrefois la Maison de la Fidélité. Eh bien, mon gars, ai-je pensé, tu vas peut-être entrer dans l'Histoire. Je n'avais pas la moindre idée de ce qui se tramait... était-ce un piège ? Quelqu'un m'avait-il dénoncé ? Si je m'en tirais avec six mois, je pouvais m'estimer heureux. En tout cas, je me suis promis de rester sur la brèche – « Si, devant les flics, t'as la langue qui fourche, t'es foutu », je me suis dit.

Je me suis quand même douté que ma vie allait basculer. Devant la porte, un type portant une casquette à visière a regardé ma convoc et m'a envoyé au premier étage. Là, un autre camarade m'a fait asseoir sur un banc. Je m'y suis mis, profil bas, et, respectueusement, j'ai regardé autour de moi.

Il y avait à voir, en effet. C'était la relève, de bon matin, parce que certains camarades avaient travaillé toute la nuit. Ils portaient tous l'uniforme, à peu près le même que celui que nous avions trois ans plus tôt, avec un ceinturon, mais le brassard et les passements étaient différents. Leurs gueules me disaient quelque chose... il y avait là quelques types louches que j'ai cru reconnaître. Mais l'ensemble, tu vois, ressemblait plutôt à un cauchemar... comme si, la veille, j'avais mangé trop gras et que je m'étais envoyé deux ou trois verres de trop... Pour la première fois, je voyais de très près cette

---

1. Siège de l'AVO, la police politique.

plaisanterie que les têtes d'œuf appellent l'Histoire. Et j'en suis resté soufflé.

Assis sagement sur mon banc, moi, je regardais les camarades s'affairer dans le couloir. Ils agissaient exactement comme les « frères » trois ans auparavant : ils conduisaient les clients à l'interrogatoire, chacun à son tour, en traînant ceux qui ne savaient plus marcher – sans doute s'étaient-ils fait mal aux pieds, la nuit, pendant l'interrogatoire... Oui, on les soutenait, de chaque côté. D'autres marchaient seuls, mais d'un pas plutôt incertain. Un silence sinistre régnait dans ce couloir, un silence brisé par des cris gutturaux, des cris qui filtraient à travers les portes fermées, derrière lesquelles on argumentait... Malgré tout, le silence était pire encore que ces bribes de conversation qu'on entendait jusque dans le couloir. Parce que le silence, on pouvait l'interpréter comme un point final : la discussion était terminée, le suspect était sans doute à court d'arguments...

Il m'a fallu attendre une bonne demi-heure avant d'être appelé. Moi, je suis sorti une heure plus tard, ni accompagné, ni soutenu, mais la tête haute. C'est que je n'avais vraiment pas prévu ce qui m'attendait. Tu me croiras, si tu veux, je n'étais plus le même homme. J'avais une mission.

Je marchais lentement, comme quelqu'un qui a éclusé toute la nuit, quelqu'un qui fait un pas en avant et un pas et demi en arrière. Je me suis dirigé vers ma chambre, place Klauzál, où je partageais mon lit avec un copain, parce qu'un type de mon espèce n'avait aucune chance de trouver une piaule pour lui tout seul. Le copain, lui, il travaillait le jour, il partait à l'aube pour Rákos, avec la navette. Le lit était libre, je m'y suis affalé, tout habillé, comme si j'avais été assommé. Et je suis resté ainsi jusqu'au soir.

Tout me sortait par à-coups, par bouffées, comme quand tu prends un vomitif. Au moment où j'avais été appelé dans ce bureau, tu vois, j'imaginais qu'un type baraqué, une espèce d'armoire à glace, se jetterait aussitôt sur moi pour me rouer de coups. Mais non. J'ai été reçu par un petit vieux aux jambes arquées, aux lunettes à monture d'écaille. Pas vraiment le genre abruti... Il est resté poli et souriant jusqu'au bout. Il m'a fait asseoir, il m'a offert une cigarette, comme le fait n'importe quel flic, dans les polars, avant de passer aux choses sérieuses. Il avait mon dossier sur son bureau, il le feuilletait de temps en temps, mais seulement du bout des doigts, sans doute qu'il l'avait étudié à fond... et il ne m'a posé que quelques questions, plutôt discrètes, sur ce que j'avais fait en 1944.

J'avais décidé de rester bien solide sur mes jambes, afin de lui faire comprendre qu'il n'avait pas affaire à un débile. J'ai tiré de ma poche tous mes papiers, avec leurs cachets et certains même avec un timbre. Vous voyez, je lui ai dit, moi, j'ai toujours été un enfant du peuple, un enfant fidèle.

Il a semblé satisfait de ma réponse. Il a hoché la tête d'un air entendu, puis toujours discrètement, avec une petite voix fluette, il m'a demandé si je n'avais pas connu à Budapest certains qui, en hiver 1944, auraient servi d'encadreurs[1].

Je l'ai regardé un peu estomaqué. Des encadreurs ? Moi ? Et qu'est-ce qu'ils encadraient donc, ces encadreurs ? Des tableaux ?

Il a compris que je n'étais pas né de la dernière pluie et il a cherché à me rassurer. D'accord, il n'insisterait plus, m'a-t-il dit, il a vu qu'il avait touché à un sujet sensible. Pourtant, il aurait tout de même aimé savoir si je n'avais pas connu dans notre belle capitale des individus qui, en hiver 1944, auraient emmené, à l'aube, au bord du Danube, des gens d'une certaine religion, Et parmi ces derniers, des femmes, des gosses et des vieillards...

---

[1]. Nazis hongrois chargés de traquer, de surveiller et de conduire à la déportation les juifs arrêtés au cours des rafles.

En me posant cette question, il m'a jeté un regard perçant. J'avais l'impression qu'une aiguille à tricoter venait de surgir brusquement de l'ouvrage d'une vieille qui aurait raté sa maille.

Envahi par une bouffée de chaleur, j'ai avalé ma salive et je lui ai répondu bravement qu'à cette époque-là, moi, je me trouvais au fond de ma province et que je ne savais même pas exactement où se trouvait le Danube. Puis, très doucement, presque modestement, j'ai ajouté que, bien entendu, j'avais entendu parler de certains excès regrettables dont la capitale aurait été le théâtre.

En entendant cette phrase, il a écarquillé les yeux et il est resté longtemps silencieux, avant d'émettre un petit rire coquin, comme une vierge dont on chatouille les tétons.

– Vous êtes un petit malin, Ede, qu'il me dit, amical. (Il a poussé un soupir.) Certains excès regrettables... voilà qui n'est pas mal trouvé. Vous avez du style, Ede, vous vous exprimez bien.

Je lui ai appris alors qu'Ede était mon pseudonyme d'artiste et que, dans le civil, je m'appelais Lajos.

– Peu importe, Ede ou Lajos, vous êtes très fort, a-t-il roucoulé, plein d'admiration. Certains excès regrettables, comme cela est bien dit ! a-t-il répété en claquant de la langue et en se frottant les mains.

Puis, jetant son mégot dans le cendrier, il a changé de ton. Tout en continuant à parler à voix basse, il me transperçait du regard, un peu comme s'il m'enfonçait une aiguille sous les ongles.

Après avoir soulevé et agité mon dossier, il m'a déclaré qu'il n'était pas, lui non plus, un imbécile, et que je pouvais le croire. J'ai acquiescé vivement. Dans ce cas, a-t-il continué, j'aurais tout intérêt à réfléchir à ce qu'il allait me dire... Le bar où je travaille est un endroit select. Il est fréquenté par toutes sortes de gens, démocrates ou pas. Or, la République populaire a besoin d'hommes fidèles au peuple, parce qu'elle compte encore de nombreux ennemis... Il a allumé une cigarette, mais cette fois, sans m'en offrir une et sans me quitter des yeux. Contrairement à ce qu'on peut lire dans les polars, aucun projecteur, aucune torche ne venait éclairer mon visage, je n'avais en face de moi qu'un homme assis à son bureau. Et une fenêtre grillagée, pour empêcher que le mecton, pris d'une soudaine agitation, bondisse au-dehors pour aller faire une petite promenade. Et, devant la porte, dans le couloir, cet étrange bruit de savates et de bottes martelant le sol, entrecoupé de quelques cris rauques d'encouragement, quand le client traînait un peu trop les pieds. C'était tout.

Lui, il me parlait désormais sur le ton du premier de la classe récitant sa leçon dans une école de cancres. La musique, la nuit, l'alcool, sont de nature à délier les langues, non ? Aussi, tout en cognant sur ma batterie, je devais ouvrir les oreilles. Et de m'expliquer... patiemment, comme s'il l'avait appris à l'école... à quoi je devais faire attention. Il fallait d'abord surveiller les fossiles de l'ancien régime, ceux-là avaient envie de s'« amuser en pleurant », comme on dit – et tout le pognon pour le faire. Puis les novices qui, sans être de purs cocos, s'étaient empressés d'épingler l'insigne du parti sur le revers de leurs vestons pour mieux profiter de l'occasion. Il me parlait avec une patience affectueuse, comme une nounou qui réprimanderait ses bambins dans une crèche. Oui, il y a un nouveau public, voyez-vous, un public divers et varié. Les populos et les urbanistes[1], les têtes d'œuf et les progressistes aux lunettes à monture d'écaille, qui, la pipe entre les dents, accoudés aux clôtures, encouragent les vieux communistes expérimentés à faire tout le sale boulot, à mettre fin au vieux monde, avant de tirer leur révérence et de ficher le camp quelque part dans l'Oural... après

---

1. Allusion au combat que se livraient, depuis le début du XXᵉ siècle, les « populistes », s'appuyant avant tout sur la paysannerie, et les « citadins » occidentalistes, partisans du progrès.

quoi, eux, les populos et les urbanistes, les progressistes à la tête bien pleine... ils descendraient de leurs clôtures, ils embarqueraient dans leurs musettes toute la camelote qui resterait et ils se chargeraient, poliment, comme il se doit, de ce petit pays qui leur est si cher. Mais, auparavant, il fallait que les vieux cocos retournent dans les Soviets – oui, ceux qui avaient réussi à rester en vie lorsque l'oncle Jo avait commencé à embêter les camarades qui n'étaient plus à son goût ou ceux qui, ayant fait confiance au petit père des peuples, avaient accepté des missions qui, plus tard, devaient leur jouer un sale tour, ou les trotskistes et les anciens de la guerre d'Espagne... bref, tous ces gens qui se tâtaient la nuque pour vérifier si elle était encore à sa place. Alors les progressistes et les populistes pourraient expliquer au peuple qu'il aurait dû s'y prendre autrement, avec un peu plus d'astuce, non ?... Mais pas question de les laisser faire pour autant... Arrivé à ce point, mon interlocuteur avait les yeux qui pétillaient... Il m'a dit que tous ces spectateurs savants qui s'apprêtaient à enseigner le marxisme scientifique n'avaient pas la confiance du peuple. Que le peuple ne croyait que ceux qui, avec lui, avaient pourri pendant au moins cinq ans sous la terre, au fond des mines, avant de taper sur le fer pendant cinq autres années. Si ces gens-là lui parlent de marxisme et de léninisme, il y a des chances, alors, pour que le peuple les écoute. Mais ceux qui, accoudés à la clôture, l'exhortent, d'une voix nasillarde, à continuer de trimer, car le temps viendra où les progressistes pourront enseigner aux travailleurs un marxisme raffiné... ceux-là sont regardés d'un œil méfiant. Quant à moi, il faut que je les surveille, car, depuis quelque temps, ils aiment fréquenter les bars. J'ai cru deviner à sa voix que ces bonnes âmes qui, sans avoir jamais été dans les mines ou dans les camps, s'empressaient de profiter de la situation, lui étaient plus odieuses que les anciens seigneurs et toute leur valetaille. Il récitait son texte avec aisance, comme s'il l'avait appris dans une école scientifique.

Métamorphoses d'un mariage

Mon cœur battait encore plus vite que mes baguettes sur la caisse claire. Ce type n'était pas du genre à lâcher sa proie, ne serait-ce que par défi. J'ai regardé autour de moi : n'y avait-il donc pas – quelque part – une issue de secours ? Mais je n'ai vu que des murs et une fenêtre grillagée. Alors, profitant d'une pause qu'il s'était accordée pour reprendre son souffle, je lui ai demandé de me dire tout de go où il voulait en venir.

Il a respiré un bon coup et il a fini par cracher le morceau. Tout en évitant, naturellement, de me rendre au 60 de l'avenue Andrássy, je devais, une fois par semaine, appeler au téléphone un certain numéro et demander à mon correspondant de transmettre au vieux les salutations d'Ede. De sa voix suave, mon correspondant me dirait alors où je devrais aller. Le mieux, ce serait de m'installer sur un banc, au Bois de la Ville. Ou, en hiver, dans un bistrot autour de la gare de triage de Lágymányos, un endroit où l'on peut bavarder tranquillement, à deux, quoi. Il a énuméré, par ordre d'importance, les catégories de gens que je devais surveiller au bar. Quand un client allait aux toilettes, par exemple, et qu'il y était rejoint peu après par un autre, je devais, dès qu'ils quitteraient les lieux, vérifier s'ils n'y avaient pas caché un billet quelconque ou des devises étrangères. Les devises, il fallait les laisser sur place et avertir immédiatement le flic de service : ils s'occuperaient du reste, toutes affaires cessantes. Il a ajouté, en frottant son pouce contre son index, que la République populaire savait honorer le travail des experts... et qu'en jouant dans l'orchestre d'un bar, on pouvait voir et entendre pas mal de choses.

Il a toussoté discrètement comme pour annoncer le plus important. Il fallait surveiller tout le monde, y compris les camarades, a-t-il dit en baissant la voix, car tous n'étaient pas d'authentiques travailleurs d'avant-garde... certains ne l'étaient que pour tromper le monde. Vers l'aube, généralement, quand la gnôle commençait à les exciter, ils se penchaient les uns vers les autres et se mettaient à parler confidentiellement. Je devais me débrouiller pour connaître leurs noms.

Après plusieurs minutes de parlote, il a enfin sorti son argument choc. Si je travaille bien, m'a-t-il dit, en agitant ses paperasses, mon dossier sera classé, j'aurai une vie tranquille et je connaîtrai le bonheur dans notre démocratie populaire. Puis, il s'est renversé dans son fauteuil, il a ôté ses lunettes et s'est mis à essuyer les verres. On s'est regardé, j'ai senti le froid envahir mes genoux et mes orteils. Ainsi, il voulait que moi, le batteur, j'aille pousser la voix dans le chœur de la police secrète. Les bras croisés sur la poitrine, il me regardait fixement, tranquillement.

J'ai murmuré quelques mots pour lui demander un délai de réflexion. Mais naturellement, m'a-t-il répondu, jusqu'à demain midi. En me congédiant, il a arboré un large sourire, digne d'une pub pour un dentifrice. En rentrant chez moi, je n'avais plus du tout envie d'aller voir la Traviolata à l'Opéra. Je me suis étendu de tout mon long sur le lit et je suis resté ainsi jusqu'à la fin de l'après-midi, sans manger ni boire. J'avais la gorge sèche, je me sentais affreusement mal.

La nuit tombait lorsque je me suis levé : il était temps d'aller au turbin. En nouant ma cravate, pourtant, j'ai senti remuer quelque chose dans ma tête ou dans mon ventre... je n'ai pas compris quoi, je savais seulement que j'étais dans un drôle de pétrin. Ainsi, ils m'avaient repéré, moi, le batteur, comme ils avaient repéré certains garçons dans les hôtels, certaines femmes de chambre dans les ambassades étrangères et quelques jolies nanas dans les administrations... pas besoin de suivre des cours de recyclage pour savoir ce qu'ils voulaient. Et de toute évidence, quand on était recruté, c'était pour la vie. J'étais lucide, mais je frissonnais.

C'était une belle soirée de printemps : au bar, les musiciens accordaient leurs instruments. Deux d'entre eux étaient de vieux routiers, en qui je pouvais avoir confiance. Le basson, celui qui m'avait fait venir, était un vrai frère. Le pianiste, un intello dans la mouise, qui faisait de la musique par nécessité, était au-dessus de tout soupçon – je ne crois toujours pas qu'il ait pu me donner. L'accordéoniste, un vétéran de l'orchestre, était quelquefois, à l'aube, appelé au téléphone... un rendez-vous galant, ou un bon baiser de l'AVO... va savoir. Quoi qu'il en soit, j'étais triste à mourir. Je pressentais que le temps de l'art pur et dur était fini pour moi – et, pour un artiste, tu sais, renoncer à son métier, c'est un véritable crève-cœur. Non, je ne fanfaronne pas... ne me prends pas pour un dingue : on savait, dans la profession, que j'étais le meilleur batteur de Hongrie. Je te le dis sans fausse modestie : mon ange gardien me l'a confirmé un jour, et elle avait du goût : elle avait servi chez des juifs à Londres, qui avaient complété sa formation.

Ce soir-là, les réjouissances ont commencé assez tard : les premiers clients sont arrivés vers minuit : trois secrétaires d'État, en pantalon rayé, portant cravate. Le pays souffrait bien sûr de mille pénuries, mais, pour ce qui était des secrétaires d'État, je peux te dire qu'il y en avait pléthore, ils se déplaçaient en groupes, comme les souris des champs après la pluie. Ces trois-là avaient emmené avec eux quelques dames bien en chair, aux poitrines opulentes... sans doute également au service de l'État, elles n'avaient pas besoin de surveiller leur ligne. Les garçons se sont empressés de placer tout ce beau monde près de l'orchestre ; ils s'y sont installés et ont fait à chacun de grands signes amicaux. Ils étaient d'excellente humeur et pour cause – c'est tout récemment qu'ils avaient accédé à leurs hautes fonctions, ça se voyait à leur mise, avant, ils s'occupaient sans doute d'autre chose... J'en ai reconnu un, l'année précédente, il fourguait des tapis à crédit dans ce même bar... où les avait-il trouvés ? Il valait mieux ne pas poser trop de questions. À cette époque-là, on récupérait souvent des tapis dans les appartements abandonnés et les maisons en ruines.

Métamorphoses d'un mariage

Deux habitués, le poète Lajos Borsai et le correspondant de guerre Jóska Lepsény, sont arrivés en même temps qu'eux, deux piliers qui hantaient le bar toutes les nuits. Le poète vivait de son chagrin de patriote : après avoir pris place à la table d'une célébrité, il la félicitait de sa promotion, puis, une fois que l'alcool avait fait son effet, il exhibait la photo de sa mère et la commentait avec des trémolos dans la voix. C'est qu'il en avait deux, de mères... une aristo, avec des tresses autour du front, on aurait dit la reine Elisabeth priant devant le cercueil de Ferenc Deák[1], et une petite paysanne au dos voûté, coiffée d'un fichu – il montrait à son client celle, qui, à son avis, avait le plus de chances de l'émouvoir. Ce soir-là, il a commencé par entreprendre le baron Ecsedi, un autre habitué du bar, qui venait de débarquer avec son fiancé, un corpulent sergent de police en retraite, car cet homme avait des goûts un peu bizarres. Le poète a alors entonné une rengaine sentimentale :

« Dans mon petit village, les feuilles jaunissent... »

Mais le baron, qui était de mauvais poil, l'a arrêté aussitôt. C'était un gros bonhomme d'un naturel jaloux, qui jetait toujours un œil méfiant sur son fiancé : ces deux-là se regardaient la bouche en cul de poule, un peu comme l'Amour et Psyché sur ce tableau célèbre que ma belle m'a montré un jour dans un musée romain.

– Monsieur Borsai, vous me cassez les pieds avec vos bucoliques. C'est bon pour les chrétiens, mais moi, voyez-vous, je suis un vieux juif névrosé, qui souffre de brûlures d'estomac. Je me moque de vos feuilles qui commencent à jaunir. De toute façon, elles finiront par tomber.

Vexé, le poète est allé s'asseoir à la table des secrétaires d'État.

– Des cigares pour la presse ! s'est-il écrié.

---

1. Homme politique hongrois (1803-1876), l'un des principaux artisans du compromis austro-hongrois de 1867.

Métamorphoses d'un mariage

Aussitôt, les garçons sont allés chercher le préposé aux cigares et le poète a rempli à ras bord sa boîte en fer blanc. L'un des secrétaires d'État, le plus costaud des trois, qui portait un ruban à la boutonnière, a fait signe au garçon de mettre les cigares sur son compte : l'État ne se devait-il pas de subventionner la littérature ?

Invité à imiter l'exemple de son copain, Jóska Lepsény, le correspondant de guerre, a refusé, hautain.

– Pas la peine. Demain matin, je me rends au Haut Conseil Économique, a-t-il déclaré.

– Faut-il s'attendre à des mesures importantes ? a demandé respectueusement le secrétaire d'État.

– Je n'en sais rien, a répondu le correspondant de guerre. Mais on y fume des cigares américains.

Selon la rumeur, Jóska avait été nommé commissaire à l'Office Gouvernemental des Biens Abandonnés, l'un des grands « fromages » de la République populaire. Que se passait-il donc quand un « bien abandonné » et Jóska Lepsény se trouvaient face à face ? se demandait le basson. Il s'agissait de tableaux rares et de meubles de style abandonnés dans leurs châteaux par les seigneurs ayant fui devant les Russes... En y pensant, le basson, rêveur, a soufflé mélancoliquement dans son instrument. On jetait sur Jóska des regards admiratifs : même en temps de paix, il conservait son titre de correspondant de guerre, portait des bottes, un coupe-vent, un chapeau à plumes et l'insigne du parti à la boutonnière – après la révolution de 56, on l'a même revu en Occident : il s'était fait passer pour un comte, avant d'être reconnu et démasqué par un « ami ». Avant tout cela, chose qu'on ignorait au bar, il avait été propriétaire d'un magasin de teinturerie dans le quartier de Ferencváros. De toute façon, à cette époque, on n'épluchait pas encore les curriculums des uns et des autres.

L'ambiance commençait à s'échauffer : toutes les tables étaient occupées. Accompagné d'une chanteuse et d'un sous-fifre, connu pour être le premier maton de la prison centrale, le président du tribunal d'exception est arrivé à son tour : la visite de cet important personnage a provoqué un remous considérable dans la salle, les garçons se sont empressés de dresser une table supplémentaire à son intention. Le président était un bel homme. Inconnu jusqu'à l'année précédente, il avait surgi inopinément, tel le monstre de ce lac en Écosse, qui, cet été-là, avait défrayé la chronique. Gonflant ses joues, le basson a entonné un air en son honneur ; je l'accompagnais, comme le voulait la tradition, de quelques coups de baguette discrets.

On a allumé les veilleuses : une lumière mauve s'est répandue dans la salle – l'éclairage d'ambiance s'imposait à chaque apparition de la chanteuse. La patronne ne savait plus comment exprimer sa joie devant des clients aussi illustres. Cette mémère ventripotente qui, comme au bon vieux temps, fournissait des bourgeoises aux messieurs comme il faut, est allée en personne verser du bourbon dans leurs verres. L'assistance était muette de respect : les secrétaires d'État jetaient partout des regards apeurés, car le président du tribunal d'exception populaire était un grand personnage, plus puissant que les ministres eux-mêmes : il était habilité à juger les recours en grâce, il disposait de la vie et de la mort des gens. Les jours où il était mal luné, il rejetait carrément toutes les requêtes – et les condamnés étaient aussitôt pendus haut et court. Il n'avait de compte à rendre à personne, celui-là. La patronne s'est alors penchée vers l'oreille du pianiste pour lui confier que depuis trente ans qu'elle contrôlait le marché, qu'elle connaissait les numéros de téléphone secrets de tous les acquéreurs potentiels de sa marchandise – toujours de première qualité, bien sûr –, elle n'avait encore jamais reçu une clientèle aussi prestigieuse.

Le baron s'est incliné profondément tout en restant assis,

il a salué le président qui lui a répondu par un signe de main affable. Ce communiste de choc, porteur d'une médaille étincelante, se montrait plus amical à l'égard du baron et de son fiancé, le caporal de police moustachu, ces vestiges de l'ancien régime, qu'envers les secrétaires d'État ou envers Jóska Lepsény, qui portait pourtant ostensiblement l'insigne du parti à la boutonnière... J'observais tout ce qui se passait autour de moi – et je me suis souvenu tout à coup des propos de mon instructeur : les vrais cocos haïssaient ceux de la vingt-troisième heure bien plus que les anciens bourgeois et autres aristos... J'ouvrais grand les yeux, car j'étais déjà – en quelque sorte – en mission sur le terrain.

Le président semblait sortir tout droit d'un journal de mode. Comme un lord en route vers son club, complet-veston et chaussures sur mesure, il gratifiait chacun d'un sourire condescendant. La chanteuse l'escortait jour et nuit... Il faut reconnaître que c'était un beau spécimen de luxe, bien en chair. Elle était présente à toutes les audiences, et elle « adorait » entendre le président prononcer la peine capitale... Elle chantait d'une voix rauque, oui, elle savait roucouler. La patronne avait donc éteint les lampes, et la lumière mauve enveloppait toute la salle comme un nuage de patchouli.

Après sa rude journée, le président rêvassait, le verre entre les mains, les paupières fermées. Puis, il a murmuré quelques mots à l'oreille de la chanteuse. Docile, celle-ci s'est plantée devant le micro et, de sa voix enfumée, elle a entonné une rengaine sirupeuse :

« Tu es une lueur dans ma nuit... »

J'intervenais rarement, et seulement du bout des doigts. Le basson, qui prévoyait un mauvais coup, observait le maton d'un œil méfiant. Cet expert accompagnait le président dans tous ses déplacements : c'était l'exécuteur des décisions de son maître, et il fallait qu'il soit perpétuellement à sa disposition. Des applaudissements frénétiques ont salué la fin de la chanson, les secrétaires d'État étaient aux anges, le baron, en extase, écartait les bras, il n'avait jamais entendu quelque chose d'aussi sublime... et il parlait en connaissance de cause, c'était un artiste, lui aussi... Le président s'est levé pour baiser la main de l'interprète avant de la reconduire à sa table. Le maton en chef, bondissant de sa chaise, s'est incliné à plusieurs reprises, essuyant du revers de la manche la chaise sur laquelle la chanteuse allait poser son auguste derrière. Quant au poète, ébloui, la tête cachée dans les mains, il savourait son plaisir en silence.

J'ai posé mes baguettes. Le président a commandé une bouteille de champagne pour les musiciens. Nous étions tous dans une sorte de béatitude. Un ange passait.

Oui, mon vieux, je ne te raconte pas d'histoires. Toute ma vie, je garderai dans ma bouche le goût du dernier verre de champagne que j'ai bu dans ce bar. J'étais tout près de la table du président, j'ai vu le maton regarder sa montre, se lever, se pencher vers son chef et lui dire sur un ton confidentiel :

— Avec votre permission, camarade, je dois m'en aller. Je prends mon service à l'aube.

D'un geste de la main, il a fait comprendre de quel service il s'agissait. Le président, le visage grave, a hoché la tête.

— Je sais, a-t-il répondu à voix haute.

— À six heures. Ils sont deux.

— Allez-y, Ferenc, a continué le président. Et après, rentrez dormir.

Le maton a eu un large sourire.

— À vos ordres, camarade, a-t-il lâché en claquant les talons.

Les deux hommes se sont serré la main, le maton s'est éloigné d'un pas martial, un bref silence s'est fait dans la salle. La chanteuse a susurré quelques mots caressants à l'oreille du président. Même si, loin de leur table, certains n'avaient pu entendre le dialogue entre le président et le maton, on voyait bien à leur visage qu'ils avaient tout compris. Les bras croisés sur la poitrine, le basson semblait se livrer à un examen de conscience. Penché sur son instrument, le pianiste essuyait ses lunettes, comme pour dire qu'il s'en lavait les mains – après tout, il n'y était pour rien... L'accordéoniste a allumé une cigarette, son rôle était terminé, il était au repos. Sans échanger un seul regard, nous savions tous les quatre ce que signifiaient les mots « à six heures », « ils sont deux » et « allez dormir ».

Las des roucoulements de la chanteuse, le président s'est mis à lui tripoter les seins. Ensuite, il a fait signe à un garçon : les choses sérieuses allaient commencer. En nous adressant un clin d'œil, il nous a ordonné de remettre ça. C'est à ce moment précis que j'ai commencé à percevoir certains relents.

J'ai cru d'abord, tu vois, que quelqu'un avait laissé la porte des W.-C. ouverte. Ou qu'un client venait de se soulager. Mais non... j'ai regardé autour de moi, sans rien constater de suspect. Très discrètement, alors, j'ai flairé la chanteuse – elle se trouvait tout près de moi. Comme des vapeurs émanant d'un marécage, une forte odeur de patchouli flottait autour d'elle, mais sans pouvoir couvrir entièrement la puanteur ambiante. À mon grand étonnement, les autres ne semblaient pas gênés.

Le basson a attaqué, l'orchestre jouait, mais ça puait de plus en plus fort, comme après une rupture de canalisations. L'odeur de cloaque se mêlait à celles du patchouli, de la fumée des cigarettes, des alcools de marque et des mets délicats qu'on servait aux clients. Ça ne sentait ni le soufre, ni le fumier ni le vomi, les remugles ne venaient ni de la salle, ni du couloir, ni même du sol. J'ai senti furtivement mes mains, rien... Et pourtant ça cocotait ferme, je n'avais encore jamais senti une telle infection.

Soldat fidèle au poste, tu vois, je continuais à frapper sur ma batterie, mais l'odeur me soulevait le cœur. Autour de moi, dans la pénombre de la salle, les clients avaient l'air satisfait, ils sirotaient leurs boissons en conversant aimablement, sans manifester le moindre signe d'inquiétude – rien ne permettait de supposer qu'ils étaient plongés dans une puanteur infernale. Je me suis souvenu alors des propos de ma belle sur les anciens seigneurs, tu sais, ces gens « distingués » qui, lorsque tout, autour d'eux, se détraque et pourrit, continuent, comme si de rien n'était, à se faire des politesses... Cette nuit-là, nos clients se comportaient exactement comme eux. À juste titre, d'ailleurs, puisqu'ils appartenaient à la nouvelle classe... oui, ils leur ressemblaient à s'y méprendre. À ce détail près, qu'ils étaient puants, aux deux sens du terme. J'étais écœuré, je me suis levé entre deux numéros pour aller aux toilettes. Personne ne faisait attention à moi.

Et pourtant, la puanteur ne me lâchait pas. Abasourdi, je fixais la cuvette avec le vague sentiment que quelque chose venait de prendre fin – et que je ne reviendrais plus jamais dans ce bar. Ce n'était même pas la voix de ma raison, mais celle de mon estomac. J'avais laissé, au vestiaire, un vieux pardessus, hérité de mon paternel, que je mettais les matins où il faisait frais. J'ai accroché mon instrument à un clou, endossé mon pardessus, mis la cravate noire dans ma poche. J'ai dit au préposé que je souffrais d'une indigestion, que j'avais besoin de prendre l'air. Le jour se levait, j'ai filé tout droit à la gare, et je me suis installé dans la salle d'attente. J'avais rendez-vous à midi avec le type de l'AVO, je me disais que d'ici là, la police me laisserait tranquille. Et j'ai attendu l'express pour Györ.

Même si on me passait à tabac, tu vois, je serais incapable de dire ce que je ressentais en attendant le train. Dire que j'avais du chagrin à l'idée de quitter mon pays, ce serait mentir : les choses s'étaient passées très vite, sans que j'aie eu le temps de me rendre compte : j'avais l'impression d'avoir reçu un coup de poing en plein milieu d'une conversation. J'ai pensé un instant à mon père et à ma mère, mais comme en passant, fugitivement – comme au cinéma lorsqu'une image traverse l'écran. Ici, en Amérique, j'en ai entendu quelques-uns affirmer qu'ils avaient souffert le martyre avant leur départ. Il y en avait qui emportaient même une motte du sol natal dans leur mouchoir. D'autres avaient cousu des photos dans la doublure de leurs manteaux. Moi, je n'avais pris que mon nœud papillon, l'accessoire indispensable de mon uniforme de batteur. Non, je ne me posais pas de questions : je voulais juste déguerpir au plus vite. Un de mes copains m'avait conseillé d'aller à Györ, il m'avait donné l'adresse de quelqu'un qui connaissait le chemin conduisant à la frontière. J'ai compté tous mes sous – trois mille, en billets de cent, et un peu de monnaie que je gardais sous ma chemise, c'était plus sûr que la banque. Cela devrait suffire pour le voyage, me suis-je dit.

La puanteur commençait à se dissiper. J'avais faim. J'ai pris un sandwich au buffet de la gare et je me suis envoyé un verre de gnôle. J'étais hébété, foudroyé même, je ne savais qu'une seule chose : il me fallait rompre avec mon passé et partir. Mais où ? Dans un pays inconnu dont j'ignorais la langue ? À l'époque, je ne connaissais que deux mots étrangers : « davaï » et « jena »[1] – c'était un peu court pour un tel voyage. On dit que l'appétit vient en mangeant : en effet, tout en engloutissant mon sandwich, j'éprouvais un besoin de plus en plus impérieux, un besoin irrésistible de fuir, quitte à braver toutes les intempéries.

À dix heures, nous sommes arrivés à Györ. J'ai acheté dans une quincaillerie une marmite à anses, un ustensile dans lequel on gardait le saindoux pour l'hiver : on m'avait expliqué que, pour ne pas éveiller le soupçon des autorités, je devais me faire passer pour un citadin venu acheter de la

---

1. Respectivement : « vas-y » et « femme », termes couramment employés par les occupants russes.

graisse à la campagne. Je suis allé ensuite à l'adresse qu'on m'avait indiquée. Deux socialistes y attendaient déjà : nous sommes partis à deux heures du matin. Arrivés à cinq kilomètres de la frontière, nous avons aperçu les miradors et les phares qui balayaient le sol. Nous nous sommes couchés à plat ventre. On ne voyait pas la lune, une pluie fine tombait du ciel, les chiens gueulaient. Mais notre guide, un vieux Souabe, confortablement étendu dans la boue, nous assurait que nous n'avions rien à craindre, avec le vent, les clébards ne pourraient pas sentir notre odeur. On était là, dans ce pré parsemé de flaques d'eau, avec, çà et là, quelques touffes d'herbe, à attendre la relève de la garde – après quoi, dit le Souabe, il sera plus facile de passer.

On parlait peu et toujours très bas. L'un des deux socialistes pestait : quitter son pays en rampant à plat ventre dans la boue lui paraissait indigne du vieux militant qu'il était... Nous ressemblions aux cadavres que charrient les fleuves. Tout à coup, j'ai mordu l'herbe.

Je me souviens encore de son goût. À plat ventre sur le sol natal, oui, je me suis surpris à mâchonner de l'herbe mêlée à de la terre argileuse. Sans doute que je n'étais pas tout à fait dans mon assiette – voilà, je boulottais de l'herbe et de la terre comme une vache malade ou comme un aliéné... bref, je mordais la poussière, comme on disait à la troupe à propos de ceux qui, morts en héros, étaient partis sur l'autre rive.

Je n'ai pas tardé à reprendre mes esprits pour constater, tout étonné, que l'herbe et la terre avaient un goût bien plus amer que le champagne que nous avait offert, quelques heures plus tôt, le président du tribunal.

Ma petite patrie, la nuit, dans la boue, sous les étoiles... J'étais comme une bête. Mais aussi comme quelqu'un qui, pour la première fois de sa vie, fait le bilan de son existence.

On parlait beaucoup de la terre, à l'époque. Au Parlement, dans les meetings, on n'avait que ce mot à la bouche. Des camarades allaient dans les villages expliquer au peuple que la terre lui appartenait. Les quatre arpents du paternel, comme les quatre mille du comte. Et tous ces champs qui s'étendaient à perte de vue, dans le pays... j'en entendais parler depuis que j'étais tout gosse. Plus tard, alors que je portais déjà des bottes, on m'avait dit que la terre était à moi. Cette nuit-là, à plat ventre dans la boue, je me suis demandé ce que cela signifiait pour moi... la terre. Et le pays ? Parce que moi, aussi loin que je m'en souvienne, je n'ai jamais connu que la misère et la peine. Quand le comte a décampé, bien sûr, on a partagé la terre, on m'en a donné un peu pour quelque temps – mais qu'est-ce qu'il en est resté ? Le paternel, mis sur la liste des koulaks... on lui a fait cracher toutes ses dents parce qu'il n'a pas voulu signer son adhésion à la coopérative... La terre, la patrie... j'avais la tête qui tournait, comme si je me réveillais d'un cauchemar.

Oui, couché tel un macchabée sur sa terre natale, j'ai senti ma tête tourner comme un manège. Une chanson résonnait à mes oreilles, on la braillait à l'école, quand j'étais gosse : « Si la terre est le chapeau de Dieu, ma patrie est sa couronne de fleurs »... Mais autour de moi, ça ne sentait pas précisément la fleur, plutôt le marécage, et ça me rappelait bien des choses... Évidemment, je regrettais les baguettes que j'avais laissées au bar. De bonnes baguettes en noisetier, comme je n'en ai jamais retrouvé à Rome. Ici, à New York, je n'en ai pas besoin, on m'a interdit d'exercer mon art. Alors, là-bas, dans la boue, je pensais à tout ce que j'avais laissé au pays. Au fond, qu'est-ce que c'est que le pays ?

Comment t'expliquer cela, mon vieux ? On m'a d'abord traité de péquenaud, puis de sale prolo... Avant de m'expliquer, plus tard, que j'étais le peuple et que tout m'appartenait. En vérité, je n'avais jamais rien eu à moi – mais, vois-tu, je n'y avais jamais pensé. Je n'avais jamais parlé à personne de la patrie ou de choses de ce genre. Mais cette nuit-là, près de la frontière, dans la boue, tout cela me revenait... Il me semblait qu'il y avait plusieurs patries. Celle d'autrefois, celle des seigneurs, m'avait-on expliqué, et une autre – celle de maintenant, celle du peuple. Mais moi, qu'est-ce qu'il me restait, personnellement ? Maintenant que j'allais plaquer tout cela, je ne savais même pas si j'avais eu une patrie – et si oui, où elle était. Sûrement quelque part, puisque je sentais son odeur, là, dans la boue. Bien plus tard, une nuit, ma belle m'a raconté cette histoire... Quand elle était petite fille, elle habitait dans un trou avec des rats et des mulots. Eh bien, cela devait sentir comme cette boue où je me trouvais. Oui, une odeur de boue, celle qu'elle respirait en revenant au pays... et moi, en le quittant. Une odeur différente de celle qui m'avait chassé du bar... pas vraiment étouffante, plutôt familière. Notre odeur à nous, celle dont je suis fait. C'est cette odeur de terre et de boue qui m'a accompagné jusqu'à la frontière. Voilà tout ce qui me restait de mon pays.

J'avais la tête qui tournait. Je savais seulement une chose : lorsque je serais de l'autre côté de la frontière, je n'aurais plus dans le nez cette puanteur qui m'avait chassé du bar, cette puanteur qui imprégnait toujours ma peau et mon nez. Comme si j'avais dormi avec une cocotte dont l'odeur me collait encore au corps... Pour m'en débarrasser, il aurait fallu me récurer entièrement à la brosse. Tout ce que je comprenais, c'est que je ne jouerai jamais plus pour ces gens-là. Non, je ne chanterai pas dans leur chœur. Plutôt crever dans la boue, à la frontière.

Vers l'aube, les phares se sont éteints. Le Souabe avait trimé toute son existence – puisatier, puis garde-champêtre. À présent, il faisait passer la frontière à toutes sortes de gens, munis d'or ou de titres de propriété. Il nous a fait signe... on avançait à quatre pattes, comme des chiens. Voilà, j'ai quitté mon pays, couvert de boue et dans un sale état. Le reste, c'était de la routine. J'avais donné une avance de cinq cents billets, et j'ai dû en casquer mille autres, de l'autre côté de la frontière. Le flic autrichien commençait à en avoir assez des gens de notre espèce, les déçus de la démocratie populaire, qui arrivaient nuit et jour. Mais, en fin de compte, tout s'est passé comme prévu. On m'a mis dans un camp où je ne suis pas resté trop longtemps ; au bout de huit semaines, j'avais mon visa d'entrée en Italie. Le frère, celui qui m'avait confié le revolver, tu sais, s'était porté garant pour moi. J'ai obtenu un permis de travail, les ritals savent apprécier un artiste tel que moi, les batteurs sont recherchés dans ce pays. À l'automne, je travaillais déjà dans un bar.

Mais attends, voilà la lady qui arrive. *Welcome, my fair lady. Just a martini dry, as usual. You are served, lady.*

Vise-moi un peu celle-là, ce n'est pas tous les jours que tu peux croiser un phénomène pareil. On dit qu'il y a cinq ans c'était une des célébrités de Broadway, elle se produisait dans la maison d'à côté, tu sais, dans ce grand théâtre où on ne chante pas, où on passe son temps à jacasser. Elle a eu un succès fou dans un drame où elle portait une perruque noire et courait sur scène à toute pompe – un poignard à la main, elle donnait des conseils à son mari, il fallait expédier au plus vite l'invité de la nuit, un roi d'Angleterre... Elle avait un nom sur l'affiche, quelque chose comme Lady Makbeck... Un jour, on l'a fait venir à Hollywood pour jouer Miss Frankenstein, on lui a promis un paquet de pognon, mais on l'a complètement bousillée. D'abord, tu vois, on lui a arraché toutes ses dents, et après, on lui a coupé des parties intimes de son anatomie... bon, tout ça n'était pas encore bien grave. Mais en recousant ses joues derrière les oreilles, le chirurgien s'est trompé d'un demi-centimètre, et sa bouche est restée ouverte, toujours souriante, telle que tu la vois ce soir... Oui, elle ne peut plus fermer la bouche, ce qui lui donne toujours cet air béat. Mais, bien sûr, plus moyen d'avoir un rôle avec une gueule pareille. Alors, on lui a payé le billet retour pour New York. Ici, des types calés lui ont dit qu'une actrice ne pouvait plus jouer dans un drame avec la bouche à moitié ouverte. Depuis, elle vient se soûler dans notre bar. Elle a déjà vendu son manteau de fourrure. Après le troisième martini, ça lui prend, elle s'attendrit et elle se met à chialer. Avec sa bouche qui rigole. Tu vois, elle s'amuse en pleurant, comme nos ancêtres hongrois. Non, ne la regarde pas, elle est capable de venir à ta table et de te demander de lui payer un verre... J'ai au moins dix martinis sur son compte, mais je ne dis rien, je suis un artiste, et je suis solidaire des collègues fauchés. Tiens, je t'en verse un autre. Mais qu'est-ce que tu regardes comme ça ?

La photo ? C'est celle de son passeport, je l'ai fait agrandir. Où est-elle partie sans passeport ? Là où habitent les anges. Pour y aller, on n'a pas besoin de passeport ni de photo. Ni même de bijoux... Regarde-la bien, elle était à peu près comme ça, mais différente aussi. Quand je l'ai connue, on aurait dit une belle fleur en fin de saison.

Je n'aime pas parler de ça. Cela fait juste dix ans qu'elle est partie, un peu après que j'ai dégagé de Rome pour m'embarquer sur les grandes eaux. On dit que ça ne sert à rien de ruminer le passé... mais je ne sais pas si on a vraiment raison, non, les choses ne peuvent pas s'effacer comme ça... Et cette photo, ce n'est pas la seule chose que j'ai gardée d'elle, j'entends encore sa voix et je me souviens de tout ce qu'elle me disait. Les autres femmes ont traversé ma vie sans laisser la moindre trace. Mais celle-là, oui, elle est restée dans ma mémoire.

Dans la vie d'un artiste comme moi, tu vois, les filles défilent sans arrêt. J'en ai eu de toutes sortes, des minables, bien sûr, mais aussi de belles putains bien roulées... et, ce qu'il y avait de mieux, des femmes du monde en chaleur, affolées à l'approche de la fin. Elles voulaient toutes m'entendre dire que je n'aimais qu'elles, oui, que je les aimais pour toujours.

Métamorphoses d'un mariage

Celle-là, au contraire, n'avait pas ces exigences. Elle m'a dit tout de go, comme ça, qu'elle ne voulait qu'une chose : la permission de m'adorer. Elle ne demandait rien en échange, ni amour, ni argent, ni luxe... non, simplement m'adorer et me couvrir de baisers, telle était sa seule ambition.

D'abord, j'ai cru qu'elle était attirée par l'artiste. Sans vouloir me vanter, tu vois, je sais bien que j'ai quelque chose d'irrésistible... surtout maintenant qu'on m'a mis un nouveau dentier à la mâchoire inférieure. Qu'est-ce que tu as à ricaner ? C'est la vérité. Si les femmes me courent après, ce n'est pas pour mes beaux yeux, c'est parce que je suis différent de tous ces gigolos qui remuent du cul dans les bars... L'artiste que je suis... oui, même incognito... leur fait tourner la tête... Tiens ! la veuve irlandaise... car c'est son tour, maintenant, elle en sait quelque chose. Mais, pour en revenir à celle de la photo, il m'a fallu un certain temps pour la comprendre. Elle avait eu quelqu'un, sans vraiment l'avoir, en fait. Tu me demandes si c'était son mari. Non, celui-là avait disparu de sa vie depuis longtemps, elle ne le cherchait même plus. Mais il y en avait un autre qui avait fichu le camp et qu'elle aurait bien voulu rejoindre. Seulement elle avait manqué la correspondance, le gars était parti avant que la petite arrive à Rome... il avait rendu l'âme sans attendre la belle et maintenant il pourrit avec elle, au fond d'un cimetière romain. Les voilà enfin réunis. Lorsqu'elle a appris que son chevalier servant lui avait posé un lapin, ma petite chérie a eu beaucoup de chagrin. Elle était seule, veuve en quelque sorte, portant le deuil d'un gars qui n'avait pas eu le temps de l'épouser.

On s'est rencontrés dans un *espresso*, à Rome. J'avais un journal de Budapest qui dépassait de ma poche et elle l'avait remarqué. À l'époque, quand j'avais le mal du pays, tu sais, il m'arrivait encore d'acheter des journaux hongrois. Bref, on s'est vite entendus. Au début, elle s'est montrée un peu réticente, mais j'ai fini par l'apprivoiser. Le soir, elle est venue avec moi au bar et le lendemain, j'ai emménagé chez elle, dans son hôtel. Ensuite, on a filé le parfait amour... C'était le bon temps, un bel automne romain. Ça n'a pas duré bien longtemps, elle a juste eu le temps de m'apprendre la vérité sur elle. Une nuit, tu vois, elle s'est mise à table.

Était-ce bien la vérité qu'elle m'a dite cette nuit-là ? On ne sait jamais avec les femmes. Mais là, il me semble qu'elle a tout sorti, sans rien garder pour elle. Pas pudique pour un sou, elle a voulu confier à quelqu'un ce qu'elle croyait être la vérité. Avec pas mal de détours, naturellement, toutes les femmes qui me font des confidences tournent autour du pot. Elle a commencé par me parler de son mari, qui vivait encore... mais qui n'était plus son mari. Et elle a fini avec le chauve qu'elle avait voulu rejoindre à Rome, parce qu'elle avait la bougeotte : elle n'a pas pu rester dans notre démocratie.

Moi, je l'ai écoutée sans piper, jusqu'à l'aube. Ce qu'elle m'a raconté, on aurait dit un polar... Elle m'a parlé de la vie chez les riches.

En l'écoutant, j'avais les mains qui me démangeaient. Car il me semblait qu'elle disait vrai, cette petite, elle était venue, tout comme moi, des bas-fonds de notre belle patrie hongroise, et même de beaucoup plus bas, de dessous la terre, au sens propre du mot, comme un fantôme dans un cimetière... Oui, elle était venue d'un trou où, toute jeune, elle avait vécu avec sa famille, dans le Nyírség. Son paternel cultivait des melons. Par la suite, elle s'est fait embaucher comme boniche chez les nababs, pendant longtemps on l'a considérée comme une vraie miteuse, à peine capable de récurer les chiottes après le passage de la maîtresse de maison. Un bourgeois timbré, le fils du patron, a commencé à lui faire du plat, elle l'a littéralement affamé, de sorte qu'il a fini par l'épouser. Alors, pendant quelque temps, elle est devenue une dame.

Cette nuit-là, elle m'a raconté comment les choses se passaient dans cette belle maison si distinguée, à une époque où ça commençait vraiment à se gâter, où l'ordre ancien n'était plus tout à fait ce qu'il avait été... Moi, je l'écoutais avec plaisir, il me semblait qu'elle disait la vérité, mais cette vérité, tu vois, c'était en même temps un conte de fées, qui me parlait d'un autre monde, du monde enchanté des riches où j'aurais bien voulu pénétrer un jour... Mais je n'ai eu droit qu'à leurs chambres à coucher – jamais les dames, tu penses, ne m'auraient introduit dans la salle à manger ou au salon...

Oui, son histoire est restée gravée dans ma mémoire. On entend souvent dire que la lutte des classes tire à sa fin, que les prolos l'ont emporté et que les richards ne font que jouer les prolongations...

Quand je ne retrouve aucun pote dans ce bar, je reste seul, et je médite. Est-ce que je l'ai vraiment emporté, moi, le prolo ?.... C'est vrai, le boss, ici, me traite mieux que ne le faisait l'intendant dans mon Zala natal. J'ai une bagnole, une veuve irlandaise, la télé, le frigo... et même une carte de crédit, bref, je suis un vrai gentleman. Tout cela m'a été donné – et imposé – à crédit. Si mon inculture m'inquiétait tout à coup, je pourrais même m'acheter des livres, mais je me retiens : à force d'en baver, j'ai appris à me contenter de peu. D'ailleurs, je n'ai pas besoin de livres pour savoir que la lutte des classes ne se fait plus dans la rue. Le prolo reste prolo et le riche reste riche, sauf que ça ne se passe plus comme avant. Avant, le prolo trimait pour fabriquer ce dont ces messieurs avaient besoin. Aujourd'hui, ce sont ces mêmes messieurs qui se cassent la tête pour persuader le prolo d'acheter ce qu'ils fabriquent. Oui, ils me gavent comme on gave les oies, ils m'engraissent, parce que, pour rester des bourgeois, ils ont besoin que moi, le petit prolo, je leur achète tout ce qu'ils veulent me fourguer. C'est un monde de fous, je te dis – bien

Métamorphoses d'un mariage

malin qui s'y retrouve. Parce que ces gens-là m'obligent à acheter à crédit n'importe quel bibelot. Tiens, la bagnole ! J'en ai une toute neuve, garée au coin de la rue. Eh bien, quand je la prends et que j'allume le moteur, je pense toujours à ce que représentait une voiture du temps où j'étais gosse. Moi, petit va-nu-pieds, j'étais en admiration devant l'attelage à deux chevaux du seigneur, avec, sur le siège, le cocher qui portait un gilet à gros boutons, un bonnet à franges et qui faisait claquer le fouet ; son bruit me rappelait les gifles que distribuaient les gendarmes aux moutards que nous étions... Eh bien, ma carriole à moi, aujourd'hui, elle est tirée par cent cinquante chevaux et quand je suis au volant, je me dis parfois que je suis un âne bâté. N'est-il pas plus simple de rentrer en métro ou en bus ? Pas de dépenses d'entretien, pas de soucis de garage... et d'ailleurs, où aller vraiment ? Certains samedis, on file à la mer, avec ma veuve, chacun avale son hamburger, sans même descendre de voiture. La bagnole, il faut l'avoir, à cause du train de vie. C'est comme le magnétophone ! Moi, j'ai enregistré le Notre Père et l'hymne américain afin de conserver ma voix pour la postérité... et c'est tout, la machine prend la poussière dans un coin, parce que je n'ai rien d'autre à lui dire. Et puis, on n'a plus besoin de calculer, au diable les opérations ! Un électronicien, qui a l'habitude de venir au bar, m'a vendu l'autre jour un truc – il suffit d'appuyer sur un ou deux boutons et la table des multiplications apparaît sur l'écran. Me voilà aussi calé qu'un Edison. Et cette autre machine qui te dispense d'écrire, tu sais, on n'a plus qu'à photocopier le modèle de la lettre de rupture, tel que tu le trouves dans le courrier du cœur. Et puis, je me rase les poils de la figure et je me lave les dents à l'électricité... tu vois ce machin-là, il est tout neuf, je l'ai fait faire sur mesure, à crédit... Et puis... mais je bafouille... j'ai maintenant un appareil qui crache la photo tout de suite, plus besoin de la faire développer, ça permet de rigoler un peu en compagnie galante, on fait quelques images coquines à domicile, comme on faisait la soupe aux tripes, chez nous, au village. Et tout ça est à moi, oui, à moi le prolo ! Ma pauvre mère qui, toute sa vie, s'est échinée à laver le linge dans une lessiveuse, elle n'en croirait pas ses yeux... je pourrais lui acheter une machine à laver et à sécher... parce que tout est à moi... le monde entier m'appartient. Regarde ce gigolo, là, au bar, ce morveux qui s'est envolé pour quinze jours au Kenya, à crédit, à tempérament. Je pourrais en faire autant, moi... Et si l'envie me prenait de m'amuser comme les riches, je pourrais même me lancer dans les partouzes – il suffit de payer. Ça me rappelle un peu la foire aux bestiaux de chez nous, tu sais, quand on présentait le taureau à la vache... Je t'en bouche un coin, pas vrai ? Tu viens de débarquer, t'es encore un bleu, tu ne connais pas la lutte des classes nouvelle manière. En arrivant ici, dans cette vaste Amérique, je n'avais pas un traître sou, figure-toi. Et aujourd'hui ? Tel que tu me vois – regarde-moi bien, tu me croiras si tu veux –, j'ai huit mille dollars de dette ! Essaie un peu d'en faire autant, mon gars ! Tu me regardes là avec tes yeux ronds, je vois que tu ne me crois pas. Tu n'as qu'à demander au premier venu... n'importe qui dans le quartier te dira que c'est la pure vérité. Parce que je suis un as dans la profession, un type qui a le vent en poupe, un vrai gentleman !... Avec un peu de patience, tu auras, toi aussi, ta tondeuse et ton four électrique, un four qui fait rôtir la viande hachée scientifiquement, à l'infrarouge. Et tout ça à crédit – parce que le bourgeois s'esquinte le tempérament pour faire de toi un vrai monsieur, toi, le prolo. Tu verras, tu finiras par l'attraper, comme moi, la maladie de la consommation, comme le mouton attrape la gale.

Là-dessus, buvons un coup ! Parce que, de temps à autre, vois-tu, le dégoût me prend... j'ai l'impression alors d'être un aristocrate qui a le mal du pays. Surtout quand on t'assomme avec la pub. Il faut avoir ceci, il faut avoir cela... et, pour avoir la paix, tu serais même prêt à acheter ton voyage dans l'au-delà. On m'a dit qu'autrefois, à Rome, les empereurs et les grands de ce monde se chatouillaient le gosier avec une plume de paon, pour rendre tout ce qu'ils avaient dans le ventre, et pour pouvoir recommencer à bâfrer tranquillement. De nos jours, c'est la pub qui fait ce travail... On t'excite, et pas seulement toi, mais aussi les chiens et les chats, qui voient à la télé ce qu'ils vont bouffer. C'est ça, la lutte des classes, aujourd'hui ! On a gagné, camarade ! Seulement, de temps en temps, je me tiens la tête : est-ce qu'elle est encore à sa place ? Est-ce qu'il y a encore quelque chose qui puisse me faire envie ?

Mais c'est une autre sorte de richesse qu'a connue ma belle, quand elle nettoyait les chiottes. Elle m'en a parlé pendant toute une nuit.

Je ne me souviens pas de tout ce qu'elle m'a dit, c'était comme une litanie, tu vois, ça n'en finissait plus, mais certaines choses me reviennent quand même. On aurait dit que ce n'était pas elle, la petite fille des bas-fonds, qui parlait ; non, c'était comme un magnéto qui aurait enregistré un texte préparé à l'avance – tu sais bien, cette bande étroite qui, comme le papier tue-mouches, attrape la voix et les bruits. Peut-être y a-t-il une bande magnétique à l'intérieur de toutes les femmes... et lorsqu'elles tombent sur un type dont la voix leur convient, elles enregistrent tout ce qu'il raconte. Le magnéto est en vogue mon gars, et les femmes suivent la mode... Ma chérie avait vite appris le langage secret de ces messieurs-dames, parce qu'ils parlent une langue à part, un peu comme les Roms quand ils sont entre eux ; lorsqu'on est de la haute, au lieu de dire ce qu'on pense, on tourne toujours autour du pot, on sourit et on se tait... alors que des gens de notre espèce cracheraient des injures. Ceux-là, ils ne mangent pas, ils ne se soulagent pas comme nous autres, les prolos. Ma belle a bien observé tout ça, elle apprenait facilement, tu sais – quand je l'ai connue, elle aurait pu être prof dans cette université où on enseigne la civilisation aux pauvres d'esprit... Les riches lui ont tout donné, tout, même des choses dont elle n'aurait pas osé rêver au fond de son trou, ni plus tard, quand elle nettoyait leur crasse – des bijoux, des fourrures et même du dissolvant, de quoi enlever son vernis à ongles... Qu'est-ce que tu as à me regarder ? Tu ne me crois pas ? Je ne fais que te répéter ce qu'elle m'a dit. Il est vrai qu'elle me parlait de tout ça les yeux baissés, comme d'une chose pas très catholique.

Elle était attentive... comme un moineau qui cherche une graine d'avoine dans une crotte de cheval. Jusqu'au jour où elle est tombée sur ce chauve, cette espèce d'écrivain, une tête d'œuf différente de celles qui viennent dans ce bar... un écrivain qui ne voulait plus écrire. Mais un jour, pourtant, il a raconté à ma petite chérie quelque chose de très excitant... elle prétend qu'elle n'a pas couché avec lui, qu'ils n'ont fait qu'échanger des confidences, moi, ça ne me paraît pas croyable, mais après tout, c'était peut-être la vérité, autrement, elle ne serait pas venue le rejoindre à Rome. Il lui avait mis la puce à l'oreille, cette espèce d'empoté. Il lui avait dit qu'il y avait quelque chose qu'on ne pouvait pas prendre aux bourgeois ni sur les barricades, ni avec des bombes... quelque chose d'extraordinaire, comme ce frisson qui vous prend au lit pendant l'amour. Et le prolo se dira toujours que, même s'il possède tous les biens de cette terre, il ne sera jamais heureux, tant qu'il n'aura pas pris ce fameux quelque chose aux beaux messieurs.

Tel était à peu près son boniment. Mon petit ange n'y comprenait rien, mais, apparemment, ça l'excitait. Moi aussi, et à l'heure qu'il est, je me demande encore ce que c'est, ce machin qui tracasse le bon peuple, et qu'il faudrait prendre aux bourgeois ? Mais ce n'est pas vraiment facile, parce qu'ils l'ont bien caché, les salauds... on a beau démolir tous les murs, rien n'y fait. Moi, tu vois, ça me démange. Autrefois, seuls les riches pouvaient se permettre d'être nerveux. Aujourd'hui, je vois des types en jeans se bouffer le sang dès que, dans le métro ou au cinéma, ils se trouvent à côté de quelqu'un qui n'est pas comme eux ; ils s'écartent, ils jettent des regards en biais sur leurs voisins, qui portent des lunettes et des pantalons bien repassés, ils se disent que ces types sont mieux qu'eux... Non, ce n'est pas une question de bonnes manières... ça, nous les avons apprises. Moi, par exemple, je peux être aussi distingué qu'un conseiller gouvernemental des temps anciens. Non, il s'agit d'autre chose... que le diable l'emporte !

Oui, ma petite chérie avait vite appris les bonnes manières, mais le chauve lui a susurré quelque chose à l'oreille, quelque chose qui ne la laissait pas tranquille. Cette nuit-là, tu vois, il m'a semblé que ce n'était pas elle qui parlait, mais quelqu'un qui se servait d'elle, qu'elle n'était qu'un simple instrument comme le violon ou le piano qui transmet la musique. Parce que... quand ce scribouillard a disparu de sa vie et de notre belle capitale, elle s'est empressée de le rejoindre. J'ai fini par lui faire dire que le type était mort à Rome, dans cette même chambre d'hôtel... oui, dans ce même lit où nous nous aimions. Les femmes sont comme ça, mon petit. Écoute ce que te dit ton aîné. Elles suivent partout les gars qu'elles ont repérés, les gars qui n'ont pas voulu coucher avec elles. Ça les met en chaleur, ça les vexe, elles veulent absolument les conquérir. Au cimetière, elles sont dans tous leurs états dès qu'elles voient un bouquet de fleurs d'une origine inconnue sur la tombe de leurs chers défunts infidèles... Eh bien, ce type maboul lui a dit un jour qu'il y avait dans le monde quelque chose de plus grand que la bouffe ou la gnôle. Quoi ? Eh bien, la culture... Il lui a même dit que la culture était un réflexe...

Tu sais ce que c'est, toi ?... Je n'ai pas compris, elle non plus d'ailleurs. Alors, j'ai pris la peine d'aller à la bibliothèque et de chercher le mot dans un dictionnaire. Est-ce que ça se mange, est-ce que ça se boit ? Tu sais, j'ai pris un de ces dicos idiots où on explique les mots en anglais à des Anglais.

Métamorphoses d'un mariage

J'ai épluché l'article, je l'ai bien lu et relu, mais ça ne m'a pas éclairé. Ça m'a rappelé ces dingues qui se tâtent tout le temps le nez pour voir s'il est encore à sa place. Il paraît que ça peut être inné ou acquis... ça te dit quelque chose, à toi ?

Voilà, il faut de la culture, ça fait partie du train de vie. Mais je ne comprends pas pourquoi les gens s'esquintent tant pour en avoir, il suffit d'attraper un de ces gros volumes sur l'étagère, tout y est. Alors quoi ? Qu'est-ce que le réflexe ? Tu me connais, je ne suis pas prétentieux pour un sou, mais je te le dis, sans me vanter... je suis un homme cultivé. Il suffit de me regarder. C'est vrai, je ne tape plus sur ma batterie, mais j'ai encore des réflexes... Chez moi, quand je me retrouve seul avec ma veuve, ma pieuse bienfaitrice, il m'arrive parfois de battre le tambour, comme ce curé noir que j'ai vu l'autre jour à la télé, lorsqu'il veut endormir le peuple. Alors, ma veuve s'attendrit, elle pose sa tête sur mon épaule et elle respire fort... en attendant mon réflexe. Donc, personne ne peut dire que je n'ai pas de réflexes. Et pourtant, je reste toujours un prolo. Il y aurait toujours quelque chose qu il faudrait prendre aux bourgeois ? Qu'ils ne voudraient pas lâcher ?... Les cocos, on les a vus de près, nous deux. Nous, on sait ce que ça signifie quand ils disent que tout appartient au peuple. Ici, en Amérique, les types du syndicat ont bien compris qu'on obtenait davantage des comtes Rockefeller et des princes Ford que de la production socialiste... Nous, on sait que le socialisme, c'est des paroles en l'air, une vaste tromperie à l'échelle mondiale. Est-il possible, malgré tout, que la lutte des classes ne soit toujours pas finie ? Que le bourgeois nous dissimule toujours quelque chose ? Et que c'est pour ça que le prolo s'exaspère ?

Attends un peu, la lady pleure déjà... Je ne supporte pas de la voir pleurer avec cette bouche de traviole. Il faut que j'aille servir l'embaumeur... je crois que ça lui fait de la peine de regarder la lady, elle n'a pas besoin de sa paraffine, elle, avec son sourire béat pour l'éternité.

...Oui, elle était comme ça, juste une minute avant de s'envoler sans billet de retour. Regarde bien sa photo, prends tout ton temps. Moi aussi, je la regarde parfois.

Une nuit, il y a quelqu'un d'autre qui l'a regardée... C'était il y a un an, vers minuit, la salle était déjà vide, lorsque deux clients sont arrivés. Dans le théâtre, à côté, la pièce, une espèce de navet psychologique, avait été un four complet... Mes deux types ont pris place à la table où tu te trouves maintenant, face aux étagères où je garde la marchandise. Et la photo.

Ils buvaient en silence, comme des gens civilisés. Des gens bien, qui avaient du réflexe. Des retraités, ça se voyait tout de suite. Trois cents quatre-vingt billets par mois, plus les indemnités de maladie... L'un d'eux avait les cheveux blancs comme un Santa Claus. L'autre portait des sortes de favoris, il voulait faire impression, mais il n'en avait plus vraiment les moyens, juste quelques touffes de poil devant les oreilles. Sans suivre de près leur baratin, j'ai vite compris qu'ils parlaient un anglais différent de celui de mes clients habituels... ce n'étaient pas des natifs, ils avaient appris la langue non pas à New York, mais il y a longtemps, en Angleterre. Ils portaient tous deux des lunettes et des fringues usées. La veste du Santa Claus avait des manches trop longues, elle n'était pas faite sur mesure, il avait dû l'acheter chez le fripier. Pour deux Lincoln, au maximum. En tout cas, ils avaient de bonnes manières... comme tous les fauchés.

Ce qui ne les a pas empêchés de commander du *bloudimeri*, ceux-là, ils étaient pressés de connaître le nirvana. Ils papotaient tout bas. Je les ai vaguement entendu dire qu'en Amérique, où régnait pourtant l'abondance, les gens vraiment heureux étaient plutôt rares. Alors, j'ai dressé l'oreille, parce que j'avais moi-même constaté quelque chose de semblable. Quand on vient de l'autre côté de l'Océan, on ne comprend pas. Mais quand on vit ici, quand on devient, comme moi, un habitué, on pense exactement la même chose, tout en se frottant le menton, comme si on avait oublié de se raser. Parce que, quoi qu'on en dise, ici, où les gens ont tout ce qu'il faut pour bien vivre, on dirait qu'il leur manque la joie... tu sais, cette bonne joie débordante. Chez Macy, à deux pas, on trouve tout ce qui fait le bonheur terrestre. Même un briquet automatique qu'on n'a pas besoin de recharger. On le vend dans un étui. Mais la joie... non, ça ne se vend pas, même pas au rayon des vitamines.

C'est de ça que parlaient mes deux clients. À vrai dire, il n'y avait que le type aux favoris qui jacassait, le Santa Claus, lui, ne faisait qu'opiner du bonnet. En les écoutant, j'ai eu tout à coup l'impression d'entendre la voix de ma chère petite. C'est elle qui, cette fameuse nuit, m'avait dit que la culture et la joie, c'était la même chose. C'est ce que lui avait raconté le plumitif, son chevalier servant. Sur le coup, je n'avais pas compris. Je ne comprends toujours pas, d'ailleurs, mais en écoutant les deux types, cette phrase m'est revenue à l'esprit. Donc, j'ai dressé l'oreille, mais discrètement.

Ils ne se sont pas longtemps attardés sur le sujet. Le type avec les favoris a dit, comme en passant, que dans ce grand pays, on pouvait effectivement se divertir, mais que le cœur n'y était pas. En repensant à leur laïus, il me semble qu'en Europe, la joie a commencé de s'éteindre, et qu'ici, à New York, elle ne s'est pas encore allumée... je n'y comprends plus rien. Eux non plus, d'ailleurs, puisque la tête d'œuf, un scientifique, sans doute, a mis fin à la conversation en disant qu'il suffisait que le gouvernement augmente les retraites pour que la joie revienne ! Là-dessus, ils sont tombés d'accord. Le type aux favoris a réglé sa consommation et il est parti. Resté seul, le Santa Claus m'a demandé un autre verre et du feu. Quand je lui ai tendu mon briquet, il a désigné la photo, du pouce, et m'a demandé... en hongrois, le plus naturellement du monde, comme s'il poursuivait une conversation :

— Vous étiez là quand elle est morte ?

Pour ne pas tomber, j'ai dû m'accrocher au comptoir avec les deux mains. Je l'ai dévisagé, je l'ai reconnu. C'était son mari.

Je te l'avoue sans honte : mon cœur battait à toute berzingue, comme si quelqu'un avait tapé dessus avec une baguette. J'ai avalé ma salive et je lui ai répondu tout simplement que, non, je n'étais pas là, qu'en revenant du bar, à l'aube, je lui avais tâté les joues, elles étaient encore chaudes, mais elle ne parlait plus.

Il a hoché la tête, affable, comme s'il s'était attendu à ma réponse. Il m'a demandé ensuite si elle avait eu tout ce qu'il lui fallait, si les bijoux lui avaient permis de tenir jusqu'au bout. Je l'ai rassuré : elle n'avait pas eu de soucis, j'étais avec elle et je veillais au grain. Il en a pris note, en inclinant la tête, comme un prêtre qui écoute un pénitent dans son confessionnal et qui, pour l'absoudre, lui dit de réciter trois fois le Notre-Père. Ensuite, sur un ton toujours très poli, toujours amical, il a voulu savoir si elle avait eu un enterrement dans les règles. Je lui ai répondu docilement, tout en serrant les poings. Lui, il n'a pas changé de ton.

Je n'ai jamais su comment il m'avait trouvé, ni qui lui avait appris tous ces détails sur l'hôtel et les bijoux... Je ne l'avais encore jamais vu au bar. Je me suis renseigné plus tard dans le quartier hongrois, sur la rive droite, personne n'avait entendu son nom. Mais lui, pourtant, il savait tout de moi, même mon pseudonyme d'artiste.

– Et vous, Ede ? Êtes-vous satisfait de votre sort ?

Comme si on avait gardé les cochons ensemble. Ou plutôt, comme s'il avait été le patron et moi, son employé. Je continuais de lui répondre bien poliment, mais je serrais les poings... Parce que j'avais l'impression de m'être fait avoir... Il parlait si calmement, il était si aimable, si naturel. Comme si je ne méritais même pas qu'il élève la voix. J'aurais préféré qu'il me traite de gigolo... Mais non, pour lui, je n'en étais pas un. Alors, je me suis foutu en rogne. Si, au moins, il m'avait engueulé, s'il m'avait dit : « Allez, raconte-moi tout, je suis au courant... », on aurait pu parler d'égal à égal. S'il m'avait glissé à l'oreille : « Ede, je suis foutu, bon, mais je suis toujours un monsieur... », je lui aurais répondu du tac au tac. S'il avait crié : « Écoute, j'ai été fou de cette femme, mais maintenant, c'est du passé, raconte-moi la fin », j'aurais murmuré : « *Sorry*, je n'y peux rien. » S'il m'avait frappé, j'aurais cogné à mon tour, on se serait bagarré, roulé par terre, le boss aurait téléphoné, les flics nous auraient emmenés, ç'aurait été parfait, l'honneur aurait été sauf. Mais cette conversation feutrée dans ce bar, dans cette ville immense... ça m'a fait monter le sang à la tête. Me parler avec un tel calme dans cette situation, tu vois, c'était comme m'insulter. Ma main me démangeait, oui, je commençais à m'énerver sérieusement.

Il a tiré un Lincoln de sa poche. J'ai vu que sa main tremblait. J'ai commencé à faire la caisse, il ne m'a pas brusqué. Accoudé au comptoir, il m'a fait un clin d'œil, comme quelqu'un qui a bu un verre de trop et il m'a souri, béatement.

Je l'ai dévisagé, de biais. De toute évidence, voilà un mister qui était au bout du rouleau. Ces vieilles fringues, cette chemise qu'il portait depuis plusieurs jours... et ce regard vitreux derrière ses lunettes. Pas besoin d'être expert pour comprendre que cet homme qu'il fallait appeler « Monsieur le Docteur », cet homme qui, après le siège, au bord du Danube, avait congédié ma petite chérie – dont il avait été pourtant fou amoureux à une certaine époque – comme une employée qu'on jette parce qu'on n'en a plus besoin... que ce type était définitivement fini. Et il avait le culot de me traiter par-dessus la jambe ? La salive s'amassait dans ma bouche, j'ai dû déglutir. Je bouillais de rage. Si ce type allait me quitter sans admettre que la partie était terminée, et que c'est moi qui avais gagné... tu comprends ? J'avais peur que ça finisse très mal. Il m'a tendu le Lincoln.

— Il y avait trois consommations, a-t-il dit.

Il a ôté ses lunettes et il s'est mis à en essuyer les verres, tout en fixant le comptoir de son regard de myope. Ça faisait trois dollars soixante. Je lui ai rendu la monnaie.

— C'est pour vous, Ede, a-t-il continué. Gardez tout.

C'était le moment critique. Il commençait à se redresser – ce n'était pas si facile, mais il a su s'accrocher au comptoir –, il ne faisait pas attention à moi. J'ai regardé le billet, et je me suis demandé si je n'allais pas le lui flanquer à la figure. Mais j'étais incapable d'articuler un seul mot. Enfin, lorsqu'il s'est dirigé vers la sortie en titubant, je lui ai demandé :

— Vous êtes garé loin, monsieur le docteur ?

Il a secoué la tête et il m'a répondu d'une voix rauque, enfumée :

— Je n'ai pas de voiture, je rentre en métro.

— J'ai la mienne tout près d'ici, lui ai-je dit d'une voix ferme. Une voiture neuve. Je vous ramène.

— Non, a-t-il répondu dans un hoquet. Le métro fera l'affaire.

— Pas question ! ai-je hurlé tout à coup. Moi, le pauvre prolo, je vais ramener monsieur le docteur dans ma voiture neuve.

J'ai quitté le comptoir et j'ai fait un pas vers lui. S'il avait refusé, je l'aurais assommé. Parce que le moment était venu de mettre les choses au point...

Il m'a regardé, avec les yeux de travers.

— OK, a-t-il fait d'une voix chevrotante. Ramène-moi donc, pauvre prolo.

Je lui ai donné le bras. Nous sommes sortis ensemble, comme de vrais amis, comme deux hommes qui avaient couché avec la même femme sous une même couverture. Vois-tu, c'est ça, la vraie démocratie.

Métamorphoses d'un mariage

Arrivé à la centième rue, là où commence le pays nègre, il est descendu – et il a disparu comme une boîte de ciment au fond des eaux. Je ne l'ai jamais revu.

Voilà les écrivains qui arrivent. Tu ferais mieux de t'éclipser. Il peut y avoir parmi eux un ancien du STO, un de chez nous... Il faut toujours faire attention. Allez, reviens vers la fin de la semaine. Et évite bien les cimentiers, hein, comme la peste.

– *Welcome, gentlemen. You are served, sir.*

(San Diego, 1979)

DU MÊME AUTEUR

Aux Éditions Albin Michel

LES RÉVOLTÉS
LA CONVERSATION DE BOLZANO
LES CONFESSIONS D'UN BOURGEOIS
LES BRAISES
L'HÉRITAGE D'ESTHER
DIVORCE À BUDA
UN CHIEN DE CARACTÈRE
MÉMOIRES DE HONGRIE

« LES GRANDES TRADUCTIONS »
(extrait du catalogue)

ALESSANDRO BARICCO
    traduits de l'italien par Françoise Brun :
Châteaux de la colère, prix Médicis Étranger 1995
Soie
Océan mer
City
Homère, Iliade

ERICO VERISSIMO
    traduits du portugais (Brésil) par André Rougon :
Le Temps et le Vent
Le Portrait de Rodrigo Cambara

JOÃO GUIMARÃES ROSA
    traduits du portugais (Brésil) par Jacques Thiériot :
Sagarana
Mon oncle le jaguar

MOACYR SCLIAR
    traduits du portugais (Brésil) par Séverine Rosset :
Sa Majesté des Indiens
La femme qui écrivit la Bible

ANDREW MILLER
    traduits de l'anglais par Hugues Leroy :
L'Homme sans douleur
Casanova amoureux
Oxygène

ANTONIO SOLER
    traduits de l'espagnol par Françoise Rosset :
Les Héros de la frontière
Les Danseuses mortes
Le Spirite mélancolique

MORDECAI RICHLER
    traduit de l'anglais (Canada) par Bernard Cohen :
Le Monde de Barney

STEVEN MILLHAUSER
   traduits de l'anglais (États-Unis) par Françoise Cartano :
Martin Dressler. Le roman d'un rêveur américain, prix Pulitzer 1997
Nuit enchantée
   traduit de l'anglais (États-Unis) par Didier Coste :
La vie trop brève d'Edwin Mulhouse, écrivain américain, 1943-1954, racontée par Jeffrey Cartwright, prix Médicis Étranger 1975, prix Halpérine-Kaminsky 1976

MIA COUTO
   traduits du portugais (Mozambique) par Maryvonne Lapouge-Pettorelli :
Les Baleines de Quissico
Terre somnambule
La Véranda au frangipanier
Chronique des jours de cendre

GOFFREDO PARISE
   traduit de l'italien par Philippe Di Meo :
L'Odeur du sang

MOSES ISEGAWA
   traduits du néerlandais par Anita Concas :
Chroniques abyssiniennes
La Fosse aux serpents

YASUNARI KAWABATA / YUKIO MISHIMA
   traduit du japonais par Dominique Palmé :
Correspondance

JUDITH HERMANN
   traduits de l'allemand par Dominique Autrand :
Maison d'été, plus tard
Rien que des fantômes

PEDRO JUAN GUTIÉRREZ
   traduits de l'espagnol (Cuba) par Bernard Cohen :
Trilogie sale de La Havane
Animal tropical
Le roi de La Havane

TOM FRANKLIN
   traduits de l'anglais (États-Unis) par François Lasquin et Lise Dufaux :
Braconniers
La Culasse de l'enfer

SÁNDOR MÁRAI
    traduit du hongrois par Marcelle et Georges Régnier :
Les Braises
    traduits du hongrois par Georges Kassai et Zéno Bianu :
L'Héritage d'Esther
Divorce à Buda
Un chien de caractère
Mémoires de Hongrie

V.S. NAIPAUL
    traduits de l'anglais par Annie Saumont :
Guérilleros
Dans un État libre
    traduit de l'anglais par Gérard Clarence :
À la courbe du fleuve

GEORG HERMANN
    traduit de l'allemand par Serge Niémetz :
Henriette Jacoby

AHLAM MOSTEGHANEMI
    traduit de l'arabe par Mohamed Mokeddem :
Mémoires de la chair
    traduit de l'arabe par France Meyer :
Le Chaos des sens

NICK TOSCHES
    traduits de l'anglais (États-Unis) par François Lasquin :
La Main de Dante
Le Roi des Juifs

YASUNARI KAWABATA
    traduit du japonais par Liana Rossi :
La beauté, tôt vouée à se défaire

JOHN MCGAHERN
    traduit de l'anglais (Irlande) par Françoise Cartano :
Pour qu'ils soient face au soleil levant

VANGHÉLIS HADZIYANNIDIS
    traduit du grec par Michel Volkovitch :
Le Miel des anges

ROHINTON MISTRY
   traduit de l'anglais (Canada) par Françoise Adelstain :
Une simple affaire de famille

VALERIE MARTIN
   traduit de l'anglais (États-Unis) par Françoise du Sorbier :
Maîtresse

ANDREÏ BITOV
   traduit du russe par Antonina Roubichou-Stretz :
Les Amours de Monakhov

VICTOR EROFEEV
   traduit du russe par Antonina Roubichou-Stretz :
Ce bon Staline

REGINA MCBRIDE
   traduit de l'anglais par Marie-Lise Marlière :
La Terre des femmes

ROSETTA LOY
   traduit de l'italien par Françoise Brun :
Noir est l'arbre des souvenirs, bleu l'air

HEIKE GEISSLER
   traduit de l'allemand par Nicole Taubes :
Rosa

JENS REHN
   traduit de l'allemand par Bernard Kreiss :
Rien en vue

GIUSEPPE CULICCHIA
   traduit de l'italien par Vincent Raynaud :
Le Pays des merveilles

JOHN VON DÜFFEL
   traduit de l'allemand par Nicole Casanova :
Les Houwelandt

ADRIENNE MILLER
   traduit de l'anglais (États-Unis) par Marie-Lise Marlière et Guillaume Marlière :
Fergus

Composition Nord Compo
Impression : Imprimerie Floch, décembre 2006
Éditions Albin Michel
22, rue Huyghens, 75014 Paris
www.albin-michel.fr

ISBN : 978-2-226-17357-7
ISSN : 0755-1762
N° d'édition : 25028. – N° d'impression : 67120
Dépôt légal : octobre 2006
Imprimé en France.